JOHN GALSWORTHY

prix Nobel de littérature

L'HISTOIRE DES FORSYTE

*

COMÉDIE MODERNE

Traduit de l'anglais par
Hélène Claireau, Paulette Michel-Côte
et Mme Fritsch-Estrangin

Édition revue et complétée par
Sylvère Monod

ARCHIPOCHE

Notre catalogue est consultable à l'adresse suivante :
www.archipoche.com

Éditions Archipoche
92, avenue de France
75013 Paris

ISBN 979-1-0392-0244-2

PRÉFACE

Dans le titre de cette seconde partie de la chronique des Forsyte, Comédie moderne, *il faut donner au mot « comédie » un sens peut-être aussi large qu'au mot « saga » dans le titre de la première partie*[1]*. Et pourtant, quelle épithète autre que « comique » au sens littéral du terme peut caractériser une période aussi fébrile que celle que nous vivons depuis la guerre ? Comment y voir autre chose que matière à comédie ? Le spectacle d'une époque qui, bien qu'ignorant ce qu'elle cherche, s'efforce désespérément de l'obtenir, ne peut que susciter le sourire… même si ce sourire exprime en fait plus de mélancolie que de gaieté.*

Restituer les formes et les couleurs d'une période donnée excède de beaucoup les possibilités du romancier en général, et plus encore de celui-ci en particulier ; mais il est hors de doute qu'en écrivant cette trilogie il a eu le désir secret d'en traduire tant soit peu l'esprit. Notre présent court avec une hâte si désordonnée qu'il ne saurait être question d'en avoir une vue d'ensemble ; tout au plus peut-on en prendre quelques instantanés au hasard de sa quête frénétique d'un avenir dont il ne sait rien : où est-il ? en quoi consiste-t-il ? quand surviendra-t-il ? Mystère !

L'Angleterre de 1886, date à laquelle commence la saga des Forsyte, *n'avait pas d'avenir, elle non plus ; solidement convaincue de la permanence définitive de son présent, elle*

1. *La Dynastie des Forsyte*, 3 tomes, Archipoche n°s 526 à 528.

allait son petit train dans une sorte de rêve uniquement troublé par deux épouvantails : Mr Gladstone et les députés irlandais.

L'Angleterre de 1926, date à laquelle s'achève Comédie moderne, *un pied en l'air et l'autre dans une « Morris », tourne sur elle-même comme un chaton qui cherche à attraper sa queue tout en marmonnant : « Si seulement je savais quand je dois m'arrêter ! »*

Toutes les valeurs traditionnelles étant devenues relatives, il n'est plus possible de s'en remettre aveuglément à Dieu, au libre-échange, au mariage, aux consolidés, au charbon ou à la caste.

Toutes les cités étant maintenant surpeuplées, il n'existe plus de lieu où l'individu puisse résider longtemps, excepté au fin fond d'une campagne désertée qui, de l'aveu général, constitue un séjour aussi ennuyeux que dépourvu du moindre intérêt lucratif.

Tous les habitants de ce pays, ayant eu à subir un bouleversement qui a duré quatre ans, ne savent plus rester immobiles.

Et pourtant, le caractère anglais a très peu changé, voire pas du tout. La grève générale de 1926, avec laquelle débute la dernière partie de cette trilogie, en fournit un exemple frappant. Nous sommes toujours le même peuple, viscéralement opposé à la précipitation, plein de méfiance envers les extrêmes, sauvé par la vertu défensive de notre humour, fortement trempé, hostile à toute ingérence extérieure, imprévoyant et prodigue, mais doué par la nature d'une merveilleuse faculté de récupération. Bien que nous ayons à peu près perdu toute autre croyance, nous conservons intacte notre foi en nous-mêmes. Ce trait saillant du caractère anglais mérite qu'on s'y arrête. Pourquoi, par exemple, nous dénigrons-nous avec un tel acharnement ? Pour la seule et unique raison que nous n'avons pas de complexe d'infériorité, ce qui nous rend insensibles à l'opinion d'autrui. Nul peuple au monde ne doute en apparence davantage de lui ; nul n'est secrètement plus sûr de lui. Soit dit en passant, il ne serait peut-être pas inutile de rappeler aux hommes publics par trop enclins à emboucher la trompette de la gloire britannique que le simple fait de chanter ses propres louanges marque la naissance insidieuse du complexe d'infériorité. Seul celui qui sait s'imposer silence possède la force de croire en soi. L'époque que nous vivons prête à une fausse estimation du caractère anglais aussi bien que de la situation de l'Angleterre. Dans nul autre pays que dans cette île, le matériau humain n'a couru moins de risque de détérioration véritable parce que nul ne possède un climat aussi variable, aussi apte à tremper le caractère et à lui donner une vitalité à toute épreuve – en bref, un climat aussi fondamentalement sain. C'est à la lumière de cette remarque qu'il faut lire ce qui suit.

À l'époque actuelle, il n'y a plus trace du victorianisme primitif, c'est-à-dire celui des vieux Forsyte, déjà sur le déclin en 1886 ; en revanche, ce qui a survécu, et avec une surprenante vigueur, c'est le victorianisme de Soames et de sa génération, victorianisme beaucoup plus conscient que le précédent, sans que toutefois cette lucidité nouvelle aille jusqu'à l'abnégation ou à l'autodestruction. C'est sur cet arrière-plan plus ou moins nuancé que nous pouvons le mieux voir se préciser la forme et la couleur de la génération moderne, si intensément portée à s'analyser et à tout remettre en question. Les vieux Forsyte – Jolyon le vieux, Swithin et James, Roger, Nicholas et Timothy – avaient passé leur existence entière sans jamais se demander si la vie valait la peine d'être vécue. Jour après jour, ils la trouvaient pleine d'intérêt, totalement absorbante, et même s'ils n'avaient qu'une foi très vague en une vie future, ils étaient intimement persuadés que leur position sociale irait toujours s'améliorant et que leur premier devoir était d'accumuler le plus de richesses possible pour leurs enfants. Vinrent ensuite Jolyon le jeune, Soames et leurs contemporains ; en dépit, d'une part, des doutes précis sur l'existence même d'une vie future que le darwinisme et l'Université avaient fait naître en eux et, d'autre part, d'une certaine tendance à l'introspection qui les portait à se poser des questions sur la valeur même de leur progression, ils n'en conservaient pas moins le sens de la propriété et le désir de préparer l'avenir de leur progéniture, de se survivre en elle. La génération dont l'apparition coïncide avec la disparition de la reine Victoria a été marquée par les idées modernes sur l'éducation des enfants, l'utilisation de moyens de locomotion nouveaux et surtout la Grande Guerre : ces facteurs l'ont déterminée à remettre en cause toutes les valeurs traditionnelles. Et puisqu'il y a, semble-t-il, une chance d'avenir bien mince pour la propriété, et plus mince encore pour l'existence elle-même, elle est bien décidée à vivre pleinement l'heure présente sans se préoccuper du destin de sa descendance. Non pas que la génération actuelle aime moins ses enfants que les générations précédentes – la nature humaine ne change pas sur des points essentiels –, mais quand l'incertitude règne en maîtresse dans tous les domaines, il paraît dérisoire d'assurer le futur aux dépens du présent.

Telle est la différence fondamentale entre la génération actuelle et les générations passées. Les hommes de notre temps se refusent à tout sacrifier pour un avenir qu'il leur est impossible de distinguer.

Il va sans dire que ces réflexions ne concernent que le dixième environ de la population, ce dixième dont les yeux sont braqués sur la ligne de flottaison que représente la propriété ; au-dessous de cette ligne, il n'y a pas de Forsyte et, en conséquence, cette préface n'a plus de raison d'être. D'ailleurs, quel Anglais moyen dont le salaire annuel n'atteint pas trois cents livres a jamais pensé au futur, même aux plus beaux jours du victorianisme ?

Cette Comédie moderne *est donc mise en scène avec en arrière-plan la société plus ou moins figée représentée par Soames et son contemporain sir Lawrence Mont, beau-père de sa fille, neuvième baronet et esprit futile, entourés de comparses néovictoriens tels que Mr Danby, Elderson, Mr Blythe, sir James Foskisson, Wilfred Bentworth et Hilary Charwell. En faisant la somme de leurs idiosyncrasies, de leurs qualités et de leurs attitudes d'esprit, on obtient un panorama assez complet et cohérent qui permet par contraste de mettre en évidence les caractéristiques du présent incarné par Fleur et Michael, Wilfrid Desert, Aubrey Greene, Marjory Ferrar, Norah Curfew, Jon, le raphaélite et autres personnages secondaires. La multiplicité des types humains et des activités de notre époque est si grande – même en s'en tenant à la tranche d'individus qui se situe au-dessus de la ligne de flottaison de la propriété – qu'elle fournirait la matière de plus de vingt romans. Aussi cette* Comédie moderne *ne peut-elle viser qu'à présenter une esquisse rudimentaire de la jeunesse actuelle; une esquisse, mais peut-être pas une condamnation. Le symbolisme est ennuyeux à mourir; espérons donc que passera inaperçue une certaine ressemblance entre le cas de Fleur et celui de sa génération en quête désespérée de la sérénité dont elle a été frustrée. Le fait demeure que, pour le moment du moins, la jeunesse, emportée dans le tourbillon de l'incertitude, est en équilibre précaire. Que va-t-il arriver? L'homme connaîtra-t-il un jour la paix de l'esprit? Comment le monde se stabilisera-t-il… si tant est qu'il y parvienne jamais? Nul ne peut répondre. Y aura-t-il d'autres guerres, de nouvelles inventions détrônant celles que nous n'avons pas encore eu le temps de maîtriser ni d'assimiler? Ou bien le destin décrétera-t-il une pause semblable à celle de l'époque victorienne, pause au cours de laquelle la vie, ayant recouvré pour un temps sa juste valeur, se cristallisera et donnera un second souffle à la propriété et à son cortège de convictions solidement définies?*

Mais dans quelque mesure que cette Comédie moderne *puisse être considérée comme représentative de l'esprit d'une époque, elle demeure avant tout pour l'essentiel l'histoire d'une tranche de vie qui, débutant lors de la rencontre de Soames et d'Irène dans un salon de Bournemouth en 1881, ne pouvait trouver son achèvement, quarante-cinq ans plus tard, qu'avec la rupture de son épine dorsale, la mort de Soames.*

Harcelé de questions – comme c'est trop souvent le cas – au sujet de son héros, le chroniqueur est bien en peine de le définir avec précision. Dans l'ensemble, c'était indubitablement un honnête homme. Il vécut et agit suivant les normes qui lui étaient propres et maintenant il dort de son dernier sommeil. Qu'il soit permis à son créateur de penser qu'il lui a donné une fin en harmonie avec son personnage car, malgré le chemin que nous avons parcouru depuis la culture et la philosophie de la Grèce antique, il y a encore quelque vérité dans le vieux proverbe grec : « Ce qu'un homme aime par-dessus tout finit inévitablement par le détruire. »

JOHN GALSWORTHY

LE SINGE BLANC

traduit de l'anglais par
Hélène Claireau

À Max Beerbohm

Pas de refuge, pas de refuge !
Ils doivent vaincre ou mourir
Ceux qui n'ont pas de refuge
M. Gay

PREMIÈRE PARTIE

1

Promenade

Par un après-midi de cette mi-octobre de 1922 si lourde de conséquences, sir Lawrence Mont, neuvième baronet du nom, descendait les marches de l'édifice baptisé Snook's Club par George Forsyte à la fin des années 1880. Il pointa son nez aristocratique en direction du vent d'est, détendit ses jambes maigres et partit d'un pas rapide.

Politicien par naissance plutôt que par nature, il considérait avec un détachement mêlé d'humour la révolution qui venait de rendre le pouvoir à son parti. Comme il passait devant le Remove Club, il songea : « Ils ne doivent pas en mener large, ici ! Finis, les petits plats fins. Une simple bécasse nature, pour varier leur menu ! »

Quand il avait été élu au Snook's, les grandes vedettes avaient déjà quitté le club. Il n'en était pas, ah ! certes non ! de cette bande de démagogues, aujourd'hui congédiés ; des gens qui avaient tourné casaque à l'instant où se terminait la guerre ! Pouah !

Il venait de passer une heure à écouter des propos dans lesquels son esprit alerte et retors, solidement accroché au passé, sceptique en matière de présent et de toutes les professions de foi politiques, avait noté avec amusement la confusion qui s'établissait entre le patriotisme et les attaques personnelles dans cette assemblée fatale. Comme la plupart des propriétaires terriens, il se méfiait des doctrines. La seule conviction politique qu'il possédât était la nécessité d'une taxe sur le blé, et il lui semblait en être l'unique partisan. Mais il n'était pas en campagne électorale, de sorte que son credo ne risquait pas d'être ébranlé par le souci du vote des acheteurs de pain.

« Au fond, songea-t-il, les principes sont une valeur » ; et il regretta que les gens n'eussent pas carrément la franchise de l'avouer ! « Une valeur au sens profond du terme : l'intérêt personnel de chacun en tant que membre d'une communauté définie… et comment diantre cette communauté définie, la nation anglaise, pourrait-elle continuer d'exister, avec un sol de moins en moins cultivé et des docks et des navires menacés de destruction par les aéroplanes ? »

Il avait vainement attendu pendant cette heure une seule allusion à la terre. Pas une ! Il s'agissait bien de politique pratique avec ces hommes-là ! Le diable les confonde ! Briguer des places et s'y cramponner jusqu'à user leurs culottes, bon Dieu ! voilà à quoi ils étaient bons ! Mais quel rapport entre les postérieurs et la postérité ? Le mot « postérité » lui rappela soudain que la femme de son fils ne lui en préparait pas encore. Deux ans de mariage ! Il était temps de penser aux enfants. L'habitude de n'en pas avoir pouvait devenir dangereuse alors qu'un titre et un domaine en dépendaient.

Un sourire contracta ses lèvres et ses sourcils qu'il avait touffus, noirs et broussailleux. « Une jolie femme, pensa-t-il, extrêmement séduisante, et elle ne l'ignore pas, loin de là ! Qui n'arrive-t-elle pas à attirer chez elle ? Lions, tigres, singes et chats… tous se donnent le mot pour accourir dans sa maison qui est en passe de devenir une véritable ménagerie de célébrités plus ou moins illustres. Un peu factice, tout cela, je le crains ! »

Devant un des lions emblématiques de Trafalgar Square, sir Lawrence se dit : « En voilà encore un qu'elle finira par amener chez elle, un de ces jours ! Elle a la manie de la collection. Prends garde, Michael ! Dans la maison d'un collectionneur, il y a toujours un cabinet de débarras pour le fatras ui a cessé de plaire, et les maris sont exposés à y être fourrés. Cela me rappelle que je lui ai promis un ministre chinois. Il va falloir qu'elle attende jusqu'après les élections législatives. »

Près de Whitehall, les tours de Westminster se profilèrent un instant sur le ciel gris... « Ça aussi, se dit-il, c'est bien facile !... Michael et ses marottes !... Enfin, c'est la mode ! Des principes socialistes et une femme riche, sacrifice et sécurité, paix et abondance ! Remèdes de charlatan, dix pour un penny ! »

À Charing Cross, fuyant le vacarme des crieurs de journaux rendus hystériques par la crise politique, il tourna à gauche et se dirigea vers la maison Danby et Winter, éditeurs, dont son fils était l'associé.

Un nouveau sujet de livre avait commencé à hanter son esprit ; il avait déjà donné, après une *Vie de Montrose*, son *Cathay* lointain, récit d'un voyage en Extrême-Orient, et une conversation imaginaire entre les ombres de Gladstone et de Disraeli, intitulée *Duo.*

Depuis qu'il était sorti du club, chacun des pas qui le conduisait vers l'est semblait prêter un aspect plus insolite à sa mince et droite silhouette, serrée dans un manteau au col d'astrakan, à son maigre visage barré d'une moustache grise où le monocle cerclé d'écaille s'encastrait sous le sourcil vigoureux et sombre. Cette singularité alla s'accentuant au point de sembler quasi phénoménale dans la ruelle sordide où les voitures s'agglutinaient, telles des mouches en hiver, et où circulaient des hommes portant des livres sous le bras, comme des intellectuels.

Il avait presque atteint la porte des éditeurs lorsqu'il rencontra deux jeunes gens. L'un d'eux était, à n'en pas douter, son fils. Mieux habillé depuis son mariage, il fumait un cigare, Dieu merci ! au lieu de ses éternelles cigarettes ! Quant à l'autre – mais oui ! –, c'était le poète en herbe, le garçon d'honneur de Michael ; tête haut dressée, une tête lisse sous un chapeau de feutre taupé !

— Eh ! Michael ! dit-il.

— Hello, Bart !

— Tu connais mon père, Wilfrid ? Wilfrid Desert, l'auteur de *Monnaie de billon*, un vrai poète, Bart, vous pouvez m'en croire. Il faut que vous le lisiez. Nous rentrons. Vous venez avec nous ?

Sir Lawrence leur emboîta le pas.

— Quoi de neuf au club ?

— *Le roi est mort, vive le roi !* Les travaillistes peuvent commencer à débiter leurs mensonges, Michael : les élections sont pour le mois prochain.

— Bart a été élevé, Wilfrid, à une époque où l'on ne connaissait pas Demos.

— Dites-moi, monsieur Desert, trouvez-vous le moindre souci de réalisme dans notre politique actuelle ?

— En trouvez-vous dans quoi que ce soit, monsieur ?

— Dans l'impôt sur le revenu, peut-être !

Michael rit silencieusement.

— Au-dessus du rang de chevalier, il n'existe plus de foi toute simple.

— Supposez que vos amis arrivent au pouvoir – ce qui ne serait pas un mal à certains égards, ça les mûrirait –, que pourraient-ils bien faire ? Pourraient-ils ressusciter le patriotisme ? Abolir le cinéma ? Enseigner aux Anglais l'art de cuisiner ? Empêcher les autres nations de nous menacer de la guerre ? Nous faire produire notre propre subsistance ? Arrêter l'exode vers les villes ? Est-ce qu'ils pendraient tous ceux qui s'occupent de gaz toxiques ? Pourraient-ils interdire l'aviation en temps de guerre ? Seraient-ils capables d'affaiblir l'instinct de la propriété, où que ce soit ? Ou de faire autre chose que de changer quelques détails à l'ordre établi ? Toute politique de parti vise trop haut. Nous sommes dirigés par des technocrates et par la nature humaine. Résultat : nous voilà dans le lac, monsieur Desert !

— C'est bien mon avis, monsieur.

Michael brandit son cigare :

— Vous êtes d'affreux fossiles, vous deux !

Comme ils passaient devant le Cénotaphe, ils se découvrirent.

— Curieusement symptomatique, ce monument ! dit sir Lawrence. Il semble érigé à la terreur de la gloriole… c'est très net. Et la terreur de la gloriole…

— Allez-y, Bart, dit Michael.

— Beauté, sublime, magnificence, tout cela est du passé. Plus de perspectives à longue échéance, plus de vastes projets, plus de grandeur, qu'il s'agisse de principes, de religion ou d'art. À la place, une esthétique de cliques et de chapelles ; de petits hommes sous de petits chapeaux.

— Comme le cœur soupire après Byron, Wilberforce et le monument de Nelson, mon pauvre vieux Bart ! Qu'en penses-tu, Wilfrid ?

— Oui, monsieur Desert, qu'en pensez-vous ?

La sombre figure de Wilfrid se contracta.

— Notre époque est celle du paradoxe, dit-il. Nous réclamons impatiemment la liberté, et les seules institutions qui gagnent en force sont le socialisme et l'Église catholique romaine. Nous sommes terriblement férus d'art, et le seul qui progresse, c'est le cinéma. Nous sommes entichés de la paix, et tout ce que nous faisons pour elle, c'est de perfectionner les gaz toxiques.

Sir Lawrence dévisagea furtivement ce jeune homme si débordant d'amertume.

— Comment marchent les affaires, Michael ? demanda-t-il.

— Eh bien, *Monnaie de billon* s'enlève comme des petits pains, et *Duo* a l'air de bien démarrer. Que diriez-vous de cette réclame ? « *Duo*, de sir Lawrence Mont, baronet, la conversation la plus distinguée qui se soit jamais tenue au royaume des morts. » Cela pourrait attirer les adeptes du spiritisme. De son côté, Wilfrid suggère : « Le Grand Vieux et Dizzy, transmis par sans-fil de l'enfer. » Que préférez-vous ?

Ils étaient arrivés devant un agent qui, la main dressée sous le nez d'un cheval attelé à une voiture, arrêtait toute la circulation. Les moteurs des automobiles ronronnaient au ralenti ; leurs conducteurs fixaient avidement l'espace interdit ; une jeune fille à bicyclette regardait distraitement autour d'elle tout en s'agrippant à l'arrière de la voiture où un gamin, assis de biais, tendait les jambes vers elle.

Sir Lawrence examina de nouveau Wilfrid Desert à la dérobée. Le visage mince, d'une pâleur mate, était beau, mais inquiétant, mal équilibré ; rien d'*outré* ni dans la tenue ni dans les manières, et pourtant, un genre à part, impossible à classer dans une catégorie sociale définie ; il paraissait moins animé que son énergumène de fils, mais il devait être aussi instable et plus sceptique encore… un écorché vif au fond, sûrement !

L'agent abaissa le bras.

— Avez-vous fait la guerre, monsieur Desert ?

— Naturellement.

— Aviation ?

— Et infanterie. Un peu des deux.

— Dure épreuve pour un poète !

— Pas du tout. La poésie n'est possible que si l'on frôle la mort à chaque instant ou si l'on habite un faubourg comme Putney.

Sir Lawrence leva les sourcils :

— Vraiment ?

— Tennyson, Browning, Wordsworth, Swinburne… voyez comment ils s'en sont tirés ; *ils vivaient, mais si peu !*

— Ne pensez-vous pas qu'il existe encore une troisième circonstance qui incite à la poésie ?

— Laquelle, monsieur ?

— Comment la définirai-je ? Une certaine agitation cérébrale relative à la femme ?

Le visage de Desert se contracta et parut s'assombrir.

Michael introduisit sa clef dans la serrure de la porte d'entrée.

2

La maison

La maison de South Square, Westminster, où les jeunes Mont s'étaient installés deux ans auparavant au retour de leur voyage de noces en Espagne, aurait mérité le qualificatif d'*émancipée* au sens propre du mot : « affranchie de toute tutelle ». C'était l'œuvre d'un architecte qui rêvait de maisons neuves parfaitement anciennes et de vieilles maisons parfaitement neuves. Il en résultait que la demeure ne se réclamait d'aucun style connu et avait échappé à tout préjugé architectural, mais ses murs absorbaient les suies de la capitale avec une telle rapidité que leurs pierres avaient déjà pris la patine respectable des immeubles de Wren.

Les fenêtres et les portes offraient des sommets agréablement arrondis. Le toit, très haut et en forte pente, d'un beau rose enfumé, était presque danois et percé de deux « amours de petites fenêtres » ; on avait l'impression que des domestiques de très grande taille devaient habiter les mansardes. Plusieurs pièces s'ouvraient de part et d'autre de la porte d'entrée, de vastes proportions, rehaussée par une bordure noir et or de lauriers. La maison était profonde ; l'escalier, d'une ligne large et simple, partait de l'extrémité d'un hall assez spacieux pour contenir une quantité imposante de chapeaux, manteaux et cartes de visite. Il y avait quatre salles de bains, mais, en revanche, pas la moindre cave au sous-sol.

L'instinct de propriétaire des Forsyte avait joué dans l'acquisition de cette demeure. Soames l'avait dénichée, à peine achevée, pour sa fille, à ce moment psychologique où la bulle de l'inflation avait éclaté et où l'air s'échappait du ballon du commerce mondial.

Fleur s'était immédiatement mise en rapport avec l'architecte – race que Soames lui-même n'avait jamais pu « encaisser » – et elle avait décidé qu'il n'y aurait pas plus de trois styles dans sa maison : le chinois, l'espagnol et le sien propre. Le chinois régnait à gauche de l'entrée dans une pièce qui occupait toute la profondeur de l'immeuble : elle avait des panneaux en ivoire, un plancher au revêtement de cuivre, le chauffage central et des lustres en cristal. On y voyait quatre tableaux, tous quatre chinois – la seule école de laquelle son père ne s'était pas encore occupé. Une cheminée importante s'ornait de chiens chinois, debout sur des carreaux de faïence chinoise. Le tissu d'ameublement était une soie à dominante vert jade. Deux coffres à thé anciens, noirs, des merveilles, venaient de chez Jobson où Soames les avait découverts et payés un bon prix. Pas de piano, instrument trop encombrant et d'un occidentalisme irrémédiable. Fleur tenait à l'espace : elle aimait mieux collectionner les êtres que les bibelots ou les meubles. Les fenêtres se faisaient vis-à-vis, mais la lumière qu'elles déversaient n'avait malheureusement rien de chinois.

Fleur se mettait parfois au centre de son salon et réfléchissait : comment placer ses invités, comment donner à la pièce un aspect plus chinois encore sans en compromettre le confort ? Comment parler politique et littérature en femme pour qui l'une et l'autre n'ont plus aucun secret ? Comment accepter tous les cadeaux de son père sans lui faire sentir que son goût n'était pas celui de l'époque ? Comment conserver son empire sur Sibley Swan, la nouvelle étoile littéraire, tout en faisant la conquête de Gurdon Minho, l'ancienne étoile ? Et ce Wilfrid Desert, il commençait à être trop amoureux d'elle... Et quel était vraiment le style de toilette qui lui convenait ?… Et Michael… pourquoi avait-il de si drôles d'oreilles ? Parfois aussi, elle demeurait sans pensée, tourmentée d'une vague souffrance.

Quand les trois hommes entrèrent, Fleur, assise devant une table en laque rouge, achevait de goûter. Elle faisait toujours servir le thé d'assez bonne heure, de manière à s'assurer une bonne petite bombance préliminaire pour elle toute seule : elle n'avait pas encore vingt et un ans et, à ce moment de l'après-midi, il lui plaisait de redevenir enfant.

À son côté, Ting-a-Ling, dressé sur ses pattes de derrière, ses minuscules pattes de devant posées sur un tabouret chinois, tournait son museau camard, noir et feu, vers les objets de sa convoitise.

— Suffit ! Ting ! assez, mon trésor ! Tu entends ?

L'expression de Ting-a-Ling répondait : « Bien ! mais alors arrête-toi aussi et cesse de me soumettre à la torture ! »

C'était l'année précédente que Michael avait acheté dans une boutique de Bond Street le petit chien, âgé de quinze mois, et l'avait offert à sa femme pour son vingtième anniversaire.

Fleur portait toujours sa coiffure de jeune fille, ses cheveux châtain foncé coupés très court. Pourtant, le mariage l'avait modifiée : il avait accentué la décision de sa bouche mobile et le charme de ses yeux noisette aux cils sombres, aux paupières très blanches ; il avait mis dans sa démarche plus de rythme et de fermeté, arrondi sa poitrine et ses hanches, aminci sa taille et ses jambes ; son visage, plus pâle, s'était affiné et sa voix, plus chaude, avait pris des inflexions un peu plus caressantes.

Debout derrière la table à thé, elle tendait ses bras blancs et ronds sans rien dire. Elle évitait toujours ces banalités de l'accueil et de l'adieu qu'il lui aurait fallu répéter trop souvent et elle les remplaçait volontiers par un regard, une pression de main, une inclination de tête.

— Asseyez-vous, dit-elle en désignant les sièges d'un geste circulaire. De la crème, monsieur ? Du sucre, Wilfrid ?

Ting a déjà trop mangé ; ne lui donnez plus rien ! Passe donc les gâteaux, Michael. Je sais tout ce qui s'est dit à la réunion du Snook's. Tu ne vas pas, j'espère, faire campagne pour les travaillistes, Michael ; ces campagnes sont si stupides ! Si l'on s'avisait de vouloir influencer mon choix, je voterais immédiatement en sens contraire.

— Sans doute, ma chérie, mais tu n'es pas l'électeur moyen !

Fleur le regarda : ç'avait été très gentiment dit. Elle constata d'un coup d'œil que Wilfrid se mordait les lèvres, que sir Lawrence s'en apercevait, que ses jambes gainées de soie se montraient un peu trop, que ses tasses noir et crème attendaient... Instantanément, elle fut à la hauteur de la situation. Un battement de ses paupières blanches et Desert cessa de se mordre les lèvres ; un mouvement de ses jambes soyeuses et sir Lawrence cessa de regarder le jeune homme. Elle offrit les tasses et demanda :

— Vous ne me trouvez sans doute pas assez moderne ?

Desert, tout en remuant une petite cuiller brillante dans sa tasse, répondit sans lever les yeux :

— D'autant plus moderne parmi les modernes que vous êtes plus classique.

— Gare à la poésie ! dit Michael, et il emmena son père voir les nouvelles caricatures d'Aubrey Greene.

Fleur se tourna alors vers Wilfrid :

— Ayez la bonté de m'expliquer ce que vous avez voulu dire.

— À quoi bon ? répondit Desert d'une voix étranglée. Inutile de vous faire perdre votre temps.

— Mais je veux savoir. Vos paroles ont sonné, tout à l'heure, comme un sarcasme.

— Un sarcasme ? De ma part ? Fleur...

— Alors, expliquez-vous.

— Eh bien ! j'ai voulu dire que vous avez toute l'inquiétude des modernes, tout leur arrivisme et leur sens pratique, mais vous avez aussi, Fleur, ce qui leur manque, le pouvoir le tourner les têtes. Et vous avez tourné la mienne, vous le savez bien.

— Comment Michael prendrait-il ces paroles, venant de vous, Wilfrid, son garçon d'honneur ?

Desert s'approcha rapidement des fenêtres. Fleur prit Ting-a-Ling sur ses genoux. De semblables déclarations, elle en avait déjà reçu ; mais de la part de Wilfrid, c'était sérieux. Bien sûr, il lui était agréable de penser qu'elle avait pris son cœur. Mais où le mettre, ce cœur ? Dans quel endroit le dissimuler afin qu'il ne fût visible que pour elle ? Ce garçon était déroutant, capable d'actes étranges. Elle avait un peu peur, non de lui-même, mais de cette bizarrerie qu'elle sentait en lui.

Il revint près de la cheminée et dit :

— C'est très mal, n'est-ce pas ? Mettez ce maudit chien par terre, Fleur, il me cache votre visage. Si vous aimiez vraiment Michael, je vous le jure, je ne vous parlerais pas ainsi ; mais vous ne l'aimez pas et vous le savez.

La jeune femme répliqua froidement :

— Vous parlez de ce que vous ne connaissez pas. J'aime beaucoup mon mari.

Desert eut un petit rire saccadé :

— Oh ! oui, mais pas de l'amour qui compte.

Elle leva les yeux :

— Il compte suffisamment pour assurer ma sécurité.

— Vous êtes donc une fleur que je ne peux cueillir…

Elle inclina la tête.

— Vous êtes sûre, Fleur, tout à fait sûre ?

Fleur regardait dans le vague ; l'expression de ses yeux s'adoucit légèrement et les paupières d'une blancheur si surprenante s'abaissèrent. Elle fit à nouveau oui de la tête.

Desert dit lentement :

— Quand je le croirai, je m'en irai. Je partirai pour l'Orient.

— Pour l'Orient ?

— Oui, c'est moins galvaudé que l'Amérique, mais le résultat est à peu près le même : on n'en revient pas.

Fleur pensa : « L'Orient ? J'adorerais le connaître ! Que dommage qu'on ne puisse pas trouver le moyen de tout concilier ! »

— Vous ne me garderez pas dans votre ménagerie, ma chère. Je ne me traînerai pas ici à me nourrir de miettes. Vous savez ce que je ressens. Pour moi, c'est un drame.

— Ce n'est tout de même pas ma faute ?

— Si : vous m'avez voulu dans votre collection, comme tous ceux qui vous approchent.

— Je ne sais pas ce que vous voulez dire.

Desert se courba, lui prit la main et la porta à ses lèvres.

— Ne vous jouez pas de moi, dit-il, je suis trop malheureux.

La jeune femme ne retira pas sa main sur laquelle s'appuyaient les lèvres brûlantes.

— Désolée, Wilfrid.

— Ne vous inquiétez pas, ma chère, je partirai.

— Mais vous venez dîner demain ?

Il explosa :

— Demain ? bon Dieu non ! Pour qui me prenez-vous ?

Et il rejeta la main de la jeune femme.

— Je n'aime pas la violence, Wilfrid.

— Alors, au revoir, il vaut mieux que je m'en aille.

Elle fut sur le point de répliquer : « Et vous ferez bien de ne plus revenir », mais elle se retint. Ne plus voir Wilfrid… sa vie en perdrait un peu de chaleur. Elle agita la main. Il était parti. Elle entendit la porte se refermer. Pauvre Wilfrid ! C'était agréable de disposer d'une flamme où se réchauffer ; agréable, mais plutôt dangereux… Soudain, elle posa Ting-a-Ling par terre, se leva et se mit à arpenter la pièce.

Demain ! deuxième anniversaire de son mariage. Elle éprouvait encore une légère souffrance en pensant à tout ce qu'il n'avait pas été. Mais elle disposait de peu de temps pour penser, et ce peu de temps, elle le réduisait volontairement au minimum. À quoi bon penser ? On n'a qu'une vie, pleine de gens, de choses à faire, à posséder, à désirer…

une vie à laquelle il ne manque qu'une chose… mais cette chose… si on arrive à l'avoir, on ne parvient jamais à la garder longtemps.

Deux larmes perlèrent à ses paupières, mais elle les refoula. Pas de sentimentalité ! Non ! pour rien au monde… Le péché impardonnable ! Comment installerait-elle ses invités demain ? Et qui mettrait-elle à la place de Wilfrid s'il ne venait pas, ce nigaud ? Un jour de plus ou de moins, qu'est-ce que cela pouvait lui faire ? Qui placer à sa droite, et qui à sa gauche ? D'Aubrey Greene ou de Sibley Swan, quel était le plus éminent ? L'étaient-ils l'un et l'autre autant que Walter Nazing et Charles Upshire ? Ce devait être un dîner de douze couverts, rien que des artistes et des gens de lettres, sauf Michael et Alison Charwell. Alison ne pourrait-elle pas lui amener Gurdon Minho ? Cela ferait justement un représentant de l'école littéraire précédente, un verre de vin vieux pour tempérer l'effervescence de la réunion. Ses ouvrages n'étaient pas édités chez Danby et Winter, mais il était à la dévotion d'Alison.

Elle ouvrit l'un des vieux coffres à thé qui dissimulait le téléphone.

— Je voudrais parler à lady Alison. Mrs Michael Mont… Oui… C'est vous, Alison ? Ici, Fleur. Wilfrid me fait faux bond demain soir. Vous serait-il possible par hasard d'amener Gurdon Minho ? Je ne le connais pas, bien sûr, mais nos amis pourraient peut-être l'intéresser. Voulez-vous essayer ?… Ce serait tellement gentil de votre part… Vous ne trouvez pas passionnantes les discussions du Snook's Club ? Bart prétend qu'ils vont s'entredévorer, maintenant qu'ils ont sauté… Pouvez-vous me fixer ce soir pour Mr Minho ? Merci, merci infiniment. À bientôt.

À défaut de Minho, qui ? Son esprit voletait au-dessus des noms de son carnet d'adresses. Elle ne pouvait inviter à la dernière minute qu'un intime… Mais sauf Alison, aucun des parents de Michael ne voudrait affronter Sibley Swan ou Nesta Gorse et leur ironie subversive ; quant aux Forsyte, inutile d'y songer, ils avaient bien leur humour aigre-doux (certains d'entre eux, du moins), mais aucun n'était moderne, vraiment moderne. D'ailleurs, elle les voyait le moins possible : ils dataient ; ils appartenaient à cette époque dramatique où l'on n'éprouvait pas le détachement de la vie. Non, si ça ne marchait pas avec Gurdon Minho, il lui fallait un musicien, bien hermétique, avec un soupçon de brutalité ; ou, mieux encore, un psychanalyste. Elle tourna les pages jusqu'à ce qu'elle eût déniché ces deux spécimens. Hugo Solstis ? Peut-être. Mais s'il lui prenait envie de leur jouer une de ses dernières compositions ? Il n'y avait que le piano à queue de Michael et cela obligerait à aller dans son bureau. Mieux valait Gerald Hanks – il est vrai qu'il s'en irait au pays des rêves avec Nesta Gorse. Tout de même, il resterait assez d'animateurs sans eux. Eh bien, entendu ! En cas de défection de Gurdon Minho, Gerald Hanks ; il serait certainement libre… le mettre entre Alison et Nesta. Elle referma le carnet et, retournant à son canapé vert jade, elle s'assit et se mit à contempler Ting-a-Ling. Les yeux ronds et saillants du petit animal lui rendaient son regard ; ils étaient éveillés, noirs ; ils avaient l'air très vieux. Fleur pensa : « Je ne *veux* pas que Wilfrid me lâche. » Parmi toute la foule qui allait et venait autour d'elle, elle ne tenait à personne. Bien sûr, il fallait garder le contact avec le monde ; c'était follement amusant, follement nécessaire… Seulement, seulement… quoi ?…

Des voix… C'était Michael et Bart qui revenaient. Le baronet avait remarqué l'attitude de Wilfrid. Rien ne lui échappait, au vieux Bart ! Elle ne se trouvait jamais complètement à son aise quand il était là ; il était plein de vie et de finesse, mais il y avait en lui quelque chose de rigide, d'ancestral – un peu comme chez Ting-a-Ling –, une attitude dogmatique condamnant en elle sa jeunesse et son instabilité. Il était, lui, un esprit bien calé sur ses ancres, qui ne bougeait pas plus loin que ne le permettaient ses antiques amarres ; néanmoins elle le savait capable de découvrir tout à coup des choses, par surprise. Tout de même, il avait de 'admiration pour elle, elle le sentait... c'était même une ·ertitude absolue.

Comment avait-il trouvé les caricatures ? Michael devait-ıl les publier avec ou sans légende ? Est-ce qu'il ne trouvait pas vraiment très drôle le dessin cubiste intitulé *Nature morte*, représentant le gouvernement, surtout la grosse fève qui figurait le Premier ministre ?

Elle n'écouta la réponse que comme un bruit rapide et confus : sir Lawrence lui parlait de la collection de caricatures électorales de son père, un homme fort distingué, mais qui avait dû être si ennuyeux, lorsqu'il faisait ses visites à cheval, avec son pantalon à sous-pieds ! Lui, lord Charles Cariboo et le marquis de Forfar avaient été les trois derniers représentants de ce type. Sans cette particularité, on les eût d'ailleurs totalement oubliés... et Fleur souhaitait ne plus en entendre parler ! Elle avait sa robe à essayer, trente-six ordres à donner, et ce concert d'Hugo Solstis qui commençait à huit heures quinze ! Pourquoi les gens de la génération précédente avaient-ils toujours du temps devant eux ?

Subitement, elle regarda à terre : Ting-a-Ling était en train de lécher le sol de cuivre. Elle le saisit :

— Pas ça, chéri, c'est sale !

Ah ! le charme était rompu ! Bart s'en allait ; jusqu'au dernier moment, il avait remué ses souvenirs. Elle attendit au pied de l'escalier que Michael eût refermé la porte, puis elle monta en courant.

Dans sa chambre, elle alluma toutes les lumières. C'est ici que régnait son style personnel – un lit, qui n'avait pas l'air d'en être un, et une profusion de miroirs. La couche de Ting-a-Ling occupait un coin d'où il pouvait apercevoir trois fois son image ; elle l'y déposa et lui dit :

— Reste tranquille, maintenant.

Il y avait beau temps qu'il ne prêtait plus la moindre attention aux autres chiens de la pièce. Bien qu'ils fussent de sa race et exactement de sa couleur, ils n'avaient pas d'odeur et leur langue ne savait pas lécher – rien à faire avec eux ; c'étaient des êtres imitatifs, d'une irresponsabilité incroyable.

Fleur se dévêtit en un clin d'œil ; elle allait passer sa robe neuve lorsqu'une voix demanda : « Je peux t'embrasser ? » et l'image de Michael se réfléchit dans la glace, derrière la sienne.

— Mon cher, nous sommes beaucoup trop pressés ! Aide-moi plutôt.

Sa tête émergea de sa robe :

— Ferme-moi les trois agrafes du haut. Elle te plaît ? Oh ! Michael ! Gurdon Minho viendra peut-être dîner demain, Wilfrid est empêché. As-tu lu ses œuvres ? Assieds-toi et parle-m'en. Ce ne sont que des romans, n'est-ce pas ? De quel genre ?

— Ma foi, il a toujours quelque chose à raconter et il décrit bien les chats. Il est un peu romantique, c'est sûr.

— Oh ! j'ai fait une gaffe ?

— Pas du tout ; tu as très bien visé en l'invitant. Vois-tu, les autres, ceux de notre cénacle, ils écrivent fort bien, mais ils n'ont jamais rien à dire. Ils ne dureront pas.

— Mais c'est justement pour cela qu'ils dureront : ils ne dateront pas.

— Ah ! quelle blague !

— Wilfrid durera, lui.

— Wilfrid, évidemment, a de l'émotion, de la haine, de la pitié, du désir… du moins quelquefois : il est alors épatant, mais en général, ses petites chansons ne racontent rien, tout comme celles des autres.

Fleur rentra le haut de sa combinaison qui apparaissait au bord du décolleté.

— Mais, Michael, s'il en est ainsi, je me suis complètement fourvoyée !

Michael sourit.

— Ma chère enfant, on a toujours raison d'adopter les hommes du jour, mais il faut prendre garde et les lâcher assez vite !

— Tu crois donc que Sibley ne réussira pas ?

— Sib, bon Dieu, non !

— Mais il a l'air si sûr de lui lorsqu'il dit que tous les autres sont morts ou sur le point de mourir ! C'est tout de même un critique de génie.

— Si je n'avais pas plus de jugement que Sib, j'abandonnerais dès demain le métier d'éditeur.

— Toi... plus de jugement que Sibley Swan ?

— Et comment ! Son opinion sur les auteurs n'est faite que de la jalousie qu'ils lui inspirent. Il ne prend même pas la peine de les lire ! Il se contente de parcourir quelques pages, de manière à pouvoir décréter : « Un tel est ennuyeux, ou moralisateur, ou sentimental, ou vieux jeu, ou radoteur. » Je l'ai entendu si souvent ! Naturellement, il ne traite ainsi que les écrivains vivants ; s'il s'agit des morts, c'est tout différent : il les déterre et les canonise... c'est de cette façon qu'il s'est fait un nom. Le monde littéraire compte du reste toujours un Sib : une preuve vivante qu'on peut imposer au public sa propre opinion de soi-même. Quant à durer, c'est impossible ; il n'a jamais rien créé, même par mégarde.

Fleur ne le suivait plus ; elle pensait : « Donc, tout va très bien ; la question est réglée. Il faut que j'écrive ces trois billets avant de me préparer. »

Michael poursuivait :

— Crois-moi, Fleur, les hommes d'une véritable valeur ne parlent pas et ne s'agglomèrent pas : chacun dans son canot, ils rament sur ce qui nous semble être les bras morts des rivières... Mais ce sont ces bras morts qui font les grands courants.

— Michael, me conseilles-tu de prévenir Frederic Wilmer qu'il rencontrera Hubert Marsland la semaine prochaine à déjeuner ? Penses-tu que cela risque de l'attirer ou de l'éloigner ?

— Marsland est du genre vieux canard et Wilmer vieille oie. Je ne sais pas.

— Oh ! sois donc sérieux, Michael ; tu ne m'aides jamais à organiser... Non, ne me meurtris pas les épaules, s'il te plaît.

— Ma chérie, c'est que vraiment je ne sais que te conseiller ; je ne suis pas, comme toi, doué pour ces choses-là Marsland peint des moulins, des falaises ; je doute qu'il ait seulement entendu parler de l'avenir ; par sa façon de se tenir à l'écart du mouvement il vaut presque un Mathew Maris ! Si tu crois que ça puisse lui faire plaisir de rencontrer un vertiginiste…

— Je ne t'ai pas demandé si lui aimerait connaître Wilmer ; je t'ai demandé si Wilmer aimerait le connaître.

— Wilmer dira sans doute : « La petite Mrs Mont me plaît, on mange rudement bien chez elle » – et c'est vrai, tu sais, mon bijou… un vertiginiste a besoin d'être bien nourri pour avoir quelque chose dans la tête.

La plume de Fleur continuait à tracer des traits rapides qui déjà devenaient illisibles. Elle murmura :

— Je crois que Wilfrid m'apporterait un certain secours puisque tu ne seras pas là. Un, deux, trois. Quelles femmes inviter ?

— Pour les peintres ? jolies et grassouillettes, pas intellectuelles.

Fleur répondit, un peu agacée :

— Je ne peux pas leur en procurer des grasses ; ça ne se trouve plus maintenant !

Et sa plume écrivit, comme malgré elle :

Cher Wilfrid, j'ai mercredi à déjeuner Wilmer, Hubert Marsland et deux femmes. Aidez-moi à les supporter. Toujours bien à vous. Fleur.

— Michael, ton menton pique comme une brosse à chaussures !

— Mille pardons, ma chère, mais tes épaules n'ont qu'à ne pas être si tendres. Pendant que nous venions ensemble, Bart a donné un tuyau à Wilfrid.

Fleur s'arrêta d'écrire :

— Ah ! oui ?

— Il lui a rappelé que la condition amoureuse est un bon stimulant pour les poètes.

— À propos de quoi ?

— Wilfrid se plaignait de ne rien réussir en ce moment.

— Quelle sottise ! ses dernières œuvres sont les meilleures.

— C'est bien mon avis. Peut-être a-t-il déjà utilisé le tuyau. Qu'en penses-tu ?

Fleur tourna les yeux vers son visage. Non, il avait son aspect habituel, franc, sans malice, un peu semblable à un faune avec ses oreilles pointues, ses lèvres et ses narines mobiles.

Elle dit lentement :

— Si *toi*, tu ne le sais pas, qui le saura ?

Un reniflement interrompit la réponse de Michael. Ting-a-Ling, avec son corps allongé, bas, légèrement relevé aux deux bouts, se tenait entre eux, son museau noir dressé en l'air, et il paraissait dire : « Mon pedigree est long, mais mes pattes sont courtes, et après ? »

3

Musique

Fleur et Michael se rendirent au concert de Hugo Solstis non par amour de la musique, mais par amitié pour l'artiste : en cela, ils ne faisaient que suivre le grand précepte des relations mondaines. Ils sentaient aussi que Solstis, Anglais d'origine russo-hollandaise, était un des piliers de la rénovation artistique, un de ceux qui libéraient largement la musique anglaise du rythme et de la mélodie tout en lui infusant des grâces mathématiques et littéraires. On ne pouvait sortir d'un concert de cette école sans prononcer le mot « intéressant ». Dormir au son de cette musique néoanglaise était quasiment impossible. Fleur, qui avait le sommeil profond, ne s'y était pourtant jamais risquée. Michael avait tenté l'expérience et s'était plaint par la suite d'avoir eu la sensation de faire un somme en pleine gare de Liège.

À cette occasion, ils occupaient des fauteuils de balcon voisins du couloir de sortie, où Fleur parvenait toujours à se placer. Là, Hugo et ses confrères pouvaient l'apercevoir, participant au mouvement de la renaissance anglaise ; il était en outre très facile de s'en échapper vers le corridor, pour échanger le mot « intéressant » avec des initiés, reconnaissables à leurs favoris ; ou bien, elle prenait une cigarette dans un mince étui d'or, cadeau de mariage de sa cousine, Imogen Cardigan, et se reposait, le temps de tirer une ou deux bouffées.

À parler franchement, Fleur était douée d'un sens inné rythme. Aussi souffrait-elle pendant ces longs et *intéres-sants* passages où le compositeur semblait se tordre sur un lit d'épines. Elle aimait en secret la mélodie ; mais l'impossibi-lité de confesser un tel penchant, sans risquer de perdre tout crédit auprès de Solstis, Baff, Birdigal, MacLewis, Clorane et autres novateurs anglais, éprouvait parfois à l'extrême cette nature délicate qui avait son petit côté spartiate.

Elle n'osait même pas en faire l'aveu à Michael, de sorte qu'il aggravait son supplice quand, avec cet irrespect naturel qu'avaient accentué sa vie dans les tranchées et son séjour dans une maison d'édition, il marmonnait : « Bon Dieu ! qu'il en finisse ! » ou : « Seigneur ! il tourne de l'œil ! »

C'était d'autant plus irritant qu'elle savait fort bien que Michael, plus « littéraire » et moins sensible au rythme qu'elle, s'accommodait mieux de cette musique.

Le premier mouvement de la *Fantasmagorie piémontaise*, nouvelle composition de Solstis qu'ils étaient venus entendre plus particulièrement, débutait par des accords arpégés. Michael lui susurra à l'oreille :

— Pas possible ! On traîne trois meubles en même temps sur le parquet ?

Le sourire involontaire de Fleur révélait le secret qui rendait son mariage supportable. Somme toute, Michael était charmant ! Adoration et critique, blague et loyauté... Cette combinaison amusait et touchait un cœur qui ne lui appartenait déjà plus lorsqu'elle le lui avait donné. « Toucher » sans « amuser » eût été ennuyeux ; « amuser » sans « toucher » l'eût agacée...

À cet instant, il paraissait particulièrement à son avantage : les mains sur les genoux, les oreilles dressées, le regard fixe, la langue lui gonflant une joue, il écoutait l'ouverture avec une concentration qui éveilla l'admiration de Fleur. Le morceau serait « intéressant », elle en était certaine, et elle tomba dans cet état qui lui devenait habituel : extérieurement toute attention ; intérieurement, tout calcul.

Là-bas, elle apercevait L. S. D., le grand auteur dramatique qu'elle ne connaissait pas... du moins pas encore; i offrait un aspect plutôt effrayant, avec ses cheveux hérissés... ; elle se l'imagina sur le sol de cuivre de son salon devant l'une des peintures chinoises... Et puis, là ?... mais oui ! c'était bien Gurdon Minho ! Comme il jurait dans cette ambiance moderne ! Elle lui trouva le profil vraiment romain... de l'époque d'Aurélien. Elle cessa de regarder ce masque antique avec l'agréable pensée que le lendemain, à la même heure, il ferait peut-être partie de sa collection, et elle se mit à examiner les spectateurs un par un : il ne lui fallait omettre personne d'important.

Les grincements du « mobilier » s'étaient soudain arrêtés.

— Intéressant ! fit une voix derrière elle.

Aubrey Greene ! Il avait l'air irréel, lunaire, avec ses cheveux blonds et lisses soigneusement rejetés en arrière et ses yeux vert pâle : son sourire donnait toujours à Fleur l'impression qu'il se moquait d'elle. Mais, après tout, c'était un caricaturiste...

— Oui, n'est-ce pas ?

Il s'éloigna. Il aurait bien pu rester un peu plus longtemps : personne d'autre ne pourrait venir lui parler avant les mélodies de Birdigal.

Ah ! le chanteur Charles Powls faisait son apparition ! Corpulent et sûr de lui, il poussait le petit Birdigal vers le piano.

Un accompagnement délicieux, fluide, mélodieux. Le gros homme à l'air compétent se mit à chanter. Quel contraste avec l'accompagnement ! Chaque note faisait l'effet d'un coup décoché dans le plexus solaire et privait Fleur de tout plaisir avec une certitude mathématique. Birdigal avait dû écrire cette chanson, dominé par la terreur qu'on la qualifiât de « vocale ». Vocale ! Fleur savait comment ce mot, une fois lancé, aurait été répété, repris comme une antienne... et c'en eût été fait du pauvre Birdigal. Au lieu de cela, c'était « intéressant » ! Mais comme disait Michael : « Ah ! grand Dieu ! »

Trois mélodies ! Powls était merveilleux !... et si fidèle à son idéal.

Il n'émettait pas un son qui semblât musical.

Elle laissa sa pensée s'envoler vers Wilfrid. Parmi les jeunes poètes, aucun autre n'avait obtenu du public le droit d'exprimer une idée. Il semblait, pour cette raison, appartenir à la vie plutôt qu'à la littérature... et puis, il s'était distingué pendant la guerre ; il était fils de lord Mullyon et, vraisemblablement, *Monnaie de billon* lui vaudrait le prix Mercer. Si Wilfrid l'abandonnait, ce serait vraiment une étoile qui tomberait de son firmament. Il n'avait pas le droit de lui jouer ce mauvais tour ; il devait apprendre à se dominer, à ne pas penser physiquement. Non ! elle ne pouvait admettre que Wilfrid lui échappât, mais d'autre part, elle ne voulait plus dans sa vie ni passions déchaînées, ni larmes, ni impasses, ni regains. Elle y avait goûté et l'amertume en subsistait encore.

Birdigal saluait.

— Sortons respirer, dit Michael, le prochain morceau est rasant. Oh ! Beethoven ! pauvre vieux Beethoven ! Très démodé, mais bien agréable à entendre, *lui* !

La « renaissance anglaise » encombrait le couloir et le bar. Des jeunes gens des deux sexes, le visage animé, échangeaient le mot « intéressant ». D'autres hommes, d'un genre plus imposant, pareils à des matadors sédentaires, empêchaient toute circulation. Fleur et Michael firent quelques pas, s'appuyèrent à la muraille et allumèrent des cigarettes.

Une toute petite cigarette dans un minuscule bout d'ambre, Fleur fumait avec élégance et avait l'air d'admirer une vapeur bleue venue on ne savait d'où. Elle ne devait pas oublier qu'il existait d'autres milieux que cette foule – sait-on jamais qui l'on peut rencontrer ? –, par exemple le milieu d'Alison Charwell, politico-littéraire, de tendance catholique et, comme le disait Michael, « si convaincu qu'il est le seul milieu au monde que tous ceux qui en font partie écrivent leurs souvenirs, les uns sur les autres » ! Ces gens-là, elle en était sûre, risquaient de ne pas trouver convenable qu'une femme fumât dans un endroit public. Tout en approuvant les iconoclastes (non sans modération), Fleur ne perdait pas de vue qu'elle appartenait à deux milieux pour le moins. Personne n'échappait à son observation immobile de part et d'autre d'elle ; l'un des jeunes gens qui s'adossaient au mur avait le visage masqué par son programme.

« C'est Wilfrid ! pensa-t-elle. Il se cache pour ne pas me voir ! » Et, mortifiée comme un enfant à qui l'on arrache une pièce d'argent, elle s'écria :

— Voilà Wilfrid ! amène-le-moi, Michael !

Michael traversa le couloir et toucha le bras de son garçon d'honneur. Le visage de Desert émergea, les sourcils froncés ; elle le vit hausser les épaules, se détourner et entrer dans la foule.

Michael revint.

— Wilfrid a le cafard, ce soir ! Il dit qu'il n'est pas en état de fréquenter ses semblables. Drôle de type !

Quels êtres obtus que les hommes ! Parce que Wilfrid était son ami, Michael ne remarquait rien !... heureusement ! Donc Wilfrid avait vraiment voulu l'éviter ! Eh bien, elle allait aviser !

— Je suis fatiguée, Michael, dit-elle. Rentrons.

Il lui prit le bras.

— J'en suis désolé, mon pauvre petit, allons !

Ils s'arrêtèrent un instant dans l'embrasure d'une fenêtre demeurée ouverte et aperçurent Woomans, le chef d'orchestre, penché vers les musiciens.

— Regarde-le, dit Michael, on dirait un polichinelle plié en deux à la fenêtre avec ses bras et ses jambes rembourrés qui gesticulent dans tous les sens ! Et cette Frapka, à son piano ! quel turbulent assemblage !

Un son étrange se produisit.

— Quelle mélodie, par saint Georges ! s'écria Michael.

Un employé murmura :

— Maintenant, monsieur, je vais fermer la porte.

Fleur entrevit L. S. D., aussi raide que ses cheveux, les yeux clos. La porte se ferma ; ils sortirent dans le hall.

— Attends ici, chérie, je vais appeler un taxi.

Fleur blottit son menton dans sa fourrure ; il faisait froid. Derrière elle, une voix prononça :

— Alors, Fleur, est-ce que je pars pour l'Orient ?

Wilfrid, le col relevé jusqu'aux oreilles, une cigarette aux lèvres, les mains dans les poches, la dévorait des yeux.

— Vous êtes stupide, Wilfrid !

— Tout ce que vous voudrez. Dois-je partir pour l'Orient ?

— Non. Dimanche matin, onze heures, à la Tate Gallery ; nous en parlerons.

— *Convenu !* Et il disparut.

Fleur se retrouva brusquement seule et eut un mouvement de panique. Wilfrid allait-il vraiment se révéler impossible ?

Un taxi arrivait, roulant à vive allure. Michael lui fit signe et Fleur monta dans la voiture.

En passant devant l'une de ces oasis de lumière où de jeunes femmes montrent aux Londoniens curieux le dernier cri du nu parisien, elle sentit Michael se pencher vers elle. Si elle désirait garder Wilfrid, il fallait être gentille avec Michael… Elle se contenta de dire :

— Tu n'as pas besoin de m'embrasser en plein Piccadilly Circus, Michael !

— Pardon, chérie, c'est un peu prématuré, en effet : j'avais pensé le faire à la hauteur du Parthenaeum !

Fleur se rappela comment il s'était astreint à coucher sur un divan pendant la première quinzaine de leur voyage de noces ; comment il n'admettait jamais qu'elle dépensât quoi que ce fût pour lui et tenait à lui offrir, lui, tout ce dont elle avait envie bien qu'elle eût trois mille livres de revenu et lui mille deux cents ; combien il s'inquiétait dès qu'elle avait le moindre rhume et rentrait toujours prendre le thé avec elle… Oui, c'était un amour ! Mais lui briserait-il le cœur s'il partait demain pour l'Orient ou pour l'Occident ?…

Pelotonnée contre lui, elle s'étonna de son propre cynisme.

Sur la table du vestibule, un morceau de papier portait, transcrite, une communication téléphonique : « Je vous prie de dire à Mrs Mont que j'ai une réponse affirmative de Mr Gurdon Minho. Lady Alison. »

Quel soulagement ! Une curiosité authentique ! Elle abaissa les commutateurs de sa chambre et admira un instant la beauté de la pièce. Un léger reniflement se fit entendre : dans un coin, Ting-a-Ling s'allongeait, fauve sur un coussin noir, tel un lion chinois en miniature ; il était pur, distant et rafraîchi par sa promenade du soir dans le square voisin.

— Je te vois ! lui dit Fleur.

Ting-a-Ling ne bougea pas ; ses yeux noirs et ronds regardèrent sa maîtresse se déshabiller. Quand elle revint de la salle de bains, il était roulé en boule. Fleur songea : « C'est curieux ! comment peut-il savoir que Michael ne viendra pas ? » Se glissant dans son lit, elle aussi se pelotonna et s'endormit. Mais au cours de la nuit, contrairement à son habitude, elle s'éveilla. Un long cri, étrange, traînant, montait du fleuve ou des maisons pauvres de la rue de derrière, et ce cri ranima le souvenir poignant et douloureux de son voyage de noces : Grenade, ses toits en contrebas, ivoire, ébène et or ; le cri du veilleur, et ces vers contenus dans la lettre de Jon :

Un appel a percé la nuit
Dans la vieille cité d'Espagne,
Dormant au pli de la montagne
Sous le ciel sombre où l'astre luit.

D'où monte, clair, ce cri tragique ?
Vieux refrain de sécurité
Que le veilleur lance, rythmique,
Ou chant du promeneur d'été ?

Non, c'est la plainte d'un cœur souffrant.
Cœur solitaire ! – jusqu'à quand ?…

Avait-on crié ? ou n'était-ce qu'un rêve ? Jon, Wilfrid, Michael !… À quoi bon avoir un cœur ?

4

Dîner

Lady Alison Charwell, née Heathfield, fille du premier comte de Campden et femme de Lionel Charwell, K. C., l'oncle encore jeune de Michael, était une charmante Anglaise, élevée dans ce qu'il est convenu d'appeler le meilleur monde. Ce milieu où abondaient l'intelligence, l'énergie, le goût, l'argent, et dont les doyens, hommes politiques et hommes de loi, étaient teintés de sang bleu, ce milieu était allié à celui qui fréquentait le Snook's Club et autres endroits également ennuyeux, réservés aux gens de haute naissance, et pourtant, il en était distinct. On y était gai, aimable, sans-gêne et, d'après Michael, « d'un snobisme esthétique et intellectuel dont ces braves gens ne se rendent pas compte. Ils se croient au-dessus de tout, ils se sentent vifs, sains, à la page, bien élevés, et tout bonnement inégalables. Mais leur imagination est déficiente, leurs facultés créatrices tiendraient dans un dé à coudre : vous voyez leurs ouvrages, ils sont toujours *sur* quelque chose, sur la philosophie, sur le spiritualisme, sur la pêche, sur eux-mêmes… et, passé vingt-cinq ans, aucun de ces gens-là n'est plus capable d'écrire un sonnet. Ils connaissent tout, sauf l'humanité qui existe en dehors de leur cercle restreint. Oh ! ils travaillent ! ils conduisent le bal ; ils y sont obligés : personne d'autre ne possède leur intelligence, leur énergie, leur goût, mais ils ne font que les exercer en tournant en rond dans leur sacré cercle qui représente pour eux l'univers et qui, évidemment, pourrait être pire. Ils ont fait breveter leur âge d'or, mais depuis la guerre, il s'est quelque peu gâté ! »

Alison Charwell était toute de ce monde : intellectuelle, gaie, libre et sans façon ; elle habitait, à un jet de pierre de Fleur, une maison agréable ; âgée de quarante ans, elle avait trois enfants, et sa beauté restait indéniable, quoique un peu fanée par tant d'activité mentale et physique. Enthousiaste, elle aimait Michael, en dépit de ses critiques déroutantes, et elle s'était intéressée à son aventure matrimoniale, dès le début. Fleur, cette nouvelle nièce, jolie et intelligente, valait la peine d'être connue. Mais malgré sa souplesse et sa faculté d'adaptation, Fleur, chose curieuse, ne s'était pas laissé assimiler ; aussi continuait-elle à piquer la curiosité de lady Alison qui se plaisait à prendre contact avec la jeune génération, dans le salon au sol de cuivre. Elle ne s'offusquait pas de la désinvolture qu'on y affichait et qui la stimulait, tout en lui donnant conscience d'être vieux jeu. Dès que Fleur lui eut téléphoné au sujet de Gurdon Minho, elle avait appelé le romancier, qu'elle connaissait, sans plus. Personne, du reste, ne semblait bien le connaître : aimable, poli, silencieux, assez terne et austère, il avait un sourire déconcertant, tantôt ironique, tantôt amical. Ses livres, eux aussi, étaient à la fois caustiques et sentimentaux et, pour ces deux raisons, il était de bon ton de dénigrer leur auteur ; néanmoins, il continuait d'exister.

Elle lui demanda s'il acceptait de dîner le lendemain chez son neveu Michael Mont pour y rencontrer des jeunes. Il répondit d'une voix assez haut perchée :

— Mais certainement ! Grande tenue ou smoking ?

— Comme vous êtes gentil ! Ils seront enchantés. Grande tenue, je pense : c'est le deuxième anniversaire de leur mariage.

En raccrochant le récepteur, elle se dit : « Il doit être en train d'écrire un livre sur eux ! »

Elle arriva de bonne heure. Comme son mari avait ce soir-là une grande réunion de gens de loi, elle était tout au plaisir de l'aventure, agréable diversion après une journée dans l'attente agitée de la décision du Snook's Club.

Ting-a-Ling fut seul à la recevoir ; le dos au feu, il ne lui accorda qu'un regard inexpressif ; elle s'assit sur le divan vert jade et dit :

— Eh bien, drôle de petite bête, tu ne me connais pas encore depuis le temps ?

Les yeux noirs et luisants semblèrent répondre : « Oui, vous réapparaissez ; je sais que la plupart des choses se répètent. L'avenir ne présente rien de nouveau. »

Lady Alison se laissa aller à sa rêverie. La génération nouvelle ! Souhaitait-elle que ses propres filles en fissent partie ? Il faudrait parler de cela à Mr Minho. Elle se souvenait d'avoir eu avec lui une conversation très agréable, il y avait neuf ans déjà ! Sybil n'avait alors que six ans et Joan quatre. Le temps passe et les choses changent. Une nouvelle génération ! En quoi différait-elle de la précédente ? « Je crois que nous tenions davantage aux traditions », dit-elle doucement, Un léger bruit lui fit lever la tête : Ting-a-Ling frappait de sa queue la carpette du foyer, comme s'il applaudissait. Derrière elle, la voix de Fleur s'éleva :

— Oh ! ma chère ! je suis horriblement en retard ! Vous avez été si gentille de m'avoir Mr Minho ! Pourvu que mes invités se tiennent bien ! En tout cas, il sera placé entre vous et moi ; à l'autre bout de la table, Michael sera entre Pauline Upshire et Amabel Nazing ; vous aurez Sibley à votre gauche et moi Aubrey à ma droite ; ensuite Nesta Gorse et Walter Gazing ; en face d'eux, Linda Frewe et Charles Upshire. Nous serons douze. Oh ! il ne faudra pas vous formaliser si les Nazing et Nesta fument entre les plats ; Amabel le fera sûrement : elle est originaire de la prude Virginie, c'est la réaction. J'espère qu'elle ne sera pas trop décolletée ; Michael dit toujours qu'elle a tort de s'habiller, mais j'ai un peu peur à cause de la présence de Mr Minho. Avez-vous lu la satire de Nesta dans *Le Bouquet* ? C'est follement amusant et L. S. D. est nettement visé ! Ting, mon Ting, est-ce que tu vas rester pour voir tous ces gens-là ? Alors, ôte-toi de là si tu ne veux pas qu'on te marche dessus. Est-il assez chinois ? Il complète si bien cette pièce !

Ting-a-Ling posa son museau sur ses pattes, au milieu d'un coussin vert jade.

— Mr Gurdon Minner !

L'illustre romancier s'avança, calme et pâle. Il serra les deux mains tendues vers lui et, regardant Ting-a-Ling, il dit :

— Qu'il est mignon ! comment vas-tu, mon bonhomme ?

Ting-a-Ling ne bougea pas et son silence semblait signifier : « Me prenez-vous, monsieur, pour un vulgaire chien anglais ? »

— Mr et Mrs Walter Nazing. Miss Linda Frewe.

Amabel Nazing entra la première. On eût dit une véritable statue d'albâtre : albâtre lumineux pour la chevelure blonde et les quinze centimètres de dos visibles au-dessus de la taille, albâtre laiteux à partir de dix centimètres au-dessus des genoux jusqu'à la pointe des souliers étincelants.

Machinalement, le célèbre écrivain cessa de parler à Ting-a-Ling. Walter Nazing suivait sa femme, de très loin ; l'étroite ligne blanche de son col émergeait de l'emmaillotement d'une cravate noire et son visage, qu'on eût dit modelé il y a cent ans, rappelait celui de Shelley. Sa littérature faisait penser tantôt à ce poète, tantôt à Marcel Proust. « Oh ! alors ! », comme disait Michael…

Linda Frewe, que Fleur présenta aussitôt à Gurdon Minho, était un écrivain dont les ouvrages, *Bagatelles* et *Le Seigneur furieux*, avaient fort divisé l'opinion ; c'était génial selon les uns, idiot selon les autres ; chacun de ses livres soulevait la question de savoir si un grain de folie augmentait ou amoindrissait la valeur d'une œuvre d'art. Quant à elle, la critique la laissait indifférente, elle se contentait de produire.

— Le célèbre Mr Minho ? comme c'est intéressant ! Je n'ai jamais rien lu de vous.

Fleur réprima un léger sursaut.

— Quoi ? vous ne connaissez pas les chats de Mr Minho ! Mais ils sont merveilleux ! Monsieur Minho, je tiens à vous présenter Mrs Walter Nazing. Amabel ! Mr Gurdon Minho.

— Oh ! monsieur Minho ! quel bonheur ! je désire vous connaître depuis le berceau !

Fleur entendit le romancier répondre tranquillement :

— J'aurais souhaité que ce fût depuis plus longtemps.

Inquiète, elle dut s'éloigner pour accueillir Nesta Gorse et Sibley Swan qui entraient, comme s'ils vivaient ensemble, en se disputant au sujet de L. S. D., Nesta le défendant à cause de son panache et Sibley soutenant que l'esprit était mort depuis la Restauration ; L. S. D. avait le tort d'être bien vivant.

Michael suivit, accompagnant les Upshire et Aubrey Greene qu'il avait rencontrés dans le vestibule. Les invités étaient au complet.

Fleur aspirait à la perfection, et cette soirée lui faisait l'effet d'un cauchemar. Serait-ce un succès ?

De toutes les personnes présentes, Minho était le causeur le moins brillant ; même Alison parlait mieux que lui. Pourtant, son crâne offrait une si belle courbe ! Elle espérait qu'il ne s'en irait pas de bonne heure car, sûrement, sitôt la porte refermée sur lui, quelqu'un dirait : « C'est un fossile » ; ou : « Lourd et chauve ! » Il se montrait d'une amabilité pathétique, comme s'il s'efforçait de gagner la sympathie et d'éviter le mépris ; et, pourtant, il devait cacher une valeur que sa conversation ne révélait pas. Après le soufflé aux crabes, il eut l'air de se lancer dans une grande conversation avec Alison au sujet de la jeunesse ; Fleur écoutait d'une oreille. « La jeunesse éprouve… le grand courant de la vie… n'obtient pas ce qu'elle désire. Le passé et l'avenir s'auréolent… Exactement ! La vie contemporaine sans justice… Non… Notre seule consolation… Un jour nous serons démodés, comme Congreve, Sterne, Defoe, et puis notre tour reviendra… Pourquoi ? Qu'est-ce qui les fait dévier du courant principal ? Oh ! sans doute la satiété… les journaux, es photographies. On ne voit pas la vie elle-même, on n'en connaît que des comptes rendus… des reproductions ; tout semble lugubre, commercial, la jeunesse crie : "Assez ! rendez-nous le passé ou donnez-nous l'avenir !" »

Il prit des amandes salées et Fleur vit son regard errer sur le buste généreusement dénudé d'Amabel Nazing.

De l'autre côté de la table, la conversation ressemblait à une partie de football ; chacun ne gardait le ballon que le temps de lui donner un coup de pied, et il volait de l'un à l'autre. Après chaque mêlée, quelque joueur allumait une cigarette, et la fumée bleue s'élevait au-dessus de la table sans nappe. Fleur prenait plaisir à la chaude atmosphère de sa salle à manger espagnole, avec son sol carrelé, les fruits de porcelaine aux vives couleurs, son cuir repoussé, ses bibelots de cuivre et le Goya de Soames au-dessus du divan mauresque. Elle renvoyait promptement le ballon lorsqu'il était lancé vers elle, elle ne prenait aucune initiative. Elle avait le don de tout saisir en même temps.

Mrs Michael Mont, dans son rôle de maîtresse de maison à la page, offrait à ses invités les digressions insolites de Linda Frewe, les sous-entendus pleins de subtilité d'Aubrey Greene, les traits acérés et les saillies de Sibley Swan, les froides audaces américaines d'Amabel Nazing, le curieux savoir de Charles Upshire, les contradictions subversives de Walter Nazing, les critiques alambiquées de Pauline Upshire, les flèches décochées par Michael au petit bonheur et jusqu'au savant brio d'Alison et aux silences de Gurdon Minho… Elle assumait tous les talents de ses hôtes, elle les mettait en valeur. Pas une seconde elle ne quittait de l'œil ou de l'oreille le ballon de la conversation, de peur qu'il ne tombât par terre et ne s'y immobilisât.

Brillante soirée… mais pouvait-on parler d'un véritable succès ?

Lorsque le dernier des invités fut parti, tandis que Michael raccompagnait Alison chez elle, Fleur, assise sur le canapé vert jade, se rappela cette phrase de Minho : « La jeunesse n'obtient pas ce qu'elle désire. » Non ! les choses ne s'arrangent pas, n'est-ce pas, Ting-a-Ling ? Mais Ting-a-Ling était fatigué et ne fit que remuer le bout d'une oreille. Avec un soupir, Fleur se renversa en arrière. Ting-a-Ling s'étira et, posant ses pattes de devant sur la cuisse de la jeune femme, il plongea ses yeux dans les siens.

« Regarde-moi, semblait-il dire. Je suis heureux. J'ai ce que je désire et je désire ce qu'on me donne. À présent, je veux aller me coucher. »

« Mais je n'ai pas sommeil », dit mentalement Fleur sans bouger.

« Je t'en prie, monte-moi. »

« Bon. J'imagine… C'est sûrement quelqu'un de très bien, mais pas celui qu'il me faut, Ting. »

Le petit chien se blottit dans ses bras nus. « Ne t'inquiète pas, crut-elle l'entendre dire. Hors de Chine, on fait beaucoup trop de sentiment et d'histoires pour rien. Allons, viens ! »

5

Ève

L'appartement de l'honorable Wilfrid Desert était situé en face d'une galerie de tableaux, dans une rue adjacente à Cork Street. Il avait été choisi, non pour son confort, mais pour sa tranquillité, par le seul membre masculin de l'aristocratie dont les vers trouvaient un éditeur. Toutefois, cette « tanière » n'était dépourvue ni du goût ni du luxe dont débordent les grandes maisons d'Angleterre. Deux camions de meubles avaient été amenés du château que lord Mullyon, grand seigneur de Cornouailles, possédait dans le Hampshire, lorsque Wilfrid s'était installé. Mais on le trouvait rarement au nid. Sa réputation d'oiseau rare, qu'il avait acquise parmi les jeunes écrivains, était due en partie à ses habitudes nomades. Peut-être ne savait-il pas lui-même au juste où il passait son temps ni où il écrivait : il était atteint d'une sorte de claustrophobie et détestait être entouré par des gens, entre quatre murs.

Quand la guerre éclata, il venait de quitter Eton et, quand elle s'acheva, il était, à vingt-trois ans, le plus vieux jeune homme qui eût jamais tourné un couplet.

Son amitié pour Michael, née à l'hôpital, s'était peu à peu relâchée, puis avait connu un brusque renouveau quand, en 1920, Michael était entré dans la maison d'édition Danby et Winter, Blake Street, Covent Garden. Il s'était enthousiasmé pour la poésie de Wilfrid et quelques déjeuners bien arrosés lui avaient permis de vaincre la résistance des éditeurs et de procurer au poète un port d'attache. Le premier livre écrit par Wilfrid était le premier dont Michael se fût porté garant ; ils s'enivrèrent réciproquement de cet heureux début, et ce bonheur connut son apogée au mariage de Michael dont Desert fut le garçon d'honneur. Depuis, celui-ci demeurait lié (dans la mesure où il était capable d'attachement) au jeune couple. Car il fallait lui rendre cette justice : il y avait un mois à peine qu'il s'était rendu compte que Fleur, et non Michael, en constituait le principal attrait.

Desert ne parlait jamais de la guerre, il se refusait obstinément à formuler de vive voix ce qu'il aurait pu ainsi résumer : « J'ai vécu si longtemps parmi l'horreur et la mort, j'ai tellement vu les hommes dans leur dépouillement le plus complet, j'ai si bien abandonné toute espérance que j'ai perdu à jamais le respect des théories, des promesses, des conventions, de la morale et des principes. J'ai trop haï les gens qui s'en gargarisaient, tandis que moi, je me vautrais dans la boue et le sang. J'ai perdu mes illusions. Aucune religion, aucune philosophie ne me satisfait : ce sont des mots, rien que des mots... J'ai conservé mes sens – tant pis pour moi ! Je suis encore capable, semble-t-il, de passion ; je puis serrer les dents et grimacer un sourire ; je crois toujours éprouver un sentiment de fraternité pour mes camarades de tranchée, mais je ne sais s'il est sincère ou si ce n'est qu'un complexe... Je suis dangereux, mais pas autant que ceux qui échangent ces paroles, ces principes, ces théories, toutes ces idioties fanatiques que finissent par payer d'autres hommes avec leur sueur et leur sang. La guerre m'a rendu un service : elle m'a enseigné que la vie est une comédie dont il faut rire... Il n'y a rien d'autre à en tirer ! »

En sortant du concert, ce vendredi soir, il rentra directement chez lui. Étendu de tout son long sur un banc monacal du XVe siècle recouvert de coussins et de soieries du XXe, les mains croisées derrière la tête, il s'abandonnait à ses pensées.

« Ça ne peut pas continuer ainsi ! Elle m'a envoûté. Pour elle, c'est sans importance. Pour moi, c'est l'enfer. Dimanche, j'y mettrai fin… La Perse est un bon endroit. L'Arabie aussi… pays de sable et de violence. Fleur est incapable de renoncer à quoi que ce soit. Comment a-t-elle pu m'ensorceler à ce point ? Par la magie de ses yeux, de ses cheveux, de sa démarche, le son de sa voix… par sa chaleur, son parfum, sa luminosité… Elle ! Jeter son bonnet par-dessus les moulins… ça ne lui viendrait même pas à l'idée ! Alors quoi ? Devrais-je continuer à hanter sa cheminée chinoise et supporter son petit pékinois tout en souffrant mille morts parce que je ne peux pas l'embrasser ? Non ! j'aimerais mieux me retrouver en avion parmi les obus allemands ! Dimanche ! Comme les femmes se délectent à prolonger les supplices ! Il se passera la même chose que cet après-midi : "Que c'est mal à vous de vous en aller quand vous savez combien votre amitié m'est précieuse ! Restez, Wilfrid, soyez mon petit chat apprivoisé !" Non, ma chère ! pour une fois, vous voilà au pied du mur… et moi aussi, par Dieu ! »

Lorsque, le dimanche matin, les deux jeunes gens se rencontrèrent si fortuitement dans le musée, refuge de l'art britannique, devant *Ève respirant les fleurs au Paradis*, il s'y trouvait également six ouvriers à des degrés divers d'abrutissement, un gardien et un couple provincial, tous apparemment inaptes à remarquer quoi que ce fût. En fait, la rencontre se révélait parfaitement anodine : deux jeunes spécimens de la classe blasée échangeant des propos qui condamnaient le passé.

Desert, avec sa désinvolture de langage, son sourire, ses vêtements d'une coûteuse simplicité, ne laissait guère deviner un cœur brisé. Des deux, c'était Fleur la plus pâle et la plus intéressante. Desert ne cessait de se répéter : « Surtout, ne tombons pas dans le mélodrame ! » et Fleur pensait : « Si je réussis à le maintenir dans ce climat normal, je ne le perdrai pas ; il ne partira pas tant qu'il n'aura pas fait une vraie scène.» Ce fut seulement quand ils arrivèrent pour la seconde fois devant l'*Ève* qu'il dit :

— Je ne sais pas pourquoi vous m'avez fait venir, Fleur. Cela ne rime à rien. Je vous comprends parfaitement : je suis pour vous une porcelaine Ming dont vous répugnez à vous séparer. Mais elle n'a qu'une valeur bien relative à vos yeux ; n'en parlons plus.

— Vous êtes abominable, Wilfrid !

— Eh bien, c'est ici qu'il faut nous séparer. Serrons-nous la main, conclut-il avec un sourire que démentait l'expression des yeux, assez beaux, dont le regard sombre et tragique enveloppait la jeune femme.

Elle bégaya :

— Wilfrid… je… je ne sais plus… j'ai besoin de réfléchir. Je ne peux pas supporter de vous voir malheureux. Ne partez pas ! Peut-être que moi… moi aussi, je serai malheureuse. Je… je ne sais pas.

Cette amère pensée traversa l'esprit de Desert : « Elle ne peut pas lâcher prise ; elle ne sait comment s'y résoudre ! » Mais ce fut avec douceur qu'il lui répondit :

— Courage, mon enfant ! Vous aurez pris le dessus au bout de quinze jours. Je vous enverrai quelque chose pour vous consoler. Pourquoi n'irais-je pas en Chine ? Un pays en vaut un autre ! et je pourrais vous envoyer un vrai Ming, d'une meilleure époque que ma modeste personne !

Fleur réagit avec violence :

— Vous m'insultez ! Je vous l'interdis.

— Je vous demande pardon. Je ne veux pas vous quitter fâchée.

— Qu'est-ce que vous désirez au juste de moi ?

— Oh ! non, je vous en prie… Inutile de revenir là-dessus ! D'ailleurs, depuis vendredi, j'ai réfléchi : je ne veux rien, Fleur, si ce n'est votre bénédiction et une poignée de main. Donnez-la-moi, allons !

Fleur mit sa main derrière son dos. C'était par trop humiliant ! Il la prenait donc pour une petite chatte collectionneuse, une petite chatte sans cœur qui s'amusait à attraper des souris sans avoir l'intention de les manger !

— Vous me croyez de glace ! dit-elle tout en mordant sa lèvre supérieure. Eh bien, vous vous trompez !

Desert la regarda, les yeux pleins de détresse.

— Je ne voulais pas blesser votre amour-propre, dit-il ; n'en parlons plus : cela ne sert à rien.

Fleur se détourna et ses yeux se fixèrent sur l'*Ève*, femelle robuste, insouciante, avide, aspirant à pleins poumons le parfum des fleurs. Pourquoi ne pas être comme elle et saisir tout ce qu'offre la vie ? L'amour n'est-il pas trop rare pour qu'on puisse risquer de le laisser échapper, sans l'avoir senti, sans l'avoir cueilli ? S'enfuir ? Partir pour l'Orient ? Non, bien sûr, elle ne pouvait commettre pareille extravagance ! Mais peut-être… et puis, quelle importance après tout, un homme ou un autre, quand on n'aime vraiment aucun des deux ?

Son regard filtrant entre les cils noirs qui frangeaient les paupières très blanches découvrit l'expression de Desert qui se tenait plus immobile que les statues environnantes.

— Vous seriez stupide de partir ! Attendez ! lança-t-elle.

Et sans un mot ni un coup d'œil de plus, elle tourna les talons, laissant Desert bouleversé devant l'*Ève* avide.

6

Le vieux Forsyte et le vieux Mont

Comme elle s'en allait, l'âme troublée, Fleur faillit marcher sur les pieds d'une personne qui ne lui était que trop familière et qui se tenait devant un Alma Tadema avec l'expression angoissée que provoque la pensée de la fluctuation des prix.

— Père ! vous êtes donc à Londres ? Venez déjeuner ; je suis pressée de rentrer.

Elle lui prit le bras et, tout en lui masquant soigneusement la vue d'*Ève*, elle l'entraîna.

« Nous a-t-il vus ? Est-il possible qu'il nous ait vus ? » se demandait-elle.

— Tu es assez couverte ? grommela Soames.

— Bien sûr !

— C'est ce que vous dites toujours, vous autres femmes. Mais, par ce vent d'est, avoir le cou nu ! enfin, je ne sais pas…

— Mais moi, je sais, papa.

Les yeux gris l'examinèrent en connaisseur des pieds à la tête.

— Qu'est-ce que tu faisais ici ?

Fleur se dit : « Dieu merci, il n'a rien vu, sans quoi il ne poserait jamais cette question. » Elle répondit :

— Je m'intéresse à l'art, mon cher père, tout comme vous.

— Ah ! bon. Je suis descendu chez ta tante, à Green Street. Ce vent d'est affecte mon foie. Comment va ton… comment va Michael ?

— Oh ! très bien. Un peu à plat, peut-être. Nous avons donné un dîner hier soir.

Leur anniversaire ! Avec le réalisme inné des Forsyte, il scruta les cernes de ses yeux. Puis, mettant la main dans la poche de son pardessus, il poursuivit :

— Je t'apportais ceci.

Fleur aperçut un objet plat enveloppé de papier de soie rose.

— Papa chéri, qu'est-ce que c'est ?

Soames remit l'objet dans sa poche.

— Nous verrons plus tard. Avez-vous quelqu'un à déjeuner ?

— Seulement Bart.

— Le vieux Mont ! Bonté divine !

— Vous n'aimez pas Bart ?

— Si je l'aime ? Lui et moi n'avons rien de commun !

— Je croyais que vous fraternisiez plutôt, au sujet de l'état des affaires politiques.

— C'est un réactionnaire.

— Et qu'est-ce que vous êtes, vous, mon petit père chéri ?

— Moi ? Que pourrais-je donc être ?

Ces paroles peu compromettantes reflétaient la neutralité qu'il adoptait avec l'âge comme le seul parti possible pour un homme raisonnable.

— Comment va maman ?

— Elle a bonne mine. Je ne la vois pas ; sa mère est auprès d'elle et elles se baladent ensemble.

Il ne parlait jamais à Fleur de Mrs Lamotte en disant « ta grand-mère » ; il tenait à lui rappeler le moins possible ses origines françaises.

— Oh ! s'écria Fleur, voilà Ting aux prises avec un chat !

Ting-a-Ling, tenu en laisse par une femme de chambre, reniflait horriblement et s'efforçait de grimper sur une grille au sommet de laquelle était perché un chat noir, le dos arqué, les yeux furibonds.

— Donnez-le-moi, Ellen. Viens avec ta mémère, mon trésor.

Le poil hérissé, la tête tournée en arrière, Ting-a-Ling s'exécuta de fort mauvaise grâce.

— J'aime le voir à l'état de nature ! dit Fleur.

— Quel gaspillage d'argent qu'un tel chien ! répliqua Soames. Tu devrais avoir un bouledogue et le faire coucher dans le vestibule. Il y a quantité de cambriolages en ce moment ; on a volé le heurtoir chez ta tante.

— Je ne me séparerais pas de Ting pour tous les heurtoirs du monde !

— C'est lui qu'on te volera, un de ces jours ; il est d'une race à la mode.

Fleur ouvrit la porte d'entrée.

— Oh ! fit-elle, Bart est déjà là !

Un chapeau de soie reposait sur le coffre de marbre, présent de Soames, destiné à renfermer les manteaux et à décourager les mites. Soames plaça son chapeau à côté de l'autre et les regarda. Ils étaient identiques, hauts, luisants, avec la même marque à l'intérieur. Il avait repris l'habitude du haut-de-forme après l'insuccès de la grève générale de 1921, son instinct l'avertissant que la révolution était enrayée pour longtemps.

— À propos de ceci, dit-il en ressortant de sa poche le paquet de papier de soie rose, je ne sais pas ce que tu en feras, mais en tout cas, prends-le.

C'était une opale curieusement ouvragée, sertie de minuscules brillants.

— Oh ! s'exclama Fleur, le ravissant bijou !

— C'est Vénus émergeant des flots, je crois, murmura Soames. Assez rare. Il faut que ce soit fortement éclairé.

— C'est vraiment exquis ! Je vais le mettre tout de suite.

Vénus ! S'il savait ! Elle l'embrassa pour lui dissimuler son impression d'*à-propos.* Soames reçut avec sa tranquillité coutumière la caresse de cette joue sur son visage bien rasé.

Pourquoi cette démonstration alors que tous deux savaient parfaitement qu'il lui portait une affection double de celle qu'elle lui rendait ?

— Mets-le donc, dit-il, et voyons l'effet.

Fleur épingla le joyau devant un miroir au cadre de laque ancien.

— C'est une merveille ! Merci, mon petit père chéri ! Oui, votre cravate est bien droite. J'aime ce liséré blanc : vous devriez toujours en porter avec un costume noir ; maintenant, venez.

Et elle l'entraîna dans le salon chinois. Il était vide.

— Bart doit être avec Michael, en train de lui parler de son nouveau livre.

— Il écrit, à son âge ?

— Mais, papa, il a un an de moins que vous.

— Je n'écris pas, moi, je n'ai pas cette sottise. As-tu fait encore de nouvelles connaissances à la mode ?

— Seulement Gurdon Minho, le romancier.

— Encore un disciple de l'école moderne ?

— Oh ! non, vous devez sûrement avoir entendu parler de Gurdon Minho ; il est vieux comme les rues.

— Pour moi, ils sont tous pareils, marmonna Soames. En dit-on du bien ?

— Son revenu doit être plus élevé que le vôtre ; c'est presque un classique ; il ne lui reste plus qu'à mourir.

— Je vais acheter un de ses ouvrages et le lire ; comment l'appelles-tu déjà ?

— Achetez *Gros et Petits Poissons*, de Gurdon Minho. Vous vous souviendrez ? Ah ! les voilà ! Michael, regardez ce que père m'a apporté.

Elle lui prit la main et l'éleva vers l'opale épinglée sur sa gorge et ce faisant, elle pensa : « Ils se rendront compte comme nous sommes en bons termes. »

Bien que son père ne l'eût pas vue avec Wilfrid au musée, sa conscience lui conseillait de fortifier sa bonne réputation. Sait-on de quel appui l'on peut avoir besoin tôt ou tard ?

Du coin de l'œil, elle observa les deux hommes. Les rencontres entre le « vieux Mont » et le « vieux Forsyte » (elle savait que Bart le nommait ainsi quand il en parlait avec Michael) lui donnaient toujours envie de rire, sans qu'elle sût au juste pourquoi.

Bart savait tout ; mais son savoir était magnifiquement relié, édité avec le soin d'un esprit étroitement rattaché au XVIIIe siècle. Son père ne savait que ce qui pouvait lui être utile, mais ses connaissances n'étaient pas reliées et ne dépendaient d'aucun éditeur. S'il appartenait, en fait, à la fin de l'ère victorienne, il ne refusait pas les avantages que pouvaient offrir les époques postérieures. Le vieux Mont croyait à la tradition ; le vieux Forsyte nullement. La finesse de Fleur avait depuis longtemps établi cette distinction qui avantageait son père. Pourtant, la conversation du vieux Mont était tellement plus à la page, rapide, légère, animée, pleine d'informations précises ! Celle du vieux Forsyte était resserrée, terre à terre. Il était vraiment impossible de dire lequel des deux constituait le meilleur spécimen d'une espèce en voie de disparition, et tous deux étaient si bien conservés !

Ils ne se serrèrent pas précisément la main, mais Soames fit une allusion au temps, et presque aussitôt les quatre convives attaquèrent ce déjeuner du dimanche que, par un effort de volonté contenu, Fleur avait réussi à priver de tout caractère britannique. Il se composait d'une timbale de homard, d'un risotto aux foies de volaille, d'une omelette *au rhum* et d'un dessert aussi espagnol d'aspect que possible.

— Je suis allée à la Tate Gallery, dit Fleur, je trouve ça touchant.

— Touchant ? releva Soames avec un léger reniflement.

— Fleur veut dire, monsieur, que tant d'anciennes œuvres d'art anglaises réunies font penser à un concours de bébés.

— Je ne vous suis pas, répliqua Soames avec raideur. On y voit d'excellents tableaux.

— Mais pas d'œuvres d'adultes, monsieur.

— Ah ! vous autres jeunes gens, vous prenez toute cette folle ingéniosité d'aujourd'hui pour de la maturité !

— Ce n'est pas ce que Michael veut dire, père. Il faut reconnaître que la peinture anglaise n'a pas percé ses dents de sagesse. On la distingue immédiatement de la peinture continentale.

— Dieu en soit loué ! interrompit sir Lawrence, la beauté de l'art de ce pays est précisément son innocence. Nous sommes au point de vue politique le plus vieux pays du monde, et le plus jeune au point de vue esthétique. Qu'en dites-vous, Forsyte ?

— Turner est assez vieux et sage pour moi, répondit Soames sèchement. Venez-vous au conseil de la S.P.R.P., mardi ?

— Mardi ? Ne devions-nous pas chasser en forêt, Michael ?

Soames grogna :

— La forêt peut attendre ! Il s'agit d'établir le rapport annuel.

C'était grâce au vieux Mont qu'il avait obtenu une place au conseil de cette florissante affaire, la Société de primes de réassurance providentielle, et, à dire vrai, il ne s'y sentait guère à l'aise. Bien que la loi des grands nombres méritât une confiance presque absolue, certaines circonstances commençaient à l'inquiéter. Il jeta un regard de côté. Avec sa tête étroite et ses sourcils mobiles, ce baronet ne faisait sûrement pas le poids… tout comme son fils ! Il ajouta brusquement :

— Je ne suis pas tranquille. Si j'avais su de quelle façon cet Elderson mène la barque, je ne serais sans doute pas entré dans ce conseil.

L'une des moitiés du visage du vieux Mont parut vouloir se détacher de l'autre.

— Elderson ! s'écria-t-il. Son grand-père était l'agent électoral du mien à l'époque du *Reform Bill* ; il l'a piloté au cours de l'élection la plus corrompue qu'on ait jamais vue :

toutes les voix achetées, toutes les fermières embrassées… C'était le bon temps, Forsyte, ah ! oui, le bon temps !

— Il est passé, dit Soames. Je ne suis pas d'avis que l'on puisse se reposer entièrement sur un homme comme nous le faisons sur Elderson. Ces assurances étrangères ne me plaisent pas.

— Mon cher Forsyte, Elderson est un cerveau de premier ordre. Je l'ai connu toute ma vie ; nous avons été ensemble au collège de Winchester.

Soames poussa un profond grognement. La réponse du vieux Mont contenait précisément l'une des raisons de son inquiétude. Dans ce conseil, il semblait que tous les membres eussent été à Winchester ensemble ! Fichu panier de crabes ! Ces gens étaient tous si honorables qu'ils n'osaient pas se surveiller les uns les autres, ni même examiner à fond leur conduite collective. Leur crainte de paraître se méfier de leurs collègues était plus vive que celle de commettre une erreur ou une malhonnêteté. C'était compréhensible, la méfiance réciproque constituant un danger immédiat, et, Soames le savait bien, les dangers immédiats sont ceux dont on s'écarte le plus volontiers.

Il tenait de son père James une tendance à demeurer éveillé entre deux et quatre heures du matin, ces heures où la chrysalide du soupçon devient si facilement le papillon de la panique : c'était alors que son malaise était né. La S.P.R.P. était une affaire si imposante, et il en faisait partie depuis si peu de temps qu'il lui semblait présomptueux d'y découvrir anguille sous roche, surtout étant donné qu'il serait obligé d'abandonner le conseil et ses mille livres annuelles de jetons de présence s'il soulevait la question de l'anguille, à tort ou à raison. Mais si elle existait vraiment, cette anguille ? C'était bien là le hic !

Et pendant ce temps, le vieux Mont discourait sereinement de ses boqueteaux et de son grand-père. Quelle tête de linotte, ce baronet ! Il pensa tristement : « Personne ici, même ma propre fille, n'est capable de prendre quelque chose au sérieux », et il garda le silence.

Un petit bruit se produisit près de son coude et le tira de sa rêverie : ce marmouset de chien, lové sur une chaise entre lui et sa fille, s'était redressé. Fallait-il lui donner à manger ? Un de ces jours, les yeux saillants de cette bestiole tomberaient de leurs orbites. Il dit :

— Eh bien, qu'est-ce que tu veux ?

Les boutons de bottine du petit pékinois le dévisageaient avec une insistance gênante.

— Tiens, dit-il en lui offrant une amande salée, tu n'aimes pas ça ?

Ting-a-Ling la croqua.

— Il en raffole, père. N'est-ce pas, mon mignon ?

Le chien leva les yeux vers Soames qu'émut une étrange sensation : « Ce petit animal doit me trouver sympathique. Il n'arrête pas de me regarder. »

Il effleura du doigt le museau de Ting-a-Ling qui, en retour, le lécha du bout de sa langue molle et noirâtre.

— Pauvre bête ! murmura Soames involontairement.

Il se tourna vers le vieux Mont.

— Ne répétez pas ce que j'ai dit.

— Mon cher Forsyte, cela n'a aucune importance.

Ciel ! il siégeait à un conseil d'administration aux côtés d'un tel homme ! Aussi, pourquoi y être entré ? Dieu sait qu'il n'avait besoin ni de l'argent ni des soucis que cette place lui rapportait ! Dès qu'il était devenu administrateur, Winifred et d'autres membres de sa famille s'étaient mis à acheter des actions de l'affaire pour compenser leur impôt sur le revenu, en touchant sept pour cent pour les actions de préférence et neuf pour cent pour les ordinaires, au lieu des cinq pour cent dont ils auraient dû se contenter. Voilà : il ne pouvait rien faire sans être imité par les autres ! C'est qu'il s'était toujours montré, à travers le labyrinthe de la finance, un guide si sûr, si parfait ! Se créer des ennuis à son âge ! Il chercha une consolation, et ses regards se posèrent sur l'opale attachée au corsage de sa fille : joli bijou, joli cou ! Ma foi, elle paraissait plutôt heureuse ; elle devait avoir oublié son engouement d'il y a deux ans ! De cela, au moins, il pouvait se réjouir. À présent, elle avait besoin d'un enfant : cela lui donnerait de l'équilibre au milieu de ce tourbillon moderne d'écrivains, de peintres et de musiciens de quatre sous : un milieu assez relâché, mais sa petite tête était solide... Si elle avait un enfant, il ajouterait vingt mille livres à sa dotation. Sa mère avait cela de bon qu'elle était raisonnable en matière d'argent : la vieille tradition française. Fleur semblait avoir hérité de cette qualité...

Que disait-on ? Le mot « Goya » avait frappé son oreille. On publiait une nouvelle biographie de lui ? Hum ! il voyait là, confirmée, son impression que Goya était revenu à son point culminant.

— Je songe à me défaire de ce tableau, dit-il en le désignant du doigt. Il y a ici un Argentin...

— Vendre votre Goya ? interrompit Michael. Songez, monsieur, combien on vous l'envie !

— On ne peut pas tout garder, dit Soames.

— La reproduction que nous avons faite pour la *Nouvelle Biographie* est admirablement réussie : « Propriété de Soames Forsyte, *esquire.* » Laissez-nous au moins publier le livre d'abord !

— L'ombre ou la proie, hein, Forsyte ?

Ce baronet à tête de linotte... se permettrait-il de se moquer de lui ?

— Moi, je n'ai pas de château de famille, dit-il.

— Non, mais nous en avons un, monsieur, murmura Michael. Vous pourriez léguer le tableau à Fleur, vous savez.

— Eh bien, fit Soames, nous verrons si cela en vaut la peine.

Et il regarda sa fille. Fleur rougissait rarement, mais, cette fois, elle se baissa pour prendre Ting-a-Ling et quitta la table. Michael suivit son exemple.

— Le café est servi au salon, dit-il.

Le vieux Forsyte et le vieux Mont se levèrent à leur tour en essuyant leur moustache.

7

Le vieux Mont et le vieux Forsyte

Les bureaux de la S.P.R.P. n'étaient pas loin du collège des armoiries. Soames, qui savait que son oncle Swithin y avait acquis pour une forte somme, au cours des années soixante du siècle précédent, « trois boucles dextres sur champ noir de gueules » et un « faisan particulier », avait méprisé cette institution jusqu'au jour de l'année passée où le nom de Golding avait arrêté son attention, dans un livre distraitement feuilleté au Club des Connoisseurs. L'auteur démontrait que William Shakespeare était en réalité Edward de Vere, comte d'Oxford. La mère du comte était une Golding… comme la mère de Soames ! La coïncidence le frappa et il poursuivit sa lecture.

Le volume achevé, son opinion sur l'exactitude de la thèse fondamentale était incertaine, mais l'ouvrage avait éveillé sa curiosité de savoir s'il était du même sang que Shakespeare. Même si le comte n'était pas le dramaturge, il lui semblait qu'une telle filiation était honorable, bien que, d'après ce qu'il en savait, Oxford eût été un individu louche.

Depuis sa récente entrée au conseil de la S.P.R.P., il passait devant l'Institut généalogique un mardi sur deux. « Je n'y dépenserai pas des sommes folles, mais je pourrais entrer voir, un de ces jours », pensa-t-il. Il y entra et fut surpris de tant s'y plaire. La recherche de la généalogie de sa mère avait été semblable à une enquête criminelle, presque aussi compliquée et tout aussi coûteuse. Avec la ténacité d'un Forsyte, il lui était impossible de ne pas remonter jusqu'à la mère de Shakespeare de Vere, dût-elle appartenir à une branche collatérale. Malheureusement il ne réussissait pas à franchir le cap d'un certain William Gouldyng, « Ingéreur » (que diantre cela pouvait-il être ? Il avait presque peur de s'en informer) du temps d'Oliver Cromwell. Il restait encore quatre générations à débrouiller, et il y perdait son argent et l'espoir d'en tirer profit. C'est pourquoi il regarda de travers le bâtiment en retrait, lorsqu'il passa devant en se rendant au conseil d'administration, le mardi qui suivit son déjeuner chez Fleur.

Deux aubes d'insomnie de plus avaient fortifié ses soupçons et précisé son impression sur la S.P.R.P. La vue de l'institut lui rappela qu'il dépensait de l'argent, ici, là et partout, alors qu'il existait ailleurs une possibilité, quelque lointaine qu'elle fût, de gros risques financiers. Cette pensée acheva d'aiguiser une énergie déjà stimulée par la crainte.

Négligeant l'ascenseur, il monta lentement les deux étages et, pour la quinzième fois, passa mentalement en revue ses collègues du conseil.

Le vieux lord Fontenoy n'était là qu'à cause de son nom, naturellement ; il assistait rarement aux séances et passait pour une nullité ; hum ! de nos jours… Le président, sir Luke Sharman, semblait hanté par la crainte perpétuelle d'être pris pour un juif ; il avait le nez droit, mais ses paupières autorisaient le doute ; son nom de famille était irréprochable, mais son prénom équivoque ; sa voix avait une rudesse rassurante, mais sa façon de s'habiller frôlait l'élégance tapageuse. Dans l'ensemble, en dépit de l'intelligence subtile qu'il lui reconnaissait, Soames ne le croyait pas homme à pouvoir se consacrer à toute autre activité que celle qui le préoccupait.

Quant au vieux Mont, à quoi pouvait bien servir un neuvième baronet dans un conseil ? Guy Meyricke, avocat de la Couronne, le dernier des trois camarades de collège, remplissait sans doute parfaitement son office devant la

Cour, mais il n'avait ni temps ni véritable aptitude pour les affaires. Restait ce quaker converti, le vieux Cuthbert Mothergill, dont le nom avait été synonyme de succès et d'intégrité au cours du siècle passé, si bien qu'on faisait figurer des Mothergill presque automatiquement dans tous les conseils ; c'était un vieillard assez dur d'oreille, très soigné, parfaitement affable – rien de plus. Tous de très honnêtes gens, sans l'ombre d'un doute, mais superficiels. Aucun d'eux ne s'intéressait vraiment à l'affaire. Elderson les menait à sa guise, sauf peut-être Sharman, et encore… Et Elderson lui-même… un type intelligent, un peu artiste peut-être ; administrateur délégué depuis le début, il savait tout sur le bout du doigt ! C'était bien là le malheur ! Ce prestige d'un savoir supérieur et d'une longue réussite… tous s'inclinaient devant lui, et il ne fallait pas s'en étonner. L'ennui avec un tel homme, c'est que s'il reconnaissait avoir commis une faute, la légende de son infaillibilité s'écroulerait. Et pour avoir lui-même cette réputation d'infaillibilité, Soames savait à quel point pouvait être forte la tentation de ne rien avouer qui pût la compromettre.

Lorsque, dix mois auparavant, il était entré au conseil, tout paraissait bien marcher ; on estimait alors les échanges internationaux descendus à leur minimum, et la « réassurance des contrats étrangers », inaugurée un an plus tôt par Elderson, permettait, avec la reprise des affaires, les plus belles espérances.

Maintenant, au bout de douze mois, Soames sentait que l'on pataugeait… et l'assemblée générale devait avoir lieu dans six semaines !

Probablement, Elderson ne savait pas lui-même où l'on allait ; ou alors, il gardait par-devers lui des renseignements que tout le conseil était en droit de posséder.

Soames entra dans la salle sans un sourire. Tous s'y trouvaient – même lord Fontenoy et le vieux Mont, qui avait renoncé à ses boqueteaux… un exploit ! Soames prit place tout au bout de la table près de la cheminée. Il regarda fixement Elderson et se rendit compte, avec une clarté soudaine, de la forte position de cet homme. Avec la même clarté lui apparut la faiblesse de la S.P.R.P.: les fluctuations continuelles des changes mettaient ses membres dans l'impossibilité d'évaluer exactement leur passif; ils ne pouvaient que se fier au hasard!

La main crispée sur son menton, il écouta la lecture des rapports et autres formalités en promenant son regard de visage en visage: le vieux Mothergill, Elderson, Mont, en face de lui; Sharman au bout de la table; Fontenoy et Meyricke, ses voisins: le conseil décisif de l'année. Il ne pouvait pas, il ne devait pas se laisser mettre dans une fausse position! Il était inadmissible qu'il se trouvât, lors de sa première assemblée générale, en face des actionnaires sans savoir exactement où en était l'affaire.

Il regarda de nouveau Elderson: un faciès empreint de bienveillance, une tête chauve rappelant un peu celle de Jules César… rien qui suggérât la malhonnêteté ou autorisât un optimisme excessif. En fait, il ressemblait assez au vieil oncle Nicholas Forsyte dont les entreprises étaient citées en exemple à l'avant-dernière génération. L'administrateur délégué ayant achevé son exposé, Soames tourna les yeux vers le visage rose et somnolent du vieux Mothergill et déclara:

— Ces comptes n'établissent pas, à mon avis, notre véritable situation. Je demande que le conseil s'ajourne à aujourd'hui en huit, monsieur le président. Pendant cette semaine, il faudra que tous les administrateurs soient informés avec précision du détail de nos engagements sur les contrats étrangers, dont l'échéance ne tombe pas au cours du présent exercice. Je remarque que ces polices sont estimées en bloc, et cela ne me satisfait pas; elles devraient être présentées séparément.

Sans s'arrêter sur Elderson, son regard se posa sur le vieux Mont.

— À moins d'une amélioration des affaires sur le continent, poursuivit-il, amélioration à laquelle je ne m'attends pas, bien au contraire, ces engagements sont de nature à nous mettre, l'année prochaine, dans de très mauvais draps.

Frottement des pieds sur le parquet, mouvement nerveux des jambes, raclement des gorges – toutes ces manifestations hostiles accueillirent l'expression « dans de mauvais draps ». Une curieuse satisfaction gonfla la poitrine de Soames ; il avait ébranlé leur suffisance, il leur avait communiqué une parcelle de l'inquiétude qui le rongeait.

— Nous avons toujours estimé nos engagements en bloc, monsieur Forsyte.

Le beau parleur !

— C'est un tort, à mon sens. Ces contrats étrangers sont une innovation. Autant que je puis en juger, nous devrions, au lieu de distribuer un dividende, mettre en réserve les bénéfices de cette année, en prévision des pertes possibles du prochain exercice.

De nouveau, raclement de pieds et froissement de papiers.

— Cher monsieur, c'est absurde !

Le bouledogue qui sommeillait en Soames gronda :

— C'est vous qui le dites ! Les détails que je réclame me seront-ils donnés ?

— Naturellement ! Le conseil aura tous les détails voulus. Mais permettez-moi de faire remarquer qu'il ne peut s'agir que d'évaluations approximatives. Nous avons toujours adopté une base d'estimation prudente.

— C'est un point de vue, dit Soames, mais, à mon avis, le conseil ne devrait se former une opinion qu'après un examen très approfondi des chiffres réels.

Le « vieux Mont » prit la parole :

— Mon cher Forsyte, s'il nous fallait étudier chaque contrat, cela nous prendrait une semaine et nous n'en serions pas plus avancés ; nous ne pouvons que raisonner sur des moyennes.

— Ce qui manque dans ces rapports, dit Soames, ce sont les proportions relatives des risques à l'étranger et en Angleterre; dans les circonstances actuelles, c'est d'une importance vitale.

— J'imagine que cela n'offre aucune difficulté, n'est-ce pas, Elderson ? demanda le président. Mais, en tout cas, monsieur Forsyte, rien ne nous autorise à pénaliser cette année nos actionnaires, en prévision d'une éventualité qui, nous l'espérons, ne se produira pas.

— Je n'en suis pas sûr, dit Soames. Nous sommes ici pour prendre les décisions que recommande notre bon sens, et il nous faut pouvoir l'exercer en connaissance de cause. Nous ne sommes pas suffisamment informés. Pour moi, toute la question est là.

Le « beau parleur » se lança de nouveau dans l'arène :

— Mr Forsyte semble sous-entendre un manque de confiance dans la direction.

Ainsi, il se décidait à prendre le taureau par les cornes !

— Aurai-je ces renseignements ?

La voix du vieux Mothergill s'éleva, paisible, dans le silence :

— On pourrait peut-être ajourner le conseil, monsieur le président ; je m'arrangerai pour venir ; nous pourrions probablement tous y assister. Nous vivons en des temps étranges… il ne faut pas courir de risques superflus. Il est certain que les contrats étrangers ne nous sont pas très familiers. Jusqu'ici, nous n'avons pas à nous plaindre de leurs résultats. Le jugement de notre administrateur délégué jouit de notre plus entière confiance. Néanmoins, puisque Mr Forsyte demande ces éclaircissements, je suis d'avis que nous devrions les recevoir. Qu'en dites-vous, *my lord* ?

— Il m'est impossible de venir à Londres la semaine prochaine. Je pense comme notre président que ces comptes ne justifieraient pas la suppression du dividende cette année. Il est inutile de jeter prématurément l'alarme. Quand ces comptes seront-ils arrêtés, Elderson ?

— Normalement, à la fin de cette semaine.

— Les circonstances ne sont pas normales, dit Soames. À parler franc, si ces renseignements ne peuvent m'être fournis, je me verrai obligé de donner ma démission.

Il lut clairement dans leurs pensées : nous accepterions volontiers la démission de ce nouveau venu qui se révèle si mauvais coucheur… seulement, avant l'assemblée générale, ce serait gênant… à moins qu'on ne puisse invoquer « la mauvaise santé de sa femme » ou quelque chose d'analogue – ce qu'il ne permettrait sûrement pas.

Le président dit froidement :

— Nous allons donc ajourner le conseil à la semaine prochaine. Vous serez en mesure de nous donner ces chiffres, Elderson ?

— Certainement.

Dans un éclair, Soames pensa : « Je devrais exiger le droit d'investigation personnelle ! », mais il regarda autour de lui et se dit que ce serait peut-être aller trop loin… s'il avait l'intention de rester au conseil… et il ne désirait pas démissionner. Après tout, c'était une affaire importante, et puis… mille livres par an ! Non ! il ne fallait rien exagérer !

Quand il partit, il ne savoura qu'à demi sa victoire : rien ne l'assurait qu'il avait agi avec sagesse et efficacité. Son attitude n'avait fait que resserrer les rangs autour d'Elderson. La faiblesse de sa position provenait de ce qu'il n'avait rien de concret à formuler : l'analyse de son inquiétude en rattachait l'origine au fait qu'il lui était impossible de contrôler lui-même la marche de l'entreprise. Il ne pouvait tout de même pas y avoir deux administrateurs délégués – il fallait bien faire confiance à celui qui occupait le poste !

Derrière lui, une voix chevrotante déclara :

— Eh bien, Forsyte, vous nous avez vraiment secoués avec votre ultimatum. C'est la première fois qu'il se passe une telle chose à ce conseil !

— C'est le Bois dormant ! dit Soames.

— Oui, « en général » j'y fais un petit somme. Il fait très chaud là-dedans. Je regrette d'avoir lâché ma chasse ; les oiseaux volent haut, même en cette saison.

D'une incurable frivolité, ce baronet à la voix chevrotante !

— À propos, Forsyte, je voulais vous dire que ces histoires modernes de limitation des naissances et tout le tremblement, ça m'inquiète… Nous ne sommes pas la famille royale, mais quand même, ne trouvez-vous pas qu'on devrait songer à nous donner des héritiers ?

Soames était bien de cet avis, mais il ne pouvait commettre, à l'égard de sa propre fille, l'indélicatesse d'en convenir.

— Ça ne presse pas, marmonna-t-il.

— Je n'aime pas leur chien, Forsyte.

Soames écarquilla les yeux.

— Le chien ! s'exclama-t-il. Quel rapport ?

— J'aime qu'un bébé vienne avant un chien. Les chiens et les poètes dérangent les jeunes femmes. Ma grand-mère a eu cinq enfants avant vingt-sept ans. C'était une Montjoy ; de merveilleuses reproductrices, ces Montjoy ! Vous vous les rappelez ? elles étaient sept sœurs, toutes jolies. Le vieux Montjoy a eu quarante-sept petits-enfants ; on ne voit plus ça de nos jours, Forsyte !

— Le pays est surpeuplé, fit Soames, renfrogné.

— Mal peuplé ; il faudrait moins des autres et davantage de gens comme nous. Ça mériterait presque une loi.

— Parlez à votre fils, dit Soames.

— Pensez donc ! Ils nous prennent pour de vieilles badernes ! Si seulement nous pouvions trouver une raison à l'existence ! mais c'est difficile, Forsyte, très difficile !

— Ils ont tout ce qu'ils désirent, dit Soames.

— Ne croyez pas cela, mon cher Forsyte ! L'état du monde agit sur les nerfs des jeunes. L'Angleterre est finie, disent-ils ; l'Europe est finie ; le ciel est fini, et l'enfer aussi ! Il n'y a d'avenir que dans l'air. Mais on ne peut pas enfanter dans l'air, du moins, j'en doute… les difficultés sont considérables…

Soames renifla.

— Si seulement les journalistes voulaient bien poser leurs maudites plumes ! dit-il.

De plus en plus, au fur et à mesure que la presse quotidienne lui apportait moins de sujets d'épouvante, il retrouvait le vieux sentiment de sécurité des Forsyte.

— Nous n'avons qu'à nous tenir à l'écart de l'Europe, ajouta-t-il.

— Se tenir à l'écart d'elle et l'encercler ! Forsyte, vous avez mis le doigt dessus ! Des relations très amicales avec la Scandinavie, la Hollande, l'Espagne, l'Italie, la Turquie – tous les pays éloignés – et laisser les autres à leur destin. C'est une idée.

Quel bavard ! Incorrigible !

— Je ne suis pas politicien, dit Soames.

— L'encerclement ! voilà la formule nouvelle ! C'est à cela que nous tendons inconsciemment ! Et quant au négoce, dire que nous ne pouvons nous passer de commercer avec tel ou tel pays, c'est de la blague, mon cher Forsyte, nous le pouvons parfaitement ; le monde est vaste.

— Je n'en suis pas persuadé, dit Soames. Je sais seulement qu'il faut abandonner ces assurances de contrats étrangers.

— Pourquoi ne pas nous limiter aux pays du cercle ? Au lieu d'« équilibrer les puissances », nous devrions « tenir le cercle ». Vous avez eu là une inspiration de génie !

Accusé d'être inspiré, Soames se hâta de dire :

— Je vous quitte ici. Je vais chez ma fille.

— Ah ! moi, je vais chez mon fils. Regardez donc ces pauvres diables !

Le long du quai de Blackfriars, une bande de chômeurs, agitant des tirelires, se tramait lamentablement.

— La révolution en herbe ! Il y a une chose qu'on oublie toujours, Forsyte, et c'est grand dommage.

— Qu'est-ce que c'est ? interrogea Soames d'un ton maussade.

Supporter le verbiage de cet individu jusque chez Fleur !…

— Lavez les ouvriers, logez-les proprement, enseignez-leur à parler comme vous et moi, et c'en serait fini de la lutte des classes ! C'est tout bonnement une question de sens offensés ! Ne partageriez-vous pas votre chambre avec un plombier propre et convenablement habillé, parlant et sentant comme vous, plutôt qu'avec un nouveau riche à la prononciation défectueuse et empestant l'opopanax ? C'est évident, voyons !

— Je n'ai jamais essayé, par conséquent, je n'en sais rien, dit Soames.

— Pragmatiste ! Mais, croyez-moi, Forsyte, si la classe ouvrière s'attachait à la question des bains et de la prononciation plutôt qu'à ses inepties politiques et économiques, l'égalité serait obtenue en moins de temps qu'il n'en faut pour le dire.

— Je ne souhaite pas l'égalité, dit Soames en prenant son billet pour Westminster.

La voix chevrotante le poursuivit jusque dans l'ascenseur du métropolitain.

— L'égalité esthétique, Forsyte, si elle existait, empêcherait d'en désirer une autre. Avez-vous jamais vu un professeur sans fortune souhaiter d'être roi ?

— Non, répondit Soames en déployant son journal.

8

Bicket

Sous son vernis de légèreté et d'enjouement, le caractère de Michael Mont avait acquis de la profondeur depuis ces deux années d'ancrage et de stabilité. Il avait été forcé de penser aux autres et son temps avait été bien occupé.

Conscient qu'il n'était que toléré par Fleur, il admettait comme entière cette demi-vérité : « Il y en a toujours un qui veut embrasser et l'autre qui ne tend pas la joue », et il s'était habitué à toutes les concessions conjugales sans pourtant parvenir à redresser la balance dans la partie publique et professionnelle de son existence. Le côté humain du métier d'éditeur l'emportait chez lui sur le côté commercial. Mais, malgré ses tendances, Danby et Winter tenaient bon et rien, jusqu'à présent, ne laissait présager leur faillite prédite par Soames en apprenant quels principes son gendre avait l'intention d'appliquer dans la maison. Michael s'était aperçu qu'il en était de l'édition comme de toutes les autres choses de la vie, et que l'on n'y pouvait suivre de trop près les principes. Sans cesse on se heurtait aux réalités – réalités humaines, végétales et minérales !

Ce même mardi après-midi, après avoir longuement débattu le prix de ces obstacles végétaux qui ont nom papier et toile, il écoutait, de ses oreilles pointues, les lamentations d'un emballeur dans le pardessus duquel on avait découvert cinq exemplaires de *Monnaie de billon*, évidemment destinés à être vendus à son profit personnel. Mr Danby l'avait mis à la porte.

Bien sûr, il ne niait pas son larcin… mais, qu'est-ce que Mr Mont aurait fait à sa place ? Il lui fallait payer son loyer et nourrir sa femme qui venait d'avoir une pneumonie et avait besoin d'être suralimentée. « Bon Dieu ! songea Michael, je pillerais toute une édition pour suralimenter Fleur après une pneumonie ! »

— Il m'est impossible de vivre de mon salaire avec les prix actuels, tout à fait impossible. Impossible, je vous le jure, monsieur Mont !

— Écoutez, Bicket, louvoya Michael, si nous tolérons que vous chipiez des livres, les autres emballeurs en feront autant, et dans ce cas, qu'adviendra-t-il de Danby et Winter ? Ils seront dans le lac. Et une fois eux dans le lac, où serez-vous tous ? Dans la rue ! Ne vaut-il pas mieux qu'il y en ait un seul de renvoyé plutôt que tous dans la rue ?

— Oui, monsieur. Je comprends parfaitement votre point de vue… C'est la raison même ; mais je ne peux pas vivre de raison… Le moindre pépin vous flanque par terre quand vous n'avez même pas un croûton à vous mettre sous la dent. Demandez à Mr Danby qu'il me donne l'occasion de me racheter.

— Mr Danby considère qu'un emballeur doit être, plus que tout autre, un homme de confiance, parce qu'il est presque impossible de contrôler son travail.

— C'est vrai, monsieur ; je m'en souviendrai à l'avenir. Mais vu le chômage et sans références, je ne retrouverai jamais de travail ! Que deviendra ma femme ?

Ce fut comme s'il lui avait dit : « Que deviendra Fleur ? » Michael se mit à arpenter la pièce, tandis que le jeune Bicket le regardait de ses grands yeux douloureux. Il s'immobilisa enfin, les mains profondément enfouies dans les poches, les épaules voûtées.

— Je le lui demanderai, mais je doute qu'il consente à vous reprendre ; il dira que ce serait injuste à l'égard des autres. Vous avez barboté cinq exemplaires, c'est un peu raide quand même, et ce ne doit pas être votre premier coup, hein ?

— Eh bien, monsieur Mont, si cela doit aider à me faire réembaucher, je veux bien vous l'avouer. Oui, j'en ai déjà chipé plusieurs, et c'est grâce à ça que ma femme est encore en vie ; vous n'avez pas idée de ce que c'est qu'une pneumonie pour de pauvres gens.

Michael se passa les doigts dans les cheveux.

— Quel âge a votre femme ?

— C'est une enfant : vingt ans ! Vingt ans ! le même âge que Fleur !

— Voilà ce que je vais faire, Bicket : je soumettrai le cas à Mr Desert ; s'il parle en votre faveur, Mr Danby se laissera peut-être émouvoir.

— Merci, monsieur Mont… Vous êtes un gentleman ; nous le disons tous.

— Ne dites pas de bêtises, Bicket. Vous comptiez sur le prix de ces cinq exemplaires ; tenez, voici qui le compensera, et vous pourrez acheter à votre femme ce qui lui est nécessaire. Seulement, n'en parlez pas à Mr Danby.

— Monsieur Mont, je ne vous trahirais pour rien au monde : je ne dirai pas un mot, monsieur ! Quant à ma femme… ah ! mon Dieu !

Un sanglot étouffé, un bruit de pas, et Michael se retrouva seul, les mains plus profondément enfoncées dans les poches, les épaules un peu plus voûtées encore. Soudain, il se mit à rire : la pitié ! Quelle blague ! C'était par trop drôle ! Récompenser Bicket pour avoir barboté *Monnaie de billon* ! L'envie le prit de suivre le petit emballeur à la seule fin de voir comment il employait ses deux livres et si la pneumonie n'était pas une invention du cerveau logé derrière ces yeux douloureux. Mais c'était impossible. Il lui fallait, au lieu de cela, appeler Wilfrid au téléphone pour le prier d'intervenir auprès du vieux Danby, Par lui-même, il n'en obtiendrait rien : son crédit était usé. Bicket ! Que savons-nous les uns des autres ? Comme la vie est profonde, obscure et embrouillée ! Qu'est-ce que l'honnêteté ? Le résultat de la lutte entre les besoins vitaux et la résistance de l'individu ; s'il l'emporte, il est honnête ; mais pourquoi résister ? Aime ton prochain comme toi-même, mais pas davantage ! N'était-il pas rudement plus difficile pour Bicket, avec ses deux livres par semaine, de l'aimer, que pour lui, qui en avait vingt-quatre, d'aimer Bicket ?

— Allô ! c'est toi, Wilfrid ? Ici, Michael. L'un de nos emballeurs a volé quelques exemplaires de *Monnaie de billon* ; il a été mis à pied, le pauvre diable ! Je me demande si tu ne pourrais pas dire un mot en sa faveur... Moi, le vieux Dan refusera de m'écouter... Oui, il a une femme... de l'âge de Fleur ; une pneumonie, d'après ce qu'il raconte. En tout cas, il ne recommencera pas avec tes bouquins : l'assurance par la gratitude, tu comprends... Merci, mon vieux, c'est très chic de ta part. Alors, tu passes ici ? Nous pourrons rentrer ensemble... Ah ! bon, tu passeras de toute façon. Au revoir.

Brave type, Wilfrid ! vraiment, un brave type... malgré tout !... Malgré quoi ?

En raccrochant le récepteur, Michael entrevit comme un gros nuage rempli d'images, de senteurs et de sons, tellement étrangers aux principes de sa firme qu'il avait l'habitude d'écarter instantanément tout manuscrit qui en dépeignait de semblables. La guerre avait beau être terminée, les sentiments qu'elle avait fait naître vivaient toujours en Wilfrid et en lui. Il saisit un tube acoustique et demanda :

— Mr Danby est-il toujours dans son bureau ? Bien ! S'il a l'air de vouloir s'en aller, avertissez-moi tout de suite.

Entre Michael et le plus âgé des associés s'étendait le gouffre qui sépare deux époques, gouffre partiellement comblé cependant grâce à l'âge avancé de Mr Winter et à son caractère accommodant. Michael n'avait presque rien à reprocher à Mr Danby, si ce n'est qu'il avait toujours raison. Mr Philip Norman Danby, de Sky House, Campden Hill, père de famille d'une soixantaine d'années, avait le front haut, le buste plus long que les jambes et une expression posée et réfléchie. Ses yeux étaient peut-être un peu trop rapprochés, son nez trop mince, mais dans l'ensemble il avait grande allure et ne déparait pas la pièce aux proportions harmonieuses où il travaillait.

L'entrée de Wilfrid interrompit l'examen judicieux qu'il faisait d'un traité de publicité. Desert demeura debout, regarda tour à tour les gravures, le bout de ses doigts et Mr Danby, puis il se décida à parler.

— Que puis-je pour vous, monsieur Desert ? Asseyez-vous.

— Le fait est que je viens vous demander de pardonner à cet emballeur, monsieur Danby.

— Cet emballeur ? Oh ? Ah ! Bicket ! Je suppose que c'est Mont qui vous en a parlé ?

— Oui. Cet homme a une jeune femme atteinte d'une pneumonie.

— Ils ont tous une histoire de cet acabit à l'usage de notre ami Mont, monsieur Desert. Il a le cœur très tendre. Malheureusement, je ne puis garder cet homme. C'est une affaire très délicate. Voilà quelque temps déjà que nous sommes à la recherche de fuites.

Desert s'appuya à la cheminée et regarda fixement le feu.

— Eh bien, monsieur Danby, si votre génération aime la sensibilité en littérature, elle se montre joliment dure dans la vie. La nôtre ne peut souffrir la sentimentalité littéraire, mais nous sommes fichtrement moins impitoyables dans la vie.

— Je ne trouve pas cela dur, dit Mr Danby, ce n'est que juste.

— Êtes-vous compétent en matière de justice ?

— Je l'espère.

— Essayez de passer quatre ans en enfer et vous m'en direz des nouvelles.

— Je ne vois vraiment pas le rapport. L'épreuve que vous avez subie, monsieur Desert, ne pouvait manquer de vous gauchir l'esprit.

Wilfrid se retourna et le dévisagea :

— Excusez ma franchise, mais, à mon avis, rester tranquillement ici et être juste me paraît beaucoup plus déformant. La vie est un purgatoire pour tout le monde, excepté pour trente pour cent environ des adultes.

Mr Danby sourit.

— Notre affaire ne pourrait pas marcher, mon jeune ami, si nous n'exigions de chacun une scrupuleuse honnêteté ; il serait très injuste de ne pas établir de distinction entre les gens honnêtes et ceux qui ne le sont pas ; vous le savez parfaitement bien.

— Je ne sais rien parfaitement bien, moi, monsieur Danby, et je me méfie de ceux qui s'en vantent.

— Eh bien, disons simplement que certaines règles du jeu doivent être observées pour que la vie sociale puisse fonctionner.

Desert sourit à son tour.

— Au diable les règles du jeu ! Je vous demande de m'accorder une faveur personnelle. C'est moi l'auteur de ce sacré bouquin, après tout.

Le visage de Mr Danby demeurait serein, mais ses yeux rapprochés aux orbites profondes brillaient.

— Je vous l'accorderais volontiers, mais j'en fais une question... mettons une question de conscience. Je ne porte pas plainte contre cet homme, je le congédie, voilà tout.

Desert haussa les épaules.

— Dans ce cas, au revoir, monsieur, dit-il.

Et il sortit. Sur le seuil se tenait Michael, l'esprit indécis.

— Eh bien ?

— Rien à faire. Le vieux schnock se réclame de la justice !

Michael fourragea dans sa chevelure.

— Attends cinq minutes dans mon bureau pendant que je mets ce pauvre diable au courant. Nous partirons ensemble.

— Non, dit Desert, je vais de l'autre côté.

Tandis qu'il descendait chercher Bicket, quelque chose dans le ton et dans l'expression de Desert obsédait l'imagination de Michael. Drôle de type, ce Wilfrid ! Il devenait sombre si brusquement !

En bas, il demanda :

— Bicket est parti ?

— Non, monsieur, le voici.

Il était là, avec son pardessus râpé, son visage étroit et pâle, ses yeux d'une grandeur anormale, et ses épaules tombantes.

— Je suis désolé, Bicket, Mr Desert est intervenu, mais il n'y a rien à faire.

— C'est pas possible, monsieur !

— Ne vous en faites pas ; vous trouverez autre chose.

— Je crains bien que non. Je vous remercie de tout cœur et Mr Desert aussi. Bonsoir, monsieur, et adieu.

Michael le regarda enfiler le couloir et partir d'un pas chancelant vers la rue obscure. « C'est gai ! » fit-il, et il rit…

Les doutes naturels de Michael et de Mr Danby quant à la véracité de l'histoire de Bicket n'étaient pas fondés. Ni la jeunesse de sa femme ni la pneumonie n'avaient été exagérées et, tandis qu'il s'en allait dans la direction du pont de Blackfriars, le pauvre diable ne pensait ni à sa vilaine action ni à la justice de Mr Danby, mais à ce qu'il lui dirait, à elle. Évidemment, il ne pouvait lui raconter qu'on l'avait pris en flagrant délit de vol, il lui dirait qu'on l'avait mis à la porte « parce qu'il avait été insolent envers le contremaître ». Mais que penserait-elle de lui alors que tout dépendait pour eux de son attitude à l'égard du contremaître ?

La maladie de la jeune femme avait été si grave que, jour après jour, il s'était rendu à son travail avec l'impression « d'abandonner la moitié de ses entrailles » dans la chambre où elle était couchée. Quand, à la fin, le médecin lui avait dit : « À présent, elle s'en tirera, mais elle est très affaiblie, elle a besoin d'être suralimentée », son angoisse s'était muée en une farouche résolution et, au cours des trois semaines suivantes, il avait barboté dix-huit *Monnaie de billon*, y compris les cinq exemplaires découverts dans son pardessus. Il n'avait tapé dans le livre de Mr Desert que parce qu'il se vendait facilement, et maintenant, il regrettait de ne pas avoir choisi l'ouvrage d'un autre : Mr Desert s'était montré tellement chic ! Il s'arrêta à l'angle du Strand et compta son argent. Avec les deux livres que lui avait données Michael et sa paye, il possédait soixante-quinze shillings en tout et pour tout. Il entra dans un magasin et acheta de la gelée de viande et une boîte d'« aliment Benger » qui se prépare à l'eau. Les poches gonflées, il monta dans un omnibus qui le menait au coin de sa petite rue. Sa femme et lui occupaient deux pièces, au rez-de-chaussée, à huit shillings par semaine, et il devait trois semaines.

Mieux valait payer le loyer et avoir un toit jusqu'à ce qu'elle fût guérie... et puis, la mauvaise nouvelle passerait plus aisément s'il lui apportait en même temps la quittance et quelque chose de bon à manger... Quelle chance d'avoir eu la prudence de ne pas lui faire d'enfant !

Il descendit au sous-sol ; sa propriétaire y faisait la lessive ; stupéfaite de ce règlement complet et spontané, elle interrompit sa besogne et lui demanda des nouvelles de sa femme.

— Elle va mieux, merci.

— Eh bien, ça me fait plaisir ; vous devez être bien soulagé !

— Oh ! oui.

La propriétaire pensa : « Il a une mine de papier mâché... on dirait une crevette avant qu'on la cuise... avec ces yeux ! »

— Voilà votre quittance, et merci ; je regrette de m'en être inquiétée, mais vous savez, les temps sont durs.

— C'est bien vrai ! dit Bicket. Au revoir.

La quittance et la gelée de viande dans sa main gauche, il ouvrit la porte de la pièce d'entrée. Sa femme était assise devant un tout petit feu. Ses cheveux noirs coupés très court, bouclés à l'extrémité, avaient poussé pendant sa maladie ; elle les secoua lorsqu'elle tourna la tête vers lui en souriant.

Ce n'était pas la première fois que Bicket trouvait son sourire étrange, quasi pathétique, mystérieux, comme si elle voyait des choses que lui-même ne pouvait distinguer… Elle s'appelait Victorine.

— Eh bien, Vic ! lança-t-il. Cette gelée est fameuse et j'ai payé le loyer.

Il s'assit sur le bras du fauteuil et elle mit la main sur son genou ; son bras maigre, d'un blanc bleuté, émergeait de sa robe de chambre foncée.

— Eh bien, Tony ?

Son visage mince et pâle avec de grands yeux sombres et de beaux sourcils arqués était de ceux qui semblent vous regarder de loin et vous percer jusqu'au tréfonds. À cet instant, c'est ainsi qu'il lui apparut.

Il demanda :

— Comment que tu as respiré ?

— Très bien ; beaucoup mieux… je ne serai pas longue à pouvoir sortir.

Bicket se tortilla et leurs lèvres se joignirent. Ce baiser dura longtemps : il y mit tous les sentiments que, depuis trois semaines, il n'avait pu exprimer, ni à elle ni à personne.

Il se redressa, comme épuisé, regarda le feu et dit :

— Mauvaise nouvelle, Vic : j'ai perdu ma place.

— Oh ! Tony ! pourquoi ?

Bicket avala sa salive.

— Les affaires ne sont pas brillantes et ils débauchent.

Plutôt se fourrer sous le robinet à gaz que lui avouer la vérité.

— Oh ! mon Dieu ! qu'allons-nous devenir ?

La voix de Bicket se durcit :

— Te tourmente pas ; je trouverai quelque chose !

Et il se mit à siffler.

— Mais ton travail te plaisait ?

— Tu parles ! Y avait des copains que j'aimais bien, mais le boulot, qu'est-ce que c'était ? empaqueter des livres toute la journée, dans un sous-sol ? Mangeons et couchons-nous tôt ; il me semble que je pourrais dormir une semaine d'affilée maintenant que je suis libre.

Pendant qu'il l'aidait à préparer le dîner, il évitait son regard, de crainte que « ça ne le prenne de nouveau aux entrailles ». Ils n'étaient mariés que depuis un an ; leur connaissance s'était faite en tramway, et Bicket s'étonnait souvent d'avoir su lui plaire, étant de huit ans son aîné et ayant été réformé pendant la guerre. Et pourtant, elle devait l'aimer pour le regarder comme elle le faisait !

— Assieds-toi et goûte cette gelée.

Pour lui, il se contenta de pain et de margarine arrosés de cacao ; il avait rarement de l'appétit.

— Sais-tu ce qui m'irait ? reprit-il. Ce serait l'Australie centrale. On avait un livre là-dessus dans les bureaux ; il paraît qu'on y va beaucoup. J'aimerais vivre au soleil, il me semble qu'on serait deux fois plus gros, toi et moi ; j'aimerais te voir de bonnes joues roses, Vic.

— Combien cela coûte-t-il pour aller là-bas ?

— Beaucoup plus que ce que nous pourrions nous procurer, c'est ça l'ennui ; mais j'ai réfléchi. L'Angleterre est à peu près finie ; il y en a trop comme moi, ici.

— Non, dit Victorine, il n'y en a pas assez.

Bicket la regarda, puis baissa vivement les yeux vers son assiette.

— Qu'est-ce qui t'a plu en moi ?

— C'est que tu ne penses pas à toi-même en premier.

— Je le faisais avant de te connaître. Pour toi, Vic, je ferais n'importe quoi.

— Alors, prends un peu de cette gelée ; elle est excellente.

Bicket secoua la tête.

— Si nous pouvions nous réveiller en Australie centrale ! Mais c'est sûr que nous nous réveillerons dans cette satanée petite chambre ! Tant pis ! je trouverai du travail et je gagnerai l'argent nécessaire.

— Nous pourrions jouer aux courses ?

— Nous n'avons que quarante-sept shillings en tout ; si nous les perdons, que deviendrions-nous ? Il faut que tu te suralimentes, tu sais… Non, il faut que je trouve une place.

— Ils te donneront un bon certificat, n'est-ce pas ?

Bicket se leva et remplit son assiette et sa tasse.

— Ils le feraient bien, mais ce métier-là est fini : il y a surproduction.

Lui dire la vérité ? jamais ! À Dieu ne plaise !

Étendus dans leur lit, un de ces lits trop larges pour une personne et trop étroits pour deux, les cheveux de Vic presque dans sa bouche, il songeait à ce qu'il pourrait bien dire à son syndicat et à la façon dont il s'y prendrait pour trouver un emploi… Au fur et à mesure que les heures passaient, il se sentait perdu : pour toucher une indemnité de chômage, il serait obligé de raconter au syndicat ce qui s'était passé. Le diable emporte le syndicat ! Lui devait-il des comptes ? Il le savait, lui, pourquoi il avait barboté des livres ! mais cela ne regardait pas les autres ; personne au monde ne pouvait comprendre ce qu'il avait éprouvé en voyant Vic à bout de souffle, si pâle et si décharnée…

Non ! décidément, il devrait se débrouiller tout seul ! Et il y avait un million et demi de chômeurs ! Enfin, il avait de quoi vivre quinze jours ; pendant ce temps, il aurait peut-être la chance de trouver une place, et puis, en risquant un shilling ou deux, il pourrait gagner… qui sait ?

Elle remua dans son sommeil. « Oui, songea-t-il, je recommencerais… »

Le lendemain, après plusieurs heures de marche, il se tenait, sous le ciel froid, dans la rue grise, devant la vitrine qui protégeait un assortiment de fruits, d'épis de blé, de pépites, de beaux papillons bleus baignés dans la lumière dorée de l'Australie publicitaire. Pour Bicket, qui n'avait jamais quitté l'Angleterre, et rarement Londres, c'était une vision du Paradis. À l'intérieur de la boutique, la lumière n'était pas aussi dorée, et la somme demandée était considérable ; mais il semblait à Bicket se rapprocher du Paradis en emportant les brochures publicitaires, si chaudes qu'elles lui brûlaient presque les doigts.

Plus tard, tous deux dans le même fauteuil – l'avantage d'être maigres –, ils se plongèrent dans ces prospectus enchanteurs et en savourèrent les délices.

— Crois-tu que ce soit vrai, Tony ?

— Si c'est vrai à raison de trente pour cent, je m'en contenterais.

— Il faut que nous arrivions à aller là-bas, par un moyen quelconque… Embrasse-moi.

Le grondement des trams et des camions qui montait de la rue principale et la vibration des vitres sous les rafales glacées du vent d'est intensifiaient leur impression d'évasion dans un paradis illuminé par des milliers de réverbères.

9

Confusion

Deux heures après le départ de Bicket, Michael s'achemina vers sa demeure. Le vieux Danby avait raison, comme toujours. Si l'on ne pouvait se fier aux emballeurs, il faudrait fermer boutique ! Loin des yeux douloureux de Bicket, le doute l'assaillait ; ce garçon n'était peut-être même pas marié !

Le comportement de Wilfrid occupa ensuite sa pensée. Il s'était montré brusque et étrange lors de leurs trois dernières rencontres. Fallait-il voir dans cette attitude un bouillonnement de l'inspiration ?

Au pied de l'escalier, il découvrit Ting-a-Ling qui paraissait fortement décidé à ne pas bouger. Il semblait dire : « Je ne monterai que lorsque quelqu'un me portera ; et avec ça, il est plus tard que d'habitude ! »

— Où est ta maîtresse, héraldique animal ?

Ting-a-Ling renifla : « Je tolérerai ces propos si tu me portes ; cet escalier est pénible. »

Michael le souleva de terre :

— Allons la chercher.

Serré sous un bras plus dur que celui de Fleur, Ting-a-Ling écarquilla ses yeux de verre noir ; le panache de sa queue tremblait convulsivement. Parvenu dans la chambre à coucher, Michael le laissa tomber avec une telle distraction que le chien gagna son coin, la queue basse comme s'il se rendait en prison.

L'heure du dîner approchait, et Fleur n'était toujours pas rentrée ! Michael essaya de se souvenir en gros de ce qu'elle devait faire ce jour-là : recevoir à déjeuner Hubert Marsland et ce vertiginiste – comment s'appelait-il donc ? Quelles vapeurs il avait dû falloir dissiper ! Les vertiginistes produisaient, comme le lait, de l'acide carbonique dans les poumons ! Enfin !… Sept heures et demie ! Que faisaient-ils ce soir ? Ne devaient-ils pas aller entendre cette pièce de L. S. D. ? Ah ! non ! c'était pour demain. Était-il possible qu'ils n'eussent rien projeté ? Si oui, elle écourterait évidemment le plus possible ses heures inoccupées. Il en fit la réflexion avec humilité.

Michael n'avait pas d'illusions : il se savait d'une banalité que rachetaient une certaine vivacité et son amour pour elle, naturellement. Il reconnaissait même que son affection était une faiblesse le portant à ces inquiétudes exagérées qu'il avait pour principe de refréner. Ainsi, il eût été tout à fait contraire à ce principe de s'enquérir auprès de Coaker, leur maître d'hôtel, ou de Philps, leur femme de chambre, de l'heure à laquelle Fleur était sortie. Étant donné l'état du monde, Michael se demandait constamment si ses affaires personnelles méritaient la moindre attention ; mais, d'autre part, les conditions générales étaient telles que, par moments, seules vos propres affaires paraissaient valoir la peine qu'on s'en occupât. Au fond, ses affaires personnelles, c'était Fleur, et il craignait de l'ennuyer en s'occupant trop d'elle. Il entra dans son cabinet de toilette et déboutonna son gilet. « Non ! se reprit-il, si elle me trouve déjà habillé, ce serait comme si je marquais le coup. » Il reboutonna son gilet et redescendit. Coaker était dans le vestibule.

— Mr Forsyte et sir Lawrence sont venus vers six heures, monsieur. Mrs Mont était sortie. À quelle heure dois-je servir le dîner ?

— Oh ! vers huit heures un quart ; je ne crois pas que nous sortions.

Il pénétra dans le salon, traversa ce désert chinois et ouvrit les rideaux. Le square donnait une impression de froid, d'obscurité et de courant d'air. Il pensa : « Bicket… pneumonie… j'espère qu'elle a son manteau de fourrure. » Il tira une cigarette de son étui et l'y replaça. Si elle l'apercevait à la fenêtre, elle le trouverait ridicule. Il remonta vérifier si elle avait bien mis sa fourrure.

Le panache de Ting-a-Ling, toujours étendu, s'arrêta de remuer ; comme désappointé, Michael ouvrit une armoire : elle avait bien sa fourrure, heureusement ! Avant qu'il eût fini son inspection, Ting-a-Ling passa en trottinant devant lui et la voix de Fleur retentit :

— Bonsoir, mon amour !

Tout en souhaitant être l'objet de cette interpellation, Michael émergea de derrière la porte de l'armoire. Dieu ! qu'elle était jolie, le teint fouetté par le vent ! Pensif, il garda le silence.

— Hello, Michael ! je suis un peu en retard. J'ai été à mon club et je suis rentrée à pied.

Michael éprouva l'impression irraisonnée que ce compte rendu comportait des omissions. Lui aussi élagua en disant :

— J'étais en train de regarder si tu avais mis ta fourrure ; il fait horriblement froid. Ton père et Bart sont venus et repartis à jeun.

Fleur fit glisser son manteau et se laissa tomber dans un fauteuil.

— Je suis fatiguée ! Tes oreilles sont si gentiment dressées, ce soir, Michael !

Michael se mit à genoux et encercla de ses mains la taille de Fleur. Elle le regardait d'une manière étrange, avec une interrogation qui le tenait en suspens, étonné.

— Si toi, tu avais une pneumonie, dit-il, je perdrais complètement la boule.

— Mais pourquoi donc en aurais-je une ?

— Tu ne peux pas voir les rapports, ça ne fait rien. C'est sans intérêt. Nous ne sortons pas, n'est-ce pas ?

— Mais si, voyons : c'est la réception mensuelle d'Alison !

— Bon Dieu ! j'avais oublié ! Si tu es fatiguée, nous pourrions y renoncer.

— Mais mon chéri, tu n'y penses pas ! Elle attend toutes sortes de gens.

Il retint de justesse un commentaire acerbe et dit avec un soupir :

— Tant pis !... Tenue de combat ?

— Oui ; gilet blanc. Tu me plais en gilet blanc !

La fine mouche ! Il lui serra la taille et se leva. Fleur lui caressa légèrement la main et il se rendit à son cabinet de toilette, réconforté. Mais Fleur demeura immobile au moins cinq minutes – pas précisément « en proie à des sentiments opposés », mais remplie d'une très grande confusion. En moins d'une heure, deux hommes s'étaient agenouillés à ses pieds et avaient croisé leurs doigts derrière sa taille. Elle avait certainement commis une imprudence en se rendant chez Wilfrid. À peine arrivée dans son appartement, elle s'était aperçue combien elle était peu préparée à un acte physique. Il n'avait, il est vrai, rien fait de plus que Michael, tout à l'heure... Mais, mon Dieu ! elle avait vu avec quel feu elle jouait et compris quelle torture elle lui faisait subir. Bien qu'elle lui eût strictement interdit de rien dire à Michael, son instinct l'avertissait de l'incertitude du combat qui se livrait en lui. Confuse, surprise, émue, elle ne pouvait se défendre d'éprouver, à être si vivement aimée par deux hommes à la fois, une agréable chaleur en même temps qu'une pointe de curiosité au sujet de ce qui en résulterait. Elle soupira : sa collection s'était augmentée d'expériences nouvelles, mais elle ne voyait pas comment l'enrichir davantage sans démolir la collection et peut-être la collectionneuse.

Après qu'elle eut dit à Wilfrid devant l'*Ève* : « Vous seriez stupide de partir, attendez ! », elle se doutait qu'il compterait sur quelque chose avant longtemps. Il lui avait souvent demandé de venir voir sa « tanière » ; un mois, même une semaine plus tôt, elle y serait allée sans une seconde d'hésitation et en aurait ensuite discuté les mérites avec Michael !

Mais à présent, elle avait dû y réfléchir longuement et, si elle n'avait subi l'influence des « vapeurs » de son déjeuner, celles du « vertiginiste », d'Amabel Nazing et de Linda Frewe, d'après lesquels les scrupules de tout ordre étaient « vieux jeu » et les sensations, quelles qu'elles fussent, « à la page », elle n'aurait probablement pas cessé de tergiverser…

À peine ses hôtes partis, elle respira profondément et ouvrit le coffre à thé pour s'emparer du récepteur. Si Wilfrid était chez lui à cinq heures et demie, elle viendrait voir sa tanière. Comme il répondait : « Mon Dieu, c'est bien vrai ? », elle reprit presque son bon sens, mais elle repoussa son hésitation en se disant : « Je veux être parisienne… Proust ! » et elle se rendit à son club. Trois tasses de thé de Chine, trois vieux numéros du *Miroir des modes* et la vue, de dos, de trois dames de province, affalées dans leurs fauteuils, lui firent passer trois quarts d'heure, ce qui lui permit d'arriver avec quinze prudentes minutes de retard.

Au dernier étage, Wilfrid attendait, dans l'embrasure de sa porte ouverte, pâle comme une âme en purgatoire. Il lui prit doucement la main et l'entraîna dans l'appartement. Fleur se demanda avec un petit frisson : « Est-ce ainsi que cela se passe ? *Du côté de chez Swann* ? » Elle libéra sa main et se mit aussitôt à parcourir la « tanière » en s'attardant à chaque meuble. Le vieux style anglais régnait, avec de-ci de-là un objet oriental ou Premier Empire acquis par quelque défunt Desert, voyageur ou attaché à la cour de France. Elle n'osait s'asseoir de crainte qu'il n'observât les rites classiques ; elle ne désirait pas reprendre la brûlante conversation de la Tate Gallery. Visiter la « tanière » n'offrait pas de danger et elle ne le regardait que durant les brefs instants où il ne la regardait pas. Elle devinait qu'elle ne jouait pas le jeu selon les règles de *La Garçonne* et d'Amabel Nazing, qu'en fait elle courait le risque de s'en aller sans avoir éprouvé de sensation nouvelle… et elle ne pouvait s'empêcher d'avoir pitié de Wilfrid. Il la dévorait des yeux et sa bouche avait un pli amer.

Quand enfin, épuisée, elle s'assit, il se jeta à ses pieds ; à demi hypnotisée, les genoux contre la poitrine de Wilfrid, aussi protégée qu'elle avait le droit d'espérer l'être, elle comprit toute l'acuité du conflit qui le torturait, à savoir l'horreur qu'il éprouvait pour lui-même et la passion qu'elle lui inspirait. C'était poignant, profond ; cela ne ressemblait pas à ce qu'on l'avait amenée à imaginer ; cela ne cadrait pas avec les mœurs actuelles… et comment le quitter sans le faire souffrir davantage et sans souffrir elle-même ?

Lorsque enfin elle partit, après avoir reçu un baiser qu'elle n'avait pas rendu, elle sut qu'elle venait de vivre un quart d'heure de vraie vie et elle n'était pas du tout certaine d'aimer cela…

Mais maintenant, bien en sécurité dans sa chambre, tout en se préparant pour la soirée d'Alison, elle se demandait ce qu'elle eût ressenti si les choses étaient allées aussi loin que les autorités en la matière ont coutume de le dépeindre. Sûrement, elle n'avait pas atteint le dixième des sensations que son rôle eût comportées dans une œuvre littéraire avancée ! C'était décevant… ou alors, c'était elle qui était déficiente… Et tandis qu'elle se poudrait légèrement les épaules, sa pensée se tourna vers la réception mensuelle d'Alison.

Bien que, de temps à autre, lady Alison se plût à rencontrer la jeune génération, les Aubrey Greene et les Linda Frewe à la mode brillaient généralement par leur absence. Nesta Gorse était bel et bien venue une fois, mais un politicien au pouvoir et deux écrivains de son bord auxquels elle avait été présentée s'en étaient amèrement plaints par la suite : elle semblait avoir criblé de trous le péplum de leur amour-propre… Sibley Swan, défenseur acharné du passé, eût été le bienvenu, mais jusqu'à présent il demeurait dédaigneusement sur son quant-à-soi et s'abstenait de paraître.

Ce n'était donc pas l'intelligentsia, mais simplement une société cultivée qui se trouvait rassemblée là lorsque Fleur et Michael firent leur entrée. La conversation avait tout le brillant et le *savoir-faire* de ceux qui discourent d'art et de lettres « sans avoir la peine de les faire », comme disait Michael avec humour.

— Néanmoins, murmura-t-il à l'oreille de Fleur, ce sont ces pantins qui font la réputation des artistes et des écrivains. Quelle est l'attraction, ce soir ?

Ils apprirent que c'étaient les débuts à Londres d'une dame qui chantait des mélodies du folklore balkanique. Mais à droite, dans le refuge d'un autre salon, quatre tables de bridge étaient déjà occupées. Parmi les personnes qui écoutaient, ils remarquèrent Gurdon Minho, un portraitiste du grand monde et sa femme, un sculpteur en quête de commandes. Fleur, coincée entre lady Feynte, la femme du peintre, et Gurdon Minho lui-même, projeta son évasion : là-bas, oui, c'était bien Mr Chalfont ! Chez lady Alison, Fleur, experte en l'art de juger un milieu, ne perdait jamais son temps avec des écrivains et peintres qu'il lui était aisé de rencontrer n'importe où. Ici, son intuition lui désignait aussitôt la « plus grosse huile » politico-littéraire et elle guettait le moment où elle pourrait l'accaparer. Toute à son idée, elle ne s'aperçut pas du drame qui se jouait à côté.

Peu disposé à la conversation et aux assauts d'esprit, Michael avait gagné le haut de l'escalier et s'appuyait à la balustrade ; mince comme une guêpe dans son long gilet immaculé, les mains enfouies dans les poches de son pantalon, il observait les mouvements du cou blanc de Fleur et écoutait les chansons balkaniques avec une sorte de vide dans le cerveau. Le nom de « Mont ! » le fit sursauter. Wilfrid se trouvait plus bas, juste au-dessous de lui. Mont ! Il y avait bien deux ans que Wilfrid ne l'appelait plus ainsi !

— Descends me rejoindre.

Le demi-palier s'ornait d'un buste de Lionel Charwell, K. C., par Boris Strumolowski, dans le style qu'il avait cyniquement adopté lorsque June Forsyte avait cessé de protéger son génie authentique et méconnu du public. Au Salon de cette année, il avait été à peu près impossible de distinguer ce buste de tous ceux qu'on y exposait ; les jeunes Charwell s'amusaient à lui dessiner des moustaches à la craie. Les yeux clos, Wilfrid était adossé au mur, à côté de la sculpture. Son visage intrigua Michael.

— Qu'est-ce qui ne va pas, Wilfrid ?

Desert ne bougea pas.

— Il faut que tu le saches : je suis amoureux de Fleur.

— Quoi !

— Je ne veux pas jouer les serpents. Tu es mon adversaire. Je le regrette, mais c'est ainsi ! Tu peux me traiter de tous les noms !

Il était mortellement pâle et tous les muscles de son visage frémissaient. Chez Michael, ce furent l'esprit et le cœur qui frémirent. Quel horrible, étrange, abominable moment ! Son meilleur ami, son garçon d'honneur !

Machinalement, Michael sortit de sa poche son étui à cigarettes et le tendit à Desert ; machinalement, ils prirent une cigarette et s'offrirent mutuellement du feu. Michael dit enfin :

— Fleur le sait-elle ?

Desert inclina la tête.

— Elle ne sait pas que je te le dis ; elle m'a même prié de ne pas le faire. Tu ne peux rien lui reprocher… jusqu'à présent.

Et tout en gardant les yeux obstinément fermés, il ajouta :

— C'est plus fort que moi !

Dans son subconscient, Michael se rendit compte que cette nouvelle ne le surprenait pas. C'était normal, très normal ! Fallait-il qu'il eût été stupide pour ne pas s'en apercevoir plus tôt !

Puis quelque chose se ferma en lui et il dit :

— C'est très chic à toi de m'en avoir parlé, mais… est-ce que tu ne vas pas quitter Londres ?

Un tressaillement contracta les épaules de Desert toujours adossé au mur.

— J'en avais l'intention… mais il paraît que non.

— Il paraît ? Je ne comprends pas.

— Si j'étais sûr de n'avoir vraiment aucune chance… mais ce n'est pas le cas !

Et soudain, regardant Michael :

— Écoute, pas la peine de mettre des gants. Je suis fou d'elle et je te la prendrai si je le peux.

— Bon Dieu ! dit Michael, c'est un comble !

— Oui, tu peux railler ! mais quand je pense à toi qui vas rentrer avec elle et à moi… (il eut un petit rire sinistre), je te conseille de ne pas railler.

— Eh bien, dit Michael, comme nous ne sommes pas dans un roman de Dostoïevski, je suppose qu'il n'y a plus rien à dire.

Desert s'éloigna du mur et posa la main sur le buste de Lionel Charwell.

— Rends-moi au moins cette justice que j'ai fait un gros effort… que j'ai peut-être perdu toutes mes chances en t'en parlant. Je n'ai pas attaqué sans déclarer la guerre.

— Non, fit Michael tristement.

— Tu peux refiler mes bouquins à un autre éditeur.

Michael haussa les épaules.

— Bonne nuit, alors, dit Desert, je te demande pardon de m'être révélé si primitif.

Michael plongea les yeux dans ceux de son ami et il y lut l'expression d'un indéniable désespoir. Il ébaucha un geste de la main, prononça à demi le nom de Wilfrid et, lorsque celui-ci descendit, il gravit les marches de l'escalier.

Revenu à sa place contre la balustrade, il essaya de se persuader que la vie prêtait à rire, mais il n'y réussit pas. Sa situation demandait la ruse du serpent, le courage du lion, la douceur de la colombe : rien ne l'autorisait à penser qu'il possédait ces qualités proverbiales. Si Fleur l'avait aimé comme il l'aimait lui-même, Wilfrid lui eût inspiré une véritable compassion : il était si naturel qu'on s'éprît de Fleur ! Mais elle ne l'aimait pas comme il l'aimait… oh ! non ! Michael possédait une vertu – si toutefois c'en est une –, celle de se tenir pour un être moyen et d'avoir une haute opinion de ses amis. Chose curieuse, celle qu'il avait accordée à Desert n'était en rien diminuée. Cet ami qui cherchait à lui porter un coup mortel, à lui ravir l'affection de sa femme – ou, plus exactement, la bienveillance avec laquelle elle le supportait –, il ne le considérait pas comme un mufle. Une telle indulgence était, il le savait, excessive, mais les théories sur la liberté, sur les libres engagements n'étaient pas pour lui de simples formules littéraires, elles faisaient partie de son caractère. Il n'aurait pu user de contrainte, quelque envie qu'il pût en avoir et, tandis qu'il observait le manège de Fleur avec le grand Gerald Chalfont, un sentiment proche du désespoir lui rongeait le cœur. Si elle allait le quitter pour Wilfrid ! Mais non… ce n'était pas possible… son père, sa maison, son chien… sa… sa collection de… de… elle ne voudrait pas… elle ne pourrait pas les abandonner… Et si elle gardait tout, y compris Wilfrid ? Non ! non ! elle en était incapable ! Une seconde seulement, la possibilité de cette éventualité troubla sa loyauté foncière.

Alors, que faire ? lui en parler ? discuter la chose ? ou attendre et observer ? observer quoi ? Sans l'espionner, il ne pourrait rien voir ; Desert ne viendrait plus chez eux. Non ! Ou bien une franchise absolue, ou bien l'ignorance complète, et ceci équivalait à vivre avec l'épée de Damoclès suspendue au-dessus de sa tête ! Non ! Franchise absolue, et ne rien tenter qui ressemblât à un piège. Il passa sa main sur son front moite. Si seulement ils étaient chez eux, loin des jacassements de cette volière d'intellectuels ! Peut-être pourrait-il essayer de persuader Fleur de s'en aller ? C'était impossible sans argument valable et comme la seule raison était la tempête qui déferlait sous son crâne, il ne lui restait plus qu'à ronger son frein en silence.

Le chant cessa. Fleur regardait autour d'elle. Elle allait sans doute lui faire signe d'approcher ! Au contraire, elle s'avança vers lui. Il ne put réprimer cette pensée cynique : « Elle a réussi à ferrer le vieux Chalfont ! »

Il l'aimait, mais il connaissait ses petites faiblesses… Elle le rejoignit en haut de l'escalier et le tira par la manche.

— J'en ai assez, Michael. Esquivons-nous, tu veux bien ?

— Vite, dit-il, avant qu'on nous remarque.

Dehors, à l'air froid, il se demanda : « Maintenant ? Ou dans sa chambre ? »

— Je trouve, dit Fleur, que Mr Chalfont est surestimé ; ce n'est qu'un bâillement intellectuel. Il vient déjeuner demain en huit.

« Non, pas maintenant… dans sa chambre. »

— Qui penses-tu qu'il faille inviter avec lui, en dehors d'Alison ?

— Personne de tapageur.

— Bien entendu, mais il faut que ce soit quelqu'un d'intéressant, Michael. Flûte ! quelquefois, je me demande si tout ça en vaut la peine !

Le cœur de Michael s'arrêta. Était-ce un mauvais présage, la preuve que son adorée mondaine sentait monter en elle des instincts « primitifs » ? Une heure plus tôt, il lui aurait dit : « Tu as bien raison, mon chou. Le jeu n'en vaut pas la chandelle ! » Mais, à présent, tout changement lui semblait de sinistre augure. Il passa son bras sous celui de Fleur et répondit en fait :

— Ne te tourmente pas ; nous dénicherons bien les oiseaux rares.

— Un ministre chinois serait parfait, dit pensivement Fleur, avec Minho et Bart… quatre hommes… deux femmes… un dîner sans histoires. J'en parlerai à Bart.

Michael avait ouvert leur porte d'entrée. Elle passa devant lui ; il s'attarda à regarder les étoiles, les platanes, la silhouette immobile d'un homme dont le col était remonté jusqu'aux yeux, le chapeau rabattu…

« Wilfrid ! pensa-t-il. L'Espagne… Pourquoi l'Espagne ? et tous les pauvres diables qui sont dans le malheur… Le cœur ! Oh ! maudit soit le cœur ! »

Il referma la porte. Bientôt, il dut en ouvrir une autre et jamais il ne l'avait fait avec moins d'enthousiasme. Fleur était assise sur le bras d'un fauteuil, vêtue du pyjama bleu lavande qu'elle portait quelquefois pour obéir à la mode, et elle regardait fixement le feu. Michael s'arrêta; il voyait, en même temps qu'elle, sa propre image reflétée dans l'un des cinq miroirs: noir et blanc, ce pyjama de pierrot qu'elle lui avait acheté. « Des fantoches sur une scène, pensa-t-il. Sommes-nous bien dans la fiction ou dans la réalité ? » Il s'avança et s'assit sur l'autre bras du fauteuil. « Le diable m'emporte ! marmonna-t-il, pourquoi ne suis-je pas Antinoüs ? » – et il se laissa glisser dans le fauteuil pour être derrière elle au cas où elle voudrait lui dissimuler son visage.

— Wilfrid m'a parlé…, dit-il tranquillement.

Un poids de moins sur la poitrine ! Qu'allait-il se passer ? Il la vit rougir.

— Oh ! pourquoi… qu'est-ce que tu entends par : « Wilfrid m'a parlé » ?

— Il m'a simplement avoué qu'il était amoureux de toi… rien d'autre… il n'y a rien de plus à dire, n'est-ce pas ?

Il ramena ses jambes près du fauteuil et serra fortement ses mains autour de ses genoux. Déjà il lui avait posé une question ! Se dominer ! il devait absolument se dominer ! Il ferma les yeux.

— Naturellement, dit Fleur très lentement, il n'y a rien d'autre… S'il plaît à Wilfrid d'être aussi stupide !

S'il plaît ! Ces mots semblaient bien injustes à Michael dont la propre « stupidité » était si récente, si durable… Il fut surpris de son manque de réaction. Ces paroles de Fleur n'auraient-elles pas dû le faire bondir ?

— C'en est fini de Wilfrid, alors ?

— Fini ? Je ne sais pas.

Ah ! qui peut se vanter de savoir quelque chose quand la passion est en jeu ?

— En tout cas, dit-il en se maîtrisant avec peine, n'oublie pas que je t'aime à la folie.

Il vit battre ses paupières et frémir ses épaules.

— Ai-je l'air de l'oublier ?

Comment fallait-il prendre cette réponse ? Était-elle amère, cordiale, sans arrière-pensée ? Soudain, Fleur pivota sur elle-même, le saisit solidement par les oreilles et, plongeant ses yeux dans les siens, elle se mit à rire. Et de nouveau, son cœur se refusa à bondir ! Si seulement elle ne le menait pas par le bout du nez, si… Mais il la serra contre lui et, dans le fauteuil, le bleu lavande et le blanc et noir se confondirent. Elle lui rendit son baiser. Venait-il du cœur ? Qui pouvait le dire ? Sûrement pas lui !

10

La fin d'un turfiste

En apprenant que sa fille était sortie, Soames, déçu, dit : « J'attendrai », et il s'assit au milieu du canapé vert jade, Ting-a-Ling endormi devant le feu. Gris et digne, les jambes croisées, une ride entre les yeux, il pensait à Elderson, à la conjoncture mondiale et aux difficultés qui surgissaient sans cesse. Plus il réfléchissait, plus il s'étonnait d'avoir eu la sottise d'entrer dans un conseil d'administration où l'on s'occupait de contrats étrangers.

Toute la vieille sagesse qui, au cours du XIXe siècle, avait consolidé la richesse de l'Angleterre, toute la philosophie des Forsyte qui consistait à ne se mêler que de ses propres affaires et à éviter les risques, tout ce solide individualisme national qui interdisait au pays de poursuivre des chimères, tenaient dans son esprit un conseil silencieux et lui démontraient où l'on va quand on s'écarte des sentiers battus. Au point de vue politique, l'Angleterre avait tort de vouloir influencer le continent ; financièrement, la S.P.R.P. avait tort d'assurer des affaires hors de Grande-Bretagne.

L'instinct de sa race aspirait à reprendre son chemin droit et réservé. Ne jamais se mêler de ce que l'on ne peut contrôler. Le vieux Mont avait dit : « Tenir le cercle ! » Jamais de la vie ! S'occuper de ses propres affaires, voilà la bonne formule ! Il éprouva une sensation à la hauteur du mollet. Ting-a-Ling flairait son pantalon.

– Oh ! fit Soames, c'est toi !

Ting-a-Ling posa ses pattes de devant sur le canapé et tira la langue.

– Tu veux que je te hisse ? dit Soames. Tu es trop gros !

Et de nouveau, il éprouva la douce chaleur de se sentir aimé. « Il y a quelque chose en moi qui l'attire », pensa-t-il. Le petit animal semblait dire de ses yeux fixes : « Toi et moi. » Petit Chinois, va ! Ah ! les Chinois ! voilà des gens sensés qui ne se mêlaient que de leurs propres affaires depuis cinq mille ans !

« Je vais démissionner », conclut-il. Mais que faire pour Winifred, Imogen, les Roger et les Nicholas qui avaient acheté des actions parce qu'il était administrateur ? Pourquoi aussi le suivaient-ils toujours comme des moutons ? Il se leva. Au lieu d'attendre, il irait sur-le-champ à Green Street, parler à Winifred. Elle ferait bien de revendre ses actions, bien qu'elles eussent légèrement baissé. Et sans prendre congé de Ting-a-Ling, il s'en alla.

Depuis un an, il jouissait presque de la vie. Comme autrefois chez Timothy, il avait à présent un endroit où trouver, au moins une fois par semaine, une certaine sympathie ; c'était pour son moral un réconfort inappréciable. En le quittant. Fleur avait emporté presque tout le cœur de Soames ; mais il avait trouvé avantage à lui rendre visite une fois par semaine plutôt qu'à l'avoir constamment auprès de lui. D'autres raisons aussi contribuaient à son heureuse disposition d'esprit actuelle. Il y avait maintenant longtemps que Prosper Profond, ce diabolique étranger, était parti Dieu sait où et, depuis lors, sa femme se montrait nettement moins nerveuse et moins acerbe.

Elle s'était entichée de la méthode Coué et elle prenait de l'embonpoint. Elle se servait beaucoup de la voiture et, d'une façon générale, s'intéressait davantage à sa maison. D'autre part, il s'était réconcilié avec Gauguin : une petite baisse sur les œuvres de ce peintre l'avait persuadé qu'il méritait de retenir son attention, et il en avait acheté trois autres : Gauguin remonterait ! Soames en arrivait à regretter la prévision de cette hausse, tant il s'était mis à aimer l'artiste. Une fois qu'on était habitué à sa couleur, elle exerçait sur vous un grand attrait. Un tableau, en particulier (dont la signification lui échappait totalement), forçait l'admiration. Soames s'inquiétait d'avoir à s'en séparer lorsqu'il aurait monté... Mais par-dessus tout, il était bien portant, retrouvait sa jeunesse à l'égard d'Annette, prenait plus de plaisir à manger et considérait avec satisfaction les questions d'argent. La livre montait ; le parti travailliste se tenait tranquille et, maintenant qu'on était débarrassé de ce feu follet, on pouvait compter sur plusieurs années d'une bonne administration conservatrice. Et, tandis qu'il traversait St James' Park pour se rendre à Green Street, il se demanda une fois de plus comment il avait bien pu aller se fourrer dans une affaire qu'il lui était impossible de contrôler véritablement... À croire que le diable s'en était mêlé !

Dans Piccadilly, il flâna le long de la grille du parc et, comme d'habitude, jeta un coup d'œil sur l'Iseeum Club. Les rideaux étaient tirés, laissant voir une longue fente de lumière rougeoyante. Du coup, il se rappela avoir entendu dire que George Forsyte était malade. Il y avait en effet des mois qu'il ne l'avait pas vu à cette fenêtre. Pas étonnant avec les quantités de nourriture et de boisson que George ingurgitait ! Il traversa la chaussée, longea le club et soudain, une impulsion qu'il n'aurait su définir, une sorte de nostalgie du passé le fit s'arrêter et gravir les marches.

— Mr George Forsyte est-il au club ?

L'huissier, un vieux bonhomme au visage chevalin et aux cheveux gris qu'il connaissait depuis le début des années 1880, ouvrit de grands yeux.

— Mais Mr Forsyte est *très* malade. On dit qu'il ne se remettra pas.

— Pas possible ! fit Soames. Personne ne m'en a avisé.

— Il est très mal... vraiment très, très mal ; c'est le cœur.

— Le cœur ? Où est-il ?

— Chez lui, monsieur, tout près d'ici. Dans la rue qui fait le coin. Il paraît que les médecins ne laissent aucun espoir. On le regrettera bien ici. Voilà quarante ans que je le connais. C'était un homme de la vieille école, un merveilleux connaisseur en vins et en chevaux. Il faut mourir un jour, comme on dit, mais je n'aurais jamais cru que je le verrais partir ! Il était trop sanguin, monsieur, voilà la vérité.

Soames se rendit compte tout d'un coup qu'il n'avait jamais su où George habitait tant il avait semblé ancré derrière cette baie vitrée du club.

— Donnez-moi donc son adresse exacte, dit-il.

— Belville Row, numéro onze, monsieur. J'espère bien que vous le trouverez mieux. Ses plaisanteries me manqueront ! ah ! oui.

À l'angle de Belville Row, Soames fit un rapide calcul. George avait soixante-dix ans, seulement un an de moins que lui ! Ce serait vraiment anormal qu'il fût déjà *in extremis* ! « Voilà ce que c'est que de ne pas vivre sagement ! Il a toujours été noceur, ce George ! Quand donc ai-je rédigé son testament ? » Autant qu'il s'en souvînt, George avait laissé sa fortune à ses frères et sœurs – il n'avait personne d'autre à qui la léguer. Le sentiment de la famille se manifesta en Soames. Lui et George ne s'étaient jamais entendus, avec leurs caractères diamétralement opposés… pourtant, il faudrait le faire enterrer… et qui s'en occuperait, sinon Soames, qui avait déjà assisté aux funérailles de tant de Forsyte dans sa vie ! Il se rappela le sobriquet que George lui avait donné un jour : « l'entrepreneur de pompes funèbres » ! Quelle justice poétique ! Ah ! numéro onze… la maison classique du célibataire. Au moment de poser le doigt sur la sonnette, il pensa : « Les femmes ! » Quel rôle les femmes avaient-elles joué dans la vie de George ?

Un homme en jaquette noire, taciturne et réservé, lui ouvrit.

— Je suis bien chez mon cousin, Mr George Forsyte ? comment va-t-il ?

L'homme serra les lèvres.

— On s'attend à ce qu'il ne passe pas la nuit, monsieur.

Soames sentit un pincement sous son gilet de flanelle.

— Il est conscient ?

— Oui, monsieur.

— Pourriez-vous lui porter ma carte ? Peut-être ma visite lui fera-t-elle plaisir.

— Veuillez attendre ici, monsieur.

Soames fut introduit dans une pièce basse de plafond, lambrissée jusqu'à mi-hauteur et ornée de gravures au-dessus des boiseries. George collectionneur ! Soames ne l'en aurait jamais cru capable ! Dans quelque direction que l'on regardât, les murs disparaissaient sous les gravures, anciennes ou modernes, en noir et blanc ou en couleurs, qui toutes représentaient des courses ou des combats de boxe. C'est à peine si l'on apercevait quelques centimètres de tenture rouge. Au moment où il allait les examiner pour y rechercher des signatures, Soames s'aperçut qu'il n'était pas seul. Une femme, dont il ne put estimer l'âge dans la pénombre, était assise auprès du feu dans un fauteuil à très haut dossier ; elle tenait un mouchoir devant son visage. Soames la regarda et ses narines palpitèrent imperceptiblement.

« Ce n'est pas une dame, se dit-il. Je parie qu'il y aura des complications. » La voix étouffée du serviteur en jaquette se fit entendre :

— Je vais vous accompagner, monsieur.

Soames se passa la main sur la figure et le suivit.

La chambre à coucher présentait avec l'autre pièce un curieux contraste. Un meuble immense, fait de placards et de tiroirs, en occupait toute une paroi. À part cela, il n'y avait rien d'autre qu'une coiffeuse avec sa garniture d'argent, un radiateur électrique allumé dans la cheminée et, en face, un lit. Au-dessus de la cheminée, un seul tableau, que Soames regarda machinalement. Par exemple ! un tableau chinois ! Il représentait de profil un grand singe au pelage blanc tenant dans sa main largement ouverte une écorce de fruit. Le visage encadré de favoris de l'animal parut à son tour considérer pensivement Soames de ses yeux bruns au regard presque humain. Comment diable son cousin, si peu artiste, s'était-il procuré une telle œuvre et l'avait-il placée en face de son lit ? Il se retourna et regarda l'occupant du lit. Le corps enflé du « seul turfiste de la tribu », ainsi que Montague Dartie l'avait surnommé dans sa jeunesse, se dessinait sous un mince édredon. Une vive émotion étreignit Soames en voyant pâle et boursouflé comme la lune le visage qu'il avait connu si rubicond. Des cernes profonds soulignaient les yeux, qui avaient conservé leur expression railleuse. Une voix enrouée et basse, où se reconnaissait pourtant le vieux timbre des Forsyte, prononça :

— Eh bien, Soames, vous êtes venu prendre les mesures pour mon cercueil ?

Soames fit, de la main, un geste négatif ; cette caricature de George le troublait étrangement. Ils ne s'étaient jamais entendus… mais tout de même !

De la voix volontairement inexpressive qui lui était habituelle, il dit :

— Mais George, vous vous remettrez. Vous n'êtes pas vieux. Puis-je vous être utile à quelque chose ?

Les lèvres blêmes grimacèrent un sourire :

— Vous pourriez me faire un codicille. Il y a du papier dans le tiroir de la coiffeuse.

Soames en tira une feuille de papier à lettres de l'Iseeum Club. Debout près de la table, il écrivit avec son stylographe la formule préliminaire d'un codicille et se tourna vers George.

Les paroles s'égrenèrent, rauques :

— Mes trois rosses au jeune Val Dartie, parce qu'il est le seul Forsyte capable de distinguer un cheval d'un âne.

Un petit rire gargouillant fusa et fit à Soames une impression lugubre.

— Qu'est-ce que vous avez mis ?

Soames lut : « Je lègue, par les présentes, mes trois chevaux de course à Valerius Dartie, de Wansdon, Sussex, à cause de sa compétence particulière en matière de chevaux. »

Le rire guttural s'éleva de nouveau.

— Vous n'êtes qu'un vieux raseur, Soames. Continuez. À Milly Moyle, 12 Claremont Grove, douze mille livres, nettes de tous droits.

Soames réprima de justesse un sifflement. La femme qui était dans la pièce voisine !

L'expression railleuse des yeux de George s'était assombrie. Soames ne put s'empêcher d'observer :

— C'est une grosse somme.

George fit entendre un faible grondement de colère :

— Écrivez-le, sinon je lui lègue tout.

Soames obtempéra.

— C'est tout ?

— Oui. Relisez.

Soames s'exécuta et ce fut de nouveau le même rire.

— Quelle pilule ! Vous ne laisserez pas publier ça dans les journaux ! Appelez le domestique ; il servira de second témoin.

Avant que Soames eût atteint la porte, elle s'ouvrit et le serviteur entra, annonçant :

— Le euh... pasteur, monsieur, fit-il d'un ton désapprobateur, le pasteur est là qui demande si vous désirez le voir.

George tourna la tête et roula ses gros yeux gris dans leurs orbites.

— Transmettez-lui mes compliments et dites-lui que je le verrai à l'enterrement.

L'homme se retira en saluant et le silence se rétablit.

— Maintenant, dit George, rappelez-le. Je ne sais pas quand le rideau tombera.

Soames fit signe au domestique de revenir. Quand le codicille fut signé et le serviteur reparti, George parla :

— Emportez-le et veillez à ce qu'elle reçoive son legs. Je sais que je peux avoir confiance en vous, Soames ; c'est ce que vous avez de bon.

Soames mit le codicille dans sa poche avec un sentiment très bizarre.

— Voulez-vous la revoir ? demanda-t-il.

George le regarda fixement un long moment avant de répondre :

— Non. À quoi bon ? Donnez-moi un cigare, là, dans ce tiroir.

Soames ouvrit le tiroir.

— Vous croyez que c'est raisonnable ?

George eut une sorte de rictus.

— De ma vie, je n'ai jamais rien fait de raisonnable ; je ne vais pas commencer maintenant ! Préparez-le-moi.

Soames coupa le bout du cigare. « Je ne lui donnerai pas d'allumette, pensa-t-il. Je ne peux pas prendre une telle responsabilité. » Mais George ne lui demanda pas de feu. Il demeurait immobile, le cigare non allumé entre ses lèvres exsangues, les paupières baissées.

— Au revoir, dit-il, je vais faire un somme.

— Au revoir, répondit Soames, je… je souhaite que… vous soyez bientôt…

George rouvrit les yeux ; fixes, ironiques, ils semblaient déjouer toutes les feintes de l'espérance et de la consolation. Soames se détourna en hâte et quitta la chambre. Il ne se sentait pas bien et, presque sans s'en rendre compte, il retourna dans le salon. La femme y était toujours, elle n'avait pas bougé ; le même parfum vulgaire flottait dans la pièce. Soames prit le parapluie qu'il y avait laissé et sortit.

— Voici mon numéro de téléphone, dit-il au domestique qui attendait dans le couloir, tenez-moi au courant.

L'homme inclina la tête.

Soames s'éloigna de Belville Row. Jamais il ne lui était arrivé de quitter George sans emporter l'impression que son cousin s'était moqué de lui. L'avait-il mystifié cette fois encore ? Ce codicille était-il sa dernière farce ? S'il n'était pas allé le voir cet après-midi, George eût-il jamais rédigé cette clause qui privait sa famille d'un tiers de sa fortune au profit de la créature assise sur sa chaise à haut dossier ? Soames avait l'impression de se heurter à un mystère. Comment un homme pouvait-il se permettre de plaisanter au seuil même de la mort ? En un sens, cela ne manquait pas de panache… Où l'enterrerait-on ? Quelqu'un devait le savoir… Francie ou Eustace. Que penseraient-ils en apprenant le legs fait à cette femme… douze mille livres ! « Si je peux mettre la main sur ce *Singe blanc*, je le ferai, se dit-il soudain, c'est une belle chose ! » Les yeux du singe… l'écorce de fruit… La vie se réduisait-elle à une amère bouffonnerie ? George aurait-il été plus subtil que lui ?

Il sonna à la porte de Green Street. Mrs Dartie était désolée, mais Mrs Cardigan était venue la chercher pour dîner et aller au théâtre.

Soames dut se résigner à prendre son repas seul. À la table de bois poli sous laquelle Montague Dartie avait plus d'une fois glissé, voire dormi, il réfléchit tout en avalant machinalement la nourriture. « Je sais que je peux avoir confiance en vous ; c'est ce que vous avez de bon, Soames. » Ces paroles le flattaient et le blessaient en même temps. Quel machiavélisme dans cette sardonique plaisanterie ! Lui porter un coup en lui apprenant qu'il frustrait la famille et le charger de transmettre ce choc ! George n'avait certainement pas évalué à douze mille livres son amour pour une femme qui sentait le patchouli ! Non !

C'était l'ultime flèche du Parthe décochée à tous les Forsyte et à lui, Soames, en particulier ! Enfin… l'un après l'autre, ceux qui l'avaient fait souffrir ou s'étaient moqués de lui – Irène, Bosinney, le vieux et le jeune Jolyon et, à présent, George – s'en étaient allés. Tous étaient morts, mourants ou en Colombie-Britannique ! Il revit les yeux de son cousin par-dessus le cigare éteint, ces yeux fixes, tristes et moqueurs… pauvre diable !

Il se leva de table et, nerveusement, écarta les rideaux : la nuit était belle et froide. Que devenait-on après ? George disait souvent que, dans une existence antérieure, il avait été le cuisinier de Charles II… mais la réincarnation n'était que bêtise et invention de faibles d'esprit. Pourtant, si cela avait été du domaine des choses possibles, il ne lui aurait pas été désagréable de revivre après sa mort. Revivre ! demeurer auprès de Fleur ! Quel était ce bruit ? Ah ! le gramophone qui marchait dans la cuisine ! Quand les chats sont partis, les souris… Les gens étaient tous pareils : prendre le plus qu'ils peuvent et donner le moins possible en échange… Enfin ! Il allait fumer une cigarette. Il l'alluma à la flamme d'une bougie – Winifred dînait aux bougies, puisque la mode en était revenue – et il se demanda : « A-t-il toujours ce cigare entre les dents ? » Un drôle de type, George ! de tout temps ! Il suivit du regard un rond de fumée très bleue qu'il avait fait involontairement… – il n'avalait jamais la fumée… Oui, George avait brûlé la chandelle par les deux bouts, sans quoi il ne mourraït pas vingt ans trop tôt ! Enfin, c'était comme ça, et Soames regrettait qu'il n'y eût pas même un chat à qui parler. Sur la cheminée était posé un petit monstre acheté par son neveu Benedict dans un bazar d'Orient, l'année après la guerre ; il le souleva et regarda ses yeux verts. « Ce ne sont pas des émeraudes, pensa Soames… des pierres sans valeur. »

— On vous demande au téléphone, monsieur.

Il sortit dans le vestibule et prit le récepteur.

— Eh bien ?

— Mr Forsyte a rendu le dernier soupir, monsieur… pendant son sommeil, d'après ce que dit le docteur.

— Oh ! fit Soames, avait-il un cig… Je vous remercie.

Il raccrocha. C'était donc fini ! D'un mouvement nerveux, il tâta le codicille dans sa poche intérieure.

11

Aventure

Depuis une semaine qu'il cherchait « un boulot », Bicket l'avait vu lui échapper sans cesse, fuyant comme l'hirondelle, glissant comme l'anguille. Une livre pour la nourriture, trois shillings placés sur un cheval, et sa fortune était tombée à vingt-quatre shillings.

Le vent avait tourné au sud-ouest et Victorine était sortie pour la première fois. C'était déjà un souci de moins, mais cette crampe des sans-travail, ce besoin torturant de s'assurer un moyen d'existence, cette angoisse révoltée et douloureuse entamaient la substance même de son cerveau. Si d'ici une à deux semaines il ne trouvait pas d'emploi, il ne lui resterait plus que l'hospice ou le gaz. « Le gaz, pensa Bicket, si elle y consent, je suis d'accord… j'en ai soupé. Après tout, qu'est-ce que c'est ? Dans ses bras, ça me serait égal. » Néanmoins, son instinct, qui pressentait les difficultés de l'asphyxie, lui suggéra ce lundi soir une idée. Des ballons ! comme ce type d'Oxford Street ! Pourquoi pas ? Il lui restait assez d'argent pour en tenter l'essai et aucune licence n'était nécessaire. Sa pensée qui, au petit jour, tournait comme un écureuil en cage, envisagea les grands, les incalculables avantages que présente la vente des ballons de couleur sur toute autre forme de commerce. Impossible de ne pas voir le marchand qui vous tire l'œil avec son bouquet de globes multicolores ; peu de bénéfice, évidemment, d'après ce qu'il avait appris : un penny sur un gros globe d'air coloré à six pence et un penny sur trois petits à deux pence. N'empêche que le marchand était en vie ! Il lui avait sans doute décrié sa profession de crainte de la rendre trop attrayante. Sur le pont, là où il passe tant de monde... non ! près de Saint Paul ! Il connaissait un passage où il pourrait se tenir un ou deux mètres en retrait, comme le faisait le type d'Oxford Street !

Mais il n'en dit rien à la jeune femme qui dormait à son côté. Il ne lui dirait rien avant d'avoir jeté les dés car c'était en somme jouer sa dernière chance. Pour ne pas mourir de faim, il lui faudrait vendre... voyons, trois douzaines de gros ballons et quatre douzaines de petits par jour ne rapporteraient que vingt-six shillings par semaine, à moins que le type ne lui ait menti. Avec cela, il n'était guère possible de songer à l'Australie ! et puis, ce n'était pas un métier... Victorine en recevrait un coup ! Mais à l'heure actuelle, il n'avait pas le choix : il fallait l'essayer et continuer à chercher une place pendant ses heures de loisir.

Le lendemain donc, à deux heures, notre pauvre capitaliste s'établit près de Saint Paul avec quatre douzaines de gros ballons et sept douzaines de petits sur un plateau, deux shillings dans sa poche et fort peu de chose dans l'estomac. Lentement, il gonfla et attacha deux grands ballons et trois petits, un rouge, un vert et un bleu, et les laissa pendiller devant lui. Puis, avec l'odeur du caoutchouc dans les narines, il contempla de ses yeux saillants le flot des passants. Il remarqua avec satisfaction que la plupart des gens se retournaient pour le regarder. Mais la première personne qui l'interpella fut un agent :

— Je ne suis pas sûr que vous ayez le droit de rester ici.

Bicket ne répondit pas : sa gorge était trop sèche. Il avait entendu parler de la police. S'y était-il mal pris ? Il avala sa salive.

— Laissez-moi courir ma chance, m'sieur l'agent. Je suis sans boulot. Si je gêne la circulation, je me mettrai où vous voudrez. C'est mon début et je n'ai au monde que deux shillings et une femme à nourrir.

L'agent, grand et robuste, le regarda de haut en bas.

— C'est bon ; on va voir. Je ne vous causerai pas d'ennuis si personne ne se plaint.

Le regard de Bicket se chargea de reconnaissance :

— Je vous suis bien obligé, dit-il, prenez-en un pour votre petite fille, pour me faire plaisir.

— Je vais en acheter un, dit l'agent, ça vous mettra en route. Je le prendrai dans une heure, quand j'aurai fini mon service. Un gros rouge.

Il s'éloigna, et Bicket vit qu'il l'observait. Il descendit dans le caniveau et resta complètement immobile ; ses grands yeux s'accrochaient au visage de chaque piéton et, de temps à autre, ses doigts maigres maniaient sa marchandise. Si Victorine le voyait ! Toute son énergie se tendit. Par Dieu ! il arriverait à s'en tirer, à pouvoir mener au soleil une existence qui fût une vraie vie !

Il était debout depuis près de deux heures, s'appuyant tantôt sur l'un, tantôt sur l'autre de ses pieds fatigués et il n'avait vendu que quatre gros ballons et cinq petits – six pence de bénéfice – quand Soames, qui avait modifié son itinéraire pour éviter cette institution incapable de remonter plus haut que William Gouldyng, Ingéreur, passa, en route pour le conseil d'administration de la S.P.R.P. Il entendit murmurer timidement :

— Un ballon, monsieur, la meilleure qualité !

Surpris, il s'arracha à la contemplation de Saint Paul, rite auquel il n'avait jamais failli, et il s'arrêta net.

— Un ballon ! dit-il. Que pourrais-je faire d'un ballon ?

Bicket sourit ; même lui était capable d'apprécier le contraste qu'offraient ses globes colorés avec la silhouette grise et compassée de Soames.

— Les enfants les aiment et ça ne pèse rien, monsieur, ça tient dans la poche du gilet.

— Possible, fit Soames, mais je n'ai pas d'enfants.

— Des petits-enfants, monsieur !
— Pas davantage.
— Excusez-moi, monsieur.

Soames lui jeta l'un de ces rapides coups d'œil qui lui permettaient généralement de juger du caractère des pauvres. « Un malheureux petit rat inoffensif », pensa-t-il.

— Allons, donnez-m'en deux. Combien ?
— Un shilling, monsieur, et je vous remercie.
— Gardez la monnaie ! dit Soames brusquement, et il s'éloigna, en proie à un étonnement sans nom.

Il ne pouvait concevoir ce qui l'avait poussé à acheter ces jouets et à les payer plus de deux fois leur prix. Il ne se souvenait pas d'avoir jamais rien fait d'analogue... Extrêmement curieux ! Et soudain, il comprit pourquoi il avait agi de la sorte : l'homme s'était montré humble, doux, digne d'être encouragé par ces temps où le communisme relevait la tête avec insolence. Après tout, ce petit bonhomme était du côté du capital : ses ballons constituaient un placement ! Le commerce ! Il releva les yeux sur Saint Paul et enfouit ces objets au contact déplaisant tout au fond de la poche de son pardessus. Quelqu'un les y trouverait et se demanderait ce qui lui avait pris de les acheter ! Tant pis ! il avait d'autres chats à fouetter.

Bicket, cependant, le suivait des yeux. Il jubilait. Deux cent cinquante pour cent de bénéfice sur ces deux ballons, c'était quelque chose ! L'idée qu'il ne passait pas assez de femmes à cet endroit l'obséda moins ; après tout, les femmes connaissent la valeur de l'argent ; pas de supplément à en espérer ! Si seulement il pouvait en venir d'autres, de ces vieux millionnaires en haut-de-forme !

À six heures, avec un gain de trois shillings et huit pence – dont la moitié avait été fournie par Soames –, Bicket ajouta à ses soupirs ceux des ballons qu'il dégonfla ; il les détacha avec mille précautions et les rangea dans le tiroir de l'éventaire qu'il plaça sous son bras. Ses jambes endolories prirent la direction du pont. En une journée entière, il pourrait se faire quatre à cinq shillings. Ça les empêcherait tout juste de mourir de faim… et quelque chose d'autre se présenterait peut-être ! En tout cas, il était son maître, il ne dépendait plus ni d'un patron ni d'un syndicat. Cette constatation lui apporta une singulière légèreté intérieure qu'accentuait le fait de n'avoir rien mangé depuis le matin.

« C'est peut-être un conseiller municipal, pensa-t-il, on dit qu'ils se nourrissent de soupe à la tortue. » En regagnant son domicile, il se demanda avec nervosité ce qu'il allait faire de son éventaire. Comment cacher à Victorine qu'il avait grossi les rangs du capital et passé sa journée dans le caniveau ? Manque de chance ! Elle était à la fenêtre ! Il lui fallait faire contre mauvaise fortune bon cœur. Il entra en sifflant.

— Qu'est-ce que c'est que ça, Tony ? demanda-t-elle en désignant le plateau.

— Ah ! ah ! c'est épatant, ça, regarde !

Il prit un ballon et se mit à le gonfler ; il soufflait avec une frénésie qu'il n'avait pas encore apportée à cette opération. On lui avait dit que ces machins pouvaient atteindre cinq mètres de circonférence. Il s'imagina que s'il parvenait à cette dimension, tout serait facilité. Le ballon s'enflait de son souffle ; bientôt il lui masqua Victorine, puis la chambre : il ne voyait plus rien que cette boule d'air colorée. Il la saisit alors au col, entre le pouce et l'index, et dit :

— Voilà, ce n'est pas mal pour six pence, tu sais, ma vieille !

Il la regarda. Dieu ! elle pleurait ! Il lâcha le « sacré machin » qui flotta un instant, puis descendit, au fur et à mesure que l'air s'échappait, pour choir enfin, petite épave ratatinée, sur le tapis sombre. Il étreignit les épaules que secouaient les sanglots et dit avec désespoir :

— Du courage, ma chérie, faut cracher sur aucun gagne-pain. Ça nous dépanne en attendant que j'aie trouvé une place. Je ferais bien pis pour toi ! Allons, prépare-moi mon thé ; ça m'a donné faim de gonfler ces ballons.

Elle cessa de pleurer et le regarda sans mot dire. Que ses yeux étaient donc grands et mystérieux ! Bicket n'avait aucune idée des pensées qu'elle pouvait nourrir. Stimulé par le thé, il réussit à décrire sa nouvelle profession avec un certain brio. Être son propre maître, sortir et rentrer à ses heures, rester au lit avec Vic si cela lui plaisait ! Quels avantages ! Un sentiment typiquement anglais s'emparait de Bicket, mélange d'entrain joyeux et libre, d'horreur du travail régulier, de plaisir à donner un coup de collier, de fringale d'indépendance : ce sentiment qui explique la vie du pays, le pullulement des petits boutiquiers, des intermédiaires, des travailleurs occasionnels, des chemineaux, maîtres de leurs âmes et de leur temps, indifférents au prix qu'ils payent cette liberté ; ce sentiment, inhérent au pays, à la race, qui existait avant l'arrivée des Saxons industrieux et consciencieux, permet d'avoir confiance en ces bulles d'air qui enflent et crèvent et fait préférer les pickles et les assaisonnements corsés aux aliments véritables. Bicket devenait prolixe, sous l'influence du hareng et du thé âcre et parfumé. Il aimait mille fois mieux être marchand de ballons qu'emballeur. Il finirait, d'ailleurs, par trouver un emploi, et alors ça gazerait, et ils ne seraient pas longs à pouvoir aller au pays des papillons bleus ! Puis, il parla de Soames. Il suffirait de deux conseillers municipaux sans enfants par semaine pour se faire quinze shillings supplémentaires et, en moins d'un an, ils auraient mis de côté le prix du voyage ! Et une fois là-bas, Vic grossirait comme un ballon rouge, elle aurait deux fois sa taille et un teint à le faire crever de jalousie !

Bicket se laissait prendre à son propre jeu. La jeune femme le regardait avec de grands yeux et parlait à peine ; en tout cas, elle avait cessé de pleurer… ou, pour être précis, elle ne répandait plus de torrents d'eau chaude ou froide sur celui qui vendait des ballons pour elle…

12

Chiffres et faits

À l'exception du vieux Fontenoy – élément purement symbolique dont la présence ne comptait pas plus que l'absence –, le conseil était de nouveau au grand complet. Soames, conscient de l'excès d'amabilité que lui prodiguait « cet individu » d'Elderson, se prépara au pire.

Les chiffres étaient placés devant eux ; leur terne alignement dénotait une situation qui pouvait ne pas devenir dangereuse si, dans les six mois à venir, le marché des changes ne subissait pas de nouveaux bouleversements. Le rapport des contrats étrangers aux contrats anglais était de deux sur sept ; les affaires allemandes, les plus nombreuses, figuraient – ainsi que le nota Soames – dans la section moyenne, celle des pays en semi-faillite, et elles étaient estimées d'une manière prudente. Pendant que régnait le silence au cours duquel les administrateurs examinaient les chiffres, Soames perçut, plus clairement que jamais, dans quelle situation embarrassante il s'était mis. Certainement, ces chiffres ne justifiaient guère l'abandon du dividende pris sur les bénéfices de l'année écoulée. Mais s'il survenait un nouveau krach continental et que la société fût exposée à payer, vu le nombre considérable de ses contrats étrangers, tous les bénéfices sur les contrats anglais seraient absorbés et peut-être au-delà. Et puis, la personne d'Elderson lui était suspecte, il n'aurait su dire d'où venait sa méfiance, c'était instinctif, peut-être absurde.

— Eh bien, monsieur Forsyte, dit le président, maintenant que vous avez les chiffres, êtes-vous satisfait ?

Soames leva les yeux ; il avait pris une décision.

— Je consentirai à la distribution du dividende cette année, mais à la condition que nous renoncions, à l'avenir, d'une façon absolue, à passer des contrats étrangers.

Les yeux durs et brillants de l'administrateur délégué croisèrent les siens, puis se tournèrent vers le président.

— Voilà qui sent la panique, dit-il ; un bon tiers de nos bénéfices de cette année est dû aux contrats étrangers !

Le président parut consulter les visages de ses collègues avant de dire :

— Rien, pour le moment, dans la situation à l'étranger, ne permet de s'alarmer, monsieur Forsyte. Je reconnais que nous devons la surveiller de près...

— Vous ne le pouvez pas, intervint Soames. Nous voilà, quatre ans après l'armistice, aussi incertains de l'avenir que nous l'étions alors ! Si j'avais connu ces engagements, je ne serais jamais entré au conseil. Il faut que nous abandonnions cette politique.

— C'est pousser les choses à l'extrême. La question n'est pas de celles que l'on puisse régler en un instant.

Le murmure d'assentiment qui se fit entendre et l'expression légèrement ironique de « cet individu » fortifièrent la résolution de Soames.

— Très bien ! À moins que vous ne vous décidiez à annoncer aux actionnaires, dans le rapport annuel, que nous renonçons aux contrats étrangers, c'est à moi que vous renoncerez. Je me réserve de soulever moi-même la question à l'assemblée générale.

Il vit ciller et se détourner les yeux de l'administrateur délégué : son coup avait porté !

Le président dit alors :

— Vous nous mettez un pistolet sur la tempe !

— Je suis responsable vis-à-vis des actionnaires et j'accomplirai mon devoir à leur endroit.

— Nous aussi, monsieur Forsyte ; et j'espère que nous ferons tous notre devoir.

— Pourquoi ne pas limiter nos contrats étrangers aux petits pays ? Leurs devises sont suffisamment stables.

Le vieux Mont et son fameux « cercle » !

— Non, dit Soames, nous devons retourner à la sécurité.

— Le splendide isolement, Forsyte ?

— Intervenir dans les affaires des autres, c'était parfait pendant la guerre, mais en temps de paix, qu'il s'agisse de politique ou d'affaires, cette demi-ingérence ne vaut rien. Nous ne sommes pas en mesure de contrôler la situation internationale.

Il regarda autour de lui et, aussitôt, il éprouva la certitude d'avoir touché la corde sensible. « J'y arriverai ! », pensa-t-il.

— Je serais heureux de pouvoir dire un mot, monsieur le président, dit Elderson. Cette politique a été suivie à mon instigation et, jusqu'à présent, elle a procuré à la société des bénéfices substantiels ; mais étant donné qu'un membre du conseil s'oppose avec tant d'insistance à ce qu'on la poursuive, je ne demanderai pas au conseil qu'elle soit continuée. Ces temps ne sont que trop incertains et il est évident que les engagements dont il s'agit comportent un risque, quelque prudentes que soient nos évaluations.

« Pourquoi ce revirement ? Que cache-t-il ? » se demanda Soames.

— C'est très élégant de votre part, Elderson ! Je trouve, monsieur le président, que notre administrateur délégué se montre très élégant.

Ce vieux Cosey, toujours entre la chèvre et le chou ! « Élégant » ! Vocabulaire de vieille femme !

La voix sèche du président rompit le silence.

— C'est un point de la plus haute importance ; j'aurais aimé que lord Fontenoy fût présent.

— Si je dois signer le rapport, dit Soames brièvement, il faut que la question soit liquidée aujourd'hui. Ma décision est prise. Mais, naturellement, faites comme il vous plaira.

Il lança ces derniers mots sous l'impulsion d'une sorte de compassion pour ses collègues : il les plaignait d'avoir à céder à la contrainte !

Après un bref silence, on parla à tort et à travers, avec cette volubilité dont s'enveloppe une décision qui vous est imposée. Un quart d'heure se passa ainsi avant que le président reprît la parole :

— Nous sommes donc d'accord, messieurs, pour que le rapport annonce qu'étant donné l'incertitude qui pèse sur les affaires du continent, nous cessons dorénavant d'assurer les risques à l'étranger.

Soames l'avait emporté. Soulagé et intrigué, il s'en alla, seul.

Il avait fait preuve de caractère ; leur respect pour lui y avait gagné ; leur sympathie y avait perdu – mais en avaient-ils jamais eu à son égard ? Mais pourquoi cette volte-face d'Elderson ? Il se rappela le clignement des paupières et la dérobade du regard d'acier de cet individu à la pensée que la question allait être posée devant l'assemblée générale.

C'était cela qui l'avait fait céder, mais pourquoi ? Les chiffres étaient-ils truqués ? Sûrement pas. Ce serait trop difficile, à cause des comptables. Si Soames accordait sa confiance à quelqu'un au monde, c'était aux comptables diplômés. Sandis et Jevon étaient des gens de premier ordre. Ce ne pouvait être cela ! Il leva les yeux : le dôme de Saint Paul s'estompait déjà dans l'air du soir… rien à en tirer ! Il éprouvait le vif besoin de parler, mais à qui ? Il n'y avait personne… Son pas se fit plus rapide parmi la foule qui se hâtait. Sa main, profondément enfouie dans la poche de son pardessus, entra en contact avec un corps étranger et collant. « Bon sang ! pensa-t-il, ces machins ! » Les jetterait-il dans le caniveau ? Si seulement il y avait un enfant auquel il pût les rapporter !… Il faudrait obtenir d'Annette qu'elle parlât à Fleur… Il savait, de par sa propre mésaventure d'autrefois, à quoi mènent les mauvaises habitudes. Au fait, pourquoi ne lui parlerait-il pas lui-même ? Il devait coucher chez eux, ce soir. Mais le sentiment de son impuissante ignorance l'envahit. Ces jeunes gens, qu'éprouvaient-ils ? Que pensaient-ils, au fond ? Le vieux Mont avait-il raison ? Ne s'intéressaient-ils vraiment qu'au présent ? Avaient-ils perdu tout souci de continuité et de progrès ? L'Europe était en effet sens dessus dessous, mais qu'en était-il après les guerres napoléoniennes ? Il ne pouvait se souvenir de son grand-père, « Superior Dosset », le vieil homme étant mort cinq ans avant sa naissance, mais il se rappelait parfaitement comment tante Ann, née en 1799, parlait de « ce terrible Bonaparte – nous l'appelions Boney, mon cher » ; il se rappelait comment son père tirait du huit ou du dix pour cent de son argent ; il se rappelait l'impression produite sur les tantes Juley et Hester, bien plus tard, par « ces maudits chartistes ». Malgré tout, l'ère victorienne avait été un âge d'or. À cette époque, cela valait la peine d'avoir des enfants, de collectionner des objets. Pourquoi ce passé ne reviendrait-il pas ? Depuis la mort de Timothy, les rentes consolidées n'avaient cessé de monter. Le fait qu'on ne s'occupait plus ni du ciel ni de l'enfer ne pouvait être la raison du désarroi général ; aucun de ses oncles n'avait eu la foi, et pourtant, tous avaient fait fortune, et, sauf Timothy et Swithin, tous avaient eu des enfants. Non ! le manque de ciel et d'enfer n'expliquait rien. Quelle cause avait donc ce changement – si changement il y avait ? Et soudain, Soames en eut la révélation : ils parlaient trop ! trop, et trop vite ! Ils épuisaient l'intérêt des choses : ils dévoraient la vie et en jetaient l'écorce… À propos, il lui fallait acheter ce tableau de George ! Ces jeunes gens avaient-ils plus de cervelle que sa propre génération ? Et, si oui, pourquoi ? question de régime alimentaire ? Cette timbale de homard que Fleur lui avait fait goûter l'avant-dernier dimanche, il ne l'avait pas du tout appréciée et elle ne l'avait pas rendu plus loquace, loin de là. Décidément, ça ne devait pas venir du régime… D'ailleurs, le cerveau ! Où trouvait-on aujourd'hui des cerveaux comparables aux cerveaux victoriens : Darwin, Huxley, Dickens, Disraeli, et même le vieux Gladstone ?

Voyons ! il se souvenait de juges et d'avocats qui semblaient des géants, comparés à ceux d'aujourd'hui, de même que les juges du temps de James, son père, avaient paru gigantesques à James, par rapport à ceux de la jeunesse de Soames ! S'il en était ainsi, l'intelligence devrait constamment décliner ! Il y avait sûrement autre chose... Cette psychanalyse, dont on parlait tant, attribuait les façons d'agir des gens, non pas à ce qu'ils mangeaient à leur déjeuner, ni à la jambe qu'ils sortaient la première du lit, comme au bon vieux temps, mais à quelque choc reçu dans un passé lointain et qu'ils avaient complètement oublié... Le subconscient ! marotte ! marottes et microbes ! Cette génération avait tout simplement mauvais estomac ! Son père et ses oncles s'étaient tous plaints de leur foie, mais, au fond, ils n'avaient jamais rien ; ils n'avaient besoin ni de vitamines, ni de fausses dents, ni de médecine mentale, ni de journaux, ni de psychanalyse, ni de spiritisme, ni de contrôle des naissances, ni d'ostéopathie, ni de télégraphie sans fil et *tutti quanti*. « Les machines, pensa Soames, ça ne m'étonnerait pas qu'elles soient la cause de tout ! comment croire à quoi que ce soit quand tout tourne si vite ? quand on ne peut compter ses poulets tant ils courent en tous sens ? Heureusement, Fleur a une petite tête solide ! Oui, médita-t-il, et elle a des dents de Française, elle digère n'importe quoi... Deux ans ! Je leur parlerai avant qu'elle ait définitivement pris cette habitude. Sa mère n'a pas perdu de temps, elle ! » Et comme il arrivait devant le Club des Connoisseurs, il y entra.

Le portier sortit de son box et lui dit qu'un monsieur l'attendait.

— Quel monsieur ? demanda Soames sans se retourner.

— Je crois que c'est votre neveu, monsieur, Mr Dartie.

— Val Dartie ! ah ! où est-il ?

— Dans le petit salon, monsieur.

Le petit salon, seule pièce mise à la disposition des *non connoisseurs*, était situé à l'extrémité d'un couloir et arrangé sans aucun goût, comme si le Club avait voulu dire : « Voyez ce que c'est que de ne pas être des nôtres ! »

Soames y pénétra et vit Val Dartie en train de fumer une cigarette et de regarder avec attention le seul objet qui présentât quelque intérêt : sa propre image, reflétée dans la glace, au-dessus de la cheminée. Il ne voyait jamais son neveu sans se demander quand il dirait : « Écoutez, oncle Soames, je suis dans le pétrin. » Élever des chevaux de course ! ça ne pouvait finir que d'une seule façon !

— Eh bien, dit-il, comment vas-tu, toi ?

Le visage que renvoyait le miroir se retourna pour céder la place à une nuque aux cheveux blonds coupés court.

— En grande forme, merci ! Vous, vous avez l'air très bien, oncle Soames. Je voulais simplement vous demander si je suis obligé d'accepter les canassons du vieux George Forsyte ? Ils ne valent rien.

— Tu craches sur un cadeau ?

— C'est qu'ils sont tellement mauvais ! Quand j'aurai payé les droits de succession, que j'aurai envoyé ces rosses à une vente et qu'elles seront bazardées, il ne restera pas six pence ! L'une d'elles s'écroule quand on la regarde, et les deux autres sont poussives. Le pauvre vieux les conservait parce qu'il ne trouvait pas à s'en défaire ; ils doivent avoir dans les cinq cents ans.

— Je croyais que tu aimais les chevaux ? dit Soames. Est-ce que tu ne peux pas les mettre au vert ?

— Si, répondit Val sèchement, mais il faut que je gagne ma vie. Je n'en ai pas parlé à ma femme, de crainte qu'elle ne le suggère. Si je les vends, ils viendront hanter mes rêves, je le crains. Il n'y a rien à en faire. Ne puis-je écrire aux exécuteurs testamentaires que je ne suis pas assez riche pour les prendre ?

— Tu le peux, dit Soames.

Les mots : « Comment va ta femme ? » ne franchirent pas ses lèvres : elle était la fille de son ennemi, le jeune Jolyon, qui était mort, il est vrai, mais le fait demeurait.

— Alors, c'est ce que je ferai, dit Val. Comment s'est passé l'enterrement ?

— Très simplement – je n'ai pas eu à m'en occuper.

Le temps des funérailles était passé : ni fleurs, ni chevaux, ni plumets ; un corbillard automobile, deux ou trois voitures, c'était là tout ce qu'à présent l'on accordait aux morts…

— Je couche à Green Street, ce soir, dit Val. Je suppose que vous n'y êtes pas descendu ?

— Non, répondit Soames, qui remarqua l'expression soulagée de son neveu.

— Oh ! à propos, oncle Soames, me conseillez-vous d'acheter des actions de la S.P.R.P. ?

— Au contraire. Je vais dire à ta mère de vendre les siennes. Préviens-la que j'irai la voir demain.

— Pourquoi ?… je croyais…

— Ne t'occupe pas de mes raisons ! dit Soames, brusquement.

— Alors, au revoir !

Ils se serrèrent la main sans chaleur. Soames regarda s'éloigner son neveu, puis il gagna le salon de lecture où flânaient un certain nombre de *connoisseurs* et s'isola dans le retrait d'une fenêtre. Il se mit à polir l'ongle de son index en le frottant contre le dos de sa main et, ce faisant, il méditait sur le sens de la vie. Avait-elle un but, après tout ? « George, se dit-il, a eu l'existence facile, il n'a jamais travaillé, et moi qui ai abattu tant de besogne, tôt ou tard on m'enterrera aussi, probablement dans un corbillard automobile ! Et mon gendre, toujours prêt à parler de n'importe quoi… et ce type décharné qui m'a vendu les ballons… et le vieux Fontenoy, et les individus qui siègent au Parlement, et les pasteurs dans leur chaire… à quoi servent tous ces gens-là ? » Il pensa à son vieux jardinier de Mapledurham, qui passait le rouleau sur le gazon, semaine après semaine ; s'il ne le faisait pas, de quoi aurait l'air la pelouse ? Est-ce vivre que d'être un jardinier qui roule une pelouse ? En admettant qu'il y eût une autre vie – il n'y croyait pas, il ne se servait de cette hypothèse que pour étayer son argumentation –, cette autre vie devait être toute pareille : rouler le gazon pour qu'il reste gazon ! À quoi bon le gazon ?... Conscient de son accès de pessimisme, il se leva. Il était l'heure d'aller chez Fleur : on s'y habillait pour le dîner. Il faut croire que le fait de s'habiller répondait à une exigence secrète, mais c'était comme la pelouse... toujours à recommencer... et tout cela, pourquoi ? Pour se maintenir à la hauteur afin de... ? Au fait, à quelle fin ? À quoi cela servait-il ?

À l'angle de South Square, il se cogna à un jeune homme qui avançait dans sa direction en retournant la tête comme pour voir encore la personne qu'il venait de quitter. Soames s'arrêta, ne sachant s'il devait faire des excuses ou en recevoir. Le jeune homme dit brièvement : « Excusez-moi, monsieur », et continua sa route : il était brun, soigné, et avait une expression avide qui, visiblement, ne présentait aucun rapport avec son estomac. Soames murmura : « Mais de rien », fit quelques pas et sonna à la porte de sa fille. Elle lui ouvrit elle-même ; elle venait juste de rentrer car elle portait encore son chapeau et son manteau de fourrure. Soames pensa au jeune homme. Était-ce elle qu'il suivait des yeux ? Quel joli visage ! Il fallait absolument qu'il lui parle. Il ne manquerait plus que ça qu'elle se mette à courir l'aventure !

Il repoussa cependant cette conversation jusqu'au moment où vint l'heure de dire : « Bonne nuit. » Michael était sorti pour assister à une réunion électorale d'un candidat travailliste – comme s'il n'avait pas mieux à faire !

— Maintenant que vous voilà mariés depuis deux ans, mon enfant, j'espère que vous allez commencer à songer à l'avenir. On dit beaucoup de bêtises au sujet des enfants. Les choses sont en réalité beaucoup plus simples. J'imagine que tu t'en rends compte.

Fleur, renversée parmi les coussins du divan, balançait son pied. Ses yeux s'animèrent, mais elle ne changea pas de couleur.

— Bien sûr, dit-elle, mais rien ne presse, papa !

— Eh bien, je ne sais pas... les Français et la famille royale ont la bonne habitude d'accomplir ce devoir le plus tôt possible ; ça empêche de faire des sottises… les occasions ne manquent pas… Tu es très séduisante, mon enfant, et je ne voudrais pas te voir t'accoutumer à trop sortir. Tu as des amis de toutes sortes…

— Oui, dit Fleur.

— Tu t'entends bien avec Michael, n'est-ce pas ?

— Oh ! oui.

— Alors pourquoi pas ? Il faut te rappeler que ton fils sera un… tu vois ce que je veux dire.

En employant cette expression, il satisfaisait son mépris des titres et autres oripeaux du même ordre.

— Ce pourrait ne pas être un fils, dit Fleur.

— À ton âge, il serait facile d'y remédier.

— Oh ! je n'en veux pas une ribambelle, papa : un ou peut-être deux.

— Eh bien ! je préférerais presque une fille, un peu comme… mettons comme toi.

Une lueur de tendresse adoucit le regard inquiet de Fleur qui parcourut successivement le visage de son père, la pointe de ses souliers, le pékinois, la pièce tout entière.

— Je ne sais pas… ça vous attache… c'est en quelque sorte creuser sa propre tombe.

— Je n'en ferais pas une affaire aussi grave ! murmura Soames, d'un ton persuasif.

— Vous êtes un homme, papa !

— Ta mère n'aurait pas été heureuse sans toi…

Et se rappelant soudain comment sa mère avait failli l'abandonner et ne s'était tirée d'un très mauvais pas que grâce à lui, il s'arrêta et contempla en silence le pied qui s'agitait.

— Voilà, dit-il enfin, je m'étais promis de t'en parler ; j'ai… j'ai ton bonheur à cœur.

Fleur se leva et déposa un baiser sur son front.

— Je le sais, papa, dit-elle, je suis une fieffée égoïste. J'y penserai ; en fait, j'y ai déjà pensé.

— C'est parfait, dit Soames. Tu as la tête solide, c'est pour moi une grande consolation. Bonne nuit, ma chérie !

Et il monta se coucher. S'il existait une chose qui valait la peine d'être faite, c'était de se perpétuer soi-même… et encore… à savoir ? « Je me demande si j'aurais dû l'interroger au sujet de ce jeune homme… Mais il vaut mieux laisser la jeunesse tranquille ; au fond, je ne la comprends pas. »

Son regard tomba sur le sac en papier contenant ces… ces machins qu'il avait achetés ; il les avait retirés de la poche de son pardessus, dans l'intention de s'en débarrasser ; mais comment ? Jetés dans le feu, ils répandraient une puanteur… Debout devant la coiffeuse, il en mania un, et soudain, après avoir essuyé l'embouchure avec son mouchoir, il se mit à le gonfler. Il souffla jusqu'à ce que ses joues en fussent fatiguées, puis, tenant l'ouverture serrée, il la ficela avec un morceau du fil à dents dont il se servait chaque soir ; ça y était ! D'un geste plein d'humeur, il frappa le ballon qui s'envola, violet, grotesque, avant d'atterrir sur son lit. Il prit l'autre et fit de même. Violet et vert ! Bon Dieu ! si quelqu'un entrait ! Il ouvrit la fenêtre, envoya l'un après l'autre les ballons dans la nuit et referma la croisée ; ils flotteraient dans l'obscurité. Un rictus silencieux contracta ses lèvres. Les gens les verraient demain matin ! Tant pis ! Que faire d'objets pareils ?

13

Sur des charbons ardents

Michael s'était rendu à la réunion du candidat travailliste un peu parce qu'il en avait envie et un peu pour être agréable au vieux Forsyte qu'il se reprochait toujours d'avoir volé. Son beau-père avait été si chic au sujet de Fleur que Michael tenait à lui donner, le plus souvent possible, le plaisir d'être seul avec elle.

Cette circonscription comptait un grand nombre de travailleurs occasionnels et pour ainsi dire pas d'ouvriers syndiqués : la réunion serait de celles où les intellectuels du parti pourraient parler d'abondance.

Étant donné que tout sentiment passait pour de la « guimauve » et toute vocation à une cause élevée pour de la démagogie, on pouvait s'attendre à de solides discours économiques, faisant abstraction des facteurs méprisables, tels que la nature humaine. Michael avait l'habitude d'entendre critiquer les gens qui désapprouvaient le changement, à cause de la constance de la nature humaine ; il était accoutumé à voir méprisés les gens compatissants : il savait qu'il fallait être purement économiste. En tout cas, ce genre de discours était préférable aux coups de tam-tam pratiqués à Hyde Park ou dans la banlieue nord, procédés infaillibles pour ranimer le déplaisant esprit de classe qui sommeillait toujours au fin fond de lui-même.

La réunion battait son plein quand il arriva ; le candidat exposait impitoyablement les erreurs d'un capitalisme qui, selon lui, avait entraîné la guerre. Pour éviter une autre guerre, il fallait changer de système et en établir un qui ne permît pas aux nations d'éprouver des besoins trop graves. « L'individu, disait le candidat, est en tout point supérieur à la nation dont il fait partie, et tout le problème consiste à trouver les conditions économiques qui lui permettront d'exercer librement sa supériorité naturelle. De cette façon seulement cesseront de se produire ces émotions et ces mouvements des masses qui mettent en péril la raison de l'humanité. »

Il parlait bien ; Michael écoutait distraitement… et, tout à coup, il s'aperçut qu'il pensait à lui-même, à Wilfrid et à Fleur. S'il exerçait librement sa « supériorité naturelle », pourrait-il ne plus désirer Fleur trop ardemment ? Le souhaitait-il ? Non ! Voilà qui semblait introduire la notion de la nature humaine dans l'argumentation de l'orateur. Chacun de nous ne désirait-il pas trop vivement quelque chose ? N'était-ce pas normal ? Et s'il en était ainsi, n'existerait-il pas toujours une marée de désirs collectifs, primitifs, tels que celui de garder la tête hors de l'eau ? La thèse du candidat lui parut soudain faire abstraction de la chaleur, éviter délibérément les frictions ; c'était celle d'un homme assis dans un fauteuil après un maigre déjeuner. Il regarda attentivement le visage rusé, sec et sceptique de l'orateur. « Pas de sève ! », pensa-t-il. Quand l'homme s'assit, Michael se leva et quitta la salle.

L'histoire de Wilfrid l'avait profondément bouleversé. Il avait beau tâcher de ne pas y penser, s'efforcer d'en rire, elle continuait à ronger sa sécurité et son bonheur. Sa femme et son meilleur ami ! Il se répétait cent fois par jour qu'il avait confiance en Fleur… Mais Wilfrid était tellement plus séduisant que lui, et Fleur méritait ce qu'il y avait de mieux en tout. En outre, Wilfrid souffrait tous les tourments de la passion, et cette idée le mettait mal à l'aise. Comment parviendraient-ils à débrouiller cet imbroglio ? Comment retrouveraient-ils la paix tous les trois ?

Il n'avait rien appris de Fleur, et il lui était impossible de poser des questions ; il ne pouvait même pas extérioriser son angoisse. Il se sentait plongé dans le « noir » jusqu'au cou et, apparemment, il n'avait d'autre ressource que celle de serrer les dents plus fort encore, de se montrer aussi gentil que possible avec elle, de lutter contre l'amertume… L'enfer !

Il prit le quai de Chelsea. Là, le ciel était sombre, immense, ruisselant d'étoiles. Dans les eaux obscures du vaste fleuve se reflétaient doucement les flammes des lampadaires du quai. Cette impression d'espace apporta un peu de répit à sa peine. Au diable les idées noires ! C'était un monde follement amusant, étrange, plein de confusion, mélange de douceur et d'amertume ; un fantastique jeu de hasard, quelles que fussent les chances de chacun à un moment donné.

Dans les tranchées, il s'était dit : « Si j'arrive à m'en sortir, je ne prendrai plus rien au sérieux. » Comme il se rappelait rarement ce vœu ! On prétend que le corps humain se renouvelle tous les sept ans. Dans trois ans, son corps ne serait plus celui qui avait vécu dans les tranchées ; il appartiendrait entièrement à l'époque de la paix et il souffrirait du complexe du vieillissement.

Si seulement Fleur lui disait franchement ce qu'elle éprouvait pour Wilfrid et ce qu'elle faisait avec lui ! Car enfin, il devait bien y avoir quelque chose ! Cette maudite passion qu'il avait pour Fleur se muerait-elle en poèmes, comme le suggérait Bart, et, dans ce cas, les publierait-il ? Quelle misérable affaire !… Enfin, la nuit était belle et l'essentiel était de ne pas se conduire comme un salaud ! Oui ! Jouir de la beauté et ne pas être un salaud ! Seul remède, le rire ; voir l'aspect comique des choses ; garder le sens de l'humour, en tout cas.

Et tout en marchant à grands pas sous les platanes à demi dépouillés qui semblaient dans l'obscurité grandissante recouverts d'une sorte de plumage, Michael s'efforçait de découvrir le côté amusant de sa situation. Décidément, l'amour n'avait rien de drôle. Peut-être un jour cesserait-il d'aimer Fleur… mais pas tant qu'elle le tiendrait sur des charbons ardents ! Le faisait-elle exprès,? Sûrement pas ! Fleur ne pouvait être de ces femmes qui font jeûner leurs maris et ne les nourrissent que lorsqu'elles ont envie de robes, de fourrures, de bijoux. Quelle idée révoltante !

Il arriva en vue de Westminster. Dix heures et demie seulement ! S'il prenait un taxi pour aller chez Wilfrid afin d'essayer d'avoir une véritable explication avec lui ? Ce serait vouloir faire tourner les aiguilles d'une pendule à contresens ! À quoi cela servirait-il qu'il lui dise : « Tu aimes Fleur, il ne faut pas », ou que Wilfrid lui renvoie la balle ? « Après tout, c'est moi qui ai eu Fleur le premier ! » pensa-t-il. Pur hasard, sans doute. N'empêche que le fait était là. Mais le danger ne résidait-il justement pas dans cette circonstance ? Il n'était plus pour elle une nouveauté… il ne pouvait rien lui apporter d'inattendu. Or, Wilfrid et Fleur n'avaient-ils pas soutenu maintes et maintes fois que l'imprévu était le sel de la vie, l'essence même de l'intérêt et du drame ? L'imprévu, c'était maintenant Wilfrid qui le lui apportait. Mon Dieu ! mon Dieu ! la possession d'un être pesait-elle donc si peu dans la balance ?

Il délaissa le quai pour rentrer ; agréable quartier, agréable square ; tout était agréable, sauf cette infernale complication… Un objet, doux comme une feuille, vint heurter deux fois son oreille. Il se retourna, surpris ; il se trouvait dans un espace découvert, les arbres étaient loin. Une chose ronde flottait en l'air… il voulut la saisir, mais elle rebondit. Qu'est-ce que c'était ? Un ballon d'enfant ! Il le tint solidement entre ses mains et le porta sous un lampadaire. Bizarre !

Il leva les yeux. Deux fenêtres brillaient dans la nuit ; l'une d'elles était celle de Fleur. Devait-il voir dans cette bulle de couleur le symbole de son amour repoussé ? Il devenait morbide ! Quel imbécile il faisait ! Une bouffée de vent avait sans doute délogé et poussé jusqu'ici ce jouet d'enfant.

Michael tenait le ballon avec précaution. Il allait le porter à Fleur. Le vestibule était plongé dans l'obscurité, elle avait dû regagner sa chambre. Il gravit l'escalier tout en maintenant le ballon en équilibre sur le bout de son doigt.

Fleur était debout devant un miroir.

— Qu'est-ce que tu as donc là ? s'écria-t-elle.

Le sang reflua au cœur de Michael. Il avait si étrangement appréhendé un rapport entre elle et ce jouet.

— Je ne sais pas, mon amour ; c'est tombé sur mon chapeau. Ça doit venir tout droit du ciel !

Et il tapa sur le ballon qui se mit à flotter, tomber, rebondir et vaciller avant de s'immobiliser.

— Quel bébé tu fais, Michael ! Je suis persuadée que tu l'as acheté.

Il s'approcha d'elle et demeura complètement immobile.

— Bon sang ! quel malheur d'être amoureux !

— Tu trouves ?

— Il y en a toujours un qui veut embrasser et l'autre qui ne tend pas la joue.

— Mais je la tends !

— Fleur !

Elle sourit.

— Embrasse toujours !

Tout en la serrant contre lui, Michael pensa : « Elle me tient… elle fait de moi ce qu'elle veut et moi, je ne sais rien d'elle ! »

Un petit bruit se fit entendre : Ting-a-Ling reniflait le ballon.

DEUXIÈME PARTIE

14

Chute du mark

La conjoncture mondiale n'avait fait qu'aggraver le malaise de Soames depuis l'assemblée générale de la S.P.R.P. Cette cérémonie s'était déroulée avec l'inefficacité qui caractérisait à ses yeux ce genre de manifestation : discours fleuve et hermétique du président, paroles sirupeuses de la part de deux actionnaires de tout repos, propos acidulés émanant de deux autres actionnaires moins passifs et, pour couronner le tout, les inévitables sornettes enjolivant l'annonce du dividende.

Parti pour l'assemblée dans une disposition d'esprit morose, Soames en était revenu plus sombre encore. Lorsqu'une idée avait fini par s'ancrer dans son cerveau, il lui était aussi impossible de l'en extirper que de débarrasser un fromage de ses mites. Deux septièmes de contrats étrangers, et presque tous allemands, alors que le mark baissait ! Il avait commencé à baisser du jour où Soames avait consenti à la distribution du dividende. Et pourquoi ? Qu'est-ce qui se préparait ? Contrairement à son habitude, il s'était mis à étudier de près les articles politiques de son journal. Les Français – dont il s'était toujours méfié, surtout depuis son second mariage –, les Français lui semblaient s'apprêter à jouer des tours pendables, ou il se trompait fort. Leurs journaux ne perdaient pas une occasion de bêcher la politique anglaise ; ces gens s'imaginaient qu'il leur suffisait d'entonner un refrain pour que les Anglais le reprennent ! Et voilà que le mark, le franc et toutes les autres monnaies baissaient ! Bien que Soames se réjouît à l'idée qu'un bout de papier de son pays valût nombre de coupures des autres, il ne pouvait se défendre de trouver cette situation absurde et de prévoir que la S.P.R.P. ne donnerait pas de dividende l'année suivante. C'était une grosse affaire que la S.P.R.P., et l'absence de dividende en démontrerait la mauvaise administration. Les assurances étaient une des rares entreprises qui pouvaient et devaient être conduites sans risques. Sans cette présomption, il ne serait jamais entré au conseil. Et s'apercevoir maintenant que la S.P.R.P. n'avait pas été administrée suivant ses principes et que lui-même… c'était dur à avaler ! Encore heureux qu'il eût fait vendre ses actions à Winifred, bien qu'elles eussent déjà légèrement baissé. « Je croyais que c'était une si bonne affaire ! s'était-elle lamentée, c'est plutôt embêtant de perdre sur des titres ! » Il lui avait répondu sans ménagements : « Si tu ne vends pas, tu perdras davantage. » Elle l'avait écouté. Si les Roger et les Nicholas, qu'il avait fait avertir par elle, n'avaient pas suivi son exemple, tant pis pour eux ! Quant à lui-même, il ne possédait que ses actions statutaires, et ses jetons de présence compensaient amplement le manque de dividende. De sorte que ce n'était pas de sa situation personnelle qu'il s'inquiétait : il en voulait aux étrangers du mauvais état de leurs affaires, cause de l'atteinte portée à sa propre infaillibilité.

Noël avait été célébré sans faste à Mapledurham. Soames détestait cette fête et il ne l'observait que parce que sa femme, de naissance française, aurait pu vouloir faire du 1er janvier le jour de liesse, comme dans son pays. C'eût été un comble que se plier à une habitude étrangère ! Mais Noël sans enfants… Il se rappelait encore le houx et les « surprises » des fêtes de famille à Park Lane, la fureur qu'il éprouvait si le sort lui réservait un objet symbolique, le dé ou l'anneau au lieu du shilling ! À Park Lane, on ne parlait jamais de saint Nicolas, d'abord parce que les enfants ne croyaient pas à ce vieux monsieur, ensuite parce que ce n'était pas la mode et qu'Emily, sa mère, la suivait de près. Et à propos de sa mère...

William Gouldyng, Ingéreur, donnait un tel fil à retordre à ces types du collège héraldique que Soames avait fait arrêter les recherches : c'était vraiment les encourager à dépenser son argent pour une satisfaction sentimentale qui n'arrivait pas à se concrétiser. Le vieux Mont, ce baronet à tête de linotte, ne cessait de faire la roue avec ses aïeux ; excellent argument pour souhaiter n'en pas avoir ! Les Forsyte et les Golding étaient de bonne souche terrienne ; c'était tout ce qui comptait. Si Fleur et son enfant – s'il en venait un – avaient du sang français, il n'y pouvait rien désormais.

Au sujet d'un petit-fils à venir, Soames n'était pas mieux renseigné qu'en octobre. Fleur avait passé Noël chez les Mont, mais elle lui avait promis de venir prochainement, et il lui ferait poser quelques questions par sa mère.

Le temps était extrêmement doux ; Soames avait même pu aller pêcher en barque. Vêtu d'un lourd manteau, il tendait une ligne pour prendre des perches et des vandoises, et attrapait de temps à autre un gardon, poisson que même les domestiques refusaient de manger, de nos jours ! Ses yeux gris fixaient l'eau grise sous le ciel gris et, en esprit, il voyait tomber le mark.

Celui-ci fit une chute brusque le 11 janvier, jour où les Français occupèrent la Ruhr. En déjeunant, il dit à Annette :

— Votre pays est fou : voyez où en est le mark !

— Je me moque pas mal du mark, répondit-elle en buvant son café. Tout ce que je demande, c'est qu'ils ne reviennent pas envahir mon pays ; et j'espère bien qu'ils souffriront un peu ce que nous avons souffert.

— Vous, dit Soames, vous n'avez jamais souffert de rien.

Annette mit la main à l'endroit où Soames doutait parfois qu'elle eût un cœur.

— J'ai souffert là ! dit-elle.

— Je ne m'en suis pas aperçu. Vous n'avez jamais manqué de beurre, que je sache. Dans quel état pensez-vous que sera l'Europe, pendant les trente prochaines années ? Que va devenir le commerce britannique ?

— Nous, Français, dit Annette avec chaleur, nous voyons ce que nous avons sous le nez. Nous veillons à ce que le vaincu garde sa position de vaincu ; sans quoi, il risque de prendre sa revanche. Vous autres Anglais, vous êtes des mollusques !

— Des mollusques, vraiment ? riposta Soames. Vous parlez comme une enfant. Comment expliquez-vous alors que nous ayons acquis la place que nous occupons dans le monde ?

— C'est à votre égoïsme que vous la devez ; vous êtes égoïstes et froids.

— Froids, égoïstes et mollusques... ça ne va pas ensemble ! Cherchez autre chose !

— Ce sont vos pensées et vos paroles qui sont veules, et c'est votre instinct égoïste et froid qui vous vaut votre réussite, Soames. Tous, tant que vous êtes, vous êtes un mélange d'hypocrisie, de stupidité et d'égoïsme.

Soames prit de la marmelade.

— Bon, dit-il, et que sont les Français ? Cyniques, avares et rancuniers. Et les Allemands sont des brutes sentimentales et obstinées. Nous pouvons nous abreuver d'injures à loisir. La seule attitude valable est de garder ses distances les uns vis-à-vis des autres. Et c'est précisément ce que vous Français vous refusez de faire.

La belle Annette se raidit.

— Quand on est lié à quelqu'un comme je le suis à vous, Soames, ou comme nous, Français, le sommes aux Allemands, il est nécessaire de prendre le dessus pour ne pas avoir le dessous.

Soames posa sa rôtie.

— Vous croyez avoir le dessus dans cette maison ?

— Oui, Soames.

— Oh ! alors, vous pouvez retourner en France demain.

Annette haussa les sourcils et sa physionomie prit une expression railleuse.

— À votre place, j'attendrais un peu, mon ami ; vous êtes encore trop jeune !

Mais Soames regrettait déjà ses paroles ; il ne souhaitait pas un tel bouleversement, à son âge, et il dit plus calmement :

— Le compromis est la base de toute existence raisonnable, qu'il s'agisse de nations ou d'individus. On ne peut pas partir en guerre à tout bout de champ.

— Comme c'est anglais, ça ! murmura Annette. Nous Français, nous ne pouvons jamais prévoir ce que vont faire les Anglais. Vous attendez toujours de voir d'où souffle le vent, vous autres !

Bien qu'il approuvât profondément cette attitude si raisonnable et si typique, Soames n'en fût pas convenu, en temps ordinaire : avouer qu'on temporise est une chose qui ne se fait pas. Mais la dégringolade en flèche du mark l'échauffait à tel point qu'il se montrait sous son vrai jour.

— Et pourquoi n'attendrions-nous pas de savoir d'où vient le vent ? Pourquoi se précipiter et se retirer ensuite ? Je ne veux pas discuter. Les Français et les Anglais ne se sont jamais entendus et ne s'entendront jamais.

Annette se leva.

— Vous avez raison, mon ami. Entente, mais pas cordiale. Que faites-vous aujourd'hui ?

— Je vais à Londres, dit Soames, d'un air renfrogné. Votre cher gouvernement a mis les affaires dans de rudement sales draps.

— Couchez-vous en ville ?

— Je ne sais pas.

— Adieu, donc, jusqu'au revoir, dit-elle en se levant.

Soames, toujours préoccupé par la chute du mark, resta à ruminer devant sa marmelade. C'est avec plaisir qu'il vit disparaître l'élégante silhouette de sa femme : il n'avait aucune envie de supporter en ce moment les accès de la mauvaise humeur française. Il éprouvait une envie irrésistible de dire à quelqu'un : « Je vous l'avais bien dit. » Mais il lui fallait attendre un interlocuteur.

Il faisait beau, presque chaud ; il prit un parapluie à titre d'assurance contre un changement de temps et se dirigea vers la gare.

Dans son compartiment, les gens parlaient de la Ruhr. Soames, hostile aux discussions publiques, écoutait, à l'abri de son journal. Le sentiment général était étonnamment semblable au sien. En tant que désagréable aux Allemands, l'occupation était excellente ; en tant que nuisible au commerce britannique, elle était exécrable ; mais comme l'amour du commerce était un sentiment actif et que la haine de l'Allemagne était devenue passive, la mesure paraissait, somme toute, plus exécrable qu'excellente. Un voyageur ayant émis cette observation francophile que les Français avaient le droit d'assurer leur sécurité à tout prix, un froid tomba. À Maidenhead, monta un homme dont Soames pressentit aussitôt qu'il allait faire du bruit. Il avait une épaisse crinière grise, un visage sanguin, des yeux vifs et des sourcils tourmentés. Cinq minutes ne s'étaient pas écoulées qu'il demandait d'une voix de stentor si l'un de ses compagnons de voyage avait entendu parler de la Société des nations. Soames regarda par-dessus son journal. Oui ! cet individu n'allait pas manquer d'enfourcher quelque cheval de bataille !

Ça y était !

— La question, dit le nouveau venu, n'est pas de savoir si les Allemands vont recevoir un direct à l'œil, les Anglais à leur poche, les Français au cœur, la question est de savoir si le monde va obtenir la paix.

Soames abaissa son journal. L'homme continuait :

— Si l'on veut la paix, il faut oublier les intérêts individuels et ne penser qu'à l'intérêt collectif. L'avantage de tous est l'avantage de chacun !

Soames aperçut aussitôt la faille : l'avantage de chacun n'est pas celui de tous. Il se retint de l'exposer ; cet homme lui était parfaitement inconnu et la discussion ne menait jamais à rien. Malheureusement, son silence fut pris pour de la sympathie par l'étranger, auquel les autres voyageurs répliquaient que la Société des nations ne servait à rien. L'homme ne cessait de diriger vers Soames les mouvements de ses sourcils. Se réfugier derrière son journal lui parut trop grossier, aussi sa situation était-elle devenue critique quand le train atteignit la gare de Paddington. Il se hâta vers un taxi. Derrière lui, une voix s'éleva :

— Des gens désespérants, n'est-ce pas, monsieur ? J'ai été heureux de voir que vous, du moins, vous partagiez mes vues.

— Tout à fait, dit Soames. Taxi !

— À moins que la Société des nations n'agisse, nous sommes tous voués à l'enfer.

Soames tourna la poignée de la portière.

— Tout à fait ! répéta-t-il. Poultry !

Et il monta en voiture. Il ne se laisserait pas entraîner ; ce type était un vrai boutefeu !

Il mesura soudain son trouble en s'apercevant qu'il avait dit au chauffeur « Poultry », alors que Forsyte, Bustard & Forsyte avaient changé d'adresse au moment de leur fusion avec Cuthcote, Holliday & Kingson, vingt-deux ans auparavant. Il rectifia son erreur et se replongea dans ses pensées. La chute du mark ! Le pays se montrait raisonnable à ce sujet… mais quand on supprimerait le prochain dividende, les actionnaires s'en prendraient-ils aux Français et non aux administrateurs ? C'était douteux ! Les administrateurs auraient dû être plus prévoyants, du moins les autres, car, pour lui, jamais il ne se serait lancé dans de tels contrats. Si seulement il pouvait en parler à cœur ouvert avec quelqu'un ! Malheureusement, le vieux Gradman perdrait pied dans une affaire de ce genre. Aussi, en arrivant à son bureau, regarda-t-il avec une certaine impatience l'immuable vieux bonhomme assis dans son fauteuil tournant.

— Ah ! monsieur Soames, j'espérais justement que vous passeriez ce matin. Il est venu un jeune homme de la S.P.R.P.

qui a refusé de dire l'objet de sa visite ; il désire vous parler en particulier. Il a donné son numéro de téléphone.

— Ah ! oui, fit Soames.

— Un garçon très jeune, employé dans les bureaux.

— Quel genre ?

— Sympathique, un jeune homme très convenable. Il m'a fait excellente impression… Il s'appelle Butterfield.

— Eh bien, prévenez-le que je suis arrivé, dit Soames.

Puis il s'approcha de la fenêtre et regarda fixement le mur vide qui se dressait en face.

Son bureau d'associé commanditaire donnait par-derrière, à l'abri des importuns. Un jeune homme… Bizarre visite ! Il dit sans se retourner :

— Ne vous en allez pas quand il viendra, Gradman. Je ne le connais pas.

Le monde changeait, les gens mouraient, le mark tombait, mais Gradman demeurait, personnification fidèle et grise du travail et de l'intégrité. C'était une ancre inébranlable.

Enrouée et pateline, la voix de Gradman se fit entendre :

— Ces nouvelles de France ne sont pas bonnes, monsieur Soames ; ces gens-là sont des impulsifs. Je me rappelle votre père, monsieur James, entrant à l'étude, le matin de la déclaration de la guerre franco-prussienne ; il était dans la force de l'âge, pas plus de soixante ans, alors. Il me semble l'entendre encore me dire : « Ça y est ! je l'avais prévu ! Eh bien ! les y voilà, de nouveau ! La vérité, c'est qu'ils ont toujours été comme chien et chat ! »

Soames, qui s'était à demi retourné, se reprit à contempler le vide. Ce pauvre Gradman datait ! Que dirait-il s'il apprenait qu'ils avaient assuré des engagements étrangers ? Comme stimulée par la vieillesse qui émanait de Gradman, sa pensée s'élança dans l'avenir avec une légèreté soudaine. Il pouvait bien avoir encore vingt ans devant lui. Que verrait-il pendant ce laps de temps ? Où en serait, alors, la vieille Angleterre ? « Quoi qu'en disent les journaux, nous ne sommes pas aussi bêtes que nous le paraissons… le tout est d'éviter les lubies et de joindre les deux bouts… »

— Mr Butterfield, monsieur.

Hum ! Il avait l'air bien pressé !

Tandis que Gradman l'introduisait avec une solennelle onction, Soames « prenait la mesure » de l'arrivant, comme eût dit son oncle Roger. Costume correct, col rabattu, chapeau à la main : un garçon modeste, très convenable. Soames le salua d'une inclination de tête.

— Vous désirez me voir ?

— Seul, si possible, monsieur.

— Mr Gradman, que voici, est mon bras droit.

Gradman ronronna :

— Vous pouvez exposer votre affaire sans crainte, jeune homme ; ces murs ne laissent rien transpirer.

— Je suis employé dans les bureaux de la S.P.R.P., monsieur. Certaines informations sont accidentellement tombées entre mes mains. Sachant que vous êtes avoué, j'ai préféré venir vous trouver, plutôt que monsieur le président. En tant qu'homme de loi, vous saurez me dire si, étant employé par la société, c'est envers elle que j'ai les devoirs les plus impérieux.

— Certainement, dit Soames.

— Je n'aime pas cette affaire, monsieur, et j'espère que vous comprendrez que je ne suis pas ici poussé par l'intérêt personnel, mais simplement par le sens du devoir.

Soames le regarda attentivement. Il avait de grands yeux légèrement noyés qui rappelaient un peu ceux d'un chien.

— De quoi s'agit-il ?

— Il s'agit des assurances allemandes, monsieur.

Soames dressa l'oreille.

— C'est très sérieux, poursuivit le jeune homme. Je ne sais quelles conséquences en découleront pour moi, mais le fait est que ce matin j'ai surpris une conversation privée.

— Oh ! fit Soames.

— Je comprends parfaitement votre réaction, monsieur. Mais ce sont les premiers mots qui ont tout déclenché. Il ne m'était plus possible ensuite de faire connaître ma présence. Je crois que vous serez de cet avis, monsieur.

— Quels étaient les interlocuteurs ?

— L'administrateur délégué et un homme appelé Smith dont le nom véritable, à en juger d'après son accent, doit être beaucoup moins anglais ; c'est lui qui a servi de courtier pour la plupart de nos affaires allemandes.

— Qu'ont-ils dit ?

— Eh bien, monsieur, l'administrateur délégué achevait de parler, et alors, j'ai entendu ce Smith dire : « Parfaitement, monsieur Elderson, mais nous ne vous avons pas versé de commission sur toute cette affaire pour rien ; si le mark tombe au plus bas, il faudra vous arranger pour que votre société nous dédommage. »

Seule la présence de Gradman retint le sifflement que Soames avait follement envie d'émettre à cet instant. La bouche du vieux bonhomme s'ouvrit au milieu de son nid de courte barbe grise, ses yeux s'arrondirent et il laissa échapper un « Oh ! » prolongé.

— Oui, fit le jeune homme, ça donne un choc !

— Où étiez-vous ? interrogea Soames brièvement.

— Dans le couloir entre la salle du conseil et le cabinet de l'administrateur délégué. Je venais de classer des papiers dans la salle du conseil, et la porte du cabinet était entrouverte de quelques centimètres. Naturellement, leurs voix me sont familières.

— Et ensuite ?

— Mr Elderson a dit : « Chut ! ne parlez pas ainsi ! » Et je suis retourné dans la salle du conseil. Je n'en avais pas trop entendu, je vous assure.

Le soupçon paralysait la pensée de Soames. Ce jeune homme disait-il la vérité ? Un homme comme Elderson ! le risque était énorme ! Si c'était vrai, quelle responsabilité encourraient les administrateurs ? Mais où étaient les preuves ? Il regarda fixement le jeune homme qui paraissait assez ému et pâle, mais dont les yeux ne se dérobaient pas.

— Pesez bien vos paroles, c'est extrêmement grave ! lui intima-t-il avec brusquerie.

— Je le sais, monsieur ; si je n'avais eu en vue que mon intérêt, je ne serais pas venu ici. Je ne suis pas un mouchard.

Il paraissait sincère, mais Soames ne renonça pas à sa méfiance.

— Vous n'avez jamais eu d'ennuis à votre bureau ?

— Non, monsieur. Vous pouvez vous renseigner. Je n'ai rien contre Mr Elderson et il n'a rien contre moi.

Soames pensa tout à coup : « Bon Dieu ! Il m'a compromis dans son histoire devant témoin. Et c'est moi qui ai fourni celui-ci ! »

— Avez-vous des raisons de supposer qu'on connaît votre présence ici ?

— Je ne crois pas que ce soit possible.

La révélation qui venait de lui être faite augmentait de minute en minute l'inquiétude de Soames. Le Destin, dont il avait su détourner les coups toute sa vie, à l'aide de savantes parades, semblait être parvenu à déjouer sa vigilance. Inutile, toutefois, de s'énerver ; il fallait réfléchir à loisir.

— Consentiriez-vous, si c'était nécessaire, à répéter ce que vous venez de me dire devant le conseil d'administration ?

Le jeune homme serra ses mains l'une contre l'autre.

— Monsieur, je préférerais de beaucoup avoir tenu ma langue, mais si vous décidez que la question doit être éclaircie, je suppose que je serai obligé d'en passer par là. J'espère que vous laisserez tomber ; ce n'est peut-être pas vrai… mais dans ce cas, pourquoi Mr Elderson n'a-t-il pas répliqué : « Sacré menteur ! »

Exactement ! Pourquoi ne l'avait-il pas fait ? Soames poussa un grognement qui exprimait la plus vive contrariété.

— Rien d'autre ? demanda-t-il.

— Non, monsieur.

— Très bien. Vous n'en avez parlé à personne, à part moi ?

— Non, monsieur.

— Eh bien, continuez et laissez-moi faire.

— Je n'en serai que trop heureux, monsieur. Au revoir, monsieur.

— Bonne journée !

Non ! très mauvaise journée en fin de compte ! Cette confirmation de la méfiance prophétique que lui inspirait Elderson ne lui apportait aucune satisfaction, aucune !

— Que pensez-vous de ce jeune homme, Gradman ? demanda-t-il. Est-ce qu'il ment ?

Ainsi arraché à sa stupeur, Gradman frotta pensivement son gros nez luisant.

— On n'a que sa parole contre celle d'un autre, monsieur Soames, quand on n'a pas plus de preuves… mais je ne vois pas ce que ce garçon peut gagner dans l'affaire.

— Moi non plus. On ne sait jamais… La difficulté sera de se procurer des preuves. Puis-je agir sans en avoir ?

— C'est délicat, dit Gradman.

Soames se sentit réduit à ses propres ressources. Quand Gradman disait d'une chose « c'est délicat », cela signifiait qu'elle était de celles au sujet desquelles il attendait de recevoir des ordres… Il lui eût même paru présomptueux d'exprimer son opinion à leur propos. En avait-il une, d'ailleurs ? On ne le saurait jamais. Le bon vieux resterait là, à se frotter le nez, jusqu'au Jugement dernier !

— Je ne ferai rien précipitamment, dit Soames avec humeur. Je ne vois pas encore où nous allons.

Chaque heure lui donnait raison : au moment du déjeuner, l'informateur télégraphique de son club signalait la chute accélérée du mark. Obsédé par ses graves préoccupations, il ne concevait pas comment les autres pouvaient continuer à parler de golf. « Il faut que j'aille voir cet individu, se dit-il. Je me tiendrai sur mes gardes. Il pourra peut-être m'éclairer. »

Il attendit jusqu'à trois heures pour se rendre à la S.P.R.P. Dans la salle du conseil, il trouva le président en conférence avec l'administrateur délégué. Soames s'assit tranquillement et, tout en écoutant, il observait le visage d'Elderson ; il n'y découvrit rien. Quelle ineptie de prétendre que le caractère s'inscrit sur le visage ! Seul celui d'un parfait idiot peut se lire d'un coup d'œil ! Et l'homme qu'il avait devant lui était cultivé, expérimenté, il connaissait toutes les ficelles du monde des affaires et de la bonne société. Ses traits glabres et nets n'exprimaient que la mortification naturelle de celui dont la politique a été aussi désagréablement ébranlée. La chute du mark rendait déjà impossible le moindre bénéfice au cours du prochain semestre. À moins d'un relèvement de cette maudite devise, les contrats allemands seraient littéralement un poids mort ! Quel crime de n'avoir pas fixé de limite à leurs engagements ! Comment n'avait-il pas aperçu cette lacune lors de son entrée au conseil ? Il n'en avait eu connaissance qu'après ! Et qui aurait pu prévoir rien d'aussi insensé que cette occupation de la Ruhr, qui se serait douté que ses collègues accordaient une confiance aussi nonchalante à ce fichu bonhomme ? Les mots « négligence impardonnable » fulgurèrent devant ses yeux… Si une plainte allait être portée contre le conseil ? Négligence impardonnable ! À son âge, avec sa réputation ! C'était clair comme de l'eau de roche : le type avait touché une commission pour ne pas fixer de limite aux engagements ! Dix pour cent probablement sur toute cette affaire. Il avait dû rafler des milliers de livres. Dans quels mauvais draps il devait être pour courir un tel risque ? Soudain conscient que son imagination battait la campagne, Soames se leva et tourna le dos. Ce geste lui en suggéra un autre : simuler la colère, provoquer l'homme, lui faire perdre son sang-froid. Il fit volte-face et dit d'un ton irrité :

— À quoi songiez-vous donc, monsieur l'administrateur délégué, quand vous avez fait passer ces contrats sans prévoir de limite aux engagements ? Un homme de votre expérience ? Quel était votre mobile ?

Les yeux d'Elderson se rétrécirent, ses lèvres se serrèrent légèrement, mais le mot « mobile », sur lequel Soames avait compté pour l'émouvoir, laissa son interlocuteur insensible.

— Quand on fait payer des primes aussi élevées que celles que nous avons obtenues, monsieur Forsyte, il est impossible de limiter sa responsabilité. Les conséquences sont déplorables, j'en conviens, mais on ne peut s'en prendre qu'à la malchance.

— Malheureusement, dit Soames, il ne saurait être question de chance dans une affaire d'assurances bien menée ; nous nous en apercevrons, si je ne me trompe. Je ne serais pas surpris si notre conseil était l'objet d'une plainte pour « négligence impardonnable ».

Voilà un coup qui avait mis le président en boule ! Mis en boule ! Ce langage qu'on employait aujourd'hui. Ou cela signifiait-il l'inverse ? On ne savait jamais à quoi s'en tenir. Quant à Elderson, Soames eut l'impression qu'il ne faisait que simuler un certain émoi. Tâcher de décontenancer un tel homme était peine perdue ; si l'histoire était vraie, il devait être aux abois, préparé au pire. Et comme les habitudes de prudence de Soames l'avaient toujours éloigné des gouffres et des situations vertigineuses qu'affronte la hardiesse du joueur, il lui était impossible d'imaginer l'état d'esprit d'Elderson ou sa ligne de conduite s'il était réellement coupable. Peut-être avait-il du poison dans sa poche ou était-il assis sur un revolver, comme un héros de film ? Toute cette affaire lui inspirait un dégoût et un tourment indescriptibles.

Sans ajouter un mot, il s'en alla, n'emportant d'autre certitude que celle de savoir que leurs engagements, dans cette affaire allemande, avec ce mark tombé à rien, dépassaient deux cent mille livres. Il passa rapidement en revue la fortune de ses collègues. Le vieux Fontenoy était dans une dèche chronique ; le président était mystérieux ; Mont avait sa fortune en terres, en terres dépréciées et hypothéquées par-dessus le marché ; le vieux Cosey Mothergill ne possédait que son nom et ses émoluments d'administrateur ; Meyricke devait gagner beaucoup d'argent mais c'était un panier percé, comme tous ces grands avocats qui mènent plusieurs affaires de front et ont la certitude de devenir magistrats.

Personne de solide dans toute la bande, excepté lui ! Tête basse, il avançait à pas lourds.

Il fallait bien faire confiance à quelqu'un… et voilà où ça vous menait ! À la catastrophe ! Les sociétés anonymes ! quel absurde système !

— Des ballons ! monsieur ! De toutes les couleurs ! cinq pieds de circonférence. Achetez-en un, monsieur !

— Bon sang ! dit Soames.

Comme si le ballon crevé des affaires allemandes n'était pas suffisant !

15
Victorine

Pendant tout le mois de décembre, les ballons avaient peu donné, même pendant la semaine de Noël, et l'Australie demeurait, pour les Bicket, toujours aussi lointaine. Revenue à une santé relative, Victorine n'avait pas retrouvé sa place au rayon des blouses chez Boney, Blayds & Co.

On lui avait confié quelques travaux de couture, mais elle n'en avait plus pour le moment et elle passait son temps à la recherche d'une situation moins précaire. Ce qui lui faisait du tort, c'était son visage ; il sortait de l'ordinaire et les gens ne savaient que faire d'une jeune personne qui avait cet air-là. Pourquoi prendre à son service quelqu'un qui, sans posséder ni richesse, ni rang, ni élégance, ni capacités, vous donnait l'impression que vous étiez vulgaire en comparaison d'elle ? Car l'intérêt dramatique (essentiel aux yeux des Fleur et des Michael) n'est nullement apprécié par ceux qui font fabriquer et vendre des blouses, essayer des souliers, copier des adresses, confectionner des couronnes mortuaires ou autres tâches que Victorine ambitionnait d'accomplir.

Que se passait-il derrière ces grands yeux sombres et ces lèvres silencieuses ? Cette question tourmentait Boney, Blayds & Co et, en général, les grossistes. Quant aux professions attrayantes – figurante de cinéma ou mannequin –, l'idée qu'elle pût les exercer n'entrait pas dans la tête d'une femme qui se sous-estimait et était née à Putney.

Le matin, quand Bicket partait avec son éventaire et ses ballons, elle restait un moment à se mordre un doigt comme pour ronger la porte qui leur barrait la route d'une existence meilleure. Ah ! ne plus vivre au jour le jour ! ne plus voir son mari maigre comme un clou, recru de fatigue, minable comme un moineau déplumé ! C'était tout juste s'ils parvenaient à se maintenir en vie et sous un toit, grâce à ces ballons, mais il ne fallait pas compter sur eux pour assurer l'avenir. Une furieuse rancœur remplissait l'âme de la passive et silencieuse Victorine. C'était pour lui surtout qu'elle aspirait à un sort moins misérable.

Le matin où le mark dégringola, elle revêtit ce qui lui restait de mieux dans sa garde-robe, jaquette de velours et toque assortie : elle avait pris une décision.

Bicket ne faisait jamais allusion à son ancien emploi et la subtilité de sa femme devinait qu'une raison exceptionnelle le lui avait fait perdre. Pourquoi n'essaierait-elle pas de le lui faire rendre ? Il lui avait dit souvent : « Mr Mont est un monsieur et une espèce de socialiste ; il a fait la guerre, en plus, et il n'est pas fier. » Si elle pouvait parvenir jusqu'à ce phénomène !

Ses joues creuses s'enflammèrent d'espoir et d'audace tandis qu'elle inspectait sa tenue dans les vitrines du Strand. Elle aimait la couleur, et le vert jade de sa jaquette lui avait toujours plu… mais sa jupe noire… enfin, si elle prenait soin de rester derrière le comptoir, on ne verrait pas combien l'étoffe en était usée. Aurait-elle le front de dire qu'elle venait au sujet d'un manuscrit ? Elle se répéta, bouche close, en s'appliquant à bien prononcer : « Voudriez-vous demander à Mr Mont s'il peut me recevoir, s'il vous plaît ? C'est au sujet d'un manuscrit. » Oui ! et alors viendrait la question : « Qui dois-je annoncer ? » Mrs Bicket ? Jamais de la vie ! Miss Victorine Collins ? Toutes les femmes auteurs portaient leur nom de jeune fille. Victorine, oui, mais Collins, ça sonnait mal… Qui connaissait son nom de jeune fille ? Pourquoi ne pas en choisir un ? Elle ne serait pas la première ! Elle chercha. Quelque chose d'italien ? Quand ils avaient loué, leur propriétaire avait demandé : « Votre femme est-elle italienne ? » Ah ! Manuelli ! voilà qui faisait certainement italien puisque c'était le nom du marchand de glaces de Little Ditch Street ! Elle continua son chemin en s'exerçant à voix basse. Si seulement elle arrivait à voir ce Mr Mont !

Elle entra en tremblant. Tout se passa exactement comme elle l'avait prévu, jusqu'au moment où elle attendit, debout, s'efforçant de dissimuler ses mains aux gants élimés, qu'on lui transmît la réponse donnée par le tube acoustique. Mademoiselle Manuelli avait-elle rendez-vous ? Il n'y avait pas de manuscrit à ce nom.

— Non, dit Victorine, je ne l'ai pas encore envoyé. Je voulais voir Mr Mont d'abord.

Le jeune homme du comptoir la regardait fixement. Il retourna au tube acoustique, puis il dit :

— Veuillez attendre une minute, s'il vous plaît. La secrétaire de Mr Mont descend.

Victorine inclina la tête vers son cœur défaillant. Une secrétaire ! alors, elle ne le verrait pas… et elle eut peur, soudain, de ses faux prétextes. Mais la pensée de Tony attendant au coin d'une rue avec ses ballons, ainsi qu'elle l'avait vu plus d'une fois à son insu, ranima son courage.

Une voix féminine prononça :

— Mademoiselle Manuelli ? Je suis la secrétaire de Mr Mont. Puis-je lui transmettre un message ?

Une jeune fille aux joues fraîches la regardait de haut en bas. Victorine répondit en s'efforçant de prendre un accent distingué :

— Oh ! non, je crains que ce ne soit pas possible !

Les yeux curieux de la secrétaire s'arrêtèrent sur son visage :

— Si vous voulez bien me suivre, je vais voir s'il peut vous recevoir.

Seule dans une petite antichambre, Victorine demeura assise sans bouger, jusqu'à l'instant où un jeune homme passa sa tête dans l'ouverture de la porte en disant :

— Voulez-vous entrer ?

Elle respira profondément et franchit le seuil du bureau. Une fois en sa présence, elle le regarda, lança un coup d'œil hésitant à la jeune fille, puis se tourna de nouveau vers lui avec l'air de mettre au défi sa jeunesse, sa galanterie, sa générosité, de lui refuser une entrevue privée. Tout de suite, Michael pensa : « Elle veut sans doute de l'argent, mais quel visage extraordinaire. » La secrétaire fit la moue et quitta la pièce.

— Eh bien, mademoiselle, euh… Manuelli ?

— Pas Manuelli, excusez-moi… Mrs Bicket ; mon mari a été employé ici.

Quoi ? le type qui avait barboté *Monnaie de billon* ! Ce Bicket, avec son histoire, sa femme, la pneumonie ! elle avait bien pu en avoir une, d'après sa mine !

— Il parlait souvent de vous, monsieur. S'il vous plaît, il est sans travail. Ne pourriez-vous le reprendre ici, monsieur ?

Michael garda le silence. Est-ce que cette jeune femme à l'air si intéressant était au courant du vol ?

— Maintenant, il vend des ballons dans la rue ; je ne peux pas supporter de le voir faire ça. Il se tient près de Saint Paul. Ça ne rapporte guère et nous voudrions tellement partir en Australie. Je sais qu'il est très nerveux et qu'il ne s'entend pas toujours bien avec les gens. Tout de même… si vous pouviez le reprendre !

Non ! elle ne savait rien !

— Je regrette, madame Bicket. Je me souviens bien de votre mari ; malheureusement, nous n'avons pas de place pour lui. Et vous, allez-vous bien, à présent ?

— Oh ! oui, sauf que je ne trouve pas de travail non plus.

Quel visage pour couverture de roman ! Une sorte de Mona Lisa ! le bouquin de Storbert, par exemple ?

— Eh bien, j'aurai une conversation avec votre mari… Accepteriez-vous de poser pour un artiste qui dessine des jaquettes de livres ? Cela pourrait vous amener à trouver une occupation dans ce domaine. Vous avez justement le type qui convient à l'un de mes amis. Connaissez-vous les œuvres d'Aubrey Greene ?

— Non, monsieur.

— C'est assez bien, très bien même, quoique décadent… Ça vous ennuierait-il de poser ?

— Je ferais n'importe quoi pour gagner un peu d'argent. Mais j'aimerais mieux que vous ne disiez pas à mon mari que je suis venue vous voir. Il pourrait mal le prendre.

— Très bien. Je le verrai par hasard. Près de Saint Paul, dites-vous ? Ici, il n'y a vraiment pas moyen. D'ailleurs, il ne joignait pas les deux bouts avec son salaire, il me l'a dit.

— Quand j'étais malade, monsieur.

— Bien sûr, ça fait une différence.

— Oui, monsieur.

— Alors, je vais vous écrire un mot pour Mr Greene. Voulez-vous vous asseoir un moment ?

Il lui jeta un regard à la dérobée pendant qu'elle prenait place sur une chaise.

Le visage d'une pâleur extrême, les yeux immenses, les cheveux noir corbeau, coupés très court et bouclés à l'extrémité – tout cela composait un genre de physionomie d'un attrait extraordinaire. Un peu trop raffiné et anémique peut-être pour le grand public, mais que diable ! on ne pouvait tout de même pas servir éternellement à celui-ci les yeux bleus, les cheveux dorés et les joues de coquelicot de Reckitt !

« Elle ne répond pas aux canons courants de la beauté commerciale, écrivit-il, mais elle a tellement de caractère qu'elle pourrait créer un type, comme celui de Beardsley ou de Dana. »

Quand elle fut partie avec la lettre, Michael sonna sa secrétaire :

— Non, mademoiselle Perren, elle ne m'a rien volé ! Elle a un type, n'est-ce pas ?

— J'ai pensé que vous aimeriez la voir. Ce n'est pas un auteur, je suppose ?

— Loin de là.

— Eh bien ! j'espère qu'elle a obtenu ce qu'elle désirait.

Michael sourit.

— Partiellement, mademoiselle. Vous me prenez pour un imbécile, pas vrai ?

— Pas le moins du monde, mais je vous trouve le cœur trop sensible.

Michael se passa les doigts dans les cheveux.

— Vous seriez bien étonnée d'apprendre que je viens de faire une affaire ?

— Oui, monsieur Mont !

— Alors, je ne vous en dirai pas davantage. Quand vous aurez fini de bouder, vous pourrez continuer cette lettre à mon père, au sujet de *Duo* : « Nous regrettons que l'état actuel des affaires ne nous permette pas de réimprimer le dialogue entre ces deux vieux bonshommes ; nous y avons déjà perdu assez d'argent comme ça. » Vous traduirez, bien entendu. Ajoutez une formule aimable pour lui remonter le moral, à ce pauvre homme ! « Quand les Français auront recouvré leur bon sens et que les oiseaux commenceront à chanter – en d'autres termes, vers le printemps –, nous serons peut-être en mesure d'étudier la question à la lumière de... » De quoi, mademoiselle ?

— De l'expérience que nous aurons acquise. Je laisse tomber les Français et les oiseaux, n'est-ce pas ?

— Parfait ! « Fidèlement vôtres, Danby et Winter. » Ne trouvez-vous pas que le seul fait de venir proposer son bouquin chez Danby est une scandaleuse tentative de népotisme ?

— Qu'est-ce que c'est, le népotisme ?

— C'est vouloir profiter de la situation de son fils. Aucun de ses livres ne lui a jamais rapporté un sou.

— C'est un écrivain très distingué, monsieur Mont.

— Et il veut la monnayer, sa distinction ! Pauvre Bart, c'est un brave homme tout de même ! Ce sera tout, jusqu'au déjeuner, et n'oubliez pas de faire un bon repas... La silhouette de cette jeune personne n'est pas ordinaire non plus, ne trouvez-vous pas ? Elle est maigre, mais elle se tient très droite. Il y a une question que j'ai toujours voulu vous poser, mademoiselle : pourquoi les jeunes filles marchent-elles courbées en deux, la tête en avant ? Elles ne peuvent pas être toutes bâties sur le même modèle !

Les joues de la secrétaire s'empourprèrent.

— Il y a bien une raison, monsieur Mont.

— Dites-la-moi.

Miss Perren rougit de plus belle.

— Je ne sais vraiment pas si je peux…

— Oh ! pardon ! je le demanderai à ma femme. N'empêche que cette petite se tient tout à fait droite, elle !

— Eh bien, monsieur Mont, voyez-vous, c'est qu'elles sont censées ne pas avoir de formes par… par-derrière… alors, comme, bien entendu, elles en ont, elles ne peuvent tricher qu'en creusant la poitrine et en baissant la tête. Ce sont les gravures de mode et les mannequins qui en sont responsables.

— Je comprends, dit Michael. Merci, mademoiselle, vous êtes vraiment bien gentille. C'est d'une sottise noire, vous ne trouvez pas ?

— Oh ! si. Personnellement, je n'approuve pas cette mode.

— Non ! je m'en aperçois.

La secrétaire baissa les yeux et se retira.

Michael s'assit et dessina un visage sur son buvard. Ce n'était pas celui de Victorine.

Armée du mot d'introduction auprès d'Aubrey Greene, après avoir déjeuné, comme d'habitude, d'une tasse de café et d'une tranche de gâteau compact, Victorine prit le métro en direction de Chelsea. Elle n'avait pas réussi dans sa démarche, mais le monsieur s'était montré amical et l'avait réconfortée.

Parvenue devant la porte de l'atelier, elle vit un jeune homme en train d'introduire une clef dans la serrure, un jeune homme très élégant, revêtu d'un costume sport gris fumée, tête nue, avec de beaux cheveux blonds soigneusement rejetés en arrière. D'une voix douce, il interrogea :

— Vous êtes modèle ?

— Oui, monsieur. J'ai une lettre de Mr Mont.

— Michael ! Entrez !

Victorine le suivit. Tout était vert d'eau dans cette pièce, dont le plafond très haut, aux poutres apparentes, s'éclairait par une verrière. Une prodigieuse quantité de tableaux et de dessins recouvraient les murs et semblaient même vouloir envahir le plancher. Sur un chevalet, une toile représentant deux jeunes personnes en train de se dévêtir troubla Victorine. Elle sentit alors les yeux du jeune homme, vert d'eau comme la pièce, se tourner vers elle et l'examiner de la tête aux pieds.

— Poseriez-vous pour n'importe quoi ? demanda-t-il.

Victorine répondit machinalement :

— Oui, monsieur.

— Cela vous ennuierait-il d'enlever votre chapeau ?

Victorine ôta sa toque et secoua sa chevelure.

— Ah ! fit-il, je me demande…

Victorine le regarda d'un air interrogateur.

— Asseyez-vous sur l'estrade, voulez-vous ?

La jeune femme jeta un coup d'œil incertain autour d'elle. Le peintre eut un léger sourire qui sembla illuminer son front et son casque de cheveux dorés.

— C'est la première fois que vous posez, n'est-ce pas ?

— Oui, monsieur.

— Tant mieux.

Et il désigna la petite estrade. Victorine s'assit sur la chaise de chêne sombre qui s'y trouvait.

— Vous avez l'air d'avoir froid.

— Oui, monsieur.

Il ouvrit un placard et revint avec deux verres remplis d'un liquide brun.

— Vous prendrez bien un Grand Marnier ?

Remarquant qu'il avalait son verre d'un trait, elle en fit autant. C'était sucré, fort, très bon, et elle en eut le souffle coupé.

— Voulez-vous une cigarette ?

Victorine en prit une dans l'étui qu'il lui tendait et la glissa entre ses lèvres. Il lui offrit du feu et le même sourire vint éclairer furtivement son visage.

— Où êtes-vous née ? demanda-t-il.

— À Putney, monsieur.

— C'est très intéressant. Restez immobile un moment. Ce n'est pas aussi désagréable que de se faire arracher une dent, mais c'est plus long. La difficulté est de ne pas s'endormir.

— Oui, monsieur.

Il prit une grande feuille de papier, un morceau de fusain et se mit à dessiner.

— Dites-moi, mademoiselle… ?

— Collins, monsieur. Victorine Collins.

Son instinct la portait à croire que donner son nom de jeune fille était plus professionnel.

— Êtes-vous libre, ou avez-vous une autre occupation ? interrogea-t-il avec ce sourire qui semblait illuminer jusqu'à ses cheveux clairs.

— Pas pour l'instant, monsieur. Je suis mariée, c'est tout.

Pendant quelque temps, le jeune homme travailla en silence. Victorine s'amusait à l'observer : il la regardait, traçait un trait sur le papier, la regardait encore… des centaines de coups d'œil, des centaines de traits… À la fin, il dit :

— Ça va ! Maintenant, nous allons nous reposer. C'est le ciel qui vous a envoyée ici, mademoiselle ! Venez vous réchauffer.

Victorine s'approcha du feu.

— Avez-vous entendu parler de l'expressionnisme ?

— Non, monsieur.

— Ça signifie que l'extérieur ne doit être considéré que comme l'expression de l'intérieur. Cela vous dit-il quelque chose ?

— Non, monsieur.

— Parfait ! Ne m'avez-vous pas dit que vous poseriez pour… l'ensemble ?

Victorine posa un long regard sur ce jeune homme séduisant aux manières si distinguées. Elle ne comprenait pas le sens de ses paroles, mais elle devinait qu'il s'agissait d'une chose sortant de l'ordinaire.

— L'ensemble de quoi, monsieur ?

— Nue.

— Oh !

Elle baissa les yeux, puis les releva vers les deux dames dont les vêtements tombaient.

— Comme ça ?

— Non. Je ne vous traiterais pas à la manière cubiste.

Les joues blêmes de Victorine se colorèrent lentement et elle demanda :

— Cela rapporte-t-il plus d'argent ?

— Oui, moitié plus, peut-être davantage. Ne le faites pas si cela vous est désagréable. Réfléchissez-y et donnez-moi votre réponse la prochaine fois.

Elle leva de nouveau les yeux vers lui et dit :

— Merci, monsieur.

— À la bonne heure ! Mais ne m'appelez pas tout le temps monsieur.

Victorine sourit. C'était la première fois que les traits de la jeune femme perdaient leur immobilité. L'effet produit sur Aubrey Greene fut immédiat.

— Sapristi ! quand vous souriez, mademoiselle, s'écria-t-il très vite, je vous vois à la manière impressionniste ! Si vous êtes reposée, remontez donc sur l'estrade.

Victorine regagna sa place et le jeune homme prit une autre feuille de papier.

— Ne pourriez-vous penser à quelque chose qui vous fasse sourire ?

Elle secoua la tête. Il n'y avait vraiment rien !

— Rien de comique du tout ? Je suppose que vous n'êtes pas amoureuse de votre mari, par exemple ?

— Oh ! si.

— Essayez de penser à lui.

Victorine essaya, mais elle ne put imaginer Tony qu'en train de vendre ses ballons.

— Non ! ça ne va pas, dit le peintre, ne pensez pas à lui. Avez-vous jamais vu *L'Après-midi d'un faune* ?

— Non, monsieur.

— J'ai une idée. *L'Après-midi d'une dryade…* Vous savez, il ne faut pas que vous ayez peur de poser nue ; c'est tout à fait impersonnel. Pensez à l'art et aux quinze shillings par jour… Par Nijinsky ! je vois si bien le tableau !

Tout en continuant à bavarder, ses yeux ne cessaient d'aller et venir et le crayon suivait fidèlement la cadence sur la feuille de papier. Une sorte d'exaltation commença à s'emparer de Victorine. Quinze shillings par jour ! Les papillons bleus !

Un profond silence régnait dans l'atelier. Le jeune homme travaillait avec frénésie. Un léger sourire éclaira le visage de Victorine… elle essayait de calculer ce qu'elle avait gagné. Enfin, il s'arrêta pour contempler son œuvre.

— Ça suffira pour aujourd'hui, mademoiselle. Il faut que je réfléchisse. Voulez-vous me donner votre adresse ?

La jeune femme réfléchit rapidement.

— S'il vous plaît, monsieur, je préférerais que vous m'écriviez poste restante. Il vaut mieux que mon mari ne sache pas que je… que…

— Que vous êtes affiliée à l'art ? Eh bien, quel bureau ?

Victorine le lui indiqua et reprit son chapeau.

— Une heure et demie : cinq shillings. Demain, à deux heures et demie, mademoiselle.

— Oui, merci.

Pendant qu'elle attendait l'autobus, dans le vent froid du mois de janvier, Victorine envisageait l'éventualité de « l'ensemble » avec incrédulité. S'asseoir toute nue devant un étranger ! Si Tony savait ! Les joues pâles se colorèrent de nouveau. Elle monta dans l'autobus. Mais quinze shillings tout de même ! Six jours par semaine… cela ferait quatre livres dix shillings ! En quatre mois, elle pourrait gagner le prix de leur voyage ! À en juger d'après les tableaux qui remplissaient l'atelier, quantité de femmes exerçaient ce métier. Tony, pourtant, devait tout ignorer, même qu'elle posât pour le visage ! Il était si susceptible et il l'aimait tellement ! Il se figurerait un tas de choses… elle lui avait entendu dire que les artistes étaient de vrais dégoûtants. En tout cas, ce monsieur s'était montré parfaitement convenable malgré son air de se moquer de tout. Elle regretta qu'il ne lui eût pas montré son dessin. Peut-être se verrait-elle un jour dans une exposition. Mais sans… oh !… Soudain, elle se dit que si elle mangeait davantage, elle serait jolie « comme ça » ! Et comme pour échapper à l'audace de cette réflexion, elle détourna précipitamment les yeux sur son voisin d'en face. Rose, calme, lisse, nanti d'un double menton, le visage aux yeux clairs lui rendit son regard. « Les gens pensent, mais on ne peut pas savoir à quoi », se dit-elle, et le sourire que réclamait Aubrey Greene illumina son modèle.

16

Michael marche et parle

Le visage que dessinait Michael commença par rappeler celui de Victorine et finit par ressembler à celui de Fleur. Si, physiquement, Fleur se tenait très droite, en allait-il de même moralement ? C'était là le genre de conjecture qui le faisait invariablement se traiter de salaud. Il n'apercevait aucun changement dans la façon d'agir de sa femme et il évitait loyalement de se renseigner sur ceux de ses faits et gestes auxquels il n'assistait pas. Mais son attention éveillée était de plus en plus frappée par la découverte d'un certain cynisme en elle, comme si elle voulait donner l'impression que, pour elle, toutes les valeurs morales étaient équivalentes et qu'en fait aucune n'avait d'importance réelle.

Wilfrid était toujours à Londres, mais il demeurait invisible et son nom n'était jamais prononcé. La devise « Loin des yeux, loin du cœur » semblait être à l'ordre du jour. Pas pour Michael cependant : la pensée de Wilfrid le hantait sans cesse. Si vraiment il ne voyait plus Fleur, comment pouvait-il s'infliger le supplice de Tantale de vivre à côté d'elle ? Si Fleur ne voulait pas garder Wilfrid, pourquoi ne l'avait-elle pas éloigné définitivement ? En outre, il lui devenait de plus en plus difficile de cacher aux gens que Wilfrid et lui avaient cessé d'être amis. La tentation d'aller lui demander une explication le prenait souvent, mais il la repoussait fermement. Ou bien il n'y avait rien dont il ne fût déjà informé, ou bien il y avait autre chose, et Wilfrid le nierait. Sur ce dernier point d'ailleurs, Michael était entièrement d'accord : on ne trahit pas la confiance d'une femme. Ce qu'il ne voulait pas, c'était entendre mentir un camarade de guerre. Pas un mot n'avait été échangé entre Fleur et lui ; il pressentait que des paroles ne le renseigneraient pas et qu'elles ne pourraient que risquer de rompre un lien déjà bien lâche.

Ils avaient passé Noël au manoir ancestral des Mont, à chasser en battue. Le second jour, pour la dernière battue, Fleur l'avait accompagné, suivie de Ting-a-Ling en laisse. Le petit pékinois, follement excité, sautait en l'air chaque fois qu'un oiseau tombait et ne s'effrayait nullement des coups de fusil. Michael, en attendant de rater ses faisans – il était mauvais tireur –, avait contemplé le visage ardent de Fleur, au-dessus du col de fourrure grise, et sa mince silhouette avec le pékinois à l'arrière-plan. La chasse était pour elle un sport inconnu et jamais elle ne paraissait plus à son avantage que sous l'aiguillon de la nouveauté. Il l'avait trouvée délicieuse, même lorsqu'elle s'écriait : « Oh ! Michael ! » quand il manquait son coup.

Elle avait été le point de mire de ces festivités, ce qui revenait à dire qu'il ne l'avait pratiquement vue qu'endormie sur son oreiller. Mais du moins, là-bas, l'angoisse secrète qui le minait lui avait-elle accordé un répit.

Il donna le dernier coup de crayon à la chevelure coupée très court qu'il venait de dessiner sur son buvard et se leva. « Devant Saint Paul », avait dit la jeune femme. S'il allait jeter un coup d'œil à Bicket ? Peut-être cela lui donnerait-il une idée.

Il serra la ceinture de son pardessus bleu et se mit en route, mince silhouette dont l'aspect juvénile ne laissait rien deviner de la peine secrète qui lui tenaillait le cœur.

Tout en se dirigeant vers le quartier est de la ville par cette belle journée ensoleillée, Michael eut soudain la conscience aiguë de sa chance : n'était-il pas vivant, en bonne santé, pourvu d'un métier intéressant alors que tant de gens étaient morts, malades ou sans travail ?

Il arriva à Covent Garden. Prodigieux endroit ! Une humanité qui, décennie après décennie, pouvait s'en accommoder, ne risquait pas de succomber à ses multiples maux ! Ce lieu possédait une vertu tonique. Après l'avoir parcouru, on était disposé à voir la vie en rose. Tous les légumes et tous les fruits de la terre s'entassaient sur cet îlot carré, limité, à l'ouest par des maisons d'édition, à l'est par l'Opéra, au nord et au midi par le flot des passants. Michael marchait en humant l'air, au milieu des camions qu'on déchargeait, des papiers, de la paille et d'hommes déjetés.

Covent Garden avait une odeur très particulière, odeur de terre à la limite de la pourriture. Même à la guerre, il n'avait jamais rien vu d'aussi informe. C'était typiquement anglais ! Aucun des hommes que l'on y rencontrait ne semblait provenir d'un quelconque terroir : chauffeurs, oisifs, marchands forains, tous paraissaient ignorer résolument le soleil, le vent, l'eau, l'air ou la terre ; c'étaient des citadins bon teint. Mais grand Dieu ! Quel assemblage disparate constituait cette masse de visages taillés à coups de serpe, aux traits saillants, chevalins ou affaissés ! Où trouver le véritable type anglais parmi cette variété infinie de déformations ? Il ne devait tout simplement pas exister !

Michael arriva au secteur des fruits qui s'élevaient en piles éclatantes et régulières, étrangers venus des terres de soleil, globes de tailles et de couleurs identiques. L'eau lui en venait à la bouche. « C'est tout de même quelque chose, le soleil, pensa-t-il. Il n'y a qu'à voir l'Italie, les pays arabes, l'Australie… Les Australiens ont émigré d'Angleterre… quelle belle race maintenant ! N'empêche… rien ne vaut la gouaille d'un cockney ! Plus les gens sont parfaits de corps et de visage, plus ils sont égoïstes ! Ces pamplemousses ont l'air de crever d'orgueil dans leur peau quand on les compare aux pommes de terre. »

En partant du marché, il pensait encore aux Anglais. C'était maintenant un des peuples les plus déshérités du monde pour le physique. Mais qui donc pouvait les égaler dans le domaine de la bonne humeur et du cran ? Ils en avaient bien besoin dans leurs villes enfumées... L'Anglais moyen de notre époque était un remarquable exemple de l'adaptation à l'environnement.

« Je pourrais reconnaître un Anglais n'importe où, se dit Michael, et pourtant il n'y a pas actuellement de type britannique défini. »

Quel peuple extraordinaire ! Peuple sans grâce d'où pouvaient surgir des fleurs d'une si parfaite beauté, des rameaux si étranges... comme cette petite Mrs Bicket ; peuple sans imagination qui avait pourtant donné naissance à une telle pléiade de poètes ! Au fait, comment le vieux Danby le prendrait-il quand Wilfrid porterait son prochain volume dans une autre maison d'édition ! Ou plutôt, que dirait-il, lui, l'ami intime de Wilfrid, au vieux Danby ! Ah ! mais là, il ne serait pas pris au dépourvu :

« Oui, monsieur, vous auriez dû pardonner au pauvre diable qui a barboté les *Monnaies de billon* ; Desert n'a pu oublier votre refus. » Ça lui en boucherait un coin, à ce vieux, avec son éternelle justice !

Monnaie de billon avait étonnamment réussi. Le volume suivant aurait sans doute encore plus de succès. Cet ouvrage confirmait ce que Michael ne cessait de répéter : la vogue de la fadaise touchait à sa fin, les lecteurs réclamaient une poésie plus musclée. Sibley, Walter Nazing, Linda, tous ceux qui n'avaient rien d'autre à dire qu'affirmer leur propre supériorité étaient déjà presque enterrés ; le jour où ils le seraient tout à fait, ils ne s'en apercevraient même pas ; ils continueraient à se donner des coups d'encensoir et à mépriser les autres ! « Moi, j'en ai soupé, de ces gens-là, pensa Michael. Si seulement Fleur comprenait combien leur manie de dénigrement est le signe infaillible de leur médiocrité ! » Soudain, il eut l'intuition qu'elle le savait.

Wilfrid était le seul de tous avec qui elle eût jamais été intime ; les autres, elle les recevait... parce qu'elle était Fleur, c'est-à-dire qu'elle avait la hantise de rassembler autour d'elle tout ce qui était le dernier cri. Quand – très bientôt

– ceux-là ne le seraient plus, elle les laisserait froidement tomber. Mais pas Wilfrid. Non, il était sûr qu'elle ne l'avait pas lâché et qu'elle ne le lâcherait jamais.

Il leva les yeux : Ludgate Hill ! « Près de Saint Paul... il vend des ballons... en effet, le voilà... pauvre diable ! » Bicket dégonflait ses ballons pour aller prendre une tasse de chocolat. Se rappelant qu'il était censé le rencontrer par hasard, Michael s'arrêta un instant pour mettre au point son répertoire d'intonations de surprise. Dommage que le pauvre diable ne pût s'envoler à la place de ces globes multicolores par-dessus la coupole de Saint Paul ! Occupé à chasser l'air de ses ballons, il faisait peine à voir.

Un souvenir affleura brusquement à la surface de l'esprit de Michael. Un ballon... le square... le premier novembre... une soirée pleine de chaleur... Fleur ! Peut-être ces jouets portaient-ils bonheur. Il avança encore et s'écria d'une voix stupéfaite :

— Par exemple, Bicket ! C'est ça votre truc à présent ?

Les grands yeux de Bicket le regardèrent par-dessus un ballon gris brun de six pence.

— Monsieur Mont ! je me suis souvent dit que ça me ferait rudement plaisir de vous revoir, monsieur !

— Moi aussi, Bicket ! Si vous n'avez rien à faire, venez donc déjeuner avec moi.

Bicket acheva d'aplatir le ballon, ferma son éventaire et dit :

— Vraiment, monsieur ?

— Bien sûr ! Je m'apprêtais justement à aller manger des fruits de mer.

Bicket détacha son plateau, le confia au balayeur du coin et rejoignit Michael.

— Qu'est-ce que ça rapporte, Bicket ?

— Juste de quoi manger, monsieur.

— Entrons ici. Nous prendrons des huîtres.

La langue pâle de Bicket essuya un peu de salive qui lui était venue au bord des lèvres. Michael s'assit à une petite table recouverte d'une toile cirée blanche sur laquelle trônait un huilier.

— Deux douzaines d'huîtres avec accompagnement, ensuite, deux belles soles et une bouteille de chablis. Dépêchez-vous, s'il vous plaît !

Quand le garçon en tablier blanc fut parti exécuter la commande, Bicket dit simplement :

— Bon Dieu !

— Oui, c'est une drôle d'histoire que la vie, Bicket.

— Voilà qui est bien vrai ! Je ne serais pas étonné si ce déjeuner vous coûtait une livre... et si je me fais vingt-cinq shillings par semaine, c'est le bout du monde !

— Vous mettez le doigt dessus, Bicket. Je mange ma conscience tous les jours.

Bicket secoua la tête.

— Non, monsieur ! Si vous avez de l'argent, dépensez-le ; je le ferais à votre place. Soyez heureux si vous le pouvez... il n'y en a pas assez qui le soient !

Le garçon leur apporta les huîtres, fraîchement ouvertes, trois par trois. Michael les ébarbait ; Bicket les avalait tout entières. Lorsqu'il eut douze coquilles vides devant lui, il dit :

— C'est là que les socialistes ont tort, monsieur. Rien ne me remonte comme de voir les autres dépenser de l'argent. Ça pourrait arriver à chacun de nous avec un peu de veine. Mais réduire tout le monde à une livre par jour – et il paraît que le partage général ne donnerait même pas cette somme –, ça n'est pas assez, monsieur. J'aime mieux en avoir moins avec l'espoir d'en avoir davantage un jour. Si on vous prive du jeu, la vie ne vaut plus le coup. À votre santé !

— Vous me réconciliez presque avec le capitalisme, Bicket !

Derrière son verre de chablis, le visage maigre dévoré par les grands yeux s'était empourpré.

— Ce que j'aimerais avoir ma femme ici, en ce moment, monsieur ! Je vous ai parlé d'elle et de sa pneumonie. Elle est rétablie maintenant, sauf qu'elle est maigre. C'est elle le lot que j'ai tiré… Je ne voudrais pas d'une vie où l'on ne puisse pas gagner de lots. S'il n'y en avait que pour les consciencieux et les méritants, je ne l'aurais jamais eue, vous comprenez ?

« Moi non plus », pensa Michael, en redessinant mentalement le visage de Fleur.

— Nous avons chacun nos rêves : le mien, c'est des papillons bleus, l'Australie centrale… Ce ne sont pas les socialistes qui m'aideront à y aller. Leur idée du paradis ne dépasse pas l'Europe.

— Cristi, fit Michael. Du beurre fondu, Bicket ?

— Merci, monsieur.

Ils entamèrent leurs soles en silence.

— Qu'est-ce qui vous a attiré dans les ballons, Bicket ?

— On n'a pas à s'occuper de leur publicité : ils la font eux-mêmes.

— Vous avez vu trop de réclame chez nous, hein ?

— C'est vrai, monsieur, j'avais l'habitude de lire les textes des jaquettes. Ça m'étonnait aussi, une telle quantité de chefs-d'œuvre !

Michael se passa les mains dans les cheveux.

— Ces jaquettes ! Toujours la même jeune femme qu'embrasse le même jeune homme à la mâchoire volontaire… Mais que faire, Bicket ? C'est ça que le public exige ! J'ai essayé de renouveler le genre, pas plus tard que ce matin ; je verrai ce qu'il en résultera.

« Et j'espère que vous ne le verrez pas, vous ! pensa-t-il. Je m'imagine découvrant Fleur sur une couverture de roman ! »

— J'ai bien remarqué, juste avant mon départ, dit Bicket, une tendance à mettre des falaises ou des paysages avec deux espèces de poupées assises sur le sable ou dans l'herbe et qui se regardaient avec l'air de ne pas savoir quoi faire l'une de l'autre !

— Oui, murmura Michael, nous avons lancé ça. C'était censé ne pas être vulgaire ! Mais le public en a vite eu assez ! Que prendrez-vous, maintenant, du fromage ?

— Merci, monsieur. J'ai déjà trop mangé, mais je ne dis pas non.

— Deux stiltons, commanda Michael.

— Comment va Mr Desert, monsieur ?

Michael rougit.

— Oh ! très bien.

Bicket aussi avait rougi.

— Je voudrais... je voudrais que vous lui disiez que c'est tout à fait par accident que je suis tombé sur son livre. Je l'ai toujours regretté.

— C'est généralement par accident, je crois, dit Michael lentement, que nous chipons les affaires des autres ; nous n'en avons jamais l'intention.

Bicket leva les yeux :

— Non, monsieur, je ne suis pas de cet avis. La moitié de l'humanité se compose de voleurs ; mais je n'en suis pas un, moi.

La loyale amitié de Michael tenta de balbutier en lui-même : « Lui non plus. » Il tendit à Bicket son étui à cigarettes.

— Merci beaucoup, monsieur !

Il avait les yeux mouillés. « Aïe aïe aïe ! se dit Michael, nous voilà en plein sentiment ! Brusquons les adieux ! »

Il fit signe au garçon.

— Donnez-moi votre adresse, Bicket. Si vous avez besoin de frusques, j'en aurai peut-être à vous donner.

Bicket inscrivit son adresse au dos de l'addition et dit avec hésitation :

— Peut-être que Mrs Mont aurait des affaires en trop, monsieur. Ma femme est à peu près de sa taille.

— Elle en a sûrement. Nous vous les enverrons.

Il vit trembler les lèvres du petit homme et alla chercher son pardessus.

— Si j'entends parler de quelque chose, je penserai à vous. Au revoir, Bicket, et bonne chance !

Il se dirigea vers l'est parce que Bicket allait vers l'ouest et, tout en marchant, il se répétait ce qu'il avait entendu dire mille fois autour de lui : « La pitié, c'est du bidon… du bidon ! » Puis, il prit un autobus qui le fit passer devant Saint Paul. En « reluquant » prudemment, comme disait le vieux Forsyte, il vit Bicket qui gonflait un ballon dont l'énorme globe rose le cachait tout entier. En approchant de Blake Street, Michael sentit monter en lui une répugnance invincible pour le travail et il se laissa emporter jusqu'à Trafalgar Square.

Bicket l'avait revigoré. La vie était parfois d'une cocasserie énorme… Bicket, Wilfrid et la Ruhr ! « Le sentiment, c'est de la blague ! la pitié, c'est du bidon ! »

Il descendit de l'autobus et passa devant les lions pour gagner Pall Mall. Irait-il au Snook's Club bavarder avec son père ? Il n'y verrait pas Fleur, et ce dont il avait réellement envie, c'était de voir Fleur dans la journée… Mais où ? On la rencontrait partout, c'est-à-dire qu'on n'était sûr de la trouver nulle part… Elle ne tenait pas en place. Était-ce sa faute à lui, Michael ? Agirait-elle de la même façon s'il était Wilfrid ? « Oui, se répondit-il catégoriquement, Wilfrid est un instable, lui aussi. » Toutes les personnes qu'il connaissait l'étaient également, du moins les jeunes, dans la vie comme en littérature. Il évoqua leurs romans : pas un sur vingt qui vous reposât, qui offrît cette qualité de refuge où il faisait bon se replonger. Ces romans pétaradaient, dérapaient, éclaboussaient, crachaient comme des motocyclettes ; ils étaient violents et habiles ! ô combien ! Qu'il était las de cette habileté ! Il emportait parfois un manuscrit à la maison pour le soumettre à l'opinion de Fleur. Un jour, elle lui avait dit : « C'est exactement comme la vie, Michael : ça se précipite, ça ne s'appesantit sur rien assez fortement pour que quoi que ce soit ait un sens. Évidemment, l'auteur n'a pas eu l'intention d'écrire une satire, mais si vous le publiez, je vous conseille de mettre sur la jaquette : "Féroce satire de la vie moderne." » Et ils l'avaient écoutée… du moins, ils avaient mis : « Remarquable satire de la vie moderne. »

Fleur était toute dans ce jugement. Elle savait voir la frénésie de l'époque, mais comme l'auteur de la satire en question, elle ne se rendait pas compte qu'elle aussi courait et tourbillonnait avec les autres. À moins… à moins qu'elle ne le sût au tréfonds d'elle-même ? Avait-elle conscience qu'elle gaspillait sa vie, qu'elle la flambait à plaisir ?

Parvenu à Piccadilly, il se rappela qu'il n'avait pas rendu visite à sa tante Winifred depuis un temps infini, et il prit le chemin de Green Street.

— Mrs Dartie est-elle chez elle ?

— Oui, monsieur.

Ses narines frémirent ; était-ce le parfum de Fleur ? Non ! cela sentait l'encens ; Winifred en brûlait à cause de l'atmosphère distinguée que créait cette odeur.

— Qui dois-je annoncer ?

— Mr Mont. Ma femme n'est pas ici ?

— Non, monsieur. Il n'y a que Mrs Val Dartie.

Mrs Val Dartie ? Ah ! oui, il se souvenait d'elle, une charmante femme… mais elle ne pouvait pas remplacer Fleur ! Néanmoins, il était trop tard pour reculer. Il suivit la femme de chambre.

Au salon, Michael trouva trois personnes, dont son beau-père. Assis dans un fauteuil Empire, plus gris et sévère que jamais, Soames considérait d'un œil fixe les papillons bleus australiens emprisonnés à l'intérieur d'un globe trônant sur un guéridon rouge.

Winifred s'était visiblement efforcée de mettre son appartement de style Empire au goût du jour. Elle accueillit son neveu avec la profusion verbale de rigueur. C'était tellement gentil à lui de venir la voir alors qu'il était si occupé avec tous ces jeunes poètes !

— Au fait, poursuivit-elle, j'ai trouvé *Monnaie de billon* – entre parenthèses, quel titre adorable ! – terriblement excitant. Ce Mr Desert est d'une intelligence prodigieuse. Que fait-il en ce moment ?

— Je ne sais pas, répondit Michael en se laissant tomber sur un canapé à côté de Mrs Val.

Comme il ignorait la brouille de famille des Forsyte, il ne put apprécier le soulagement que sa présence apportait. Soames dit quelque chose au sujet des Français, se leva et s'approcha de la fenêtre ; Winifred l'y rejoignit et leur entretien prit un ton confidentiel.

— Comment va Fleur ? demanda la voisine de Michael.

— Extrêmement bien, merci.

— Vous vous plaisez dans votre maison ?

— Oh ! follement ! Ne viendrez-vous pas la voir ?

— Je ne sais pas si Fleur aimerait…

— Pourquoi pas ?

— Oh ! eh bien…

— Il n'y a pas plus sociable qu'elle.

La jeune femme semblait le regarder avec plus d'intérêt qu'il ne le méritait, comme si elle cherchait à lire sur son visage. Il ajouta :

— Vous êtes parentes de naissance et par mariage, n'est-ce pas ?

— Oui.

— Alors, où est la difficulté secrète ?

— Oh ! il n'y en a pas… je viendrai certainement. Mais elle a tant d'amis.

Michael trouvait sa compagne sympathique.

— En fait, dit-il, je suis venu ici dans l'espoir de l'y rencontrer. J'aimerais qu'elle vous connaisse. Au milieu de ce tourbillon, elle apprécierait une personne posée.

— Merci.

— Vous n'avez jamais habité Londres ?

— Pas depuis l'âge de six ans.

— J'aimerais qu'elle se repose. C'est dommage qu'il n'y ait pas un endroit dé… désert à proximité.

Il avait buté sur le mot, bien que le nom de son ex-ami ne se prononçât pas de la même manière ! Désemparé, il se mit à regarder les papillons.

— Je viens de parler avec un petit cockney qui ne voit pour lui une chance de salut que dans l'Australie centrale.

Au fait, que pensez-vous… croyez-vous que nous ayons une âme à sauver ?

— J'en étais sûre autrefois, mais maintenant, je le suis moins… Je suis frappée d'une chose, ces derniers temps…

— Quoi donc ?

— Eh bien, je remarque que les gens mal proportionnés, ou dont le nez est de travers, ou les yeux saillants, ou la peau luisante, croient toujours posséder une âme ; les êtres harmonieux, sans défectuosités physiques, ne paraissent pas s'en soucier.

Michael remua les oreilles.

— Par exemple ! Voilà une observation qui ne manque pas de finesse ! Fleur, qui est faite à ravir, ne semble pas avoir de préoccupations de cet ordre. En revanche, moi qui ne suis pas un Adonis… ça me tracasse ! Covent Garden doit grouiller d'âmes ! Vous croyez, en somme, que l'âme résulte d'un mauvais engrenage dans l'organisme… comme si le non-fonctionnement d'une pièce favorisait la naissance d'une conscience plus aiguë.

— Oui, quelque chose comme ça… je suis, presque certaine que le pouvoir psychique a cette origine.

— Mais dites-moi, votre vie n'est-elle pas en danger ? D'après votre théorie, les âmes fourmilleraient autour de nous. Il faudra que je passe ma famille en revue, et la vôtre !

— Les Forsyte ? Oh ! ils ne sont que trop bien proportionnés !

— C'est vrai ; ceux que je connais ne présentent pas de difformités caractéristiques. Les Français non plus, en général. C'est réellement une idée intéressante, encore que bien des gens soutiennent le contraire. Ils prétendent que c'est l'âme qui engendre la disproportion, fait briller les yeux, courbe le nez, etc. Quand l'âme est trop petite, elle ne cherche pas à s'échapper du corps. Je réfléchirai à tout cela. Merci pour le tuyau. Venez donc à la maison un de ces jours. Au revoir. Je crois qu'il vaut mieux ne pas déranger les autres qui sont près de la fenêtre. Vous voudrez bien leur dire que j'ai été obligé de filer ?

Il serra une petite main gantée, répondit à un sourire et se glissa hors du salon. « Le diable emporte l'âme ! pensa-t-il, où donc est son corps à elle ? »

17

Le corps de Fleur

Le corps de Fleur se trouvait à cet instant dans l'une de ces positions scabreuses qui viennent sans cesse mettre en péril l'esprit de compromis. Elle était dans les bras de Wilfrid et le danger se précisait avec assez de force pour qu'elle se hâtât d'y parer :

— Non, Wilfrid ! Vous m'avez promis d'être sage !

Le fait que le mot « sage » eût encore un sens sur ses lèvres n'était pas un mince tribut au talent que la jeune femme déployait pour évoluer sur une mince couche de glace. Depuis onze semaines exactement, l'infortuné poète piétinait à la porte du paradis et, maintenant encore, elle l'en tenait solidement à l'écart au moyen de ses deux poings serrés contre la poitrine du jeune homme… et ceci, après qu'il fut resté quinze jours sans la voir !

Quand elle eut prononcé le mot fatidique, il la lâcha avec une certaine brusquerie et se laissa choir sur un divan. Seul le sens aigu de l'absurde l'empêchait de dire une fois encore ce qui était devenu son leitmotiv : « Ça ne peut pas continuer comme ça ! » Elle le savait… Et pourtant, ça continuait ! Voilà qui était pour lui un sujet de stupéfaction sans bornes : comment pouvait-il être assez stupide pour s'accrocher désespérément semaine après semaine en répétant comme un perroquet : « Maintenant ou jamais !… » sans que ce fût ni l'un ni l'autre ?

Dans son for intérieur, il était persuadé que Fleur ne verrait clair en elle que lorsque le « maintenant » serait consommé et cette conviction secrète l'incitait à la patience. Il éprouvait pour elle un sentiment d'une telle intensité qu'il en arrivait presque à la haïr pour son indécision. Mais là, il se trompait. Ce n'était pas exactement de l'indécision. Fleur désirait jouir du surcroît d'intérêt et de richesse que l'amour de Wilfrid apportait dans sa vie, mais sans courir de danger ni perdre quoi que ce fût. Cela lui paraissait tout naturel ! Cette infernale passion était la cause de tout le mal ! Elle n'en avait jamais demandé autant et ce n'était pas sa faute si Wilfrid avait un tempérament aussi excessif. Et pourtant... c'était bien agréable et très flatteur pour son amour-propre. Elle avait d'ailleurs la conviction intime qu'il serait très « vieux jeu » de sa part de repousser un amant... et de plus, la vie lui en devait bien un !

Délivrée, elle tapota sa robe et dit :

— Montrez-vous raisonnable. Qu'avez-vous écrit, dernièrement ?

— Ceci.

Fleur lut, rougit, se mordit les lèvres et dit :

— C'est terriblement amer.

— C'est terriblement vrai. Est-ce qu'il vous a demandé si vous me voyiez ?

— Jamais.

— Pourquoi ?

— Je ne sais pas.

— Que répondriez-vous s'il le faisait ?

Fleur haussa les épaules.

— C'est bien cela, votre attitude. Ça ne peut plus durer, Fleur, dit-il, d'une voix calme.

Il se tenait devant la fenêtre. Elle posa les feuillets sur son bureau et s'avança vers lui. Pauvre Wilfrid ! Maintenant qu'il paraissait assagi, elle le plaignait.

— Arrêtez ! s'écria-t-il soudain. Ne bougez pas ! Michael est là, dans la rue !

Elle recula, le souffle coupé.

— Michael ! Oh ! mais comment… comment a-t-il pu savoir ?

Farouche, Desert répondit :

— Le connaissez-vous si mal ? Supposez-vous qu'il serait venu s'il vous savait ici ?

Le visage de Fleur se crispa.

— Pourquoi est-il là, alors ?

— Il a probablement envie de me voir. Il a l'air de ne pouvoir se décider. Ne vous alarmez pas ; on ne le laissera pas entrer.

Fleur s'assit ; ses jambes flageolaient. Il lui sembla soudain que la glace qui la portait était d'une minceur effroyable… et l'eau d'une froideur mortelle !

— Vous a-t-il vu ? demanda-t-elle.

— Non.

Il pensa, dans un éclair : « Si j'étais une canaille, je forcerais la main à Fleur en avançant d'un pas et en faisant un signe… Dommage de ne pas être une canaille… du moins, à ce point ; les choses seraient tellement plus simples ! »

— Où est-il à présent ? interrogea Fleur.

— Il s'en va.

Elle poussa un profond soupir de soulagement.

— C'est étrange, n'est-ce pas, Wilfrid ?

— Vous ne croyez tout de même pas qu'il soit sans inquiétude ?

Fleur se mordit les lèvres. Il la raillait parce qu'elle n'aimait réellement aucun des deux. Quelle injustice ! Elle aurait pu aimer… Elle avait aimé… Wilfrid et Michael pouvaient aller au diable !

— Je voudrais n'être jamais venue ici ! dit-elle brusquement, et je ne reviendrai plus jamais.

Il alla jusqu'à la porte et l'ouvrit toute grande.

— Vous avez raison.

Fleur se tenait immobile, le menton appuyé sur son col de fourrure, ses yeux clairs fixés sur le visage de Wilfrid, un pli de révolte aux lèvres.

– Vous me croyez sans cœur, dit-elle lentement. Je le suis en ce moment. Au revoir.

Il n'eut ni un geste ni une parole ; il se contenta d'incliner la tête. Ses yeux avaient une expression tragique. Frémissante d'humiliation, Fleur s'en alla. Elle entendit la porte se refermer tandis qu'elle descendait l'escalier.

En bas elle s'arrêta, hésitante. Si Michael était revenu ?

Presque en face s'ouvrait la galerie d'art où, pour la première fois, elle les avait rencontrés, lui et… Jon. Si elle y entrait ? Au cas où son mari rôderait encore au bout de la petite rue, elle pourrait lui dire sans mentir d'où elle venait. Elle risqua un coup d'œil : personne ! Elle traversa en hâte l'étroite chaussée et pénétra sous la voûte. La galerie fermait dans une minute : il était presque quatre heures. Elle déposa un shilling et passa le tourniquet. Il fallait regarder un peu, par prudence. C'était l'exposition d'un seul peintre : Claude Brains. Elle donna un second shilling pour le catalogue et, en ressortant, se mit à le lire. « Numéro sept : *La Femme effrayée.* » C'était suffisant ; elle se dépêcha, le cœur plus léger, et prit un taxi pour être rentrée avant Michael. Elle se sentait soulagée, presque gaie maintenant qu'elle n'avait plus à évoluer acrobatiquement sur une glace trop fragile. Décidément, le jeu n'en valait pas la chandelle ! Wilfrid devait partir ! Pauvre Wilfrid ! Il avait eu tort de prendre ce ton persifleur. Que savait-il d'elle ? Personne ne la connaissait ! Elle était seule au monde…

Elle ouvrit la porte d'entrée avec sa clef : Michael n'était pas là.

Elle s'assit devant le feu du salon et prit le dernier roman de Walter Nazing. Elle lut trois fois la même page. Plus elle essayait de comprendre, moins elle y parvenait. C'était ce genre d'auteur qu'il faut parcourir en diagonale et se hâter d'abandonner. Les yeux de Wilfrid venaient s'interposer entre les mots et elle. La pitié ! Qui avait pitié d'elle ? Et pourquoi devrait-elle accorder sa pitié à autrui ? D'ailleurs, comme le disait Amabel, la pitié, ça faisait « peuple ». La situation exigeait le bon sens le plus inflexible. Mais les yeux de Wilfrid ! Eh bien… elle ne les verrait plus ! De beaux yeux quand il souriait ou quand – le plus souvent – il la dévorait du regard. Pauvre Wilfrid ! La pitié était peut-être « peuple », mais pas l'orgueil ! Sûrement pas ! Pouvait-elle supporter l'idée qu'il s'en allât convaincu qu'elle s'était amusée à le faire marcher, comme cela se pratique couramment en Amérique, d'après Walter Nazing ?

S'ils « sautaient le pas » une seule fois, ne serait-ce pas bien « dans le mouvement » ? Ne vivraient-ils pas là un épisode dramatique dont ils se souviendraient plus tard avec émotion, lui dans cet Orient dont il parlait toujours, elle dans cet Occident auquel elle était rivée ? Sur le moment, la séduisante éventualité souleva une bouffée d'enthousiasme dans l'organisme appelé Fleur, cet organisme trop harmonieusement proportionné pour posséder une âme, selon la théorie qui occupait les pensées de Michael.

Comme tous les enthousiasmes, celui-ci retomba vite. Et d'abord : était-elle sûre d'apprécier l'aventure ? Elle en doutait : n'était-ce pas suffisant d'avoir déjà dans sa vie un homme qu'elle n'aimait pas d'amour ? Ensuite, elle courait le risque d'être totalement annexée par Wilfrid. Certes, c'était un gentleman, mais, avant tout, un passionné : une fois qu'il aurait goûté à la coupe, y renoncerait-il de son plein gré ?

Mais surtout il y avait une incertitude physique née depuis deux ou trois semaines, qui attendait confirmation et lui faisait déjà éprouver une impression de gravité. Elle se leva, passa les mains sur tout son corps et eut un bref mouvement de recul à la pensée que Wilfrid eût pu la caresser de la sorte. Non ! Elle souhaitait son admiration, son amitié, mais pas à ce prix. Il lui fit soudain l'effet d'une bombe posée sur son sol de cuivre et, mentalement, elle se vit en train de le prendre et de le jeter par la fenêtre. Pauvre Wilfrid ! La pitié avait beau être « peuple », il n'était pas interdit de s'attendrir sur soi-même. Elle trouvait injuste d'avoir à le perdre et, avec lui, son idéal de la condition de la femme moderne, tel que le lui avait exposé un soir Marjory Ferrar, la belle Marjory Ferrar dont la chevelure d'or cuivré attirait tous les regards : « Mon ambition, ma chère, c'est d'être, en même temps et avec la même perfection, l'épouse d'un homme, la maîtresse d'un deuxième et la mère d'un troisième. C'est tout à fait réalisable… les Françaises y arrivent très bien. »

Mais était-ce aussi facile que Marjory voulait bien le dire ? Comment être parfaite pour Michael quand la moindre étourderie lui montrerait qu'elle était parfaite pour Wilfrid ? Comment être parfaite pour Wilfrid alors qu'elle lui plongerait un poignard dans le cœur chaque fois qu'elle serait parfaite avec Michael ? Et si… si son incertitude physique actuelle se muait en certitude, comment être une mère parfaite au moment ou elle torturerait deux hommes en leur mentant effrontément ? Pas facilement réalisable que ça, après tout !

— Si seulement j'étais tout à fait française ! soupira-t-elle.

Le bruit de la porte la fit sursauter et le responsable de sa demi-origine anglaise entra dans la pièce. Il avait le teint gris, comme s'il était accablé sous le poids de ses pensées. Il l'embrassa et s'assit devant le feu, l'air préoccupé.

— Vous couchez ici, papa ?

— Si c'est possible, murmura Soames. Les affaires…

— Des ennuis, papa chéri ?

Soames leva la tête, surpris.

— Des ennuis ? pourquoi ?

— Je l'ai cru à l'expression de votre visage.

Soames grogna :

— Cette Ruhr…

Puis il ajouta :

— Je t'ai apporté un tableau chinois.

— Oh ! papa ! comme c'est amusant !

— Ça ne l'est pas, dit Soames, c'est un singe qui mange un fruit.

— Mais c'est parfait ! Où est-il ? dans le hall ?

Soames inclina la tête.

Fleur revint, portant le tableau qu'elle dépouillait impatiemment de son enveloppe ; elle le posa sur le divan vert jade, s'éloigna et le contempla. Le grand singe blanc aux yeux bruns et obsédants qui semblait oublier soudain le fruit en forme d'orange pressé dans sa main crispée pour plonger son regard dans le vôtre, le fond de grisaille les morceaux d'écorce jonchant le sol, seules taches vives rompant la tonalité volontairement neutre, impressionnèrent instantanément la jeune femme.

— Mais papa, c'est un chef-d'œuvre ! Il doit appartenir à une excellente période !

— Aucune idée, dit Soames. Il faut que j'étudie les Chinois.

— Vous ne devriez pas me le donner ; il doit valoir des sommes folles. Gardez-le dans votre collection.

— Les vendeurs n'en savaient pas la valeur, poursuivit Soames avec un léger sourire qui éclaira son visage. Je l'ai payé trois cents livres ! Il sera plus en sécurité ici.

— Bien sûr qu'il sera en sécurité ! Mais pourquoi davantage ici ?

Soames se tourna vers le tableau.

— Je ne sais pas. Tout peut arriver maintenant que…

— Que quoi, papa chéri ?

— Est-ce que le vieux Mont vient ce soir ?

— Non, il est encore à Lippington Hall.

— Tant pis ! D'ailleurs, il n'est bon à rien.

Fleur lui prit la main et la serra :

— Racontez-moi.

Le cœur de Soames trembla d'émotion : elle voulait savoir ce qui le préoccupait ! Mais ses idées sur les convenances et la crainte de laisser voir son inquiétude l'empêchèrent de répondre.

— Rien que tu puisses comprendre, dit-il. Où vas-tu l'accrocher ?

— Là, je crois ; mais nous allons attendre Michael.

Soames marmonna :

— Je viens de le rencontrer chez ta tante. Est-ce en faisant des visites qu'il vaque à ses affaires ?

« Sans doute, pensa Fleur, ne faisait-il que passer en retournant à son bureau. Cork Street est plus ou moins sur le chemin. S'il s'est trouvé au bout de la rue, ça lui aura rappelé Wilfrid… et il avait peut-être à lui parler de ses livres. »

— Oh ! voilà Ting ! mon trésor !

Le pékinois, introduit, semblait-il, par la Providence, s'arrêta à la vue de Soames et leva vers lui son nez camus et ses yeux brillants. Il paraissait dire : « Ton expression me plaît ; nous appartenons tous deux au passé et nous pourrions chanter des cantiques ensemble, vieil homme ! »

— Drôle de petit chien ! dit Soames, il me reconnaît toujours.

Fleur le prit dans ses bras :

— Viens voir le nouveau singe, mon amour !

— Empêche-le de le lécher.

Fermement tenu par son collier vert jade et confronté avec un inexplicable panneau de soie fleurant bon le passé, Ting-a-Ling levait la tête de plus en plus haut, les narines dilatées ; il tira sa petite langue comme pour savourer les émanations de son pays.

— C'est un beau singe, n'est-ce pas, trésor ?

« Non, fit assez nettement Ting-a-Ling ; repose-moi par terre. » Dès qu'il fut sur le sol, il chercha, entre les carpettes, un endroit où le cuivre fût à nu et se mit à le lécher tranquillement.

— Mr Aubrey Greene, madame !

— Hum ! fit Soames.

Le peintre s'avança de son pas glissant, ses cheveux blonds soigneusement lissés en arrière, ses yeux verts embrassant la pièce du regard.

— Ah ! dit-il en désignant le plancher. C'est pour ça que je suis venu.

Étonnée, Fleur suivit la direction de son doigt.

— Ting ! fit-elle sévèrement, assez ! Il s'obstine à lécher le cuivre, Aubrey.

— C'est tout à fait chinois : ils font tout ce que nous ne faisons pas.

— Papa, je vous présente Aubrey Greene. Mon père vient de m'apporter ce tableau. N'est-ce pas une merveille ?

Le peintre s'immobilisa brusquement.

— Pfuitt ! fit-il.

Soames se leva. Il s'était attendu à des commentaires ironiques, mais l'exclamation involontaire du jeune homme trahissait une sorte de révérence, voire d'effroi.

— Sapristi ! dit Aubrey Greene, quels yeux ! Où l'avez-vous déniché, monsieur ?

— Il appartenait à un de mes cousins, un turfiste ; c'était son unique tableau.

— Un bon point pour lui ! Il devait avoir du goût !

Soames le regarda avec effarement. L'idée d'attribuer du goût à George le scandalisait ! Visité par une soudaine inspiration, il répondit vivement :

— Non ! Ce qui lui plaisait dans ce tableau, c'est le sentiment de malaise qu'il provoque.

— Cela revient au même. Je crois bien n'avoir jamais vu satire plus mordante de la vie humaine.

— Je ne vous suis pas, fit Soames d'un ton sec.

— Mais c'est une admirable allégorie, monsieur. Mangez les fruits de la vie, jetez-en l'écorce et faites-vous pincer par le premier flic venu ! Dans les yeux immobiles d'un singe, on peut lire toute la détresse humaine. Regardez-les ! Cet animal pense qu'il doit exister autre chose et il est désespéré, ou furieux, de ne pas l'avoir. C'est au British Museum que ce tableau devrait être, monsieur, sous ce titre : « La civilisation démasquée. »

— Eh bien, il n'y sera pas, dit Fleur, il restera ici et il s'appellera : *Le Singe blanc.*

— Ça revient au même.

— Le cynisme, lança brusquement Soames, ne mène à rien. Si encore vous disiez : « L'époque moderne démasquée ! »

— Je le dis aussi, monsieur, mais pourquoi se limiter ? Vous ne pensez pas sérieusement que notre époque soit pire qu'une autre ?

— Croyez-vous ? À mon avis, le monde a atteint son apogée dans les années 1880 et jamais plus il ne le retrouvera.

Le peintre regarda dans le vague.

— Voilà qui est extrêmement intéressant. Je n'étais pas né et je suppose que vous aviez alors à peu près mon âge actuel, monsieur. Vous croyiez en Dieu et vous voyagiez en *diligence.*

Ce mot « diligence » éveilla en Soames un souvenir qui lui sembla plein d'à-propos.

— Oui, dit-il, et je puis vous raconter une histoire de ce temps-là dont vous chercheriez en vain l'équivalent aujourd'hui. Lors d'un séjour en Suisse que nous fîmes avec nos parents, mes sœurs trouvèrent des cerises noires et s'aperçurent, après en avoir mangé une demi-douzaine, qu'elles étaient toutes véreuses. Un alpiniste anglais qui se trouvait là, les voyant bouleversées, ingurgita tout ce qui restait des cerises – environ un kilo –, vers, noyaux et tout, simplement pour rassurer mes sœurs ! Les hommes étaient ainsi, dans ce temps-là !

— Oh ! père !

— Il devait être amoureux d'elles, dit Greene.

— Non, répondit Soames, pas spécialement. Il s'appelait Powley et portait des favoris.

— À propos de Dieu et des diligences, j'ai vu un *hansom* hier, dit Aubrey Greene.

« C'eût été plus à propos si vous aviez vu Dieu », pensa Soames, mais il garda le silence, surpris par sa propre pensée : ce n'était pas le genre de visions qui lui étaient familières !

— Vous ne le savez peut-être pas, monsieur, mais la foi est plus fréquente à présent qu'avant la guerre ; les gens ont découvert qu'ils ne sont pas faits que de chair.

— Oh ! dit Fleur. Ça me rappelle, Aubrey : connaissez-vous des médiums ? Pourrais-je en faire venir un ici ? Sur ce revêtement de cuivre, avec Michael de l'autre côté de la porte, on serait sûr qu'il n'y aurait pas de truquage. Est-ce que ceux qui organisent des *séances* dans le noir vont en ville ? On dit qu'ils sont bien plus fascinants.

— Du spiritisme ! dit Soames. Pouah !

À elle seule, l'exclamation en disait plus qu'une demi-heure de commentaires.

Le regard d'Aubrey Greene glissa vers Ting-a-Ling.

— Je tâcherai de vous donner satisfaction si vous me prêtez votre pékinois demain après-midi pour une ou deux heures. Je vous le ramènerais en laisse et je le gâterais de toutes les façons possibles.

— Pourquoi en avez-vous besoin ?

— Michael m'a envoyé un petit modèle sensationnel. Malheureusement, cette jeune femme ne sait pas sourire.

— Michael ?

— Oui. Un genre tout nouveau… et j'ai un projet. Quand par hasard elle sourit, on dirait un rayon de soleil illuminant une vallée d'Italie ; mais si on veut la faire sourire sur commande, elle n'y arrive pas. J'ai pensé que votre chien l'y aiderait peut-être.

— Puis-je venir la voir ? demanda Fleur.

— Bien sûr. Amenez Ting demain. Si je parviens à la décider, elle posera nue.

— Est-ce que vous m'organiserez une *séance* de spiritisme si je vous prête Ting ?

— C'est entendu.

— Pouah ! fit de nouveau Soames.

Séances, soleil d'Italie, modèles !… Il était temps pour lui de reporter sa pensée sur Elderson, les mesures à prendre… au lieu d'écouter ces sornettes, alors que Rome était en feu !

— Au revoir, monsieur Greene, dit-il, je n'ai pas le temps…

— Je comprends, monsieur, dit Aubrey Greene.

« Je comprends, monsieur ! », répéta Soames intérieurement, en sortant de la pièce.

Lorsque Greene s'en alla à son tour quelques minutes plus tard, il croisa dans le vestibule une dame qui était en train de décliner son nom au domestique.

Restée seule un instant. Fleur passa les mains sur son corps pour la seconde fois. L'histoire du jeune modèle qui devait poser nue lui rappelait les dangers d'une conduite inconsidérée.

18

L'âme de Fleur

— Mrs Val Dartie, madame.

Ce nom, que même Coaker ne réussissait pas à estropier, fit à Fleur l'effet d'un pincement à la racine du nerf sciatique. Holly ! Elle ne l'avait pas revue depuis le jour où elle n'avait pas épousé Jon… Holly ! Que de souvenirs ! Wansdon, les Downs, la sablière, le verger, la rivière, le boqueteau de Robin Hill ! Non ! elle n'éprouvait aucun plaisir à revoir Holly… ce qui ne l'empêcha pas de s'écrier :

— Comme vous êtes gentille d'être venue !

— J'ai rencontré ton mari cet après-midi à Green Street et il m'a invitée. Quelle ravissante pièce !

— Ting ! viens que je te présente. Voici Ting-a-Ling. C'est un amour. Il n'est pas tout à fait dans son assiette à cause du nouveau singe. Que devient Val ? Et ce cher Wansdon ? Quelle paix merveilleuse il y régnait !

— C'est un paysage reposant. Je ne m'en lasse pas.

— Et… Jon ? demanda Fleur avec un rire bref.

— Il cultive des pêches en Caroline du Nord. Il n'a pas réussi en Colombie-Britannique.

— Il est marié ?

— Non.

— Il épousera sans doute une Américaine…

— Tu sais, il n'a pas encore vingt-deux ans !

— Mon Dieu ! s'écria Fleur. Est-il possible que je n'aie que vingt et un ans ? J'ai l'impression d'en avoir cinquante !

— C'est parce que tu mènes une vie très mondaine et que tu vois quantité de gens…

— Dont pas un ne m'est vraiment connu.

— C'est vrai ?

— Mais oui ! Ce n'est pas bien porté, figurez-vous ! Je veux dire que nous nous appelons par nos prénoms… mais ça ne va pas plus loin…

— Ton mari m'est très sympathique.

— Oh ! oui, Michael est un amour. Comment va June ?

— Je l'ai vue hier ; elle a naturellement adopté un nouveau peintre, Claude Brains ; je crois qu'il fait partie des vertiginistes.

Fleur se mordit la lèvre.

— Oui, il y en a beaucoup. June doit s'imaginer avoir mis la main sur le seul spécimen !

— Elle prétend que c'est un génie.

— Elle est étonnante.

— Oui, dit Holly, il n'y a pas plus fidèle qu'elle… aussi longtemps que ça dure. C'est comme l'élevage des volailles : une fois les petits hors de l'œuf… Tu n'as jamais vu Boris Strumolowski ?

— Non.

— Alors garde-t'en !

— J'ai vu le buste qu'il a fait d'un oncle de Michael. C'est de la sculpture tout à fait sage.

— Oh ! oui. Un jour, June l'a qualifiée d'« alimentaire » et Strumolowski ne le lui a jamais pardonné. En vérité, ce buste l'était ; mais dès qu'un de ses « canards boiteux » commence à gagner de l'argent, elle se met à en chercher un autre. Elle est adorable.

— Oui, murmura Fleur, j'aimais bien June.

Un autre flot de souvenirs submergea son esprit ; elle revit le salon de thé, la rivière, la petite salle à manger de June, la chambre de Green Street où elle avait changé sa robe de mariée sous le regard bleu de June… Elle s'empara du *Singe* et le tint à bout de bras.

— N'est-ce pas là le portrait de la Vie ?

L'aurait-elle dit si Aubrey Greene ne l'avait fait avant elle ? En tout cas, cela paraissait très vrai à ce moment-là.

— Pauvre animal ! dit Holly. Les singes me font toujours pitié. Je le trouve admirable.

— Oui. Je l'accrocherai ici. Si je peux en avoir encore un autre, cette pièce sera terminée ; malheureusement, l'art chinois est très en vogue en ce moment… Ce tableau est dû au hasard… la mort de George Forsyte… le turfiste, vous savez…

— Oh ! fit Holly doucement.

Elle revoyait les yeux moqueurs de son vieux parent, à l'église, le jour du mariage de Fleur ; elle l'entendait encore murmurer de sa voix enrouée : « Tiendra-t-elle tout le parcours ? » Tenait-elle bon, cette jolie pouliche ? « Je voudrais qu'elle puisse se reposer ; si seulement il y avait un désert à portée… » Impossible de poser une question aussi intime… Holly se réfugia dans une observation générale.

— Que pensez-vous de la vie à présent, vous, les jeunes gens à la mode, Fleur ? Quand on a vécu vingt ans en Afrique du Sud et qu'on n'a jamais été dans le mouvement, on se sent tout à fait en dehors de la vie.

— La vie ? Oh ! nous savons qu'elle passe pour être une énigme et nous avons renoncé à la résoudre. Nous nous contentons de vouloir nous amuser parce que nous croyons que rien ne peut durer. Mais nous ne savons pas comment nous y prendre : nous en sommes réduits à courir et à espérer… Évidemment, il y a l'art ; mais la plupart d'entre nous ne sont pas artistes… et puis, l'expressionnisme… nous nous en gargarisons, mais Michael dit que ça n'a pas d'entrailles et il doit avoir raison. Vous savez, je rencontre des tas d'écrivains et de peintres ; ils sont censés être amusants !

Holly écoutait, stupéfaite. Qui eût pu croire que cette jeune femme n'était pas dupe ? Elle voyait peut-être de travers, mais, en tout cas, elle voyait.

— En somme, tu as une belle vie ?

— J'aime m'emparer des choses agréables et des gens intéressants ; j'aime voir tout ce qui est nouveau et qui vaut la peine d'être vu ou qui semble tel sur le moment... mais voilà, justement : rien ne dure ! Je n'appartiens ni aux « Panjoie » ni aux « néocroyants »...

— Les « néocroyants » ?

— Oh ! vous n'êtes pas au courant ? C'est une sorte de guérison de soi-même par la foi ; pas exactement le « Dieu bon, bon Dieu » d'autrefois, mais un mélange de volonté, de psychanalyse et de cette croyance que tout ira bien si vous répétez inlassablement qu'il en sera ainsi. Vous avez dû rencontrer de ces gens-là ; ils sont terriblement sérieux.

— Je les connais, dit Holly : leurs yeux brillent...

— C'est possible. Je n'ai pas confiance en eux. Je ne crois d'ailleurs à rien ni à personne. Comment le peut-on ?

— Que fais-tu des gens simples, du travail ?

Fleur soupira.

— C'est possible. Ce qu'on peut dire de Michael, c'est que lui, au moins, n'est pas gâté. Si nous prenions le thé ? Du thé, Ting ?

Elle ouvrit la lumière et sonna.

Quand cette visiteuse inattendue fut partie, Fleur resta immobile devant le feu. Aujourd'hui, quand elle avait été si près de se donner à Wilfrid !... Ainsi, Jon n'était pas marié ! Ça ne changeait d'ailleurs rien. Les choses ne s'arrangeaient pas comme dans les romans ! De toute façon, le sentiment, c'était de la guimauve ; il n'y avait qu'à le supprimer. Elle secoua sa chevelure, alla chercher un marteau et un clou et se mit en devoir d'accrocher *Le Singe blanc*.

C'était entre les deux coffres à thé incrustés de nacre qu'il ressortirait le mieux. Du moment qu'elle ne pouvait avoir Jon, rien n'importait, – Wilfrid ou Michael, ou les deux, ou ni l'un ni l'autre ? Elle n'avait qu'à manger l'orange et en jeter l'écorce !

Tout d'un coup, elle s'aperçut de la présence de Michael ; il était entré très doucement et se tenait près du feu, derrière elle. Elle lui jeta un regard rapide et dit :

— J'ai reçu la visite d'Aubrey Greene qui m'a parlé d'un modèle que tu lui as envoyé, et ensuite, Holly… Mrs Val Dartie… elle m'a dit t'avoir rencontré. À propos, père nous a apporté ce tableau. Quelle merveille, n'est-ce pas ?

Michael demeura silencieux.

— Qu'est-ce qui ne va pas, Michael ?

— Rien, rien.

Il s'approcha du *Singe*. Fleur examina le profil de Michael ; instinctivement, elle le sentait changé. L'avait-il vue, en fin de compte, entrer chez Wilfrid ou sortir de chez lui ?

— Ça, c'est un singe ! dit-il. Au fait, aurais-tu par hasard des vêtements que tu puisses donner à la femme d'un pauvre diable ? rien de trop élégant.

— Mais bien sûr ! répondit-elle machinalement, tandis que son cerveau tournait comme un moteur emballé.

— Voudrais-tu les préparer, alors ? Je vais de mon côté faire un paquet de quelques frusques et on pourra les envoyer en même temps.

Oui, il couvait quelque chose ; son ressort semblait détendu. Un malaise s'empara d'elle. Michael sans entrain, c'était comme si le feu s'était éteint par un jour de grand froid… Et pour la première fois peut-être, elle se rendit compte que la gaieté de Michael avait pour elle une réelle importance.

Elle le regarda prendre Ting-a-Ling et s'asseoir, puis, passant derrière lui, elle s'inclina jusqu'au moment où ses cheveux frôlèrent la joue de Michael. Au lieu de lui rendre sa caresse, Michael resta immobile et le cœur lui manqua.

— Qu'est-ce qu'il y a ? demanda-t-elle, câline.

— Rien.

Elle le prit par les oreilles.

— Mais si. Tu dois avoir appris que je suis allée chez Wilfrid.

— Pourquoi pas ? fit-il d'une voix dure.

Elle lâcha prise et se redressa.

— J'y ai été uniquement pour lui dire que je ne pourrai plus le revoir. En prononçant ce demi-mensonge, elle eut l'impression de dire toute la vérité.

Il leva soudain les yeux sur elle et un frémissement parcourut son visage. Il la prit par la main.

— Ne t'inquiète pas, Fleur. Tu as le droit de faire ce que tu veux, tu le sais. Ce n'est que justice… Je crois que j'ai trop mangé au déjeuner. Fleur recula vers le milieu de la pièce.

— À ta manière, tu es un ange, dit-elle avec lenteur avant de s'en aller.

Le cœur lourd, elle monta trier son vestiaire.

19

Michael est « sonné » !

Après son infructueuse visite chez sa tante, Michael était revenu vers Piccadilly, puis, obéissant à l'attrait irrésistible qu'exercent sur les gens les endroits dangereux pour eux, il se dirigea vers Cork Street. Devant l'impasse où habitait Wilfrid, il s'immobilisa une minute.

« Non, finit-il par décider. Il y a neuf chances sur dix pour qu'il n'y soit pas et, s'il y est, quatre-vingt-dix-neuf sur cent pour que l'entrevue tourne mal. »

Il allait à pas lents vers Bond Street quand une petite femme toute menue, le nez plongé dans une brochure, sortit de l'impasse et vint se heurter à lui.

— Vous ne pouvez pas faire attention ? Oh ! par exemple, c'est vous ? Vous êtes bien le mari de Fleur Forsyte ? Je suis sa cousine June. Je crois l'avoir aperçue à l'instant.

Elle agita une main qui tenait un catalogue, comme un oiseau agite son aile.

— Elle est entrée dans une maison juste en face de ma galerie de tableaux, sans quoi, je lui aurais parlé. Ça m'aurait fait plaisir de la revoir.

« Dans une maison !... » Michael prit dans sa poche son étui à cigarettes et, le serrant très fort, il leva la tête. Les yeux bleus de la petite dame scrutaient son visage avec la plus franche curiosité.

— Êtes-vous heureux ensemble ? demanda-t-elle.

Une sueur froide perla sur le front de Michael. Il eut l'impression soudaine d'être plongé en pleine folie.

— Je vous demande pardon ? bégaya-t-il.

— J'espère que oui. Elle aurait dû épouser mon petit frère… mais j'espère quand même que vous êtes heureux. C'est une jolie fille.

Il succombait sous les coups qu'elle lui assénait avec une parfaite inconscience. Ses dents grincèrent et il demanda d'une voix morne :

— Votre petit frère ? qui était-ce ?

— Vous n'avez pas connu Jon ? Il était trop jeune, bien sûr, et elle aussi. Mais ils étaient fous l'un de l'autre… la brouille familiale les a empêchés de s'unir… Enfin ! tout cela c'est du passé… J'ai assisté à votre mariage. J'espère que vous êtes heureux. Avez-vous vu l'exposition de Claude Brains, dans ma galerie ? C'est un génie. J'allais entrer ici manger un gâteau ; accompagnez-moi. Vous devriez connaître son œuvre !

Elle s'était arrêtée devant une pâtisserie. Michael porta la main à sa poitrine.

— Je vous remercie, dit-il, je viens de prendre une brioche… deux même. Excusez-moi !

La petite dame lui saisit l'autre main.

— Alors, au revoir, jeune homme ! Je suis contente de vous avoir rencontré. Vous n'êtes pas beau, mais votre figure me plaît. Rappelez-moi à cette enfant. Vous devriez aller jeter un coup d'œil à Claude Brains. C'est un véritable génie !

Cloué devant la porte, il la regarda pivoter sur elle-même et entrer dans la boutique avec l'agitation fébrile d'un oiseau effarouché ; son apparition causa une certaine sensation parmi les clients en train de consommer. Il reprit ensuite sa route sans songer à allumer la cigarette qu'il avait glissée entre ses lèvres ; il se sentait pris de vertige, tel un boxeur qui vient d'encaisser deux coups, le premier lui ayant fait plier les genoux, le second l'ayant remis d'aplomb.

Fleur était chez Wilfrid, à cet instant, là-haut, peut-être dans ses bras… Il gémit au point de faire sursauter un passant. Non ! il ne pourrait jamais supporter cela ! Il partirait. Il avait cru à l'honnêteté de Fleur… et elle menait une double vie ! L'avant-veille encore, elle lui avait souri… Oh ! Dieu !

Il traversa la chaussée en courant et entra dans Green Park. Pourquoi ne s'était-il pas arrêté et laissé écraser ? Et le petit frère de cette toquée ? Jon ? La brouille de famille ?… Il n'était donc, lui, qu'un pis-aller, accepté sans le moindre amour ? Il se rappelait qu'elle lui avait dit, un soir à Mapledurham : « Revenez quand je saurai que je ne peux avoir ce que je désire. » Ainsi, c'était cela qu'elle avait désiré ! « Jon » !… Un expédient, voilà ce qu'il avait été pour elle ! Tout s'expliquait : un homme ou un autre, peu lui importait, pauvre petite ! Dire qu'elle ne lui avait jamais rien laissé soupçonner ! Était-ce de l'héroïsme ou de la traîtrise ? « Non, pensa-t-il, si elle m'en avait parlé, rien n'eût été changé : je l'aurais prise à n'importe quel prix. Elle a été chic de ne pas me mettre au courant. » Mais comment se faisait-il que personne n'en eût jamais soufflé mot devant lui ? Qu'est-ce que c'était que cette brouille de famille ? À part son beau-père, il ne voyait jamais les Forsyte, et le vieux Soames était plus muet qu'une carpe. Eh bien ! Il était sonné ! Et de nouveau, il gémit tout haut, dans la pénombre du parc.

La masse obscure de Buckingham Palace se profilait sur le ciel, énorme, sinistre… S'apercevant enfin qu'il avait une cigarette à la bouche, Michael s'arrêta pour craquer une allumette ; il aspira profondément la fumée et en éprouva un très léger réconfort.

— Vous n'auriez pas une cigarette à me donner, monsieur ?

Une silhouette au visage mélancolique se détachait à côté de la statue de l'Australie dont les formes opulentes formaient avec le passant un contraste si déprimant !

— Bien sûr, dit Michael, prenez-les toutes.

Il vida son étui dans la main de l'homme.

— Prenez l'étui aussi… un souvenir de Westminster… vous en tirerez trente shillings. Bonne chance !

Il pressa le pas, cependant qu'une voix faible le poursuivait :

— Hé ! monsieur !

La pitié : de la guimauve ! Le sentiment : de la bouillie pour les chats ! Qu'allait-il faire ? Rentrer chez lui et attendre que Fleur… en eût terminé avec ses occupations ? Ah ! non ! Il se dirigea vers Chelsea en martelant le sol de toutes ses forces. Des boutiques éclairées, le vaste et lugubre Eaton Square, Chester Square, Sloane Square, King's Road… il marchait toujours. Ah ! c'était pire que les tranchées, bien pire, cette jalousie sexuelle exacerbée et venimeuse ! Oui ! Et, sans ce second coup, il eût souffert davantage encore. Fleur avait été amoureuse de ce cousin, elle l'était peut-être encore, et Wilfrid ne lui était rien… Pauvre petite malheureuse ! « Et maintenant, pensa-t-il, comment va se dérouler la partie ? Le jeu de la vie… quand rien ne va plus, comment se joue-t-il ? À la guerre… comment s'en tirait-on ? On arrivait à un certain détachement de soi-même, on se résignait à un acquiescement sans révolte, à un certain fatalisme. Le jeu de la vie est-il si différent ? Ne faut-il pas se relever quand on a été jeté à terre ? Le monde est si vaste, et chaque individu si infime en comparaison ! Faut-il permettre à la passion, à la jalousie, de détruire l'esprit chevaleresque, comme le prétendent les Nazing, les Sibley, les Linda Frewe ? Le mot "gentleman" n'est-il plus qu'un fruit vidé de sa substance ? Doit-on se raidir dans sa dignité ou se laisser aller à gémir et se tordre de douleur ? Je ne sais pas, soupira-t-il, je ne sais pas ce que je ferai quand je la verrai… je ne sais pas du tout. »

Le bleu d'acier de la nuit tombée, les platanes dénudés bordant le large fleuve, l'air glacé le ramenèrent chez lui. Il ouvrit la porte d'entrée et, sans cesser de trembler, il pénétra dans le salon.

Quand Fleur monta, le laissant avec Ting-a-Ling, il ne savait toujours pas si oui ou non il la croyait. Du moment qu'elle lui avait caché cette autre chose aussi longtemps, elle était capable de cacher n'importe quoi ! Avait-elle compris ses paroles : « Tu dois faire ce qui te plaît, ce n'est que justice » ? Il les avait prononcées presque machinalement, mais elles étaient raisonnables. Si elle ne l'avait jamais aimé, si peu que ce fût, il n'avait donc jamais eu le droit de rien attendre d'elle ; il avait occupé la situation d'un homme qui reçoit des aumônes. Rien n'oblige quelqu'un à continuer ses aumônes, et rien n'oblige à les accepter… sauf la souffrance du désir ; ah ! cette souffrance, cette souffrance !

– Petit djinn ! Heureux petit crapaud ! Donne-moi un peu de ton contentement, atome chinois !

Ting-a-Ling leva vers lui ses boules de loto noires qui semblèrent dire : « Quand tu seras civilisé depuis aussi longtemps que moi… En attendant, gratte-moi la poitrine. »

Et, tout en grattant la fourrure fauve, Michael pensait : « Reprends-toi ! Au pôle Sud, l'explorateur ne geint pas à sa première tourmente de neige : "Je veux rentrer, je veux rentrer !" Il la supporte. Allons ! Il faut réagir ! » Il posa Ting-a-Ling par terre et se dirigea vers son cabinet. Un manuscrit l'y attendait, que les lecteurs de Danby et Winter avaient déjà jugé : « Sans valeur commerciale, mais ouvrage méritant examen. » L'examen incombait à Michael, et ce serait Danby qui refuserait d'éditer le livre en disant : « Écrivez-lui une lettre polie : "Nous avons lu votre œuvre avec un grand intérêt, nous regrettons de ne pas voir comment… nous espérons avoir l'avantage de prendre connaissance de votre prochain essai…" et ainsi de suite. »

Il alluma sa lampe de bureau et ouvrit un manuscrit qu'il avait déjà commencé.

« Pas de refuge, pas de refuge ; ils doivent vaincre ou mourir, ceux qui n'ont pas de refuge. » Cet inepte refrain des laquais noirs, dans *Polly*, occupait tout son cerveau. Nom d'un chien ! Il lui fallait pourtant lire et comprendre ! Il parvint quand même à terminer le chapitre, et la donnée du livre lui revint à la mémoire. Il s'agissait d'un homme qui avait été si vivement impressionné, dans son enfance, par la vue d'une domestique en train de changer de vêtements dans une chambre située en face de la sienne, que sa vie conjugale se passait à lutter contre la tentation de tromper sa femme avec ses bonnes. Son « complexe » venait d'être identifié et il était décidé à s'en libérer. Le reste du manuscrit allait sans doute exposer la façon de s'y prendre. Les détails physiques qu'il était, à présent, considéré comme si timide et si victorien d'omettre, étaient dépeints avec la conscience la plus minutieuse. Quel travail et quelle perte de temps pour le lecteur ! Freud ennuyait ferme le vieux Danby et, pour une fois, Michael ne regrettait pas de lui donner raison. Il remit les feuillets dans le tiroir. Sept heures ! Dirait-il à Fleur ce qu'il avait appris au sujet de ce cousin ? Pour quoi faire ? Rien ne pouvait remédier à ce passé. Si, du moins, elle disait la vérité à propos de Wilfrid ! Il s'approcha de la fenêtre : le ciel brillait de toutes ses étoiles au-dessus de la cour et du petit jardin. « Pas de refuge, pas de refuge ! Ils doivent vaincre ou mourir, ceux qui n'ont pas de refuge ! »

Une voix retentit derrière lui :

— Quand votre père vient-il à Londres ?

Le vieux Forsyte ! Dieu de Dieu !

— Demain, probablement, monsieur. Entrez donc ! Vous ne connaissez pas ma tanière, je crois.

— Non, dit Soames. C'est confortable. Des caricatures ! ça vous intéresse, cette médiocrité ?

— Mais ce n'est pas moderne, monsieur, c'est un art ressuscité.

— Ridiculiser son prochain… ça ne m'a jamais plu. La caricature ne fleurit que lorsque tout va mal et que les gens n'ont plus le courage de regarder droit devant eux.

— Parbleu ! voilà qui est bien dit ! Ne voulez-vous pas vous asseoir, monsieur ?

Soames s'assit et croisa les jambes, selon son habitude. Mince, gris, secret – un livre fermé, relié avec soin ! Quel pouvait être son complexe, à lui ? Quel qu'il pût être, il n'avait jamais dû l'exposer à personne. L'idée n'en venait même pas à l'esprit !

— Je ne reprendrai pas mon Goya, dit-il à brûle-pourpoint, considérez-le comme la propriété de Fleur. Du reste, si j'apprenais que vous vous intéressez à l'avenir, je prendrais des dispositions plus importantes. À mon avis, d'ici peu d'années, les droits successoraux seront prohibitifs.

Michael fronça les sourcils.

— Je voudrais que vous soyez convaincu une fois pour toutes, monsieur, que ce que vous faites, c'est uniquement pour le bonheur personnel de Fleur. En ce qui me concerne, je saurai vivre comme Épicure. Je peux me contenter de pain… en y ajoutant un morceau de fromage les jours de fête !

Soames leva vers lui un regard perspicace :

— Je le sais, dit-il, je l'ai toujours su.

Michael inclina la tête.

— Votre père doit être sérieusement touché par la baisse du prix de la terre.

— Il parle de chercher à s'occuper de savon ou d'automobiles. Mais je ne serais pas surpris de le voir contracter de nouvelles hypothèques et mener son train de vie habituel.

— Un titre sans domaine, dit Soames, c'est anormal. Il ferait mieux d'attendre ma mort, si toutefois je laisse quelque chose. Mais, écoutez-moi ; j'ai réfléchi. N'êtes-vous donc pas heureux ensemble que vous n'ayez pas d'enfants ?

Michael hésita.

— Je ne crois pas, dit-il lentement, que nous ayons jamais eu de désaccord ou rien qui y ressemble. J'ai été et je suis terriblement amoureux d'elle, mais vous avez dû savoir mieux que moi qu'il m'a seulement été donné de ramasser des débris.

— Qui vous a raconté cela ?

— Miss June Forsyte… aujourd'hui.

— Ah ! cette créature ! Il faut toujours qu'elle mette les pieds dans le plat ! Ce n'a été qu'une inclination d'enfants, terminée depuis des mois quand vous vous êtes mariés.

— Elle a été profonde, monsieur, dit Michael doucement.

— Profonde ? À cet âge ? Profonde ?...

Soames s'arrêta.

— Vous êtes un brave garçon ; je l'ai toujours su. Soyez patient ; voyez les choses de haut !

— Oui, monsieur, dit Michael, complètement immobile... si je peux.

— Elle est tout au monde pour moi, murmura Soames brusquement.

— Pour moi aussi, ce qui ne rend pas mon rôle plus facile.

Le pli entre les sourcils de Soames se creusa encore.

— Peut-être. Mais tenez bon ! Aussi doucement que vous voudrez, mais tenez bon ! Elle est jeune. Elle aime plaire ; ce n'est pas grave.

« Est-il au courant de l'autre histoire ? » se demanda Michael.

— J'ai mes ennuis personnels, continua Soames, mais ils ne sont rien auprès de ce que j'éprouverais si elle n'était pas heureuse.

Michael ressentit un élan de sympathie inusité à l'égard de ce personnage gris et renfermé.

— Je ferai de mon mieux, dit-il avec calme, mais par nature je ne suis pas un Salomon. Je ne fais pas le poids.

— Je n'en suis pas sûr, dit Soames, je n'en suis pas sûr, et en tout cas, un enfant serait une sorte d'assur...

Il buta contre le mot qui n'était pas précisément opportun en ce moment !

Michael se figea.

— Quant à cela, je ne peux rien dire.

Soames se leva.

— Non, dit-il tout pensif, je suppose que non... Il est l'heure de s'habiller.

S'habiller, dîner et, si l'on dîne, dormir. Dormir, rêver... et quels rêves pouvait-on faire ?

En allant à son cabinet de toilette, Michael rencontra Coaker qui avait un air sinistre.

— Qu'y a-t-il, Coaker ?
— Le petit chien, monsieur : il a vomi dans le salon !
— Sapristi !
— Oui, monsieur ; quelqu'un a dû l'y laisser tout seul. Il ne peut pas supporter qu'on le néglige, monsieur. Je le dis toujours : c'est un petit chien très convaincu de son importance.

Pendant le dîner, comme pris de remords pour leur avoir donné des conseils et deux tableaux valant des milliers de livres, Soames se lança dans un monologue semblable à ceux des beaux jours de James. Il parla des Français, de la chute du mark, de la hausse des consolidés, de l'obstination de Dumetrius, le marchand de tableaux, au sujet d'un paysage de Constable dont Soames avait envie et pour lequel Dumetrius demandait un prix exorbitant. Il évoqua les ennuis que les États-Unis se préparaient avec leur fichue prohibition. Ces Américains étaient des têtes de mule qui se jetaient aveuglément contre le premier obstacle venu. Soames ne buvait pour ainsi dire jamais, mais il lui plaisait de penser qu'il pourrait le faire s'il en avait envie. Cette interdiction tyrannique aurait, à son avis, pour résultat de rendre tout le monde alcoolique, là-bas. Quant à la Société des nations, un individu lui en avait rebattu les oreilles, ce matin, dans le train ; elle ne ferait jamais rien d'important, il en était certain. Elle n'abolirait ni le bolchevisme, ni les gaz asphyxiants. Ce ne serait que palabres et compromis économiques qui se seraient aussi bien conclus sans elle…

Soames, si taciturne, réussit à battre un record de loquacité, fort utile en cela aux deux jeunes gens qui ne demandaient qu'à le laisser parler pour être libres de penser à autre chose. La conduite de Ting-a-Ling alimenta ensuite la conversation ; Fleur croyait que le sol de cuivre était la cause de son accident ; Soames pensait qu'il avait dû manger quelque détritus indigeste, lors de sa promenade dans le square ; Michael suggéra que son vomissement n'avait été qu'une façon bien chinoise de protester contre l'absence de tout témoin de sa suffisance. En Chine, quatre cents millions de gens contemplent la suffisance les uns des autres ! Que ferait un Chinois soudainement transporté dans le désert de Gobi ? Évidemment, il aurait mal au cœur ! « Pas de refuge, pas de refuge ! Ils doivent vaincre ou mourir, ceux qui n'ont pas de refuge ! »

Quand Fleur se leva de table, les deux hommes sentirent qu'ils s'étaient assez vus pour quelque temps, et Soames dit :

— J'ai des comptes à faire ; je vais aller dans ma chambre.

Michael se leva.

— Vous ne préféreriez pas mon cabinet ?

— Non, répondit Soames, j'ai besoin de me recueillir. Dites bonne nuit à Fleur de ma part.

Michael resta seul à fumer devant les fruits de porcelaine. En voilà que le singe blanc ne pourrait ni manger ni dépouiller de leur écorce ! Les fruits de son existence leur ressembleraient-ils désormais ? Que faire ? Vivre en paria dans la même maison que Fleur ? Accepter d'être traité par elle comme un étranger, et un étranger indésirable de surcroît ? Fuir ? S'engager dans l'aviation ou dans les services de la protection de l'enfance malheureuse ? Lequel de ces maux était le moindre ?

La cendre de son cigare s'allongea, tomba, se reforma ; les fruits de porcelaine, luisants et multicolores, se moquaient de lui. La tête de Coaker apparut et se retira. « Le patron a le cafard. Brave type, le patron. »

Une décision l'attendait, il en était persuadé. Où ? Quand ? Il l'ignorait. Ce ne serait pas la sienne, mais celle de Fleur. Son esprit était dans une confusion trop douloureuse pour lui donner la moindre directive, mais Fleur saurait quel parti prendre. Elle seule possédait les éléments indispensables pour apprécier valablement Wilfrid, Jon, ses actes et ses sentiments personnels. Oui, une décision surviendrait. Mais de quel poids pèserait-elle dans un monde où la pitié était un sujet de dérision et où seule la philosophie chinoise semblait se révéler de quelque efficacité ? Ne pas vomir dans le salon, essayer de sauver la face, même en l'absence de tout témoin.

Il dormait dans sa chambre où régnait une semi-obscurité. Une forme blanche s'approcha du lit. Soudain, il se sentit enveloppé d'un parfum chaud et subtil et il entendit une voix murmurer à son oreille :

– Ce n'est que moi. Laisse-moi venir à côté de toi, Michael !

Une petite fille… une toute petite fille ! Michael lui tendit les bras et il fut submergé de blancheur et de tiédeur. Une masse de cheveux bouclés se pressa contre ses lèvres et la voix lui dit dans un souffle :

– Je ne serais pas là, Michael, si… si… s'il s'était passé quelque chose. Tu le sais bien !

Michael sentit son cœur battre à un rythme éperdu et il serra étroitement la jeune femme contre lui.

20

En tenue d'Ève

Cet après-midi-là, la chance souriait à Tony Bicket : il avait fait un repas de roi, le soleil brillait et ses ballons s'enlevaient comme des petits pains. Sur le chemin du retour, il se sentait l'âme d'un conquérant. Victorine aussi semblait plus animée que de coutume. Elle répondit au récit qu'il lui fit de son après-midi par la description du sien : une histoire fausse en échange d'une vraie ! Pas un mot de Danby et Winter, ni du peintre au sourire furtif, ni du Grand Marnier, ni de la pose « en tenue d'Ève » !

Elle n'éprouvait aucun remords ; c'était son secret ; sa surprise. Si les séances de pose (voire celles de nu intégral au sujet desquelles la jeune femme était encore partagée) lui permettaient de gagner le montant de leur voyage, eh bien, elle lui dirait qu'elle l'avait gagné aux courses…

— Est-ce que vraiment je suis si maigre que ça. Tony ? demanda-t-elle à son mari ce soir-là. Je voudrais tant grossir !

Bicket, encore bourrelé de remords de n'avoir pu partager son repas avec elle, lui assura (sans s'embarrasser de détails sur la façon dont il comptait obtenir ce résultat) qu'elle serait bientôt grasse comme une caille.

Tous deux rêvèrent de papillons bleus. Au réveil, un brouillard glacé les surprit ; frissonnants, ils déjeunèrent de cacao et de pain beurré à la lumière du gaz. Bicket n'avait pas fait dix mètres que Victorine ne pouvait déjà plus le distinguer. La rage au cœur, elle regagna sa chambre : qui donc achèterait des ballons par un temps pareil ! Tout plutôt que de laisser Tony continuer à passer ses journées debout sur un trottoir dans cette atmosphère irrespirable ! Elle se déshabilla et se lava minutieusement pour le cas où… Elle avait à peine achevé sa toilette que la propriétaire lui annonçait un commissionnaire. Il portait un énorme paquet au nom de Mr Bicket.

À l'intérieur, se trouvait un billet qu'elle lut : « Cher Bicket, voici les frusques promises. J'espère qu'elles vous rendront service. Cordialement à vous. Michael Mont. »

Elle remercia le gamin d'une voix tremblante et lui donna deux pence de pourboire. Il disparut dans le brouillard en sifflant comme un merle. Aussitôt, elle se jeta sur le colis. Une feuille de papier de soie séparait les vêtements d'homme de ceux qui lui étaient destinés. Elle en fit l'inventaire avec émerveillement. Un complet bleu, un chapeau de feutre taupé, des souliers marron, trois paires de chaussettes dont deux trouées, quatre chemises aux manchettes légèrement élimées, deux cravates noir et blanc, six cols passablement usagés, deux caleçons, un pardessus marron avec ceinture, maculé de deux ou trois belles taches ! Elle appliqua le costume bleu contre elle pour en apprécier la taille : il faudrait simplement raccourcir de sept à huit centimètres les manches de la veste et les jambes du pantalon. Elle fit une pile de tous ces articles et écarta le papier de soie avec une sorte de crainte respectueuse. Une robe en lainage tête-de-nègre garnie de petits boutons jaune clair… absolument intacte ! Comment pouvait-on se défaire d'une aussi jolie toilette ? Une toque de velours brun ornée d'une aigrette de plumes mordorées. (Elle s'en coiffa sur-le-champ.) Un corset rose à peine défraîchi avec jarretelles et garnitures de rubans assorties… adorable ! (Elle ne put résister à la tentation de l'essayer.) Deux paires de bas beiges ; des souliers marron ; deux combinaisons-culottes, un saut-de-lit. Un chemisier de soie blanche dont une manche était trouée, une jupe de toile mauve un peu décolorée, un petit pantalon de soie rose pâle. Et tout au fond, un long manteau brun foncé, très confortable, avec d'énormes boutons de jais et huit petits mouchoirs dans l'une de ses poches ; il s'en exhalait une odeur de géranium que Victorine respira avec délices.

Son esprit battait la campagne. Devant ses yeux éblouis se dressait un couple bien habillé, muni d'un trousseau complet et de tout l'équipement de voyage nécessaire… des papillons bleus… des flots de soleil ! Il ne leur manquait plus que le prix des billets… Soudain elle se vit nue, exposée au regard furtif du peintre. Et après !… Quelle importance ? La seule chose qui comptait, c'était l'argent.

La fin de la matinée se passa à travailler fébrilement : elle ajusta le costume de Tony, reprisa les chaussettes, rentra le bord élimé des manchettes. Puis elle mangea un biscuit, reprit une tasse de cacao (recommandé aux gens qui veulent grossir !) et attaqua le trou du chemisier blanc. Une heure sonna. Affolée, elle se déshabilla une nouvelle fois, enfila l'une des combinaisons-culottes, des bas, le corset… Soudain, prise d'une crainte superstitieuse, elle s'arrêta net. Non ! Elle remettrait la robe et le chapeau qu'elle portait hier ; quant au reste, elle le garderait précieusement jusqu'au jour où…

Elle courut prendre son autobus. Le sang lui battait aux tempes et, l'instant d'après, elle tremblait de tous ses membres. Peut-être lui donnerait-il encore un verre de cette délicieuse liqueur ; si seulement cela pouvait l'étourdir et la rendre indifférente à tout !

Deux heures sonnaient quand elle frappa à la porte de l'atelier. Il y régnait une chaleur délicieuse, beaucoup plus forte que la veille. Brusquement, elle comprit pourquoi. Devant le feu, il y avait une dame avec un petit chien.

— Miss Collins… Mrs Michael Mont qui veut bien nous prêter son pékinois, mademoiselle.

La dame – à peu près de son âge et tellement jolie ! – lui tendit la main. Une bouffée de géranium ! Les vêtements, c'était donc elle…

Incapable d'articuler un mot, elle serra la main offerte. Si cette dame devait rester, ce serait tout à fait impossible. Devant elle… si jolie… si admirablement habillée… oh ! non.

— Maintenant, Ting, sois sage et aussi drôle que tu peux l'être ! Au revoir, Aubrey ; bonne chance pour le tableau ! Au revoir, mademoiselle. Ce sera sûrement un chef-d'œuvre !

Elle était partie ! L'odeur de géranium s'atténuait ; le petit chien reniflait près de la porte. Le peintre tenait deux verres dans ses mains. Victorine avala le sien d'un trait.

— Pas trop nerveuse, mademoiselle, j'espère ? Vous trouverez là-bas tout ce qu'il vous faut. Vous verrez, vous n'y ferez bientôt plus attention… Je vous demanderai de vous allonger à plat ventre, appuyée sur les coudes, la tête légèrement tournée par ici, les cheveux aussi flous que possible et les yeux fixés sur cet os. Imaginez que c'est un faune ou quelque chose d'approchant. Le chien vous y aidera quand il se mettra à le ronger. Un *faune*, vous comprenez, pas un *faon* !

— Oui, articula faiblement Victorine.

— Encore un petit verre ?

— Oh ! oui, s'il vous plaît.

Il le lui apporta.

— Je vous comprends très bien, mais vous savez, au fond, c'est absurde. Devant un médecin, vous ne seriez pas gênée. Bon ! Vous voyez, je pose cette clochette par terre. Quand vous serez prête, agitez-la et je viendrai. Ce sera plus facile pour vous.

Victorine murmura :

— Vous êtes vraiment très gentil.

— Du tout. C'est naturel. Maintenant, voulez-vous vous préparer ? Le jour tombe vite. Nous avons dit quinze shillings par jour.

Victorine le vit passer derrière un paravent et elle regarda la clochette. Quinze shillings ! Plus quinze shillings ! Plus quinze shillings ! Beaucoup, beaucoup de fois quinze shillings avant de… ! Mais après… ? Fini pour elle les séances de pose et, pour Tony, les longues heures passées debout à essayer de vendre ses ballons ! Visiblement réconfortée par cette pensée, elle descendit de l'estrade comme un automate pour entrer dans la cabine du modèle. Là aussi, il faisait très bon ; un confortable peignoir de soie verte était posé sur une chaise. Elle retira sa robe et admira une fois de plus le beau corset rose. Savoir si Mr Greene ne préférerait pas… non ! Ce serait encore pire !… Un bruit parvint jusqu'à elle… Ting-a-Ling se plaignait d'être seul. Si elle tardait encore, jamais elle ne pourrait… Si seulement cette image d'un blanc d'ivoire pouvait aller sur l'estrade à sa place ! C'était terrible… terrible ! Elle ne pourrait pas… non ! Elle ne pourrait jamais ! Elle remit la dernière pièce de lingerie qu'elle venait d'enlever. Mais tout de même, quinze shillings ! Quinze shillings ! Elle eut soudain devant les yeux une vision qui la remplit d'un désespoir farouche : un dôme énorme et un Tony minuscule tenant à la main de tout petits ballons ! Il lui sembla qu'une carapace de métal venait lui enserrer le cœur comme une couche de glace recouvre une fenêtre en hiver. Puisque personne ne bougeait le petit doigt pour aider Tony, elle, elle agirait ! Elle se débarrassa rapidement de ses derniers vêtements et, paralysée de honte, elle émergea de la cabine « en tenue d'Ève » ! Ting-a-Ling, occupé à ronger son os, poussa un grognement hostile. Victorine prit la sonnette et s'étendit à plat ventre comme elle en avait été priée, les jambes relevées et croisées derrière elle, le menton appuyé sur la main. Elle agita la petite clochette. Jamais elle n'avait entendu carillon aussi infernal. Le petit chien réagit en jappant violemment… il avait vraiment l'air cocasse !

— Très bien, mademoiselle ! Gardez la pose !

Quinze shillings ! Quinze shillings !

— Tendez un peu les orteils du pied gauche. Parfait ! La carnation est admirable. Mais quelle barbe d'avoir à commencer par le commencement, mademoiselle ! Dessiner m'assomme. On ne devrait utiliser que le pinceau ; le sculpteur dessine avec son ciseau… du moins s'il s'appelle Michel-Ange… Quel âge avez-vous ?

— Vingt et un ans, répondit Victorine d'une voix méconnaissable tant elle semblait venir de loin.

— Moi, j'en ai trente-deux. Nous sommes nés si vieux, prétend-on, que le temps ne peut plus avoir de prise sur nous… Une génération de blasés. Je ne me rappelle pas avoir jamais cru à quoi que ce soit. Et vous ?

Victorine ne parvenait pas à rassembler ses idées, mais Greene, sans paraître le remarquer, continuait à monologuer.

— Nous ne croyons même pas à nos ancêtres et, néanmoins, nous recommençons à les imiter. Avez-vous entendu parler d'un livre qui a fait beaucoup de bruit, intitulé *La tortue qui sanglote* ? Eh bien, c'est du Sterne tout pur. Très habile, mais manquant totalement de sincérité. C'est là le drame résumé en deux mots : nous sommes tous des imposteurs… Très mauvais signe ! Tant pis ! Je vais faire du Piero Cosimo en mieux ! La tête légèrement plus haut, s'il vous plaît… relevez cette boucle qui me cache votre œil… merci. Ne bougez plus ! À propos, avez-vous du sang italien ? Quel était le nom de votre mère ?

— Brown.

— Ah ! on ne sait jamais avec les Brown ! Ça peut avoir été Brune ou Bruno ; mais vraisemblablement, elle devait être espagnole. Je crois que tous les habitants de Grande-Bretagne épargnés par les Saxons s'appelaient Brown. Non ! c'est de la blague ! Mais en remontant à Édouard le Confesseur, mademoiselle – ce qui ne fait que trente générations –, chacun de nous a un milliard soixante-quatorze millions cinq cent soixante-treize mille neuf cent quatre-vingt-quatre ancêtres, et la population de l'île comptait alors moins d'un million d'âmes ! Nos pedigrees sont comparables à ceux des chevaux de course ; malheureusement, nous ne sommes pas aussi agréables à regarder qu'eux. Vous du moins, mademoiselle, vous êtes un régal pour les yeux ; Mrs Mont aussi. N'est-ce pas qu'elle est jolie ? Regardez ce chien !

Ting-a-Ling, dressé sur ses pattes de derrière, retroussait les babines et lançait des regards féroces à Victorine.

— Il est drôle, dit-elle d'une voix toujours aussi lointaine…

Est-ce que Mrs Mont prendrait sa place s'il le lui demandait ? C'est elle qui serait un régal pour les yeux !… Mais une Mrs Mont n'avait que faire de quinze shillings !

— Êtes-vous à l'aise dans cette position ?

Alarmée, elle s'empressa de murmurer :

— Oh ! oui, merci.

— Vous avez assez chaud ?

— Oh ! oui, merci.

— Bon ! la tête encore un peu plus haute !

La situation perdait lentement son caractère d'extravagance abominable aux yeux de Victorine. Tony n'en saurait jamais rien et si un jour il l'apprenait, il ne devrait pas s'en formaliser. Quant à elle, elle resterait volontiers ainsi couchée toute la journée : quinze shillings, quinze shillings… ce n'était pas difficile ! Elle suivait des yeux les mouvements des doigts minces et agiles, les volutes de la fumée de sa cigarette, les mimiques du petit chien…

— Un moment de repos ? Vous avez oublié de prendre votre peignoir. Je vais vous le chercher.

Elle revêtit la douillette verte, délicieusement ouatinée, et s'assit au bord de l'estrade.

— Une cigarette ? Je vais faire du café turc. Vous devriez vous dégourdir les jambes.

Victorine obéit.

— Vous êtes jolie à damner un saint, mademoiselle. Il faudra que je fasse de vous un Mathew Maris, avec cette robe !

Le breuvage noir qu'elle but la surprit par son goût insolite, mais il lui donna une singulière impression de bien-être.

— On ne dirait pas du café, remarqua-t-elle.

Aubrey Greene leva les bras au ciel.

— Vous avez parfaitement raison. Les Anglais sont un grand peuple, indestructible ; sinon il y aurait belle lurette que leur café les aurait fait disparaître de la surface de la terre ! En voulez-vous un peu plus ?

— Oui, merci, dit Victorine.

Ces tasses étaient minuscules !

— On s'y remet ? lui demanda-t-il au bout de quelques minutes.

Elle s'allongea et retira la douillette.

— Très bien ! Laissez-la à côté de vous ; vous êtes couchée dans une herbe haute et ce vert facilite mon travail. Dommage que nous soyons en hiver : j'aurais loué un pré.

Elle avait la passion des fleurs. Quand elle était petite, elle allait faire des guirlandes de pâquerettes dans la prairie qui s'étendait derrière la loge de sa grand-mère à Norbiton. Sa grand-mère était gardienne. Tous les ans, elle allait y passer une quinzaine de jours ; elle se plaisait tellement à la campagne ! Mais il fallait toujours être habillée. On devait se sentir plus à l'aise sans rien sur soi… Y avait-il des fleurs en Australie centrale ? Avec ces papillons, il devait sûrement y en avoir ? Au soleil… elle et Tony… comme au paradis terrestre !…

— Merci ! ça suffira pour aujourd'hui. La demi-journée : dix shillings. Demain matin onze heures. Vous êtes un modèle de premier ordre, mademoiselle !

En remettant son corset rose, elle fut prise d'une sorte d'ivresse : elle avait remporté la victoire ! Tony n'en saurait jamais rien. Cette idée lui fit plaisir.

Quand elle revint, habillée, Aubrey Greene se tenait devant son œuvre.

— Ne regardez pas encore, mademoiselle ! Je ne veux pas vous démoraliser ! L'os de la hanche est un peu haut ; j'arrangerai ça. Excusez-moi si je ne vous serre pas la main ; elle est pleine de craie. Au revoir ? À demain, onze heures. Nous pourrons nous passer du chien. Veux-tu rester ici, toi !

Ting-a-Ling faisait mine de vouloir accompagner Victorine. Elle partit en souriant.

21

Soames prend l'affaire en main

Assis devant le feu de sa chambre à coucher, Soames avait médité jusqu'à ce que Big Ben sonnât douze coups. Ses réflexions l'amenèrent à la conclusion qu'en fin de compte il exposerait l'affaire au vieux Mont. En dépit de son incurable légèreté, c'était un gentleman, et la question était délicate. Il se coucha, s'endormit, mais se réveilla vers deux heures et demie. Ça recommençait !

« Je refuse d'y penser », se dit-il. Peine perdue !

Au cours d'une longue vie consacrée aux affaires, jamais il ne s'était trouvé dans une telle situation. La stricte observance de la loi – quelque discutable que fût bien souvent celle-ci – avait été la règle *sine qua non* de sa carrière. Dans son milieu, l'honnêteté passait pour la plus habile des politiques. Mais n'y avait-il rien d'autre ? Un homme normalement honnête ne réussirait jamais à échapper une seule semaine à un pénitencier modèle. Mais il faut dire que son pénitencier modèle n'aurait rien à voir avec la prison ni avec le tribunal des faillites. Le rôle de l'honnêteté appliquée était d'échapper à ces deux institutions. Jusqu'alors, il n'avait eu aucune difficulté à suivre cette ligne de conduite. Outre l'obligation de toucher ses jetons de présence et de boire son thé, quels étaient les devoirs d'un administrateur ? Et s'il y manquait, dans quelle mesure était-il responsable ? Toute la question était là. Si le devoir primordial était la droiture absolue, il ne pouvait pas rester en fonction, c'était clair et net, car il devait en premier lieu avouer aux actionnaires que rien ne justifiait les jetons de présence. Car enfin, que faisait-il dans tous ces conseils ? Mon Dieu ! Il s'asseyait, signait, échangeait quelques propos, approuvait ce que la tendance générale décidait d'approuver. Prenait-il la moindre initiative ? Pratiquement jamais ! Faisait-il des comptes ? Non, il lisait des comptes tout faits ! Vérifiait-il les entrées et les sorties de fonds ? Non, c'était le rôle des commissaires. Quant à la politique, la règle d'or d'un administrateur était de s'en tenir soigneusement à l'écart.

Dans son cas particulier, s'il avait fait son devoir dans cette affaire de contrats étrangers (dont il s'était méfié instinctivement dès le début), il en aurait exigé la cessation immédiate moins d'un mois après son entrée au conseil et, s'il ne l'avait pas obtenue, il aurait donné sa démission. Mais il ne l'avait pas fait. Les choses avaient paru s'arranger ! Ce n'était pas le moment ! Ainsi de suite… S'il avait respecté les impératifs de la plus scrupuleuse honnêteté, il ne serait jamais devenu administrateur de la S.P.R.P., parce qu'il aurait examiné la politique de la société beaucoup plus attentivement qu'il ne l'avait fait avant d'accepter un siège au conseil. Mais voilà ! À cheval donné, on ne regarde pas les dents ! Et puis les grands noms, le prestige… il s'était laissé entraîner ! Pour faire preuve maintenant d'honnêteté foncière, il se devait d'envoyer aux actionnaires une circulaire ainsi libellée : « Ma négligence vous coûte deux cent mille et quelques livres. Cette somme, déposée par mes soins entre les mains d'un fidéicommissaire, est à votre disposition. Pour ma part, je poursuis les autres administrateurs en paiement de leur quote-part. »

Mais il ne ferait rien de tel parce que… eh bien ! parce que ça ne se faisait pas… et que les autres administrateurs seraient furieux. Autrement dit : on attend que les actionnaires découvrent le gâchis tout en espérant qu'ils n'y verront que du feu. À l'instar du gouvernement, on embrouille toutes les questions et on s'efforce de tirer son épingle du jeu ! Soames pensa à l'Irlande avec une satisfaction ironique ! Le dernier gouvernement avait entraîné le pays dans des difficultés sans nom avec l'Irlande et s'était en fin de compte attribué le mérite d'avoir mis un terme à une situation qui n'aurait jamais dû exister. Même processus avec la paix, l'aviation, l'agriculture et l'Égypte (les cinq problèmes clefs avec l'Irlande). Chaque fois, les dirigeants s'étaient employés à remettre les marrons dans le feu. L'avaient-ils loyalement reconnu ? Jamais de la vie ! Ce genre d'aveu n'est pas de mise. On dit : « La conjoncture politique nous a placés dans l'obligation d'adopter cette ligne de conduite » ou, mieux encore, on ne dit rien, on fait confiance au caractère britannique…

Le menton reposant sur le drap, Soames se sentit momentanément soulagé. Les membres du dernier gouvernement dormaient d'un sommeil paisible, eux, il n'en doutait pas une seconde ! Tout en fixant des yeux les braises de la cheminée, il réfléchissait aux inégalités et aux injustices de l'existence. Dire que tous les individus au gouvernement ou dans les affaires passaient leur temps à évoluer sur un terrain glissant et se voyaient élevés à la pairie sans broncher, alors que lui, Soames, se trouvant dans une situation analogue pour la première fois en cinquante années de vie professionnelle, subissait toutes les affres de sa conscience !… L'art d'abrutir la masse, d'échapper aux conséquences légales de ses actes, était élevé à la hauteur d'un véritable culte dans ce milieu – culte dont lui, homme du monde et homme de loi, ignorait tout, à sa secrète satisfaction d'ailleurs. De par sa prudence naturelle et une certaine fierté qui ne manquait pas de noblesse, Soames refusait de s'abaisser au niveau des pratiques douteuses selon lesquelles étaient régies les affaires en Grande-Bretagne. Pour tout ce qui touchait à l'argent, il était et avait toujours été d'une rigidité puritaine. L'argent est l'argent, une livre est une livre, inutile de prétendre le contraire et de vouloir, en même temps, conserver le respect de soi-même.

Il se leva, but un verre d'eau, respira profondément à plusieurs reprises et tapa du pied. Qui donc lui avait dit, l'autre jour, que rien ne lui avait jamais fait perdre cinq minutes de sommeil ? Il fallait vraiment être un pachyderme ou le baron Münchhausen soi-même !...

Il prit un livre mais son esprit ne faisait qu'inventorier les valeurs réalisables qu'il possédait. En dehors de ses tableaux, sa fortune ne pouvait se monter à moins de deux cent cinquante mille livres ; Fleur était déjà plus ou moins pourvue, et il versait à sa femme une pension très suffisante pour lui permettre de vivre en France. Quant à lui-même, de quoi avait-il tellement besoin ? Une chambre au cercle, près de chez Fleur. Il serait tout aussi heureux, peut-être davantage ! Et soudain, il s'aperçut qu'il avait enfin trouvé le moyen d'échapper à son malaise et à son anxiété : en imaginant le pire, sa ruine, il avait exorcisé le démon. *La tortue qui sanglote*, dont il n'avait pas lu un traître mot, lui tomba des mains : il dormait.

Sa rencontre avec le vieux Mont eut lieu au Snook's Club tout de suite après le déjeuner. En passant dans le hall, il jeta un coup d'œil sur les nouvelles télégraphiques ; le mark continuait sa chute vertigineuse ; il ne vaudrait bientôt plus rien du tout.

Le baronet, en train de siroter son café, parut à Soames d'une bonne humeur outrageante. Il y avait deux chances contre une pour qu'il ne se fût aperçu de rien.

Sans préambule, il attaqua :

— Comment allez-vous, Mont ? Le mark ne vaut plus rien. Vous rendez-vous compte que nous avons fait perdre à la S.P.R.P. environ un quart de million grâce à ces opérations avec l'étranger soutenues par Elderson ? Il est fort possible que nous soyons poursuivis pour avoir pris un risque qu'aucun élément ne justifiait. Mais la raison pour laquelle je suis venu vous trouver est la suivante.

Sans quitter un instant des yeux son interlocuteur, il lui rapporta alors sa conversation avec l'employé Butterfield. Il acheva son récit en demandant :

— Qu'en pensez-vous ?

Sir Lawrence, dont le pied était agité de mouvements frénétiques qui se communiquaient à tout le corps, ajusta son monocle et répliqua :

— Hallucination pure, mon cher Forsyte ! Je connais Elderson depuis toujours. Nous étions à Winchester ensemble.

Toujours le même refrain ! Bon Dieu ! Soames reprit en pesant ses mots :

— Ça ne veut rien dire. À Marlborough, j'ai connu un homme qui, plus tard, est parti avec la caisse du mess et la femme du colonel et a fait fortune au Chili dans les conserves de tomates... L'affaire se réduit à ceci, Mont : si ce jeune homme dit la vérité, nous sommes entre les mains d'un forban. Il est temps d'agir, Mont ! Voulez-vous l'entreprendre pour voir comment il réagit ? Vous n'aimeriez pas être compromis dans une vilaine histoire, n'est-ce pas ? Et si nous y allions ensemble ?

— Oui, fit sir Lawrence brusquement, vous avez raison. Nous irons tous les deux, Forsyte. C'est désagréable, mais il le faut. Elderson a le droit d'être mis au courant des charges qui pèsent sur lui.

— Nous y allons tout de suite ?

— Tout de suite.

Ils coiffèrent leur haut-de-forme avec solennité et sortirent.

— Prenons un taxi, Forsyte.

— D'accord, acquiesça Soames.

La voiture se fraya lentement un chemin le long des lions de Trafalgar Square et roula à toute vitesse en direction des quais. Côte à côte, les deux passagers regardaient droit devant eux.

— Nous étions à la chasse il y a juste un mois ! dit sir Lawrence. Connaissez-vous le cantique *Ô Dieu qui nous protégeas autrefois* ? Un très beau cantique, Forsyte.

Voilà que le vieux Mont recommençait à jacasser ! Soames se dispensa de répondre.

— Nous l'avons chanté ce dimanche-là, reprit le baronet. Elderson avait une belle voix dans le temps ; il exécutait même des solos. Maintenant on dirait une trompe de brume, mais sa diction est toujours parfaite.

Il eut un petit rire hennissant.

« Est-ce que cet hurluberlu sera jamais capable de prendre quelque chose au sérieux ? » se demanda Soames tout en poursuivant :

— Si nous découvrons que ce que l'on nous a raconté sur Elderson est vrai et que nous le cachions, nous risquons tous de passer aux assises.

Sir Lawrence réajusta son monocle et s'exclama :

— Nom d'un chien !

— Qui de nous deux prendra la parole ? interrogea Soames.

— Il vaut mieux que ce soit vous, Forsyte. Peut-être devrions-nous faire venir le jeune homme ?

— Nous verrons bien, répondit Soames.

Ils montèrent aux bureaux de la S.P.R.P. et entrèrent dans la salle du conseil. Il n'y avait pas de feu ; la longue table était nue ; un vieil employé, qui se traînait comme une mouche sur une vitre, remplissait les encriers à l'aide d'une grande bouteille.

Soames lui dit :

— Priez l'administrateur délégué d'avoir la bonté de venir voir sir Lawrence Mont et Mr Forsyte.

Le vieil employé cligna des yeux, posa sa bouteille et quitta la pièce.

— Maintenant, dit Soames à voix basse, il s'agit de garder notre sang-froid. Il niera tout, bien entendu.

— Je l'espère, Forsyte, je l'espère bien. Elderson est un gentleman.

— Il n'y a pas plus menteur qu'un gentleman, murmura Soames.

Après cet échange de propos, ils restèrent devant la cheminée vide, en pardessus, l'œil rivé sur leurs chapeaux posés sur la table.

— Une minute ! fit soudain Soames.

Il traversa la salle et ouvrit une porte. Là, ainsi que l'avait dit le jeune employé, se trouvait une sorte de vestibule séparant la salle du conseil du bureau de l'administrateur délégué avec, à l'autre bout, une porte donnant sur le couloir principal. Il revint sur ses pas, ferma la porte, rejoignit sir Lawrence et se remit à contempler les chapeaux.

— La topographie des lieux est exacte, dit-il lugubrement.

L'entrée de l'administrateur délégué fut marquée par le bruit que fit le monocle de sir Lawrence en heurtant un bouton de son pardessus.

Vêtu d'une jaquette noire, rasé de près, des poches assez prononcées sous ses yeux gris, le teint rose, chaque cheveu bien à sa place sur un crâne en forme d'œuf et passablement dégarni, les lèvres tantôt serrées et tantôt souriantes, l'administrateur rappelait absurdement à Soames son oncle Nicholas. Oncle Nick était habile, « l'homme le plus astucieux de Londres », disait-on de lui – mais jamais personne n'avait mis son honnêteté en doute. Soames se sentit envahir par le dégoût de sa tâche ; quelle monstruosité que d'avoir à porter une telle accusation contre un homme de son âge et de son éducation ! Mais il revit le jeune Butterfield avec ses yeux de chien, si honnêtes… Inventer une chose pareille, était-ce concevable ?

Il demanda brusquement :

— Cette porte est-elle bien fermée ?

— Oui. Sentez-vous un courant d'air ? demanda l'administrateur délégué. Désirez-vous que je fasse allumer du feu ?

— Non, merci, répondit Soames. Venons-en au fait, monsieur Elderson : un jeune employé est venu me raconter hier une histoire bien étrange. Nous avons pensé, Mont et moi, qu'il était de notre devoir de vous en parler.

Accoutumé à regarder les gens dans les yeux, Soames crut voir une pellicule, semblable à la taie qui recouvre l'œil du perroquet, voiler les prunelles d'Elderson. Ce ne fut d'ailleurs qu'une impression fugitive… et peut-être trompeuse.

— Vous avez eu entièrement raison.

Très calme, avec cette maîtrise de soi dont il avait toujours fait preuve dans les circonstances les plus critiques, Soames répéta presque mot pour mot un récit qu'il avait appris par cœur au cours de ses insomnies. Il conclut en disant :

— Je pense que vous tiendrez à voir ce jeune homme. Il s'appelle Butterfield.

Pendant que Soames parlait, sir Lawrence n'avait cessé d'examiner ses ongles ; à la fin, il dit :

— Il fallait vous mettre au courant, Elderson.

— Naturellement.

L'administrateur délégué se dirigea vers la sonnette. Le rose de ses joues paraissait plus vif ; un rictus menaçant découvrait ses dents.

— Faites venir Mr Butterfield.

Une minute s'écoula pendant laquelle chacun des trois hommes s'efforça d'éviter le regard des deux autres. Butterfield parut enfin, toujours aussi convenable et neutre d'aspect, les yeux rivés sur le visage de l'administrateur. Soames eut un bref remords de conscience : ce garçon prenait un risque capital ! Il appartenait à la nombreuse armée des gens qui ne gagnent leur pain qu'à force d'effacement et de respectabilité ; au moindre faux pas, des centaines d'autres étaient prêts à prendre sa place. Quelle était donc cette rengaine d'un acteur de province qui amusait tant le vieil oncle Jolyon ? « Comme un pâle martyr dont la chemise brûle… »

— Ainsi, monsieur Butterfield, vous avez eu la bonté d'exercer votre imagination à mon sujet ?

— Non, monsieur.

— Vous maintenez donc cette histoire fantastique d'écoute aux portes ?

— Oui, monsieur.

— Dans ce cas, nous n'avons plus besoin de vos services, vous pouvez disposer !

Les yeux de chien fidèle du jeune homme scrutèrent désespérément le visage de Soames; sa gorge se contracta, ses lèvres remuèrent sans laisser filtrer le moindre son. Il se retourna d'un seul bloc et quitta la pièce.

— L'affaire est réglée! fit la voix de l'administrateur délégué. En voilà un qui ne retrouvera jamais d'emploi!

Le ton venimeux de ces paroles fît à Soames l'effet d'une odeur de graillon. Instantanément, il se cabra. « C'est à voir », pensa-t-il.

Pour se montrer si implacable, Elderson devait être ou innocent ou acculé au désespoir. Quelle hypothèse était la vraie?

L'administrateur délégué poursuivit:

— Je vous remercie de m'avoir prévenu, messieurs. Il y a déjà quelque temps que j'ai ce garçon à l'œil. C'est un élément indésirable.

D'un ton sévère, Soames demanda:

— Mais qu'a-t-il à gagner, selon vous, par ses accusations?

— Comme il prévoyait son renvoi, il a voulu me jouer un mauvais tour avant.

— Je comprends, dit Soames.

Mais c'était là pure concession verbale. Par la pensée, il revoyait la scène qui s'était déroulée dans son bureau: Gradman en train de se frotter le nez et hochant sa tête grise et Butterfield disant: « Non, monsieur, je n'ai rien contre Mr Elderson et il n'a rien contre moi. » « Il faudra que je me renseigne davantage sur ce jeune homme », songea-t-il.

— J'ai réfléchi à ce que vous avez dit hier, monsieur Forsyte, à propos de la plainte dont les membres du conseil pourraient être l'objet. Ça ne tient pas: notre politique a été exposée en détail aux actionnaires au cours de deux assemblées générales et elle n'a pas été critiquée. Les actionnaires sont solidaires des administrateurs.

— Hum! fit Soames en prenant son chapeau. Vous venez, Mont? Sir Lawrence sursauta comme si son nom lui parvenait de très loin et il rajusta fébrilement son monocle.

— Toute cette affaire est extrêmement pénible. Ne nous en veuillez pas, Elderson : nous devions vous mettre au courant. Je ne pense pas que ce garçon jouisse de toutes ses facultés… je lui ai trouvé un drôle d'air. Au revoir, Elderson !

Les deux hommes remirent simultanément leurs chapeaux et s'en allèrent ensemble. Ils marchèrent quelque temps en silence, puis sir Lawrence dit :

— Butterfield ? Mon beau-frère a eu un jardinier du même nom. C'était un très brave homme. Nous devrions peut-être nous occuper de ce garçon, Forsyte.

— Je m'en charge, affirma Soames.

— Tant mieux ! Le fait est… quand on a fréquenté la même école que quelqu'un… ça crée tout de même des liens… vous savez…

Soames se laissa aller à un brusque accès de colère :

— De nos jours, je crois qu'on ne peut plus se fier à personne ! Ça provient… enfin, je ne sais pas d'où ça provient… Mais en ce qui concerne cette affaire, je vous affirme que je n'ai pas dit mon dernier mot !

22

Le limier

Le Hotch Potch Club avait été fondé aux environs de 1860 par une bande de jeunes gens très introduits dans les milieux politiques et mondains. Il leur servait d'antichambre décente avant leur admission au Snook's, au Remove, au Wayfarers', au Burton, à l'Ostrich Feathers et autres clubs de choix. Grâce à un chef cuisinier de premier ordre qui avait été engagé dès le début, il s'était acquis une renommée des plus distinguées. Néanmoins, l'étonnante diversité de ses membres justifiait toujours le sens littéral de l'appellation d'origine (le hochepot est un ragoût de viandes mélangées) et constituait pour Michael son principal attrait. Depuis Walter Nazing et la faune des pseudo-littérateurs et des soi-disant hommes de théâtre qui allaient à Venise pour se livrer à des expériences amoureuses en gondole jusqu'aux généraux d'opérette qui siégeaient dans des conseils de guerre pour condamner à mort les hommes ayant cédé aux faiblesses passagères de la nature ; depuis Wilfrid Desert (qui n'y venait plus) jusqu'à Maurice Elderson (assidu à la salle de jeu), il pouvait y rencontrer tous ses contemporains et prendre ainsi la température de l'époque.

C'est à quoi il s'occupait au fumoir du Hotch Potch en cette fin d'après-midi, le surlendemain du jour où Fleur l'avait rejoint dans son lit, quand on vint le prévenir :

— Un certain Mr Forsyte vous demande dans le hall, monsieur. Ce n'est pas celui qui est venu ici pendant des années, jusqu'à sa mort. C'est son cousin, je crois.

Sachant pertinemment qu'aucun de ses compagnons du moment n'inspirait à son beau-père la moindre sympathie (et réciproquement), Michael alla rejoindre Soames qu'il trouva en train de se peser sur la balance automatique.

— Je n'ai pas pris un gramme, dit-il en levant les yeux. Comment va Fleur ?

— Très bien, merci, monsieur.

— Je couche à Green Street. Je suis revenu en ville à cause d'un jeune homme auquel je m'intéresse. Auriez-vous un poste vacant dans votre maison pour un garçon habitué à manipuler les chiffres ? Je lui cherche une place.

— Entrez ici, monsieur, dit Michael en le précédant dans une petite salle.

Soames le suivit et regarda autour de lui.

— Comment baptisez-vous cette pièce ?

— « La tombe », parce qu'elle est agréable et tranquille. Un verre de sherry ?

— Du sherry ! répéta Soames. Vous autres, jeunes gens, vous croyez l'avoir découvert ! Quand j'étais gamin, il ne serait venu à l'idée de personne de dîner sans accompagner son potage d'un verre de sherry sec et son entremets d'un vieux sherry de derrière les fagots !

— Je vous crois aisément, monsieur. Il n'y a rien de nouveau sous le soleil ! Tout est un éternel recommencement. Venise, par exemple, n'était-elle pas déjà à la mode ? Et le tricot ? Et les droits d'auteur ? Votre protégé s'est-il fait mettre à la porte ?

— Oui, répondit Soames en le regardant bien dans les yeux. Il s'appelle Butterfield et il a un besoin urgent de travailler.

— C'est terriblement difficile en ce moment ; tous les jours, nous recevons des demandes d'emploi. Ne me prenez pas pour un poseur si je vous dis que l'édition est un métier très spécialisé. Les livres…

— Il me paraît capable, ordonné, correct ; je ne vois pas ce que vous pouvez exiger d'autre d'un employé. Il a une belle écriture et, autant que j'en puisse juger, il est franc.

— C'est important, bien sûr, dit Michael, mais saurait-il mentir à l'occasion ? Vous comprenez, il y aurait peut-être une vacance parmi les placiers pour vendre des éditions spéciales. Pourriez-vous me donner quelques renseignements supplémentaires ? Ce qui est humain doit entrer en ligne de compte, bien sûr… mais pas pour le vieux Danby ! Il ne sera d'aucune utilité de l'en informer.

— Eh bien ! il… il… il a fait son devoir… à l'encontre de son intérêt personnel. Pour lui, c'est la catastrophe. Il est marié et il a deux enfants, paraît-il.

— Bon Dieu ! si je lui dénichais un emploi, est-ce que… est-ce qu'il continuerait à faire son devoir, croyez-vous ?

— Je parle sérieusement, dit Soames. Je me sens responsable du sort de ce garçon.

— Bon, dit Michael d'un ton pensif. La première chose à faire dans ce cas est de lui trouver un emploi immédiatement. Pourrais-je le rencontrer ?

— Je lui ai dit de venir vous voir ce soir après dîner. J'ai pensé que vous préféreriez avoir avec lui un entretien privé avant d'envisager la possibilité de le prendre dans votre maison.

— C'est très délicat de votre part, monsieur. Cependant, ne croyez-vous pas qu'il serait bon que je sache quelle sorte de devoir il a rempli ? Tout à fait entre nous, bien entendu. Sans quoi, je risque de mettre les pieds dans le plat.

Soames regarda longuement ce visage où la bouche s'ouvrait largement ; pour la énième fois, il le trouvait plutôt sympathique. C'était une physionomie qui respirait l'honnêteté et attirait la confiance.

— Eh bien, dit-il en s'approchant de la porte pour vérifier l'opacité de la vitre, étant donné qu'il s'agit d'une affaire pouvant conduire à une plainte en escroquerie, il faut, pour vous comme pour moi, que vous observiez une discrétion absolue.

Et à voix basse, il lui raconta toute l'histoire.

— Ainsi que je m'y attendais, conclut-il, le jeune homme est revenu me voir ce matin. Naturellement, il est effondré. Je ne veux pas le laisser tomber. Tant que je n'ai pas tiré l'affaire au clair, je ne peux encore décider d'aller plus loin. (Soames hésita ; il lui répugnait d'invoquer un mobile vertueux.) Je... c'est dur pour lui : il gagnait trois cent cinquante livres.

— Affreusement dur en effet ! reconnut Michael. Vous savez, Elderson fait partie de ce club !

Soames regarda la porte avec une inquiétude renouvelée et dit :

— C'est vrai ? Vous le connaissez donc ?

— J'ai joué au bridge avec lui et il m'a plumé. C'est un sacré joueur !

— Ah ! fit Soames qui ne touchait jamais à une carte. Il m'est impossible de prendre ce jeune homme dans mes bureaux pour des raisons évidentes, mais je sais que je peux compter sur vous.

Michael porta la main à son front.

— C'est beaucoup d'honneur pour moi, monsieur ! Protéger les malheureux et jouer les détectives par-dessus le marché, ça me va ! Je le verrai ce soir et je vous communiquerai ce que je pourrai manigancer.

Soames acquiesça d'un signe de tête. Grand Dieu ! pensa-t-il, quel jargon !

Cette conversation eut l'heureux résultat d'arracher Michael à ses préoccupations personnelles. Son tempérament le portait à prendre déjà le parti du jeune Butterfield. Il alluma une cigarette et pénétra dans la salle de jeu où il s'assit sur le haut garde-feu. La pièce était carrée ; trois tables à jeu y étaient placées de biais par rapport aux murs et trois triangles de joueurs les occupaient.

« Si seulement le quatrième joueur se tenait sous la table, le dessin serait parfait, se dit Michael. C'est parce que le mort se balade que les cubes sont dérangés. »

Avec une certaine émotion, il remarqua qu'Elderson était parmi les morts. Impassible et attentif, il s'apprêtait à couper l'extrémité d'un cigare.

Quels livres hermétiques sont donc les visages ! Chacun d'eux contient des pages et des pages de pensées, de projets, d'idées, de passions, d'espérances et de craintes et puis, la mort arrive… *Floc !…* une créature disparaît, écrasée comme une mouche sur un mur, et personne ne peut plus voir le mécanisme en miniature qui l'animait et l'aidait à atteindre ses buts, bons ou mauvais, échappant désormais à toute appréciation. Comme il est difficile de juger. Les visages sont des masques ambigus. Elderson, par exemple… était-ce un malhonnête homme ou un agneau de Dieu qui n'en avait pas l'air ? « Il me donne l'impression d'être un homme à femmes, pensa Michael, mais je me demande bien pourquoi ! »

Il tendit les mains derrière lui vers le feu et les frotta l'une contre l'autre. Quand on est incapable de savoir ce qui se passe dans l'esprit de sa propre femme, sous son propre toit, comment diable pourrait-on déchiffrer le visage d'un étranger, et qui plus est d'un gentleman anglais dans les affaires, l'un des mécanismes les plus secrets du monde ?

Si seulement la vie était comme dans *L'Idiot* ou *Les Frères Karamazov* où les gens déballent à tue-tête leurs pensées les plus intimes ! Si seulement les salles de jeu des clubs portaient tant soit peu à l'épilepsie ! Non, hélas ! Le monde est plein de merveilleux secrets que chacun garde jalousement pour soi !

Un valet de pied entra, regarda le feu, demeura un moment immobile avec autant d'expression qu'une cigogne, dans l'attente d'un ordre qui vînt rompre le silence bourdonnant de la salle, puis il sortit. La mécanisation… partout le règne de la machine ! À profusion, des moyens si perfectionnés pour échapper à la vie que celle-ci finit par disparaître complètement ! « L'ensemble de l'existence, se dit-il, me fait penser à un homme qui s'adresserait à lui-même une lettre recommandée ! C'est peut-être mieux ainsi... La vie est-elle une bonne chose ?... Qui peut répondre ? Est-ce que j'accepterais de la revivre dans toute son horreur, comme à la guerre ? »

Elderson s'était rassis et Michael voyait le derrière de sa tête qui ne révélait rien. « Je ne suis pas un vrai détective, pensa-t-il, le fait que sa raie ne se prolonge pas jusqu'à sa nuque devrait signifier quelque chose... »

Il descendit du garde-feu et rentra chez lui.

Pendant le dîner, il se surprit à jeter sur sa femme des regards inquisiteurs et il en fut rempli de honte. Le détective perçait en lui ! Et pourtant, comment ne pas avoir envie de connaître les véritables sentiments de celle qui tenait son cœur comme un accordéon, le faisait grincer et gémir à son gré ?

— J'ai vu le modèle que tu as envoyé à Aubrey hier, dit-elle ; elle n'a rien dit au sujet des vêtements, mais quelle allure elle a ! et quel visage ! Où l'as-tu dénichée, Michael ?

Il se demanda s'il pourrait la rendre jalouse et la bassesse de cette pensée le choqua. C'était mesquin et moche.

— Elle a débarqué dans mon bureau à l'improviste, dit-il. C'est la femme d'un petit emballeur qu'on a surpris, euh... à barboter des livres. À présent, il vend des ballons. Ils sont complètement fauchés !

— Je m'en doute. Savais-tu qu'Aubrey allait la faire poser nue ?

— Non ! c'est vrai ? Je m'étais dit qu'elle ne ferait pas mal sur une jaquette de livre. Est-ce que tu crois que je dois parler à Aubrey ?

Fleur sourit.

— Ça lui rapportera davantage et ça la regarde, après tout. Qu'est-ce que ça peut te faire, à toi ?

La même pensée l'effleura de nouveau et il se sentit submergé de dégoût.

— Rien du tout, bien sûr. Mais son mari est un bon petit bougre malgré ses chapardages et je ne voudrais pas le voir encore plus malheureux.

— Elle ne le lui dira pas, sois tranquille !

Ces paroles, prononcées avec tant de naturel et de simplicité, révélaient avec une clarté aveuglante toute une attitude d'esprit. On ne raconte pas à son compagnon ce qui risque de le peiner, l'infortuné ! Au frémissement des paupières diaphanes, il comprit que Fleur s'était aperçue qu'elle s'était trahie. Profiterait-il de cette faille pour la pousser jusque dans ses retranchements ? Lui rapporterait-il ce que June lui avait appris ? S'expliqueraient-ils une bonne fois pour toutes ? Mais dans ce cas, qu'y aurait-il de changé ? L'en aimerait-elle davantage ? Le seul résultat risquait d'être un surcroît d'exaspération pour elle et, pour lui, la certitude de s'être volontairement privé de toutes ses chances en s'aventurant sur un terrain dangereux. Non ! La sagesse était d'adopter la règle de discrétion que s'imposait Fleur et dont elle lui avait fait la révélation malgré elle. Il fallait serrer les dents et continuer à sourire.

— Je crains qu'il ne la trouve un peu maigre, murmura-t-il.

Fleur avait les yeux fixes et brillants et, de nouveau, la honteuse pensée refit surface : « Pourrai-je la rendre… »

— Je ne l'ai vue qu'une fois, ajouta-t-il, et elle était habillée.

— Tu sais, Michael, je ne suis pas jalouse.

« Non, pensa-t-il, et comme je le regrette ! »

Les mots : « Un dénommé Butterfield demande à vous voir, monsieur » lui firent l'effet d'une clef ouvrant la porte d'un cachot.

Dans le vestibule, le dénommé Butterfield était occupé à regarder Ting-a-Ling.

« À voir ses yeux, il est plus chien que ce petit djinn ! » pensa Michael.

— Montons dans mon cabinet, dit-il, il fait froid ici. Mon beau-père m'a dit que vous cherchiez une situation.

— Oui, monsieur, répondit le jeune homme en le suivant dans l'escalier.

— Asseyez-vous et prenez une cigarette. Allons-y. Je connais l'affaire. Votre moustache me montre que vous avez fait la guerre comme moi ! Alors, entre camarades, dites-moi si votre histoire est bien vraie ?

— La vérité pure, monsieur. Et je le regrette assez. Je n'avais rien à gagner et tout à perdre ; j'aurais mieux fait de me taire. C'est sa parole contre la mienne, et me voilà à la rue. C'était ma première place depuis la guerre, de sorte que pour les références, je peux me fouiller.

— Une femme et deux enfants, n'est-ce pas ?

— Oui, et je les ai mis dans le pétrin pour satisfaire ma conscience. C'est la dernière fois qu'on m'y prend, je vous le garantis. Qu'est-ce que ça pouvait me faire, à moi, que la société soit volée ? Ma femme a raison ; j'ai été idiot, monsieur.

— Probablement, répondit Michael. Vous y connaissez-vous en livres ?

— Oui, monsieur. Je sais tenir des livres de comptes.

— Aie ! aïe ! aïe ! Et notre maison qui veut s'en débarrasser ! Nous sommes éditeurs et nous songions à engager un voyageur de plus. Avez-vous le don de la persuasion ?

Le jeune homme eut un sourire.

— Je ne sais pas, monsieur.

— Eh bien ! écoutez, dit Michael, conquis par l'expression de ses yeux. C'est uniquement une question de bagou. Bien sûr, ça ne s'apprend pas tout seul. J'imagine que vous n'êtes pas grand lecteur ?

— Pas trop, monsieur.

— Ce n'est peut-être pas plus mal. Votre rôle consisterait à persuader les pâles crétins qui vendent des livres que chacun des titres de votre liste – environ trente-cinq – est indispensable à leur commerce à un grand nombre d'exemplaires. C'est une chance que vous veniez d'envoyer bouler votre conscience parce qu'en vérité la plupart de ces ouvrages ne sont nullement nécessaires. Je crains qu'il n'existe pas de « cours de persuasion » que vous puissiez suivre, mais vous devez pouvoir imaginer le genre de topo à faire. Si vous voulez venir ici une heure ou deux cette semaine, je vous mettrai au courant des auteurs pour vous préparer à affronter Peter.

— Peter, monsieur ?

— Le grand manitou. Une chance que ce soit Mr Winter et non Mr Danby. Je crois pouvoir obtenir de lui qu'il vous engage à l'essai pour un mois.

— Je ferai de mon mieux, monsieur. Ma femme s'y connaît en livres ; elle m'aidera. Je ne peux pas assez vous remercier de votre bonté. J'étais complètement démoralisé de me retrouver sans travail ; avec deux enfants, je n'ai rien pu mettre de côté. Pour moi, c'est la fin de tout…

— Allons, du cran ! Venez demain soir à neuf heures et je vous bourrerai le crâne. Je crois que vous avez la tête de l'emploi ; il ne vous reste qu'à en apprendre le jargon. Il n'y a guère qu'un livre sur vingt qui soit vraiment utile ; les autres sont du superflu. Votre boulot consistera à faire croire que les dix-neuf premiers sont nécessaires et le vingtième un superflu indispensable. C'est comme pour la nourriture, la mode et tout ce qui constitue la civilisation.

— Oui, monsieur, je comprends très bien.

— Bravo. Bonne nuit et bonne chance !

Michael se leva et lui tendit la main. Le jeune homme la prit et s'inclina pour lui adresser un petit salut à la fois cocasse et cérémonieux. Une minute après, il était dans la rue et Michael, resté seul dans le vestibule, ironisait sur son propre compte : « Nous voilà en pleine guimauve ! J'ai complètement oublié que je devais jouer les détectives. »

23

Le visage

Quand Michael s'était levé de table, Fleur s'était levée aussi. Bien que deux jours se fussent écoulés depuis sa visite à Wilfrid, elle n'avait pas encore recouvré son entrain. La dégustation vorace de cette huître qu'est la vie, le tressage en guirlandes des fleurs les plus rares de Londres qui lui maintenait le rose aux joues, tout cela avait perdu sa fraîcheur et ne servait plus à rien. Les chocs subis pendant les trois heures passées à Cork Street, joints à ceux qui l'attendaient dans son propre salon, l'avaient si profondément ébranlée qu'elle ne se sentait plus de goût pour rien. La plaie rouverte par Holly s'était presque refermée. Mieux vaut un âne vivant qu'un lion mort ! Pourtant, elle n'arrivait pas à reprendre possession de… de quoi ? c'était là toute la question. Depuis deux jours, elle essayait en vain de la résoudre.

Michael demeurait étrange, Wilfrid perdu, Jon enterré vivant et rien ne semblait nouveau sous le soleil…

Le seul objet qui lui apportât quelque satisfaction pendant ces journées sinistres, vidées d'illusions, était le nouveau tableau qui ornait son salon, *Le Singe blanc.* Plus elle le regardait, plus il lui paraissait chinois. Il symbolisait à ses yeux cette vérité cruelle qui commençait à se faire jour dans son subconscient, à savoir que son agitation, son instabilité, sa fuite éperdue vers l'avenir prouvaient en fait qu'elle ne croyait à rien, hormis au passé. L'époque actuelle en était arrivée à une telle démesure qu'il lui fallait nécessairement revenir à ses ancêtres pour retrouver une certitude fondamentale. Pareille à un petit poisson aux vives couleurs qui délaisse la tiédeur de sa baie abritée pour une eau inconnue et glaciale, Fleur sentait une subtile nostalgie l'envahir.

Seule avec ses pensées dans sa salle à manger espagnole, elle regardait fixement les fruits de porcelaine qui luisaient, froids et incomestibles. Elle en prit un dans sa main. C'était donc cela, le « fruit de la passion » ! Hélas ! misérable passion ! Elle le laissa retomber sur la pyramide qu'il vint heurter avec un bruit sourd et elle eut un frisson. Ses baisers avaient-ils su aveugler Michael ? L'aveugler pour lui cacher quoi, au juste ? son inaptitude à la passion ? « Mais je n'en suis pas incapable ! pensa-t-elle ; un jour, je le lui montrerai, à lui et à eux tous… » Elle leva les yeux sur le Goya placé en face d'elle. Quelle impression d'énergie indomptable émanait de cette peinture ! Quelle flamme brûlait dans les yeux noirs de cette grande dame au maquillage outré ! En voilà une qui savait ce qu'elle voulait et qui était farouchement déterminée à se battre pour l'obtenir. Dédaigneusement, elle rejetait les compromis, les tergiversations, les heures perdues à discuter du sens et de la valeur de l'existence. Pour l'orgueilleuse créature, rien d'autre ne comptait que de vivre intensément par amour pur et simple de la vie.

Fleur posa les mains sur l'endroit où finissait sa chair et où commençait sa robe. Son corps n'était-il pas ferme et souple ? N'était-elle pas mille fois plus jolie que l'Espagnole au visage méchant, avec ses yeux noirs et ses belles dentelles ?

Elle tourna le dos au portrait et sortit dans le vestibule. La voix de son mari lui parvint ; il descendait l'escalier en parlant avec quelqu'un. Elle regagna rapidement le salon et prit le manuscrit d'un recueil de poèmes que Michael lui avait demandé de lire. Elle s'assit, mais demeura aux aguets, incapable de déchiffrer un mot. Allait-il la rejoindre ? La porte d'entrée claqua : il était sorti ! Un soulagement… et néanmoins, une impression de froid… Si Michael ne devait plus animer la maison de sa chaude gaieté, la vie perdrait toute couleur… Elle se pelotonna sur le divan et s'efforça de lire. Mornes poèmes en vers blancs… une pensée creuse, introspective à l'excès, uniquement centrée sur les mesquines préoccupations de l'auteur ! Ni souffle ni rythme ! Minable ! Il lui semblait avoir déjà lu ça une bonne douzaine de fois !

Elle resta étendue dans une immobilité parfaite à écouter siffler et crépiter les bûches. « Si l'électricité n'était pas allumée, pensa-t-elle, je m'endormirais. »

Elle éteignit et revint s'allonger sur le divan. Elle se voyait, tel un personnage de tableau à la lueur du feu : solitaire, jolie, pathétique, entourée de tout ce qu'elle pouvait désirer et, en fait, au comble du dénuement. Sa lèvre fit une moue. Elle distinguait parfaitement son ingratitude d'enfant gâtée. Et le pire, c'est qu'elle continuait à se regarder en train d'agir ainsi… une quintessence de raffinement moderne, une vision à trois niveaux si subtilement séparés et étanches qu'elle ne pouvait échapper à cette fascinante contemplation. Si seulement un souffle pouvait pénétrer chez elle, venu de l'extérieur froid et désordonné, venu de la désolation sauvage d'un Londres dont elle arrachait les fleurs.

La lueur douce et changeante des flammes éclairait tour à tour telle partie, tel recoin du salon chinois, comme sur le plateau d'un théâtre au cours d'une de ces scènes pleines de séduction et de mystère où le spectateur attend anxieusement au son des tambourins le prochain rebondissement de l'intrigue. Elle prit une cigarette et se vit l'allumer, exhaler la fumée : doigts à demi recourbés, lèvres entrouvertes, bras blanc et rond.

Oui, quel ravissant sujet de tableau elle faisait ! Après tout, n'était-ce pas là ce qui comptait le plus ? Être décorative… incarner la beauté au sein d'un monde qui en était cruellement dépourvu !

Monnaie de billon contenait un poème où, dans une chambre éclairée par la lueur vacillante des flammes, une capricieuse colombine était assise près du feu tandis qu'un arlequin rôdait au-dehors, tel *Le Spectre de la rose*.

Soudain, une violente douleur lui étreignit le cœur, une douleur précise, insupportable. Elle se laissa glisser devant le feu et enfouit son visage contre Ting-a-Ling. Celui-ci leva la tête ; ses yeux noirs brillaient d'un étrange éclat dans le rougeoiement des flammes. Il lui lécha la joue et se détourna. Pouah ! de la poudre de riz !

Fleur restait allongée sur les coussins, telle une gisante. Et derrière ses paupières closes, elle se regardait une fois encore, elle admirait la courbe de sa hanche, le reflet mordoré de ses cheveux courts, elle entendait le battement régulier de son cœur. Elle avait tort de rester ainsi inactive ! Elle s'imagina en train de faire des choses extravagantes, soignant des femmes malades et des bébés faméliques, prononçant un discours au Parlement, participant à une course d'obstacles, buttant les navets en culotte bouffante… Et toujours si décorative ! Tant qu'elle ne pourrait pas s'arracher à cette contemplation d'elle-même, elle ne ferait rien, elle le savait, car rien ne valait alors la peine d'être tenté. Et pourtant, renoncer à se regarder vivre serait pour elle pire que tout ! Mais le fait même d'éprouver ce sentiment revenait à se reconnaître définitivement captive.

Ting-a-Ling grogna et leva le museau vers la fenêtre. Il semblait dire : « Tout ce qui se passe à l'extérieur de ce salon nous indiffère… Ne venez pas troubler notre quiétude… qui que vous soyez… vous, les intrus du dehors ! »

Et de nouveau, il fit entendre un grognement sourd et prolongé.

— Qu'est-ce qu'il y a, Ting ?

Ting-a-Ling se dressa sur ses pattes de derrière, le museau dirigé vers la fenêtre.

— Tu veux sortir ?

« Non », gronda-t-il. Fleur le prit dans ses bras.

— Ne sois pas si bête !

Elle s'approcha de la fenêtre. Les rideaux étaient fermés ; bien épais, doublés de soie chinoise, ils abolissaient la nuit.

D'une main, Fleur les entrouvrit et recula brusquement : contre la vitre s'appuyait un visage, les yeux clos, comme s'il se tenait là depuis longtemps. Dans l'obscurité, les traits étaient flous ; on distinguait à peine une vague pâleur. Elle sentit Ting-a-Ling se raidir dans ses bras ; elle comprit son silence. Son cœur battait à grands coups. C'était une vision d'épouvante, ce visage sans corps ! Soudain, le front s'éloigna du carreau, les yeux s'ouvrirent, et elle reconnut… le visage de Wilfrid ! Pouvait-il la voir, lui ? La voyait-il le regarder du salon obscur ? Tremblant de tous ses membres, elle referma le rideau. Allait-elle lui faire signe ? Le laisser entrer ? Le rejoindre ? Le renvoyer ? Son cœur battait à se rompre. Depuis combien de temps était-il là, tel un fantôme ? Que lui voulait-il ? Elle lâcha Ting-a-Ling et, pressant ses mains contre son front, elle essaya de voir clair dans la confusion de son esprit. D'un mouvement brusque, elle s'avança et écarta les rideaux. Plus de visage ! Plus rien ! Il était parti ! Il n'y avait personne dans le square sombre et balayé par le vent ! Avait-il jamais été là ? Avait-elle rêvé ? Mais Ting-a-Ling ? Un chien n'a pas de visions. Il était retourné s'installer près du feu.

« Ce n'est pas ma faute, se dit-elle avec emportement. Je n'y suis pour rien. Je ne voulais pas de son amour. Je ne voulais que son… son… »

Elle se laissa tomber devant le feu.

— Oh ! Ting ! console-moi !

Mais le pékinois, préoccupé, ne répondit pas.

24

Le chapeau de gendarme

Après avoir manqué à son devoir de détective à l'égard du jeune Butterfield, Michael hésita un instant dans le vestibule, puis, au lieu de remonter, il sortit sans bruit. Il longea le Parlement et s'achemina vers Whitehall.

À Trafalgar Square, il se rappela qu'il avait un père ; Bart pouvait se trouver soit au Snook's Club, soit au Coffee House, soit à l'Aéroplane. « Il me changera les idées », songea-t-il, et il se rendit au plus moderne de ces trois établissements.

— Oui, sir Lawrence Mont est dans le salon, monsieur.

Il était assis, les jambes croisées, une cigarette entre les doigts, attendant un interlocuteur éventuel.

— Ah ! Michael ! Peux-tu me dire pourquoi je viens ici ?

— Pour attendre la fin du monde ?

Sir Lawrence eut un petit rire.

— C'est une idée ! Quand les cieux détruiront la civilisation, c'est ici l'endroit de Londres où l'on sera le mieux informé. Le désir d'assister à la mort est peut-être l'une des passions dominantes de l'homme, Michael. Il me déplairait de sauter sur une bombe, surtout pendant la digestion, mais il me déplairait bien plus encore de manquer le prochain spectacle, s'il doit vraiment être réussi. Les raids d'avions étaient une distraction de choix, somme toute.

Michael poussa un soupir.

— Oui, dit-il, pendant la guerre, nous avions pris l'habitude de penser à la fin du monde ; et puis la paix est revenue, et la fin du monde reste suspendue au-dessus de nos têtes comme une épée de Damoclès. Nous n'aurons pas de cesse tant qu'elle ne sera pas survenue. Puis-je prendre un de vos cigares, père ?

— Je t'en prie ! J'ai relu Frazer. C'est extraordinaire de voir à quel point toutes les superstitions disparaissent maintenant que nous avons atteint cette ultime vérité, à savoir que la lumière ne prévaudra jamais.

Michael, sur le point d'allumer son cigare, s'arrêta :

— C'est bien là votre conviction ?

— Que peut-on croire d'autre ? Qui peut aujourd'hui douter qu'avec l'aide de la machine l'entêtement de l'homme provoque sa perte ? Les événements récents nous imposent cette conclusion inéluctable. *Per ardua ad astra.* Nous verrons les étoiles en recevant de grands coups.

— Mais il en a toujours été ainsi et nous sommes encore vivants !

— On le dit, mais je n'en suis pas certain. J'imagine qu'en réalité nous sommes morts, Michael, et que nous ne vivons que dans le passé. Je suis convaincu que nous doutons de l'existence de notre avenir. Nous en parlons, mais nous ne le souhaitons pas vraiment. Derrière nos protestations, notre subconscient se livre à des déductions : étant donné le gâchis que nous avons fait depuis dix ans, il y a toutes les chances pour que ce soit bien pire encore au cours des trente prochaines années.

Michael s'assit et s'écria :

— Quel prophète de malheur vous faites, Bart !

Sir Lawrence sourit.

— Je serais bien aise de penser que les hommes ont sérieusement foi en l'humanité, mais tu sais bien qu'il n'en est rien. Ils n'ont qu'une double hantise : découvrir sans cesse du nouveau et n'en faire qu'à leur tête. À de rares exceptions près, ce sont encore des singes, surtout les scientifiques ; et quand on met de la poudre et des allumettes enflammées entre les pattes des singes, ils se font sauter pour s'amuser. Les singes ne sont inoffensifs que lorsqu'on les prive des moyens de ne pas l'être.

— C'est réconfortant ! dit Michael.

— Pas plus réconfortant que les circonstances ne le permettent, mon cher enfant. J'ai réfléchi. Il y a parmi les membres de ce club un homme de grand talent qui connaît un moyen de destruction vingt fois supérieur à ceux dont on s'est servi pendant la guerre. Le gouvernement l'a à l'œil. Il contribuera, avec d'autres hommes de valeur, français, allemands, américains et russes, à faire l'Histoire. À eux tous, ils réaliseront quelque chose de sensationnel qui réduira toutes les performances accomplies jusqu'ici par l'homme à l'état de chapeau de gendarme. À propos, Michael, voici le nouvel emblème de l'*Homo sapiens* : le chapeau de gendarme.

— Et que comptez-vous faire en ce qui concerne ledit homme de valeur ? demanda Michael.

— Moi, mon cher ? Mais que puis-je faire ? Les tirer par le fond de la culotte, lui et le gouvernement, ainsi que tous les autres hommes de valeur et les gouvernements des autres pays ? Tout ce que je puis faire, c'est de continuer à fumer mon cigare en disant : « Dieu vous garde, mes amis, et vous tienne en joie. » Ils arriveront à leur but d'une façon ou d'une autre, Michael, mais vraisemblablement, je serai mort avant.

— Moi, sans doute pas, dit Michael.

— Non, mon cher. Mais pense aux explosions, à ces spectacles, à ces odeurs… Parbleu ! il te restera encore une raison de vivre ! Parfois je voudrais avoir ton âge, et d'autres fois non. Je me dis alors que j'en ai assez de nos comédies et que je n'ai plus qu'à mourir en gentleman.

— Mais c'est le prophète Jérémie en personne, ce cher Bart !

— Eh bien, dit sir Lawrence en retroussant sa petite moustache grise, j'espère avoir tort, mais nous allons à fond de train vers une époque où des millions d'hommes pourront être tués rien qu'en appuyant sur quelques boutons. Quelle raison avons-nous de supposer que notre bonté s'accroîtra suffisamment avec le temps pour empêcher l'emploi de ces jouets destructifs ?

— « Ce que tu ne connais pas, redoute-le. »

— Excellent ! Où as-tu trouvé cela ?

— Dans une vie de Christophe Colomb.

— Ce vieux Colomb ! J'en viens à regretter qu'il ait été aussi curieux.

Il aurait mieux fait de laisser les Yankees tranquilles.

— Bah ! dit Michael, je crois, moi, que nous nous en tirerons. À propos, vous savez, pour cette affaire Elderson : eh bien, je viens de voir l'employé en question. Il me paraît très improbable qu'il ait inventé cette histoire.

— Ah ! si Elderson était capable d'une telle action, il ne faudrait plus s'étonner de rien ; ce serait renversant ! Il était si bon joueur de cricket ! lui et moi avons marqué cinquante-quatre points contre Eton ! Je suppose que c'est le vieux Forsyte qui t'en a parlé ?

— Oui. Il m'a demandé de trouver une place à ce garçon.

— Butterfield, oui. Tâche de savoir si c'est un parent du vieux Butterfield, le jardinier. Tu ne trouves pas le père Forsyte assez pénible ?

Par loyauté envers Fleur, Michael dit en se mettant une main devant les lèvres :

— Non. Je m'entends très bien avec lui.

— Il est honnête, je le reconnais.

— Oui, très honnête.

— Mais plutôt taciturne.

— Oui, répondit Michael.

Après quoi tous deux gardèrent le silence. Bientôt, Michael se leva :

— Il est dix heures passées, je rentre.

En revenant par le même chemin, il ne cessait de penser à Wilfrid. Que n'aurait-il pas donné pour l'entendre dire : « C'est fini, mon vieux, je suis guéri ! » Lui serrer la main de nouveau !

Pourquoi attrapait-on cette fatale maladie de l'amour ? Pourquoi vous rendait-elle à demi fou ? L'amour passait pour être le meilleur antidote contre les calamités annoncées par Bart, contre les découvertes de tous les « hommes de valeur » ; une impulsion irrésistible… uniquement destinée à la perpétuation de l'espèce. C'était peut-être vrai, mais bien prosaïque. Que lui importait, à lui, que Fleur eût des enfants ! Bizarre comme la nature, cette vieille rusée, s'entendait à camoufler ses desseins ! Mais en fin de compte, ils risquaient d'être déjoués. Si Bart avait raison, les enfants ne tarderaient pas à passer complètement de mode. Qui voudrait en mettre au monde pour qu'ils fussent bombardés, empoisonnés ou affamés ? Seuls quelques fanatiques continueraient à procréer et le reste de l'humanité deviendrait stérile… Le chapeau de gendarme ! Instinctivement Michael redressa le sien pour traverser devant Big Ben. Il atteignait le centre de Parliament Square quand une silhouette qui venait à sa rencontre obliqua soudain à gauche en direction de Victoria. L'homme était grand, il marchait d'un pas élastique : Wilfrid ! Michael s'arrêta net. Il venait de… South Square !… Michael se lança à sa poursuite ; il ne courait pas, mais il marchait le plus vite possible. Le sang lui battait aux tempes et son trouble était tel qu'il pouvait à peine l'endurer. Wilfrid devait l'avoir vu, sans quoi il n'eût pas obliqué et filé comme s'il avait eu le diable aux trousses. Il maintenait sa distance et avançait à si grandes foulées que pour le rejoindre Michael devrait courir. Son meilleur ami… sa femme ! c'était le comble ! Sa fierté lui interdisait le combat. Que Wilfrid agisse à sa guise ! Michael s'arrêta, vit disparaître la silhouette rapide et, lentement, tête basse, accablé par le sentiment de la fatalité, il revint sur ses pas. Cela ne servirait à rien de faire une scène. Pendant les quelques centaines de mètres qui le séparaient de chez lui, il ne fut conscient que de la hauteur des maisons et de la petitesse des hommes. Comment de si infimes moucherons avaient-ils pu construire cette ville monstrueuse et l'éclairer de telle façon que sa masse lumineuse effaçait la couleur du ciel ? Quelle prodigieuse activité de la part de ces insectes ! Et comme son propre amour pour un autre moucheron paraissait dérisoire en comparaison ! Il ouvrit avec sa clef, enleva son chapeau de gendarme et entra dans le salon. Pas la moindre lumière… Il n'y avait donc personne ? Si ! Elle et Ting-a-Ling étaient par terre, devant le feu ! Il s'assit sur le divan et s'aperçut qu'il tremblait et transpirait comme s'il avait fumé un cigare trop fort.

Fleur s'était soulevée et, les jambes croisées sous elle, elle le regardait.

Il attendit d'avoir recouvré son sang-froid. Pourquoi ne parlait-elle pas ? Pourquoi était-elle accroupie ainsi, dans l'obscurité ? « Elle sait, pensa-t-il, nous savons tous deux que maintenant c'est la fin. Mon Dieu ! Permettez-moi de me conduire en galant homme ! » Il prit un coussin, le plaça derrière lui et s'y appuya. Le son de sa propre voix le surprit.

— Puis-je te poser une question, Fleur, et voudras-tu y répondre avec une franchise absolue ?

— Oui.

— Voilà : je sais que tu ne m'aimais pas quand tu m'as épousé. Je crois que tu ne m'aimes pas à présent. Désires-tu que je m'en aille ?

Il sembla s'écouler un temps très long.

— Non.

— C'est vraiment ce que tu penses ?

— Oui.

— Pourquoi ?

— Parce que je ne veux pas que tu t'en ailles.

Michael se leva.

— Puis-je te poser encore une question ?

— Oui.

— Wilfrid est-il venu ici ce soir ?

— Oui… Non… c'est-à-dire…

Les mains de Michael se serrèrent convulsivement ; quand il vit que Fleur l'observait, il les dénoua et s'efforça de les garder immobiles.

— Fleur, ne mens pas !

— Je ne mens pas. Il est venu à la fenêtre. J'ai vu son visage… c'est tout. Son visage… il… Oh ! Michael ! ne sois pas méchant ce soir !

Méchant ! Méchant ! Le cœur de Michael se gonfla en entendant ce mot étrange.

— C'est bon, bégaya-t-il. Tout ce que je souhaite, c'est savoir exactement ce que tu veux.

Sans bouger, elle répondit :

— Je veux être consolée.

Ah ! comme elle savait trouver exactement les paroles à dire et le ton à employer !

Il s'agenouilla et se mit en devoir de la consoler.

25

Départ pour l'Orient

La réaction se produisit pour tous deux au bout de quelques minutes. Toujours agenouillé auprès d'elle, il éprouvait un malaise grandissant à consoler Fleur. Pourtant, il croyait en elle ce soir comme il ne l'avait pas fait depuis des mois. Que faisait Wilfrid ? Où errait-il ? Ce visage à la fenêtre, ce visage sans voix !... Michael souffrait. Il dégagea son bras et se leva.

— Veux-tu que j'aille le voir ? Si c'est fini, il pourrait... je pourrais... Fleur se leva aussi. Elle avait retrouvé son calme.

— Oui, je vais me coucher.

Elle souleva Ting-a-Ling et se dirigea vers la porte ; entre ses cheveux et le pelage marron du chien, son visage apparaissait très pâle, immobile.

— Au fait, dit-elle, voilà le deuxième mois que je n'ai pas mes règles... Je suppose que cela signifie...

Michael eut le souffle coupé. Un déferlement d'émotion le privait de parole.

— La nuit du ballon..., dit-elle. Est-ce que ça t'ennuie ?

— M'ennuyer, moi ! grand Dieu !

— Alors, c'est bien. Moi, ça ne m'ennuie pas. Bonne nuit !

Elle avait disparu et, sans raison, Michael pensa : « Au commencement était le Verbe, et le Verbe était avec Dieu, et le Verbe était Dieu. » Puis il demeura debout, figé, submergé par un sentiment de puissance extraordinaire. Un enfant allait venir ! C'était comme si la barque de son être, battue par les vents se trouvait soudain amarrée. Il écarta brusquement les rideaux : la nuit était pleine d'étoiles. Quel monde merveilleux ! Mais Wilfrid !... Il aplatit son visage contre la vitre. De l'autre côté, Wilfrid avait fait de même quelques instants plus tôt. Fermant les yeux, il essayait de distinguer ses traits. Ce n'était pas juste ! Pauvre chien perdu !... SOS ! Il alla dans le vestibule et sortit du coffre en marbre antimites son pardessus le plus épais. Il sauta dans le premier taxi venu.

— Cork Street. Vite !

Une aiguille dans une botte de foin ! Big Ben sonnait onze heures un quart. Dans la voiture cahotante, il ressentit un soulagement brutal. Le salut ! c'était le salut ! Il en avait la certitude et il lui semblait voir Fleur en pleine lumière, solidement ancrée en dépit de sa mobilité. La famille ! la continuation ! Il n'avait pu, lui, la stabiliser, mais son enfant le ferait ! et peut-être l'amour lui viendrait-il avec le lait... Pourquoi l'aimait-il autant ! Wilfrid et lui étaient ridicules. C'était passé de mode ! Ils étaient complètement étrangers à leur époque...

— Nous y sommes, monsieur ! Quel numéro ?

— Vous allez m'attendre ici. Prenez une cigarette pour patienter.

Celle qu'il avait entre les lèvres lui paraissait terriblement sèche. Il se dirigea vers l'impasse.

Une fenêtre était éclairée dans l'appartement de Wilfrid. Il sonna. La porte s'ouvrit et le domestique parut.

— Vous désirez, monsieur ?

— Mr Desert, est-il chez lui ?

— Non, monsieur. Mr Desert vient de partir pour l'Orient. Son bateau lève l'ancre demain.

— Oh ! fit Michael, décontenancé. De quel port ?

— Plymouth, monsieur. Son train quitte la gare de Paddington à minuit. Vous avez tout juste le temps de le rattraper.

— C'est très soudain, dit Michael. J'ignorais...

— Oui, monsieur. Mr Desert est un gentleman aux décisions soudaines.

— Eh bien, je vous remercie. Je vais essayer de le rejoindre.

Il reprit son taxi en disant :

— Paddington à toute vitesse !

« Un gentleman aux décisions soudaines ! » C'était vrai ! Le caractère brutal de leur brève conversation auprès du buste de Lionel Charwell lui revint à la mémoire. Leur amitié était née brusquement et avait fini de même... et les poèmes de Wilfrid étaient brusques, issus d'une âme brusque, elle aussi...

La voiture roulait à fond de train et Michael, secoué comme s'il avait été atteint de la danse de Saint-Guy, réfléchissait. N'était-ce pas stupide de sa part de chercher à rejoindre Wilfrid ? Le mieux n'était-il pas l'ennemi du bien ? La pitié est une niaiserie... et pourtant ! Wilfrid emportait un peu de son cœur et, en dépit de tout, il tenait à le lui dire.

Upper Brook Street, Park Lane... les rues se vidaient ; dans la nuit froide les réverbères peignaient des platanes nus sur un fond noir bleuté.

« Nous allons à la dérive, pensa-t-il. Quel sera le port final ? Il faut jouer son rôle sans s'occuper du dénouement de la pièce. Mais quel est mon rôle ? Et celui de Wilfrid ? Où va-t-il échouer à présent ? »

Le taxi descendit en cahotant la rampe de Paddington Station et se gara. Minuit moins dix. Sur la voie numéro un, un train massif, immense. « Que vais-je faire ? se demanda Michael. Chercher voiture par voiture ? Ou laisser tomber ?... Non, ce n'est pas possible ! »

Des matelots plus ou moins ivres ? Encore huit minutes. Il se mit à longer le train et, dès la quatrième fenêtre, il aperçut Desert lui faisant face, assis dans le coin le plus proche d'un compartiment de première classe vide. Une cigarette non allumée à la bouche, son col de fourrure relevé jusqu'aux yeux, il regardait sans le lire un journal posé sur ses genoux. Il était parfaitement immobile. Michael le dévisagea ; son cœur battait à se rompre. Il craqua une allumette, avança d'un pas et dit :

— Du feu, mon vieux ?

Desert leva sur lui des yeux stupéfaits.

— Merci, dit-il en prenant l'allumette dont la flamme éclaira son visage sombre, maigre, aux traits tirés, aux yeux las profondément enfoncés.

Michael se pencha à la portière. Pas une parole ne fut échangée.

— Montez, monsieur, si vous partez.

— Je ne pars pas, dit Michael.

Il avait l'impression qu'on lui arrachait les entrailles.

— Où vas-tu, mon vieux ? demanda-t-il soudain.

— À Jéricho.

— Grand Dieu ! Wilfrid. Je suis navré…

Wilfrid sourit.

— Arrête !

— Oui, je sais… On se serre la main ?

Desert tendit la sienne. Michael la broya. Un coup de sifflet retentit. Desert se leva brusquement, se tourna vers le filet et tira un paquet d'une valise.

— Tiens, dit-il, publie ces trucs-là si tu en as envie.

La gorge de Michael se serra.

— Merci, mon vieux. C'est très chic à toi. Au revoir !

Une sorte de beauté illumina le visage de Desert.

— Au revoir ! dit-il.

Le train s'ébranla. Michael se rejeta en arrière et regarda sans bouger la silhouette immobile que le train emportait. Les compartiments défilèrent l'un après l'autre devant lui, remplis de marins qui criaient, chantaient, agitaient des mouchoirs et des bouteilles… puis, le fourgon à bagages… la lanterne arrière… une lueur rouge… il partait pour l'Orient… il partait… il était parti !

C'était donc fini ! Il enfouit le paquet dans la poche de son manteau. À présent, il allait rejoindre Fleur ! Ainsi va le monde ! Ce qui nourrit un homme en empoisonne un autre… Il se passa la main sur les yeux… des yeux pleins de larmes stupides !

TROISIÈME PARTIE

26

Jour férié

Le week-end de la Pentecôte amena à Hampstead Heath son flot habituel d'envahisseurs et, parmi eux, un couple bien décidé à gagner le matin de quoi s'amuser l'après-midi.

De très bonne heure, Tony Bicket, flanqué de ses ballons et de sa femme, prit le métro pour Hampstead.

— Tu verras, dit-il à Victorine, j'aurai tout vendu à midi et après, on fera la fête !

Elle lui serra le bras et tâta à travers sa robe une bosse qui soulevait son bas, juste au-dessous du genou droit : c'étaient les cinquante-quatre livres qui y étaient attachées.

Elle n'en voulait plus aux ballons à présent : ils procuraient de quoi manger en attendant les quelques livres qui lui manquaient encore pour payer leur passage. Tony croyait toujours que ses sacrés ballons allaient leur apporter le salut ! Il avait l'espoir chevillé au corps, Tony, bien que ses gains leur permissent à peine de se maintenir à flot ! Elle sourit ; son secret la rendait indifférente à la honte de ce métier de camelot. Elle avait une histoire toute préparée. Le journal du soir et ses rencontres en autobus avec les fervents du passe-temps national l'avaient suffisamment renseignée sur les courses ; elle en parlait même avec Tony qui s'y connaissait un peu. Elle savait par cœur ce qu'elle lui raconterait de deux beaux coups imaginaires : un souverain (gagné en travaux de couture fictifs) joué sur le gagnant des Deux Mille

Guinées et le résultat d'un pari sur le favori de la course du Jubilé ; il ne lui resterait qu'à choisir un troisième gagnant pour parfaire les soixante et quelques livres qu'elle aurait bientôt mises de côté en posant « en tenue d'Ève. » Dans une ou deux semaines, elle déviderait ce chapelet à son mari en lui disant qu'elle avait voulu garder secrète sa chance merveilleuse jusqu'au moment où la somme requise serait complète. Elle presserait son front contre les yeux de Tony s'il la regardait par trop attentivement et elle le couvrirait de baisers au point de lui brouiller les idées. Et le lendemain matin, ils iraient prendre leurs billets… Tel était le plan de Victorine dont le trésor, cinq billets de dix livres et quatre d'une livre, gonflait le bas fixé au corset rose.

L'Après-midi d'une dryade, terminé depuis longtemps, était exposé avec d'autres œuvres d'Aubrey Greene à la galerie Dumetrius. Victorine avait payé un shilling pour voir le tableau et, furtivement, elle avait contemplé la blancheur lumineuse du corps étendu dans l'herbe où se dressaient de hautes tiges fleuries.

— Rudement doué, ce Greene ! Ce visage a une expression extraordinaire !

Effrayée, la jeune femme s'était enfuie en dissimulant ses traits.

Depuis le jour où elle s'était approchée en tremblant de l'atelier d'Aubrey Greene, Victorine n'avait pas chômé. Il l'avait peinte trois fois sans jamais se départir de son amabilité et de ses bonnes manières… un vrai gentleman ! Il lui avait également donné des lettres de recommandation. Certains peintres l'avaient représentée habillée, d'autres à demi drapée, d'autres encore dans cette « tenue d'Ève » qui ne la gênait plus du moment que l'argent enflait son bas et que Tony ne soupçonnait rien.

Tous ces peintres n'avaient pas été aussi « convenables » qu'Aubrey Greene ; plus d'un lui avait fait des avances qu'elle avait catégoriquement repoussées. L'argent aurait été gagné plus vite… mais… Tony ! D'ici une quinzaine, elle pourrait envoyer promener tout cela… Souvent, en rentrant, elle s'arrêtait devant la vitrine où s'étalaient les fruits, les épis de blé et les papillons bleus…

Ils étaient assis côte à côte dans le compartiment bondé et Bicket, qui tenait son éventaire sur ses genoux, exposait les avantages de l'endroit où il s'installerait tout à l'heure.

— Tu comprends, en haut, près du lac, les gens auront plus à dépenser qu'avant d'être descendus vers les manèges et les marchands de noix de coco. Toi, tu pourras aller t'asseoir sur une chaise au bord de l'eau, comme à la plage. Je ne veux pas que tu viennes avec moi tant que je n'aurai pas tout vendu.

Victorine lui serra le bras.

La foule en vacances arrivait de tous côtés sur le terrain de Hampstead ; les gens paraissaient d'humeur joviale et portaient des sacs en papier. Autour du lac, les enfants aux jambes maigres d'un blanc grisâtre pataugeaient en bavardant d'une voix criarde, au comble de la joie. Des couples alourdis par l'âge gravissaient péniblement la colline, le visage congestionné par un exercice aussi inhabituel. Les jeunes filles et les jeunes gens étaient assez peu nombreux car ils étaient déjà partis en quête de plaisirs moins sages. Des centaines de gens occupaient des chaises de toile verte ou de bois peint, les yeux fixés à terre comme s'ils voyaient les vagues de la mer. De temps à autre, trois ânes que l'on poussait énergiquement par-derrière transportaient leur cargaison d'enfants autour du lac. Des marchands forains appelaient la pratique à grands cris. De grosses femmes brunes disaient la bonne aventure tandis que les agents de police les regardaient d'un air cynique. Un homme pérorait à perdre haleine et tendait son chapeau aux badauds attroupés.

Tony Bicket déploya son éventaire. De sa voix enrouée de vrai cockney, il proposait sans arrêt ses ballons. Il regardait par moments à travers la foule, au loin, de l'autre côté du lac où Victorine devait être assise sur une chaise – Victorine, si différente de toutes les autres femmes !

— Les beaux ballons ! les beaux ballons ! Six pour un shilling ! Un gros, madame, six pence seulement ! Achetez, achetez ! Prenez-en un pour votre petit garçon !

Pas de « conseillers municipaux » sur cette colline, mais beaucoup de gens disposés à s'offrir un peu de joie...

À midi moins cinq, il referma son éventaire : il ne restait plus un seul de ces sacrés ballons ! S'il y avait six jours fériés par semaine, quelle fortune il ferait ! Son plateau sous le bras, il se mit à contourner le lac. Ces gosses étaient mignons, mais bon Dieu ! comme ils étaient maigres et pâles ! Si lui et Vic en avaient un... mais non, ils n'en auraient pas avant d'être arrivés là-bas... Un bel enfant brun tout gorgé de soleil qui courrait après les papillons bleus ! Il arriva au bout du lac et marcha lentement le long des chaises. Appuyée à son dossier, les jambes gainées de bas beiges découvertes jusqu'aux genoux, chaussée de jolis souliers bruns à barrettes, comme elle était élégante ! Elle avait l'air perdu dans un monde à elle. La gorge de Bicket se contracta. Sapristi ! Comme il aurait voulu la gâter !

— Eh bien, Vic ! À quoi tu penses ?

— À l'Australie.

— Ah ! il nous faudra encore un bout de temps !... Tant pis !... j'ai vendu tout le lot. Qu'est-ce que nous allons faire ? Descendre vers les arbres ou aller tout de suite aux balançoires ?

— Aller aux balançoires, dit Victorine.

L'ambiance était de plus en plus joyeuse. La foule s'écoulait comme un flot ininterrompu et silencieux aux cris des forains, des propriétaires de manèges et des stands de noix de coco.

— On fait rouler ou on lance ! Bien laiteuses ! un penny le coup !... Qui vient faire un tour ?... Des glaces, des glaces !... Belles bananes !

Sous son vaste chapiteau, l'énorme manège faisait tournoyer trente sièges suspendus à des chaînes et occupés par des filles et des garçons. Ils s'élevaient au rythme de la musique... lentement... plus vite... à une vitesse folle jusqu'à ce que les chaînes fussent tendues au maximum, les corps renversés en arrière, les jambes projetées en avant, les mains crispées, les rires et les paroles éteints, les visages sérieux contractés par la peur. Plus vite, toujours plus vite. Le mouvement se ralentissait, se ralentissait… Les balançoires s'immobilisèrent… la musique s'arrêta.

— C'est épatant ! murmura Victorine. Viens, Tony !

Ils pénétrèrent dans l'enclos et s'installèrent. Victorine, instinctivement, croisa ses pieds l'un sur l'autre, serra les mains autour des chaînes et incurva son corps en suivant le mouvement du manège. Ses lèvres s'entrouvrirent :

— Mon Dieu, Tony !

Plus vite, plus vite… Tous ses sens s'abandonnaient à la vitesse ! Oh ! quelle sensation ! planer ainsi au-dessus du monde ! Plus vite, plus vite !… Plus lentement, plus lentement… et ensuite la descente sur terre !

— Tony ! c'est divin !

— Ça vous fait drôle à l'intérieur quand on est tout en haut !

— Je voudrais qu'on monte jusqu'au chapiteau ! Faisons encore un tour !

— D'accord !

Ils firent encore deux tours : la moitié de ce qu'avaient rapporté les ballons ! Qu'importe ! Il était si heureux de voir sa joie. Et là-dessus, six boules lancées sur les noix laiteuses, sans les atteindre, puis une glace chacun ! Ensuite, bras dessus, bras dessous, ils cherchèrent un endroit tranquille pour déjeuner. Ce fut le moment que Bicket préféra ; après les sandwiches arrosés de bière au gingembre, il fuma une sèche, la tête sur les genoux de Vic, sous le ciel tout bleu… Il resta immobile jusqu'au moment où elle bougea.

— Allons regarder les gens danser !

Quelques douzaines de couples sautillaient au bruit d'un orchestre, sur l'herbe qu'entourait une allée circulaire. Victorine le tira par le bras.

— J'aimerais tellement faire un tour !

— Eh bien, allons-y ! répondit Bicket. Le type à la jambe de bois me gardera mon éventaire.

Ils franchirent la barrière.

— Tiens-moi plus serrée, Tony !

Bicket obéit ; rien ne pouvait lui faire plus de plaisir ; leurs pieds remuaient lentement, à droite, à gauche ; ils n'avançaient guère, tournaient, suivaient la mesure et ne se souciaient aucunement de l'effet produit.

— Tu danses bien, Tony !

— Et toi, à merveille ! haleta Bicket.

Pendant les intervalles, essoufflés, ils surveillaient l'unijambiste ; puis, ils reprenaient leur danse. Ils continuèrent ainsi jusqu'à ce que l'orchestre se tût pour de bon.

— Mon Dieu ! dit Victorine, on danse à bord du bateau, Tony !

Bicket lui pinça la taille.

— J'y arriverai ! Je me débrouillerai... même si je dois cambrioler la Banque d'Angleterre. Je ferai n'importe quoi pour toi, Vic !

Mais Victorine sourit : elle s'était déjà débrouillée, elle.

La foule aux visages rouges ou pâles, fatiguée, contente, répandant son odeur malpropre, flânait sur un champ de bataille parsemé de sacs en papier, de pelures de bananes et de journaux.

— On va prendre le thé et faire encore un tour de balançoire, dit Bicket ; après ça, nous irons de l'autre côté sous les arbres.

Parmi de nombreux couples. Tony et Vic s'assirent et regardèrent le soleil se coucher lentement. Une brise légère agitait les feuilles des bouleaux et les faisait bruire. Tous ceux qui étaient là semblaient être venus pour trouver le silence et voir tomber la nuit dans le calme de cette fin de journée. De temps à autre, des silhouettes passaient furtivement entre les couples pour les espionner.

— Les cochons ! J'aimerais leur mettre le nez dans leurs saletés !

Victorine soupira et se rapprocha de lui. Quelqu'un s'était mis à jouer du banjo et un chant s'élevait. L'obscurité devenait plus dense, mais la lune devait monter à l'horizon car de petites ombres apparaissaient sur le sol. Ils parlaient en chuchotant ; un éclat de voix eût été un blasphème dans ce bocage qui paraissait enchanté. Ils finirent même par se taire. Peu à peu la rosée recouvrit l'herbe, mais ils n'y prirent pas garde ; mains enlacées, joue contre joue, ils demeuraient immobiles. « C'est ça, la poésie », se dit Bicket.

Dans l'obscurité où flottait une sorte de lueur argentée, des chants avinés leur parvinrent de Spaniard's Road, ainsi que les ronflements d'automobiles attardées, revenant du Nord, et soudain le hululement d'un hibou retentit…

— Mon Dieu ! fit Victorine en frissonnant, un hibou ! Il y en avait un à Norbiton. J'espère que ça ne nous portera pas malheur.

Bicket se leva et s'étira.

— Allons, viens, dit-il, on a passé une bonne journée. Faudrait pas que tu prennes froid !

Bras dessus, bras dessous, à travers le sombre bosquet de bouleaux, ils prirent le chemin du retour, heureux de revoir des réverbères, une rue, une gare encombrée, comme s'ils étaient saturés de solitude.

Dans le métro, Bicket tourna nonchalamment les pages d'un journal abandonné ; Victorine pensait à tant de choses qu'elle finissait par s'y perdre : les balançoires, le boqueteau obscur, l'argent dans son bas… Elle se demandait si Tony ne l'avait pas entendu craquer… Elle n'avait pas d'endroit sûr où le garder. Que contemplait-il donc avec des yeux hagards ? Elle se pencha et lut : « *L'Après-midi d'une dryade*, le remarquable tableau d'Aubrey Greene, exposé à la galerie Dumetrius ! » Son cœur cessa de battre.

— Bon sang ! dit Bicket, ce que ça te ressemble !

— À moi ! Pas du tout !

Bicket rapprocha le journal de ses yeux.

— Mais si. C'est toi de la tête aux pieds. Je vais emporter la page. Je voudrais bien le voir, ce tableau.

Victorine sentait maintenant son cœur battre à se rompre. Le sang lui monta aux joues.

— Il est indécent, dit-elle.

— Je ne sais pas. Mais ça te ressemble rudement; c'est même ton sourire.

Il plia le journal et commença à détacher la page. Le petit doigt de Victorine s'appuyait sur les billets que renfermait son bas.

— C'est drôle, dit-elle lentement, de penser qu'il y a sur la terre des gens qui se ressemblent autant.

— J'aurais jamais cru qu'il pouvait en exister une autre comme toi. Voilà Charing Cross; il faut changer.

Tandis qu'ils se hâtaient à travers les couloirs du métro, elle glissa la main dans la poche de Tony et, bientôt, de petits bouts de papier déchiré s'envolèrent derrière elle. Si seulement il pouvait oublier où se trouvait le tableau!

Incapable de dormir cette nuit-là, elle réfléchissait: « Tant pis; il me faut le reste de la somme, et voilà tout. » Mais son cœur l'oppressait étrangement, comme celui d'un promeneur qui vient de poser le pied par mégarde sur le bord mouvant d'un marais.

27

Travail de bureau

Michael était en train de corriger les épreuves de *Contrefaçons*, le livre que Wilfrid lui avait confié.

— Pouvez-vous recevoir Butterfield, monsieur ?

— Oui.

Le mot « Butterfield » inspirait à Michael une fierté mêlée d'une certaine inquiétude. Le jeune homme remplissait avec un succès grandissant la fonction pour laquelle il avait été engagé à l'essai quatre mois auparavant ; le chef des voyageurs l'avait même qualifié de « trouvaille ». Avec *Monnaie de billon*, il constituait le titre de gloire le plus important de Michael. On lui disait que ce n'étaient pas les libraires qui achetaient des livres, mais Butterfield qui en vendait. Il possédait le don d'inspirer la confiance quand elle était le moins justifiée. Danby et Winter avaient été jusqu'à le charger de placer chez les particuliers le tirage limité de *Duo*, relié en vélin, grâce auquel ils espéraient compenser les pertes que leur faisait subir l'édition ordinaire. Il travaillait à présent à établir une liste de personnes capables d'apprécier ce petit chef-d'œuvre ; c'était lui-même qui avait suggéré cette méthode de visites à domicile.

— Voyez-vous, monsieur, avait-il dit à Michael, je connais un peu les principes de la méthode Coué. On ne peut les appliquer aux commerçants ; ils n'ont aucune aptitude pour la foi. Comment s'en étonner ? Ils achètent chaque jour toutes sortes de marchandises en se fondant uniquement sur leurs ventes antérieures ; vous n'en trouverez pas un sur vingt qui misera sur l'avenir. Mais avec des particuliers (et surtout des particulières !), on peut user de la suggestion à la manière de Coué : répétez-leur sur tous les tons, et tous les jours, que l'auteur est de plus en plus en vogue, et il y a dix contre un à parier que l'idée fera son chemin et que vous la trouverez installée dans leur subconscient lorsque vous retournerez les voir, surtout si vous y allez tout de suite après le déjeuner ou le dîner, quand ils sont un peu somnolents. Laissez-moi prendre mon temps, monsieur, et je vous écoulerai cette édition.

— Bon, avait répondu Michael, si vous arrivez à inspirer confiance dans l'avenir de mon père, Butterfield, vous mériterez plus que vos dix pour cent !

— J'y réussirai, monsieur ; ce n'est qu'une question de foi.

— Mais pour vous, ça ne joue pas ?

— Je n'ai pas, à proprement parler, foi en l'auteur, mais je suis persuadé de pouvoir convaincre les clients et c'est là le principal.

— Je vois : le tour des trois cartes ; inspirant la foi que vous ne partagez pas, vous faites croire que la carte est là, et les gens la prennent. Bon, la désillusion n'est pas immédiate – vous aurez sans doute presque toujours le temps de sortir de la pièce. Allez-y donc !

Le jeune Butterfield avait souri… La seule ombre au tableau en ce qui concernait Butterfield provenait de l'attitude du vieux Forsyte : il lui répétait sans cesse qu'il ne savait pas… qu'il ne pouvait pas se prononcer… l'histoire de ce jeune homme au sujet d'Elderson ne conduisait à rien… et ainsi de suite.

— Bonjour, monsieur. Pouvez-vous m'accorder cinq minutes ?

— Entrez, Butterfield. Vous êtes en panne avec *Duo* ?

— Non, monsieur ; j'en ai déjà placé quarante. C'est d'autre chose qu'il s'agit. Il jeta un coup d'œil sur la porte fermée et se rapprocha. Je suis l'ordre alphabétique ; hier j'en étais aux « E ».

Sa voix s'abaissa d'un ton.

— Mr Elderson…

— Aïe ! interrompit Michael, vous pouvez le passer, celui-là.

— Je ne l'ai pas fait, monsieur.

— Quoi ? vous l'avez affronté ?

— Oui, monsieur, hier soir.

— Bravo, Butterfield ! Que s'est-il passé ?

— Je ne me suis pas fait annoncer par mon nom, monsieur ; j'ai simplement donné la carte de la maison.

Michael remarqua l'animosité bien humaine qu'exprimaient le visage et le ton du jeune homme.

— Eh bien ?

— Mr Elderson était en train de prendre un verre, monsieur. J'avais combiné d'avance de faire semblant de ne pas le connaître. Ce qui m'a étonné, c'est qu'il est entré dans le jeu.

— Il ne vous a pas flanqué à la porte ?

— Loin de là, monsieur. Il a dit tout de suite : « Inscrivez-moi pour deux exemplaires. »

Michael eut un large sourire :

— Vous ne manquez pas de culot tous les deux !

— Non, monsieur. C'est justement ce qu'il y a de curieux ! Mr Elderson a encaissé le coup tant bien que mal. Ça ne lui a pas du tout plu.

— Je ne pige pas, dit Michael.

— Ça ne lui a pas plu que je sois employé ici, monsieur. Il sait que vous êtes l'un des associés de cette firme et le gendre de Mr Forsyte, n'est-ce pas ?

— Certainement.

— Eh bien ! vous voyez le rapport : deux administrateurs ont confiance en moi et pas en lui. C'est pour cela que je n'ai pas voulu le sauter sur ma liste. Je me suis dit que ma visite lui ferait un choc ! En sortant, j'ai aperçu son visage dans une glace : il a bel et bien la frousse !

Michael se mordit l'index et ressentit pour Elderson une pointe de sympathie : l'administrateur était comme une mouche dont la patte de derrière est déjà prise dans une toile d'araignée.

— Merci, Butterfield, dit-il.

Lorsque le jeune homme l'eut quitté, il resta devant son buvard qu'il se mit à piqueter avec son coupe-papier. Quelle était cette curieuse solidarité de classe sociale ? Ou ne fallait-il voir dans cette réaction que la compassion inspirée par la vue du gibier traqué ?... Car, évidemment, ce fait constituait un témoignage incontestable et il lui faudrait en parler à son père et au vieux Forsyte. Elderson devait avoir perdu la tête, autrement il eût dit : « Impudent petit coquin, sortez d'ici ! » C'eût été l'accueil le plus naturel de la part d'un innocent, et le seul qu'on pût conseiller à un coupable ! Enfin ! même les nerfs les plus solides arrivent à s'user... L'épreuve qu'il était en train de corriger le démontrait :

LE CONSEIL DE GUERRE

Je suis de chair et de sang comme vous.
Et non destiné à geler jusqu'aux os dans la boue.
Essayez de le supporter comme je l'ai fait, et vous verrez !
Oui, beaux galonnés bien nourris.
Quand vous aurez enduré ce que j'ai dû subir ce jour-là
Et que vos cœurs n'auront pas flanché, alors vous aurez
Peut-être acquis le droit de dire : « Sortez-le et fusillez-le
Dans la neige ; fusillez-le pour sa couardise !
Celui qui sert son pays et son roi
Doit savoir que les nerfs, ça n'existe pas. »

Le brave Wilfrid !

— Qu'y a-t-il, mademoiselle Perren ?

— La lettre à sir James Foggart, monsieur Mont ; vous m'avez dit de vous la rappeler... et voulez-vous recevoir miss Manuelli ?

— Miss Manuel... ah ! oui.

La jeune femme de Bicket, dont le visage avait servi pour la couverture du roman de Storbert, le modèle d'Aubrey Greene !

Michael se leva car elle était déjà devant lui.

« Je me rappelle cette robe, pensa-t-il ; Fleur ne l'a jamais aimée. »

— Que puis-je faire pour vous, madame Bicket ? Et comment va votre mari ?

— Assez bien, monsieur. Merci.

— Toujours dans le commerce des ballons ?

— Oui.

— Eh bien, nous en sommes tous là, madame Bicket !

— Pardon ?

— Nous vendons tous de l'air, vous ne croyez pas ? Mais vous n'êtes pas venue pour me raconter ça !

— Non, monsieur.

Un flux de sang vint colorer les joues pâles. Les doigts tiraient nerveusement sur le bout des gants usagés, les lèvres entrouvertes hésitaient, mais le regard était d'une fermeté surprenante. Voilà une fille qui sortait vraiment de l'ordinaire.

— Vous vous rappelez m'avoir donné un mot de recommandation pour Mr Greene, monsieur ?

— Mais oui, et j'en ai vu le résultat. C'est un tableau tout à fait remarquable, madame Bicket.

— Oui ; mais on l'a reproduit dans les journaux, mon mari l'y a vu hier soir et… naturellement, je ne l'avais pas mis au courant.

Bon Dieu ! à quoi avait-il conduit cette fille ?

— J'ai gagné beaucoup d'argent, monsieur ; presque assez pour payer notre passage en Australie, mais maintenant, j'ai peur… « N'est-ce pas que ça te ressemble ? » m'a-t-il dit. J'ai déchiré le journal, mais supposez qu'il se souvienne du nom de la galerie et qu'il aille voir le tableau ? Il est encore plus ressemblant ! Il serait capable d'aller trouver Mr Greene… Alors, monsieur, si vous vouliez bien parler à

Mr Greene… et lui demander de dire que c'était une autre personne… pour le cas où Tony irait chez lui ?

— Bien sûr, dit Michael. Croyez-vous pourtant que Bicket en serait tellement fâché, vu le bénéfice que vous en avez tiré ? La profession de modèle peut être tout à fait respectable.

Victorine porta les mains à sa poitrine.

— Oui, dit-elle simplement. Je me suis conduite d'une façon parfaitement respectable et je n'ai fait ce métier que parce que nous avons tellement envie de partir et que je ne pouvais plus supporter de le voir vendre ses ballons, sous la pluie, par tous les temps… Mais à présent, je suis morte de peur, monsieur.

Michael la regarda fixement.

— Mon Dieu ! dit-il, l'argent est une mauvaise chose !

Victorine eut un faible sourire :

— Le manque d'argent aussi, monsieur. J'en sais quelque chose !

— Combien vous faut-il encore, madame Bicket ?

— À peine une dizaine de livres encore, monsieur.

— Je pourrais vous les donner.

— Oh ! merci. Mais il ne s'agit pas de cela… je peux facilement gagner cette somme… je suis habituée… quelques jours de plus importent peu.

— Comment allez-vous expliquer à votre mari la provenance de cet argent ?

— Je lui raconterai que je l'ai gagné aux courses.

— Pas fameux comme invention ! dit Michael. Écoutez, vous allez dire que je vous l'ai avancé. Si Bicket me le rembourse une fois en Australie, je pourrai toujours le mettre en banque à votre nom, ici. Je vous ai mis dans le pétrin et je voudrais vous en sortir.

— Oh ! non, monsieur, vous m'avez rendu service. Je ne veux pas vous obliger à mentir pour moi.

— Ça, ça m'est complètement égal, madame Bicket. Je mens sans scrupule du moment que je ne fais de mal à personne. Pour vous, l'important est de partir le plus tôt possible. Y a-t-il beaucoup d'autres portraits de vous ?

— Oh ! oui, des tas ! mais pas qu'on puisse reconnaître, je crois. Ils sont si drôles : tout carrés !

— Ah ! bon ! Aubrey Greene vous a bien réussie, lui ?

— Oui. C'est moi de la tête aux pieds, comme dit Tony.

— En effet. Eh bien, je parlerai à Aubrey ; je dois le voir à déjeuner. Tenez, voici les dix livres. C'est convenu alors ? Vous êtes venue me voir aujourd'hui, n'est-ce pas ? Dites que vous avez eu une inspiration. Je comprends très bien toute l'affaire. Vous feriez n'importe quoi pour lui et lui ferait n'importe quoi pour vous… Allons, ne pleurez pas !

Victorine fit un violent effort pour refouler ses larmes et lui rendit sa poignée de main.

— À votre place, je lui parlerais ce soir, dit Michael. De mon côté je me tiendrai prêt.

Quand elle fut partie, il songea : « J'espère que Bicket ne s'imaginera pas que j'ai été payé en nature pour ces soixante livres ! »

Il sonna et se remit à tapoter son buvard.

— Alors, monsieur Mont ?

— Eh bien, continuons, mademoiselle. « Cher sir James Foggart. Nous avons accordé toute notre attention à votre si intéressante… euh… production. Bien que nous soyons d'avis que les vues si bien exprimées sur l'état des relations de la Grande-Bretagne avec le reste du monde sont d'un intérêt considérable pour… euh… les lecteurs qui pensent, nous croyons qu'il n'y a pas un nombre suffisant… euh… de lecteurs qui pensent pour envisager la publication de ce livre sans encourir de perte. La thèse d'après laquelle la Grande-Bretagne devrait maintenant chercher son salut dans l'ajustement des marchés, la population, l'offre et la demande au sein de l'Empire, cette thèse, exposée d'une manière si claire, sera, je le crains, en butte aux attaques de tous les partis politiques. Je crois aussi que votre idée de faire émigrer des garçons et des filles en grand nombre avant que la vie urbaine anglaise les ait gâtés ne peut qu'irriter une classe ouvrière qui ne sait rien des conditions de la vie hors de son pays et est notoirement hostile à ce qui peut donner à ses enfants l'occasion de réussir ailleurs. »

— Dois-je vraiment mettre cela, monsieur Mont ?

— Oui ; mais arrangez-le un peu. Euh... « Enfin votre idée que la terre doit servir à produire des aliments est, de nos jours, si insolite qu'elle aurait certainement une mauvaise presse, sauf en ce qui concerne la vieille garde, les risque-tout et quelques personnes perspicaces. »

— Ensuite, monsieur Mont ?

— « Dans une période de transitions... heu... instables » (vous garderez cela, mademoiselle Perren) « et où l'irréalité éthérée d'espérances qui se sont envolées en fumée » (tâchez de garder à peu près cela), « tout système qui s'intéresse à l'avenir et retarde de vingt ans la moisson ne peut qu'être extraordinairement impopulaire. Pour toutes ces raisons, vous comprendrez que nous nous voyons dans l'obligation de vous conseiller... euh... de vous adresser à un autre éditeur. » Autrement dit, nous n'en voulons pas. « Avec, euh... ce que vous voudrez, cher sir James Foggart, nous restons vos tout dévoués Danby et Winter. » Quand vous aurez traduit cela, mademoiselle Perren, vous me l'apporterez et je le signerai.

— Oui. Mais... je croyais que vous étiez socialiste... et il me semble... Pardonnez-moi de vous le demander ?

— Mademoiselle, j'ai constaté ces derniers temps que les étiquettes ne se portent plus. Comment peut-on être quoi que ce soit à une époque où tout se déglingue ? Regardez les libéraux. Ils ne peuvent avoir une vue d'ensemble valable sur la situation à cause du libre-échange ; le parti travailliste non plus, à cause de l'impôt sur le capital ; les tories pas davantage, à cause du protectionnisme : ils sont tous tenus en laisse par des formules ! Le vieux sir James Foggart a mille fois raison, mais personne ne veut l'écouter. Si jamais quelqu'un le publie, son livre sera du papier gâché. Le monde n'a pas le sens des réalités à présent, mademoiselle, et de toutes les nations, c'est l'Angleterre qui en a le moins.

— Pourquoi, monsieur Mont ?

— Pourquoi ? parce que nous sommes le peuple le plus routinier du monde, que nous nous cramponnons au passé… En tout cas, Mr Danby n'aurait pas dû me confier cette lettre s'il ne voulait pas me laisser m'amuser un peu. Oh ! pendant que j'y pense, il faut que je refuse le nouveau bouquin de Harold Master. C'est une erreur, mais ils ne veulent rien entendre pour le publier.

— Pourquoi, monsieur Mont ? *La tortue qui sanglote* a été un succès !

— C'est que, dans cet ouvrage, Master a mis la main sur une idée qui l'oblige absolument à dire quelque chose. Winter prétend que les lecteurs qui ont vu dans *La tortue qui sanglote* une révélation artistique dauberaient, précisément à cause de cela, sur cet autre livre ; et quant à Mr Danby, il considère cette œuvre comme un outrage à la nature humaine. Donc, il n'y a rien à faire. Faisons une tentative :

Mon cher Master,

Dans l'exaltation suscitée par votre sujet, l'idée ne vous est manifestement pas venue que vous faisiez sauter la barque. Dans La tortue qui sanglote, *vous étiez absolument à l'unisson de la moitié de l'orchestre, et c'était… heu… la moitié la plus bruyante. Vous étiez archaïque de façon charmante, et sûr de vous avec sang-froid. Mais à présent, qu'avez-vous fait ? Vous avez pris pour héros le dernier habitant des îles Marquises et vous l'avez planté en plein Londres ! Votre livre est une satire pénétrante, une authentique critique de la vie. Je suis sûr que vous n'avez pas voulu être au goût du jour ni fouiner dans le réel ; mais vous vous êtes laissé entraîner par votre sujet. L'acide à froid et le sang-froid sont des choses très différentes, voyez-vous, sans parler du fait qu'il vous a fallu laisser tomber l'archaïsme. Personnellement, bien sûr, je trouve ce nouveau machin à cent coudées au-dessus de* La tortue qui sanglote, *qui était un petit bouquin agréable, mais qui ne donnait pas lieu de s'extasier. Mais je ne suis pas le public ni la critique. Les gens jeunes et maigres seront affligés de votre manque de modernisme, ils prétendront que vous faites de la morale; les gens gros et vieux vous déclareront amer et destructeur; et le public ordinaire prendra au sérieux votre homme des Marquises et s'indignera que vous le présentiez comme son supérieur. Les perspectives, voyez-vous, n'ont rien de splendide. Comment croyez-vous que nous allons « faire passer » un tel livre? Eh bien! nous n'allons pas le faire passer du tout. Tel est le diktat de la direction. Je ne suis pas d'accord. Je le publierais volontiers dès demain; mais il faut bien s'incliner quand Danby et Winter sont aux commandes. Donc, malgré tous mes regrets personnels, je vous renvoie ce qui est en réalité un chef-d'œuvre.*

Toujours bien à vous,

MICHAEL MONT

— Voyez-vous, mademoiselle, je ne crois pas que vous ayez besoin de traduire cela.

— Je crois que ce serait un peu difficile.

— Entendu, donc. Mais faites l'autre lettre, s'il vous plaît. Maintenant, mademoiselle, je vais emmener ma femme voir un tableau; je serai de retour à quatre heures. Oh! si un petit bonhomme nommé Bicket, qui a été employé ici autrefois, me demande, faites-le monter, mais qu'on me prévienne; dites-le en bas, s'il vous plaît.

— Oui, monsieur Mont. Est-ce que cette miss Manuelli n'a pas servi de modèle pour la couverture du roman de Mr Storbert?

— En effet; c'est même moi qui l'ai dénichée.

— Elle a un visage extrêmement attachant, n'est-ce pas?

— Oui, tout à fait exceptionnel, je le crains.

— Elle ne doit pas s'en plaindre, j'imagine.

— Ça dépend, dit Michael en lardant de coups son buvard.

28

« L'Après-midi d'une dryade »

Fleur dissimulait encore avec grâce la plus grande partie de ce que Michael appelait « le onzième baronet » dont la venue au monde était attendue deux mois plus tard. Physiquement et moralement, elle semblait se consacrer sereinement à la fabrication du nouvel objet qui allait enrichir sa collection.

Michael savait que, depuis le premier mois (et suivant en cela les instructions de sa mère), elle s'appliquait à « influencer » le sexe de l'enfant en se répétant, chaque soir avant de s'endormir, et chaque matin au réveil : « Jour après jour, il devient plus masculin. » Cette insistance était censée affecter le subconscient dont tout le monde disait à présent qu'il déterminait le sexe ; en revanche, elle s'abstenait de prononcer la phrase : « Je veux un garçon », par crainte de provoquer une réaction dont la conséquence (toujours d'après les on-dit) risquait d'être la naissance d'une fille.

Michael remarquait qu'elle se rapprochait beaucoup de sa mère, comme si son côté français (qui constituait l'aspect réaliste de sa nature) l'emportait dans une circonstance relative au corps. Elle se rendait fréquemment à Mapledurham dans la voiture de Soames et sa mère venait très souvent à South Square.

La présence d'Annette était toujours agréable à Michael ; il n'oubliait pas avec quelle chaleur elle avait soutenu sa candidature à un moment où celle-ci paraissait sans espoir. Bien qu'il se sentît encore à l'orée du cœur de sa femme et qu'il se préparât à jouer les seconds violons auprès du « onzième baronet », il était infiniment plus libre d'esprit depuis le départ de Wilfrid. Il observait avec une adoration amusée la façon dont Fleur concentrait tout son talent de collectionneuse sur un objet qui ne serait pas d'époque et n'aurait pas de valeur monnayable.

Après avoir déjeuné de bonne heure à South Square avec les Mont, Aubrey Greene les conduisit lui-même voir l'exposition de la galerie Dumetrius. Dans le taxi, Michael dit :

— Votre dryade est venue me voir ce matin, Aubrey. Elle voulait que je vous demande d'élever un barrage au cas où son mari viendrait vous reprocher d'avoir fait le portrait de sa femme. Il paraît qu'il a vu par hasard une reproduction de votre tableau.

— Hum ! murmura le peintre. Dois-je accepter, Fleur ?

— Sans hésitation.

Le sourire d'Aubrey Greene glissa vers Michael.

— Eh bien, comment s'appelle-t-il ?

— Bicket.

Aubrey Greene fixa son regard dans l'espace et récita lentement ce limerick improvisé :

Un jeune mari en colère qui s'appelait Bicket
Dit au peintre qu'il avait manqué à l'étiquette
En peignant sa femme, créature de rêve,
Dans le simple appareil de notre mère Ève,
Sans plus de respect que pour une biquette.

— Oh ! Aubrey !

— Arrêtez ! dit Michael. Vous savez, c'est sérieux. Elle, c'est une petite femme très courageuse. Elle a gagné l'argent qu'il leur faut pour aller en Australie tout en restant honnête.

— En ce qui me concerne, c'est certain !

— Le contraire me surprendrait !

— Pourquoi, Fleur ?

— Vous n'êtes pas un don Juan, Aubrey !

— À la vérité, elle excitait uniquement mon sens esthétique.

— Ce n'est pas cela qui l'aurait sauvée de certains esthètes.

— Et puis, elle est native de Putney.

— Voilà au moins une vraie raison. Alors, on peut compter sur vous pour dresser un barrage si Bicket surgit ?

Aubrey Greene mit la main sur son cœur.

— Nous sommes arrivés, dit-il.

Michael, par égard pour le onzième baronet, avait choisi une heure où les admirateurs sérieux d'Aubrey Greene seraient encore à table. Un jeune homme hirsute et trois jeunes filles au teint d'endive erraient seuls parmi les toiles.

Le peintre se dirigea aussitôt vers son chef-d'œuvre et, pendant quelques minutes, ils le contemplèrent dans un état de paralysie approprié. Il n'eût pas été convenable de se livrer trop tôt à des propos élogieux ; parler trop tard eût également constitué un manque de tact ; parler avec servilité eût été choquant ; murmurer froidement : « Très bien, vraiment très bien » eût été offensant ; lâcher brutalement : « Eh bien, mon vieux, franchement, je n'aime pas du tout ça » était impossible... À la fin, Michael pinça légèrement Fleur et elle se hâta de dire :

— C'est vraiment adorable, Aubrey, et très ressemblant... du moins...

— Autant qu'on puisse en juger, enchaîna Michael. Cette fois, mon vieux, vous avez réussi ! C'est elle tout craché ! Je crains bien que Bicket ne soit aussi de cet avis.

— Je me fiche de la ressemblance ! marmonna le peintre. Que pensez-vous des rapports de couleur ?

— Remarquables ! surtout la carnation. Tu ne trouves pas, Fleur ?

— Oui, mais j'aurais aimé cette ombre, là, sur le côté, un peu plus accentuée.

— Vous trouvez ? fit le peintre. Peut-être !

— Vous avez saisi l'esprit. Ça, c'est un tableau qui veut dire quelque chose, dit Michael. Gare à vous, mon vieux, je vous préviens. Les critiques vont vous tomber dessus à bras raccourcis !

Aubrey Greene eut un sourire.

— C'est là le point faible de cette jeune femme. Elle vous y pousse malgré vous. C'est impardonnable à l'heure actuelle en peinture de vouloir exprimer une idée.

— Personnellement, je ne partage pas du tout cette opinion ! Et toi, Fleur ?

— Bien sûr que non. Mais ça ne s'avoue pas !

— Il serait temps de s'y mettre au lieu de faire des courbettes au Café Crillon ! Les cheveux sont parfaits et les orteils aussi ; ils se recroquevillent quand on les regarde !

— Et quel soulagement de ne pas voir des jambes faites en cubes rayés ! Les asphodèles rappellent les fleurs de *La Vierge aux rochers* de Léonard !

— Toute la composition est un peu léonardesque, mon vieux. Il faudra vous dégager de ça !

— Mon père a vu votre tableau, Aubrey, et je crois qu'il y mord. Il a été très impressionné par ce que vous lui avez dit au sujet de notre *Singe blanc*, vous vous en souvenez ?

Aubrey Greene leva les mains au ciel.

— Ah oui ! Ce *Singe blanc* ! Comme on aimerait en être l'auteur ! Manger le fruit, jeter l'écorce et demander avec ses yeux à quoi tout ça rime !

— Encore une moralité ! dit Michael. Casse-cou, mon vieux… Voilà notre taxi qui arrive. Viens, Fleur, nous allons laisser Aubrey en proie aux affres de sa conscience.

Dans le taxi, il la prit par le bras.

— Ce pauvre petit bougre de Bicket ! Je me vois à sa place, tombant par hasard sur un tableau représentant ma femme !

— Je n'aurais pas été aussi jolie…

— Oh ! si ! beaucoup plus ! Bien qu'elle ne soit pas mal, je le reconnais.

— Alors, qu'est-ce que ça peut faire à Bicket ? Nous vivons à une époque évoluée !

— Bon Dieu ! ma chérie, tu ne t'imagines pas que Bicket... Je veux dire que nous autres, gens évolués, nous avons pris l'habitude de croire que nous constituons le monde entier, alors que nous n'en sommes qu'une toute petite excroissance bruyante. Nous parlons comme si les vieilles valeurs et les vieux préjugés n'existaient plus, mais ils sont toujours là, comme les rangées de villas et de petites maisons grises du siècle dernier.

— Quelle virulence, Michael !

— C'est que, ma chérie, je commence à en avoir pardessus la tête de l'attitude de notre milieu ! Si émancipation il y avait vraiment, on pourrait s'en accommoder, mais ce n'est pas le cas. Il n'y a pas dix pour cent de différence entre aujourd'hui et il y a trente ans !

— Comment le sais-tu ? nous n'étions pas encore nés !

— Bien sûr, mais je lis les journaux, je parle à l'homme de la rue et je regarde le visage des gens. Notre milieu s'imagine être la nappe ; il n'est que la frange. Sais-tu que, dans ce pays, il n'y a que cent cinquante mille personnes qui aient jamais entendu une sonate de Beethoven ? Et combien y en a-t-il qui le tiennent pour un vieux raseur ? cinq mille peut-être, sur quarante-deux millions ? Où est l'émancipation là-dedans ?

S'apercevant qu'elle avait baissé les paupières, il s'arrêta.

— J'étais en train de penser, Michael, que j'aimerais avoir des rideaux bleus dans ma chambre. Hier, j'ai vu exactement la couleur qu'il me faut, chez Harton. On dit que le bleu a un effet bienfaisant sur le cerveau ; mes rideaux actuels sont trop bariolés.

Vive le onzième baronet !

— Tout ce que tu voudras. Fais peindre le plafond en bleu si ça doit t'aider !

— Oh ! non ! mais je crois que je changerai aussi le tapis ; il y en a un bleu cendré ravissant, chez Harton.

— Alors, achète-le ; veux-tu y aller maintenant ? Je prendrai le métro pour revenir au bureau.

— Oui, je crois que ça vaudrait mieux. Il risque de m'échapper.

Michael se pencha par la fenêtre :

— Chez Harton, s'il vous plaît.

Tout en remettant son chapeau, il la regarda longuement. Émancipée ! Quelle blague !

29

L'après-midi d'un Bicket

À peu près au même moment, Bicket rentrait dans sa chambre et déposait son éventaire. Durant toute la matinée à l'ombre de Saint Paul, il avait revécu le jour de fête. Jamais il n'avait tant souffert des pieds et des jambes et il éprouvait comme une démangeaison au cerveau. Il s'était promis de jeter de temps à autre un coup d'œil sur ce qui était presque la photo de Vic elle-même… et voilà qu'il avait perdu la feuille du journal ! Pourtant, il n'avait rien sorti de ses poches ; il avait simplement accroché son pardessus. Le bout de papier serait-il tombé par suite d'une poussée, dans la bousculade du métro ? ou l'aurait-il glissé dans la fente, et non dans l'ouverture de la poche ? Il avait aussi très envie de voir l'original ; il se rappelait que le nom de la galerie commençait par un « D ». À l'heure du déjeuner, il gaspilla un penny et demi pour consulter un annuaire. Ce devait être un nom étranger, puisque le modèle était nu… « Dumetrius ? » Ah !

De retour à son poste habituel, la chance le favorisa. Ce « conseiller municipal », qu'il n'avait pas vu depuis des mois, vint à passer. L'instinct le porta à lui dire :

— J'espère que vous allez bien, monsieur ; je n'ai jamais oublié votre bonté !

Le « conseiller municipal » qui regardait en l'air, comme s'il apercevait une pie sur le dôme de Saint Paul, s'arrêta, tel un homme saisi d'une crampe.

— Ma bonté ? quelle bonté ? Oh ! les ballons ! Ils ne m'ont servi à rien.

— Non, monsieur, bien sûr, répondit Bicket avec humilité.

— Eh bien, tenez, marmonna le « conseiller municipal », mais ne vous attendez pas à ce que ça recommence.

Une demi-couronne ! une vraie demi-couronne ! Bicket suivit des yeux la silhouette qui s'éloignait en hâte. « Bonne chance ! » se dit-il doucement à lui-même et il se mit à ranger son éventaire. « Je vais rentrer pour emmener Vic voir ce tableau ; ce sera drôle de le regarder ensemble ! »

Elle n'était pas à la maison. Il s'assit et fuma une sèche. Il était irrité qu'elle fût sortie, la première fois qu'il prenait une demi-journée de congé. Évidemment elle ne pouvait rester enfermée toute la journée… Pourtant… ! Il attendit vingt minutes, puis il revêtit le costume et les souliers de Michael. « J'irai le voir tout seul, ça coûtera moitié moins. On doit demander six pence d'entrée, je pense. »

On lui réclama un shilling ! Un shilling ! le quart de son gain de la journée pour voir un tableau !

Il entra timidement. Il y avait là des dames parfumées à la voix traînante, mais pas une qui fût aussi jolie que Vic. Derrière lui, l'une d'elles dit : « Regardez, voilà Aubrey Greene en personne ! Et ça, c'est le tableau dont on parle tant, *L'Après-midi d'une dryade.* » Elles passèrent devant lui et Bicket les suivit ; au bout de la salle, entre leurs manteaux et les catalogues, qu'elles tenaient à la main, il entrevit le tableau. Une sueur légère perla à son front. Presque grandeur nature, allongée dans l'herbe parsemée de hautes tiges fleuries, elle lui souriait ; c'était le portrait même de Vic. Pouvait-il exister de par le monde une personne qui lui ressemblât autant ? Cette idée l'offensa, comme la découverte d'une réplique offense le collectionneur qui croit posséder une pièce unique.

— C'est un merveilleux tableau, Greene ! Quel type !

Un jeune homme sans chapeau, aux cheveux blonds, lissés en arrière, répondit :

— Une trouvaille, n'est-ce pas ?

— Oh ! admirable ! la plus parfaite incarnation d'une nymphe des bois… si mystérieuse !

Le mot qui n'appartenait qu'à Vic ! Quel blasphème ! Ces gens pouvaient la voir couchée, là, simplement parce qu'une fille de rien du tout était faite comme elle ! Une sorte de rage prit Bicket à la gorge et lui fit monter le rouge aux joues. En même temps, une curieuse jalousie physique s'emparait de lui. Ce peintre ! Comment avait-il osé peindre une femme aussi pareille à Vic, une femme qui consentait à se montrer ainsi ? Ces gens qui parlaient de « Kiaroscourro » et de « paganisme » et d'un bonhomme nommé « Leonardo », le diable les emporte, eux et leurs simagrées ! Il voulut s'en aller, mais il ne pouvait s'arracher à la fascination de cette effigie, si étrangement identique à ce qu'il croyait lui appartenir à lui seul. C'était idiot de se mettre dans un tel état pour une coïncidence, mais il avait envie de briser la vitre et de découper le corps en petits morceaux. Les dames et le peintre s'éloignèrent, le laissant seul devant le tableau ; il se sentit plus calme. Le visage avait l'air triste et solitaire, mais un fugitif éclair de malice entrouvrait les lèvres… C'était une physionomie qui ne se laissait pas oublier. On en était possédé ! « Eh bien, pensa Bicket, je m'en vais rentrer. Après tout, je suis content de ne pas avoir amené Vic comme qui dirait se voir elle-même. Si j'étais conseiller municipal, j'achèterais cette sacrée peinture et je la brûlerais ! » Soudain, dans le hall de la galerie, il découvrit son propre conseiller en train de parler avec un individu du genre métèque ! L'étonnement cloua Bicket sur place.

— C'est un nom qui monte, monsieur Forsyte, disait le métèque ; ses prix s'élèvent !

— Je ne dis pas non, Dumetrius, mais ce n'est pas au goût du jour ; c'est trop fignolé.

— Eh bien, monsieur Forsyte, pour vous, ce sera dix pour cent de moins.

— Dites vingt pour cent et je l'achète.

Les épaules du métèque se haussèrent au-dessus du niveau de ses oreilles poilues et… quel sourire il fit !

— Monsieur Forsyte, quinze !

— Je me fais avoir ! Envoyez-le quand même chez ma fille, à South Square ; vous connaissez le numéro. Quand ferme l'exposition ?

— Après-demain, monsieur.

Ainsi, la contrefaçon de Vic s'en allait chez ce « conseiller municipal ». Bicket laissa échapper un petit grognement de rage et partit. Il marchait, animé d'un sentiment bizarre. S'était-il ému pour rien ? Après tout, ce n'était pas elle. Mais savoir qu'une autre femme avait ce sourire, ces cheveux noirs bouclés à l'extrémité, ce corps modelé de la même façon… c'était intolérable ! Il regardait chaque passante : toutes étaient si parfaitement différentes de Vic !

Quand il rentra, elle se tenait au milieu de la chambre, un ballon à la bouche. Tout autour d'elle, sur le plancher, sur les chaises, sur la table, sur la cheminée, s'amoncelaient les formes gonflées de ses ballons ; l'un après l'autre, ils s'étaient envolés de ses lèvres et avaient choisi leur lieu de repos : le brun, le vert, l'orange, le violet, le bleu égayaient de leurs vives couleurs la morne grisaille du petit logement… Tous ses ballons gonflés ! Et elle, sur son trente et un, souriante, bizarre, excitée.

— Qu'est-ce que ça veut dire ? demanda Bicket.

Elle souleva sa robe et tira du haut de son bas une liasse de billets craquants qu'elle lui tendit.

— Regarde : soixante-quatre livres, Tony ! Je les ai ! Nous pouvons partir !

— Quoi ?

— J'ai eu une inspiration : je suis allée trouver ce Mr Mont qui nous a donné les vêtements et il m'a avancé la somme. Nous pourrons le rembourser plus tard. Est-ce que ce n'est pas merveilleux ?

Les yeux de Bicket, effarés comme ceux d'un lapin, notèrent son sourire, sa rougeur, et un étrange soupçon lui traversa l'esprit : on se foutait de lui ! Elle était si différente d'elle-même ! Soudain, les bras de Vic l'entourèrent et elle posa ses lèvres humides contre les siennes. Elle le serrait si fort qu'il ne pouvait bouger. La tête lui tourna.

— Enfin ! enfin ! c'est beau, n'est-ce pas ? Embrasse-moi, Tony !

Bicket l'embrassa ; son vertige était réel, mais ne faisait que masquer une sensation intense d'irréalité.

Fut-ce avant ou pendant la nuit que le doute commença de s'insinuer en lui, léger, aérien comme un fantôme, puis, vers l'aube, si fort qu'il lui transperça le cœur au point de le laisser presque sans vie ? Cet argent… ce tableau… le journal perdu… l'histoire qu'elle lui avait racontée ! De telles choses étaient-elles possibles ? Pourquoi Mr Mont leur ferait-il une aussi forte avance ? Elle l'avait vu, sans aucun doute ; le bureau, la secrétaire… impossible de ne pas reconnaître sa description de miss Perren. Alors, pourquoi ce doute lancinant ? L'argent… tant d'argent ! Pas avec Mr Mont… jamais de la vie… c'était un gentleman, lui ! Oh ! quel salaud il était de penser à des choses pareilles au sujet de Vic !

Il lui tourna le dos et tenta de dormir. Mais comment y parvenir quand des pensées aussi horribles vous harcèlent ? Non… son visage au milieu des ballons, la façon dont elle l'avait couvert de baisers, dont elle lui avait fait tourner la tête pour l'empêcher de réfléchir, de discuter, de lui poser des questions !

Bicket se leva, hagard, torturé par l'incertitude et cependant traversé de frissons d'espérance et de visions d'Australie.

— Eh bien, dit-il, tandis qu'ils déjeunaient de cacao et de tartines de margarine, il faut que je voie Mr Mont, c'est certain.

Et il ajouta soudain : « Vic ? » en la dévisageant. Elle lui rendit son regard en plongeant franchement ses yeux dans les siens. Oh ! quel salaud il était !…

Quand il fut sorti, Victorine demeura immobile, les mains appuyées contre la poitrine. Elle avait encore moins dormi que lui : silencieuse comme une souris, elle avait tourné et retourné cette question dans son esprit : « L'ai-je dupé ? Y ai-je réussi ? » Et sinon, qu'arriverait-il ? Elle sortit les billets qui avaient acheté (ou vendu ?) leur bonheur et elle les compta une fois de plus. Un violent sentiment d'injustice lui brûlait le cœur. Était-ce pour son plaisir qu'elle s'était tenue ainsi devant des hommes ? Tout ne s'était-il pas passé convenablement ? Ah ! elle aurait pu, si elle l'avait voulu, se faire donner ces soixante livres, trois mois auparavant, par ce sculpteur qui était fou d'elle... ou qui, du moins, le disait ! Mais elle avait résisté. Tony ne pouvait rien lui reprocher, même s'il devait tout savoir. Elle l'avait fait pour lui, pour qu'il ne continuât pas à vendre ses ballons jour après jour par tous les temps. Sans elle, ils en seraient toujours au même point, avec un nouvel hiver en perspective, pas un penny de côté, alors que, d'après les journaux, le chômage ne faisait qu'augmenter ! Recommencer à subir le brouillard et le froid ! Quelle horreur ! Il lui arrivait encore parfois d'éprouver une drôle de sensation dans la poitrine. Et Tony était toujours enroué... et cette minable petite chambre, ce lit si étroit qu'elle ne pouvait remuer sans le réveiller... Pourquoi douterait-il d'elle ? Il le faisait : elle l'avait senti, elle l'avait entendu quand il avait dit : « Vic ? » Mr Mont saurait-il le convaincre ? Tony était malin ! Elle baissa la tête. Comme la vie était injuste ! Les uns avaient tout à leur portée, comme cette jolie Mrs Mont... et quand une autre essayait de s'en sortir, de se créer une nouvelle existence, voilà ce qui arrivait ! Elle rejeta ses cheveux en arrière ! S'il refusait... alors... elle serait capable du pire ! Elle n'avait rien à se reprocher, non, absolument rien !

Et avec le désir d'attirer le bonheur et d'aller au-devant de l'avenir, elle ouvrit sa vieille cantine et se mit à ranger soigneusement ses affaires.

30

Michael donne des conseils

Michael était encore occupé à corriger les épreuves de *Contrefaçons.* En fait d'adresse où les envoyer, il ne connaissait que « Jéricho ». L'Orient est vaste et Wilfrid ne donnait pas signe de vie. Fleur pensait-elle encore à lui ? Wilfrid devait probablement commencer à l'oublier. Même la passion a besoin d'un minimum vital pour subsister.

— Un Mr Forsyte vous demande, monsieur.

— Ah ! bon. Faites-le entrer.

Soames, qui venait pour la première fois au pays des livres, s'avança d'un air méfiant.

— C'est votre bureau ? dit-il. Je suis venu vous dire que j'ai acheté le tableau du jeune Greene. Avez-vous un endroit où le mettre ?

— Je pense bien ! Il est formidable, n'est-ce pas ?

— Pour l'époque actuelle, oui, fit Soames. Ce Greene sera célèbre un jour.

— Il admire intensément *Le Singe blanc* que vous nous avez donné.

— Ah ! oui ! Je me suis renseigné sur les Chinois. Si je continue à acheter…

Soames s'arrêta.

— Ils constituent un véritable antidote, n'est-ce pas, monsieur ? Ce *Paradis terrestre* ! Et ces oies ; on pourrait en compter les plumes !

Soames garda le silence, absorbé par cette pensée : « Comment diable ai-je pu laisser passer ces peintures chinoises quand elles ont commencé à paraître sur le marché ? » Puis, pointant son parapluie vers les rayons de livres comme pour les menacer, il demanda :

— Ce jeune Butterfield, que devient-il ?

— J'allais justement vous en parler, monsieur. Il est venu me dire hier qu'il avait vu Elderson il y a deux jours. Il est allé le trouver pour lui vendre un exemplaire de l'édition spéciale du livre de mon père. Elderson n'a rien dit et il lui en a acheté deux !

— Pas possible !

— Butterfield a eu l'impression que sa visite lui a flanqué la frousse. Elderson sait naturellement que je suis l'associé de Danby et Winter et que vous êtes mon beau-père.

Soames fronça le sourcil :

— Je ne suis pas sûr que le chat qui dort… Enfin, je vais justement au siège de la société.

— Faites allusion au livre, monsieur, pour voir comment Elderson réagit. En voulez-vous un exemplaire ? Vous figurez sur la liste. E… F… Butterfield devrait vous toucher aujourd'hui. Cela vous évitera la peine de le refuser. Le voici : jolie présentation ! Une guinée.

— *Duo*, lut Soames. De quoi cela traite-t-il ? De musique ?

— Pas précisément : c'est une sorte de dialogue entre l'âme de Gladstone et celle de Disraeli.

— Je ne lis guère, dit Soames tout en tirant un billet de banque de son portefeuille. Pourquoi ne le vendez-vous pas une livre ? Voici le shilling.

— Merci beaucoup, monsieur. Je suis sûr que mon père sera extrêmement content de savoir que vous avez son ouvrage.

— Vraiment ? fit Soames avec un léger sourire. Arrive-t-il qu'on travaille ici ?

— Nous nous efforçons de gagner notre vie tant bien que mal.

— Combien cela rapporte-t-il ?

— Personnellement, je me fais environ cinq cents livres par an.

— Seulement ?

— Oui. Mais je ne crois pas que j'en vaille plus de trois cents.

— Hum ! je vous croyais guéri de votre socialisme ?

— En effet, monsieur ; il ne s'accordait pas bien avec ma position.

— Non, dit Soames… Fleur semble en bonne santé.

— Oui ; elle se porte à merveille. Elle suit la méthode Coué, vous savez.

— Ça, c'est sa mère, dit Soames… Après tout, on ne sait jamais… Au revoir. Ah ! Il y a quelque chose que je voudrais savoir : que veut dire l'expression « porter sur le système » ?

— « Porter sur le système » ? Oh ! taper sur les nerfs, si vous savez ce que ça veut dire ; ça ne se disait plus de mon temps.

— Je vois, dit Soames ; j'avais donc bien compris. Bon !

Il se retourna. Sa silhouette semblait découpée à l'emporte-pièce et, quand elle eut disparu, Michael se sentit privé du sens de la précision.

Il reprit les épreuves et lut deux poèmes. Amers comme de la quinine ! Quelle anxiété, quelle nostalgie laissaient deviner les mots ! Rien de chinois là-dedans ! Les anciens, eux, tels le vieux Forsyte et Bart dans un autre genre, étaient solidement amarrés… « Qu'est-ce donc qui nous manque ? se demanda Michael. Nous sommes prompts d'esprit, intelligents, sûrs de nous et pourtant, toujours mécontents ! Si seulement quelque chose pouvait nous enthousiasmer, nous prendre aux entrailles ! Nous avons jeté par-dessus bord la religion, la tradition, la propriété, la pitié, et qu'avons-nous mis à la place ? La beauté ? quelle blague ! Il n'y a qu'à voir Walter Nazing et le Café Crillon ! Néanmoins, nous devons bien aspirer à un idéal, à une existence meilleure ? Ça n'en prend guère le chemin ! À la vie future ? Je devrais peut-être me documenter sur le spiritisme... mais du diable si les esprits sont moins désaxés que nous : moitié dans un monde, moitié dans l'autre ! Mais à quoi, à quoi donc tend l'humanité ? »

« Flûte ! pensa Michael, en se levant, je vais essayer de dicter une publicité. »

— Voulez-vous venir, je vous prie, mademoiselle ? C'est à adresser aux revues professionnelles pour le nouveau recueil de Desert : « Danby et Winter sont sur le point de publier *Contrefaçons*, par l'auteur de *Monnaie de billon*, le plus grand succès de la dernière année littéraire. » Je me demande combien d'éditeurs ont prétendu cela, mademoiselle Perren, et au sujet de combien d'ouvrages, cette année ?... « Ces poèmes offrent le même caractère brillant et une technique plus savante que ceux du premier volume du jeune écrivain. » Ça va ?

— Caractère brillant, monsieur Mont ? Vous croyez ?

— Non, mais que dire ? « Toute la douleur et tout le pessimisme » ?

— Oh ! non, mais vous pourriez mettre : « Tout le charme étincelant de la forme. L'étrangeté et la diversité du tempérament artistique. »

— Très bien, mais ça coûtera plus cher. Écrivez : « Toute l'étincelante étrangeté » ; voilà qui piquera la curiosité du public. Nous sommes entichés de ce qui est « étrange », mais on ne nous en offre pas souvent ! De l'outré, oui, mais pas de l'« étrange » !

— Pourtant, Mr Desert parvient...

— Oui, quelquefois ; mais il est presque le seul. Pour être étrange, il faut avoir quelque chose dans le ventre, si j'ose m'exprimer ainsi, mademoiselle Perren.

— Vous avez raison, monsieur Mont. Le jeune Bicket attend que vous le receviez.

— Ah ! il est là ? dit Michael en sortant une cigarette. Laissez-moi le temps de me préparer à subir l'assaut, mademoiselle Perren, et faites-le monter.

« En avant pour un mensonge bienfaisant ! » se dit-il.

Bicket pénétra d'un pas lourd dans la pièce qui lui rappelait le souvenir pénible de sa dernière journée chez Danby et Winter. Michael, le dos à la cheminée, fumait ; derrière Bicket s'élevait une pile de livres sur lesquels se lisait : « Le grand roman du jour. »

Michael inclina la tête.

— Hello, Bicket !

Bicket salua :

— J'espère que vous allez toujours bien, monsieur ?

— Parfaitement bien, merci.

Le silence tomba.

— Eh bien, finit par dire Michael, je suppose que vous êtes venu me voir au sujet de la petite avance que j'ai faite à votre femme. Ne vous tourmentez pas ; ça ne presse nullement pour me rembourser.

Tout en parlant, il se rendait compte de la violente agitation du « petit bougre ». Une expression bizarre animait son regard. Ses yeux saillants, semblables à ceux d'une crevette, paraissaient en quelque sorte le précéder. Michael se hâta d'ajouter :

— Votre idée d'émigrer en Australie est à mon avis excellente, Bicket, et plus tôt vous partirez, mieux ça vaudra. Votre femme n'a pas l'air très forte.

Bicket avala sa salive.

— Monsieur, vous avez été très chic pour moi… et il y a des choses difficiles à dire…

— Alors ne les dites pas.

Les joues blêmes de Bicket se couvrirent d'une vive rougeur.

— C'est pas ce que vous croyez, dit-il. Je suis venu vous demander de me dire la vérité.

Il tira soudain de sa poche ce que Michael reconnut être une couverture de livre froissée.

— J'ai chipé ça en bas, en passant devant le comptoir. Là ! Est-ce que c'est ma femme ?

Michael vit avec consternation que ce que Bicket lui tendait était la jaquette du roman de Storbert. Nier un fait patent et prononcer un mensonge charitable tout préparé sont deux choses bien différentes ! Bicket ne lui laissa pas le temps de réfléchir.

— Je vois à votre visage que c'est bien elle, dit-il. Qu'est-ce que ça signifie ? Je veux savoir la vérité, absolument ! Cette histoire me rend fou ! Si c'est bien son visage, alors, c'est son corps dans la galerie... Aubrey Greene... c'est le même nom. Qu'est-ce que ça veut dire ?

Il était presque impressionnant et avait plus que jamais l'accent cockney.

— Quel jeu elle joue ? Il faut que vous me le disiez avant que je sorte d'ici !

Michael joignit les talons et dit tranquillement :

— Calmez-vous, Bicket.

— Me calmer ! Vous seriez calme, vous, si votre femme à vous... Tout cet argent ! C'est pas vous qui le lui avez avancé, vous ne le lui avez pas donné ! Ne me dites pas que vous le lui avez donné !

Michael avait pris son parti : pas de mensonges !

— Je lui ai prêté dix livres pour arrondir la somme, c'est tout. Le reste, elle l'a gagné honorablement, et vous devriez être fier d'elle.

La bouche de Bicket s'ouvrit démesurément :

— Fier ? Et comment qu'elle l'a gagné ? Fier ! bon Dieu !

— Elle l'a gagné comme modèle, dit Michael froidement. Je lui ai donné une introduction auprès de mon ami Mr Greene le jour où vous avez déjeuné avec moi. Je suppose que vous savez ce que sont les modèles.

Bicket déchira la couverture dont les morceaux tombèrent par terre.

— Les modèles ! dit-il. Les peintres ! Oui, j'en ai entendu parler : tous des cochons !

— Pas plus cochons que vous, Bicket. Ayez la bonté de ne pas insulter mon ami. Dominez-vous. Tenez, prenez une cigarette.

Bicket repoussa l'étui qui lui était offert.

— Moi… moi… qui l'aimais tant ! dit-il avec passion, et elle me fait ça !

Une sorte de sanglot sortit de sa poitrine.

— Vous l'aimez, dit Michael d'une voix mordante, et quand elle fait tout ce qu'elle peut pour vous, vous lui en voulez ! Imaginez-vous qu'elle y ait pris plaisir ?

Bicket enfouit soudain son visage dans ses mains.

— Qu'est-ce que j'en sais ? balbutia-t-il.

Une vague de pitié submergea Michael. La pitié ! Fichaise !

— Vous êtes-vous ressaisi, Bicket ? Vous rappelez-vous ce que vous avez vous-même fait pour elle ?

Bicket ôta les mains de son visage et lui jeta un regard éperdu.

— Vous avez pas été lui raconter ça ?

— Non, mais je le ferai si vous n'êtes pas raisonnable.

— Ça me serait bien égal à présent ! Se montrer nue à tous les hommes de la terre ! Soixante livres ! Honorablement ! Vous vous figurez que je crois ça ?

Sa voix était pleine de détresse.

— Bien sûr que non ! fit Michael. Vous ne le croyez pas, simplement parce que vous êtes ignorant, aussi ignorant que les cochons dont vous parlez. Une femme peut faire ce métier et rester parfaitement honnête, comme je ne doute pas un instant que ce soit le cas pour la vôtre. On n'a qu'à la regarder et à l'entendre parler. Elle l'a fait parce qu'elle ne pouvait supporter de vous voir vendre des ballons, elle l'a fait pour vous tirer tous les deux de la misère et vous donner une possibilité de vivre. Et maintenant que vous l'avez, cette possibilité, vous faites un foin de tous les diables ! Allons, Bicket ! soyez chic ! Si je lui disais ce que vous avez fait pour elle, croyez-vous qu'elle crierait comme un putois ? Certainement pas. Vous avez fait preuve d'humanité l'un vis-à-vis de l'autre – et c'est rudement bien de votre part à tous les deux. Voilà tout. Ne l'oubliez pas !

Bicket avala de nouveau sa salive avec violence.

— C'est facile pour vous de le prendre comme ça, dit-il d'un ton lugubre, parce que ça vous est pas arrivé à vous !

Michael se sentit touché au vif. Non ! ça ne lui était pas arrivé à lui. Tous ses soupçons au sujet de Fleur, du temps de Wilfrid, l'assaillirent brutalement.

— Écoutez, Bicket, dit-il, doutez-vous de l'affection de votre femme ? Tout est là. Je ne l'ai vue que deux fois, mais je ne comprends pas que cette idée puisse vous venir à l'esprit. Si elle ne vous aimait pas, pourquoi voudrait-elle aller en Australie quand il lui est possible de gagner de l'argent ici et de s'amuser si elle en a envie ? Je peux me porter garant de mon ami Greene ; il a été parfaitement convenable, je le sais.

Mais tout en observant Bicket, il se demanda si les autres artistes pour lesquels elle avait posé s'étaient montrés aussi élégants que Greene…

— Écoutez, Bicket ! nous sommes tous mis quelquefois à l'épreuve… il faut que vous croyiez en elle. C'est la seule attitude possible.

— Se donner en spectacle à tout le monde !

Les mots s'étranglaient dans son cou décharné.

— J'ai vu un foutu conseiller municipal acheter ce tableau, hier.

Michael ne put s'empêcher de sourire en entendant cette description du vieux Forsyte.

— En vérité, c'est mon propre beau-père qui l'a acheté pour nous en faire cadeau. C'est une belle chose, vous savez.

— Ah ! s'écria Bicket, c'est une belle chose, oui ! l'argent ! C'est l'argent qui l'a achetée… L'argent peut acheter n'importe quoi ! Il vous achèterait le cœur et vous le ferait sortir de la poitrine !

« Je n'arrive à rien ! pensa Michael. Et la fameuse émancipation, où est-elle, là-dedans ? Il n'a jamais entendu parler des Grecs et, si on lui en parlait, il les prendrait pour une bande d'étrangers aux mœurs relâchées ! Il faut en finir. » Soudain, il vit des larmes sourdre de ces yeux de crevette et glisser le long de ces joues creuses. Bouleversé, il dit rapidement :

— Une fois sorti d'ici, n'y pensez plus jamais. Allons, Bicket, soyez un homme ! Elle a agi dans les meilleures intentions. À votre place, je lui laisserais toujours ignorer que je le sais. C'est ce qu'elle ferait, elle, si je lui révélais que vous avez barboté *Monnaie de billon*.

Bicket serra les poings (geste qui contrastait curieusement avec les pleurs), puis, sans un mot, il quitta la pièce en traînant les pieds.

« Donner des conseils n'est décidément pas mon fort, se dit Michael. Pauvre petit bougre ! »

31

Quittes

Bicket, à demi aveuglé par les larmes, avançait en trébuchant le long du Strand. Doué par la nature d'un heureux caractère, il ne pouvait physiquement supporter la violence d'un tel choc ; il se sentait malade à mourir dans son cœur et dans sa tête. Petit à petit, la marche et le soleil lui rendirent la faculté de penser. Il avait obtenu la vérité, mais était-ce bien la vérité absolue et entière ? Avait-elle vraiment pu amasser tant d'argent sans… ? S'il parvenait à s'en persuader, alors, une fois loin de ce pays où il suffisait de payer un shilling pour la voir toute nue, il pourrait oublier. Pourtant… une si grosse somme ? Et même si elle l'avait gagnée « honorablement », comme disait Mr Mont, pendant combien de jours et devant combien d'hommes s'était-elle exposée ainsi ? Il gémit tout haut. L'idée de rentrer auprès d'elle – autrement dit, d'avoir peut-être à affronter une scène et de risquer alors d'apprendre des choses affreuses – lui était intolérable. Et pourtant… il le fallait ! Il lui semblait qu'il aurait mieux supporté son chagrin s'il avait pu aller à l'ombre de Saint Paul proposer ses ballons aux passants.

Il était désœuvré pour la première fois de sa vie comme un fichu « conseiller municipal », n'ayant rien d'autre à faire qu'à prendre un billet pour le pays des papillons bleus… et ce désœuvrement, il le devait à ce qu'un homme, incapable d'en distraire sa pensée, ne pouvait vraiment pas endurer ! Il eût préféré rafler cet argent dans la caisse d'un magasin. Son âme eût supporté le poids d'un vol plus aisément que la torture de cette diabolique jalousie sexuelle. « Soyez un homme ! » Facile à dire ! « Dominez-vous ; elle l'a fait pour vous ! » Il eût cent fois mieux aimé qu'elle ne le fît pas !

Le pont de Blackfriars ! Un plongeon, et finir dans la vase ? Mais on remonte trois fois à la surface avant de sombrer, paraît-il, et on risque d'être repêché vivant... D'ailleurs, il n'aurait rien à y gagner, pas même le plaisir de penser que Vic verrait à quoi elle l'avait poussé lorsqu'elle viendrait identifier le corps. Quand on est mort, on est mort, et il ne saurait jamais ce qu'elle ressentirait ! Il traversa le pont à pas pesants, les yeux fixés droit devant lui. Little Ditch Street... Comme il se hâtait d'aller la rejoindre du temps de sa pneumonie ! Retrouverait-il jamais son état d'esprit d'alors ? Il passa rapidement devant la fenêtre et entra. Victorine était encore penchée au-dessus de la cantine marron. Elle se redressa et son visage prit une expression figée et harassée.

— Eh bien, dit-elle, je vois que tu es au courant.

Bicket n'avait que deux pas à faire pour entrer dans la petite chambre ; il les fit, posa ses mains sur les épaules de Vic et riva aux siens ses yeux démesurément agrandis par le chagrin et la fatigue.

— Je sais que tu t'es montrée à tout Londres. Ce que je veux aussi savoir c'est... le reste !

Victorine lui rendit son regard.

— Le reste ! fit-elle.

Ce n'était pas une interrogation, mais un simple écho, et sa voix n'exprimait rien.

— Oui ! dit Bicket, d'un ton rauque. Le reste... eh bien ?

— Si tu crois qu'il y a un « reste », ça suffit !

Bicket retira brusquement ses mains.

— Oh ! bon Dieu ! ne fais pas la mystérieuse. J'en perds la boule !

— Je le vois, dit Victorine, et je vois aussi que tu n'es pas celui que je croyais. Est-ce que tu t'imagines que ça m'a amusée de faire ce métier ?

Elle souleva sa robe et sortit les billets de banque.

— Tiens, tu peux aller en Australie sans moi !

Bicket cria d'une voix enrouée :

— Et te laisser à ces satanés peintres ?

— Et me laisser seule. Prends-les.

Bicket recula jusqu'à la porte en fixant les billets d'un air horrifié.

— Non, non ! Je n'en veux pas !

— Moi non plus. Je les ai gagnés pour te sortir d'ici.

Il y eut un long silence. Les billets jonchaient la table, encore craquants, bien qu'un peu gras… ces billets si longuement, si ardemment désirés qui devaient les conduire au pays du soleil et des papillons bleus pour y trouver le bonheur ! Ils gisaient là, inutiles. Ni lui ni elle n'en voulaient maintenant. Alors ?

— Vic, finit par dire Bicket dans un chuchotement presque inaudible, jure-moi que tu ne leur as jamais permis de te toucher.

— C'est vrai. Cela, je peux te le jurer.

Et elle pouvait sourire aussi en le disant… ce sourire… ce sourire mystérieux… Comment la croire, elle qui lui avait tout caché pendant tant de mois et qui avait fini par lui raconter un mensonge ! Il se laissa choir sur une chaise près de la table et posa sa tête dans ses bras.

Victorine se tourna vers la malle et se mit à serrer la vieille corde qui l'entourait. Il leva la tête en entendant ce léger bruit.

Elle avait donc vraiment l'intention de partir ? Il crut voir s'étendre devant lui sa vie dévastée, aussi vide que les coquilles de noix de coco éparses dans Hampstead Heath. Toute sa rancune de petit cockney élevé dans la rue fondit en un clin d'œil. Les larmes ruisselèrent de ses yeux.

— Quand tu étais malade, dit-il, j'ai volé pour toi. C'est à cause de ça qu'on m'a renvoyé.

Elle fit volte-face.

— Tony ! tu ne me l'avais jamais dit ! Qu'est-ce que tu as volé ?

— Des livres. Toute ta suralimentation… c'étaient des livres.

Pendant une longue minute, elle le regarda, puis, sans un mot, elle tendit les mains vers lui. Bicket les saisit.

— Tout m'est égal, balbutia-t-il. Ne m'abandonne pas si tu m'aimes encore, Vic !

— Moi aussi, tout m'est égal ! Oh ! partons d'ici, Tony ! cette horrible petite chambre, cet horrible pays… quittons tout ça !

— Oui, dit Bicket en portant à ses yeux les mains de la jeune femme.

32

Elderson mis à l'épreuve

En sortant de chez Danby et Winter, Soames partageait sa pensée entre Elderson et *Le Singe blanc.* Ainsi que Fleur l'avait supposé, il n'avait pas oublié les paroles prononcées par Aubrey Greene au sujet de cette épave du naufrage de George Forsyte. « Manger les fruits de la vie, en jeter l'écorce et se faire pincer pour ça. » La parabole lui semblait s'appliquer parfaitement au domaine des affaires.

Le pays continuait à vivre sur son capital. Avec la ruine des compagnies maritimes et l'effondrement des marchés européens, on importait des denrées sans avoir les moyens de les payer. À son avis, on ne tarderait pas à « se faire pincer ». C'était très joli, le crédit britannique, sujet d'admiration dans le monde entier et ainsi de suite, mais on ne vit pas indéfiniment d'admiration. Il n'y avait plus de fret ; toutes les entreprises travaillaient à perte ; les chômeurs étaient légion ; bref, on était en bien mauvaise posture ! Même les assurances seraient touchées avant longtemps. Peut-être cet Elderson avait-il prévu tout ce processus inévitable et prenait-il ses précautions en conséquence ? Si de toute façon on devait « se faire pincer », pourquoi prendre la peine d'être honnête ? Mais un tel cynisme était si contraire au tempérament Forsyte que Soames en repoussait l'idée, qui pourtant s'imposait obstinément à son esprit. Lors d'une banqueroute générale, qui se souciait de prévoyance, d'économie, d'intégrité ?

Les conservateurs refusaient même de se laisser appeler par ce nom, comme s'il eût été entaché de ridicule et qu'ils fussent persuadés qu'il ne restait rien à conserver. « Manger le fruit, en jeter l'écorce et se faire pincer. »

Ce jeune peintre avait dit là quelque chose d'intelligent, oui, et son tableau était habile, bien que Dumetrius en eût exagéré le prix, comme d'habitude. Où Fleur le placerait-elle ? Dans le vestibule, sans doute ; l'éclairage y était bon et les gens que le jeune couple recevait ne seraient pas choqués d'y voir un nu. C'est curieux, où allaient donc tous les nus ? On n'en voyait jamais, pas plus qu'on ne voit le proverbial âne mort. Soames eut un instant la vision d'ânes mourants chargés de portraits de nudités quittant les rives de la terre… Pour échapper à cette extravagance, il leva les yeux et aperçut Saint Paul en grandeur nature. Le petit marchand de ballons n'était pas là aujourd'hui. Puis ses pensées se tournèrent vers le but de sa course : la S.P.R.P. et son compte rendu semestriel. Conformément à ses conseils, on liquidait toutes les affaires allemandes – une perte sèche de deux cent trente mille livres. Il n'y aurait pas d'acompte sur le dividende et le déficit se prolongerait même pendant le second semestre. Enfin ! mieux vaut se faire arracher le plus tôt possible une dent gâtée et en terminer une bonne fois pour toutes : les actionnaires auraient six mois pour s'habituer à leurs pertes avant l'assemblée générale. Lui-même s'était déjà fait à cette idée ; force leur serait bien de l'imiter avec le temps. Il est bien rare que les actionnaires soient désagréables, à moins qu'on ne les surprenne ; ce sont des gens résignés.

Dans la salle du conseil, le vieil employé remplissait les encriers.

— L'administrateur délégué est-il là ?

— Oui, monsieur.

— Dites-lui que je viens d'arriver, s'il vous plaît.

Le vieil employé se retira ; Soames regarda la pendule : midi. Un mince rayon de soleil se glissait le long de la boiserie et du plancher. Rien d'autre de vivant dans la salle, à part une grosse mouche et le tic-tac de la pendule ; pas même un journal. Soames observa la mouche. Il se rappelait comment, dans son enfance, il avait préféré les grosses mouches bleues et vertes aux mouches ordinaires à cause de leurs vives couleurs. C'était une leçon : les gens brillants, les objets voyants sont dangereux ; ainsi, le *Kaiser* et ce sacré poète italien... comment s'appelait-il donc ? Et ce feu follet d'ici ! Elderson était sans doute fort brillant dans la vie privée... Pourquoi cet individu n'était-il pas encore là ? Sa rencontre avec le jeune Butterfield lui aurait-elle donné à réfléchir ? La grosse mouche monta sur la vitre, redescendit en bourdonnant, remonta de nouveau ; le soleil s'avançait dans la pièce. Le vide de la salle du conseil semblait symboliser le principe de l'assurance : « Laisser les choses comme elles sont. »

« Je ne vais pas faire le pied de grue ici indéfiniment », pensa Soames en s'approchant de la fenêtre. Dans cette large rue qui menait au fleuve, le soleil illuminait quelques piétons et le camion d'un brasseur, mais dans l'artère principale qu'on apercevait au bout, les voitures se pressaient et ébranlaient le pavé. Londres ! Quel endroit monstrueux ! et tout y était assuré... Que serait-ce dans trente ans ? Penser que Londres serait toujours là et qu'il ne le verrait plus... Sans doute, les compagnies d'assurances fonctionneraient-elles encore, mais, qui sait ?... Soudain, il s'aperçut de la présence d'Elderson. L'individu paraissait d'humeur enjouée, élégant, un œillet à la boutonnière.

— Vous songez à l'avenir, monsieur Forsyte ?

— Non, répondit Soames.

Comment diable avait-il pu deviner ses pensées ?

— Je suis content que vous soyez venu. Cela me procure l'occasion de vous dire combien je vous suis reconnaissant de l'intérêt que vous prenez à l'affaire. C'est rare. Un administrateur délégué travaille généralement bien seul.

Se moquait-il ? Il semblait plein d'entrain et d'arrogance. La légèreté de ton éveillait toujours les soupçons de Soames ;

on avait généralement une raison pour affecter autant de désinvolture.

— Si tous les administrateurs étaient aussi consciencieux que vous, on pourrait dormir tranquille. J'avoue que la collaboration du conseil d'administration était, avant votre arrivée, tout à fait négligeable.

De la flatterie maintenant ! Cet Elderson devait poursuivre un but caché ! Et le voilà qui continuait :

— Je puis vous confier ce que je ne dirais à aucun des autres. L'état actuel des affaires est loin de me satisfaire, monsieur Forsyte. L'Angleterre est sur le point de découvrir dans quelle situation elle se trouve.

Effrayé par cette confirmation de ses propres pensées, Soames réagit :

— Rien ne sert de crier avant de recevoir les coups, dit-il. La livre se maintient. Nous sommes stables.

— Je crains que nous ne soyons dans le pétrin et que nous n'y restions, à moins que des mesures draconiennes ne soient prises. Malheureusement, si l'on veut agir avec énergie, il faut commencer par supporter le désordre et des années de disette avant de récolter sa récompense.

Comment pouvait-il parler de la sorte et paraître propre comme un sou neuf ? Cela prouvait qu'il se moquait de ce qui pouvait arriver…

Soudain, Soames résolut de tirer au jugé.

— À propos d'années de disette, je suis venu vous dire qu'il me paraît nécessaire de convoquer les actionnaires au sujet de cette perte sèche sur les contrats allemands.

Il avait parlé en baissant les yeux à dessein. Il les releva vivement, mais le résultat de sa manœuvre le déçut : le regard gris clair de l'administrateur délégué croisa le sien sans un cillement.

— Je m'attendais à cela de votre part, dit-il.

« Le fieffé menteur ! » se dit Soames, car cette idée venait à peine de lui surgir à l'esprit.

— Bien sûr, provoquez une assemblée, poursuivit l'administrateur délégué, mais je crains que ce ne soit pas du goût du conseil d'administration.

Soames s'abstint de dire : « Ni du mien ! »

— Ni de celui des actionnaires, monsieur Forsyte. Ma longue expérience m'a prouvé que moins on leur parle de choses désagréables, mieux cela vaut pour tout le monde.

— C'est possible, dit Soames en se raidissant sous l'effet de la contrariété, mais cela prouve qu'ils n'ont pas le courage de regarder les choses en face.

— Je ne crois pas, monsieur Forsyte, que vous aurez lieu de formuler un tel grief contre moi, à l'avenir !

À l'avenir ! Que diable voulait-il dire par là ?

— Eh bien, je proposerai la réunion de l'assemblée générale au prochain conseil, dit Soames.

— Parfait. Rien de tel que de provoquer une crise pour tirer les choses au clair, n'est-ce pas ?

De nouveau cette ironie indéfinissable, comme s'il cachait quelque chose. Machinalement, Soames regarda les manchettes de l'administrateur délégué, rayées de bleu, admirablement repassées, son gilet de toile écrue, sa cravate à damiers... un vrai gandin ! Il allait lui assener un second coup !

— À propos, dit-il. Mont a écrit un livre. J'en ai acheté un exemplaire.

Elderson ne broncha pas. Peut-être son sourire découvrit-il un peu plus ses dents... fausses sans aucun doute !

— J'en ai pris deux. Le pauvre homme !

Soames éprouva le sentiment de la défaite ; ce type était cuirassé comme un crabe, verni comme une table espagnole !

— Eh bien, fit-il, il faut que je m'en aille.

Elderson tendit sa main.

— Au revoir, monsieur Forsyte. Je vous ai beaucoup de reconnaissance.

Il lui broya positivement la main. Soames partit dans une confusion d'esprit totale. Il était si rare qu'on lui broyât la main ! Il en perdait ses moyens ! Ce geste pouvait très bien être le point final d'une comédie consommée. Comment le savoir ? Cependant, après cette entrevue, il était moins favorable que jamais à l'idée de proposer la convocation des actionnaires. Non, non ! il ne l'avait lancée qu'à titre de ballon d'essai et cela n'avait rien donné. Le coup de Butterfield avait porté, lui, c'était évident. S'il avait été innocent, Elderson eût qualifié d'impudente la visite du jeune homme. Il avait un tel sang-froid qu'il était bien capable de ne pas mordre à l'hameçon, rien que pour vous exaspérer. Non, ça ne collait pas, comme on dit aujourd'hui.

Toujours aussi éloigné de posséder une preuve de culpabilité, Soames en était satisfait, au fond : un tel scandale n'eût abouti qu'à salir toute l'entreprise, y compris les administrateurs. Les gens sont si superficiels ! Ils ne prennent jamais la peine de réfléchir avant de jeter le blâme sur qui le mérite réellement. Il convenait de garder l'œil ouvert et de continuer comme si de rien n'était. On ne gagne rien à déranger un nid de guêpes !

Il en était à ce point de ses réflexions quand une voix prononça :

— Ravi de vous rencontrer, Forsyte ! Vous allez de mon côté ?

Le vieux Mont descendait les marches du Snook's Club.

— Je ne sais pas, répondit Soames.

— Je vais déjeuner à l'Aéroplane.

— Ce nouveau club ?

— Il commence à être très coté.

— Je viens de voir Elderson ; il a acheté deux exemplaires de votre livre.

— Mon Dieu ! Le pauvre homme !

Soames eut un faible sourire.

— C'est précisément ce qu'il a dit de vous ! Et qui croyez-vous qui les lui a vendus ? Le jeune Butterfield !

— Il est toujours vivant ?

— Il l'était ce matin.

Une grimace déforma le visage de sir Lawrence.

— J'ai réfléchi, Forsyte. On m'a dit qu'Elderson entretient deux femmes.

Soames ouvrit de grands yeux. C'était une nouvelle intéressante et qui expliquerait tout.

— Ma femme trouve que c'est une de trop. Qu'en pensez-vous, Forsyte ?

— Moi ? dit Soames. Tout ce que je sais, c'est que cet individu a un sang-froid fantastique. J'entre ici. Au revoir.

Aucun secours à espérer de la part de ce baronet ; il ne prenait rien au sérieux. Deux femmes ! À l'âge d'Elderson ! Comme la vie est étrange ! Dire que certains êtres sont incapables de se contenter d'une seule chose à la fois, qu'ils ont le besoin impérieux de vivre dangereusement. On peut examiner à la loupe leur comportement sans jamais rien remarquer de particulier. Et pourtant, c'est ainsi.

Il traversa le vestibule et pénétra dans la pièce où les « Connoisseurs » déjeunaient. Il prit le menu sur la desserte et commanda une douzaine d'huîtres, mais, se rappelant soudain que c'était un mois sans « r », il prit à la place une sole frite.

33

Elderson lève le pied

— Non, mon cœur, la Nature est démodée.

— Que veux-tu dire, Michael ?

— Prends les romans actuels où il est question de la Nature : une intrigue laborieuse, située dans les falaises de Cornouailles ou les landes du Yorkshire. Y es-tu déjà allée ? On dirait qu'elles déteignent sur vous. Et Dartmoor, quelle blague ! Tu connais ? Dartmoor, le pays des passions ! Elles n'y fleurissent pas plus qu'ailleurs, tu sais ! Et les mers du Sud ! Oh ! là, là ! Tous ces poètes et ces romanciers bafouilleurs sont à des kilomètres de la Nature. Ceux qui s'inspirent de l'idiot du village en sont certainement plus proches. Après tout, c'est le vieux Wordsworth qui a mis la Nature à la mode, et quelle Nature endormante ! Bien sûr, il existe une nature sans apprêt, avec un « n » minuscule ; mais si c'est à elle qu'on veut s'attaquer, on est à peu près sûr d'être coulé ! La Nature est brevetée, soigneusement filtrée et mise en bouteilles. Elle n'est pas assez moderne pour le style contemporain.

— Allons canoter sur la rivière, Michael. Nous prendrons le thé à L'Abri.

Ils atteignaient ce que Michael appelait toujours « cette résidence enviable » quand Fleur se pencha, lui toucha le genou et dit :

— Je ne suis pas moitié aussi gentille envers toi que tu le mérites, Michael.

— Juste ciel, ma chérie ! Je ne m'en étais pas aperçu.

— Je suis égoïste, surtout maintenant.

— C'est la faute du onzième baronet.

— Bien sûr, il y a de ça. C'est une grande responsabilité. J'espère seulement qu'il te ressemblera.

Michael fit glisser le canot jusqu'au débarcadère, rentra ses rames et s'assit auprès d'elle.

— S'il me ressemble, je le désavouerai. Mais les fils tiennent de leur mère.

— Je veux dire comme caractère. Je souhaite de toutes mes forces qu'il soit gai, calme, persuadé que la vie vaut la peine d'être vécue.

Michael regarda ses lèvres qui tremblaient. Il se pencha en avant et vint appuyer sa joue contre la joue de la jeune femme, légèrement brunie par le soleil.

— Tu verras, ce sera un loupiot qui dévorera la vie à belles dents, j'en suis sûr !

Fleur secoua la tête.

— Je ne le veux ni avide ni égoïste. J'ai ça dans le sang, tu sais. Je me rends bien compte que c'est mal, mais je ne peux pas m'en corriger. Comment fais-tu pour être autrement ?

De sa main libre, Michael fourragea dans ses cheveux.

— Le soleil n'est pas trop chaud pour toi, ma chérie ?

— Non, sérieusement, Michael, comment fais-tu ?

— Mais je suis vraiment égoïste et avide : regarde comme je te veux toute à moi ! Rien ne me corrigera de ça.

La joue de Fleur se pressa plus étroitement contre la sienne ; Michael sentit son cœur se dilater et il ajouta :

— Tu te rappelles le soir où tu es descendue au jardin et où tu m'as trouvé ici dans une barque ? Quand tu es partie, j'ai dû faire le poirier pour reprendre mon sang-froid. J'étais dans tous mes états ; je ne pensais pas avoir la moindre…

Il s'arrêta net. Mieux valait ne pas évoquer ce souvenir. C'était ce soir-là qu'elle lui avait dit : « Revenez quand je saurai que je ne peux obtenir ce que je désire. » Le cousin inconnu… !

Fleur dit tranquillement :

— J'ai été infecte envers toi, Michael, mais j'étais terriblement malheureuse à l'époque. C'est passé, bien passé maintenant. Il n'y a plus rien qui cloche à présent, à part ma nature…

Conscient que ses sentiments montraient combien il était de son temps, Michael dit :

— Oh ! s'il n'y a que ça !

Bras dessus, bras dessous, ils remontèrent la pelouse jusqu'à la maison. Il n'y avait personne. Soames était à Londres et Annette à une garden-party.

— Nous allons prendre le thé sur la véranda, dit Fleur.

Michael se sentait plus heureux qu'il ne l'avait jamais été et, dans son euphorie, il allait même jusqu'à concéder un certain charme à la nature, au soleil déclinant, au parfum des œillets et des roses, aux soupirs des trembles… Les colombes d'Annette roucoulaient ; par-delà la rivière au cours paisible, des peupliers dressaient leur haute silhouette. Mais en réalité, s'il était sensible à la beauté du décor, c'était uniquement dû à la présence de la jeune femme assise auprès de lui : pour la première fois elle ne lui donnait pas l'impression d'avoir envie de le quitter au bénéfice de quelqu'un ou de quelque chose. « C'est étrange, pensa-t-il, qu'il puisse exister, en dehors de soi-même, un être capable de dépouiller le monde entier de son importance… et que cet être soit précisément votre propre femme. » Très étrange, compte tenu de ce qu'on est !

Il l'entendit lui dire :

— Bien sûr, ma mère est catholique ; mais, vivant ici avec mon père, elle a cessé de pratiquer. Elle ne m'a même jamais beaucoup importunée à ce sujet. Je me demande, Michael, ce que nous ferons de *lui* !

— Il choisira.

— Je ne sais pas. Il faudra bien lui donner un enseignement religieux avant qu'il aille à l'école. Tu sais, les catholiques trouvent un appui véritable dans leur religion.

— Oui, ils l'acceptent aveuglément. C'est la seule façon de croire de nos jours.

— Il me semble que le manque de religion donne le sentiment que rien n'a d'importance.

Michael s'abstint de plaisanter : « Nous pourrions en faire un adorateur du soleil » ; il dit :

— Quelle que soit la croyance qu'on lui inculquera, elle durera seulement jusqu'à ce qu'il soit en âge de penser par lui-même, et alors, il fera comme bon lui semblera.

— Mais toi, Michael, qu'est-ce que tu crois, au fond ? Ton opinion compte bien plus pour moi que celle de toutes les personnes de mon entourage.

— Quel honneur ! murmura Michael, étrangement flatté. C'est vrai ?

— Dis-moi ce que tu crois, sois sérieux.

— Eh bien, ma chérie, rien au point de vue de la doctrine – ce qui signifie naturellement que je n'ai pas de religion. Je pense qu'il faut jouer le jeu. Mais ça, c'est une éthique.

— Pourtant est-ce que ce n'est pas un handicap de ne pouvoir compter que sur soi-même ? Si une forme ou une autre de religion peut nous aider, pourquoi s'en priver ?

Michael réprima un sourire.

— Tu feras exactement ce que tu voudras du onzième baronet et je te soutiendrai entièrement ; mais étant donné ses parents, j'imagine qu'il sera plutôt sceptique.

— Je ne veux absolument pas qu'il le soit ! Je le préférerais de beaucoup bien ancré dans ses convictions, sans problème, tu vois ce que je veux dire. Le scepticisme ne réussit qu'à engendrer l'instabilité.

— Bref, tu ne veux pas de « singe blanc » en lui ? Je me demande... Tu sais, je crois que c'est dans l'air ! L'important, ce sera de lui apprendre dès l'enfance à tenir compte des autres... même s'il faut pour cela lui taper dessus avec une pantoufle !

Fleur lui lança un coup d'œil aigu et se mit à rire.

— Oui, dit-elle, maman a bien essayé, mais avec papa, ça n'a pas marché !

Ils ne rentrèrent chez eux que passé huit heures.

— Voici un chapeau préhistorique, dit Michael en pénétrant dans le vestibule. Ton père est ici… à moins que ce ne soit le mien.

— C'est le chapeau de papa. L'intérieur est gris. Celui de Bart est beige.

Ils découvrirent en effet Soames dans le salon chinois, une lettre ouverte à la main et Ting-a-Ling à ses pieds. Il tendit la lettre à Michael sans commentaire. Elle ne portait ni date ni adresse. Michael lut :

Cher monsieur Forsyte,

Peut-être aurez-vous la bonté d'informer le conseil d'administration, à sa réunion de mardi, que je me prépare à échapper aux conséquences des quelques peccadilles dont j'ai pu me rendre coupable. Lorsque ces lignes vous parviendront, je serai loin. J'ai toujours considéré que le secret de la vie, de même que celui des affaires, est de savoir quand il faut décrocher. Il sera inutile de déposer une plainte contre moi car je ne pourrai être appréhendé (pour employer le terme juridique dont vous usez) et j'aurai eu soin de me rendre insolvable. Si votre but était de m'acculer, je ne vous félicite pas de votre tactique. En revanche, si c'est vous qui avez eu l'idée de m'envoyer ce jeune homme pour m'avertir que vous étiez toujours sur l'affaire, je ne peux qu'ajouter de nouveaux remerciements à ceux que je vous ai adressés lors de notre dernière entrevue.

Croyez-moi, cher monsieur Forsyte,

Fidèlement vôtre,

ROBERT ELDERSON

Michael dit d'un ton enjoué :

— Bon débarras ! Vous devez vous sentir soulagé maintenant, monsieur ?

Soames se passa la main sur le visage comme pour en effacer l'expression :

— Nous en discuterons plus tard, dit-il. Ce petit chien m'a bien tenu compagnie.

Michael éprouva un bref sentiment d'admiration pour le vieil homme. De toute évidence, il voulait épargner à sa fille la vue de ses tourments.

— Fleur est un peu fatiguée, dit-il ; nous nous sommes promenés sur la rivière et nous avons pris le thé à L'Abri. Votre femme n'était pas là. Dînons tout de suite, Fleur.

Fleur avait pris Ting-a-Ling dans les bras et écartait son visage de la langue gourmande du petit chien.

— Excusez-moi de vous avoir fait attendre, papa, murmura-t-elle, le visage à demi caché derrière la fourrure fauve. Je monte me laver les mains, je ne me change pas.

Dès qu'elle fut partie, Soames reprit la lettre.

— Nous voilà dans un fameux pétrin ! grommela-t-il. Comment cela se terminera-t-il ? Je n'en ai pas la moindre idée.

— Mais cette lettre ne met-elle pas un point final à toute l'affaire, monsieur ?

Soames le regarda, atterré. Ces jeunes gens étaient inouïs. Lui, Soames Forsyte, se trouvait à la veille d'un scandale public qui pouvait le mener Dieu sait où, à la perte de sa réputation dans la City, peut-être à la ruine et ils prenaient cela comme si… ! Le sens de la responsabilité leur faisait complètement défaut ! Depuis qu'on lui avait remis cette lettre au Club des Connoisseurs une heure auparavant, il sentait revivre en lui tout le pessimisme nerveux de son père, sa tendance à ne voir que le mauvais côté des choses. Seul le souci de ne pas « se donner en spectacle », souci propre à la génération qui avait succédé à celle de James, l'empêchait maintenant, en l'absence de Fleur, de laisser libre cours à ses craintes.

— Votre père est-il en ville ?

— Je crois que oui, monsieur.

— Ah ! bien !

Non que cette nouvelle lui apportât grand soulagement : le baronet (responsable de son entrée au conseil) faisait preuve de la même futilité d'esprit que la jeunesse actuelle. Voilà ce qui arrive quand on fréquente des gens élevés sans aucune rigueur morale et totalement dépourvus du sens de l'argent.

— Maintenant qu'Elderson a levé le pied, dit-il, l'affaire va forcément devenir publique. Cette lettre est un aveu de culpabilité.

— Pourquoi ne pas la déchirer, monsieur, et dire qu'Elderson est atteint de tuberculose ?

L'incroyable manque de sérieux de ce garçon était aussi pénible à digérer pour Soames qu'un pudding mal cuit.

— Vous croyez que ce serait honorable ? fit-il avec sévérité.

— Je vous demande pardon, monsieur, dit Michael. Puis-je vous être de quelque utilité ?

— Oui, en cessant de tout prendre à la légère et en veillant à ce que Fleur ne sache rien.

— Je vous le promets, monsieur, dit Michael d'un ton solennel. Je ne lui en soufflerai mot. Quelle ligne de conduite allez-vous adopter ?

— Il faudra que nous réunissions les actionnaires pour leur faire connaître cette malversation ; il est vraisemblable qu'ils le prendront fort mal.

— Je ne vois pas pourquoi. Comment auriez-vous pu l'empêcher ?

Soames accueillit la réponse avec un petit reniflement de dérision.

— Il n'existe aucun rapport dans la vie entre la récompense et le mérite. Si la guerre ne vous l'a pas appris, rien ne vous l'enseignera jamais.

— Je vous prie de m'excuser, monsieur… mais Fleur va descendre d'une minute à l'autre. Si vous le permettez, nous remettrons cet entretien à plus tard.

Ils ne le reprirent que lorsque Fleur fut allée se coucher.

— Je suppose qu'à cette heure-ci mon père est à l'Aéroplane, dit Michael. Il y va pour méditer sur la fin du monde.

Voulez-vous que je l'appelle au téléphone puisque votre conseil doit avoir lieu demain ?

Soames acquiesça d'un signe de tête. Il était sûr qu'il ne fermerait pas l'œil de la nuit ; pourquoi le vieux Mont jouirait-il d'un sommeil paisible ?

Michael ouvrit le coffre à thé où se dissimulait l'appareil.

— Bart ? C'est moi, Michael. Le vieux For… mon beau-père est ici ; il vient d'avoir un coup dur… Non… Elderson. Pourriez-vous passer à la maison pour être mis au courant ?

Puis s'adressant à Soames, Michael poursuivit :

— Il va venir, monsieur. Voulez-vous que nous restions ici ou que nous passions dans mon bureau ?

— Restons ici, murmura Soames dont les yeux étaient fixés sur *Le Singe blanc.* Je me demande vraiment où va le monde…

— Si nous le savions, nous mourrions d'ennui.

— Parlez pour vous ! Je trouve scandaleux de ne pouvoir se fier à quiconque ! Où cela nous conduira-t-il ?

— Peut-être en un lieu qui n'est ni le ciel ni l'enfer.

— Un homme de son âge !

— Le même âge que mon père ; ce devait être une mauvaise année. Si vous aviez fait la guerre, monsieur, vous y auriez trouvé un réconfort moral immense.

— Vous croyez ?

— Mais oui. Bien sûr, la machine craquait de toutes parts, mais bon Dieu ! ça vous donnait l'occasion de voir de quoi l'homme est capable quand il a vraiment touché le fond.

Soames fixa son gendre sans rien dire. Cet écervelé était-il en train de lui donner une leçon d'optimisme ?

— Prenez ce jeune Butterfield allant affronter Elderson l'autre jour ! Et cette jeune femme qui a posé nue pour le tableau que vous nous avez donné ; elle est mariée à un ancien emballeur de notre maison, renvoyé pour avoir barboté des livres. Elle a gagné beaucoup d'argent comme modèle et elle n'a jamais sauté le pas ; c'est grâce à ses gains qu'ils peuvent partir pour l'Australie… Et ce petit voleur lui aussi n'a volé que pour l'empêcher, elle, de mourir de faim, à la suite d'une pneumonie. Il en a été réduit à vendre des ballons dans les rues.

— Je ne sais absolument pas de quoi vous parlez, dit Soames.

— Simplement du cran, monsieur. Vous vous demandiez tout à l'heure où allait le monde. Eh bien, regardez les chômeurs ! Y a-t-il un pays au monde où l'on tienne le coup comme chez nous ? De temps à autre je suis très fier d'être anglais. Pas vous ?

Ces paroles remuèrent quelque chose qui était profondément enfoui en Soames ; mais, loin de le montrer, il poursuivit sa contemplation muette du *Singe blanc.* Quelle tristesse exaspérée, à la fois humaine et inhumaine, dans les yeux de cette créature ! « Leurs yeux n'ont pas de blanc, remarqua mentalement Soames, c'est sans doute ce qui leur donne cette expression. » Bizarre que George ait voulu placer ce tableau en face de son lit ! Ce George… il ne manquait pas de cran… il avait plaisanté jusqu'au dernier soupir. Très anglais, George ! Très anglais, tous les Forsyte ! Le vieil oncle Jolyon, avec sa façon de mener les actionnaires ; Swithin, droit, bouffi, énorme dans son tout petit fauteuil chez Timothy ! « Tout ce menu fretin ! » Il lui semblait entendre encore cette phrase. Et l'oncle Nicholas à qui Elderson ressemblait sans en être digne : alerte, élégant, plutôt sensuel, mais d'une intégrité indiscutable… Et Roger, avec ses excentricités et son mouton allemand ! Et James, son père, mince et frêle comme un roseau… avec quelle énergie il se cramponnait à l'existence ! Et Timothy, qui avait passé toute sa vie au milieu de ses consolidés et était devenu centenaire ! Ils avaient du cran et de l'étoffe, ces Anglais d'autrefois, en dépit de leurs bizarreries… Et Soames sentait s'affirmer en lui une sorte de puissance atavique incoercible. Il serait temps d'aviser si le pire arrivait… C'était la seule attitude digne d'un Forsyte.

Le crissement des pneus d'un taxi le tira de sa méditation : ce devait être le vieux Mont qui arrivait, toujours aussi fringant et futile d'esprit ! Sans perdre le temps de lui serrer la main, Soames lui tendit la lettre d'Elderson.

— Votre cher camarade a levé le pied ! dit-il.

Sir Lawrence lut la lettre et poussa un petit sifflement.

— Où croyez-vous qu'il soit allé, Forsyte ? Constantinople ?

— Plutôt à Monte-Carlo, répondit Soames d'un ton morose. La corruption n'est pas un délit passible de l'extradition.

Le baronet se livra à une série de grimaces qui ne laissèrent pas de faire un certain plaisir à Soames. Cette fois, le vieux Mont n'était pas d'humeur à plaisanter !

— À mon avis, il a dû prendre le large pour échapper à ses femmes, Forsyte.

Il était décidément incorrigible !

Soames eut un violent haussement d'épaules.

— Dites-vous bien que maintenant les carottes sont cuites !

— Mais mon cher Forsyte, elles le sont depuis le jour où les Français ont occupé la Ruhr. Elderson a décampé, nous allons le remplacer, un point c'est tout. Qu'est-ce qui vous chagrine encore ?

Soames éprouva le sentiment inattendu d'avoir fait preuve d'une intransigeance ridicule sur le plan de l'honnêteté. Si un homme réputé honorable, un neuvième baronet, ne voyait pas les implications de la lettre d'Elderson, c'est que peut-être elles n'existaient pas. Le scandale était-il nécessaire ? Dieu sait qu'il ne le souhaitait pas, lui !

Pesant ses mots, il reprit :

— Nous possédons à présent la preuve absolue d'une irrégularité ; nous savons qu'Elderson a été illégalement rétribué pour faire aboutir une transaction qui a causé de lourdes pertes aux actionnaires. Comment pouvons-nous ne pas leur communiquer notre information ?

— Mais le mal est fait, Forsyte. En quoi cette communication le réparerait-elle ?

Soames fronça le sourcil.

— Nous avons des comptes à rendre. Si nous cachons la chose, nous devenons complices et cela peut se savoir un jour ou l'autre !

Si c'était de la prudence et non de l'honnêteté, tant pis, il n'y pouvait rien.

— J'aimerais bien ne pas salir le nom d'Elderson. Nous avons été ensemble…

— Je sais, interrompit Soames sèchement.

— Quel risque courons-nous de voir l'histoire découverte, Forsyte ? Ce n'est pas Elderson qui en parlera, ni le jeune Butterfield, si vous lui enjoignez de ne pas le faire ; ceux qui ont versé la commission n'en diront certainement rien et, en dehors de nous trois, personne n'est au courant. Ce n'est pas comme si nous en tirions le moindre profit.

Soames garda le silence. L'argument était spécieux. Après tout, il était parfaitement injuste que lui, Soames, eût à répondre de la conduite d'Elderson.

— Non ! fit-il brusquement, ça ne colle pas. Dès qu'on s'écarte de la loi, on ne sait pas où l'on va. Les actionnaires qui ont subi cette perte ont le droit de connaître tous les faits dont les administrateurs sont informés. Ils pourraient prétendre à des dédommagements. Nous ne sommes pas juges : ils ont peut-être barre sur nous.

— Dans ce cas, Forsyte, je suis avec vous.

Soames eut un sursaut de dégoût. C'était bien à Mont d'afficher une allure chevaleresque, alors que les dépens retomberaient non sur lui, dont les biens étaient fortement hypothéqués, mais sur Soames, dont la fortune était éminemment réalisable !

— Bien, dit-il froidement. Souvenez-vous-en demain. Je vais me coucher.

Debout devant la fenêtre ouverte de sa chambre, il n'eut pas conscience d'avoir fait preuve d'un courage exceptionnel, mais il ressentait une sorte d'apaisement. Il s'était montré fidèle à la ligne de conduite de sa vie entière ; rien de plus !

34

Soames s'en fiche…

Au cours du mois qui suivit la réception de la lettre d'Elderson, Soames vieillit de plus de trente jours. Il avait imposé à un conseil d'administration réticent sa décision catégorique (la révélation du pot aux roses) ; l'assemblée générale avait été convoquée. Et de même qu'au moment de son divorce d'avec Irène, vingt-trois ans auparavant, il avait dû se faire violence pour affronter le public, de même, à l'heure actuelle, il souffrait jour et nuit à l'idée de subir une fois encore l'épreuve de ce regard sans discrimination. Il doutait de l'exactitude du proverbe français : « Les absents ont toujours tort. » Elderson serait absent de l'assemblée, mais lui, qui serait présent, il avait tout lieu de croire qu'il servirait de bouc émissaire. Les Français ne sont pas des gens auxquels on peut se fier.

Entre son inquiétude au sujet de Fleur et son pressentiment de l'injustice du public, il perdait le sommeil, mangeait à peine et ne se sentait pas dans son état normal. Annette lui avait conseillé de voir un médecin ; c'était sans doute pour cette raison qu'il s'en abstenait. Soames avait confiance dans les médecins pour les autres, mais il prétendait ne jamais avoir bénéficié de leurs conseils… sans doute parce que, jusqu'à présent, il n'avait jamais eu besoin de recourir à eux.

Voyant qu'il ne l'écoutait pas et devenait de jour en jour plus maussade, Annette lui avait donné un livre traitant de la méthode Coué. Il l'avait parcouru avec l'intention de l'abandonner dans le train ; mais la théorie, malgré son extravagance, s'était emparée de son esprit. Après tout, Fleur suivait la méthode et celle-ci ne coûtait rien. Autant l'essayer.

Ce même soir, il se répéta vingt-cinq fois qu'il allait de mieux en mieux et il sombra aussitôt dans un sommeil si profond et si bruyant qu'Annette, dans la chambre voisine, ne put presque pas fermer l'œil.

— Vous savez, mon ami, lui dit-elle en déjeunant, vous ronfliez si fort cette nuit que je n'ai pas pu entendre le coq chanter.

— Pourquoi vouliez-vous l'entendre ? demanda Soames.

— Peu importe, du moment que vous avez bien dormi. Est-ce mon petit Coué qui vous a fait si agréablement rêver ?

Par crainte d'avoir l'air de les encourager, elle et son médecin français, Soames se dispensa de répondre ; mais, en fait, il sentait grandir en lui un sentiment nouveau de puissance qui le rendait totalement indifférent à l'opinion d'autrui. « Je recommencerai ce soir », pensa-t-il.

— Vous savez, poursuivit Annette, vous avez exactement le tempérament qu'il faut pour Coué, Soames. Quand vous aurez appris à ne plus vous faire de mauvais sang, vous grossirez.

— Grossir ! dit Soames en regardant d'un œil critique les rondeurs de sa femme. Autant vaudrait me laisser pousser la barbe !

L'embonpoint et la barbe évoquaient pour lui les Français. Il devrait se surveiller s'il persistait dans cette… euh… comment l'appeler ? « niaiserie » ? Au moment où il essayait lui-même de tirer quelque bénéfice de la méthode, mieux valait ne pas utiliser ce mot… encore qu'il s'appliquât avec bonheur à certain procédé consistant à faire vingt-cinq nœuds à un bout de ficelle ! Typiquement français ! Un peu comme égrener son chapelet ! Lui se contentait de compter sur les doigts.

Le sentiment nouveau de puissance qui l'habitait dura jusqu'à Londres. Il avait la conviction qu'il ne courait pas le risque de s'enrhumer en s'exposant aux courants d'air, que Fleur aurait un fils sans difficultés et qu'à la S.P.R.P. il y avait dix chances contre une pour que son nom ne fût pas mentionné dans les rapports des séances.

Il déjeuna de bonne heure, se rassura vingt-cinq fois en buvant son café, puis se rendit à la City.

Ce conseil, tenu juste une semaine avant l'assemblée extraordinaire, ressemblait à une répétition des couturières. Il s'agissait de régler les détails de la confrontation et Soames était, avant tout, préoccupé de voir respecter un certain anonymat. Il s'opposait à ce qu'on révélât que l'histoire du jeune Butterfield et la lettre d'Elderson lui avaient été confiées à lui précisément ; on devait employer la phrase : « Un membre du conseil. » Il ne voyait pas à quoi servirait plus de précision. Et quant aux explications, elles incombaient naturellement au président et au doyen des administrateurs, lord Fontenoy. Néanmoins, le conseil déclara que Soames était tout désigné pour exposer l'affaire. Personne d'autre n'était en mesure d'apporter la note personnelle qui entraînerait la conviction ; le président résumerait brièvement les faits et ferait appel à Mr Forsyte pour qu'il fournît les preuves dont il avait connaissance.

Lord Fontenoy insista vivement.

— C'est votre devoir, monsieur Forsyte. Sans vous, Elderson serait parmi nous aujourd'hui. Vous lui avez été hostile dès le début et je le regrette bougrement. Toute cette histoire est affreusement embêtante. Elderson était très intelligent et il nous manquera ; notre nouvel administrateur délégué ne lui arrive pas à la cheville. S'il a touché quelques milliers de livres sous le manteau, c'est aux Allemands qu'il les a prises, après tout !

Le vieil imbécile ! Soames répliqua d'un ton acide :

— Et les deux cent cinquante mille livres qu'il a fait perdre aux actionnaires pour toucher les siennes ? Bagatelle, je suppose ?

— Ça aurait pu bien tourner. La première année, l'opération a été payante. On ne peut pas toujours jouer gagnant.

Soames dévisagea l'un après l'autre les membres du conseil ; ils n'approuvaient pas cette attitude cynique, mais chez tous, sauf peut-être chez le vieux Mont, il sentait de la rancune contre lui. Leur expression pouvait se traduire ainsi : « Rien d'analogue ne s'est produit avant votre entrée au conseil. » Il avait dérangé leur quiétude et ils lui en voulaient. Quelle injustice !

Il dit résolument :

— Vous voulez m'en charger ? Très bien !

Il ne savait pas très bien ce qu'il voulait leur faire entendre par là, mais après qu'il eut prononcé ces mots le « vieil imbécile » lui-même se montra plus poli. Toutefois, quand il sortit de la réunion, il avait définitivement perdu son sentiment de puissance. Le sort en était jeté : mardi, il serait le point de mire du public…

Il passa voir Fleur qui était étendue, assez fatiguée, et il rentra avec l'impression d'avoir été trahi. Impossible, somme toute, de se fier à ce Coué et à ses vingt-cinq nœuds. Même s'il devait mieux se porter, ni sa fille, ni sa réputation, ni peut-être sa fortune ne paraissaient être gouvernées par son subconscient.

Il dîna sans prononcer une parole et monta ensuite réfléchir dans sa galerie de tableaux. Pendant une demi-heure, il demeura devant la fenêtre ouverte, seul en présence de la nuit d'été. Plus il réfléchissait, plus il se rendait compte que les trois intérêts majeurs de sa vie, sa fille, sa réputation et sa fortune, n'en formaient qu'un : s'il tenait à sa réputation et à sa fortune, ce n'était que pour sa fille. Sa réputation ? Bande d'idiots ! S'ils ne comprenaient pas qu'il avait été aussi prudent et honnête que possible, tant pis pour eux ! Sa fortune ? Eh bien, il allait tout de suite faire une nouvelle donation en faveur de Fleur et de son enfant – cinquante mille de plus en prévision d'un accident. Ah ! si seulement elle avait déjà traversé l'inévitable épreuve !… Il était temps qu'Annette allât s'établir pour de bon auprès d'elle… On employait à présent une anesthésie spéciale… L'idée que Fleur ne pût échapper à cette souffrance lui était intolérable !

Le temps passait. Le soleil se coucha derrière les arbres familiers ; les mains de Soames sentirent l'humidité de la rosée imprégner l'appui de la fenêtre ; le parfum de l'herbe et de la rivière monta jusqu'à ses narines. Le ciel pâli commença à s'obscurcir et une traînée d'étoiles apparut. Il vivait ici depuis longtemps ; il y avait passé toute l'enfance de Fleur, les meilleures années de sa vie ; néanmoins, son cœur était à Londres. Vendre ? ce serait devancer la curée ! Non ! non, il n'en viendrait pas là !

Il quitta la fenêtre, alluma les lumières et, pour la mille et unième fois, il fit le tour de sa collection. Sans gaspiller son argent au bénéfice des peintres à la mode, il avait fait quelques acquisitions intéressantes depuis le mariage de Fleur. Il avait aussi réalisé de bonnes ventes. Sa collection devait valoir de soixante-dix mille à cent mille livres et, vu les bénéfices que lui avaient procurés ses ventes, elle ne lui avait pas coûté plus de vingt-cinq mille livres ; sa marotte n'avait pas produit un trop mauvais résultat, sans parler du plaisir qu'il en avait tiré ! Il aurait pu en avoir une autre : les papillons, la photographie, l'archéologie ou les éditions princeps… quelque autre jeu consistant à se fier à son jugement et à empocher les bénéfices de ses paris… Mais il n'avait jamais regretté d'avoir choisi les tableaux. On en a davantage pour son argent, plus de profits et plus de risques… Cette pensée l'étonna un peu ; aurait-il choisi les tableaux à cause du risque ? Le risque ne l'avait jamais attiré, du moins ne s'en était-il jamais rendu compte jusqu'à présent. Son « subconscient » aurait-il joué un rôle dans son choix ?

Soudain, il s'assit et ferma les yeux. Il allait essayer la méthode encore une fois : cette sensation de détachement total qu'il avait éprouvée le matin était bien agréable ; il ne se souvenait pas de l'avoir jamais ressentie auparavant. Il avait toujours cru nécessaire de se tourmenter, comme s'il s'assurait ainsi contre le pire. Mais le souci est usant, c'est indéniable… Éteindre les lumières : le livre dit qu'il faut se détendre. Dans la pièce obscure à laquelle la clarté des étoiles pénétrant par les multiples fenêtres donnait une sorte d'irréalité, Soames, assis dans un fauteuil, demeurait immobile ; ses lèvres remuaient en chuchotant : « De plus en plus gros… » « Non ! non ! pensa-t-il, je me trompe ! » Et il recommença son murmure. En même temps, il comptait sur ses doigts, il continuait, il continuait… Il fallait donner au système une bonne chance de réussir. Si seulement il n'y avait pas eu lieu de se tourmenter ! Il continuait : de mieux en mieux… Ses lèvres cessèrent de remuer, sa tête grise s'inclina et il bascula dans le subconscient. La clarté furtive des étoiles le saupoudra, lui aussi, d'un peu d'irréalité.

35

... mais ne prend pas de risques

Michael n'avait jamais mis les pieds dans la City, aussi s'acheminait-il vers ce saint ces saints, le bureau de Cuthcott, Kingson et Forsyte, dans l'état d'esprit des anciens cartographes : « Ce que tu ne connais pas, redoute-le. » Ayant déjeuné avec Sibley Swan au Café Crillon, il était enclin à la méditation. Il connaissait tous les invités – sept types encore plus modernes que Sib –, sauf un Russe tellement moderne qu'il ne savait pas le français et que personne ne pouvait parler avec lui. Michael les avait écoutés tout démolir cependant que le Russe fermait les yeux, comme un enfant malade, chaque fois qu'on nommait un vivant...

« Allons-y gaiement ! pensa-t-il, une fois que plusieurs de ses artistes favoris eurent été descendus dans cette mêlée. Jouez du poignard et du bâton ! L'importance vous attend au fond de l'impasse. » Mais il avait contenu son irrévérence jusqu'au moment du départ.

— Sib, dit-il en se levant, tous les types qui sont ici sont morts, est-ce qu'il est raisonnable de les sortir par un temps si chaud ?

— Qu'est-ce que tu racontes ? articula Sibley Swan, au milieu du silence presque douloureux des types en question.

— Je veux dire, ils sont vivants, c'est donc qu'ils doivent être damnés !

Puis, esquivant un chocolat qu'on lui lançait et qui atteignit le Russe, il gagna la porte.

En les quittant, il pensa : « Ce ne sont pas de méchants garçons ! Ils sont moins supérieurs qu'ils ne le croient ; en somme, il faut être tout à fait humain pour viser le Russe sur la poire !… » Dieu, qu'il faisait chaud ! Toute la chaleur d'un été plutôt froid semblait s'être concentrée sur ce premier jour du match d'Eton contre Harrow et elle se déversait sur l'impériale de l'autobus que Michael venait de prendre, sur les canotiers, sur les visages pâles en sueur, sur les files d'autres omnibus, sur les hommes d'affaires, les agents, les commerçants devant leur porte, sur les marchands de journaux, de lacets, de jouets, sur les camions et les taxis, les affiches, les câbles électriques, sur toute cette mêlée de la plus grande agglomération du monde qu'un instinct invisible maintenait tout juste en équilibre… Michael contemplait la foule et se demandait comment l'ensemble pouvait fonctionner alors que chacun poursuivait son propre but et s'absorbait dans son propre travail. Une fourmilière ne donne pas davantage l'impression d'une activité confuse et pourtant, l'ordre indispensable à la vie règne. « C'est un rude miracle que l'existence d'une grande ville moderne ! » se dit-il.

Soudain, ce miracle sembla brusquement interrompu, comme si quelque super-Sibley Swan l'avait arrêté net. On atteignait un cul-de-sac bordé de maisons aux façades plates, beiges, récemment ravalées, étonnamment pareilles ; tout au bout de l'impasse, une maison beige, identique aux autres, et sur le sol, un pavé gris, vierge de toute trace de chevaux ou d'essence ; ni voitures, ni camions, ni agents, ni camelots, ni mouches, ni abeilles. Aucun signe d'activité humaine, à l'exception des noms des avoués de l'étude de part et d'autre de chaque porte ouverte : « Cuthcott, Kingson et Forsyte, premier étage. »

« Vive l'Angleterre ! » pensa Michael en gravissant le large escalier de pierre. Quand il pénétra dans la pièce où on l'introduisit, un vieux bonhomme au visage de carlin cerné d'une barbe grisonnante, vêtu d'un veston d'alpaga noir et d'un gilet de toile écrue tendu sur son vaste abdomen, se leva de son fauteuil tournant.

— Ah ! fit-il, monsieur Michael Mont ! Je vous attendais. Ce ne sera pas long une fois que Mr Forsyte sera là. Il est sorti pour l'instant. Mrs Michael va bien, j'espère ?

— Merci ; aussi bien que…

— Oui, vous devez être inquiet. Asseyez-vous donc. Vous voudriez sans doute prendre connaissance du projet ?

Michael prit le papier que lui tendait une grosse main et s'assit. Un œil sur le vieux bonhomme et l'autre sur le document, il lut attentivement.

— Ça me paraît avoir un sens, dit-il à la fin.

Une bouche s'ouvrit dans la barbe grise comme la gueule d'une grenouille devant une mouche et Michael, à cette vue, essaya précipitamment de réparer la mauvaise impression produite.

— Prévoir ce qui arrivera si autre chose ne se passe pas rappelle les fonctions du bookmaker.

Il sentit aussitôt qu'il n'était pas compris. Le vieux grogna :

— Nous n'avons pas de temps à perdre, ici. Excusez-moi, je suis occupé.

Plein de remords, Michael le regarda vérifier une longue colonne de chiffres. On eût dit un de ces vieux chiens qui s'épucent devant la porte et empêchent les gens d'entrer. Après moins de cinq minutes d'un silence absolu, Soames arriva.

— Tiens, vous êtes là ? dit-il.

— Oui, monsieur. J'ai cru bien faire en venant à l'heure que vous m'avez indiquée. Comme il fait bon dans cette pièce !

— Avez-vous lu ceci ? demanda Soames en désignant le papier.

Michael acquiesça d'un signe de tête.

— L'avez-vous compris ?

— À peu près, je crois.

— L'intérêt de ces cinquante mille livres, dit Soames, appartient à Fleur jusqu'à ce que l'aîné de ses enfants, si c'est un fils, atteigne l'âge de vingt et un ans, époque à laquelle le capital devient sa propriété. Si c'est une fille, Fleur garde la moitié du revenu sa vie durant, le reste devant être versé à sa fille lorsqu'elle aura vingt et un ans ou qu'elle se mariera, et le capital de cette moitié doit aller à son ou ses enfants légitimes lors de leur majorité ou de leur mariage, par parts égales. L'autre moitié tombe dans le patrimoine de Fleur qui peut en disposer par testament.

— Vous l'expliquez avec une parfaite clarté, dit Michael.

— Attendez ! dit Soames. Si Fleur n'a pas d'enfants…

Michael sursauta.

— Tout est possible, dit Soames avec gravité, et mon expérience m'a appris que les éventualités pour lesquelles rien n'a été prévu sont celles qui surviennent… Dans ce cas, le revenu lui appartient sa vie durant et elle peut disposer du capital en testant. Si elle ne fait pas de testament, le capital va au plus proche parent. Il y a des clauses pour empêcher les avances et ainsi de suite.

— Faut-il qu'elle refasse son testament ? demanda Michael, le front couvert de sueur.

— Pas à moins qu'elle ne le désire. Son testament actuel couvre tout.

— Ai-je à faire quelque chose ?

— Non. Je voulais que vous compreniez la portée de cet acte avant de le signer ; c'est tout. Donnez-moi le document, Gradman, et appelez Wickson, s'il vous plaît.

Michael vit le bonhomme sortir d'un tiroir une belle feuille de parchemin couverte de caractères calligraphiés et de cachets, la regarder amoureusement et la présenter à Soames. Quand il eut quitté la pièce, Soames dit à voix basse :

— Cette assemblée de mardi… qui sait ? mais, quoi qu'il arrive, ceci doit, à mon avis, pouvoir s'exécuter.

— Vous êtes infiniment bon, monsieur.

Soames inclina sa tête et essaya la plume.

— Je crains de n'avoir pas su m'y prendre avec votre vieil employé, dit Michael ; il me plaît beaucoup, mais je l'ai accidentellement comparé à un bookmaker.

Soames eut un sourire.

— Gradman, dit-il, est un « personnage » ; il n'y en a pas beaucoup, de nos jours.

Michael était en train de se demander si l'on pouvait mériter cet éloge avant la soixantaine quand ledit « personnage » revint avec un homme pâle, vêtu de noir.

Soames dit aussitôt :

— Ceci est une donation à ma fille. Je la signe selon la forme légale. Il écrivit son nom et se leva. L'homme pâle et Gradman signèrent à leur tour et le premier se retira. Un silence solennel régna pendant quelques minutes.

— Avez-vous encore besoin de moi ? demanda Michael.

— Oui. Je tiens à ce que vous me voyiez déposer cet acte à la banque avec votre contrat de mariage. Je ne reviendrai pas, Gradman.

— Au revoir, monsieur Gradman.

Michael entendit le vieux, à moitié enfoui dans le tiroir où il renfermait le projet, marmonner dans sa barbe, puis il suivit Soames.

— C'est ici que nous étions autrefois, dit celui-ci, comme ils longeaient le Poultry, et mon père y était avant moi.

— C'était peut-être plus sympathique…

— Nous devons retrouver les *trustees* à la Banque ; vous vous souvenez d'eux ?

— Des cousins de Fleur, n'est-ce pas, monsieur ?

— Des cousins issus de germains ; l'aîné des fils du jeune Roger et celui du jeune Nicholas. Je les ai choisis assez jeunes. Le très jeune Roger a été blessé à la guerre, il ne fait rien ; le très jeune Nicholas est avocat.

Les oreilles de Michael se dressèrent.

— Comment fera-t-on pour la prochaine génération, monsieur ? « Très-très jeune Roger » serait une appellation presque insultante, n'est-ce pas ?

— Il n'y en aura pas, dit Soames. Avec les impôts d'aujourd'hui, Roger ne peut pas s'offrir ce luxe : c'est un garçon sérieux… Comment appellerez-vous votre fils, si c'en est un ?

— Nous songeons à Christopher, à cause de Saint Paul et de Colomb. Fleur souhaite qu'il ait bien les pieds sur terre et moi, qu'il possède surtout une grande curiosité d'esprit.

— Hum ! et si c'est une fille ?

— Oh… si c'est une fille… Ann.

— Deux jolis noms, dit Soames. Nous voici arrivés.

Ils avaient atteint la banque et, à l'entrée, Michael aperçut deux Forsyte, entre trente et quarante ans, dont il se rappelait vaguement le visage au menton accusé. Accompagnés par un homme dont la livrée s'ornait de boutons brillants, ils se rendirent tous dans une pièce où un homme (sans boutons) apporta un coffret en bois laqué. L'un des Forsyte l'ouvrit avec une clef ; Soames murmura une incantation et y déposa l'acte. Lorsqu'il eut échangé quelques paroles au sujet des tarifs de la banque avec le directeur et le Forsyte au menton le plus fort, ils retournèrent dans le hall et se séparèrent en disant : « Sur ce, au revoir. »

— À présent, dit Soames au milieu du bruit et de la bousculade de la rue, le voilà pourvu, autant que je sache. Quand l'attendez-vous exactement ?

— Ce devrait être dans une quinzaine de jours.

— Avez-vous confiance en ce nouvel anesthésique ?

— Je voudrais bien qu'on s'en serve, dit Michael qui sentit de nouveau son front se couvrir de sueur. Fleur est merveilleusement calme ; elle pratique « Coué » soir et matin.

— Ah ! ce truc ! dit Soames, en se gardant bien d'avouer qu'il l'employait lui-même, de peur de révéler son état nerveux. Si vous rentrez, je vous accompagne.

— À la bonne heure ! dit Michael.

Il trouva Fleur sur sa chaise longue, avec Ting-a-Ling à ses pieds.

— Ton père est ici, ma chérie ; il vient d'offrir cinquante mille livres à ton futur héritier. Je crois qu'il aimerait t'en parler.

Fleur eut un mouvement d'impatience.

— Tout à l'heure. S'il doit continuer à faire aussi chaud, je ne sais pas comment je le supporterai, Michael.

— Mais non, mon amour : trois jours de chaleur et ensuite un orage, tu le sais bien.

Il prit Ting-a-Ling par le museau et lui releva la tête.

— Comment diable arriverait-on à te tordre le nez, mon vieux ? Il n'offre aucune prise.

— Il comprend qu'un événement va se passer. Tu es une petite bête sagace, mon vieux !

Ting-a-Ling renifla.

— Michael !

— Oui, ma chérie ?

— Tout m'est égal maintenant... j'éprouve une drôle d'impression.

— C'est la chaleur.

— Non. Je crois que c'est parce que ça dure si longtemps. Tout est prêt, et ça me paraît un peu stupide. Une personne de plus ou de moins dans le monde... ça n'a aucune importance.

— Ne dis pas ça. C'est terriblement important !

— Un moucheron de plus qui dansera, une fourmi de plus qui s'affairera !

Angoissé, Michael répéta :

— Ne dis pas ça, Fleur. Tu ne le penses pas sérieusement.

— Le livre de Wilfrid est-il paru ?

— Il sortira demain.

— Je te demande pardon de t'avoir fait tant de peine. Je ne voulais pas le perdre ; c'est tout...

Michael lui prit la main.

— Moi non plus... Dieu le sait ! dit-il.

— Je suppose qu'il ne t'a jamais écrit ?

— Non.

— Il doit être guéri à présent. Rien ne dure.

Michael prit la main de Fleur et la porta à sa joue.

— Si... moi !

Il sentit la main de Fleur sur ses lèvres.

— Embrasse papa pour moi et dis-lui que je descendrai pour le thé. Dieu ! que j'ai chaud !

Michael s'attarda un instant dans la chambre, puis sortit en maudissant la canicule qui accablait Fleur à ce point.

Soames se tenait debout devant *Le Singe blanc.*

— À votre place, je décrocherais ce tableau jusqu'à ce que ce soit fini, murmura-t-il.

— Pourquoi, monsieur ? demanda Michael, surpris.

Soames fronça le sourcil.

— Ces yeux !

Michael s'approcha du tableau. Oui ! cette bête avait une réelle puissance de fascination !

— Mais c'est une si belle œuvre, monsieur !

— Du point de vue artistique, oui. Mais dans de telles circonstances, vous ne sauriez prendre trop de précautions. Il faut lui éviter de voir certaines choses.

— Je crois que vous avez raison. Décrochons-le.

— Je vais vous aider, dit Soames en empoignant le bas du cadre.

— Vous le tenez ferme ? Allons-y.

— Vous pourrez lui dire que j'ai voulu en faire expertiser l'époque, dit Soames, quand le tableau fut décroché.

— On ne peut guère avoir d'hésitation à ce sujet, monsieur… il est de la nôtre !

Soames le regarda fixement.

— Quoi ? Oh ! vous voulez dire… Ah ! hum… Qu'elle ne sache pas qu'il est dans la maison.

— Non, je vais le mettre sous clef, dit Michael en soulevant le tableau. Voudriez-vous m'ouvrir la porte, monsieur ?

— Je reviendrai à l'heure du thé. Ainsi elle croira que je l'ai cmporté avant. Vous pourrez le remettre en place plus tard.

— Oui. Pauvre bête !

Et Michael relégua *Le Singe blanc* dans les limbes.

36

Avec un petit « n »

Le lundi soir suivant, après que Fleur fut montée se coucher, Michael et Soames, assis près de la fenêtre du salon chinois ouverte sur la nuit chaude, écoutaient la rumeur de Londres.

— On dit que la guerre a tué la sensibilité, dit Soames soudain. Qu'en pensez-vous ?

— D'une certaine manière, oui, monsieur, c'est vrai. Nous avons été tellement gorgés de réalité que nous n'en voulons plus.

— Je ne vous comprends pas.

— Je veux dire que seule la réalité vous fait sentir profondément. De sorte que si vous prétendez qu'il n'y a pas de réalité, vous n'êtes pas tenu de sentir… Cela se passe bien ainsi jusqu'à un certain point.

— À propos ! fit Soames. Votre belle-mère viendra s'installer ici demain matin. Cette assemblée de la S.P.R.P. est à deux heures et demie. Bonne nuit.

Michael s'approcha de la fenêtre et regarda les nuages noirs amoncelés au-dessus du square. Quelques gouttes tièdes tombèrent sur sa main tendue. Un chat passa sous un réverbère et disparut dans une ombre si épaisse qu'elle semblait appartenir à la nuit des temps.

Quelle curieuse question que celle du vieux Forsyte à propos de la sensibilité ! C'était si bizarre qu'il l'eût posée…

« Jusqu'à un certain point. Mais est-ce que nous ne dépassons pas tous ce point-là ? » se demanda-t-il. Ainsi, Wilfrid et lui-même : après la guerre, ils avaient déclaré que rien n'importait, à part boire et manger, puisque demain ils seraient morts. Même des garçons comme Walter Nazing et Master, qui n'avaient pas fait la guerre, avaient désormais la même attitude. Et malgré cela, Wilfrid s'était « laissé avoir », lui de même, et il y avait fort à parier que tous, à moins de n'avoir que de l'encre dans les veines, en passeraient par là tôt ou tard… Et pourtant… avec quelle joie il se serait substitué à Fleur pour courir le risque et supporter la douleur qui l'attendaient ? Si rien n'importait, éprouverait-il ce désir ?

Il quitta la fenêtre, s'appuya au dossier de laque du canapé vert jade et regarda le panneau vide entre les deux coffres à thé. De quelle tendresse attentive le « vieux » avait fait preuve en pensant à retirer *Le Singe blanc*, cet animal symbolique de l'état d'âme du monde : ni croyances ni foi ! et il en était des vieillards comme des jeunes gens ! Le « vieux Forsyte » devait être incrédule lui-même pour se laisser impressionner par les yeux de ce *Singe*, oui, ainsi que son propre père, et Elderson, et tous les autres. Personne ne croyait plus à quoi que ce fût ! Et pourtant… La révolte se leva en Michael avec le frémissement d'une compagnie de perdreaux prenant son envol. Il arrivait tout de même qu'un être ou un principe vous fût plus cher que vous-même ! Donc, le sentiment n'était pas mort… ni la foi ni la confiance. Ils ne faisaient que muer, subir le lent processus qui, avec un peu de chance, transformerait leur chrysalide en papillon. Ils subissaient peut-être une éclipse, mais ils existaient toujours, même chez le vieux Forsyte et en lui-même… Il avait bien envie de remettre *Le Singe* à sa place. Inutile d'en exagérer l'importance.

Sapristi ! quel éclair ! Un zigzag éblouissant avait déchiré l'obscurité de la nuit. Michael alla fermer les fenêtres. Un violent coup de tonnerre retentit et la pluie se mit à tomber à torrents. Il vit courir un homme, ombre noire sur fond bleu foncé ; un autre éclair le lui montra, à la fois dérisoire et grotesque, comme s'il disait : « Bon Dieu ! je me fais tremper ! » Encore un terrible coup de tonnerre.

« Fleur » ! pensa Michael. Après avoir vivement abaissé la dernière fenêtre, il monta l'escalier en courant.

Elle était assise dans son lit avec un tout petit visage, très jeune et apeuré. « Quels monstres ! se dit Michael, en confondant dans son esprit les canons et les cieux, ils l'ont réveillée ! »

— Ce n'est rien, ma chérie, juste un petit orage d'été. Est-ce que tu dormais ?

Il sentit la main de la jeune femme se crisper dans la sienne et il vit avec une sorte de rage son visage se contracter. Quelle malchance, ce temps !

— Où est Ting ?

Le chien n'était pas dans son coin.

— Je parie qu'il est sous le lit ! Veux-tu que je te le donne ?

— Non, laisse-le. Il déteste l'orage.

Elle appuya sa tête contre le bras de Michael et il posa la main sur son autre oreille.

— J'ai toujours détesté le tonnerre, dit Fleur, et maintenant, j'ai… j'ai mal !

Le visage de Michael frémit d'une tendresse infinie. Une déflagration, qui sembla se produire juste au-dessus d'eux, précipita Fleur contre sa poitrine. Il la prit dans ses bras et la serra étroitement contre lui.

— Je voudrais que ce soit fini, balbutia-t-elle.

— Ce ne sera plus long, mon trésor ; c'est venu si brusquement.

Mais il savait bien qu'elle ne parlait pas de l'orage.

— Si je m'en tire, je serai tout autre à ton égard, Michael.

Un tel événement s'accompagne toujours d'une certaine angoisse ; mais les mots « si je m'en tire » bouleversèrent le cœur de Michael. Comment croire qu'un être aussi jeune et gracieux pouvait courir le risque de disparaître ! Et qu'il était donc douloureux de le lui voir craindre à ce point ! Michael ne s'en serait jamais douté tant elle avait fait preuve de calme et de sang-froid jusqu'alors.

— Je t'en prie ! murmura-t-il. Bien sûr que tu t'en tireras !

— J'ai peur.

Ces mots, à peine perceptibles, lui firent atrocement mal. La nature – avec un petit « n » – inspirait la peur à cette femme qu'il aimait par-dessus tout. La nature déchaînait ce tintamarre démoniaque au-dessus de sa pauvre petite tête.

— Mon amour, on va t'endormir et tu ne sentiras rien. Tu seras rétablie en moins de deux.

Fleur libéra ses mains.

— Je ne veux pas qu'on m'endorme si cela comporte le moindre risque pour le bébé.

— Je ne le crois pas, ma chérie, mais je vais me renseigner. Qu'est-ce qui te le fait craindre ?

— C'est parce que ce n'est pas naturel. Je veux faire les choses comme il faut. Tiens-moi la main serrée, Michael. Je… je ne ferai pas la sotte. Oh ! on frappe ! Va voir.

Michael entrouvrit la porte ; Soames se tenait là, sous un aspect inusité : robe de chambre bleue et pantoufles rouges.

— Est-ce qu'elle va bien ? balbutia-t-il.

— Oui, oui.

— Il ne faut pas la laisser seule avec ce vacarme.

— Non, monsieur, bien sûr. Je vais coucher sur le sofa.

— Appelez-moi si vous avez besoin de quelque chose.

— Certainement.

Soames jeta un regard dans la chambre. Sa gorge était contractée, il n'arrivait pas à prononcer les paroles qu'il aurait voulu dire. Il secoua la tête et s'en alla. Sa mince silhouette, plus longue encore que d'habitude avec cette robe de chambre, s'éloigna dans le couloir où étaient accrochées les gravures japonaises qu'il leur avait données. Michael referma la porte et, sur la pointe des pieds, s'approcha du lit. Les yeux de Fleur étaient clos, ses lèvres remuaient. L'orage tonnait et grondait encore, de plus en plus lointain, prenant, comme à regret, le chemin du sud.

Les paupières de Fleur frémirent, ses lèvres s'immobilisèrent, puis remuèrent de nouveau. « Coué », pensa Michael. Il s'allongea sur le sofa au pied du lit d'où il pouvait, sans bruit, se soulever et la voir – ce qu'il passa son temps à faire ! Elle s'était assoupie et respirait tranquillement. Le tonnerre s'assourdissait maintenant et les éclairs étaient à peine visibles.

Michael ferma les yeux. Un léger murmure le fit se dresser encore une fois pour la regarder. Soutenue par ses oreillers, éclairée par une lampe soigneusement voilée, elle lui parut jeune, si jeune… et blanche comme une fleur de cire ! Paisible, sans pensée, elle avait l'air délivrée de toute crainte. Si seulement elle pouvait demeurer ainsi jusqu'à ce que ce fût fini ! Il détourna les yeux et la revit à l'autre bout de la pièce dans un miroir, et là encore, à droite ; elle était tout autour de lui dans cette jolie chambre ; elle en était l'âme… comme elle était celle de sa vie.

Tout était calme, à présent. Par l'entrebâillement des rideaux bleu cendré, il apercevait les étoiles. Big Ben sonna une heure. Il avait peut-être dormi, en tout cas somnolé, quand un léger bruit l'éveilla : un tout petit chien sans importance, la queue basse, traversait la chambre. « Ah ! pensa Michael en refermant les yeux, c'est toi ! »

37

L'épreuve des actionnaires

En arrivant le lendemain à l'Aéroplane où son père, particulièrement bien mis, l'attendait dans le hall, Michael pensa : « Ce bon vieux Bart ! il s'est fait beau pour la guillotine ! » et il dit :

— Le sang se verra sur ce dépassant blanc ! Le vieux Forsyte est, lui aussi, très élégant, ce matin, mais pas à ce point !

— Ah ! comment va-t-il, ce vieux Forsyte ? Il est d'attaque ?

— On ne se permettrait pas de le lui demander. Et vous-même ?

— Je me sens exactement dans le même état d'esprit qu'avant un match d'Eton contre Winchester. Je crois que je vais boire de la bière mêlée de gingembre, comme au temps lointain du collège !

Ils se mirent à table et sir Lawrence poursuivit :

— Je me rappelle avoir assisté à Colombo au procès d'un homme inculpé de meurtre ; le pauvre diable était positivement vert de peur. Tu sais, Michael, l'épisode historique que je préfère est celui de Walter Raleigh demandant une chemise propre. Entre parenthèses, on n'a jamais su au juste si les courtisans d'alors avaient des poux. Que veux-tu manger, mon cher ?

— Du bœuf froid, des cerneaux confits et de la tarte aux groseilles à maquereau.

— Excellent pour le caractère. Moi, je me ferai servir un curry ; on prépare ici un excellent canard à la Bombay. J'ai idée que nous allons en prendre pour notre grade, Michael. Autrefois, les Français clamaient à tout bout de champ : « Nous sommes trahis » ; je crains que nous ne commencions à les imiter. La presse à sensation nous a changés.

Michael secoua la tête.

— Nous le disons, mais nous n'agissons pas en conséquence. Le climat est trop incertain.

— Ça m'a l'air très profond. Voici un curry qui a fort bon aspect ; tu ne veux pas changer ton menu ? Le vieux Fontenoy vient quelquefois ici. C'est un homme sans caractère. Si on nous débarque, ce sera dur pour lui.

— Ce qui m'épate, dit tout d'un coup Michael, c'est que les titres de noblesse en imposent encore ; ils ne peuvent pourtant inspirer aucune confiance dans le domaine des affaires.

— Le caractère, mon cher ; le bon vieux gentleman anglais, c'est tout de même quelque chose.

— Cela provient sans doute de la psychologie des actionnaires : leurs parents leur ont donné le complexe du lord quand ils étaient enfants.

— Que représente ce mot, les « actionnaires » ? Qui sont ces gens au juste ? que sont-ils ? quand le sont-ils ?

— Cet après-midi, je vais les examiner à la loupe.

— On ne te laissera pas entrer, mon cher.

— Vous croyez ?

— J'en suis certain.

Michael fronça les sourcils.

— Quel est le journal qui n'y sera sûrement pas représenté ?

Sir Lawrence fit entendre son petit rire hennissant.

— Travaux des champs, dit-il, Chevaux et Chiens, L'Hebdomadaire du jardinier.

— J'entrerai sous le couvert de l'un d'eux.

— J'espère que tu nous verras mourir en beauté, dit sir Lawrence avec une soudaine gravité.

Ils prirent un taxi ensemble pour se rendre à l'assemblée, mais se séparèrent avant d'arriver à la porte de l'hôtel où avait lieu la réunion.

Michael avait renoncé à se prétendre journaliste ; il se posta dans le couloir d'où il pourrait saisir l'occasion d'entrer. Des hommes corpulents vêtus de sombre, ayant l'air d'avoir déjeuné de turbot, de rôti et de fromage, le frôlaient, et chacun d'eux présentait un papier à l'huissier. « Je vais lui en montrer un moi aussi et je me faufilerai », pensa Michael. Il attendit de pouvoir se glisser entre deux journalistes encore plus gros que les autres, s'approcha de la porte en tenant de la main gauche une publicité de *Contrefaçons*, la tendit par-dessus son important voisin et se retrouva aussitôt assis dans la salle. Le visage de l'huissier s'encadra dans la porte. « Non, mon ami, pensa Michael, si tu savais distinguer un fumiste d'un actionnaire, tu ferais un autre métier. »

Devant lui était posé un rapport ; il le prit et regarda autour de lui. Il avait l'impression d'être dans une salle d'attente de gare convertie en salle de concert. Sur l'estrade était dressée une longue table derrière laquelle s'alignaient sept encriers avec sept plumes d'oie piquées dedans. « Ces plumes d'oie sont symboliques, j'imagine, pensa Michael. Ils doivent tous se servir de stylos. » Derrière l'estrade s'ouvrait une porte et devant, en contrebas, il y avait une autre table autour de laquelle quatre hommes consultaient des blocs-notes. « L'orchestre », se dit Michael, et il concentra son attention sur les huit ou dix rangs d'actionnaires. Ils avaient l'air de ce qu'ils étaient, mais il n'aurait su dire pourquoi. Leurs visages, tous différents, exprimaient la même attente de ce qui allait leur échoir. Quelle vie menaient-ils ? À moins que ce ne fût leur vie qui les menât ? Presque tous portaient la moustache. Ses voisins de droite et de gauche étaient les deux gros entre lesquels il s'était glissé dans la salle ; les lobes de leurs oreilles étaient épais et ils avaient le cou encore plus large que le derrière de la tête. Quelques femmes et quelques ecclésiastiques se détachaient çà et là sur l'ensemble uniforme de l'assistance. Pas de conversations : il en conclut que personne ne se connaissait. « S'il y avait un chien ici, se dit-il, l'atmosphère s'humaniserait. » Il en était à contempler la décoration de la salle (vert et brun, rehaussé d'or) quand la porte derrière l'estrade s'ouvrit et livra passage à sept hommes en jaquette noire qui, avec de petits saluts, s'assirent derrière les plumes d'oie. Ils lui rappelèrent des gens sur le point de monter à cheval ou de s'apprêter à jouer du piano. Celui qui occupait la place à droite du président devait être le vieux Fontenoy, avec son visage tout en traits… et Michael eut l'idée saugrenue qu'à l'intérieur de cette tête un petit être en chapeau haut de forme blanc tenait les rênes qui dirigeaient ces traits si marqués.

Il y avait ensuite une figure descendue tout droit d'un tableau représentant le gouvernement de Sa Majesté en 1850, une tête ronde et rose, avec un grand nez, une petite bouche et des favoris blancs ; puis, à côté, une physionomie dont la mâchoire et les yeux perçants semblaient déchiffrer une énigme lointaine. « Un homme de loi », se dit-il. Il se reprit à examiner le président alors que déjà un homme à barbe, assis à sa gauche, lisait un texte d'une voix monotone et rapide : sans doute le secrétaire en train de tirer sa petite salve. Devant lui, ce devait être évidemment le nouvel administrateur délégué, à la gauche duquel Michael vit son propre père. Les sourcils noirs de sir Lawrence étaient un peu relevés et sa bouche se plissait sous sa petite moustache coupée ; il avait l'air presque oriental : attentif, mais calme. Il tenait son monocle cerclé d'écaille entre le pouce et l'index de sa main gauche. « Ce pauvre vieux Bart, pensa Michael, il n'est pas tout à fait à sa place ! » Le dernier de la rangée, le vieux Forsyte était assis comme s'il eût été seul au monde, un coin de la bouche légèrement baissé, une narine à peine relevée ; il fit à Michael l'effet d'être extraordinairement détaché et pourtant bien dans la note voulue. De cette silhouette si nette dont seule une bottine vernie, remuant imperceptiblement, semblait vivante, émanait une intense concentration, un parfait respect pour cette cérémonie, mitigé toutefois d'un étrange mépris ; on eût dit une statue de la réalité que son auteur aurait faite aussi peu réelle que possible.

« Il me gèle jusqu'à la moelle des os, mais, sapristi, je ne peux m'empêcher de l'admirer à moitié ! »

Le président s'était levé. « Il est élu, pensa Michael, non, pas encore… oui… non… je n'en sais rien ! » Il était si préoccupé de savoir si le président avait été nommé (bien que cela ne présentât pas la moindre importance) qu'il ne parvenait pas à comprendre ce qu'il disait. Il ne saisissait que des lambeaux de phrases : « … situation européenne… politique erronée… Français… tout à fait inattendu… position découverte… administrateur délégué… circonstances regrettables qui vont vous être expliquées… avenir de cette grande affaire… aucune raison de douter… »

« Bla-bla-bla, pensa Michael. Il doit être élu… et pourtant… »

— Je vais maintenant prier l'un de vos administrateurs, Mr Forsyte, de vous donner un compte rendu de première main de cette pénible affaire.

Michael vit Soames, pâle et résolu, tirer de sa poche intérieure une feuille de papier et se lever :

— Je vous exposerai brièvement les faits, dit-il d'une voix qui rappela à Michael un vin sec et corsé. Le 11 du mois de janvier dernier, je reçus la visite d'un employé de la société…

Connaissant tous les détails de l'histoire, Michael n'écouta guère et s'appliqua à découvrir sur le visage des actionnaires comment ils réagissaient. Il ne décela rien et comprit pourquoi. Tous portaient la moustache : ils ne voulaient pas livrer leur bouche ! C'est la bouche qui révèle le caractère ; la mode des moustaches s'était établie quand les gens avaient cessé de dire comme le vieux duc : « Je me fiche de ce qu'on pense de mon caractère. » Avant la guerre, on avait relancé les bouches dégagées, mais à présent, avec les lieutenants-colonels, les actionnaires et la classe ouvrière, c'était une mode qui n'avait guère de chance de tenir ! Il entendit Soames dire :

« Dans ces circonstances, nous sommes arrivés à la conclusion qu'il n'y avait qu'à attendre et voir venir. »

Michael vit un tremblement agiter ses moustaches comme le vent sur la prairie. « Phrase malencontreuse, pensa-t-il, c'est bien ce que nous faisons tous la plupart du temps, mais nous n'aimons pas qu'on nous le rappelle. »

— Toutefois, il y a six semaines, enchaîna Soames, il semble qu'un incident fortuit ait fait comprendre à notre ancien administrateur délégué que sir Lawrence et moi conservions des soupçons, car je reçus une lettre de lui contenant implicitement l'aveu qu'il avait touché des commissions clandestines sur les affaires allemandes ; il me priait de faire savoir au conseil qu'il était parti pour l'étranger et ne laissait ici aucun bien. Nous avons pris la peine de vérifier ce dernier point. Il ne nous restait pas d'autre solution que de vous réunir et de vous exposer les faits.

La voix, qui n'avait pas varié d'un iota, s'arrêta net, et Michael vit son beau-père retourner à son attitude de détachement. Une cigogne sur une patte, prête à planter son bec dans un parasite, n'aurait pas donné une impression d'isolement plus total. « Ça ressemble trop au premier communiqué sur la bataille du Jutland ! Il a énuméré toutes les pertes sans faire vibrer la corde sensible. »

Un silence s'ensuivit, comme devant une barrière inopportune en attendant que quelqu'un trouvât le portail. Michael passa en revue les membres du conseil. Un seul visage donnait des signes d'animation et il était caché par un mouchoir. Le bruit du nez mouché rompit le charme... Deux actionnaires se levèrent en même temps ; l'un était le voisin de droite de Michael.

— Monsieur Sawdry, dit le président, et l'autre actionnaire se rassit.

Le voisin de Michael se racla bruyamment la gorge et tourna vers Soames son visage rouge et plat.

— Je voudrais savoir, monsieur, pourquoi vous n'avez pas averti le conseil dès que vous avez été informé de cette affaire ?

Soames se souleva légèrement.

— Je présume que vous savez qu'une telle accusation, à moins d'être étayée solidement, donne lieu à une procédure criminelle ?

— Non, elle aurait été tenue secrète.

— Entre les membres du conseil, peut-être ; mais la moindre fuite nous aurait exposés à des poursuites. Il n'y avait qu'une parole à opposer à une parole.

— Peut-être sir Lawrence Mont consentira-t-il à nous donner son avis sur ce sujet ?

Le cœur de Michael se mit à battre. Son père était debout et semblait plein de vivacité.

— Il faut vous rappeler, monsieur, dit-il, que Mr Elderson jouissait, depuis de nombreuses années, de toute notre confiance ; c'était un gentleman et, en ce qui me concerne, un vieux camarade de classe ; la fidélité la plus naturelle m'incitait à croire de préférence à sa parole, tout en ne perdant pas l'affaire de vue.

— Ah oui ? fit le voisin de Michael. Qu'est-ce que le président peut nous dire au sujet de l'ignorance où a été laissé le conseil ?

— Nous n'avons aucun reproche à adresser à nos coadministrateurs concernant leur attitude dans cette affaire des plus délicates. Vous aurez la bonté de noter que le mal était déjà fait en ce qui concerne cette malencontreuse assurance, de sorte que rien ne pressait.

Michael vit rougir le cou de son voisin.

— Je ne suis pas de votre avis : « Attendre et voir venir »… Nous aurions pu lui faire restituer cette commission s'il avait été attaqué immédiatement.

Et il se rassit ; à peine avait-il repris contact avec l'acajou que l'autre actionnaire se levait à son tour.

— Monsieur Botterill, dit le président.

Michael vit une tête maigre et étroite, perchée sur une nuque chevelue, le tout surmontant un dos penché en avant, comme celui d'un médecin en train d'ausculter un malade.

— Si je vous comprends bien, monsieur, ces deux administrateurs représentent l'attitude unanime du conseil, et celui-ci a consenti à garder comme administrateur délégué un homme sur lequel pesaient de graves soupçons. Le gentleman qui siège à votre extrême gauche, Mr Forsyte, je crois, a parlé d'un incident fortuit; s'il ne s'était produit, nous serions encore à cette heure entre les mains d'un individu malhonnête. Cette affaire révèle des symptômes très inquiétants: il semble qu'on ait été beaucoup trop confiant. La politique des assurances étrangères a évidemment été adoptée par l'administrateur délégué dans son intérêt personnel; nous avons subi, de ce fait, une perte considérable. Pour nous, actionnaires, la question est de savoir si un conseil qui a accordé toute sa confiance à un tel homme et la lui a conservée après que ses soupçons eurent été éveillés est digne de diriger une aussi importante affaire.

Pendant ce discours, Michael sentit sa température s'élever graduellement.

« Le vieux Forsyte avait raison, pensa-t-il, ils sont dans de fichus draps en fin de compte. »

Son voisin de gauche fit entendre un brusque craquement.

— Monsieur Tolby, dit le président.

— La question est grave, messieurs. Je propose que le conseil se retire et nous laisse en discuter.

— J'appuie cette proposition, dit le voisin de droite de Michael.

Comme il parcourait des yeux le conseil, Michael vit s'éclairer une seconde le visage solitaire de son beau-père qui l'avait reconnu, et il lui adressa un sourire. Le président reprit la parole:

— Si tel est votre désir, messieurs, nous serons heureux d'y accéder. Que ceux qui adoptent la proposition lèvent la main.

Toute l'assistance leva la main, à l'exception de Michael, de deux femmes que leur colloque animé avait empêchées d'entendre la motion et d'un actionnaire placé juste devant Michael, d'une telle immobilité qu'il semblait être mort.

— Adopté, dit le président en quittant son siège.

Michael vit son père sourire et parler au vieux Forsyte, tandis qu'ils se levaient tous les deux. Un à un, les membres du conseil défilèrent et l'on ferma la porte.

« Quoi qu'il arrive, pensa Michael, il faut que je la boucle, sans quoi je ferai un esclandre. »

— La presse est priée de se retirer également, dit quelqu'un.

Avec des gestes qui paraissaient demander justice à la cantonade, les quatre journalistes refermèrent leurs blocs-notes et s'en allèrent de mauvaise grâce. Aussitôt après leur départ, il se fit, parmi les actionnaires, un mouvement analogue à celui d'un troupeau de canards poursuivi par un chien. Michael en comprit aussitôt la raison : ils se tournaient tous le dos. L'un d'eux prit la parole :

— Peut-être Mr Tolby, qui a pris l'initiative d'éloigner les membres du conseil, voudra-t-il jouer le rôle de président ?

Le voisin de gauche de Michael se mit à respirer bruyamment.

— D'accord, dit-il. Tous ceux qui voudront parler n'auront qu'à me faire signe.

Chacun engagea précipitamment la conversation avec son voisin comme pour ne pas avoir l'air de vouloir se décider le premier. Mr Tolby respirait si fort que Michael sentait positivement un courant d'air. Soudain, il l'entendit s'écrier :

— Écoutez, messieurs, ça ne peut pas continuer ! Nous ne voulons pas trop de cérémonies, mais il faut observer un certain ordre. Je vais ouvrir la discussion moi-même. Voilà, je ne voulais pas froisser les membres du conseil en parlant nettement devant eux. Mais comme l'a dit monsieur Je-ne-sais-qui, il faut que le public se protège contre les escrocs et les négligents. Nous savons tous ce qui vient d'arriver et ce qui arrivera dans d'autres entreprises si nous, les actionnaires, nous ne prenons pas nos précautions. Leur première faute, à mon avis, est d'avoir traité des affaires avec des Allemands ; la deuxième est d'avoir manqué de jugement, et la troisième est d'être trop bons camarades entre eux. À mon avis, nous devrions proposer un vote de défiance.

Les cris de « Bravo ! Écoutez ! » mêlés de bruits indéterminés furent brusquement interrompus par un « Non ! » tonitruant, vociféré par l'actionnaire qui paraissait mort. Un autre actionnaire, maigre, à l'air poli, portant une petite moustache grise, se leva alors :

— Excusez-moi de vous le dire, monsieur, votre proposition est, à mon avis, d'une justice bien rudimentaire. Il m'intéresserait d'apprendre comment vous auriez agi si vous aviez fait partie du conseil ; condamner les autres est extrêmement facile.

— Bravo ! bravo ! fit Michael que sa propre voix étonna.

— Lorsqu'un événement pareil se produit, continua l'actionnaire poli, on blâme naturellement le conseil, mais étant moi-même administrateur de société, j'aimerais bien savoir à qui l'on peut se fier, si ce n'est à son administrateur délégué ? Quant aux assurances étrangères, on nous en a parlé lors de deux assemblées générales et nous en avons empoché les bénéfices pendant près de deux ans. Y avons-nous jamais fait la moindre objection ?

— Non ! cria l'actionnaire mort d'une voix si puissante que Michael se retint de lui tapoter la tête.

L'actionnaire à l'attitude de médecin auscultant se leva pour répondre :

— Je ne partage pas la manière de voir du dernier orateur. Les faits étant admis, considérons la question de plus haut. On juge d'un plat en le goûtant. Quand un gouvernement commet une erreur de jugement, le corps électoral se détourne de lui aussitôt qu'il en perçoit les effets. C'est une façon très sûre de tenir en respect une administration ; c'est peut-être d'une justice rudimentaire, mais c'est le moindre de deux maux. Un conseil est responsable de son jugement ; s'il perd, qu'il paie. Mr Tolby, faisant office de président, n'avait pas qualité, je crois, pour proposer le vote de défiance ; dans ce cas je serais heureux de le faire moi-même.

— Non ! hurla l'actionnaire mort, avec une telle vigueur qu'on s'arrêta pour le laisser parler ; toutefois, il demeura muet.

Les deux voisins de Michael étaient debout et se parlaient en gesticulant par-dessus sa tête. Mr Tolby se rassit et dit :

— Monsieur Sawdry.

— Mesdames et messieurs, dit Mr Sawdry, les circonstances me semblent commander un compromis. Ceux des administrateurs qui savaient à quoi s'en tenir au sujet de l'administrateur délégué devraient partir, mais nous pourrions nous en tenir là. L'actionnaire assis devant moi ne cesse de dire « non » ; qu'il nous expose donc ses vues.

— Non ! fit l'actionnaire mort, à voix moins haute.

— Quand on n'est pas capable de donner ses raisons, on ne devrait pas se permettre d'interrompre, à mon avis, poursuivit Mr Sawdry, en s'asseyant presque sur Michael.

Un actionnaire du premier rang se retourna complètement de manière à faire face à l'assemblée :

— Nous perdons notre temps en prolongeant cette discussion ; nous sommes évidemment partagés entre deux opinions, si ce n'est trois. La totalité des affaires du pays est maintenant réglée d'après le principe de la confiance déléguée ; qu'il soit bon ou mauvais, ce système existe, il n'y a pas à revenir là-dessus. On est obligé de faire confiance à quelqu'un. Nous n'avons pas eu jusqu'ici de raison de nous méfier du conseil et, d'après ce que je vois, le conseil n'avait pas eu, antérieurement à cette affaire, de raison de se méfier de l'ancien administrateur délégué. Je trouve que, pour le moment, un vote de défiance passerait la mesure ; nous devrions rappeler le conseil et lui demander quelles assurances il est susceptible de nous fournir pour nous garantir contre de pareils agissements à l'avenir.

Ce discours modéré fut accueilli par des bruits si confus que Michael ne put en saisir le sens. Un autre actionnaire prit ensuite la parole : il avait les cheveux roux, les cils clairs, une moustache à l'américaine et un teint d'écorché vif.

— Je ne vois pas d'objection à ce que nous rappelions le conseil et mettions aux voix un vote de confiance, les administrateurs étant présents, fit-il d'un ton railleur. Mais il y a une question que personne n'a encore soulevée, celle de savoir dans quelle mesure nous pouvons rendre les administrateurs responsables de nos pertes et nous retourner contre eux si nous les écartons. Question épineuse, mais le jeu en vaut la chandelle et je suis d'avis de le risquer. Si nous les maintenons, nous n'avons aucune chance de pouvoir tirer quelque chose d'eux, même si nous le désirons.

L'impression produite par ces paroles fut d'un tout autre ordre que celle qu'avaient provoquée les autres discours. Un silence s'établit, comme si l'on avait enfin dit quelque chose d'important. Michael regarda Mr Tolby : les yeux ronds, clairs, assez proéminents du gros homme reflétaient une concentration intense. « Les truites doivent avoir cette expression, pensa Michael, quand elles aperçoivent un moucheron. »

Mr Tolby se leva brusquement :

— C'est bon, dit-il, faites-les rentrer.

— Oui, dit l'actionnaire mort.

Personne ne fit d'objection et quelqu'un monta sur l'estrade.

— Informez la presse ! ordonna Mr Tolby.

38

Soames aux abois

Lorsque la porte se fut refermée sur le conseil, Soames alla vers la fenêtre la plus éloignée de la table où ils avaient déjeuné avant l'assemblée.

— C'était notre repas de funérailles, hein, Forsyte ? fit une voix à son oreille. Notre heure a sonné, je crois. Le pauvre vieux Mothergill a l'air très frappé. Il devrait demander une chemise propre !

Le vieil esprit combatif des Forsyte se réveilla en Soames.

— Nous n'avons pas dit notre dernier mot, grommela-t-il. Le président n'a pas l'envergure nécessaire.

Il pensait au vieux Jolyon ! En voilà un qui aurait mené cette affaire tambour battant ! Il y fallait une main de fer !

— C'est une leçon pour vous, Forsyte. La solidarité n'existe plus : c'est passé de mode ! Tiens, voici Fontenoy.

Soames prit conscience de la proximité d'un visage un peu au-dessus du sien.

— Eh bien, monsieur Forsyte, j'espère que vous êtes satisfait ? Nous voilà dans un sacré pétrin ! Si j'avais été le président, je n'aurais jamais consenti à me retirer. Il faut toujours tenir la meute en laisse, Mont. Si vous lâchez prise, elle vous dévore. J'aurais fait tâter du fouet à ces gros types à tête de carlin. Ils veulent nous avoir ! À moins que vous n'ayez quelque chose dans votre sac, monsieur Forsyte, nous sommes fichus.

— Qu'est-ce que je pourrais avoir dans mon sac ? demanda Soames froidement.

— Sapristi, monsieur, c'est vous qui avez mis les marrons au feu ; à vous de les en tirer. Je n'ai pas les moyens de me passer de mes jetons de présence.

Soames entendit sir Lawrence murmurer : « Un peu cru, mon cher Fontenoy ! » et il dit non sans méchanceté :

— Vous pourriez perdre plus que vos jetons de présence !

— Impossible ! Ils peuvent me prendre Eaglescourt demain : ils me débarrasseront d'une source de dépenses !

Une lueur pathétique traversa son regard usé.

— Ce pays vous pressure, vous écorche jusqu'à l'os et s'attend encore à vous voir servir gratuitement le public. Il n'y a plus moyen, Mont, plus moyen !

Soames se détourna d'eux ; il se sentait aussi peu enclin à la conversation que s'il s'était trouvé devant une tombe ouverte, en train de regarder un cercueil y descendre lentement. C'en était fait de son infaillibilité ! Il n'avait plus d'illusions. Tout serait dans les journaux et sa réputation serait à jamais perdue... Quelle amertume ! Les Forsyte ne diraient plus : Soames est d'avis... Gradman ne le suivrait plus de ses yeux de bon chien, parfois à contrecœur, mais persuadé qu'il ne pouvait se tromper... Le pauvre vieux en souffrirait. Les hommes d'affaires de sa connaissance (ils étaient peu nombreux à présent) ne le regarderaient plus avec ce respect plein d'envie... Il se demanda si la répercussion atteindrait Dumetrius et le monde des marchands de tableaux... Sa seule consolation était que Fleur pourrait continuer à tout ignorer. Fleur ! Ah ! si seulement l'épreuve était passée pour elle ! Pendant quelques minutes, son esprit fut accaparé par cette pensée, puis l'heure présente le submergea de nouveau. Pourquoi parlaient-ils comme s'il y avait un cadavre dans la pièce ? Eh bien, c'est qu'il y en avait un : celui de son infaillibilité. Quant aux pertes d'argent... elles lui paraissaient secondaires, lointaines, invraisemblables... comme une vie future.

Mont avait dit quelque chose à propos de la solidarité. Qu'est-ce que la solidarité venait faire là-dedans ? S'ils s'imaginaient qu'il allait capituler, ils se trompaient lourdement ! Il sentit monter en lui un courage indomptable. Les actionnaires et les administrateurs auraient beau hurler et lui montrer le poing, il ne se laisserait pas dicter sa conduite.

Une voix prononça :

— Voulez-vous entrer, s'il vous plaît, messieurs ?

En reprenant sa place devant sa plume d'oie, Soames fut frappé par le silence : les actionnaires attendaient les administrateurs ; les administrateurs attendaient les actionnaires. « Je leur aurais fait tâter du fouet ! » avait dit « le vieil imbécile ». Paroles extravagantes, mais expressives !

À la fin, le président, dont la voix rappelait toujours à Soames une salade crue arrosée d'huile, dit avec ironie :

— Eh bien, messieurs, nous attendons votre bon plaisir !

Le gros homme rougeaud assis à côté de Michael se leva et ouvrit sa bouche de carlin :

— Pour être bref, monsieur le président, nous ne sommes pas du tout satisfaits, mais avant de prendre une résolution, nous voulons vous entendre.

Un homme qui se tenait juste en dessous de Soames bondit et ajouta :

— Nous voudrions savoir quelles garanties vous pouvez nous offrir contre le retour de pareils agissements à l'avenir.

Soames vit sourire le président. Un mou… aucune force de caractère !

— En réalité, aucune, dit-il. Vous ne supposez quand même pas que si nous avions su que notre administrateur délégué était indigne de confiance, nous l'aurions maintenu à son poste un seul instant !

Soames pensa : « Voilà qui ne prendra pas ! Il revient sur ses propres déclarations ! »

L'homme à la tête de carlin s'en était immédiatement rendu compte :

— Là est précisément la question, disait-il. Deux d'entre vous le savaient et néanmoins, pendant des mois, Elderson a pu continuer ses tripotages et voler la société tant et plus, j'imagine.

Les uns après les autres, ils se mirent à aboyer :

— Qu'est-ce que vous avez dit vous-même ?

— Vous avez assumé une responsabilité collective !

— Vous avez dit que vous étiez parfaitement satisfait de l'attitude prise dans cette affaire par vos coadministrateurs !

Une vraie meute !

Soames vit le président incliner la tête comme s'il allait la secouer ; le vieux Fontenoy marmonnait ; le vieux Mothergill se mouchait ; Meyricke haussait ses épaules pointues. Soudain, ils lui furent cachés par sir Lawrence qui s'était levé :

— Permettez-moi de dire un mot ! Je trouve inadmissible, en ce qui me concerne, d'accepter que le président, par générosité, prenne sa part d'une responsabilité qui m'incombe. Si j'ai commis une erreur en ne dévoilant pas nos soupçons, il est normal que j'en subisse les conséquences. Je crois que la situation sera plus nette si… si j'offre à l'assemblée de donner ma démission.

Soames le vit faire un petit salut, ajuster son monocle et se rasseoir.

Un murmure se fit entendre ; approbation, surprise, opposition, admiration ? Le geste ne manquait pas de panache. Soames se méfiait de ce genre d'attitude ; il y voyait toujours un peu de fanfaronnade. Une étrange colère s'empara de lui.

— Je suis apparemment l'autre administrateur incriminé, dit-il en se levant. Très bien ! J'ai conscience d'avoir fait mon devoir du commencement à la fin de cette affaire et de n'avoir pas commis d'erreur de jugement. Je considère qu'il est profondément injuste de me pénaliser. J'ai éprouvé suffisamment de tourment et d'inquiétude sans avoir à servir de bouc émissaire à des actionnaires qui ont accepté sans récriminer cette politique bien avant que j'entre au conseil et qui se fâchent à présent parce qu'elle a entraîné des pertes.

C'est à moi que vous devez de ne plus avoir un escroc comme administrateur délégué, et c'est à moi que vous devez d'être assemblés aujourd'hui pour juger cette affaire. Je n'ai nullement l'intention de mettre une sourdine à mes propos, mais cette affaire ne présente pas qu'un seul aspect. Je ne désire pas continuer à travailler pour des gens qui n'apprécient pas mes services. Les procédés utilisés cet après-midi me déplaisent. Si quelqu'un, ici, a des griefs contre moi, qu'il porte plainte. Je serai heureux d'aller devant la Chambre des lords si c'est nécessaire. J'ai passé ma vie dans les affaires et je n'ai pas l'habitude d'être l'objet de soupçons et de ne récolter que de l'ingratitude. Si c'est là un échantillon des mœurs actuelles que vous me montrez, j'en conclus qu'il est grandement temps pour moi de me retirer. Je n'offre pas ma démission à l'assemblée. Je démissionne.

Il salua le président, repoussa sa chaise, marcha d'un pas décidé jusqu'à la porte, l'ouvrit et la franchit.

Il alla chercher son chapeau. Sans aucun doute il avait secoué les faibles nerfs de ces gens-là ! Ils tenaient leurs gueules de carlin grandes ouvertes. Il aurait bien aimé savoir ce qui se passait derrière lui, mais la dignité ne lui permettait guère de rouvrir la porte. Il prit un sandwich et se mit à le manger, le dos contre la porte, le chapeau sur la tête. Il y avait des mois qu'il ne s'était senti en aussi bonne forme. Ces mots le surprirent :

— Et il s'est désintéressé de la suite des opérations. Je ne me doutais pas, Forsyte, que vous étiez si grand orateur ! Vous leur en avez bouché un coin ! Je n'ai jamais vu une assemblée aussi médusée ! Vous avez sauvé le conseil en concentrant leur ressentiment sur vous seul. C'est extrêmement chevaleresque de votre part, Forsyte !

Soames grommela tout en continuant à manger son sandwich :

— Pas du tout ! Vous les avez quittés, vous aussi ?

— Oui. J'ai insisté pour démissionner. Le rougeaud proposait un vote de confiance au conseil quand je suis sorti…

ils le voteront, Forsyte, vous verrez ! À propos, on a dit un mot sur la responsabilité pécuniaire !

— Ah ! vraiment ? fit Soames en grimaçant un sourire. Ça fera long feu. Leur seule chance eût été de porter plainte contre le conseil pour avoir entrepris l'assurance étrangère *ultra vires.* S'ils reconduisent le conseil après avoir soulevé la question en assemblée publique, ils sont fichus. Il n'y aura pas d'action possible contre nous deux pour avoir omis de communiquer nos soupçons… c'est certain.

— Quel soulagement, je l'avoue ! dit sir Lawrence avec un soupir. Vous avez fait le plus grand discours de votre vie, Forsyte !

Bien qu'il en eût parfaitement conscience, Soames fit un signe de dénégation. Outre l'horreur qu'il éprouvait à l'idée de voir ses paroles reproduites dans la presse, il sentait en lui le regret de s'être donné en spectacle. La colère est toujours mauvaise conseillère. Un petit sourire lui monta aux lèvres. Personne, pas même Mont, ne comprendrait avec quelle injustice il avait été traité.

— Eh bien, dit-il, je m'en vais.

— Moi, je vais attendre pour connaître le dénouement.

— Le dénouement ? Ils vont nommer deux autres imbéciles et baver les uns sur les autres. Les actionnaires ! J'en ai fini avec eux ! Au revoir, messieurs.

Il s'éloigna. En passant devant la Banque d'Angleterre, il eut l'impression de s'écarter définitivement de ce qui avait été toute sa vie. Sa pénétration, son jugement, sa manière de traiter les affaires… calomniés ! Ça ne leur plaisait pas ? eh bien… il ne s'en mêlerait pas, à l'avenir. C'était bien là le monde moderne : au jour le jour, et les hommes sérieux à la porte ! Les hommes pour qui une livre est une livre, et non une bouillie de hasard et de papier ; les hommes qui savent que la prospérité du pays résulte de la conduite stricte et droite de leurs propres affaires. On n'en voulait plus… l'un après l'autre, ils seraient écartés – comme il venait de l'être –, remplacés par des révolutionnaires, des agités ou des malins sans scrupule, comme Elderson. C'était dans l'air… mais à la longue, on s'apercevrait qu'il n'est pas payant de substituer l'avidité à la simple honnêteté.

Il arriva à Poultry sans savoir comment. Le sort en était jeté : il dirait tout de suite à Gradman qu'il devrait désormais prendre ses décisions lui-même. À l'entrée de l'impasse, il s'arrêta une seconde, comme pour en graver la grisaille dans son cerveau. Il abandonnerait toutes ses fonctions, même ses tutelles : il n'avait pas envie d'être la risée de la famille.

Une vague de souvenirs lui gonfla le cœur : combien il avait exécuté de testaments, renouvelé de baux, vendu de maisons, décidé de placements, dans cette pièce du fond ! Quelle tranquille satisfaction lui avait apportée la bonne gestion des fortunes ! Il continuerait à gérer la sienne. Quant aux autres, il leur faudrait désormais se débrouiller tout seuls. Ils verraient ce que c'est, par les temps qui courent !

Il gravit lentement les marches de pierre.

Dans le sanctuaire des affaires Forsyte, il trouva l'inattendu : non pas Gradman, mais, sur la grande table, un gros melon bien mûr à côté d'un cabas ! Soames huma l'air : quelle odeur délicieuse ! Il approcha le melon de la lumière : ce jaune verdâtre, ce lacis de veinules… tout à fait chinois ! Le vieux Gradman allait-il en jeter l'écorce, comme le *Singe blanc* ?

Il tenait encore le fruit, quand il entendit :

— Oh ! je ne vous attendais pas aujourd'hui, monsieur Soames. Je comptais partir de bonne heure : ma femme a des invités.

— Je le vois, dit Soames en remettant le melon sur la table. Je n'ai rien à vous donner à faire pour le moment. Je suis venu vous dire de préparer ma démission de toutes les tutelles Forsyte.

Une expression d'effarement si intense se peignit sur les traits du vieux bonhomme que Soames ne put réprimer un sourire.

— Vous pouvez me laisser la succession de Timothy, mais c'est le seul. Le jeune Roger s'occupera des autres. Il n'a rien à faire.

— Mon Dieu ! s'écria le vieux d'un ton bourru. Voilà qui ne leur plaira pas !

Agacé, Soames dit :

— Il faudra qu'ils s'y résignent ! J'ai besoin de repos.

Il ne voulait pas donner la vraie raison ; Gradman la lirait dans *Les Nouvelles financières* ou dans le journal qu'il achetait.

— Alors, je ne vous verrai plus aussi souvent, monsieur Soames. Il n'y a jamais rien à faire pour la succession de Mr Timothy. Ah ! mon Dieu ! j'en suis tout bouleversé. Ne garderez-vous pas la gestion de la fortune de votre sœur ?

Soames regarda le vieillard et il éprouva du remords comme chaque fois qu'il se sentait apprécié.

— Si, après tout, dit-il, gardez-la-moi. Je viendrai naturellement pour mes propres affaires. Au revoir, Gradman. Voilà un bien beau melon !

Il n'attendit pas de réponse.

Pauvre vieux ! Tout robuste qu'il parût, il ne pourrait durer bien longtemps encore. Ils auraient du mal à le remplacer.

En atteignant Poultry, il décida d'aller voir Winifred. Une étrange nostalgie s'était emparée de lui : désir de revenir à Park Lane, de retrouver la sécurité d'antan, sa jeunesse en fleur, bien protégée sous les ailes de James et d'Emily. Sa sœur était la seule à représenter maintenant pour lui le passé ; son caractère positif ne variait pas malgré le soin qu'elle prenait de suivre la mode.

Il la trouva, habillée un peu trop jeune, en train de boire du thé de Chine qu'elle n'aimait pas… mais que faire, puisque les autres thés passaient pour « communs » ? Elle s'était entichée d'un perroquet. Ces volatiles revenaient à la mode. Celui-ci faisait un tapage infernal. Soit à cause de cela, soit à cause du thé de Chine (d'une marque chinoise à l'usage des étrangers et qui, préparé à l'anglaise, l'incommodait toujours), il se mit à raconter toute l'histoire. Quand il se tut, Winifred dit d'un ton placide :

— Soames, tu as été magnifique ! C'est bien fait pour eux !

Conscient que son récit avait présenté la vérité autrement qu'elle n'apparaîtrait au public, Soames murmura :

— Tu dis ça, mais tu verras dans les journaux financiers une version toute différente.

— Oh ! personne ne les lit. À ta place, je ne me tourmenterais pas. Est-ce que tu pratiques « Coué » ? C'est un petit homme si réconfortant : je suis allée l'entendre ; c'est parfois assez ennuyeux, mais c'est la toute dernière nouveauté.

Soames marmonna une réponse imperceptible : jamais il n'avouerait une telle faiblesse.

— Et comment va la petite affaire de Fleur ? interrogea Winifred.

— Petite affaire ! répéta une voix haut perchée.

Le perroquet ! Cramponné aux rideaux de brocart, il agitait frénétiquement la tête.

— Polly ! fit Winifred, sois sage !

— Soames ! grinça le perroquet.

— Je lui ai enseigné à dire ton nom. Il est adorable, tu ne trouves pas ?

— Non répondit Soames. À ta place, je le mettrais en cage ; il va abîmer tes rideaux.

Toute son irritation de l'après-midi lui revenait. Qu'était-ce que la vie, sinon une jacasserie ? Les gens cherchaient-ils jamais à savoir la vérité ? Ils se répétaient les uns les autres, comme un troupeau d'actionnaires… ou bien, ils prenaient leur opinion dans *Le Menteur quotidien*. Pour une personne qui choisissait sa ligne de conduite, il y en avait cent qui se contentaient de suivre, tels des moutons !

— Tu vas rester dîner, mon cher ! dit Winifred.

Oui, volontiers. Aurait-elle par hasard un melon ? Il n'avait aucune envie d'aller s'asseoir en face de sa femme, à South Square. Fleur ne descendrait sûrement pas. Quant au jeune Michael, qui avait assisté à la cérémonie de l'après-midi, il ne désirait nullement le voir et reparler de cette maudite histoire.

Il était en train de se laver les mains avant le dîner quand une femme de chambre vint lui dire :

— On vous demande au téléphone, monsieur.

La voix de Michael, tendue et enrouée, lui parvint :

— C'est vous, monsieur ?

— Oui. Qu'y a-t-il ?

— Fleur ! Ça a commencé cet après-midi, à trois heures. J'ai vainement essayé de vous joindre.

— Quoi ? s'écria Soames. Comment ? Vite !

— Ils disent que tout se passe normalement. Mais c'est affreux ! Ils disent que maintenant ce sera bientôt terminé…

La voix se brisa.

— Mon Dieu ! fit Soames. Mon chapeau !

Près de la porte d'entrée, la femme de chambre lui demanda :

— Serez-vous de retour pour dîner, monsieur ?

— Dîner ! grogna Soames en se sauvant.

Il courait presque tout en cherchant un taxi des yeux. Naturellement, il n'y en avait pas ! Il en trouva un en face de l'Iseeum Club, toutes glaces relevées. À l'orage de la veille avait succédé un temps magnifique. Cet orage ! Il aurait dû y penser : elle était de dix jours en avance… Pourquoi diable n'était-il pas rentré directement ? Pourquoi n'avait-il pas téléphoné pour dire où l'on pouvait le toucher ? Tout ce qu'il avait enduré cet après-midi n'était plus que fumée. Pauvre enfant ! Pauvre petite ! Et l'anesthésie ? Pourquoi avait-il été absent ? Il aurait pu… La nature… maudite soit-elle ! comme si elle n'aurait pas pu l'épargner, elle, sa Fleur !

— Dépêchez-vous ! dit-il en se penchant vers le chauffeur, double tarif !

Le Club des Connoisseurs… le Palais… Whitehall… un à un défilaient tous ces conservatoires d'où la nature était exclue… En proie à l'émotion la plus primitive, Soames, exsangue, haletait. Cinq heures ! Big Ben… huit heures. Cinq heures que cela durait !

— Faites que ce soit fini ! mon Dieu ! Pourvu que ce soit fini ! gémit-il tout haut.

39

À la torture

Quand son beau-père s'était retiré en saluant le président, Michael avait réfréné un vif désir de crier : « Bravo ! » Qui aurait prévu que le « vieux » pourrait s'emballer ainsi ? Il les avait bien eus !

Des vociférations diverses remplirent la salle pendant un bon moment avant que son voisin, Mr Sawdry, pût enfin se faire entendre.

— Maintenant que l'administrateur impliqué a démissionné, j'ai l'honneur de proposer un vote de confiance en faveur du reste du conseil.

Michael vit son père se lever, saluer le président et dire en souriant :

— Je considère ma démission comme également acceptée et, si vous le permettez, je vais rejoindre Mr Forsyte.

Quelqu'un dit :

— Je serai content d'appuyer ce vote de confiance.

Pour gagner la sortie, Michael dut passer devant Mr Sawdry dont il effleura les genoux. Sur le seuil de la porte, il se retourna et vit toutes les mains levées pour le vote de confiance. « Ils ont été jetés en pâture aux actionnaires ! » se dit-il en quittant l'hôtel. Par délicatesse, il n'alla pas rejoindre les deux hommes qui avaient préservé leur dignité, pendant que les chiens se partageaient le reste.

En gagnant l'ouest, il réfléchit aux voies brutales de la justice. Certes, les actionnaires avaient tout lieu d'être mécontents. Il leur fallait un bouc émissaire pour satisfaire leur sens de l'équité. Ils l'avaient trouvé en la personne du vieux Forsyte, le moins coupable de tous. Si Bart ne s'était pas manifesté, ils l'auraient englobé dans le vote de confiance. Tout cela était très normal et totalement illogique…

Quatre heures déjà ! *Contrefaçons* sortait ce même jour ; il fallait tout mettre en œuvre pour lancer le livre de Wilfrid. Ce pauvre vieux ! Il fallait à tout prix éviter un four. Michael passa d'abord chez deux grands libraires, puis il s'enferma dans la cabine téléphonique de son club. Autrefois on prenait des fiacres et on faisait des visites ; avec le téléphone, c'était plus vite fait. Plus vite ? Hum… Pas si sûr que ça ! Avec un mal infini, il parvint à obtenir la communication avec Sibley, Nazing, Upshire, Master et une demi-douzaine d'autres personnalités distinguées. Il pinça la corde susceptible de les émouvoir en disant :

— Ce livre va mettre à rebrousse-poil toute la vieille garde et la faune moderne des barbouilleurs sans talent. Les connaisseurs devraient se remuer pour lui faire de la réclame.

Il fit appel à chacun d'eux comme au seul dont l'approbation fût vraiment importante :

— Si vous n'avez pas encore rendu compte du livre, voulez-vous le faire, mon vieux ? Il n'y a que votre critique qui m'intéresse, naturellement.

Et il ajoutait chaque fois :

— Je me fiche complètement de la vente, mais je voudrais que Wilfrid obtienne le succès qu'il mérite.

Et c'était bien ce qu'il pensait. En lui, l'éditeur avait disparu et seul l'ami se démenait dans cette cabine téléphonique, comme un diable dans un bénitier.

Il en sortit le front ruisselant de sueur, exténué ; il était cinq heures et demie. « Une tasse de thé et je rentre », se dit-il.

Il ouvrit la porte à six heures ; Ting-a-Ling se tenait modestement à l'extrémité du vestibule.

— Qu'est-ce qu'il y a, mon vieux ?

Un bruit venu d'en haut lui répondit qui lui glaça le sang : une plainte longue et basse.

— Oh ! mon Dieu ! fit-il, en montant quatre à quatre.

Il rencontra Annette, l'entendit vaguement parler français, l'appeler « mon cher », dire : « vers trois heures » et enfin : « Le docteur affirme qu'il n'y a pas lieu de s'inquiéter ; tout va pour le mieux. » De nouveau ce gémissement, et Annette disparut en lui fermant la porte de la chambre au nez. Michael se retrouva tout seul, inondé de sueur froide, les ongles enfoncés dans la paume de ses mains.

« C'est ainsi qu'on devient père ! pensa-t-il. C'est ainsi que je suis devenu fils ! » Cette plainte !... Il ne pouvait ni supporter de l'entendre ni s'en aller. Cela pouvait durer encore pendant des heures...

Il ne cessait de répéter : « Il ne faut pas s'inquiéter, pas s'inquiéter... » C'était facile à dire ! Quelle absurdité ! Son cœur et son cerveau à la torture, en quête d'un soulagement quelconque, découvrirent le plus insolite qui eût pu lui venir à l'esprit. Si cet enfant en train de naître n'avait pas été le sien, mais celui de Wilfrid, qu'aurait-il éprouvé devant cette porte ? Cela aurait pu si aisément se produire, puisque maintenant rien n'était sacré ! Rien, excepté... ce qui lui était plus cher que lui-même... l'être qui était là, dans cette chambre, à gémir... Rester immobile lui devint intolérable ; il descendit et se mit à arpenter le sol de cuivre, un cigare à la bouche, en proie à une souffrance imprécise et révoltée. Pourquoi fallait-il que la naissance fût aussi douloureuse ? Elle ne l'est pas en Chine ! Professer que rien n'a d'importance, puis se heurter à ce genre de réalité ! Un être né à un tel prix était important ; il devrait l'être ; il faudrait veiller à ce qu'il le fût... Le cerveau de Michael cessa de fonctionner ; aux aguets, il écoutait avec une attention intense. Rien ! Incapable de tenir en place, il remonta.

Aucun bruit. Puis, encore un gémissement ! Cette fois, il courut se réfugier dans son bureau et fit le tour de la pièce en regardant les caricatures d'Aubrey Greene. Il n'en vit pas une seule et soudain, il pensa à son beau-père. Il fallait le prévenir ! Il téléphona au Club des Connoisseurs, au Remove, aux cercles de son père, pour le cas où ils s'y seraient rendus ensemble au sortir de l'assemblée. En vain !

Sept heures et demie sonnèrent. Combien cela durerait-il encore ? Il retourna à la porte de la chambre à coucher et n'entendit rien. Il redescendit dans le vestibule. Ting-a-Ling était à présent près de la porte d'entrée. « Tu en as assez, toi aussi », pensa Michael en le caressant et en vidant machinalement la boîte à lettres. Une seule lettre… l'écriture de Wilfrid ! Il l'emporta au pied de l'escalier et la lut avec la moitié de son cerveau ; l'autre moitié, en proie à une angoisse indicible, errait là-haut.

Mon cher Mont,

Je pars demain pour l'Arabie. J'ai pensé qu'un mot de moi te ferait plaisir au cas où je n'en reviendrais pas.

J'ai retrouvé le calme. L'air d'ici est trop pur pour qu'un sentiment puisse survivre et, en exil, la passion a tôt fait de s'étioler. Je regrette d'avoir apporté une telle perturbation dans ta vie. J'ai eu tort de revenir en Angleterre après la guerre et de perdre mon temps à écrire des inepties pour les jeunes femmes à la page et les gens de plume.

Pauvre vieille Angleterre ! Des jours sombres l'attendent. Fais-lui mes amitiés et gardes-en la meilleure part pour vous deux.

Toujours à toi,

WILFRID DESERT

P.-S. – *Si tu as publié ce que je t'ai confié, envoie-moi les droits d'auteur aux bons soins de mon père.*

W. D.

La moitié du cerveau de Michael pensa : « Ainsi va la vie ! Et son livre qui paraît aujourd'hui ! » Bizarre coïncidence ! Wilfrid avait-il raison ? Ce fleuve d'encre n'était-il qu'une vaste foutaise ? Ne servait-il qu'à aggraver la maladie de l'Angleterre ? Ne feraient-ils pas mieux, tous ces auteurs, d'enfourcher des chameaux et de se lancer à la poursuite du soleil ? Et pourtant, les livres étaient un réconfort et une diversion ; l'humanité en avait besoin. L'Angleterre devait continuer à vivre. « Pas de refuge, pas de refuge, ils doivent vaincre ou mourir, ceux qui n'ont pas de refuge ! »

Dieu ! Ça recommençait ! Il remonta en courant, les mains sur les oreilles, les yeux fous. Les cris cessèrent ; Annette sortit de la chambre et lui dit :

— Son père, mon cher, tâchez de joindre son père !

— Je... je n'y arrive pas, balbutia Michael.

— Essayez Green Street, Mrs Dartie. Courage ! Tout se passe normalement, ce sera bientôt fini.

Quand il eut appelé Green Street et enfin obtenu une réponse, il s'assit dans le bureau, la porte ouverte, en attendant son beau-père. Il remarqua un trou de cigarette sur l'une des jambes de son pantalon ; il n'avait pas senti l'odeur de brûlé, il ne s'était même pas rendu compte qu'il fumait ! Allons ! il devait se maîtriser pour recevoir « le vieux Forsyte ». La sonnette retentit ; il descendit ouvrir.

— Eh bien ? fit Soames.

— Pas encore, monsieur. Venez dans mon bureau, nous serons plus près.

Ils montèrent côte à côte. Cette tête grise au contour si net, ce pli profond entre les sourcils et ces yeux écarquillés comme si la douleur était derrière eux rendirent son calme à Michael. Pauvre vieux ! Il en prenait pour son grade, lui aussi ! Ils étaient tous les deux dans leurs petits souliers !

— Un petit verre, monsieur ? J'ai du cognac ici.

— Oui, dit Soames, n'importe quoi.

Leur verre à la main, ils burent en prêtant l'oreille, avec des gestes mécaniques. On eût dit deux marionnettes mues par le même fil.

— Une cigarette, monsieur.

Ils allumèrent leur cigarette, l'approchèrent de leurs lèvres, écoutèrent, la portèrent à leur bouche, la retirèrent et rejetèrent la fumée.

Michael serrait son bras droit contre sa poitrine, Soames son bras gauche. L'un à côté de l'autre, ils étaient parfaitement symétriques.

— C'est dur à supporter, monsieur. Je suis navré…

Soames hocha la tête. Il serrait les dents. Soudain, il fit un geste.

— Écoutez, fit-il.

Des bruits nouveaux, confus… Michael saisit un objet et le broya ; quelque chose de maigre et de froid : la main de Soames. Ils ne surent jamais combien de temps ils étaient restés ainsi, main dans la main, les yeux rivés sur le seuil de la porte.

Tout à coup, une silhouette grise s'y encadra : Annette.

— Tout va bien ! dit-elle. C'est un garçon !

40

Calme

En s'éveillant d'un profond sommeil, le lendemain matin, la première pensée de Michael fut : « Fleur est de retour ! » Puis, il se souvint.

À la porte, il demanda à voix basse :

— Ça va ?

La garde le rassura avec conviction. Dominant son émoi, il retrouva assez d'esprit « moderne » pour se dire : « Plus de sentimentalité ! Va déjeuner tranquillement. »

Dans la salle à manger, Soames, perdu dans ses pensées, en oubliait l'œuf à la coque ouvert placé devant lui. Il leva la tête quand Michael entra et enfouit précipitamment son visage dans sa tasse. Michael comprenait fort bien sa réaction : le souvenir de leurs mains unies devait le gêner. Il vit aussi que le journal posé auprès de l'assiette était un journal financier.

— Parle-t-on de l'assemblée, monsieur ? Votre discours doit faire merveille, imprimé.

Soames lui tendit le journal en proférant un petit bruit bizarre. L'article était intitulé : « Assemblée orageuse – Démission de deux administrateurs – Un vote de confiance. » Michael parcourut rapidement l'article jusqu'à ces mots : « Mr Forsyte, l'administrateur incriminé, dit, dans un discours, qu'il n'avait pas l'intention de capituler… il blâmait l'attitude des actionnaires… personne ne s'était jamais permis de le soupçonner… il donnait sa démission. »

Michael laissa tomber la feuille de journal.

— Bon Dieu ! s'exclama-t-il, *incriminé*, *soupçonner* ! Ils ont donné à ce compte rendu un tel tour que…

— La presse… ! interrompit Soames en réattaquant son œuf.

Michael s'assit et dépouilla une banane de sa peau.

Une citation de *Macbeth* lui revenait à l'esprit : « Jamais il ne fut plus grand que dans la mort ! »

« Pauvre vieux ! » pensa-t-il en regardant son beau-père. Puis il ajouta :

— Eh bien, monsieur, j'étais là et je puis dire que mon père et vous êtes les seuls qui m'ayez inspiré du respect.

— Ah ! oui ? fit Soames en posant sa cuillère.

Michael comprit qu'il désirait rester seul. Il avala rapidement la banane et se rendit dans son bureau. En attendant qu'on vînt le chercher, il appela son père au téléphone.

— La journée d'hier ne vous a pas trop éprouvé ?

La voix haut perchée de sir Lawrence résonna dans l'appareil.

— Elle me laisse plus pauvre et plus sage. Quel est le bulletin de santé ?

— Excellent.

— Nos tendresses à tous deux. Ta mère demande s'il a des cheveux.

— Je ne l'ai pas encore vu. J'y vais à l'instant.

Annette, en effet, lui faisait signe.

— Elle demande que vous lui apportiez le petit chien, mon cher ! dit-elle.

Tenant Ting-a-Ling sous le bras, Michael entra sur la pointe des pieds. Le onzième baronet ! On n'en voyait pas grand-chose ; la tête de Fleur, penchée sur la sienne, était la plus foncée des deux. Il s'approcha du lit et l'effleura avec une sorte de crainte respectueuse.

Fleur leva les yeux et lui montra le bébé qui lui suçait vigoureusement le doigt.

— On dirait un petit singe, tu ne trouves pas ? dit-elle d'une voix faible.

Michael acquiesça d'un signe de tête. Oui… un vrai petit singe… mais serait-ce un singe blanc ?… toute la question était là !

— Et toi, mon amour ?

— Maintenant, je me sens bien, mais ça a été… (Elle soupira, et ses yeux s'obscurcirent.) Regarde, Ting !

Les narines parcourues d'un léger frémissement, le pékinois, calé sous le bras de Michael, reculait tant qu'il pouvait. Tout son comportement exprimait la plus grande défiance. « Des bébés, semblait-il dire, nous en faisons aussi en Chine. Je réserve mon jugement. »

Fleur eut un petit rire étouffé.

— Mets-le par terre, Michael.

Il le déposa sur le sol et le chien s'en alla dans son coin.

— Il ne faut pas que je parle, dit Fleur. Et pourtant, j'en ai tellement envie ! Il me semble que j'ai passé une éternité à me taire !

« C'est comme moi, pensa Michael. J'avais l'impression que tu étais partie loin, si loin, pour toujours ! »

— Oui, reprit Fleur. Une éternité à me taire, à ne pas être moi-même !

— L'arrivée au monde d'un enfant est un processus archaïque, dit doucement Michael. Au fait, a-t-il des cheveux ? Ma mère voudrait le savoir.

Fleur montra le duvet sombre qui couvrait la tête du onzième baronet :

— Pareils aux cheveux de ma grand-mère ; mais ils éclairciront. Il aura les yeux gris. Dis-moi, Michael, quels seront les parrains ? Alison sera sa marraine, naturellement, mais les hommes ?

Michael hésita un peu avant de répondre.

— J'ai reçu une lettre de Wilfrid, hier. Aimerais-tu que ce soit lui ? Il est encore là-bas, mais je pourrais le représenter lors du baptême.

— Il va bien ?

— Il le dit.

Il ne pouvait lire l'expression de ses yeux, mais ses lèvres esquissaient une légère moue.

— Si tu veux. Il me semble qu'un seul parrain peut suffire, tu ne crois pas ? Les miens ne m'ont jamais fait de cadeaux.

— Moi, j'ai eu une Bible de l'un et une attrapade monstre de l'autre ! Alors, entendu pour Wilfrid ?

Elle leva sur lui un regard à la fois contrit et légèrement ironique. Il déposa un baiser sur ses cheveux et s'éloigna rapidement. À la porte, Soames attendait son tour.

— Un instant seulement, monsieur, dit la garde.

Soames s'approcha du lit et regarda sa fille.

— Papa chéri, dit-elle.

Il lui effleura la main, hocha la tête comme pour exprimer son approbation et se retira. Dans un miroir, Michael vit que ses lèvres tremblaient.

De retour au rez-de-chaussée, il fut pris d'une envie irrésistible de chanter. Ce n'était pas précisément indiqué ! Il pénétra dans le salon chinois et regarda par la fenêtre le square inondé de soleil. Dieu ! Que c'était bon de vivre ! Existait-il bonheur plus intense ? Les gens pouvaient toujours dénigrer la vie, se réfugier dans le passé ou exalter l'avenir. Pour lui, rien ne valait le présent.

« Je vais remettre *Le Singe blanc* à sa place, se dit-il. Ce n'est pas encore demain que sa vue me déprimera ! »

Il alla ouvrit un petit placard dissimulé dans le coffrage de la cage d'escalier. Sous quatre paires de rideaux saupoudrés d'antimite et enveloppés de papier brun, il trouva le tableau. Il le tendit à bout de bras et l'examina dans la semi-obscurité du débarras. Les yeux de cet animal ! Toute l'angoisse de vivre s'y reflétait !

« Tant pis, mon vieux ! Tu vas regrimper au mur ! » Et il le transporta au salon. Soames s'y trouvait.

— Je vais le remettre en place.

Soames opina d'un signe de tête.

— Voudriez-vous le soutenir pendant que je l'accroche ?

Soames maintint le tableau.

Redescendu sur le sol de cuivre, Michael dit :

— Voilà qui est fait, monsieur !

Il recula de quelques pas. Soames le rejoignit. Côte à côte, ils contemplèrent *Le Singe blanc.*

— Il ne connaîtra la paix que lorsqu'il aura trouvé ce qu'il cherche, finit par dire Michael. Le malheur, voyez-vous, c'est qu'il ne sait pas au juste ce que c'est.

Interlude

COUR SILENCIEUSE

Traduit de l'anglais par
Hélène Claireau

Un jour de février 1924, Jon Forsyte, qui se remettait lentement d'une mauvaise grippe, était assis dans le hall d'un hôtel de Camden, en Caroline du Sud. Il parcourait un article relatant une affaire de lynchage. À mesure qu'il progressait dans sa lecture, il lui semblait sentir ses cheveux – qu'il avait d'un blond ardent – se dresser lentement sur sa tête.

Derrière lui, une voix prononça :

— Voulez-vous vous joindre à nous pour aller pique-niquer du côté des tumulus indiens ?

Il leva les yeux et vit un jeune homme de sa connaissance, originaire du Sud, qui se nommait Francis Wilmot.

— Avec grand plaisir. Qui y aura-t-il ?

— Mr et Mrs Pulmore Hurrison, le romancier anglais Gurdon Minho, les petites Blair et leurs amies, ma sœur Anne et moi, c'est tout. Vous pouvez venir à cheval si vous voulez faire de l'exercice.

— Bonne idée ! Il vient justement d'arriver de nouveaux chevaux de Columbia.

— Parfait ! Ma sœur et moi, ainsi que deux ou trois des petites Blair, comptons également nous y rendre à cheval. Les Hurrison prendront les autres dans leur voiture.

— Dites-moi ! C'est assez horrible, cette histoire de lynchage !

Le jeune homme auquel il s'adressait était appuyé à la fenêtre. Jon admira la pâleur ivoirine de son visage en contraste frappant avec la couleur sombre des cheveux et des yeux, la finesse du nez et des lèvres, la grâce souple de l'attitude.

— Vous autres Anglais, vous vous mettez dans tous vos états quand vous entendez parler de lynchage. Le problème noir n'existe pratiquement pas en Caroline du Nord et il ne se pose pas du tout là où vous, Anglais, vous êtes établis, à Southern Pines.

— Exact ! Et je ne prétends pas le connaître. Mais je ne comprends pas pourquoi les Noirs ne passeraient pas en jugement comme les Blancs. Il peut se présenter des cas où l'on est obligé de tirer à vue, mais je ne vois pas comment vous pouvez défendre la justice exercée par la populace. À partir du moment où un homme est pris, il doit être jugé régulièrement.

— Nous préférons mettre toutes les chances de notre côté dans ce genre de circonstances.

— Pourtant, en l'absence de tout jugement, comment pouvez-vous affirmer la culpabilité d'un accusé ?

— Ma foi, nous préférons supprimer un Noir innocent de temps en temps plutôt que de faire courir le moindre risque à nos femmes.

— J'aurais cru que tuer un homme pour un crime qu'il n'a pas commis est ce qu'il y a de pire au monde.

— En Europe peut-être, mais pas ici où les problèmes sont encore énormes.

— Que pense-t-on du lynchage dans les États du Nord ?

— Ils protestent quelque peu, mais ils feraient mieux de se taire. Si nous avons les Noirs, ils ont les Rouges et ils n'y vont pas par quatre chemins avec eux !

Jon Forsyte se balançait sur son rocking-chair tout en fronçant les sourcils d'un air préoccupé.

— Notre pays est trop vaste, ajouta Francis Wilmot. S'échapper est un jeu d'enfant ; aussi, lorsque les circonstances nous tiennent particulièrement à cœur, nous nous faisons justice nous-mêmes.

— Enfin ! Chaque pays a ses coutumes. Qu'est-ce que c'est que ces tumulus où nous devons aller ?

— Ce sont des ruines indiennes qui remontent, dit-on, à des milliers d'années. Vous ne connaissez pas ma sœur ? Elle n'est arrivée qu'hier au soir.

— Non. À quelle heure partons-nous ?

— À midi ; à cheval, il faut compter une heure de trajet environ à travers bois.

À l'heure dite, Jon, en tenue de cavalier, s'approcha des cinq montures (deux des petites Blair avaient opté elles aussi pour le cheval). Francis Wilmot et sa sœur prirent les devants, tandis que Jon faisait route entre les deux jeunes filles.

Elles étaient jeunes et jolies, avec les cheveux bruns, le visage carré, le teint éclatant de ce type d'Américaines qu'il commençait à bien connaître depuis deux ans et demi qu'il habitait aux États-Unis.

D'un mutisme total au début de la promenade, elles firent preuve ensuite d'une étourdissante volubilité. Elles montaient à califourchon, et fort bien. Jon apprit que, tout comme Mr et Mrs Hurrison, les organisateurs du pique-nique, elles habitaient Long Island. Elles lui posèrent de nombreuses questions sur l'Angleterre auxquelles Jon, qui avait quitté sa patrie à l'âge de dix-neuf ans, dut improviser autant de réponses.

Entre les oreilles de son cheval, il suivit des yeux Francis Wilmot et sa sœur qui galopaient en gardant un silence dont il imaginait avec envie le charme reposant. Leur route franchissait des kilomètres de collines boisées au sol sablonneux, couvertes de pins malingres et clairsemés ; en dépit du soleil très vif, l'air était encore frais. Jon, monté sur un cheval bai qui allait l'amble, se trouvait dans cet état de bien-être particulier qui caractérise la première journée en plein air au sortir d'une maladie.

Les petites Blair voulaient savoir son opinion sur le romancier anglais. Elles mouraient d'envie de connaître une personnalité du monde littéraire. Jon n'avait lu qu'un seul de ses ouvrages et, de tous les personnages qui y figuraient, il ne se souvenait que d'un chat. Les jeunes filles n'en avaient lu aucun, mais elles avaient entendu dire que ses chats étaient « trop mignons » !

Francis Wilmot s'arrêta et désigna un grand monticule qui, visiblement, n'était pas d'origine naturelle. Ils s'arrêtèrent tous, regardèrent pendant deux minutes en silence, déclarèrent que c'était « très intéressant » et reprirent leur course. Dans un creux, les occupants des deux voitures déballaient des victuailles. Jon prit les chevaux par la bride pour les attacher à côté de ceux des Wilmot. Francis fit les présentations.

— Ma sœur... Mr Forsyte.

— Enchantée, dit la jeune fille en posant longuement les yeux sur Jon qui lui rendit son regard.

Elle était mince, mais vigoureuse. Bottée, en veste longue et culotte brun foncé, elle portait un chapeau de feutre souple assorti qui laissait voir ses cheveux sombres et coupés à la Ninon. Son visage était pâle, un peu hâlé, et semblait animé d'une ardeur contenue ; le front était haut et dégagé, le nez droit, un peu court, la bouche sans fard, assez grande et jolie. Mais Jon fut surtout frappé par ses yeux qui correspondaient exactement à l'idée qu'il se faisait des yeux d'une nymphe des eaux. Légèrement obliques, ils étaient bruns, paisibles, envoûtants ; peut-être présentaient-ils un léger strabisme, mais leur beauté en était encore accrue.

Il se sentait intimidé. Ils ne dirent mot ni l'un ni l'autre.

— Je crois que j'ai faim, s'exclama Francis Wilmot.

Et, côte à côte, ils se dirigèrent vers les paniers du pique-nique.

— Ainsi, vous venez d'arriver, miss Wilmot ?

— Oui, monsieur Forsyte.

— D'où cela ?

— De Naseby ; c'est entre Charleston et Savannah.

— Oh ! Charleston ! J'ai beaucoup aimé.

— Anne préfère Savannah, dit Francis.

Anne inclina la tête. Elle n'était pas bavarde ; pourtant, les rares paroles qu'elle avait prononcées avaient permis à Jon d'apprécier la qualité de son timbre.

— Nous vivons dans un endroit plutôt solitaire ; il est presque exclusivement habité par des Noirs. Anne n'a encore jamais eu l'occasion de parler avec un Anglais, dit Francis.

Elle ébaucha un sourire que Jon lui rendit. La conversation s'arrêta. Ils arrivèrent à l'emplacement où les victuailles étaient disposées. Elles avaient été choisies avec le visible souci d'exiger le maximum d'efforts musculaires et digestifs.

Mrs Pulmore Hurrison, la quarantaine, les traits accentués, était assise les genoux relevés très haut ; à côté d'elle, Gurdon Minho, le romancier britannique, avait adopté une pose plus réservée ; un essaim de jeunes filles, toutes pourvues de jolies jambes qu'elles montraient à qui mieux mieux, jonchait le sol ; un peu à l'écart, Mr Pulmore Hurrison plissait sa petite bouche au-dessus du bouchon d'une énorme bouteille. Jon et les Wilmot s'assirent à leur tour ; le repas commença. Jon ne fut pas long à s'apercevoir que tout le monde attendait autre chose de Gurdon Minho que des « Oui ! », « Vraiment ! », « Ah ! », « Bien sûr ! » En vain ! L'illustre écrivain commença par prêter une attention presque pénible à ce que chacun disait, puis il sembla tomber dans une sorte de coma. Le patriotisme de Jon en souffrit car lui-même était encore moins loquace. Il voyait se former une conspiration entre les trois petites Blair et leurs deux amies en vue d'avoir plus tard, en tête-à-tête, raison du silence des Anglais. La présence silencieuse de la sœur de Francis Wilmot le réconfortait : il sentait qu'elle était incapable de se joindre au complot. Il se réfugia dans le rôle de serveur et poussa un soupir de soulagement lorsqu'on cessa d'infliger des aliments à leurs estomacs rassasiés. Les pique-niques ont cela de commun avec le jour de Noël qu'ils sont plus agréables à l'état de projets et de souvenirs que sur le moment. Après l'inévitable période de séparation des sexes, on refit les paniers qui réintégrèrent leurs véhicules respectifs. Les deux voitures se dirigèrent vers un autre tumulus situé à trois kilomètres de là. Francis Wilmot et les deux petites Blair décidèrent de rentrer pour assister à un match de polo. Jon demanda à Anne ce qu'elle désirait faire. Elle choisit d'aller voir l'autre tumulus.

Ils se mirent en selle et suivirent en silence un sentier à travers bois jusqu'au moment où Jon dit :

— Aimez-vous les pique-niques ?

— Pas du tout !

— Moi non plus ; et le cheval ?

— C'est ce que j'adore le plus au monde.

— Plus que la danse ?

— Assurément. Monter à cheval, et aussi nager.

— Ah ! je pensais bien…

Et il se tut.

— Que pensiez-vous ?

— Eh bien, que vous deviez être une bonne nageuse.

— Pourquoi ?

Jon répondit, gêné :

— À cause de vos yeux.

— De mes yeux ? Est-ce qu'ils ressemblent à ceux d'un poisson ?

Jon se mit à rire.

— Pas précisément. Ils me rappellent ceux d'une nymphe des eaux.

— Je me demande si c'est un compliment.

— Bien sûr que c'en est un.

— Je croyais que les nymphes n'étaient pas des personnes convenables !

— Oh ! si. Les nymphes des eaux le sont… extrêmement. Elles sont timides.

— Vous en avez beaucoup en Angleterre ?

— Non. En fait, je n'en ai encore jamais vu.

— Alors, comment le savez-vous ?

— Une impression… la faculté de voir ce qui convient…

— Je suppose que vous avez fait des études classiques. Est-ce obligatoire en Angleterre ?

— Loin de là !

— Et vous aimez l'Amérique ?

— Beaucoup. Pourtant, j'ai parfois le mal du pays.

— J'aimerais tant voyager !

— Ça ne vous arrive jamais ?

Elle secoua la tête.

— Je reste à la maison et m'occupe de tout. Mais je crois que nous allons être obligés de vendre notre vieille propriété : le coton ne rapporte plus.

— Je cultive des pêches près de Southern Pines, vous savez, dans la Caroline du Nord ; ça marche assez bien pour le moment.

— Vous vivez seul ?

— Non, avec ma mère.

— Elle est anglaise ?

— Oui.

— Vous avez encore votre père ?

— Non, il est mort il y a quatre ans.

— Francis et moi, nous sommes orphelins depuis dix ans.

— J'aimerais que vous veniez tous les deux passer quelques jours chez nous ; ma mère serait très contente.

— Elle vous ressemble ?

Jon rit :

— Non ! elle est très belle.

Les yeux de la jeune fille le fixèrent gravement ; un léger sourire entrouvrit ses lèvres.

— Je serais très heureuse de venir, mais Francis et moi ne pouvons jamais nous absenter en même temps.

— Pourtant, remarqua Jon, vous êtes ici tous les deux.

— Nous rentrons demain ; j'avais envic dc voir Camden.

Les grands yeux sombres ne quittaient pas le visage de Jon.

— N'aimeriez-vous pas nous accompagner à notre retour ? Vous feriez la connaissance de notre vieille maison. Francis serait ravi.

— Vous êtes bien sûre de toujours savoir ce qui fait plaisir à votre frère ?

— Naturellement.

— Quel veinard ! Mais c'est sérieux, votre invitation ?

— Très sérieux.

— Alors, j'accepte avec joie. Je déteste l'hôtel. Je veux dire… vous comprenez…

Mais comme lui-même ne savait pas très bien ce qu'il voulait dire, il doutait qu'elle parvînt à le comprendre !

Elle éperonna son cheval et ils partirent au trot. Le long des sentiers bordés de pins au feuillage toujours vert, ils furent aveuglés par le soleil ; un parfum capiteux montait de l'épais tapis d'aiguilles, de la résine et des herbes ; les chevaux foulaient allègrement le sol de sable chaud. Jon se sentait heureux. Cette jeune fille avait des yeux étranges, envoûtants ; et elle montait mieux encore que les petites Blair.

— Tous les Anglais sont bons cavaliers, j'imagine ? dit-elle.

— En général oui… quand ils montent ! Mais on ne fait plus guère de cheval maintenant.

— J'aimerais tant voir l'Angleterre ; nos ancêtres sont venus en 1700 du Worcestershire. Où est-ce ?

— C'est notre Middle West, dit Jon. Mais il est aussi différent que possible du vôtre. C'est un pays d'arbres fruitiers, une très jolie région… des maisons blanches à colombage, des prairies, des vergers, des bois, des collines verdoyantes. Une année j'y ai passé des vacances avec un ami et nous l'avons parcouru à pied en tous sens.

— Ce doit être ravissant. Nos ancêtres étaient catholiques. Leur propriété s'appelait Naseby, c'est pourquoi nous avons donné ce nom à la nôtre. Mais ma grand-mère était une créole française de Louisiane. Est-il vrai qu'en Angleterre on croit que les créoles ont du sang noir ?

— Nous sommes très ignorants, répondit Jon. Moi, je sais que les créoles représentent les vieilles familles françaises et espagnoles. On voit d'ailleurs bien que vous avez tous deux du sang français.

— Francis, surtout. Ne croyez-vous pas que nous ayons dépassé le tumulus ? Nous avons bien dû faire six ou sept kilomètres et je croyais qu'il n'y en avait que deux.

— Ça vous ennuie vraiment ? Il m'a semblé que la réputation de l'autre était bien surfaite…

Ses lèvres sourirent ; elles semblaient ignorer le rire.

— Quelle tribu d'Indiens y a-t-il par ici ? demanda Jon.

— Je n'en sais trop rien ; des Séminoles, peut-être… s'il y en a. Francis prétend que ces vestiges doivent dater d'avant les tribus actuelles. Qu'est-ce qui vous a fait venir en Amérique, monsieur Forsyte ?

Jon se mordit la lèvre. Donner les vraies raisons… la brouille de famille… son chagrin d'amour… ce n'était pas possible !

— J'ai d'abord été en Colombie-Britannique, mais je n'y ai pas réussi ; j'ai alors entendu parler des cultures de pêchers de la Caroline du Nord.

— Mais pourquoi avez-vous quitté l'Angleterre ?

— Je crois que j'avais simplement envie de voir du pays.

— Ah ! bien, dit-elle.

C'était un assentiment calme et global. Jon l'apprécia d'autant plus qu'elle n'avait pas compris. Depuis plus d'un an, l'image de son premier amour ne surgissait que rarement dans son esprit. Il était trop occupé par les pêches. Et puis Holly lui avait écrit que Fleur avait un fils.

— Nous devrions rentrer. Regardez le soleil ! dit-il soudain.

En effet, il descendait déjà derrière les arbres.

— Mon Dieu ! en effet !

Jon fit faire demi-tour à son cheval.

— Dépêchons-nous ! Nous avons à peine une demi-heure de jour devant nous. La lune ne se lèvera que plus tard dans la nuit.

Ils repartirent au galop. Le soleil se couchait encore plus vite que Jon ne l'avait prévu ; l'air devenait froid, la lumière grise. Jon tira brusquement sur les rênes.

— Je suis désolé, mais je crois que nous ne suivons pas le même itinéraire qu'à l'aller ; j'ai l'impression que nous avons dévié vers la droite. Ces sentiers se ressemblent tous et nos chevaux ne sont arrivés qu'hier de Columbia : ils ne connaissent pas le pays mieux que nous.

La jeune fille sourit :

— Nous allons nous perdre !

— Hum ! ce ne sera pas drôle dans ces bois. Est-ce qu'on en sortira bientôt ?

— De ce côté-ci, je crains bien que non. Quelle aventure !

— Oui, mais vous allez attraper froid. C'est glacial ici, la nuit.

— Et vous qui venez d'avoir la grippe !

— Oh ! ça ne fait rien ! Tenez ! voilà un sentier sur la gauche. Est-ce que nous le prenons ou bien nous continuons ?

— Nous le prenons.

Ils se mirent au trot. Il faisait déjà trop sombre pour galoper ; bientôt, ils seraient obligés d'aller au pas. Et ce sentier qui continuait à dessiner ses méandres sans fin dans le bois !...

— Nous voici dans de beaux draps. Je suis vraiment désolé, dit Jon.

Il se pencha vers elle et put à peine distinguer son sourire.

— Mais voyons, c'est follement amusant !

Bien qu'il fût de l'avis contraire, il était content qu'elle le prît ainsi.

— Quel imbécile j'ai été ! Votre frère va s'inquiéter !

— Mais non, il sait que je suis avec vous.

— Si seulement nous avions une boussole ! Au train où vont les choses, nous risquons de passer toute la nuit dehors ! Encore une autre bifurcation ! Grand Dieu, il fait déjà noir !

À peine avait-il prononcé ces mots que la dernière lueur disparut ; il pouvait tout juste deviner la présence d'Anne à quelques mètres de lui. Il se rapprocha d'elle et elle le prit par la manche.

— Ne vous tourmentez pas. Vous gâtez mon plaisir !

Il lâcha les rênes et lui serra la main.

— Vous êtes admirable, miss Wilmot.

— Oh ! appelez-moi Anne ; les noms de famille sont réfrigérants quand on est perdu au fond des bois !

— Merci beaucoup. Je m'appelle Jon, sans « h », voyez-vous : c'est un diminutif de Jolyon.

— Jolyon... Jon : j'aime ça !

— Anne a toujours été mon prénom préféré. Voulez-vous que nous nous arrêtions jusqu'à ce que la lune paraisse ou préférez-vous continuer ?

— Quand se lèvera-t-elle ?

— Vers dix heures, à en juger d'après la nuit dernière. Ce sera presque la pleine lune. Mais il n'est que six heures.

— Continuons et laissons-nous conduire par les chevaux.

— D'accord ! mais s'ils doivent nous mener quelque part, ce sera sûrement à Columbia qui doit être à des kilomètres et des kilomètres d'ici !

Ils suivirent au pas l'étroit sentier ; il faisait maintenant nuit noire.

— Avez-vous froid ? demanda Jon. Vous auriez plus chaud si vous marchiez. Je passe devant, suivez-moi d'assez près pour me voir.

Au bout d'un moment, il descendit de cheval ; il était transi. Sous les arbres qui s'étendaient à l'infini, le silence était absolu et aucune lueur ne filtrait.

— J'ai froid à présent, dit Anne ; je vais mettre pied à terre moi aussi.

Ils marchaient ainsi depuis une demi-heure, tenant leurs chevaux par la bride, avançant à tâtons, lorsque Jon s'écria :

— Regardez ! il y a une sorte de clairière ici ! Et là, à gauche, qu'est-ce que c'est que cette masse sombre ?

— C'est un tumulus.

— Lequel ? je me le demande ! Celui que nous sommes venus voir ou l'autre ? Ou bien aucun des deux ?

— Je crois que nous ferions bien de nous arrêter ici jusqu'à ce que la lune se lève ; alors nous saurons de quel tumulus il s'agit et nous retrouverons notre route.

— Vous avez raison. Il doit y avoir des marais. Je vais attacher les chevaux à l'abri du vent et nous tâcherons de trouver un coin bien protégé. Qu'il fait froid !

Quand il eut fini de s'occuper des chevaux, il se retourna et la découvrit tout près de lui.

— C'est sinistre, dit-elle.

— Nous dénicherons bien un endroit confortable pour nous asseoir.

Il lui prit le bras et ils se dirigèrent vers le pied du tumulus.

— On a creusé une tranchée ici, dit Jon, nous y serons à l'abri.

Il tâta la terre ; elle n'était pas trop humide.

— Installons-nous et bavardons.

Côte à côte, le dos appuyé au mur de l'excavation, ils allumèrent une cigarette et écoutèrent. À part un reniflement ou un piétinement des chevaux de temps à autre, on n'entendait pas le moindre bruit. Les arbres étaient trop clairsemés et le vent trop léger pour permettre le moindre bruissement. Dans cette solitude totale, il ne semblait y avoir d'autre vie que celle de leurs chevaux et la leur. Tout ce qu'ils voyaient, c'était un semis d'étoiles sur le ciel sombre et les silhouettes des pins plus sombres encore. Et puis aussi, le bout incandescent de leurs cigarettes et, par instants, leurs visages qu'elles illuminaient quelques secondes.

— Vous ne pourrez jamais me pardonner, dit Jon d'un ton lugubre.

— Quelle idée ! Je suis ravie de cette aventure !

— C'est très gentil à vous de me dire ça, mais vous devez être gelée. Tenez, prenez mon veston !

Il commençait à le retirer lorsqu'elle s'écria :

— Si vous l'ôtez, je cours à travers bois et je me perds pour de bon !

Jon remit sa veste.

— Ç'aurait pu être l'une des petites Blair, remarqua-t-il.
— Vous auriez préféré ?
— Pour vous, naturellement. Pas pour moi, bien sûr !
Ils cherchaient à distinguer leurs traits si bien que les bouts de leurs cigarettes se touchaient presque. Il réussit à entrevoir ses yeux et soudain, il fut pris d'une envie irrésistible de lui passer le bras autour des épaules. Il lui semblait que c'était précisément le geste qui convenait à un tel décor. Mais évidemment, « cela ne se faisait pas ».
— Prenez un morceau de chocolat, lui proposa-t-elle.
Jon en mangea un bout minuscule. Il ne voulait pas l'en priver !
— C'est une aventure extraordinaire ! Comme il fait noir ! Toute seule, je serais morte de peur ! C'est un endroit pour revenants ici…
— Les fantômes des vieux Indiens ! dit Jon. Mais je ne crois pas aux esprits.
— Vous y croiriez si vous aviez eu une nounou noire !
— Vous en avez eu une ?
— Oui. (Sa voix était douce comme du miel.) Nous avons encore un vieux nègre qui a été esclave dans son enfance. C'est le meilleur de tous les Noirs du village. Il a presque quatre-vingts ans et ses cheveux sont tout blancs.
— Votre père devait être jeune au moment de la guerre de Sécession.
— Lui, oui. Mais mes deux grands-pères et mon arrière-grand-père l'ont faite.
— Quel âge avez-vous, Anne ?
— Dix-neuf ans.
— Moi, vingt-trois.
— Parlez-moi de votre maison d'Angleterre.
— Je n'en ai plus maintenant.
Il lui fit alors le récit expurgé de sa jeunesse ; elle l'écouta avec attention. Il lui demanda en retour de lui raconter son histoire et, pendant qu'elle parlait, il n'arrivait pas à déceler s'il aimait ou non cette voix un peu lente et traînante, mais

douce et mélodieuse. Quand elle eut terminé son récit si simple – elle n'avait pour ainsi dire jamais quitté la maison –, le silence régna. Jon reprit enfin :

— Il n'est que sept heures et demie. Je vais voir ce que deviennent les chevaux. Vous pourriez peut-être faire un somme après.

Il contourna la base du tumulus jusqu'à ce qu'il parvînt aux chevaux et il resta un moment à leur parler en les caressant. Un sentiment complexe, fait de chaude tendresse et du désir de protéger un être faible, s'emparait de lui. Anne… quelle petite fille attachante ! Et courageuse aussi ! Elle avait un de ces visages qu'on ne peut oublier – un visage qui révélait une âme.

Soudain, il entendit la voix d'Anne répéter son nom à plusieurs reprises, tout bas, comme si elle avait voulu lui faire croire qu'elle ne l'appelait pas.

— Jon ! Jon ! oh Jon !

Il avança à tâtons dans l'obscurité et rencontra ses mains tendues vers lui.

— C'est tellement sinistre ! ces drôles de bruissements… J'en ai des frissons !

— Le vent s'est un peu levé. Asseyons-nous dos à dos ; ça vous réchauffera. Ou bien, attendez… je vais m'adosser au mur et vous vous appuierez contre moi. Comme cela, vous pourrez dormir. Il n'y en a plus que pour deux heures maintenant avant que nous nous remettions en route au clair de lune.

Ils s'installèrent comme il l'avait dit ; elle posa la tête sur son épaule.

— Vous êtes bien ?

— Oh ! oui. Je n'ai plus de frissons. Est-ce que je ne suis pas trop lourde ?

— Pas du tout, répondit Jon.

Ils passèrent encore un moment à parler en fumant. Les étoiles brillaient d'un éclat plus vif ; leurs yeux s'étaient accoutumés à l'obscurité ; ils étaient mutuellement reconnaissants de la chaleur qu'ils se donnaient. Jon respirait avec plaisir le parfum de foin coupé qui se dégageait, tout près de ses narines, des cheveux d'Anne. Un long silence tomba et le désir de la protéger continua à grandir dans le cœur de Jon. Il aurait voulu la prendre dans ses bras et la serrer contre lui ; mais il n'osa pas. Il lui fallait toute sa volonté pour réussir à n'être qu'un bloc de chaleur assez impersonnel pour qu'elle pût s'y appuyer. C'était la première fois depuis son départ d'Angleterre qu'il éprouvait le désir d'enlacer une femme, tant cette histoire ancienne l'avait cruellement marqué.

Le vent s'éleva, murmura dans les arbres, puis retomba. Le silence était plus profond que jamais. Il était complètement éveillé et il lui parut curieux qu'elle dormît car, assurément, elle dormait – elle ne bougeait pas du tout. Les étoiles scintillaient ; il leva les yeux pour les contempler. Ses bras et ses jambes endoloris commencèrent à se contracter, et soudain il s'aperçut qu'elle ne dormait pas plus que lui. Elle tourna lentement la tête jusqu'à ce qu'il vît ses yeux, graves, séduisants.

— Je suis trop lourde, dit-elle en se redressant.

Mais il lui fit reprendre sa place.

— Pas du tout. Pour le moment, l'important est que vous soyez à l'aise et au chaud.

Elle remit la tête dans le creux de l'épaule de Jon et la veille continua. Ils parlaient un peu maintenant, de choses insignifiantes. « C'est curieux, songea-t-il, on peut vivre des mois entiers avec certaines personnes sans arriver à les connaître moitié aussi bien que nous nous connaîtrons désormais. »

De nouveau, un long silence s'établit ; mais cette fois, il avait passé son bras autour de la taille d'Anne.

Ils étaient mieux ainsi et Jon se rendit compte qu'il ne lui tardait plus du tout de voir la lune se lever. Partageait-elle la même pensée ? Mais si c'était le cas, la lune allait son chemin sans y prêter attention ! Jon la découvrit soudain, en partie dissimulée par les arbres, projetant une sorte de clarté diffuse et immobile qui se répandait au ras du sol, blêmissait les teintes et jouait à cache-cache entre les troncs d'arbres.

— La lune ! dit-il.

Anne ne bougea pas et le cœur de Jon se mit à battre très vite, pas plus que lui elle n'avait souhaité le lever de la lune !

Lentement, la lueur se mua en lumière, glissa parmi les arbres et vint se poser sur leurs corps qui devinrent visibles. Néanmoins, ils demeuraient là, immobiles, comme s'ils avaient craint de rompre un enchantement. La lune monta au-dessus des arbres, dans toute sa splendeur glacée : le monde était redevenu vivant.

« Et si je l'embrassais ? » se demanda Jon. Aussitôt, il refoula cette impulsion avec horreur. Comment aurait-elle pu souhaiter chose pareille ? Elle sembla deviner sa pensée et, tournant la tête vers lui, elle plongea son regard dans le sien.

— Vous êtes sous ma garde, dit-il.

Pour toute réponse, elle se contenta d'un petit soupir et se leva. Debout, ils dégourdirent leurs membres ankylosés en contemplant la futaie baignant dans une lumière argentée qui augmentait son mystère.

— Regardez, Anne ! C'est bien le premier tumulus : voilà le sentier qui mène à l'endroit où nous avons pique-niqué ! Maintenant, nous retrouverons facilement notre chemin.

— Oui…, répondit-elle d'un ton ambigu.

Ils détachèrent les chevaux, se mirent en selle et partirent côte à côte.

— Eh bien, ce sera un souvenir extraordinaire ! dit Jon.

— Oui, je ne l'oublierai jamais.

Ensuite, ils ne parlèrent plus, sauf pour se consulter au sujet du chemin ; bientôt, ils purent reprendre le trot. Ils débouchèrent sur le terrain de polo, derrière l'hôtel.

— Rentrez vite rassurer votre frère. Je ramène les chevaux et je vous rejoins.

Lorsqu'il pénétra dans le hall, Francis Wilmot, encore en tenue de cheval, s'y trouvait seul. Son expression, sans être précisément hostile, n'avait rien d'amical.

— Anne est montée, dit-il. Vous n'avez sûrement pas la bosse de l'orientation. Vous pouvez vous vanter de m'avoir fait peur !

— J'en suis désolé, dit Jon d'un ton contrit ; j'avais oublié que les chevaux n'étaient pas du pays.

— Bien sûr ! grommela Francis Wilmot avec un haussement d'épaules.

— Vous ne me soupçonnez pas de m'être égaré exprès ? Vous m'avez tout l'air de le croire !

De nouveau, Francis haussa les épaules.

— Excusez-moi, dit Jon, mais oublieriez-vous que votre sœur est une dame et qu'on ne se conduit pas comme un mufle avec une dame ?

Francis Wilmot ne répondit pas ; il s'approcha d'une fenêtre et regarda au-dehors. Jon était très en colère. Il s'assit sur le bras d'un fauteuil et se sentit soudain extrêmement fatigué ; il demeura immobile, les yeux rivés au plancher, les sourcils très froncés. Le diable emporte ce garçon ! Avait-il grondé Anne ? Si oui… Derrière lui, la voix de Francis se fit entendre.

— Excusez-moi, Jon. Je ne l'ai pas cru vraiment. C'est parce que j'ai eu tellement peur ! Serrons-nous la main !

Jon tendit la sienne avec élan et les deux jeunes gens se réconcilièrent en se regardant droit dans les yeux.

— Vous devez être éreinté ! dit Francis. Venez dans ma chambre ; j'ai un flacon d'alcool dont j'ai déjà fait prendre une goutte à ma sœur.

Ils montèrent. Jon s'assit dans l'unique fauteuil et Francis Wilmot sur le lit.

— Anne me dit qu'elle vous a invité à repartir avec nous demain ; j'espère sincèrement que vous le ferez.

— J'en serai ravi !

— Parfait !

Ils burent et bavardèrent quelques instants tout en fumant.

— Bonne nuit ! dit Jon tout à coup. Si je reste un moment de plus, je vais m'endormir.

Ils échangèrent une nouvelle poignée de mains ; titubant de fatigue, Jon regagna sa chambre et sombra aussitôt dans un profond sommeil.

Le lendemain, ils firent tous trois le voyage, en passant par Columbia et Charleston, jusqu'à la propriété des Wilmot. Naseby occupait la boucle d'une rivière aux eaux rougeâtres ; alentour s'étendaient des champs de coton et des terrains marécageux où croissaient de mélancoliques chênes verts festonnés de mousse de Floride. Les vieilles cases des esclaves étaient encore debout : elles ne servaient plus que de chenils. La maison, haute de deux étages, précédée d'une véranda couverte de glycine à laquelle donnait accès une double volée de marches en bois, avait grand besoin d'être repeinte. À l'intérieur, les pièces, remplies de portraits des Wilmot et des Fréville défunts, communiquaient entre elles et on y voyait circuler les négresses au doux parler traînant.

Jon ne s'était jamais senti aussi heureux depuis trois ans et demi qu'il avait débarqué dans le Nouveau Monde. Il passait ses matinées à flâner au soleil avec les chiens ou à tenter d'écrire des vers, car ses jeunes hôtes étaient occupés. Après le repas de midi, il sortait à cheval avec eux et parfois avec Anne seule. Le soir, elle lui apprenait à jouer de l'ukulélé devant le feu de bois qu'on allumait au coucher du soleil ou bien Francis lui parlait de la culture du coton ; depuis leur brève altercation, ils étaient dans les meilleurs termes.

Entre Anne et lui s'échangeaient peu de paroles. Il semblait que continuât le silence qui les avait enveloppés pendant leur veille auprès de l'antique tumulus indien. Mais il l'observait ; il était assis sans cesse à l'affût du regard grave et envoûtant de ses yeux sombres. Elle lui paraissait de plus en plus différente de toutes les jeunes filles qu'il avait connues jusqu'alors, plus vive d'esprit, plus silencieuse et plus profonde.

Les jours brûlants alternaient avec les soirées embaumant le feu de bois. Les vacances de Jon touchaient à leur fin. Il savait à présent jouer de l'ukulélé et ils chantaient ensemble des *negro spirituals*, des extraits d'opéras-comiques et autres œuvres célèbres. Le dernier jour arriva ; Jon était au désespoir. De bonne heure, le lendemain matin, il s'en irait pour rejoindre Southern Pines et ses pêches !

L'après-midi, pendant la dernière promenade à cheval, le silence lui parut presque surnaturel. Anne ne le regarda pas une fois. En proie à une panique indicible, Jon monta se changer. Il savait maintenant que ce qu'il souhaitait par-dessus tout, c'était ramener la jeune fille avec lui à Southern Pines ; mais, hélas, il était bien persuadé qu'elle ne le désirait pas. Comme il regretterait le regard des beaux yeux sombres qui se posait sur lui avec tant de gravité ! Il mourait d'envie de l'embrasser.

Il redescendit, le cœur serré, s'assit devant le feu et se mit distraitement à jouer avec les oreilles d'un épagneul tout en regardant l'obscurité envahir la pièce. Peut-être Anne ne viendrait-elle même pas chanter une dernière chanson ; peut-être n'y aurait-il plus rien d'autre que le dîner et une soirée à trois. L'occasion était passée de lui révéler son secret et de l'entendre refuser son amour. « C'est ma faute, pensa-t-il dans sa détresse infinie. Je suis stupide à force de silence. J'ai laissé passer l'unique chance qui s'offrait à moi ! »

La nuit était tombée ; seule, la lueur du feu éclairait la pièce et l'épagneul s'était endormi. Jon aussi baissa les paupières. Pour attendre le pire, il serait mieux ainsi… Lorsqu'il les rouvrit, elle se tenait devant lui, les ukulélés à la main.

— Voulez-vous que nous jouions, Jon ?

— Oui, répondit Jon. Pour la dernière fois…

Et il prit son ukulélé.

Elle s'accroupit sur le tapis devant le feu et commença à accorder son instrument ; Jon se laissa glisser auprès de l'épagneul et l'imita. Le chien se leva et s'en alla.

— Qu'est-ce que nous allons chanter ?

— Chantez, vous, Anne ! Moi, je n'en ai pas envie. Je vous accompagnerai simplement.

Elle ne le regardait pas ! Elle ne voulait même plus le regarder ! Tout était fini ! Quel imbécile il avait été !

Anne chanta une mélodie. Jon pinçait les cordes et la voix de la jeune fille lui pinçait le cœur. Elle termina le morceau, puis le recommença et ses yeux glissèrent lentement vers Jon. Mon Dieu ! Voilà qu'elle le regardait ! Il fallait à tout prix lui cacher qu'il s'en apercevait !

Comme c'était bon, ce long regard par-dessus l'ukulélé ! Ils n'étaient séparés que par les deux instruments. Jon jeta rageusement le sien par terre. Soudain, il se rapprocha d'elle et l'enlaça. Sans un mot, elle posa la tête sur son épaule, comme le soir du tumulus indien. Il inclina la joue vers ses cheveux d'où s'exhalait le parfum si reconnaissable de foin coupé. Du même geste qu'elle avait eu pour chercher son regard au clair de lune dans les bois de pins, elle tourna son visage vers lui.

Mais cette fois, les lèvres de Jon vinrent se poser longuement sur les siennes.

LA CUILLÈRE D'ARGENT

Traduit de l'anglais par
Paulette Michel-Côte

À John Fortescue

Mais, oh ! nous sommes encore sur les épines.
SHAKESPEARE, *Le Conte d'hiver*

PREMIÈRE PARTIE

1

L'étranger

Le jeune homme qui descendait d'un taxi à South Square, Westminster, un jour de la fin du mois de septembre 1924, était si discrètement américain que le chauffeur hésita quelque peu à lui demander le double du prix de la course. Le jeune homme n'hésita pas, lui, à refuser.

— Ne savez-vous pas lire ? dit-il avec douceur. C'est quatre shillings.

Et il se retourna pour examiner la maison devant laquelle il était descendu. C'était la première demeure anglaise où il se fût jamais proposé de pénétrer et il ressentait une certaine appréhension, comme s'il craignait de voir s'évanouir une légende. Tirant une lettre de sa poche, il vérifia le numéro gravé sur la plaque de cuivre, murmura : « C'est bien ici » et sonna.

Pendant qu'il attendait, impressionné par l'extrême tranquillité environnante, le battement d'une pendule, voix abstraite du temps, sonna quatre heures. Lorsque le dernier coup eut cessé de vibrer, la porte s'entrouvrit et un homme presque chauve demanda :

— Monsieur ?

Le jeune homme retira son feutre mou, découvrant une chevelure brune, et demanda :

— Mrs Michael Mont ?

— C'est ici.

— Voulez-vous lui remettre ma carte et cette lettre ?

— « Monsieur Francis Wilmot, Naseby, S. C. » Veuillez entrer, monsieur.

À peine introduit dans une pièce à sa droite, Francis Wilmot reçut un choc dans les jambes et sentit des dents aiguës qui lui pinçaient le mollet.

— Dandie ! s'écria l'homme chauve, petit démon ! Ce chien est une vraie bête féroce avec les gens qu'il ne connaît pas. Couché ! Un jour, il a mordu une dame à travers son bas.

Wilmot regarda avec curiosité le petit chien gris argent, haut de quelques pouces et aussi large que haut, qui levait sur lui des yeux brillants en montrant des dents admirables.

— C'est à cause du bébé, expliqua le chauve en désignant une espèce de moïse posé devant l'âtre sans feu. Il attaque toujours, quand il garde le bébé. Mais dès qu'il commence à renifler les vêtements, c'est fini. Cependant, il vaut mieux ne pas toucher au bébé. Madame était ici il y a une minute. Je vais lui porter votre carte.

Francis Wilmot s'assit sur un sofa au milieu de la pièce ; le chien se coucha entre lui et le berceau. Il regarda autour de lui. Les murs, divisés en panneaux, étaient peints d'un or assourdi, le plafond de gris argent. Un clavecin, petit fantôme doré de piano, occupait le fond de la pièce ; des appliques de cristal, des tableaux représentant des fleurs, le portrait d'une femme au col de cygne, qui balançait sa jupe et ses pantoufles d'or, ornaient les murs. Les rideaux étaient or et argent, le tapis argenté merveilleusement doux, les meubles d'un bois de couleur dorée. Le jeune étranger se sentit brusquement envahi par la nostalgie du pays natal. Il revoyait la pièce commune d'une vieille maison coloniale, là-bas, sur les bords capricieux d'une rivière aux eaux rougeâtres, en Caroline du Sud ; le portrait, col rigide et habit rouge, de son grand-père, Francis Wilmot, commandant des troupes royales pendant la guerre d'indépendance. On lui avait toujours dit que son miroir lui renvoyait pareille image, mêmes cheveux noirs bien lisses qui s'avançaient bas sur les tempes, même finesse de traits, une main étroite et brune, des yeux noirs et longs. Il revoyait passer dans sa rêverie les nègres travaillant dans les champs de coton, sous un soleil comme il n'y en a pas de ce côté de l'Océan; il longeait avec son chien les lisières humides où des mousses tropicales enguirlandent de grands arbres mélancoliques; sa pensée retournait aux propriétés ancestrales, ruinées par la guerre civile, à demi détruites, précieuses encore néanmoins. Fallait-il en poursuivre l'exploitation difficile ou les vendre à un New-Yorkais qui y viendrait passer ses dimanches, loin du bureau et des docks, et les transformerait jusqu'à les rendre méconnaissables ? Il est vrai que le vieux domaine serait bien solitaire, maintenant qu'Anne était partie, après avoir épousé ce jeune Anglais nommé Jon Forsyte, et s'était installée dans le Nord, à Southern Pines. Et il regretta sa sœur, brune, pâle, si vibrante, si vivante, « pleine de sables ».

Oui, il avait le mal du pays dans cette pièce raffinée, originale, où la seule chose déplacée était ce chien, couché maintenant sur le côté, si trapu que ses courtes petites pattes ne touchaient pas le sol...

Doucement, il murmura :

— C'est la plus jolie pièce que j'aie jamais vue.

— On ne saurait surprendre plus charmante réflexion ! dit une jeune femme immobile sur le seuil.

Elle avait des cheveux châtain et frisés, un teint de lis, des lèvres souriantes, le nez droit et court, des paupières pâles aux cils noirs, très mobiles sur des yeux gris sombre.

Elle s'approcha et tendit la main.

Francis Wilmot demanda gravement en s'inclinant :

— Madame Michael Mont ?

— C'est donc votre sœur que Jon a épousée ? Est-elle jolie ?

— Oui.

— Très jolie ?

— Oui, vraiment.

— J'espère que bébé vous a tenu compagnie.

— Il est superbe.

— Oui, il est gentil. Il paraît que Dandie vous a mordu ?

— Je ne crois pas qu'il ait entamé l'épiderme.

— Vous n'avez pas regardé ? En tout cas, le chien est parfaitement sain. Asseyez-vous et parlez-moi de votre sœur et de Jon. Est-ce un mariage idéal ?

— Sûrement, répondit Wilmot en s'asseyant, le jeune Jon est un vrai Blanc et Anne…

Un soupir se fit entendre :

— J'en suis bien contente ; dans sa lettre il se dit parfaitement heureux. Il faut vous installer ici, vous y serez tout à fait libre. Considérez la maison comme votre hôtel.

Un éclair de plaisir brilla dans les yeux noirs du jeune homme.

— Vous êtes trop bonne. C'est la première fois que je traverse l'Océan. La guerre a fini trop tôt pour moi.

Fleur prit le bébé dans ses bras.

— Celui-ci ne mord pas. Regardez : deux dents, mais pas en face l'une de l'autre, ne s'opposant pas, si l'on peut dire.

— Comment s'appelle-t-il ?

— Kit, comme diminutif de Christopher. Nous avons été d'accord pour le nom, par bonheur. Michael va rentrer. Il est membre du Parlement, vous savez. La prochaine session commence lundi – les affaires irlandaises, naturellement. C'est pour cela que nous sommes revenus d'Italie, arrivés hier soir. Quel pays merveilleux que l'Italie ! Il faut que vous y alliez.

— Pardon, est-ce l'horloge du Parlement qui sonne si fort ?

— Big Ben ! Oui, elle compte le temps pour les députés. Michael prétend que le Parlement est la meilleure entrave au progrès que l'on ait inventée. Avec notre premier ministère socialiste, la session a été particulièrement intéressante, cette année. C'est assez touchant, n'est-ce pas, la manière dont ce chien regarde mon petit garçon ? Voyez quelle terrible mâchoire !

— De quelle race est-il ?

— C'est un dandie-dinmont. Nous avons eu un pékinois qui a fini tragiquement. On ne pouvait pas l'empêcher de poursuivre les chats. Un jour, il est tombé sur un adversaire batailleur qui lui a planté ses griffes dans les yeux, il a été complètement aveuglé et il a fallu...

Le jeune homme vit que des larmes étaient près de couler. Il s'exclama à mi-voix et dit doucement :

— C'est affreux !

— J'ai transformé complètement cette pièce. Elle était chinoise. Cela me le rappelait trop.

— Ce petit gaillard-là viendrait à bout de n'importe quel chat.

— Heureusement, il a été élevé avec des chatons. Je l'ai choisi à cause de ses jambes ; elles sont si tordues qu'il ne peut guère courir, il peut tout juste suivre la voiture de bébé. Dandie, montre tes pattes.

Dandie leva les yeux avec un grognement de mauvaise humeur.

— Il a un affreux caractère. Dites-moi à quoi ressemble Jon maintenant ? Est-il resté très anglais ?

Le jeune homme eut l'impression qu'elle abordait enfin un sujet qui lui tenait à cœur.

— Très anglais ; mais c'est un garçon épatant.

— Et sa mère ? Elle était belle, autrefois.

— Elle l'est toujours.

— Naturellement. Les cheveux blancs ?

— Oui. Vous ne l'aimez pas ?

— En tout cas, je souhaite qu'elle ne soit pas jalouse de votre sœur.

— Je crois que vous êtes injuste.

— Peut-être.

Elle était penchée au-dessus de la tête de l'enfant, immobile, le visage dur ; et le jeune homme, devinant un monde de pensées qui lui échappait, se leva.

— Quand vous écrirez à Jon, dit-elle tout à coup, vous lui direz que je suis très contente et lui souhaite bonne chance. Je ne lui écrirai pas moi-même. Puis-je vous appeler Francis ?

— J'en serai très flatté, madame, dit-il en s'inclinant.

— Mais vous m'appellerez Fleur. Nous sommes presque parents.

Le jeune homme sourit et caressa le nom avec ses lèvres.

— Fleur ! c'est un nom délicieux.

— Votre chambre sera prête quand vous rentrerez. Vous aurez une salle de bains particulière, bien entendu.

Il baisa la main qu'elle lui tendit.

— C'est trop beau, dit-il. Je me sentais si désemparé ! Car le soleil me manque dans ce pays.

Avant de sortir, il se retourna. Fleur avait reposé le bébé dans son berceau et regardait fixement devant elle.

2

Transformations

Mais la mort d'un chien n'avait pas été la principale cause de la transformation du salon chinois. Le soir du vingt-deuxième anniversaire de Fleur, Michael était rentré en disant :

— Eh bien ! mon petit, j'ai lâché la maison d'édition. Avec ce vieux Danby qui a toujours raison, ce n'était pas un métier !

— Oh ! Michael, tu vas t'ennuyer à mourir !

— J'entrerai au Parlement. C'est tout à fait ma place et ce sera presque la même corvée.

Il avait parlé en plaisantant. Mais elle l'avait écouté sérieusement, comme il lui fut prouvé cinq jours après.

— Tu as raison, Michael, lui dit-elle alors. La politique est tout à fait ton affaire. Tu as des idées.

— Celles d'autrui.

— La langue bien pendue. Et puis, nous sommes logés si commodément pour aller au Parlement.

— Cela coûte cher, Fleur.

— Oui. Mais j'ai parlé à père. C'est drôle, jamais il n'y a eu de Forsyte au Parlement, ni mêlé à la politique. Père croit que ce sera bien pour moi et que les baronets ne sont pas bons à autre chose.

— Malheureusement, il s'agit de trouver un siège.

— J'ai tâté ton père aussi là-dessus. Il en parlera… On réclame des jeunes.

— Et mes opinions, quelles sont-elles ?

— Mon cher, tu devrais le savoir. À trente ans !

— Je ne suis pas libéral. Mais suis-je socialiste ? Suis-je conservateur ?

— Tu y réfléchiras avant les prochaines élections.

Le jour suivant, en se rasant, pendant qu'elle prenait son bain, il se coupa légèrement et dit :

— La terre et cette question du chômage, voilà ce qui m'intéresse. Je suis foggartiste.

— Tu es quoi ?

— Un disciple du vieux Foggart. Tu as lu son livre ?

— Non.

— Je t'avais entendue dire que tu l'avais lu.

— Pour faire comme tout le monde.

— N'importe. Foggart travaille pour l'an 1944 et son programme est à l'avenant. Il veut la sécurité sur terre et dans les airs, l'émigration des enfants, l'ajustement de l'offre et de la demande au sein de l'Empire, l'annulation de nos engagements en Europe – en résumé, il conseille d'accepter un présent pire, pour ménager un avenir meilleur –, exactement ce qui est impopulaire et passe pour impossible.

— Tu pourras garder ce programme dans ta poche jusqu'à ce que tu sois élu. Tu seras obligé de te présenter comme conservateur.

— Que tu es jolie !

— Une fois élu, tu pourras entrer en contradiction avec tout le monde. Cela te posera.

— Quel programme ! murmura Michael.

— Tu lanceras le foggartisme. Ce n'est pas tout à fait fou, cependant ?

— Non, ce n'est que trop sensé, ce qui revient au même. Tu sais que nous produisons plus cher que partout ailleurs, sauf en Amérique et dans les dominions, et les prix ne baissent pas. Nous dépendons des pays neufs, en réalité. Foggart voudrait que nous produisions autant que possible les éléments de notre subsistance, que nous envoyions tous les enfants des villes anglaises aux colonies avant qu'ils soient pervertis, et cela jusqu'à ce que les besoins des colonies égalent notre puissance de production. C'est impossible, bien entendu, sans une loyale collaboration entre tous les gouvernements.

— Cela paraît bien raisonnable.

— Nous avons publié le livre de Foggart, mais à ses frais. C'est l'histoire de la foi qui soulève les montagnes. La foi est bien là, mais les montagnes n'ont pas l'air ébranlées.

Fleur se leva.

— C'est chose décidée. Ton père dit qu'il te fera obtenir un siège conservateur – tu garderas tes idées pour toi. Ton élection sera une affaire de cote personnelle, Michael.

— Merci, mon petit chat. Est-ce que je puis t'aider à te sécher ?

Avant de changer la décoration de son appartement, Fleur avait cependant attendu que Michael fût élu par une solide circonscription spécialement concernée par les problèmes agricoles. Elle avait choisi un mélange de style Adam et de Louis XV. Michael appelait cette pièce le salon bimétallique, et il avait emporté *Le Singe blanc* dans son bureau personnel. Le pessimisme de cet animal lui semblait peu compatible avec la vie politique.

Fleur avait inauguré son salon en février par une réception. L'âme de la société s'était évaporée avec la débâcle du parti libéral, et la coterie politico-juridique officielle de lady Alison ne comptait plus. Des gens plus modestes commençaient à s'affirmer. Les mercredis de Fleur étaient juvéniles, la génération précédente représentée seulement par son beau-père, deux ambassadeurs sans importance, et Pevensey Blythe, le rédacteur en chef de l'*Outpost.* Blythe était si peu l'homme de sa prose qu'on le prenait généralement pour un Premier ministre colonial. Il était grand, barbu, avec des yeux gris injectés de sang, et il s'exprimait savamment, en de longs discours obscurs que peu d'initiés arrivaient à comprendre.

— Ce que Blythe pense aujourd'hui, disait-on, les conservateurs ne le penseront plus demain.

Il parlait d'une voix fluette et usait constamment du pronom indéfini. Ainsi disait-il à propos de la situation politique : « On se promène comme un somnambule et on se réveille sans chemise. » Il était chaud partisan du livre de Foggart, qu'il appelait « le chef-d'œuvre d'un archange aveugle », avait la passion du clavecin et, dans le salon de Fleur, était inappréciable.

Débarrassée de la poésie et de la musique moderne, de Sibley Swan, Walter Nazing et Hugo Solstis, Fleur trouvait le temps de s'occuper du « onzième » baronet, son fils. Cet enfant représentait pour elle toute la réalité de la vie. Michael pouvait bâtir des théories pour un monde futur, les travaillistes nourrir des espérances spoliatrices, pour elle, l'an 1944 serait seulement l'année de la majorité du « onzième » baronet. Que Kit trouvât dans son héritage une Angleterre où il fît bon vivre lui semblait plus important que toutes les réformes proposées aux Communes et qui ne se réalisaient jamais. Ainsi toutes les habitations à construire, désirables sans nul doute, ne seraient-elles pas un peu superflues, si Kit possédait encore Lippinghall et la maison de famille de South Square ? Non pas que Fleur formulât ou s'avouât des convictions aussi cyniques ! Des lèvres elle rendait hommage, de façon orthodoxe, au puissant dieu du Progrès.

La paix du monde, l'hygiène, le commerce, la fin du chômage préoccupaient tous les esprits, sans distinction de partis, et Fleur suivait la mode ; cependant son instinct, plutôt que les idées de Michael ou de Foggart, l'avertissait que la formule du jour : « Manger son pain blanc et croire qu'on l'aura encore demain » n'était pas raisonnable. Mais tant que le pain blanc de Kit n'était pas menacé, il était inutile de trop s'inquiéter – quoiqu'il fût indispensable naturellement d'en avoir l'air. Papillonnant dans son salon, aimable pour tous, Fleur plaisait par sa grâce, son bon sens, son opportunisme.

Elle assistait assez souvent aux séances des Communes, n'écoutant guère et saisissant pourtant par une sorte de septième sens (si les femmes du monde ont six sens, elle en avait sûrement sept) tout ce qui importait au succès de son salon, les variations du baromètre gouvernemental, les mots de passe, les clichés de la politique et, ce qui est plus important, elle apprenait à connaître l'individu sous le masque de l'homme politique. Elle surveillait la carrière de Michael comme une marraine qui a donné à son filleul un paroissien en maroquin bleu, dans l'espoir qu'il s'en servira un jour. Michael, en effet, quoique assidu aux séances, n'avait pas encore ouvert la bouche, et jusqu'à présent elle approuvait son silence et l'écoutait exposer la thèse de Foggart en tête à tête, afin de l'aider à tirer au clair ses idées personnelles. Si le foggartisme était réellement l'unique remède radical au chômage, elle était prête à s'y rallier ; car la réflexion l'assurait que cette maladie nationale était le plus grand danger menaçant l'avenir de Kit. Si on arrivait à supprimer le chômage, personne n'aurait plus le temps de manifester du mécontentement. Mais les critiques de Fleur étaient souvent pertinentes : « Mon pauvre ami, a-t-on jamais vu un pays sacrifier le présent à l'avenir ? », ou : « Es-tu bien sûr que la vie à la campagne soit meilleure que la vie citadine ? » ou encore : « Nous vois-tu expédiant Kit à quatorze ans dans un pays perdu au bout du monde ? Et crois-tu que les habitants des villes supporteraient cela ? » Ces contradictions excitaient si bien les convictions et l'éloquence de Michael qu'elle se persuadait qu'il arriverait, avec le temps – comme le vieux sir Giles Snoreham, qui allait recevoir le titre de pair pour s'être obstiné à porter des chapeaux mous et à prêcher le retour aux voitures à chevaux. Chapeaux, boutonnières, monocle, Fleur réfléchissait à tous ces petits détails qui peuvent aider à une carrière politique.

— Un simple morceau de verre ne peut pas abîmer la vue, et vraiment, Michael, le monocle sert un peu à concentrer le regard.

— Mon petit, le monocle n'a servi à rien du tout dans le cas de papa. Je ne crois pas qu'on ait jamais acheté trois exemplaires de ses livres. Non ! si je réussis, ce sera par la parole.

Mais elle continuait à lui conseiller de se taire.

— Ce serait dommage de manquer ton entrée. Les socialistes ne tiendront pas jusqu'à la fin de l'année.

— Pourquoi pas ?

— L'orgueil leur tourne la tête et ils deviennent désagréables. On ne fait que les tolérer ; or, quand on n'est que toléré, il faut savoir être aimable sous peine de n'être plus toléré. Les tories leur succéderont et probablement resteront longtemps au pouvoir. Tu auras alors plusieurs années pour tes extravagances, et quand les tories tomberont à leur tour, ta situation sera faite. Garde seulement ta popularité. Je suis persuadée que c'est une erreur de négliger ses électeurs.

Michael passa donc un grand nombre de dimanches à soigner sa popularité dans le Mid-Bucks ; et Fleur passa ces mêmes dimanches avec le onzième baronet chez son père, à Mapledurham.

Depuis que Soames avait secoué de ses souliers la poussière de Londres, après l'affaire d'Elderson, il était devenu très campagnard pour un Forsyte. Il avait acheté les prairies d'en face, sur l'autre rive, et plusieurs vaches de Jersey ; non pas pour faire de l'élevage, mais parce que cela le distrayait de traverser la rivière pour aller les regarder traire. Il avait aussi fait construire d'assez grandes serres à melons – le melon anglais est le meilleur du monde – et, vieillissant côte à côte avec une Française, il tenait de plus en plus à manger les fruits de son propre jardin. Après l'élection de Michael, Fleur lui avait envoyé le livre de Foggart : *L'État alarmant de l'Angleterre.* Et il avait dit à Annette :

— Que diable veut-elle que j'en fasse ?

— Que vous le lisiez, je suppose.

Soames renifla en feuilletant le volume.

— Je ne sais pas de quoi il s'agit.

— Je le proposerai à ma vente de charité, Soames. Cela intéressera quelque brave homme sachant l'anglais.

Cette annonce décida Soames à parcourir le livre. Il le trouva original et plein de dures vérités ; il commença à s'y intéresser, surtout au chapitre qui blâmait la répugnance de l'ouvrier à se séparer de ses enfants à un âge raisonnable. N'ayant jamais quitté l'Europe, il se faisait une idée un peu sommaire de l'Afrique du Sud, de la Nouvelle-Zélande, du Canada – mais le vieux Foggart avait voyagé, disait-on, et connaissait son sujet. Ses explications sur le développement des pays en question semblaient tout à fait raisonnables. Les enfants qu'on y envoyait prenaient immédiatement du poids et ils y devenaient propriétaires à un âge auquel, en Angleterre, ils sont garçons livreurs ou occupent d'autres emplois de fortune, à moins qu'ils ne baguenaudent dans les rues, recrues faciles pour le chômage et le communisme. Les éloigner ! Cette proposition avait un immense attrait pour quelqu'un d'aussi foncièrement anglais que Soames. Il approuvait également l'idée d'étendre la production agricole pour suffire aux besoins de la nation, et celle de préparer la défense aérienne. Et puis peu à peu son esprit de contradiction s'était réveillé. Le bonhomme était par trop prophète de malheur !

— Rien que des idées chimériques, aucune solution pratique, dit-il à Fleur. Qu'en pense le vieux Mont ?

— Il se refuse à le lire. Il dit qu'il lui suffit de connaître le vieux Foggart.

— Hum ! alors il y a peut-être quand même quelque chose à retenir dans ce livre. Ce baronet à tête de linotte est si vieux jeu ! En tout cas, Michael a abandonné ses opinions socialistes.

— Michael dit que les socialistes adopteront le foggartisme, quand ils en comprendront la portée.

— Pourquoi cela ?

— Il croit que ces idées leur sont plus favorables qu'à tout autre parti. Déjà un ou deux de leurs chefs en ont eu vent, et les autres suivront forcément.

— Dans ce cas, ils ne seront plus suivis par leurs troupes, dit Soames.

Et il resta absorbé quelques minutes durant. Venait-il de dire une chose profonde ?

La présence de Fleur et de son fils, à la fin de chaque semaine, lui faisait extrêmement plaisir. Après un premier sentiment de désappointement que le bébé ne fût pas une fille – car un onzième baronet appartenait trop évidemment aux Mont –, il voyait de plus en plus en lui un « séduisant petit bonhomme » ; et puis l'avoir à Mapledurham était toujours autant de pris sur Lippinghall. C'était agaçant, évidemment, de voir les femmes tourner autour du bébé – il y a une absurde exagération dans le sentiment maternel, il l'avait constaté chez Annette et le remarquait maintenant avec Fleur. Peut-être était-ce un trait de caractère français ? Il ne se souvenait pas de tant d'exaltation chez sa mère – il est vrai qu'il ne gardait aucun souvenir de sa première année.

Un dimanche, Mrs Lamotte, Annette et Fleur, les trois générations de femmes, étant exclusivement absorbées par cet insignifiant petit morceau d'humanité, il se réfugia dans son bateau plat et s'occupa à pêcher ce qu'il savait bien que personne ne voudrait manger. Il avait fini de lire l'œuvre de Foggart, tandis qu'à l'aigre été de 1924 avait succédé un mois de septembre plus maussade encore. Il n'y avait pas eu de ces jours suaves et dorés, aux rayons perçant la brume et emperlant de rosée les moindres toiles aériennes accrochées aux portails. La pluie tombait, la rivière enflait et les journaux, ne pouvant pas parler de la sécheresse, commençaient lentement à se remplir de commentaires sur cet été, le plus humide des trente dernières années. Calme, verdie par les herbes et les ombrages, la rivière roulait sans fin entre les prés mouillés et les pelouses humides de Soames. Il n'y avait point de champignons, mais les mûres avaient un goût d'eau – Soames en mangeait une seule chaque saison pour juger de leur qualité ; il y avait beaucoup d'« herbe-aux-gueux ».

Malgré tout il se sentait plus heureux que depuis bien longtemps. Les socialistes étaient au gouvernement, sinon au pouvoir, et le ciel n'était pas tombé. Obligé par les événements de suivre la politique avec quelque intérêt, il se livrait à des prédictions contradictoires, mais en oubliant celles qui se trouvaient démenties, il pouvait encore faire remarquer à Annette « qu'il l'avait bien dit ». Annette n'y accordait, d'ailleurs, nulle attention, occupée comme toutes les femmes par « ses ventes, ses emplettes, ses courses en auto, ses confitures, ses *garden-parties* » ; elle restait, malgré une tendance à l'embonpoint, remarquablement belle.

Jack Cardigan avait donné à Soames, pour son soixante-neuvième anniversaire, un assortiment de clubs de golf, ce qui l'avait plongé dans la plus grande perplexité. Qu'en faire, mon Dieu ! Annette, avec cette vivacité française si ennuyeuse, lui avait immédiatement conseillé de s'en servir. À son âge ! Et puis, un dimanche du mois de mai, voilà que Cardigan était venu avec Imogen et, prenant le départ du sommet d'une taupinière, avait lancé la balle sur l'autre rive.

— Parions une boîte de cigares, oncle Soames, que vous ne ferez pas ce coup-là avant lundi !

— Je ne parie jamais et je ne fume pas.

— Il serait bien temps de commencer. Écoutez ! Demain vous vous exercerez avec moi toute la journée à frapper la balle.

— Absurde, dit Soames.

Mais le soir venu, dans sa chambre, en pyjama, il s'était exercé à lancer les bras en se balançant, comme il l'avait vu faire à Jack. Le lendemain, il avait envoyé les femmes en auto faire un pique-nique – il ne s'agissait pas de les voir se gausser de lui – et les heures qui suivirent furent parmi les plus désagréables de sa vie. Le maximum fut atteint lorsqu'il toucha enfin la balle qui tomba dans la rivière à trois mètres du bord. Il fut si courbaturé le lendemain, côtes et bras, qu'Annette dut le frictionner jusqu'à le faire crier :

— Assez, vous m'enlevez la peau !

Mais la contagion l'avait atteint. Après avoir arraché encore quelques mottes de son propre gazon, il s'était fait inscrire au club de golf le plus proche et avait commencé à faire sa partie, tout seul, suivi par un petit gamin. Il avait continué avec sa persévérance habituelle et, en juillet, était arrivé à un certain niveau; depuis lors, il répétait à Annette que le golf lui ferait un bien énorme, à elle aussi, et l'empêcherait d'engraisser.

— Merci, Soames, répondit-elle, je n'ai aucune envie de ressembler à vos *misses* plates comme des planches par-devant et par-derrière.

Elle était routinière, « comme sa patrie », et Soames qui, au fond, nourrissait une certaine prédilection pour les formes arrondies, n'avait pas insisté. Ce sport, décidément, lui secouait le foie et l'humeur. Il prenait des couleurs. Le jour où il fit un parcours complet avec Jack Cardigan, qui le battit de neuf points malgré un handicap, il reçut un paquet qui, à son profond dégoût, contenait une boîte de cigares. À quoi pensait ce garçon ! Mais quelques jours après, par un beau soir, il se surprit un cigare à la bouche, assis à la croisée de sa galerie de tableaux. Par extraordinaire, cela ne le rendit pas malade. Au contraire, ce cigare lui donnait cette agréable petite excitation que lui avait procurée jadis la méthode Coué, un peu démodée maintenant qu'un Américain, selon sa sœur Winifred, avait inventé un système plus rapide.

Un soupçon qui lui était venu de la participation de la famille aux entreprises de Cardigan l'empêchait de se livrer à cette nouvelle expérience ailleurs que dans sa galerie ; le cigare gardait donc le prestige d'un péché secret. Il renouvelait sa provision en cachette. Ce n'est qu'après avoir découvert qu'Annette, Fleur et bien d'autres étaient au courant qu'il se relâcha et déclara ouvertement que le vice du jour était la cigarette.

— Mon cher ami, lui dit Winifred quand elle le revit, tout le monde prétend que tu es un autre homme.

Soames leva les sourcils – il ne se trouvait pas si changé.

— Quel drôle de type, dit-il, ce Cardigan ! Je vais dîner et coucher chez Fleur. Ils reviennent ce soir de leur voyage en Italie. Le Parlement siège à partir de lundi.

— Oui, c'est bien excessif de siéger pendant les grandes vacances.

— L'Irlande ! dit Soames avec force. Nous sommes dans de beaux draps ! Nous y avons toujours été et nous y serons toujours.

3

Michael « scrute »

Michael était revenu d'Italie impatient de « s'y mettre », comme il est naturel après de bonnes vacances au soleil. Campagnard par ses habitudes d'enfance, il continuait à penser au chômage et au foggartisme comme unique remède, mais n'ayant pas d'autre but politique, il mangeait le pain de l'État, avec très peu de beurre, sans rien faire. Il désirait donc savoir où il en était et combien de temps il allait rester dans la même situation.

Résolu à « scruter », comme eût dit le vieux Forsyte, sa propre position, en sortant du Parlement où il avait mis à jour sa correspondance, il prit le chemin du bureau de cet orgueilleux hebdomadaire, l'*Outpost*, que dirigeait Pevensey Blythe. Brûlé par le soleil, maigri par la cuisine italienne, il marchait vite et réfléchissait activement. En longeant l'Embankment, où une quantité d'oiseaux chômaient dans les arbres en se demandant comme tout le monde ce qu'ils allaient devenir, il sortit une lettre de sa poche et la relut.

12 Sapper's Row
Camden Town

Honoré monsieur.

Étant jeune, comme je le vois dans le Who's Who, *vous ne serez sans doute pas dur pour des malheureux. Je suis autrichienne, mariée à un Allemand depuis onze ans. Mon mari était acteur et jouait sur les scènes anglaises car ses parents, maintenant décédés, l'avaient amené tout enfant en Angleterre. Il dut être interné, sa santé perdue. Aujourd'hui, il est si neurasthénique qu'il n'est plus capable d'aucun travail. Avant la guerre, il avait toujours quelque engagement et nous étions à l'aise. Mais une partie de notre argent a été mangée quand je suis restée seule avec mon enfant, le reste est allé à l'assurance, et comme nous n'étions pas anglais, nous n'avons pratiquement pas été remboursés. Ce que nous avons obtenu a servi à payer le médecin, les dettes et l'enterrement du petit – car il est mort heureusement. Je l'aimais bien, mais un enfant ne peut pas vivre dans les conditions où nous sommes. Nous vivons de ce que je gagne en cousant, pas grand-chose, une livre par semaine, quelquefois rien du tout. Les directeurs de théâtre ne veulent plus de mon mari parce qu'il est sujet à des tremblements nerveux, alors ils croient qu'il est pris de boisson – mais, monsieur, il n'a même pas de quoi s'acheter à boire ! Nous ne savons que devenir ni à qui nous adresser. Alors j'ai pensé, monsieur, que vous pourriez peut-être intervenir pour nous auprès de l'assurance. Ils ont été très bienveillants, mais ils disent qu'ils suivent un règlement et ne peuvent pas faire plus. Ou si vous pouviez trouver à mon mari un emploi en plein air : le docteur dit que c'est ce qu'il lui faudrait. Nous n'avons plus personne chez qui rentrer en Allemagne ou en Autriche, nos parents bien-aimés sont morts. Je sais qu'il y a beaucoup de gens dans notre situation, mais je ne peux pas m'empêcher de m'adresser à vous, monsieur. Nous voudrions bien ne pas mourir de faim, si possible, et nous n'avons presque plus rien à manger. Pardonnez-moi, s'il vous plaît, et croyez-moi votre très humble et anxieuse servante,*

ANNA BERGFELD

« Dieu leur vienne en aide ! » soupira Michael sans conviction, sous un platane voisin de l'obélisque de Cléopâtre. Car il ne croyait pas que Dieu s'intéressât plus au sort des deux étrangers que le gouverneur de la Banque d'Angleterre au sort d'une livre de sucre payée avec une de ses coupures. Il n'intervient pas arbitrairement pour apaiser une seule ride des marées déchaînées par l'ordre qu'il a imposé aux éléments ! Dieu, pour Michael, était un souverain étroitement lié par sa Constitution. Il remit la lettre dans sa poche. Pauvres gens ! Mais vraiment quand plus d'un million deux cent mille Anglais sont sans gagne-pain par la faute du *Kaiser* et de sa marine !... Si ce gaillard-là et sa meute n'avaient pas commencé la course aux armements navals en 1899, jamais l'Angleterre ne se serait jetée dans l'aventure – ou peut-être n'y aurait-il pas eu d'aventure !

Michael sortit de la station du Temple et se dirigea vers les bureaux de l'*Outpost.* Il recevait depuis plusieurs années cet hebdomadaire universellement informé et qui s'arrangeait pour laisser entendre que personne ne savait rien en dehors de lui ; cela lui donnait plus d'importance qu'à aucune autre publication. Ce journal, n'appartenant à aucun parti, pouvait se permettre de les soutenir tous. Sans programme impérialiste, il affichait une connaissance approfondie des affaires de l'Empire. Sans prétentions littéraires, il ne manquait pas une occasion de remettre les gens de lettres à leur place – Michael s'en était aperçu pendant sa carrière d'éditeur. L'*Outpost* faisait profession de respect pour l'Église et la magistrature, en leur disant toujours leurs vérités. Sa critique théâtrale, soignée, trahissait des goûts légèrement irlandais. Mais il excellait par-dessus tout dans l'art de saper adroitement une réputation politique, de la remettre à sa place, c'est-à-dire un petit peu plus bas que lui-même. En outre, son éditorial se voulait, dans un style inspiré, légèrement inaccessible au lecteur moyen, ce qui est indispensable pour donner de l'importance à un journal.

Michael monta l'escalier quatre à quatre et entra dans une vaste pièce carrée où Mr Blythe, le dos à la porte, une règle à la main, examinait une carte sur laquelle était tracé un cercle.

— Cette carte est absurde, disait-il, se parlant à lui-même. C'est la carte la plus absurde que j'aie jamais vue.

Michael ne put retenir un petit rire et Mr Blythe tourna de son côté des yeux ronds, exorbités et incroyablement cernés de poches.

— Holà ! dit-il d'un air méfiant, c'est vous ? Le ministère des Colonies a fait faire cette carte spécialement pour montrer les emplacements les plus favorables au projet d'émigration. Et ils ont omis Baggersfontein – qui est le cœur du sujet.

Michael s'assit sur la table.

— Je viens vous demander ce que vous pensez de la situation. Ma femme croit que les socialistes vont être renversés très bientôt.

— Notre charmante petite amie ! Les socialistes dureront plus longtemps que l'Irlande ; ils dureront plus longtemps que la Russie ; ils dureront à leur manière, au jour le jour. On hésite à prédire leur fin. La crainte que l'on a de leur budget peut les faire tomber en février… Quand l'odeur de brûlé du lard russe se sera évaporée – disons en novembre, Mont –, on pourra peut-être entreprendre quelque chose.

— Ce premier discours m'est un cauchemar. Comment vais-je lancer le foggartisme ?

— D'ici là on saura comment se présente l'opinion.

— Y aura-t-il une opinion ?

— Non, répondit Blythe.

— Oh ! fit Michael, et le libre-échange, à propos ?

— On approuve la doctrine et on votera des barrières douanières.

— Dieu et Mammon.

— Indispensable en Angleterre, à chaque nouveau départ, Mont. Libéraux et unionistes, tories et socialistes…

— Et autres utopies, termina doucement Michael.

— On se laissera glisser en reniant les théories protectionnistes jusqu'à ce qu'elles aient remplacé, en fait, le libre-échange, puis on reniera le libre-échange. L'un et l'autre sont des moyens et non des buts, comme finissent par le croire les politiciens.

Stimulé par ce terme, Michael descendit de son siège, car ces pauvres diables de politiciens commençaient à lui devenir sympathiques. On les accusait toujours de manquer de patriotisme et de prévoyance. Mais qui dont peut distinguer où est l'intérêt du pays, perdu dans le brouillard des discussions ? Pas même le vieux Foggart.

— Vous savez, Blythe, si nous ne cherchons pas à prévoir, c'est parce que nous nous rendons compte que c'est impossible. Chaque électeur confond son intérêt particulier avec celui du pays. Il ne changera de point de vue que lorsqu'il sera personnellement étrillé. Si le foggartisme doit élever momentanément le coût de la vie et priver les familles ouvrières d'enfants qui leur rapportaient leurs salaires – en vue d'un progrès qui se fera sentir dans dix ou vingt ans –, personne ne le soutiendra.

— Mon jeune ami, convertir l'opinion, c'est notre métier. Pour l'instant, les libre-échangistes méprisent le reste du monde car ils ne le connaissent pas. Leur doctrine est à la mesure de leurs ruelles enfumées. Mais dépensez cinq millions de livres à organiser des voyages pour cent mille ouvriers et, en cinq ans, le tour sera joué. Un fiévreux désir de se faire une place au soleil se répandra dans la classe ouvrière. Le monde est à la portée des mains de leurs enfants s'ils veulent se baisser pour le prendre. Mais peut-on leur reprocher de l'ignorer ?

— C'est assez juste, dit Michael. Seulement… qu'en pense le gouvernement ? Puis-je emporter quelques-unes de ces cartes ? À propos, dit-il sur le seuil de la porte, il y a des sociétés qui se chargent d'envoyer des enfants à l'étranger.

Mr Blythe grommela :

— Oui, ce sont d'excellentes petites affaires ! Quelques centaines d'enfants qui réussissent – bonne démonstration. Multipliez par cent et ce serait un vrai commencement. On ne remplit pas des seaux avec une cuillère à café ! Au revoir.

Sur le quai, Michael se demanda comment il était compatible avec un amour passionné de son pays d'encourager ses habitants à le quitter. D'autre part, cette vie urbaine encombrée, noire, laide, enfumée, les enfants sans avenir assuré, des milliers de pauvres hères sans travail, vagabonds qui n'ont et n'auront jamais de situation sûre dans les conditions actuelles – cela ne peut constituer l'état définitif d'un pays que l'on aime !

Tandis qu'il fixait distraitement les tours de Westminster derrière lesquelles le soleil se couchait, Michael voyait défiler toutes les images familières de son passé – arbres, champs et ruisseaux, tours, églises et ponts, troupeaux de race anglaise, oiseaux diurnes ou nocturnes, geais et corneilles de Lippinghall, mousses, arbrisseaux, fleurs, insectes du pays, un peu différenciés des variétés étrangères ; et les parfums anglais, les brouillards anglais, l'herbe anglaise, les œufs au lard anglais, la tranquille bonne humeur, la mesure et le cran ; l'odeur de la pluie, les fleurs des pommiers, la bruyère, la mer. Son pays et sa race, au fond inaltérables !

Il dépassa la tour de l'Horloge. Le palais du Parlement avec ses dentelles gothiques s'élevait, imposant et plus beau qu'il n'est de mode de l'avouer. Le destin du pays se tissait-il dans ses murs ? Ou était-ce un camouflage – un écran qui cachait la vieille Angleterre ?

Une voix familière prononça :

— Quelle monstrueuse énormité !

Et Michael reconnut son beau-père arrêté, les yeux levés, devant la statue de Lincoln.

— Pourquoi diable l'ont-ils mis là ? Ce n'est pas un Anglais.

Il se mit à marcher à côté de Michael.

— Fleur va bien ?

— Parfaitement bien. L'Italie lui a convenu parfaitement.

Soames renifla.

— C’est un peuple de comédiens. Avez-vous vu la cathédrale de Milan ?

— Oui, c’est à peu près la seule chose que nous n’avons pas aimée.

— Hum ! leur cuisine m’a rendu malade en 82. Je pense qu’elle est meilleure aujourd’hui. Comment va le bébé ?

— Le mieux du monde, monsieur.

Soames laissa échapper un grognement de satisfaction, et ils tournèrent au coin de la rue pour entrer dans South Square.

— Qu’est-ce que cela ? dit Soames.

Devant la porte de la maison gisaient deux malles très usagées ; un jeune homme, sac en main, était en train de sonner tandis qu’un taxi s’éloignait.

— Je ne saurais vous dire, monsieur, murmura Michael. À moins que ce ne soit l’archange Gabriel…

— Il s’est trompé de porte, dit Soames en s’avançant.

Mais à cet instant précis la porte s’ouvrit et le jeune homme disparut dans la maison.

Soames s’approcha des malles. Il lut : « Francis Wilmot, S. S. *Amphibian.* »

— Il y a quelque erreur.

4

Conversations

Quand ils entrèrent à leur tour, Fleur redescendait, après avoir conduit son hôte dans la chambre qui lui était destinée. Elle avait les cheveux courts et, déjà habillée pour le dîner, portait une toilette fort légère.

— Ma chérie, lui avait dit Michael quand avait commencé la mode des cheveux courts, ne fais pas cela, je t'en prie ! Ta nuque sera piquante et je ne pourrai plus t'embrasser.

— Mon chéri, avait-elle répondu, crois-tu qu'on ait le choix ? Tu protestes chaque fois que la mode change.

Elle avait fait partie de la première douzaine de chevelures coupées court et commençait à craindre d'être en retard quand il s'agirait de laisser repousser ses cheveux. Marjory Ferrar, « la favorite des Panjoys », comme la surnommait Michael, les portait déjà plus longs d'un centimètre. Or il était particulièrement déplaisant d'être distancée par Marjory Ferrar. S'approchant de son père. Fleur lui donna des explications.

— J'ai invité un jeune Américain à s'installer ici, papa. C'est le beau-frère de Jon Forsyte. Comme vous êtes bronzé, papa chéri ! Comment va maman ?

Soames regarda sa fille sans répondre. Et Fleur traversa un de ces instants de confusion inexprimée que lui causait parfois une comparaison fortuite entre la légèreté de ses sentiments et la profondeur de l'amour paternel.

« Ce n'est pas de jeu, se disait-elle, mon père n'a pas le droit de me regarder ainsi ; n'ai-je pas souffert plus que lui de cette aventure avec Jon ? S'il me plaît maintenant d'en parler avec indifférence, ne peut-il en faire autant ? »

Quant à Michael, il ne réagit ni par un mot ni par une plaisanterie. Elle se mordit les lèvres, secoua ses cheveux courts et passa au salon bimétallique.

Le dîner commença par un potage et les doléances de Soames au sujet de ses vaches qui ne valaient pas les Herefords.

— En Amérique il y a sans doute beaucoup de Herefords ?

Francis croyait savoir que la race du Holstein était à la mode.

— Holstein ! répéta Soames. Une espèce inconnue dans mon jeune âge. De quelle couleur est leur robe ?

— Bigarrée ; les pâturages anglais sont merveilleux.

— Trop humides de notre côté, dit Soames ; nous sommes en bordure du fleuve.

— De la Tamise ? Quelle est sa largeur à partir de l'endroit où la marée ne se fait plus sentir ?

— Chez nous, pas plus de cent yards.

— Elle est poissonneuse ?

— Très poissonneuse.

— Et transparente, pas couleur de rouille. Nos rivières du Sud sont rouges. Et vos arbres sont sans doute des saules, des peupliers et des ormes.

Soames était déconcerté. Il ne connaissait pas l'Amérique. Ses habitants sont des êtres humains, bien sûr, mais d'un type particulier et monotone : plus de formes que de traits, la tête vissée sur les épaules, des épaules invraisemblablement carrées. Ils parlent de la gorge, prononcent les mots *very* et *America* avec un accent qu'il avait essayé en vain de contrefaire ; leur change est trop élevé, ils roulent tous en auto, méprisent l'Europe, l'envahissent en bandes et remportent chez eux le plus de choses possible ; enfin ils parlent sans arrêt et on leur interdit de boire. Or, ce jeune homme bouleversait les idées préconçues.

Il buvait du sherry et ne parlait que lorsqu'on lui adressait la parole. Ses épaules étaient normales, ses traits nets, son visage mince et sa voix mélodieuse. Peut-être, en tout cas, méprisait-il l'Europe ?

— L'Angleterre vous paraît bien petite, sans doute ?

— Du tout, monsieur, je trouve Londres immense et la campagne environnante est délicieuse.

Le turbot fut servi, dans un silence qu'interrompit certain bruit, derrière la chaise de Soames.

— Le chien ! dit-il en ramassant du bout du doigt un morceau mis au rebut sur le bord de son assiette.

— Non, papa ! ne lui donnez rien. Il veut simplement que vous fassiez attention à lui.

Soames étendit la main et le petit animal se coucha sur le flanc.

— Il n'accepte jamais rien, mais il ne peut souffrir qu'on le néglige.

On servait un petit plat de perdreaux.

— Y a-t-il quelque chose que vous ayez particulièrement envie de voir, monsieur Wilmot ? interrogea Michael. Il ne nous reste rien de très antiaméricain. Et vous arrivez un peu trop tard pour connaître Regent Street.

— Je tiens à voir les Beefeaters, l'exposition des chiens chez Cruft, vos chevaux pur-sang et le Derby.

— Le Darby, répéta Soames, en corrigeant la prononciation, vous ne le verrez pas, c'est au mois de juin.

— Mon cousin Val vous montrera des chevaux de course, dit Fleur ; Val a épousé la sœur de Jon, vous le savez.

On apporta une bombe glacée.

— Voilà un mets de chez vous, je crois, dit Soames.

— Nous ne consommons pas beaucoup de glaces dans les provinces du Sud ; mais nous avons des plats régionaux très savoureux.

— On m'a parlé de tortues.

— Je n'aime pas beaucoup ces fantaisies-là. Je vis à la mode d'autrefois et je suis obligé de travailler dur. Mon installation est plutôt simple, mais j'ai conservé quelques bons nègres qui font la cuisine à merveille – de vieux serviteurs de mes grands-mères. Le nègre d'autrefois devient rare, mais c'est la bonne espèce.

C'était donc un sudiste !

Soames avait entendu dire que les Américains du Sud étaient des gentlemen. Il se souvenait de ce conflit de l'Alabama, entre Nord et Sud, et de la conclusion de son père, James Forsyte, quand le Nord avait été obligé de mettre les pouces : « Je vous l'avais bien dit. »

Dans le silence gourmand qui avait suivi l'entrée de la laitance sur canapés, le piétinement insistant de Dandie autour de la table attira l'attention.

— C'est la seule chose qu'il aime, dit Fleur. Dan ! demandez à votre maître. Michael, donne-lui un petit morceau.

Elle jeta un coup d'œil complice à son mari qui n'y répondit pas. Le voyage en Italie avec une Fleur transportée par la nouveauté de ce qu'elle voyait, réchauffée par le soleil et le vin, aimant à s'amuser, acceptant ses caresses, avait été le véritable voyage de noces de Michael. Pour la première fois il avait eu l'impression d'être le compagnon choisi de la femme qu'il aimait. Et cet étranger venait le remettre à sa place, la seconde place, après le jeune cousin, le premier amour de Fleur ; on lui retirait de nouveau la coupe des lèvres. Fleur avait invité ce jeune homme parce qu'il appartenait à un passé que rien ne pouvait lui faire oublier. Et sans lever les yeux, Michael donna à Dandie de petits morceaux de sa friandise préférée.

— Prenez de la muscade, monsieur Wilmot, dit Soames, car le melon sans muscade…

Quand Fleur se leva, Soames la suivit au salon, tandis que Michael emmenait le jeune Américain dans son cabinet de travail.

— Vous connaissez Jon ? demanda Francis Wilmot.

— Non, je ne l'ai jamais vu.

— C'est un garçon de valeur et un peu poète. Il a entrepris la culture des pêches de table.

— Il a l'intention de continuer, maintenant qu'il est marié ?

— Certainement.

— Il ne viendra pas en Angleterre ?

— Pas cette année ; ils ont une jolie installation, des chevaux, des chiens, une chasse à courre aussi aux alentours. Peut-être emmènera-t-il ma sœur, l'an prochain, pour une courte tournée.

— Ah ! Et vous-même ? Comptez-vous faire un long séjour ?

— Ma foi, il faut que je sois rentré pour Noël. Mais je voudrais connaître Rome et Séville, et je tiens à aller voir le berceau de ma famille dans le Worcestershire.

— À quelle époque avaient émigré vos ancêtres ?

— Sous le règne de Guillaume III et de Marie. Ils étaient catholiques. Est-ce beau, le Worcestershire ?

— Très beau, surtout au printemps. Il y a énormément d'arbres fruitiers.

— Comment ! votre pays produit-il encore des aliments ?

— Pas beaucoup.

— Je le pensais. Entre Liverpool et Londres j'ai vu beaucoup de prairies et un ou deux moutons, mais personne travaillant aux champs. Toute la population vit donc dans les villes ?

— À quelques rares exceptions. Vous viendrez chez mon père, on fait encore pousser un ou deux navets dans les environs.

— C'est triste, dit Wilmot.

— En effet. Pendant la guerre on avait resemé un peu de blé, mais la culture des céréales est retombée au niveau d'avant-guerre et même plus bas.

— Comment expliquez-vous cela ?

Michael haussa les épaules.

— Il n'y a pas d'explications, quand il s'agit d'action gouvernementale. Lorsqu'on est au pouvoir, on laisse le pays aller à la dérive, et quand on est dans l'opposition on sonne le tocsin. À la fin de la guerre, notre force aérienne était la première du monde et notre agriculture commençait à ressusciter. Qu'a-t-on fait ? On a abandonné l'une et l'autre. C'est tragique. Que cultivez-vous en Caroline ?

— Chez moi, uniquement le coton. Mais c'est joliment difficile de faire ses frais avec le coton, de nos jours. La main-d'œuvre est chère.

— Chez vous aussi ?

— Oui, chez nous aussi. Un étranger peut-il assister à une séance de votre Parlement ?

— Bien sûr. Voulez-vous entendre les interpellations sur la question d'Irlande ? Je peux vous procurer une carte pour la tribune réservée aux visiteurs de marque.

— Moi qui croyais les Anglais d'un abord difficile ! Grâce à votre accueil je me sens tout à fait à l'aise avec vous. Ce vieux monsieur est votre beau-père ?

— Oui.

— Il est aimable et raffiné. Il est banquier ?

— Non, mais à vrai dire, cela lui irait comme un gant.

Francis Wilmot laissa errer ses regards autour de la pièce et ses yeux se fixèrent *Le Singe blanc*.

— Voilà certainement une admirable peinture. Pourrai-je trouver un tableau du même artiste pour Jon et ma sœur ?

— Je crains que ce ne soit impossible, dit Michael. C'était un Chinois, vous savez – pas tout à fait de la meilleure époque ; il a dû aller rejoindre ses ancêtres il y a cinq cents ans, pour le moins.

— Ah ! il avait à un degré rare le sentiment des animaux.

— Nous trouvons plutôt qu'il avait un sentiment aigu de l'humanité.

Francis Wilmot ouvrait de grands yeux. Ce jeune homme, décida Michael, était inaccessible à l'ironie.

— Alors, vous voulez visiter l'exposition canine de Cruft ? Vous êtes un amateur de chiens ?

— Je veux rapporter un lévrier pour Jon et deux pour moi. J'ai l'intention de faire un élevage de lévriers.

Michael, renversé dans son fauteuil, souffla la fumée de son cigare. Évidemment, aux yeux de Francis Wilmot, le monde était encore jeune et la vie filait sur des coussins d'air jusqu'à quelque destination désirable. En Angleterre !…

— Qu'attendez-vous de la vie, vous autres Américains ? jeta-t-il brusquement.

— Eh bien ! peut-être… de réussir – dans le Nord, tout au moins.

— C'est ce que nous désirions aussi, vers 1824.

— Et aujourd'hui ?

— Nous avons atteint notre but et nous nous demandons maintenant si notre succès ne se retourne pas contre nous.

— Mais, dit Francis Wilmot, notre pays est si peu peuplé, comparé au vôtre.

— C'est bien la difficulté. Toutes les places, ici, sont retenues d'avance. Et beaucoup de gens restent debout. Voulez-vous un autre cigare ou préférez-vous que nous rejoignions ma femme ?

5

Glissements sur l'aile

Si la Providence ne trouvait rien à reprocher à Sapper's Row, à Camden, Michael était moins facile à satisfaire. Comment justifier l'existence de ces deux lugubres rangées de maisons de trois étages, aussi barbouillées que des faux cols blanchis en Italie ? Quel effort, quelle assiduité pourraient empêcher ces petits magasins du rez-de-chaussée de faire de mauvaises affaires ? Quel passant se détournerait des grandes artères du voisinage, imprégnées d'odeurs d'essence, de friture et de vieux habits, pour venir chercher dans cette ruelle plaisirs ou profits ? Même les enfants, mis au monde avec une héroïque régularité au deuxième et au troisième étage, sortaient de leur rue pour essayer de jouir un peu des douceurs de la vie ; car dans Sapper's Row ils n'avaient aucune chance d'être écrasés, ni de regarder les affiches à la porte des cinémas. Des voitures à bras, des bicyclettes, des charrettes aux ressorts cassés et des taxis qui s'étaient égarés constituaient le seul trafic. Des géraniums en pots et des chats tachetés étaient la seule beauté. Sapper's Row dépérissait, elle agonisait.

Michael y entra par son extrémité ouest, contre tous ses principes, car c'était là, sous son aspect le plus tragique, l'Angleterre surpeuplée ; et lui, l'ennemi de la surpopulation, se préparait à secourir des étrangers misérables, à les faire vivre. Il entra dans trois petites boutiques. Personne ! Qu'y a-t-il de pire que ces boutiques, qu'elles soient vides ou occupées ? Arrivé au numéro 12, il leva la tête et vit une créature humaine qui baissait les yeux, le visage pâle comme un linge et fiévreusement agité, au-dessus des deux mains occupées à quelque couture. « Cela doit être mon *obéissante et humble servante* et son aiguille. » Il entra dans la boutique du rez-de-chaussée, celle d'un coiffeur, meublée d'une cuvette sale sous un miroir poussiéreux, de serviettes douteuses, de flacons et de deux chaises crasseuses. À califourchon sur l'une d'elles, en bras de chemise, un homme à la mine falote lisait le *Daily Mail* ; il avait les joues hâves, une moustache tortillée, les cheveux raides et le regard à la fois averti et douloureux de quelqu'un qui est revenu de bien des choses.

— Une coupe, monsieur ?

Michael secoua la tête négativement.

— Mr et Mrs Bergfeld habitent-ils ici ?

En haut, au dernier étage.

— Par où monte-t-on ?

— Par ici.

Derrière une portière, Michael trouva un escalier et, l'ayant gravi, hésita. Il ne pouvait s'empêcher de se répéter la réflexion de Fleur à la lecture de la lettre d'Anna Bergfeld : « Oui, c'est affreux, mais que peut-on faire ? » À cet instant, la porte s'ouvrit et il eut l'impression d'avoir en face de lui un cadavre, tant le visage qui lui faisait vis-à-vis était pâle et tiré.

— Madame Bergfeld ? Je suis Michael Mont à qui vous avez écrit.

La femme se mit à trembler si fort que Michael eut peur de la voir s'évanouir.

— Excusez-moi, monsieur, si je suis obligée de m'asseoir.

Elle se laissa tomber au pied de son lit. La chambre était d'une propreté irréprochable. Mais elle ne contenait que le lit, un lavabo étroit, un pot de géranium, une cantine de fer sur laquelle était posé un pantalon plié, un chapeau de femme sur une patère, et devant la fenêtre une chaise recouverte par l'ouvrage en cours.

La femme se releva. Elle était maigre, de tournure élégante, et n'accusait pas plus d'une trentaine d'années ; l'ovale du visage, sans autre trace de couleur que le noir des prunelles, faisait penser à l'Italie de Raphaël plutôt qu'à Sapper's Row.

— Il me semble voir entrer un ange, dit-elle, pardon…

— Un drôle d'ange, madame Bergfeld ! Votre mari n'est pas à la maison ?

— Non, monsieur, Fritz est allé se promener.

— Dites-moi, madame Bergfeld, retourneriez-vous en Allemagne si je vous payais votre voyage ?

— Nous ne pouvons plus avoir de passeport. Fritz a passé vingt ans sans retourner là-bas, il a perdu la nationalité allemande ; ils n'ont pas besoin de gens comme nous, en Allemagne.

Michael se passa les doigts dans les cheveux.

— D'où êtes-vous ?

— De Salzbourg.

— Et si vous y retourniez ?

— J'aimerais bien, mais qu'y ferions-nous ? En Autriche, tout le monde est pauvre maintenant et je n'ai plus de famille. Ici, au moins, il me reste ma couture.

— Combien cela vous rapporte-t-il par semaine ?

— Quelquefois une livre, quelquefois quinze shillings. Cela paie le pain et le loyer.

— Recevez-vous une allocation de chômage ?

— Non, monsieur, nous ne sommes pas inscrits.

Michael sortit un billet de cinq livres et le posa avec sa carte sur le lavabo.

— Je réfléchirai à votre cas, madame Bergfeld. Votre mari pourrait peut-être venir me voir ?

Il sortit précipitamment car la blême jeune femme avait rougi. En franchissant le passage, il vit le coiffeur en train d'essuyer sa cuvette.

— Vous les avez trouvés, monsieur ?

— La femme seulement.

— Ah ! ils ont connu des jours meilleurs, je crois. Le mari est un drôle de corps, un peu piqué. Il voulait venir travailler avec moi, et justement il faut que je quitte mon métier.

— Pourquoi donc ?

— Il faut que je sois au grand air. Je n'ai plus qu'un poumon et encore pas très solide. Il s'agit de trouver autre chose.

— C'est malaisé, par le temps qui court.

Le coiffeur haussa ses maigres épaules :

— J'ai été coiffeur depuis l'enfance, excepté pendant la guerre. Drôle d'endroit où s'installer, ici, après tout ce que j'ai vu. La guerre m'a démoli.

Il tortilla sa petite moustache.

— Pas de pension ? dit Michael.

— Pas un centime. Ce qu'il me faut pour ne pas crever, c'est un métier en plein air.

Michael l'enveloppa du regard : minable, le crâne étroit, un seul poumon.

— Connaissez-vous un peu les choses de la campagne ?

— Pas du tout. Mais il faut que je trouve, ou je suis fichu.

Il observait Michael d'un air tragique et désillusionné.

— Je suis désolé, dit Michael. Adieu.

Le coiffeur fit un étrange mouvement spasmodique.

En émergeant dans la voie populeuse et bruyante sur laquelle s'ouvra Sapper's Row, Michael était obsédé par une phrase entendue au théâtre dans une pièce datant des années précédentes : « Les conditions de vie du peuple laissent beaucoup à désirer. Je m'arrangerai pour livrer bataille au Parlement. Je vais remuer… » Les conditions de vie du peuple ! Quel inconnu ! Quel cauchemar ! Quel squelette dans un placard fermé à double tour ! Quel hurlement déplaisant de chien affamé ! Et personne en Angleterre n'en avait moins cure, sans doute, que les quelque six cents bonshommes qui siégeaient comme lui au Parlement. Car améliorer la vie du peuple étant leur métier, les conditions de cette vie ont cessé de les émouvoir. Depuis Cromwell quelque seize mille députés ont siégé avant eux dans le même but. Le but est-il atteint ? Il s'en faut ! Mais ils essaient, tandis que les autres se contentent de regarder et de leur donner des conseils.

Les réflexions de Michael furent interrompues par une voix qui disait : « Vous n'auriez pas du travail pour moi, monsieur ? » Michael pressa le pas, puis s'arrêta court. L'homme qui avait parlé, les yeux baissés, ne parut pas remarquer ce signe de faiblesse de sa part ; Michael revint vers lui. Décemment et pauvrement vêtu, calme et découragé, l'homme portait le brassard des anciens soldats. Il avait des yeux noirs dans un visage rond et blafard.

— Vous m'avez parlé ? dit Michael.

— Je ne sais pas comment j'ai osé, monsieur ; c'est sorti malgré moi.

— Vous êtes sans travail ?

— Oui, et bien à bout.

— Marié ?

— Veuf, monsieur ; deux enfants.

— Vous touchez l'indemnité de chômage ?

— Oui, et j'en ai assez de recevoir l'aumône.

— Vous avez fait la guerre ?

— En Mésopotamie.

— Quelle sorte de travail cherchez-vous ?

— N'importe quoi au monde !

— Donnez-moi votre nom et votre adresse.

— Henry Boddick, 94, Waltham Buildings – Gunnersbury.

Michael nota l'adresse.

— Je ne puis rien vous promettre.

— Bien sûr, monsieur.

— Bonne chance en tout cas. Un cigare ?

— Merci, bonne chance à vous aussi, monsieur.

Michael salua et continua son chemin ; une fois hors de la vue de Henry Boddick, il prit un taxi. Encore quelques rencontres de ce genre et il perdrait la douce philosophie sans laquelle il est impossible de siéger au Parlement.

Les affiches « À vendre », « À louer », qui se suivaient tout au long sur les aristocratiques hôtels de Portland Place, donnèrent une petite satisfaction à son sentiment de la justice. Cet après-midi-là, il emmena Francis Wilmot à la Chambre et le laissa au pied de l'escalier de la tribune des « visiteurs de marque », avant d'entrer dans la salle. Il ne connaissait pas l'Irlande, de sorte que la discussion sur ce sujet restait pour lui une abstraction. Elle semblait néanmoins une preuve de la difficulté de s'entendre sur quoi que ce fût. Presque chaque discours insistait sur la nécessité d'un accord, mais avec des conditions ou des réserves qui le rendaient impossible. Cependant le ton restait modéré, pour un débat concernant l'Irlande, et dans un instant chacun allait voter conformément à la décision prise avant la discussion. Michael se rappela son exaltation des premières séances, sa conviction, après chaque discours, que quelqu'un avait été persuadé de quelque chose ; et sa répugnance à découvrir qu'il n'en était rien. Une force invisible régnait, plus souverainement que l'éloquence. Le linge sale était évidemment lavé ailleurs : ici on ne faisait que l'aérer avant de le porter de nouveau. Il reste, cependant, qu'on ne sait guère ce que l'on pense avant de l'avoir exprimé ; quelquefois même on ne le sait pas davantage après. Arrivé à ce point de ses réflexions, Michael sentit une fois de plus ses jambes flageoler : dans quelques semaines il lui faudrait faire son premier discours ! Le Parlement l'écouterait-il avec « sa bienveillance accoutumée » ou lui ferait-il comprendre qu'on n'en remontre pas à sa grand-mère ? Il regarda autour de lui. Ses collègues étaient assis dans les poses les plus variées. Ils prouvaient par leur seule présence que l'espèce humaine ne change guère, ou si lentement que ses modifications sont à peine perceptibles ; il avait vu leurs prototypes dans des statues romaines et des tableaux médiévaux… « Laids, mais sympathiques », se dit Michael, répétant sans le savoir le mot que George Forsyte s'appliquait à lui-même, dans ses beaux jours. Mais les élus du peuple se prenaient-ils au sérieux autant que les contemporains de Burke, ou même de Gladstone ? Les mots « indulgence accoutumée » prononcés à la tribune le tirèrent de sa rêverie ; oui, il se rappela que c'était le « premier discours » du nouveau député de Cornmarket. Michael s'appliqua à écouter. L'orateur, qui s'exprimait avec modération et clarté, suggérait à la Chambre que la doctrine : « Ne fais pas à autrui ce que tu ne voudrais pas qu'on te fît » pourrait s'appliquer, même en Irlande ; mais son discours était long, trop long, et l'assistance commençait à s'impatienter. « Hélas ! vieux camarade d'infortune », murmura Michael quand l'orateur se rassit, un peu brusquement.

Un homme de belle mine se dressa à son tour. Il félicita son honorable collègue de ce discours habile et éloquent, qui avait malheureusement pour seul défaut d'être complètement en dehors de la question. C'était bien cela ! Michael s'éclipsa sans bruit. Récupérant au passage son « visiteur de marque », il reprit avec lui la direction de South Square. Francis Wilmot manifestait un enthousiasme convenable.

— C'était très bien, dit-il. Qui était le gentleman assis sous le dais ?

— Le speaker.

— Non, le seul qui n'ait pas parlé.

— C'est bien lui. Le *speaker* représente toute la dignité du Parlement.

— On devrait lui faire respirer de l'oxygène : ce dais est vraiment étouffant. Le député qui a parlé en dernier me plaît. Il ferait son chemin aux États-Unis, il a des idées élevées.

— Les idées qui vous empêchent d'entrer à la Société des nations ? demanda ironiquement Michael.

Francis Wilmot tourna la tête vers lui avec un peu d'impatience.

— Bah ! nous sommes comme les autres quand nous sommes acculés.

— Exactement. L'idéalisme en politique dépend de la géographie, c'est un brouillard à mi-distance. Plus vous êtes loin, moins vous avez besoin de voir le danger. Notre idéalisme quant à l'Europe dépasse celui de la France proportionnellement aux vingt milles marins qui nous séparent du continent. Pour vous, il faut multiplier par trois mille milles marins. Et quand il s'agit de la question des Noirs, nous sommes dans la même mesure plus idéalistes que vous. N'est-ce pas vrai ?

— Très vrai, dit Francis Wilmot en rétrécissant encore la fente de ses yeux de jais. Plus vous montez vers le nord, plus vous êtes favorables à l'émancipation des nègres. Anne et moi, nous avons vécu toute notre vie au milieu d'eux, sans jamais aucun incident ; nous les aimons et ils nous aiment. Mais si l'un d'eux osait toucher ma sœur, je ne sais pas si je n'aiderais pas à le lyncher. J'en ai discuté avec Jon. Il ne comprend pas notre point de vue ; il dit qu'un nègre doit être jugé comme un Blanc ; ses idées sont encore à trois mille milles marins des nôtres.

Michael se taisait. Il devenait de glace quand on prononçait le nom de Jon, qu'il orthographiait dans son esprit avec un « h ».

Francis Wilmot continua d'un air rêveur :

— Il y a quelques saints, dans chaque pays, qui seraient capables de faire mentir votre théorie ; mais tous les autres, nous tous, je crois, nous ne dépassons pas l'humaine mesure.

— À propos de nature humaine, annonça Michael, voici mon beau-père.

6

Soames reste attentif

Soames, ayant prolongé son séjour en week-end chez sa fille, avait consacré un après-midi à promener au jardin zoologique ses petits-neveux Cardigan et à leur interdire un trop proche contact avec les singes et les félins. Après avoir déposé les enfants dans le hall de sa nièce Imogen, il s'était réfugié au club où il tournait nonchalamment les pages d'un journal du soir, lorsqu'il tomba sur ce paragraphe dans les faits divers mondains :

Une surprise se prépare, pour la prochaine session du Parlement, aux mercredis d'une jeune femme dont le salon n'est pas à cent lieues de Westminster. Son mari, un futur baronet qui a eu quelques attaches avec la littérature, sera chargé de lancer à la Chambre une doctrine jouissant du curieux nom de foggartisme et qui a sa source dans le livre de sir James Foggart: L'État alarmant de l'Angleterre. *On doit, paraît-il, cette amusante bombe explosive à l'imagination fantaisiste du directeur d'un de nos hebdomadaires les plus répandus. Nous verrons ce qui en sortira. Par la même occasion, l'entreprenante petite personne dont il s'agit se hâte de profiter, pour créer un salon, de la curiosité que provoque toujours la naissance d'une aventure politique.*

Soames se frotta les yeux; puis il relut avec une colère croissante: «Entreprenante petite personne qui se hâte de profiter, pour créer un salon...» Qui avait écrit cela? Il empocha le journal – premier larcin dont il se fût jamais rendu coupable – et tout le long du trajet, à travers St James' Park, dans le demi-jour déclinant, il rumina sur le paragraphe anonyme.

L'allusion était aussi claire que malveillante. Le mot «arriviste» n'aurait pas été plus direct. Malheureusement, même ce terme n'est pas suffisamment injurieux pour motiver une poursuite en diffamation. Soames était encore absorbé par ces réflexions quand les deux jeunes gens le rejoignirent.

— Eh bien! monsieur?

— J'ai à vous parler, dit Soames. Il y a un traître dans votre entourage.

Et sans s'en apercevoir, il fixait sur Francis Wilmot un regard courroucé.

— De quoi s'agit-il? demanda Michael dès qu'ils furent seuls.

Soames lui tendit le journal. Michael lut et fit la grimace.

— L'auteur de ce paragraphe est un habitué de vos soirées, c'est clair. Qui est-ce?

— Très probablement une femme.

— Vous voulez dire que les journaux se servent de potins colportés par des femmes?

Michael ne répondit pas. Le vieux Forsyte retardait.

— Me donneront-ils son nom si je vais le demander?

— Non, heureusement!

— Pourquoi, heureusement?

— Voyez-vous, la presse est un animal très susceptible. Il ne faut pas l'irriter; elle vous sert constamment des compliments inattendus.

— Mais ce..., commença Soames qui s'arrêta à temps et corrigea sa phrase. Voulez-vous dire qu'il faut supporter cette insolence?

— Et avec patience, je le crains.
— Fleur reçoit demain soir ?
— Oui.
— J'y serai et je resterai attentif.

Michael imagina aussitôt son beau-père comme un policier en civil, surveillant les cadeaux étalés en public à un mariage… Mais, malgré sa désinvolture, il était blessé. Il avait souvent remarqué, avec un étonnement plein d'indulgence, que sa bien-aimée traitait ses visiteurs comme un collectionneur les pièces rares, se dépensant en coquetteries pour attirer les relations désirables. Ce travers ne lui paraissait pas plaisant. L'adresse avec laquelle Fleur jouait de ses sourires si brillants, si vite éteints, et des mouvements vifs de son joli cou nu, ses regards languissants qui voulaient être naturels et n'y parvenaient pas tout à fait, le battement des paupières blanches sur les beaux yeux, les mains expressives qui appréhendaient solidement – des mains si délicates et si menues – la rampe du succès, tout cela fit soudain souffrir Michael. Cependant c'était pour lui et pour Kit que Fleur agissait. Les Françaises, dit-on, aident à la carrière de leurs maris, au succès de leur famille. C'était son hérédité française, sans doute, ou peut-être un louable idéalisme, le désir de faire mieux que les autres dans la voie choisie. Michael cherchait des excuses, de tout son cœur fidèle. Mais parmi les invités du mercredi soir, son regard inquiet ne cessa d'errer d'un visage à l'autre, à l'affût d'une ombre d'ironie.

Soames avait adopté une autre méthode. Il avait l'esprit plus libre, n'étant pas écartelé par les sentiments contradictoires d'un pauvre homme qui va partager le lit de l'objet de ses critiques. À ses yeux, rien ne s'opposait à ce que Fleur connût autant de grands seigneurs, de socialistes, d'artistes, d'ambassadeurs, de jeunes idiots et même d'écrivains qu'elle le désirait. Plus ses relations seraient haut placées, moins elle risquerait d'être exploitée ou compromise, se disait-il avec une certaine naïveté. Sa fille les valait bien… Et son immense orgueil était piqué au vif par l'idée que l'on pût accuser Fleur d'avoir fait des bassesses pour attirer ces gens. Ce n'était pas elle qui les recherchait, mais eux qui la recherchaient.

Debout sous le Fragonard, grisonnant, la moustache nette, le menton décidé, la physionomie secrète, le regard détaché comme quelqu'un qui a éprouvé la vanité de toutes choses, Soames aurait pu être confondu avec un des ambassadeurs invités par sa fille. Une jeune femme aux cheveux d'or roux, ombrageant d'un centimètre sa nuque jadis rasée, s'approcha et, lui tournant le dos, se mit à causer avec un jeune homme inconsistant qui faisait continuellement le geste de se frotter les mains. Soames ne perdait pas un mot de leur conversation.

— Est-elle amusante cette petite Mont ! Regardez-la avec « don Fernando ». On dirait qu'il n'y a que lui au monde. Voici le jeune Bashly ! Elle se précipite… C'est une parfaite petite snob. Mais cela ne suffit pas pour tenir un salon comme elle se le figure. Pour créer un salon, il faut de la personnalité, de l'esprit, le mépris de l'opinion. Elle n'a rien de tout cela. Et pour finir, d'où sort-elle !

— Grosse fortune ? dit l'interlocuteur.

— Pas tant que cela. Michael est tellement épris qu'il en est devenu assommant. Quoique le Parlement y soit bien aussi pour quelque chose. Les avez-vous entendus parler du fameux foggartisme ? Nourriture, enfants, avenir, ennuyeux comme la pluie !

— Le goût de la nouveauté est le vice du jour…, fit l'homme inconsistant, de sa voix ronronnante.

— Oui, mais c'est irritant de voir une petite rien du tout qui grimpe dans le monde par le moyen de blagues pareilles. Avez-vous lu le livre de Foggart ?

— Ma foi non. Et vous ?

— Il n'y a pas de danger. Je suis fâchée pour Michael. Cette petite snob l'exploite.

Coincé sans voie de sortie, Soames commençait à étouffer. La jeune femme, gênée peut-être par un courant d'air, tourna la tête et son regard se heurta à une paire d'yeux gris, si froids, à un visage si menaçant qu'elle s'éloigna bien vite.

— Qui est cette vieille momie ? demanda-t-elle à l'homme inconsistant ; il m'a donné la chair de poule.

Le jeune homme inconsistant dit que c'était probablement un parent pauvre ; il avait l'air de ne connaître personne.

Mais Soames avait déjà rejoint Michael.

— Qui est cette jeune femme rousse ?

— Marjory Ferrar.

— Mettez-la à la porte. C'est elle, la traîtresse !

Michael ouvrit des yeux stupéfaits.

— Mais nous sommes très liés. C'est la fille de lord Charles Ferrar et…

— Mettez-la à la porte ! répéta Soames.

— Comment savez-vous que c'est elle ?

— Je viens de l'entendre se servir des mêmes termes que le journal… et pire encore.

— Mais elle est notre invitée !

— Jolie invitée, gronda Soames entre ses dents.

— On ne peut pas mettre une invitée à la porte. D'ailleurs, c'est la petite-fille d'un marquis, l'enfant gâtée des Panjoys… Quel scandale ce serait !

— Va pour le scandale.

— Nous ne l'inviterons plus, mais c'est vraiment tout ce que nous pouvons faire.

— Vraiment !

En quittant son gendre il marcha droit à l'ennemie. Michael suivit, très inquiet. Il n'avait encore jamais vu son beau-père en colère. Il arriva à point pour l'entendre dire d'une voix basse mais distincte :

— Vous avez eu, madame, la bonté de traiter ma fille de snob dans sa propre maison.

Michael vit la tête aux boucles allongées se retourner et de durs yeux bleus se lever avec une expression insolente et indignée ; il entendit un éclat de rire, puis la voix de Soames qui reprenait :

— C'est un acte de traîtrise ; ayez l'obligeance de vous retirer.

La demi-douzaine de personnes qui les entourait ne perdait pas un mot de cette scène. Ciel ! Et c'était lui, Michael, le maître de la maison. Il s'empara du bras de Soames.

— En voilà assez, monsieur, dit-il doucement, nous ne sommes pas à une conférence de la paix.

Un terrible silence tomba dans le groupe pétrifié ; seules remuaient, frottées l'une contre l'autre, les mains du jeune indolent. Marjory Ferrar fit un pas du côté de la porte.

— Je ne connais pas cet homme, dit-elle, mais il a menti.

— Je ne crois pas.

Au dernier rang du petit rassemblement, un jeune homme brun regardait Marjory Ferrar, qui avait également les yeux fixés sur lui. Et tout à coup, juste derrière ce jeune homme, Michael aperçut Fleur. Elle avait dû tout entendre ! Elle sourit, fit un geste de la main et dit :

— Mrs Carelli va jouer.

Marjory Ferrar gagna la sortie, suivie de son compagnon qui toujours se frottait les mains, comme s'il voulait laisser entendre qu'il se les lavait de cette histoire. Soames, tel un chien de garde rancunier, les suivit jusqu'à la porte. Et Michael suivit son beau-père. Les mots : « Comme c'est drôle ! » arrivèrent jusqu'à eux, ainsi qu'un léger rire approbateur. Clac ! la porte et l'incident étaient clos.

Michael s'épongea le front. Il admirait son beau-père et d'autre part se désolait qu'il eût cassé les vitres. Au salon, Fleur était debout près du clavecin, n'ayant l'air de rien, mais il vit ses doigts nerveux chiffonner sa robe et la plaignit. Il attendit, tremblant, la dernière note.

Soames était monté. Dans le bureau de Michael, devant *Le Singe blanc*, il faisait son examen de conscience. Il n'avait point de regrets. Chipie aux cheveux roux ! « Une vraie petite snob » ; « Grosse fortune ? – Pas tant que cela » ; « Une petite rien du tout ». La petite-fille d'un marquis ? Eh bien ! il avait mis cette insolente à la porte. Tout ce qu'il avait de dur, d'âcre, tout ce qui détestait la condescendance, le privilège, enfin l'esprit de ses arrière-grands-pères bouillonnait en lui. Que sont ces aristocrates pour se permettre de telles choses ? Des pantins le plus souvent enrichis par le pillage et les exactions ! Et l'un d'eux avait traité sa fille, sa fille à lui, de snob ! Lui qui ne lèverait pas un doigt, qui ne traverserait pas la rue pour saluer même le duc de Seven Dials… Si cela amusait Fleur de recevoir, pourquoi s'en priverait-elle ? Mais à cette pensée son sang ne fit qu'un tour… Allait-elle l'accuser d'avoir détruit son « salon » ? Bah ! Qu'y faire ? Il avait eu raison d'en finir, de la débarrasser de cette amie perfide ; mieux vaut savoir où l'on en est.

« Je ne l'attendrai pas, se dit-il. Quelle tempête dans un verre d'eau ! » Le son grêle du clavecin parvint jusqu'au palier, où il souffla avant de monter à sa chambre. Il se demanda si le bruit de ces soirées ne réveillait pas l'enfant. Un grognement à ses pieds le fit sursauter. Le chien était couché devant la porte de la chambre du bébé ! Quel dommage que l'animal ne se fût pas trouvé au salon – il aurait pu pincer les mollets de cette chipie. Enfin Soames monta, en jetant un coup d'œil à la porte de Francis Wilmot, en face de la sienne.

Ce jeune Américain avait dû entendre la scène, mais lui, Soames, n'y ferait aucune allusion, ce serait humiliant. Et fermant sa porte sur les échos du clavecin, Soames s'efforça de dormir.

7

Bruits dans la nuit

Michael n'avait jamais vu pleurer Fleur, et la trouver affalée de tout son long sur le lit, étouffant ses sanglots dans l'édredon, le remplit d'une sorte de terreur. Elle se calma au contact d'une main posée sur sa tête et resta sur place sans bouger.

— Courage, chérie, dit-il doucement ; puisque c'est une calomnie, qu'importe ?

Elle se releva et s'assit les jambes croisées, montrant un visage rougi et barbouillé de larmes, sous une chevelure en désordre.

— Qui s'occupe de ce que nous sommes réellement ? Ce qui compte, c'est le nom que l'on nous donne.

— Eh bien ! elle a été qualifiée de « traîtresse ».

— Comme si cela arrangeait les choses ! Chacun parle des autres dans leur dos. Personne n'y attache d'importance. Mais que faire si tout le monde se moque de moi et me traite de snob et d'arriviste ? Elle va le répéter partout, pour se venger. Comment pourrai-je encore recevoir, avoir un jour ?

Regrettait-elle sa carrière mondaine ou celle de son mari ? Michael passa de l'autre côté du lit et l'entoura de ses bras.

— Peu importe l'opinion du monde, mon petit ; tôt ou tard il faut savoir lui tenir tête.

— C'est toi qui n'oses pas lui tenir tête. Pour moi, quand on ne m'aime pas, je ne peux pas être aimable.

— Seuls comptent les gens qui vous connaissent vraiment.

— Personne ne connaît personne, dit Fleur avec amertume. Plus les gens vous aiment, moins ils vous connaissent et moins compte leur opinion.

Michael s'écarta d'elle et elle resta si longtemps sans mot dire qu'il se pencha pour déchiffrer le visage morose qu'elle appuyait dans ses mains. Il brûlait de la consoler par des caresses, mais il savait qu'il l'ennuierait et cette idée ajoutait à son chagrin. Elle parla enfin :

— Je la hais, dit-elle, et si jamais je peux lui nuire, je le ferai.

Lui aussi aurait volontiers puni « la favorite des Panjoys », mais entendre exprimer ce sentiment ne le consolait pas ; c'était d'ailleurs un vœu plus menaçant de la part de Fleur que de la sienne – il ne s'entendait guère à nuire…

— Et maintenant, chérie, allons dormir sur cette histoire.

— J'avais juré de ne plus donner de réceptions, mais je reprendrai mes jours !

— Bravo ! tu as du cran.

Fleur rit ; le drôle de petit rire résonna clair et dur dans le silence nocturne. Michael dut s'en contenter.

Ce fut une nuit d'insomnie pour toute la maisonnée. Soames refit connaissance avec l'angoisse nerveuse des nuits sans sommeil, auxquelles il avait échappé depuis quelque temps, grâce au bon air que lui faisait respirer son golf et grâce aux cigares. Cette maudite grande horloge de Westminster, en sonnant d'heure en heure, contribua à son insomnie, ainsi que le léger bruit, entre trois et quatre heures, qui semblait trahir une présence errante. Il était causé, en réalité, par Francis Wilmot, Depuis sa protestation instinctive en entendant traiter Soames de menteur, le jeune homme était dans un étrange état d'esprit. Comme l'avait supposé Soames, il avait entendu Marjory Ferrar et ses médisances. Mais au moment même où il protestait, il avait été frappé d'aveuglement, comme Saül attaquant les chrétiens. Certains yeux bleus, étincelants de défi, s'étaient adoucis en rencontrant son regard, comme pour dire : « Vous me plaisez. » Et il ne pouvait les oublier. Quelle souple créature, un teint de lis, des cheveux d'or roux, d'insolents yeux bleus, des lèvres rieuses, un col parfumé comme le tronc d'un jeune pin au soleil ! Ce souvenir enchanteur ne le quittait plus. Durant toute la soirée, d'ailleurs, il n'avait cessé de la regarder, mais depuis ce dernier regard il était envoûté et le sommeil le fuyait. Il savait son nom, bien que ne lui ayant pas été présenté, et ce nom le ravissait. Provincial et sans expérience, il n'avait jamais rencontré de femmes lui ressemblant. Et il l'avait brutalement contredite ! Cette pensée le rendit si nerveux qu'il but tout le contenu de sa carafe, s'habilla et descendit en étouffant ses pas. Il passa devant Dandie qui bougea légèrement en faisant sans doute la réflexion : « Bien étrange ! mais je connais cette paire de mollets ! » Et il arriva dans le hall qu'une lueur tombant de l'imposte éclairait faiblement. Il alluma une cigarette et s'assit sur le sarcophage de marbre qui servait de portemanteau. Incommodé par la fraîcheur de ce siège, il se leva, pressa le bouton de l'électricité et, dans l'annuaire du téléphone placé devant lui, il chercha la lettre « F ». « La voici ! Ferrar, Marjory, 3, River Studios, Wren Street. » Il éteignit brusquement, alla ouvrir la porte et se glissa dehors.

C'est l'heure où le bruit, épuisé, a laissé tomber sa tête sur l'oreiller et où l'on peut entendre voler un papillon nocturne. Londres, baignée d'air pur, affranchie des fumées, dort sous la lune. Les ponts, les tours, les eaux, badigeonnés au pinceau d'argent, n'appartiennent plus aux hommes. Les maisons, les arbres savourent chacun leur clair de lune personnel et semblent redire ces vers du *Dit du Vieux Marin* de Coleridge, que Francis Wilmot se récitait tout bas :

Ô sommeil, faveur bénie.
Bienvenue sur notre terre !
Remercions la Vierge Marie
Qui t'envoya, comme une mère.
Du Ciel, bercer notre misère.

Il tourna à droite, au hasard, le long de la rivière. Jamais il ne s'était promené à cette heure morte dans une grande ville. Passions éteintes, appétits endormis, tâches remises, craintes transportées dans le domaine du rêve ; de-ci, de-là, sans doute, un être se retourne sur sa couche, une âme erre, peut-être… Sur l'eau, des barques, des chalands fantômes abandonnés, avec leurs fanaux rouges qui trouent la nuit. Les becs de gaz, le long du quai, brûlent inutilement, pour eux seuls. Pas un homme. Francis était seul à marcher dans la ville – et pourquoi ? Le jeune provincial, assez adroit et débrouillard dans la vie active, n'avait aucunement l'habitude de s'analyser et ne voyait pas le ridicule de cette promenade nocturne ; il ne le vit même pas en comprenant que s'il parvenait à découvrir la maison de Marjory, il pourrait rentrer et dormir tranquille. Devant la Tate Gallery, il aperçut une forme humaine, décorée de boutons, que la lune faisait briller.

— Pardon, monsieur l'agent, dit-il, où se trouve Wren Street ?

— Droit devant vous, et la cinquième à droite.

Francis Wilmot se remit en marche. La lune voyageuse descendait sur l'horizon, les étoiles devenaient plus nettes et un frisson parcourait les feuillages. Il traversa la cinquième rue, longea le pâté de maisons et resta perplexe – il faisait trop sombre pour déchiffrer les numéros. Une autre forme humaine décorée de boutons d'acier…

— Pardon, monsieur l'agent, où sont donc les River Studios ?

— Vous en venez, dernière maison à droite.

Francis revint sur ses pas. C'est donc cette maison isolée, un peu en retrait. Il scruta les fenêtres sombres. Peut-être était-elle là, derrière une de ces fenêtres ? Eh bien ! il pouvait s'en aller maintenant. Et dans la fraîcheur du vent qui se levait, il prit le chemin du retour.

Arrivé à la maison, il monta l'escalier avec précaution, passa devant Dandie qui leva la tête et songea encore : « De plus en plus bizarre, mais toujours les mêmes mollets ! » entra dans sa chambre, se coucha et s'endormit comme un enfant.

8

Autour de l'incident

Au déjeuner, l'absence de commentaires autour de l'incident de la veille n'inquiéta pas Soames car la présence du jeune Américain l'imposait; mais il remarqua que Fleur était pâle.

Pendant ses heures d'insomnie matinale, des doutes juridiques l'avaient assailli. A-t-on le droit de qualifier impunément devant cinq ou six personnes une femme de « traîtresse » – même si c'est une très insolente rouquine ? Il se rendit après le déjeuner chez sa sœur Winifred et lui raconta l'histoire.

— Tu as bien fait, mon cher, approuva-t-elle. On m'a dit que cette jeune personne était tout ce qu'il y a de plus lancée… C'est son père dont le cheval a été battu par un Français – j'oublie toujours son nom –, tu sais bien, aux courses de… Je ne sais plus quelles courses…

— J'ignore tout des courses, dit Soames.

Mais dans l'après-midi, au club, on lui apporta une carte.

LORD CHARLES FERRAR

High Marshes,
Près Newmarket *Barton's Club*

Pendant une seconde il se sentit les jambes un peu flageolantes, puis se souvenant avec colère de l'épithète de « snob », il se ressaisit et dit sèchement :

— Faites entrer au salon de réception.

Il n'allait pas se bousculer pour cet individu, mais finir son thé avant de le rejoindre.

Un homme d'assez haute taille, mince et droit, se tenait au milieu du salon réservé aux visiteurs ; il avait une petite moustache arrogante et un monocle si solidement vissé qu'il semblait faire partie de l'œil. Des rides plissaient ses joues maigres et tannées, et ses cheveux grisonnaient vers les tempes. Soames le détesta au premier coup d'œil.

— Monsieur Forsyte, je pense ?

Soames s'inclina.

— Vous avez appliqué à ma fille une épithète injurieuse, hier soir, en présence de plusieurs personnes.

— Oui, et elle était largement méritée.

— Donc, vous n'étiez pas ivre ?

— Pas du tout.

Cette sèche précision sembla déconcerter le visiteur qui se mordit la moustache, fronça le sourcil sous le monocle et dit :

— J'ai le nom des personnes qui vous ont entendu. Vous voudrez bien écrire à chacune, en particulier, que vous retirez entièrement l'expression dont vous vous êtes servi.

— Je n'en ferai rien.

Un silence.

— Vous êtes avocat ?

— Conseiller juridique.

— Vous savez donc quelles sont les conséquences de votre refus ?

— S'il plaît à votre fille de comparaître devant la cour, je l'y suivrai avec plaisir.

— Vous refusez de retirer cette épithète ?

— Absolument.

— Alors, bonsoir.

— Bonsoir.

Il était hérissé de colère et pour un peu se serait livré à des voies de fait. Mais il se contenta de s'écarter pour laisser sortir l'insolent.

Il se souvenait encore du vieil oncle Jolyon qui, vers 1880, appelait avec dédain quelque pauvre hère « un avocaillon de rien ». Il lui fallait absolument épancher sa colère – il irait voir le vieux Mont, qui sûrement connaissait cet individu, et il le questionnerait.

Au club de l'Aéroplane, il trouva non seulement sir Lawrence, qui avait l'air plus grave que d'habitude, mais aussi Michael, venu évidemment pour raconter à son père l'incident de la soirée. Ce fut un soulagement pour Soames qui ressentait trop vivement les insultes adressées à sa fille pour en parler. Il décrivit seulement la visite qu'il venait de recevoir et termina par ces mots :

— Ce Ferrar, socialement, qui est-ce ?

— Charles Ferrar ? Endetté de toutes parts – il a quelques bons chevaux et c'est un fusil de premier ordre.

— Il n'a pas l'air d'un gentleman, dit Soames.

Sir Lawrence leva les sourcils comme s'il hésitait à répondre à une remarque de ce genre, faite par un homme qui n'était pas né, au sujet d'un autre qui l'était.

— Et sa fille n'est pas une lady, continua Soames.

Sir Lawrence secoua la tête :

— Bien catégorique, Forsyte, bien catégorique ; mais vous n'avez pas tort ; il y a un grain de bizarrerie dans leur sang. Le vieux Shropshire est un beau vieillard très sympathique ; le phénomène a sauté sa génération, mais cela n'en existe pas moins – sa tante…

— Il m'a traité d'avocat, dit Soames en souriant amèrement, et elle m'a appelé menteur. Je ne sais quel est le plus injurieux.

Sir Lawrence se leva et regarda St James' Street par la fenêtre. Soames sentit qu'en cette affaire, la petite tête d'oiseau posée sur ces épaules minces avait plus de poids que la sienne. Il s'agissait là de gens habitués à agir et à parler comme il leur plaît, en se moquant des conséquences. Ce baronet avait été élevé de même, sans doute, et il était donc plus apte à les comprendre. Sir Lawrence se retourna.

— Elle peut vous poursuivre, Forsyte ; l'insulte a été publique. Quels témoins avez-vous ?

— Mes oreilles.

Sir Lawrence regarda les oreilles en question comme pour évaluer leur importance.

— Hem ! rien que cela ?

— L'entrefilet de ce journal.

— Elle circonviendra la direction. Et puis encore ?

— L'homme à qui elle parlait.

Michael s'écria :

— Philip Quinsey ? Ne vous y fiez pas.

— Et encore ?

— Eh bien ! il y a encore le jeune Américain qui a entendu, plus ou moins.

— Ah ! prenez garde qu'elle ne l'accapare, lui aussi. Est-ce tout ?

Soames fit signe que c'était bien tout – bien peu en y réfléchissant !

— Vous dites qu'elle vous a traité de menteur. Si vous portiez plainte le premier ?

Il y eut un silence, puis Soames dit :

— Contre une femme ? Non.

— Vous avez raison, Forsyte. Laissons-leur encore quelques privilèges. Il n'y a rien à faire qu'attendre… « Traîtresse ! »… Cela peut vous coûter cher, vous le savez ?

— L'argent n'est rien, c'est la publicité…

Son imagination courait au-devant des ennuis ; il se voyait à la barre répétant les médisances de cette vipère, livrant au public et aux journaux le terme de « snob » appliqué à sa fille, car s'il le taisait, il ne pourrait se défendre. C'était trop vexant.

— Que dit Fleur ? demanda-t-il à Michael.

— La guerre au couteau.

Soames sursauta.

— Voilà bien les femmes ! Elles ne voient pas plus loin que le bout de leur nez !

— J'ai pensé comme vous, monsieur, mais maintenant, je suis moins sûr qu'elle n'ait pas raison. Elle dit que si on ne prend pas Marjory Ferrar à la gorge, elle répandra partout ses calomnies et que, plus l'affaire sera publique, moins elle pourra faire de mal.

— Je crois, dit sir Lawrence en revenant s'asseoir, que je vais aller faire une visite au vieux Shropshire. Mon père et le sien avaient été chasser le coq de bruyère en Albanie, en 54.

Soames ne voyait pas le rapport, mais approuva. Un marquis, c'était un duc atténué ; même en cette époque démocratique, cela pouvait conserver quelque influence.

— Il a quatre-vingts ans et la goutte sur l'estomac, mais il est aussi vif qu'une abeille.

Soames n'était pas sûr que ce détail fût rassurant.

— Il faut battre le fer..., Forsyte. J'y vais.

Ils se séparèrent dans la rue, sir Lawrence se dirigeant vers Mayfair.

Le marquis de Shropshire était en train de dicter à son secrétaire une lettre au conseil de son comté, le pressant d'exécuter le programme d'électrification des campagnes qu'il avait préconisé toute sa vie. Il avait été un des premiers à employer chez lui l'électricité, et y était resté fidèle tout le long de sa vaillante et optimiste existence. C'était un petit vieillard au profil d'oiseau, vêtu de tweed très usagé, avec une cravate de soie bleue passée dans une bague ; il avait le teint coloré, une barbe et une moustache blanches bien coupées. Debout dans une attitude familière, il s'écria :

— Ah ! le jeune Mont ! Asseyez-vous, je vous prie.

Sir Lawrence prit une chaise, croisa les jambes et entrelaça ses doigts. Il ne lui était pas désagréable – à soixante-six ans – de s'entendre appeler « le jeune Mont ».

— Vous venez m'apporter un autre de vos excellents livres ?

— Non, marquis. Je viens vous demander un conseil.

— Ah ! continuez, monsieur Mersey. « Par ce moyen, messieurs, vous économiserez au moins trois cents livres par an à vos contribuables, vous serez les bienfaiteurs du pays en le débarrassant de la fumée de nos quatre cheminées malpropres et je resterai votre très reconnaissant Shropshire.» Je vous remercie, monsieur Mersey. Eh bien! mon jeune ami?

Sir Lawrence suivit du regard le secrétaire jusqu'à ce qu'il l'eût vu disparaître, remarqua les yeux vifs du vieil aristocrate fixés sur lui, comme s'ils devenaient de jour en jour plus éveillés et plus clairvoyants, et, cueillant son monocle entre le pouce et l'index, il répondit:

— Votre petite-fille et ma belle-fille, monsieur, veulent se battre comme des harengères.

— Marjory? dit le vieillard en penchant sa tête d'oiseau. Elle est insupportable – agréable à regarder, mais insupportable. Qu'a-t-elle fait encore?

— Elle a traité ma belle-fille de snob et d'arriviste, et le père de celle-ci a traité votre petite-fille de traîtresse en plein visage.

— Quel homme audacieux, quel homme audacieux! Qui est-ce?

— Son nom est Forsyte.

— Forsyte? répéta le pair, Forsyte? Ce nom ne m'est pas inconnu… voyons? Ah! Forsyte et Treffry – les grands importateurs de thé. Mon père faisait venir son thé directement de chez eux, du vrai thé d'Orient; on n'en trouve plus de pareil. Est-ce…?

— Peut-être des parents. Celui dont il s'agit est un avoué retiré des affaires, connu surtout par sa collection de tableaux. Un homme bien posé et irréprochable.

— Oui. Et sa fille est-elle vraiment…?

Sir Lawrence sourit:

— C'est une petite sirène. Elle aime à plaire, à être entourée, elle est très jolie, et c'est une excellente petite maman – elle a un peu de sang français.

— Ah! les Français! soupira le marquis, ils ont les reins plus solides que nous. Que désirez-vous que je fasse?

— Que vous parliez à votre fils Charles.

Le vieillard se redressa tout à fait ; un léger tic lui faisait continuellement branler la tête.

— Je ne parle jamais à Charlie, dit-il gravement. Il y a six ans que je ne lui ai parlé.

— Toutes mes excuses, monsieur, je l'ignorais. Je regrette de vous avoir dérangé.

— Du tout, du tout, toujours heureux de vous voir. Si par hasard je rencontre Marjory, je verrai, je verrai ! Mais, mon cher Mont, que ferons-nous avec des jeunes femmes pareilles ? Aucun sentiment du devoir, pas de tradition, pas de cheveux, pas de taille ! À propos, êtes-vous au courant de ce projet de barrage de la Severn ? (Il brandit un prospectus.) Il y a des années que je le pousse. Mes mines, entre autres, deviendraient rentables avec l'équipement électrique, mais il n'y a pas moyen de faire agir ces gens. Il nous faudrait quelques Américains par ici…

Sir Lawrence s'était levé ; le vieillard était de nouveau absorbé par son idée fixe de service social ; il lui tendit la main.

— Au revoir, marquis, enchanté de vous trouver en si bonne forme.

— Au revoir, mon cher jeune Mont, tout à votre service et envoyez-moi bientôt un autre de vos charmants livres.

Ils se serrèrent la main ; une odeur caractéristique de tourbe se dégageait des vêtements du vieil homme. Sir Lawrence, jetant un regard derrière lui, le vit reprendre sa pose favorite, le pied sur une chaise, le menton dans la main. Il était déjà plongé dans le prospectus.

« Quel type ! comme dirait Michael, songeait sir Lawrence. Mais qu'a pu faire Charles Ferrar pour que son père ne lui ait pas parlé depuis six ans ? Il faut mettre le vieux Forsyte au courant. »

Pendant ce temps, « le vieux Forsyte » et Michael rentraient à pied en traversant St James' Park.

— Ce jeune Américain, dit Soames, qu'est-ce qui a pu le pousser à intervenir ?

— Je ne sais pas, et il ne me plaît guère de le questionner.

— Naturellement, dit Soames avec humeur.

Il répugnait à discuter avec un Américain une chose qui touchait à son honneur.

— Le mot « snob » est-il employé dans le même sens chez eux ?

— Je ne sais, mais là-bas, chercher à connaître les gens célèbres est une forme de l'idéalisme. Les Américains aiment à fréquenter leurs supérieurs. C'est plutôt bien.

Soames n'était pas de cet avis, sans pouvoir bien dire pourquoi. Ne pas admettre qu'il y ait quelqu'un au-dessus de lui ou de sa fille avait été dans sa vie une sorte de principe directeur, et on ne discute pas un principe. En réalité, c'était une croyance si profondément ancrée en lui qu'il venait seulement de la découvrir.

— Je ne parlerai de rien, dit-il, à moins qu'il ne commence. Que peut-elle faire encore, cette jeune femme ? À quel milieu appartient-elle ?

— Les « Panjoys ».

— « Panjoys ! »

— Oui, ceux qui veulent s'amuser à tout prix. Aucune importance socialement, bien entendu. Mais Marjory Ferrar est très connue. Elle peint un peu, elle a quelque influence dans la presse, elle danse, elle chasse, elle joue la comédie, elle est de tous les week-ends. C'est cela qui compte surtout, les week-ends, car là, les gens n'ont rien à faire qu'à parler. Allez-vous parfois à une réunion de week-end, monsieur ?

— Moi ? Grand Dieu, non !

Michael sourit, l'originalité ne pouvait être poussée plus loin.

— Nous en organiserons une pour vous à Lippinghall.

— Non merci.

— Vous avez raison, monsieur, rien n'est plus assommant. Mais ce sont les coulisses de la vie politique. Fleur croit que cela sert ma carrière. Et Marjory Ferrar connaît toutes les personnes avec qui nous sommes en relation et bien d'autres encore. C'est très gênant.

— À votre place, je ferais comme si de rien n'était, dit Soames. Mais en ce qui concerne le journal, ne faut-il pas les prévenir que cette personne est venimeuse ?

Michael regarda son beau-père avec ironie.

Le valet de chambre les attendait dans le hall :

— Un homme du nom de Bugfill demande à vous voir, monsieur.

— Oh ! Où l'avez-vous fait entrer, Coaker ?

— Je ne savais que faire de lui, monsieur, il est tout secoué de tremblements ; je l'ai fait entrer dans la salle à manger.

— Excusez-moi, dit Michael.

Soames entra au petit salon où il trouva sa fille et Francis Wilmot.

— Mr Wilmot nous quitte, papa. Vous arrivez juste à temps pour lui dire adieu.

Soames ne se sentait jamais si cordial que lorsque les gens partaient. D'ailleurs, il n'avait aucun grief contre le jeune homme et le trouvait même sympathique. Mais il restait toujours un doute sur ce qu'il avait pu entendre, et l'avoir dans la maison sans en être sûr créerait un risque constant de compromettre sa dignité personnelle et exposerait à la tentation de le lui demander.

— Adieu, monsieur Wilmot, dit-il. Si les tableaux vous intéressent (il s'arrêta et, tout en lui tendant la main, modifia sa phrase), vous devriez aller au British Museum.

Francis Wilmot lui serra la main avec respect :

— J'irai certainement. J'ai été très heureux d'avoir pu faire votre connaissance, monsieur.

Soames se demanda pourquoi ; mais le jeune homme s'était retourné vers Fleur.

— J'écrirai de Paris à Jon et je lui transmettrai vos souvenirs. Vous avez été exquise. Je serai si heureux de vous recevoir avec Michael, quand vous viendrez aux États-Unis !

Et si vous amenez votre petit chien, je serai très flatté d'être encore mordu par lui.

Il s'inclina sur la main de Fleur et disparut, tandis que Soames fixait distraitement le dos de sa fille. Quand la porte se fut refermée, il dit :

— C'est un départ plutôt brusqué. Que lui est-il arrivé ?

Elle se retourna et lui demanda froidement :

— Pourquoi avez-vous fait cet esclandre hier soir, papa ?

L'injustice de ce reproche était si flagrante que Soames mordit sa moustache en silence. Pouvait-il ne pas la défendre quand devant lui on l'insultait ?

— Croyez-vous avoir arrangé les choses ?

Soames n'en savait rien et n'essaya pas de s'expliquer. Simplement il souffrit.

— Vous m'avez mise dans une situation à ne plus oser regarder personne en face. Mais j'oserai quand même. Si je suis une snob, une arriviste, je veux l'être à fond. Mais, je vous en prie, ne me prenez plus pour une enfant qui ne peut pas se défendre.

Soames, profondément blessé, continuait à se taire. Fleur lui jeta un coup d'œil et dit :

— Je regrette, mais je n'y peux rien ; tout est gâché.

Elle quitta la pièce. Soames s'approcha distraitement de la croisée et se mit à regarder dans la rue. Un cab emportait des bagages ; des pigeons se posaient, picoraient une seconde et s'envolaient ; un homme embrassait une femme dans la pénombre ; un agent allumait sa pipe et partait, son service fini. Il vit beaucoup de petites choses humaines intéressantes ; il entendit sonner Big Ben. Mais il ne pensait qu'à la symbolique cuillère d'argent qu'il avait mise dans la bouche de son enfant, dès sa naissance.

9

Des poules et des chats

L'individu introduit dans la salle à manger sous le nom de Bugfill y était resté debout. C'était un homme un peu plus âgé que Michael, brun, avec un soupçon de favoris et une figure pâle, d'une vivacité apprêtée, commune chez les acteurs, mais à laquelle Michael n'était pas habitué. Il s'appuyait d'une main à la table et tenait de l'autre un chapeau noir à large bord. Ses grands yeux cernés avaient une expression si tragique que Michael dit en souriant :

— Je ne suis pas directeur de salle, monsieur Bergfeld. Asseyez-vous et prenez une cigarette.

Le visiteur prit la chaise et la cigarette offertes, avec un sourire forcé. Michael s'assit sur la table.

— D'après ce que m'a dit Mrs Bergfeld, vous êtes dans l'embarras.

— À fond, avouèrent des lèvres tremblantes.

— À cause de votre santé et de votre nom ?

— Oui.

— Il vous faut un métier de plein air, je crois ? Je n'ai rien pu trouver encore de bien pratique, cependant une idée m'est venue hier pendant les heures d'insomnie. Que diriez-vous du projet d'élever des poules ? Tout le monde s'y met de nos jours.

— Si j'avais encore mes économies…

— Oui, Mrs Bergfeld m'a raconté. Je m'informerai de ce qu'on peut faire, mais je crains bien…

— C'est une escroquerie…

Le tremblement de cette voix fit mieux comprendre à Michael pourquoi les directeurs de théâtre refusaient d'engager le pauvre acteur.

— Je sais, dit-il d'un ton conciliant, on a dépouillé Pierre pour payer Paul. Cette clause du traité a été pure barbarie, quoi que l'on dise. Mais remâcher, cela ne sert à rien.

Son visiteur s'était levé.

— Prendre son argent à un civil pour payer un autre civil ? Pourquoi ne pas exiger aussi la vie d'un homme pour chaque homme tué ? Et c'est l'Angleterre qui agit ainsi, la nation qui a enseigné le respect de la personne humaine – c'est abominable !

Michael trouva qu'il exagérait.

— Vous oubliez que la guerre nous avait tous changés pour un temps en barbares. Nous n'en sommes pas encore guéris ; et c'est votre pays qui avait mis le feu aux poudres. Revenons à cette idée d'élevage.

Bergfeld fit un violent effort pour se calmer.

— À cause de ma femme, j'essaierai n'importe quoi ; mais si on ne me rend pas mon argent, comment puis-je commencer ?

— Je ne promets rien, mais peut-être pourrai-je vous avancer les fonds. Ce coiffeur, au-dessous de chez vous, a aussi besoin d'un travail en plein air. Comment s'appelle-t-il ?

— Swain.

— Vous êtes en bons termes ?

— C'est un homme entêté, mais nous sommes assez bons amis.

Michael descendit de la table sur laquelle il était assis et tendit la main à son interlocuteur.

— Eh bien ! je vais y réfléchir ; j'espère que nous aboutirons. Bergfeld serra silencieusement la main tendue ; ses yeux avaient retrouvé leur expression tragique.

« C'est un homme capable de se suicider, un beau matin », pensait Michael en le raccompagnant. Il suivit quelques secondes des yeux la silhouette de l'acteur, avec cette impression que l'obscurité tout entière était tissée du fil de ces noirs destins, de Bergfeld, du coiffeur, de l'inconnu qui l'avait arrêté dans la rue… Il faudrait obtenir que le baronet, son père, lui donne ce terrain derrière le taillis, à Lippinghall. Puis il achèterait une de ces maisonnettes démontables, vestiges de la guerre, s'il y en avait encore, quelques volailles, et ce serait la fondation d'une petite colonie : les Bergfeld, le coiffeur, Henry Boddick. On leur permettrait de couper du bois et ils construiraient eux-mêmes les poulaillers. Ce serait une expérience de foggartisme : produire des denrées alimentaires ! Fleur se moquerait. Mais quoi que l'on fasse aujourd'hui, peut-on éviter d'être tourné en ridicule ? Là-dessus, Michael rentra. Fleur était dans le hall.

— Francis Wilmot est parti, dit-elle.

— Pourquoi ?

— Il est parti pour Paris.

— Est-ce à cause de ce qu'il a pu entendre hier soir ?

— Crois-tu que je le lui aie demandé ?

— Non ! bien sûr, dit humblement Michael. Si nous montions voir Kit, c'est l'heure de son bain.

Le onzième baronet était en effet dans son bain.

— Laissez-le-moi, nurse, dit Fleur, je terminerai.

— Il est dans l'eau depuis trois minutes déjà, madame.

— Comme un œuf à la coque, murmura Michael.

Pour ses quatorze mois, c'était un bébé incroyablement robuste ; des pieds à la tête, il n'était que bruit et mouvement. Sa présence suffisait à donner un sens à la vie. Car son désir de vivre était absolu. Ses coups de pied, ses cris, ses plongeons avaient l'exubérante vitalité de la danse d'un moucheron ou du vol saccadé d'un choucas dans les airs. Il rendait grâces, non de ce qu'il allait recevoir, mais de ce qu'il recevait déjà. Blanc comme une colombe, les ongles roses, les yeux et les cheveux bruns – qui éclairciraient sans doute –, le petit baigneur s'accrochait à tout autour de lui, le savon, le peignoir, sa mère : il ne lui manquait qu'une queue préhensile… Michael, songeur, l'observait. Ce petit bout d'homme, né avec tout ce qu'il pouvait désirer à sa portée, comment l'élever ? Étaient-ils capables de l'élever, eux qui avaient été émancipés dès la naissance, dont les parents avaient été rompus à l'idolâtrie de ce fétiche, la Liberté ! Eux qui étaient nés si comblés qu'ils se creusaient la tête pour inventer quelque chose d'inaccessible, eux qui ne savaient plus ce qu'ils voulaient parce que tout leur avait toujours été permis ? La guerre s'était mise en travers de leurs caprices, mais la guerre avait dépassé le but et avait laissé derrière elle la démoralisation. Pour ceux de la génération de Fleur, venus trop tard pour vivre l'époque de la guerre, son souvenir n'avait fait qu'achever de détruire le sens du respect. Le respect aboli, l'esprit de sacrifice disparu, les traditions enterrées, les sentiments tournés en dérision, l'avenir incertain, comment s'étonner que la société actuelle ne soit qu'une valse de moucherons dans le soleil ? – des moucherons qui se prennent terriblement au sérieux.

Ainsi rêvait Michael, assis, le sourcil froncé, dans la buée du bain, devant sa progéniture. Sans foi d'aucune sorte, est-on digne d'avoir des enfants ? Les gens repartent à la recherche d'une croyance, mais l'incubation durera si longtemps que l'œuf sera pourri avant d'éclore.

« Trop d'esprit critique, conclut Michael, voilà d'où vient le mal. »

Fleur cependant avait achevé de sécher le onzième baronet et le couvrait de poudre ; ses yeux semblaient vouloir percer la peau pour mieux s'assurer de la parfaite santé du petit corps qu'elle recouvrait. Michael la regarda prendre tour à tour les mains, les pieds, examiner chaque petit ongle, absorbée par sa tâche, s'oubliant complètement dans sa dévotion momentanée. Alors, oppressé par la difficulté, pour un membre du Parlement, d'être à sa hauteur, Michael fit claquer ses doigts devant son fils en guise d'adieu et sortit de la nursery. Dans son bureau, il s'empara d'un volume de l'*Encyclopaedia Britannica* et l'ouvrit au mot « volaille ». Il lut des détails sur les Leghorn, Orpington, White Sussex, Bramaputra, et n'en fut guère plus avancé. Il se rappela que lorsqu'on trace une ligne à la craie devant le bec d'une poule, cette poule croit qu'elle ne peut plus bouger. Le foggartisme serait-il sa ligne de craie ? Il entendit une voix qui disait :

— Prévenez Fleur que je vais m'installer chez sa tante.

— Quoi, vous nous quittez, monsieur ?

— Oui, ma présence ici n'est pas désirée.

Qu'était-il arrivé ?

— Vous verrez Fleur avant de partir, monsieur ?

— Non, dit Soames.

Quelqu'un avait-il effacé la ligne de craie devant le nez du vieux Forsyte ?

— Monsieur, demanda Michael, y a-t-il quelque argent à gagner en élevant des poules ?

— Il n'y a nulle part d'argent à gagner en ce moment.

— Cependant les rentrées de l'impôt sur le revenu augmentent.

— Oui, il y a quelque chose de détraqué.

— Vous ne croyez cependant pas que les gens déclarent des revenus qu'ils n'ont pas ?

Soames cligna des yeux. Son pessimisme n'allait pas jusque-là.

— Je vous conseille d'empêcher Fleur de continuer à déblatérer contre cette diablesse aux cheveux roux, dit-il avant de refermer la porte. Elle est née avec une cuillère d'argent dans la bouche, elle s'imagine que tout lui est permis.

Une cuillère d'argent dans la bouche. Combien exact !

Après avoir recouché son fils dans son berceau, Fleur était allée s'asseoir devant un bureau en marqueterie, dans le petit sanctuaire que l'on aurait appelé autrefois son boudoir. Elle ruminait son exaspération. Comment son père avait-il pu faire cette scène en public ? N'avait-il donc pas compris que rien ne compte de ce qui est privé et que tout devient important de ce qui devient public ? Elle brûlait d'exhaler sa rancune, de dire ce qu'elle pensait de Marjory Ferrar. Elle se mit donc à écrire une lettre à lady Alison, deux lettres à des amies qui avaient assisté à la scène de la veille. La troisième de ces lettres se terminait ainsi : « Une femme comme celle-là, qui joue l'amitié et s'introduit chez vous pour vous calomnier, est un serpent de la plus belle eau. Je me demande comment on la tolère dans le monde ! Elle n'a ni moralité ni sentiments respectables. Quant à son charme, parlons-en ! »

Voilà ! Et il restait encore Francis Wilmot à qui elle n'avait pas dit tout ce qu'elle pensait.

Mon cher Francis,

Je suis très fâchée que vous ayez été obligé de partir si vite. Je voulais vous remercier d'avoir pris mon parti, l'autre soir. Marjory Ferrar passe vraiment les bornes… Mais à Londres on n'attache pas d'importance aux calomnies. Nous avons été si heureux de faire votre connaissance. Ne nous oubliez pas et revenez nous voir quand vous serez de retour de Paris.

Votre très amicale,

FLEUR MONT

« À l'avenir, se dit-elle, je n'inviterai que des hommes à mes soirées. Mais viendront-ils s'ils n'y rencontrent pas de femmes ? D'ailleurs des hommes comme Philip Quinsey sont tout aussi médisants et cela aurait l'air de marquer le coup. Non ! il faut continuer comme devant, en laissant tomber seulement les relations les moins sûres. Mais qui est sûr ? Excepté Alison, des poids lourds comme Blythe, les ambassadeurs de troisième ordre et deux ou trois hommes politiques sérieux, on ne peut répondre de personne. C'est bien porté d'être “rosse”. Ils s'écharpent tous les uns les autres par-derrière et même en face. Qui, dans le monde, ne porte la trace de coups de griffe ou n'en a à se reprocher ? S'abstenir complètement de griffer serait d'ailleurs bien ennuyeux. » L'imagination de Fleur partit pour l'Italie, seul pays où elle pût croire à une vie sans méchanceté. Le pays de Fra Angelico, des fresques de San Marco ! Voilà sans doute un homme qui n'a jamais fait de mal à personne… Et saint François parlant aux oiseaux, parmi les fleurs, ses petites compagnes, avec ses familiers, le soleil, la lune, les étoiles ! Et sainte Claire ! sainte fleur, petite sœur de saint François !

Être pleine de bonté et ignorer le monde – vivre pour rendre les autres heureux. Comme ce serait nouveau ! Comme ce serait passionnant pendant une semaine environ – et après comme cela serait ennuyeux ! Fleur écarta les rideaux et regarda la place. Deux chats se faisaient vis-à-vis sous la clarté du réverbère. Minces, gracieux, immobiles, ils se regardaient. Tout à coup, ils éclatèrent en cris affreux et ne furent plus que griffes. Fleur laissa retomber le rideau.

10

Francis Wilmot fait machine arrière

Vers la même heure, Francis Wilmot s'asseyait dans le hall de l'hôtel Cosmopolis et aussitôt se relevait brusquement. Au milieu de la salle, sur le parquet ciré, glissait, tournait, se balançait, roulait et avançait, dans les bras d'un homme impassible, celle qu'il se préparait à fuir jusqu'à Paris, par loyauté envers Fleur et Michael. Fatalité ! Car il ignorait, naturellement, qu'elle venait là presque chaque jour, à l'heure de la danse. Elle et son partenaire attiraient tous les regards, et Francis, qui aimait la danse, vit que leur performance était exceptionnelle. Quand le couple s'arrêta, tout près, il dit avec son doux accent du Sud :

— C'était splendide.

— Comment allez-vous, monsieur Wilmot ?

Quoi ! elle savait son nom ? Voici le moment de faire acte de loyalisme. Elle s'était jetée sur un siège à côté de lui.

— Donc, vous avez pensé que j'avais agi en traîtresse, hier soir ?

— Je l'ai pensé.

— Pourquoi ?

— Je vous ai entendue traiter votre hôtesse de snob.

Marjory fit entendre une exclamation amusée.

— Mon bon jeune homme, si on ne disait jamais rien de pire de ses amis ! Je ne parlais pas pour vos oreilles, ni pour le vieil importun au menton en galoche.

— C’est son père, dit gravement Francis, et vous l’avez blessé.

— Eh bien ! je le regrette.

Une main dégantée, chaude et sèche, se glissa dans la main du jeune homme et se retira, la laissant frissonnante et tremblante jusqu’au coude.

— Dansez-vous ?

— Oui, mais je n’oserai pas avec vous…

— Ah ! mais si, vous allez danser !

Francis Wilmot sentit la tête lui tourner et bientôt son corps se mit à tourner aussi.

— Vous dansez mieux que n’importe quel Anglais, sauf les professionnels, murmuraient les lèvres de Marjory à six pouces de son oreille.

— Je suis très flatté, madame.

— Ne savez-vous pas mon nom ? Ou appelez-vous toutes les femmes « madame » ? C’est d’ailleurs charmant.

— Je sais votre nom et même votre adresse. Je n’étais pas à plus de vingt mètres de vous, à quatre heures ce matin.

— Que faisiez-vous là ?

— J’avais essayé de me rapprocher de vous le plus possible.

— Voilà le plus joli des compliments. Venez prendre le thé chez moi demain à quatre heures, voulez-vous ?

Se dérobant, tournant, glissant de son mieux, Francis Wilmot répondit en hésitant :

— Je suis obligé de partir pour Paris.

— N’ayez donc pas peur, je ne vous causerai pas d’ennuis.

— Je n’ai pas peur, mais…

— Bon, je vous attendrai.

Et rejoignant son partenaire au masque impassible, elle regarda une dernière fois Francis par-dessus son épaule.

Francis Wilmot s’essuya le front. Encore une surprenante expérience, qui ébranlait son idée préconçue d’une société anglaise raide et conventionnelle. Cette fille d’un lord aurait aussi bien pu être une Américaine. Lui demanderait-elle encore de danser avec elle ? Mais non, elle quitta le hall sans le regarder.

Un jeune homme moderne, ou simplement un jeune homme ordinaire, se serait senti très content de soi. Mais Francis n'était ni l'un ni l'autre. Six mois de service dans l'aviation en 1918, un séjour à New York, quelques excursions à Charleston et à Savannah n'avaient pas suffi à lui faire perdre ses habitudes de provincial, héritier d'une tradition de bonnes manières, de travail et de simplicité. Il avait approché peu de femmes et les croyait dignes du plus profond respect, les jugeant toutes d'après sa sœur et d'après quelques vieilles amies de sa mère qu'il avait rencontrées à Savannah. Une dame originaire des États du Nord, avec qui il avait voyagé, lui avait dit que la jeune fille des États du Sud n'avait qu'un but dans la vie, attirer le plus grand nombre possible d'hommes, et lui en avait fait un portrait divertissant. Quelle surprise pour leur jeune compatriote ! Anne n'était pas ainsi ; elle n'en avait d'ailleurs pas eu l'occasion, ayant épousé à dix-neuf ans le premier garçon qui l'avait demandée en mariage.

Le courrier du lendemain matin apporta à Francis la petite lettre de Fleur. « Marjory passait les bornes. » Les bornes de quoi ? Il fut indigné et ne partit pas pour Paris. À quatre heures de l'après-midi, il arrivait à Wren Street.

Dans son atelier, Marjory Ferrar, revêtue d'une blouse de lin bleue, grattait une toile avec un couteau à palette. Une heure plus tard, il n'était plus que son esclave. Il ne se rappelait plus avoir projeté de visiter l'exposition canine de Cruft, les Beefeaters, le Derby ; de toute l'Angleterre il ne désirait plus voir qu'une chose : Marjory Ferrar. C'est à peine s'il remarqua, en sortant, dans quel sens la Tamise coulait, et ce fut un hasard s'il ne prit pas l'est pour l'ouest. Les cheveux, les yeux, la voix de cette femme : il était « pincé ». Et, se trouvant idiot, il acceptait son imbécillité ; un homme ne peut guère faire plus. Marjory le dépassa dans la rue, conduisant sa petite auto découverte pour aller à une répétition. Elle lui fit signe de la main. Il pâlit, rougit, trembla, pâlit de nouveau et, la voiture évanouie dans le lointain, se sentit perdu, dans un monde décoloré et inconsistant. Ah ! il arrivait au Parlement. Et tout à côté, le seul endroit de la ville où il pourrait parler de Marjory Ferrar – justement celui où elle s'était si mal conduite. Il traversa South Square et sonna.

Fleur était au petit salon, sinon « buvant du lait », du moins en train de prendre son thé.

— Comment, vous n'êtes pas à Paris ? Quelle chance ! Une tasse de thé ?

— Merci, dit Francis Wilmot en rougissant. J'ai pris le thé chez *elle*.

Fleur ouvrit des yeux étonnés et éclata de rire.

— Oh ! mais c'est très intéressant ! Où vous a-t-elle ramassé ?

Sans comprendre le sens de ces mots, Francis Wilmot en sentit l'intention cachée.

— Elle était au thé dansant de mon hôtel, hier. Elle danse admirablement. Je la trouve d'ailleurs merveilleuse de toutes les façons. Je me demande ce que vous entendez en disant qu'elle passe les bornes ?

— Et je me demande ce que vous entendez par cette volte-face exécutée depuis mercredi soir ?

Francis Wilmot sourit :

— Vous deux, vous avez été si gentilles pour moi, j'aimerais vous réconcilier. Je suis sûr que Marjory Ferrar ne pense pas un mot de ce qu'elle a dit mercredi.

— Vraiment ? Elle vous l'a dit ?

— Pas exactement ! Elle m'a seulement dit qu'elle ne pensait pas que nous l'entendions.

— Non ?

Il regardait le visage souriant de Fleur, soupçonnant bien quelque arrière-pensée, mais juvénilement optimiste, à l'américaine, croyant que tout s'arrange quand on le veut.

— J'ai vraiment horreur de penser que vous êtes brouillées toutes deux. Voudriez-vous venir avec moi à l'hôtel et vous serrer la main ?

Fleur l'examina lentement des pieds à la tête.

— Vous avez l'air d'avoir du sang français. Est-ce vrai ?

— Oui. Ma grand-mère était de souche française.

— Eh bien ! je suis plus française que vous. Les Français ne pardonnent pas facilement, vous savez. Et ils ne cherchent pas à se persuader que les choses vont selon leurs désirs, quand ce n'est pas le cas.

Francis Wilmot se leva et demanda d'un air résolu :

— Vous allez me dire ce que signifiaient les termes de votre lettre.

— Vous le voulez ? Mon bon ami, les bornes de la perfection, bien entendu ! Elle passe les bornes de la perfection ! Vous en êtes une preuve vivante.

Comprenant qu'on se moquait de lui et tourmenté de sentiments contradictoires, Francis Wilmot se dirigea vers la porte.

— Adieu. Je pense que vous ne voudrez plus de moi à l'avenir.

— Adieu, dit Fleur.

Il sortit bouleversé, amer, plus seul qu'à son arrivée. Il n'avait personne pour le guider, le conseiller ! Point de franchise, point de simplicité dans cette ville. Les gens n'y pensent pas ce qu'ils disent et sa divinité était aussi énigmatique et aussi compliquée que les autres. Plus encore, car les autres… ! Est-ce que les autres avaient la moindre importance ?

11

Soames fait connaissance avec la presse

En partant s'installer chez sa sœur à Green Street, Soames était tout bouleversé. Que Fleur eût une ennemie, et une ennemie très lancée dans la société, le remplissait d'inquiétude ; et qu'elle l'en tînt pour responsable lui semblait d'autant plus injuste qu'en réalité il l'était.

Une soirée passée sous l'influence apaisante de Winifred et de son café turc mauvais pour le foie, mais qu'il buvait toujours avec délices – lui rendit assez de sang-froid pour admettre qu'il s'agissait, en somme, d'une tempête dans un verre d'eau !

— Mais cet entrefilet de journal me reste dans la gorge, répétait-il.

— C'est très ennuyeux, Soames, mais à ta place, je ne m'en tourmenterais pas. On parcourt ces échos mondains et la minute d'après on les a oubliés. Ils sont faits tout juste pour amuser un instant.

— Drôle d'amusement ! Ce journal prétend avoir un million de lecteurs.

— Aucun nom n'a été imprimé.

— Dans cette petite coterie politique et mondaine, tout le monde se connaît.

— Mon cher, répondit Winifred de sa voix posée, tranquille, qu'aucune inquiétude ne réussissait à troubler, tout le monde se connaît, mais de nos jours, personne ne prend rien au sérieux.

Elle avait du bon sens. Soames monta se coucher dans un état d'esprit plus souriant.

Mais depuis qu'il s'était retiré des affaires « et sans qu'il s'en doutât », son caractère avait changé ; les préoccupations professionnelles, qui canalisaient ses dispositions héréditaires à l'inquiétude, lui manquant, il était enclin à grossir le premier souci venu. Plus il pensait à cet entrefilet, plus il avait envie d'aller en parler, amicalement, au rédacteur en chef. S'il pouvait ensuite aller dire à Fleur : « J'ai vu les journalistes, de ce côté-là tout va bien, ils ne recommenceront pas », elle ne lui en voudrait plus. On ne peut pas obliger les gens à penser du bien de sa propre fille, mais au moins peut-on les empêcher d'en médire publiquement.

Malgré sa répugnance à voir imprimer son nom, Soames n'avait pas mauvaise opinion de la presse. Il lisait le Times, comme son père avant lui, et il avait entendu toute son enfance le craquement de ses feuillets. Il y avait là-dedans plus d'informations qu'il n'en pouvait absorber ; les éditoriaux lui inspiraient beaucoup de considération et, si les énormes suppléments lui semblaient parfois abusifs, le Times restait toujours à ses yeux un journal respectable. Annette et Winifred recevaient le Morning Post, feuille convenable aussi, mais qui se permettait d'avoir des idées. Personnellement, Soames s'en méfiait. Des autres journaux il ne savait pas grand-chose, remarquant seulement leurs manchettes en gros caractères et leurs articles débités en petits morceaux. En somme, il partageait le point de vue anglais sur la presse : institution nationale, qui a ses vices et ses vertus, mais dont il faut s'accommoder.

Vers onze heures du matin, il était en route pour Fleet Street. Arrivé aux bureaux de l'Evening Sun, il tendit sa carte et demanda à voir le rédacteur en chef. Prenant en considération son chapeau haut de forme, on l'introduisit dans une petite pièce, au fond d'un long corridor ; un coin perdu dans un grand caravansérail. Quelqu'un allait le recevoir, lui dit-on.

— Quelqu'un ? C'est le rédacteur en chef que je veux voir.

Mais le rédacteur en chef était très occupé. Ne pouvait-il revenir à une heure plus tranquille ?

— Non, dit Soames.

Pouvait-il indiquer l'objet de sa visite ? Non encore.

Le secrétaire regarda de nouveau le chapeau haut de forme et s'en alla. Au bout d'un quart d'heure on vint chercher Soames pour l'introduire dans une pièce encore plus petite que la première, où un homme à figure joviale et portant des lunettes feuilletait un recueil de coupures de journaux. Il leva les yeux, prit la carte sur la table et lut tout haut :

— Monsieur Soames Forsyte ?

— Vous êtes le rédacteur en chef ? dit Soames.

— Un des rédacteurs. Asseyez-vous, je vous prie. Qu'y a-t-il pour votre service ?

Impressionné par l'atmosphère ambiante et désireux de faire une bonne impression, Soames ne s'assit pas, mais sortit immédiatement la coupure de journal de son portefeuille.

— Je viens à propos de cet article, qui a paru dans votre numéro de jeudi dernier.

L'homme jovial regarda l'article de près, eut l'air de le ruminer et dit : « Eh bien ? »

— Voulez-vous avoir l'amabilité de me nommer l'auteur ?

— Nous ne donnons jamais le nom de nos correspondants, monsieur.

— En réalité, je le sais déjà.

Le rédacteur ouvrit la bouche comme pour dire : « Alors pourquoi le demander ?... », mais il la referma et sourit.

— Vous m'excuserez, dit Soames, mais cet article désigne très clairement ma fille, Mrs Michael Mont, et son mari.

— Vraiment ! vous en savez plus que moi. Mais quelle importance cela peut-il avoir ? C'est un bavardage bien inoffensif.

Soames le regarda. C'était vraiment trop de légèreté !

— Croyez-vous ? répondit-il sèchement. Puis-je vous demander si vous trouveriez agréable que l'on traite votre fille de petite personne entreprenante ?

— Pourquoi pas ? Ce n'est pas un mot blessant. Et puis on ne donne aucun nom.

— Vous faites donc paraître des informations pour que vos lecteurs ne les comprennent pas ?

— Non, évidemment non, dit le journaliste en riant. Mais n'êtes-vous pas un peu trop susceptible ?

Soames n'avait pas prévu qu'il faudrait faire admettre au rédacteur que son article était injurieux et donc lui en expliquer la véritable portée.

— Évidemment, dit-il, si vous ne voyez pas combien cet entrefilet est blessant, je ne puis vous le faire sentir. Mais je vous demande formellement de ne plus laisser passer une chose pareille. Je sais que votre correspondant a agi par pure malveillance.

Le journaliste relut la coupure :

— Je ne l'aurais vraiment pas pensé. Dans le monde politique, on passe son temps à échanger des horions – on parle net. En fait de médisance, celle-ci est bien inoffensive.

Remis à sa place par les mots « susceptible » et « parler net », Soames dit aigrement :

— En tout cas, c'est extrêmement mesquin.

— D'accord, monsieur, c'est bien mon avis. Au plaisir de vous voir.

Et l'homme, avec bonne humeur, reprit la lecture du fichier. S'attaquer à lui était exactement comme de taper sur une balle de caoutchouc ! Soames serra convulsivement son chapeau – c'était le moment ou jamais :

— Si votre collaboratrice croit qu'elle peut soulager sa bile impunément dans les journaux, elle s'apercevra de son erreur !

Il attendit l'effet de sa phrase. Il n'y en eut absolument aucun. Alors il murmura : « Adieu » et tourna les talons.

L'entrevue n'avait pas été aussi cordiale qu'il l'avait escompté. « La presse est un animal nerveux », avait dit Michael. Il ne lui raconterait pas cette visite.

Deux jours après, ramassant au cercle l'Evening Sun qui traînait, il aperçut le mot « foggartisme » dans l'éditorial :

De toutes les panacées mûries dans les cerveaux de nos politiciens en herbe, la plus absurde est celle qui a pris le nom de foggartisme. Nous sommes en mesure d'expliquer la nature de cette drogue, destinée à rétablir la santé nationale, avant qu'elle ne paraisse sur le marché. Fondée sur le livre de sir James Foggart : L'État alarmant de l'Angleterre, le principal article de ce credo lunatique semble être la diminution de la main-d'œuvre anglaise par l'émigration. D'après ces docteurs, nous devrions expatrier aux extrémités de l'Empire des millions de jeunes gens, à leur sortie des écoles. Ainsi donc, sans parler de l'impossibilité matérielle de faire absorber cette jeunesse par les Dominions qui se développent si lentement, nous perdrions tout l'avantage de ce flux vital, afin que dans vingt ans les achats de nos Dominions puissent égaler notre production. Jamais plus folle proposition n'est sortie d'un cerveau obtus. À côté de cette nouveauté sensationnelle de l'émigration, le foggartisme annonce une propagande débile en faveur du retour à la terre. Tout le système repose sur cette affirmation, que le prix de la vie et le taux des salaires en Angleterre nous interdisent de rivaliser avec l'industrie allemande et de retrouver notre supériorité commerciale en Europe. Un pareil dénigrement de notre suprématie industrielle est sans précédent. Il faut espérer que les vulgaires manipulateurs de la politique nationale comprendront vite que les électeurs anglais n'ont aucune sympathie pour des plans aussi insensés, voués à la disparition avant d'avoir vécu.

Malgré l'intérêt avec lequel Soames avait lu L'État alarmant de l'Angleterre, il n'avait pas poussé l'inconséquence jusqu'à croire à la doctrine de Foggart. Si le foggartisme devait demain disparaître, il ne pourrait s'empêcher de penser, avec sa méfiance héréditaire pour les théories, avec son pragmatisme britannique, que ce serait pour Michael un bon débarras. Ce qui le troublait, dans cet article, c'était la crainte d'en avoir été l'inspirateur. Serait-ce la réplique du trop jovial rédacteur ? Décidément, il ne parlerait pas de sa visite, ce soir, en dînant chez sa fille.

Quand il entra, la vue d'un chapeau étranger, sur le portemanteau en forme de sarcophage, le prévint de la présence d'un invité. En effet, Mr Blythe, un cocktail à la main, une olive dans la bouche, causait avec Fleur, recroquevillée sur un coussin devant le feu.

— Vous connaissez Mr Blythe, papa ?

Encore un journaliste ! Soames tendit une main méfiante. Mr Blythe avalait son olive en disant :

— C'est sans importance.

— Quant à moi, dit Fleur, je trouve que vous devriez ne plus vous en occuper et les laisser s'apercevoir qu'ils ont fait une bêtise.

— Est-ce l'avis de Michael, madame Mont ?

— Non, Michael est monté sur ses grands chevaux !

Ils se retournèrent tous vers Michael qui entrait, l'air plus têtu que d'habitude.

Son opinion à lui était qu'il fallait rendre coup pour coup, ne pas reculer ; sinon ils feraient mieux de fermer boutique. La raison d'être des députés est de soutenir leurs propres idées, non pas celles que leur suggère Fleet Street. Ceux qui croient sincèrement que le programme du foggartisme est le seul remède au chômage et à l'exode rural sont tenus de le dire, sans se laisser désarçonner par le premier coup de boutoir de la presse. Le bon sens est de leur côté et le bon sens bien affirmé finit généralement par triompher. Cette opposition à leur doctrine est fondée sur l'idée non avouée de réduire les salaires et d'augmenter les heures de travail, même s'ils n'osent pas le dire carrément. Laissons les journaux faire leur critique tant qu'ils voudront. Que le foggartisme soit bien exposé à la tribune pendant six mois, et on verra les journaux qui le critiquent commencer à adorer ce qu'ils ont brûlé. Là-dessus, Michael se retourna brusquement vers son beau-père :

— J'espère que vous n'êtes pas allé leur parler de cet article ?

Soames, dans le privé comme dans les affaires, s'était toujours arrangé pour ne pas se laisser acculer à un mensonge. Mentir n'est ni anglais ni de bon ton. Baissant les yeux, il répondit lentement :

— Je leur ai seulement fait comprendre que je connaissais leur correspondante.

Fleur fronça les sourcils. Mr Blythe allongea le bras et prit quelques amandes salées.

— Que vous avais-je dit ? s'exclama Michael. Ils ne vous ratent jamais. Les journalistes ont une susceptibilité aiguë – des cors à tous les orteils –, n'est-ce pas, monsieur Blythe ?

Mr Blythe répondit négligemment :

— La presse est très humaine, jeune homme. Elle aime mieux critiquer qu'être critiquée.

— Je croyais, dit Fleur d'un ton glacial, qu'il était convenu que vous ne vous occuperiez plus de mes affaires.

La discussion retourna au foggartisme, mais Soames resta préoccupé et morose. C'était bien la dernière fois qu'il se mêlait de ce qui ne le regardait pas. Mais il ressentait amèrement, comme tous ceux qui aiment, l'injustice de son sort. Car il s'était mêlé d'une chose qui le concernait bien réellement – le nom de sa fille et son bonheur ; et elle lui en gardait rancune. Il avait mis tout son bonheur dans une seule affection, « tous ses œufs dans le même panier », et jusqu'à son dernier jour il irait d'un pas mesuré « balançant ce panier avec précaution » pour ne pas compromettre son unique trésor.

Fleur les laissa au dessert, devant des vins que seul Mr Blythe appréciait. Soames, saisissant un mot de-ci de-là, compris que le gros homme se préparait à faire un éclat dans l'*Outpost* la semaine suivante et que Michael prendrait la parole au Parlement à la première occasion. Ce n'était pour lui que paroles confuses. Quand ils se levèrent tous, il dit à Michael :

— Je m'en vais.

— Nous retournons au Parlement, monsieur. Ne voulez-vous pas rester avec Fleur ?

— Non, il faut que je rentre.

Michael le regarda attentivement :

— Je vais lui dire que vous partez.

Soames avait déjà enfilé son pardessus et ouvert la porte lorsqu'un parfum de violette l'enveloppa. Un bras nu glissa autour de son cou et quelque chose de doux se pressa contre lui.

— Papa, je suis désolée d'avoir été aussi méchante.

Soames secoua la tête.

— Non, papa, vous ne partirez pas comme cela.

Fleur s'était glissée entre la porte et lui. Elle le regardait en face et ses dents brillaient, très blanches, dans un sourire.

— Dis que tu me pardonnes.

— C'est toujours à recommencer.

Elle avança les lèvres et le baisa sur le nez.

— Voilà. Bonne nuit, papa chéri. Je sais que je suis une enfant gâtée.

Soames la serra contre lui un peu convulsivement, ouvrit la porte et sortit sans dire un mot.

Au pied de Big Ben des gamins criaient les nouvelles, des nouvelles politiques probablement. Les travaillistes allaient quitter le pouvoir, mis dans l'embarras par quelques-uns de ces journalistes, sans doute. C'est ainsi : après la chute des uns, c'est le retour des autres. Tout cela était bien loin de sa pensée.

Fleur seule comptait.

12

Michael réfléchit

Mr Blythe et Michael trouvèrent la doyenne des assemblées parlementaires en grande perturbation. Les libéraux avaient retiré leur soutien aux socialistes, qui étaient sur le point de tomber. La foule se pressait sur la place du Parlement, contemplant Big Ben et à l'affût des nouvelles.

— Je n'entre pas, dit Michael. Il n'y aura pas de vote ce soir. Et j'ai besoin de réfléchir. De nouvelles élections générales sont certaines maintenant.

— On va quand même y faire un tour, dit Mr Blythe.

Ils se séparèrent, Mr Blythe entrant, Michael désireux de flâner par les rues pour essayer de surprendre l'opinion du peuple. Mais où et comment ? Les uns discutaient ceci, d'autres cela, l'impôt sur le revenu, les allocations de chômage, les chefs de partis, le communisme même – nul écho de l'inquiétude qui serrait tous les cœurs. Les conservateurs allaient prendre le pouvoir, comme l'avait prévu Fleur. Le pays se laisserait bercer par l'opium d'un gouvernement « fort et stable ». Mais suffirait-il d'un gouvernement fort et stable pour remédier au déséquilibre d'un royaume dont la tête est trop lourde pour le corps ? Calmerait-il cette sourde anxiété que tout le monde ressentait et que personne n'exprimait ?

« Nous sommes gâtés par notre prospérité d'autrefois, songeait Michael. Nous ne l'admettrons jamais. Et cependant nous le sentons jusque dans nos os. »

L'Angleterre, habituée à avoir une cuillère d'argent dans la bouche, n'a plus la force de la retenir, mais refuse de s'en séparer… Et ses qualités mêmes, son énergie, son endurance optimiste, son absence de nerfs et d'imagination, sont devenues des vices, en entretenant la certitude que l'on s'en tirerait toujours, sans trop d'efforts, tandis qu'au contraire chaque année lui enlève les chances de se rattraper, et le temps nécessaire à l'exercice des « supériorités britanniques ».

« Être lent à comprendre, se disait Michael, c'est un terrible défaut en 1924. »

Perdu dans ses réflexions, il se dirigea vers les quartiers de l'Est. C'était l'heure des théâtres. « Le grand parasite », comme sir James Foggart appelait Londres, reposait inerte sous son éclairage. Il marcha tout le long de la fiévreuse Fleet Street jusqu'à la City, si vibrante le jour, si morte la nuit. Les richesses de l'Angleterre oubliaient dans le sommeil leurs débauches diurnes. C'est là que demeuraient les assises du crédit anglais. Reposant sur quoi ? Sur le marché alimentaire et les denrées brutes, dont l'Angleterre, sans défense aérienne suffisante, serait peut-être privée à la prochaine guerre – sur le travail national, qui n'était plus à la mesure du travail européen. Et cependant le « crédit » se maintenait, rassurant par son prestige tout le monde saut, peut-être, les chômeurs vivant de l'allocation. Avec son crédit, en effet, l'Angleterre pouvait encore tout acheter, tout, excepté la quiétude.

Et Michael poursuivit sa longue promenade à travers Whitechapel, encore bruyante et pittoresque, jusqu'à Mile End où les maisons devenaient très basses, comme pour permettre aux habitants de mieux voir le ciel inaccessible. Là, on franchissait une frontière, on se trouvait au milieu d'un autre peuple, aussi insouciant et bohème que celui de Fleet Street et de la City. Plus encore peut-être ! Car l'Angleterre de Mile End ne se préoccupait pas de politique. Pendant des kilomètres, interminablement, des rues basses et grises s'étiraient jusqu'à la dernière bordure d'herbe abandonnée. Michael ne les suivit pas jusqu'au bout, mais, passant devant un cinéma, il eut l'idée d'y entrer. Le spectacle touchait à sa fin. L'héroïne attachée par le méchant cow-boy sur un cheval sauvage traversait un espace que Michael soupçonna fort d'être le paddock habituel de la société de cinéma. Toutes les dix secondes, elle était remplacée sur l'écran par John T. Bronson, directeur des mines de cuivre de Tucsonville, dévorant la route sur sa Packard 60 CV pour la rattraper avant qu'elle atteignît la rivière Pima. Michael regarda les spectateurs : ils buvaient la scène des yeux ! Un gouvernement stable et fort ? Que leur importait ! Leur opium, le voilà ! Et ils n'en étaient jamais rassasiés. Michael vit encore le cheval sauvage abattu d'une balle, tandis que paraissaient ces mots sur l'écran : « Hairy Pete devient enragé… Bronson, vous ne l'aurez pas. » Puis, en effet, Pete jette l'héroïne à l'eau. John Bronson plonge. Il la saisit par sa chevelure flottante ! Mais Hairy Pete l'attend sur la berge – les balles ricochent sur l'eau. L'héroïne a l'épaule si bien traversée que l'on voit le jour à travers… Quel est ce bruit ? C'est Bronson qui grince des dents ! Il atteint la berge, il tire la femme hors de la rivière, il sort de son chapeau un revolver – encore sec, Dieu merci ! – « Gare à toi, Hairy Pete. » Un flocon de fumée, Pete vacille et mord la poussière, il a son compte. Musique en sourdine, de plus en plus en sourdine. Bronson soulève la femme qui revient à elle. Long, long baiser sur la berge de la rivière Pima au coucher du soleil. « Enfin, mon cher amour ! »

« Voilà la drogue qu'il leur faut, songeait Michael, rendu à la lumière des étoiles. Retour à la terre, labourage et semailles quand ils ont cela à leur portée ? Jamais ! ».

Et pour retourner dans son quartier, il s'installa sur l'impériale de l'omnibus, à côté d'un homme aux vêtements couverts de taches de graisse. Après quelques minutes de silence, Michael essaya de l'interroger.

— Que pensez-vous de la situation politique, monsieur ?

L'homme, probablement un plombier, répliqua sans tourner la tête :

— Je dirai qu'ils se sont crus trop forts.

— Ils auraient dû livrer bataille à propos de la Russie, ne croyez-vous pas ?

— De la Russie ? En voilà une idée ! Non. Ils auraient dû rester jusqu'au printemps et leur flanquer un budget qui soit un peu là !

— La vraie lutte des classes ?

— Oui.

— Mais croyez-vous qu'une politique de partis puisse supprimer le chômage ?

L'homme grommelait sous sa moustache, comme s'il mâchait une idée nouvelle.

— Ah ! je suis dégoûté de la politique. Un jour à travailler, un jour à chômer – à quoi sert une politique qui ne nous donne pas un travail régulier ?

— C'est très juste.

— Les réparations ! Est-ce que cela nous rapporte, les réparations ? Les travailleurs de tous les pays devraient se soutenir !

L'homme regarda Michael pour voir comment il prenait ce dernier propos.

— Bien des gens y croyaient avant la guerre, dit Michael ; voyez ce qui est arrivé.

— Oh ! dit l'homme, et qu'avons-nous tiré de la guerre ?

— N'avez-vous jamais pensé à émigrer aux dominions ?

L'homme secoua la tête.

— Ce que je sais des Australiens et des Canadiens ne me plaît pas.

— Vous êtes un Anglais invétéré – comme moi-même.

— Tout à fait. À vous revoir, monsieur, dit l'homme en descendant.

Michael ne quitta l'autobus qu'à South Square, au pied de Big Ben ; il était presque minuit. De nouvelles élections !

Aurait-il le courage de se présenter une seconde fois sous de fausses couleurs ? Et cependant, aucun espoir de faire comprendre en trois semaines l'intérêt du foggartisme à ses électeurs ruraux. Ils concluraient simplement que les opinions de leur candidat sur le tarif impérial étaient plutôt radicales – mais il est impossible de dire au corps électoral que l'Angleterre tout entière fait fausse route ; mieux vaudrait ne pas se présenter. Comment tenir un électeur par le revers de sa veste et lui dire : « Vous savez, il n'y a aucune chance d'amélioration avant dix ans ; d'ici là il faut tenir, en supportant une vie de plus en plus chère, de sorte que nous puissions dans vingt ans éviter la famine et nous tirer d'affaire avec nos propres ressources. » Cela n'est pas plus faisable que de déclarer à un comité : « Mes amis, je représente un programme dont je suis, jusqu'à présent, le seul partisan. » Non, pour être candidat de nouveau, il faudrait débiter les vieilles rengaines. Cela en valait-il la peine ? Michael n'avait pas la moindre vanité – il savait qu'il ne comptait guère –, mais il avait une marotte qui de plus en plus l'absorbait et dont l'importance lui semblait grandir à proportion de l'indifférence générale. C'était une voix qui criait dans le désert. Boucher ses oreilles, tourner le dos au vieux Blythe, étouffer ses convictions en continuant à siéger au Parlement, impossible ! Comme pour la guerre, il fallait y entrer sans esprit de recul. Et il y était, engagé dans une action plus importante que les fanfreluches d'un parti. Le foggartisme offrait une solution aux problèmes vitaux de l'Empire – équilibre, sécurité, travail, juste proportion entre la population paysanne et citadine… Était-ce donc un rêve irréalisable ? Apparemment, oui ! Et Michael, en ouvrant la porte d'entrée avec sa clé, se dit une dernière fois : « Ils me traiteront de pêcheur de lune si cela leur plaît, je n'abandonnerai pas mes idées. »

Dans son cabinet de toilette, il ouvrit la fenêtre et s'accouda. La ville bruyante bourdonnait encore ; le ciel était légèrement coloré par le reflet des innombrables foyers lumineux. Un clocher émergeait non loin de là ; on voyait quelques étoiles ; les feuilles des arbres retombaient sans vie car il n'y avait pas un souffle. C'était une nuit calme et presque chaude. Michael se souvint d'un certain soir à l'hôpital où, convalescent, il avait observé pendant trois heures les avions allemands sur la ville. Ç'avait été leur dernier raid. Quelle folie de ne pas s'entendre pour abolir la guerre aérienne ! « Et puisque c'est impossible, je lutterai pour une défense antiaérienne. Même les malins peuvent comprendre cela. »

Deux hommes, arrêtés sous la fenêtre, causaient. L'un d'eux habitait la maison voisine.

— Rappelez-vous, disait-il, que cette élection amènera un grand changement.

— Oui, et quel parti prendre ? dit l'autre.

— Laissez faire, les choses finiront par s'arranger. Je suis excédé par tout ce bavardage déprimant. Qu'on diminue l'impôt sur le revenu d'un shilling par livre, et vous verrez.

— Mais que faire pour l'agriculture ?

— Qu'elle aille au diable ! Ne vous occupez pas des cultivateurs, c'est tout ce qu'ils désirent, au fond. Plus l'État intervient, plus leur situation empire.

— Laisser pousser l'herbe sous vos pieds ?

Le voisin se mit à rire :

— À peu près. Que faire de plus ? Le pays ne veut rien supporter. Bonsoir !

Bruits de porte qui se ferme, bruits de pas qui s'éloignent. Une voiture passe, un papillon de nuit se jette à l'étourdie contre le visage de Michael. Le pays ne veut rien supporter. La politique ! Bâillements, haussements d'épaules, abandon à la fatalité. Peut-on faire mieux ? Le pays ne veut rien supporter. Big Ben sonna minuit.

13

Commencement d'un procès

Dans chaque couche sociale il y a des individus qui ont la spécialité de faire parler d'eux. Peut-être leur magnétisme naturel force-t-il l'attention, ou peut-être leur vie présente-t-elle des contrastes plus frappants et des angles plus aigus que celle des autres. C'est ainsi que Marjory Ferrar défrayait, dans son monde, bien des conversations. Tout ce qui la concernait était immédiatement ébruité et répété par la bande d'oisifs agités au milieu desquels elle vivait. On sut très vite qu'elle avait été mise à la porte d'un salon connu. Les lettres de Fleur devinrent le sujet de commentaires animés. L'explication du renvoi ignominieux de Marjory oscillait entre une version exacte et une légende qui la représentait arrachant Michael aux bras de son épouse.

Les causes d'un procès sont rarement simples. La querelle aurait peut-être gardé les proportions d'« une tempête dans un verre d'eau », selon le mot de Soames, si lord Charles Ferrar n'avait pas été couvert de dettes si criardes qu'il avait dû renoncer à payer la pension de sa fille et si un membre du Parlement, sir Alexander MacGown, n'avait pas, depuis quelque temps déjà, demandé Marjory en mariage.

Une fortune venue du commerce du jute, une carrière politique pleine de promesses, un physique vigoureux et un caractère obstiné n'avaient pas autant accru les chances de sir Alexander en douze mois que la suppression de la pension paternelle en un soir. Évidemment, Marjory Ferrar était un de ces êtres privilégiés qui trouvent toujours le moyen d'avoir de l'argent – mais il y a un moment où même ces privilégiés sont obligés de réfléchir sérieusement à ce moyen. Elle était, toutes proportions d'âge et de sexe gardées, aussi endettée que son père, et la suppression de sa pension était survenue comme une dernière pierre au cou du noyé. Dans un moment de dépression elle avait donc consenti à des fiançailles secrètes. Et quand l'incident de la soirée de Fleur s'ébruita, sir Alexander courut, frémissant de colère, chez sa fiancée.

Que devait-il faire ?

— Rien, naturellement. Ne soyez pas absurde, Alec ! Qui attache de l'importance à cela ?

— C'est monstrueux ! laissez-moi aller exiger des excuses de ce vieux.

— Mon père y est allé et n'a rien obtenu. Ce vieux a un menton à y accrocher une crémaillère.

— Écoutez, Marjory, il faut que vous laissiez publier nos fiançailles et ensuite je m'attaquerai à lui. Je ne veux pas que cette histoire coure les salons.

Marjory secoua la tête :

— Mais non, mon cher. Vous êtes encore à l'essai, et je me moque de cette histoire comme d'une vieille pantoufle.

— Je ne m'en moque pas, moi, et j'irai demain voir cet homme.

Marjory Ferrar regarda l'Écossais avec attention – ses yeux bruns passionnés, ses cheveux noirs trop raides, sa mâchoire –, elle frissonna d'appréhension.

— Ne faites rien, Alec, c'est inutile. Mon père tient à ce que j'engage un procès ; j'obtiendrai de larges dommages et intérêts.

En MacGown, l'Écossais applaudit, mais l'amoureux s'inquiéta.

— Cela peut être très désagréable pour vous, murmura-t-il, à moins que cette brute ne cède sans comparaître.

— Naturellement, il cédera. J'ai tous les témoins dans ma poche.

MacGown embrassa sa fiancée avec enthousiasme.

— S'il ne cède pas, je lui romprai les os !

— Mon pauvre ami, c'est un vieillard de soixante-dix ans.

— Hum ! il y a un jeune homme dans l'affaire.

— Michael ? Michael est un ange. Pour rien au monde je ne voudrais lui voir rompre les os.

— Vraiment ! Attendez qu'il se décide à lancer ce fameux foggartisme... cette saleté qui fait tant de bruit ! Je n'en ferai qu'une bouchée.

— Pauvre petit Michael !

— On m'a parlé aussi d'un jeune Américain...

— Oh ! s'écria Marjory en se dégageant des bras de son fiancé, c'est un oiseau de passage ; il n'y a pas à s'en inquiéter.

— Avez-vous choisi un avocat ?

— Pas encore.

— Je vous enverrai le mien. Il les secouera !

Après le départ de son fiancé, Marjory resta songeuse, inquiète de son trait de génie. Que n'était-elle dans une situation moins pressante ! En un mois de fiançailles secrètes, elle avait appris qu'au nord comme au sud de la Tweed, tout se paie. En échange d'un grand nombre de baisers, MacGown ne lui avait offert qu'un seul bijou qu'elle n'osait pas mettre « chez ma tante ». Elle commençait à craindre d'être obligée de l'épouser. Cependant cette perspective n'était pas absolument révoltante. MacGown était quelqu'un. Lord Charles Ferrar veillerait à ce que le contrat fût aussi généreux que ses opinions, et sa devise : « Vivre dangereusement », serait peut-être suivie encore plus exactement avec MacGown que sans lui. Étendue, sans un mouvement, sur sa chaise longue, Marjory se mit à penser à Francis Wilmot. Impossible comme mari, il pourrait devenir un amant délicieux – naïf, candide, fervent, et complètement inconnu à Londres, par bonheur ; oui, il était singulièrement attirant, ce grand garçon mince au corps souple et aux yeux sombres avec son joli sourire ! Mais il était trop vieux jeu pour avoir pensé à autre chose qu'au mariage. Quel bébé ! Avant même d'être hors de sa portée, elle sentait confusément que c'était lui qui n'était pas à sa mesure. Mais après ? Qui sait ?... Elle se mit à rêver à un avenir dangereux, dans lequel Francis jouerait un rôle. Pour le moment, il y avait cet assommant procès ! Secouant cette pensée importune, Marjory se leva et s'habilla pour sa promenade à cheval quotidienne. En rentrant de Rotten Row, nouvelle toilette et départ pour Cosmopolis, où elle dansa avec son partenaire à visage de bois et avec Francis Wilmot ; puis elle se rendit au théâtre, à une première, prit part au souper qui suivit avec les principaux acteurs et quelques amis ; enfin, vers deux heures du matin, elle était au lit.

Comme il arrive souvent, la réputation de Marjory Ferrar était pire que ses méfaits. Quand on se vante de la liberté de ses mœurs, il faut s'attendre à être cru sur parole. En réalité, cette jeune personne n'avait à se reprocher que deux aventures ayant dépassé les bornes de la bienséance, n'avait fumé l'opium qu'une seule fois, car cet exploit l'avait rendue malade, et n'avait essayé de la cocaïne que par curiosité. Elle jouait avec prudence, ne pariait jamais aux courses, buvait modérément bien que sa tête fût solide et, si elle fumait, comme il est naturel, elle choisissait les meilleures des cigarettes et employait un fume-cigarette. Elle avait appris des figures de danse un peu risquées, mais ne les exécutait que de loin en loin. Elle ne montait pas à cheval en casse-cou et ne sautait les doubles haies que sur des chevaux qu'elle connaissait. Bien entendu elle lisait tous les livres scandaleux, pour être à la page, mais elle ne les recherchait pas spécialement. Elle était montée en avion pour un court voyage jusqu'à Paris. Elle conduisait son auto bien et vite, mais jamais dangereusement pour elle et rarement pour les passants. Elle jouissait d'une santé magnifique, dont elle prenait grand soin sans en avoir l'air, et donnait au sommeil la moitié de sa journée, quand elle avait veillé la moitié de la nuit précédente. Elle était « au fait » du théâtre moderne, mais ne se passionnait pas pour lui. Elle avait publié un volume de poésies, moins remarquable pour la liberté de l'inspiration que pour celle de la prosodie, mais qui avait été couvert d'éloges parce que l'auteur appartenait à une classe sociale fort peu douée pour la poésie. En résumé, on attribuait à Marjory Ferrar une vie en rapport avec les idées qu'elle exprimait ouvertement et résumait en ces termes: «Jouir de la vie de toutes ses forces.»

L'avocat de sir Alexander MacGown, qui était venu la voir le lendemain matin, regardait attentivement sa cliente, assise inconfortablement sur le bord d'un fauteuil de l'atelier. Il connaissait sa réputation mieux que sir Alexander, car MM. Settlewith et Stark ne se chargeaient pas d'une cause à la légère. Comment supporterait-elle l'épreuve du procès, cette jeune femme si séduisante et si lancée ? Quant aux frais, il y avait la garantie de sir Alexander, et le mot de «traîtresse» était un assez bon prétexte à une plainte en diffamation; mais dans ces procès où il s'agissait de choisir qui croire sur parole, il y avait des surprises.

L'avocat eut une impression plutôt favorable. S'il était bon physionomiste, cette jeune personne ne perdrait pas la tête à l'audience. Sa beauté n'était pas, non plus, de cette qualité trop voyante qui pouvait indisposer un jury. C'était une jeune fille de bonne tournure, avec des yeux bien bleus et des cheveux bien blonds; le type national. Pourvu que son histoire fût acceptable, son apparence était satisfaisante.

De son côté, Marjory Ferrar examinait celui qui allait se charger de ses intérêts. Une figure longue, des yeux enfoncés bordés de cils noirs, tous ses cheveux, des vêtements de bonne coupe, c'était un homme aussi bien conservé que possible pour ses soixante ans.

— Que voulez-vous que je vous dise, monsieur Settlewith ?

— La vérité.

— Cela va de soi. Eh bien ! j'étais donc en train de dire à Mr Quinsey que Mrs Mont était très désireuse d'avoir un

« salon » et n'avait aucune des qualités requises ; le vieux monsieur m'a entendue et a cru que j'insultais sa fille…

— Est-ce tout ?

— J'ai peut-être dit aussi qu'elle courait après les célébrités, ce qui est vrai.

— Mais pourquoi a-t-il employé le mot de « traîtresse » ?

— Parce qu'il s'agissait de sa fille et que j'étais chez elle, je suppose.

— Mr Quinsey confirmera tout cela ?

— Philip Quinsey ? Certes ! j'en fais ce que je veux.

— Aucune autre personne ne vous a entendue dénigrer Mrs Mont ?

Elle hésita une seconde :

— Non.

« Premier mensonge ! » se dit Mr Settlewith avec son sourire spécial, mi-tendre, mi-sarcastique.

— On a parlé cependant d'un Américain !

Marjory Ferrar se mit à rire.

— En tout cas, il ne le dira pas.

— Un de vos admirateurs ?

— Non pas, il retourne aux États-Unis.

« Second mensonge, nota Mr Settlewith. Mais elle ment avec naturel. »

— Vous demandez des excuses que vous puissiez montrer à ceux qui vous ont entendu insulter, et des dommages, s'il se peut ?

— Oui, le plus de dommages et intérêts possible !

« Cette fois-ci elle est sincère », pensa l'avocat.

— Êtes-vous à court d'argent ?

— Impossible de l'être davantage.

Mr Settlewith, une main posée sur chaque genou, allongea vers elle son buste étroit.

— Vous ne tenez pas à aboutir à un procès ?

— Non. Quoique ce soit peut-être assez amusant.

Mr Settlewith sourit encore une fois.

— Cela dépend uniquement de ce que vous tenez à cacher.

Marjory Ferrar sourit à son tour.

— Je remettrai tout entre vos mains.

— Non, pas vos petits secrets. Nous, chère mademoiselle, nous allons commencer par attaquer Mr Forsyte et on verra sa réaction. C'est un homme du métier et il a des moyens…

— Je suis sûre qu'il sera furieux de voir la vie de sa fille discutée en public.

— Oui, dit sèchement l'avocat. À sa place, je serais furieux aussi.

— Mais vous savez, c'est une petite snob.

— Ah ! l'auriez-vous aussi traitée de « snob » par hasard ?

— N… non. Je suis presque sûre de ne pas avoir dit cela. « Troisième mensonge et moins bien dit », remarqua Mr Settlewith.

— Cela ferait une différence. Êtes-vous sûre ?

— Pas tout à fait.

— Mr Forsyte prétend que vous avez prononcé le mot.

— Aussi l'ai-je traité de menteur !

— Ah ! vraiment ! Et on vous a entendue ?

— Certes !

— Cela peut avoir son importance.

— En tout cas, il ne répétera pas à l'audience que j'ai traité sa fille de snob.

— Très judicieux, miss Ferrar. Je crois que nous nous en tirerons.

Et après un dernier regard à sa cliente décoché de dessous ses longs cils, Mr Settlewith, maigre et discret, se dirigea vers la porte.

Trois jours après, Soames recevait du papier timbré. On lui réclamait des excuses formelles, à défaut de quoi le procès suivrait son cours.

Il avait lui-même soutenu deux procès au cours de sa vie, l'un pour rupture de contrat, l'autre pour son divorce ; dans les deux cas il s'était cru l'offensé. Et maintenant il se voyait poursuivi pour diffamation ! Devant une attaque précise, tout son calme lui était revenu. Il n'avait pas à rougir de ses actes et ne ferait certainement pas d'excuses. Avec quel plaisir il traiterait encore cette péronnelle de traîtresse, face à face, dût-il payer cher ce plaisir ! Son esprit se tourna vers le passé. En 1880, pour ses débuts de conseiller juridique, Soames avait défendu son oncle Swithin dans un procès en diffamation. Swithin avait appelé un de ses collègues, membre du Walpole Club, « insignifiant petit curé quêteur de sous ». Soames avait réduit la phrase diffamatoire au seul mot « insignifiant » en prouvant que le plaignant était petit, en effet – cinq pieds et quatre pouces –, qu'il était incontestablement dans les ordres et avait l'habitude de quêter pour fournir en lingerie les habitants des îles Fidji… Le jury avait évalué le mot « insignifiant » à dix livres, car l'avocat avait su se servir des îles Fidji. Il y avait des gens habiles dans ce temps-là, les « conseillers de la reine » étaient bien supérieurs aux « conseillers du roi ». Ils se seraient joués d'une plainte comme celle de « cette péronnelle ». L'oncle Swithin l'avait invité à dîner après le procès : jambon d'York sauce madère, arrosé de son Heidsieck préféré, c'était le menu invariable qu'il offrait à ses invités.

« Bah ! se dit Soames revenant à ses préoccupations immédiates, il doit y avoir encore aujourd'hui d'habiles avocats capables de mettre l'adversaire en pièces… surtout si sa réputation est déjà un peu endommagée… et au dernier moment on peut toujours s'arranger à l'amiable. De toute façon, Fleur n'aura pas à comparaître comme témoin ou quoi que ce soit. »

Aussi fut-il consterné lorsque Michael l'appela au téléphone la semaine suivante, pour l'informer que Fleur avait reçu une assignation à comparaître pour lettres diffamatoires contenant entre autres les termes : « un serpent de la plus belle eau » et « elle n'a aucun sens moral ».

Soames fut glacé d'appréhension.

— Je vous avais dit de l'empêcher de continuer à parler de cette femme.

— Oui, mais elle ne me consulte pas chaque fois qu'elle écrit à des amis.

— Charmants amis ! Nous voilà dans de beaux draps !

— Je suis très ennuyé ; elle ne rêve que bataille – impossible de lui parler de faire des excuses.

Soames gémit si bruyamment que les oreilles de Michael en tintèrent à quarante milles de là.

— Enfin, que conseillez-vous ?

— Laissez-moi faire. Je serai chez vous ce soir. Fleur a-t-elle des preuves à alléguer ?

— Elle prétend que…

— Non, ne dites rien au téléphone.

Soames raccrocha brusquement l'appareil et sortit se promener sur la pelouse. Les femmes ! des enfants gâtées qui se croient tout permis. On leur passe tout, en effet, jusqu'à ce qu'elles se heurtent à d'autres femmes, aussi gâtées qu'elles. Soames s'arrêta devant le hangar du petit bateau et regarda le fleuve. L'eau était belle et claire avant d'aller à Londres se faire polluer. À Londres, où l'attendait cette irritante affaire ! Il lui faudrait chercher des témoignages compromettants pour miss Ferrar, afin de l'effrayer. Vilaine besogne. Mais il n'y avait rien d'autre à faire, si l'on voulait épargner à Fleur la comparution devant le tribunal ! Horriblement mesquin. Un procès entre gens du monde, qu'en est-il jamais résulté, sinon des rancunes et des humiliations ? Comme à la guerre, on n'est satisfait ni de la victoire ni de la défaite. Ce n'est qu'une explosion de colère, une manifestation de jalousie.

Dans la douce lumière automnale, respirant la fumée odorante du premier feu de feuilles mortes allumé par son jardinier, Soames se sentait l'âme d'un sage. Eh ! quoi ? Au moment où son gendre cherchait à travailler utilement au Parlement et à laisser un nom à son fils, où Fleur commençait à devenir raisonnable et à se faire une situation mondaine, il fallait que survînt cette histoire qui allait les livrer aux médisances de tous les bavards des salons qui les mordraient à belles dents… s'ils avaient des dents ! Soames regardait son ombre, ridiculement couchée sur l'eau comme pour s'y désaltérer. Est-ce que tout n'était pas ridicule, quand on y réfléchissait ? Le monde, l'Angleterre, la France n'étaient que des ombres qui se traînaient, s'agitaient ou se figeaient en attendant le prochain déluge. Soames s'approcha du fleuve, où son ombre plongea devant lui. Ils y plongeraient tous, dans cette eau froide, dans ce bain forcé, s'ils ne cessaient leurs querelles…

Et tournant brusquement le dos à la rivière, Soames entra dans le potager. Là, rien d'artificiel, des plantes montées en graine, de hautes tiges décharnées. Il recommença à se demander comment fouiller le passé de miss Ferrar. Où et quand ? Ces jeunes gens lancés et noctambules devaient tous avoir des aventures, mais un petit fait précis, d'une immoralité flagrante, qui puisse servir dans un procès, est bien difficile à prouver. Les gens n'aiment guère donner des précisions. C'est dangereux et mal vu, comme de rapporter chez les écoliers.

Et Soames, au milieu de ses artichauts, approuvant ceux qui ne faisaient pas de rapports, blâmant ceux qui les provoquaient, décida qu'il les provoquerait.

Le brasier de feuilles mortes rougeoyait, les artichauts sentaient la rouille, le soleil avait disparu derrière le grand mur de brique dégradé par un demi-siècle d'intempéries, tout était calme et froid, excepté le cœur de Soames.

Il lui arrivait souvent, le matin avant de partir, ou le soir en rentrant, de venir se promener au milieu de ses légumes soustraits au prélèvement des intermédiaires et par conséquent moins chers, en même temps que meilleurs, que les légumes du marché. Peut-être réveillaient-ils un instinct atavique de paysan chez le petit-fils d'une longue ascendance de Forsyte agriculteurs ? En effet, Soames vieillissant attachait de plus en plus d'importance à son potager. Quand Fleur n'était qu'une toute petite fille, il l'avait trouvée souvent assise au milieu des tournesols ou près des cassis, berçant sa poupée ; il se souvenait de ce jour où il l'avait délivrée d'une abeille emprisonnée dans ses cheveux ; l'abeille l'avait piquée. C'était le bon temps, avant que l'enfant, devenue grande, n'eût pris le goût de ce monde agité où les femmes se dénigrent. Elle ne voulait pas entendre parler de faire des excuses ? Elle avait raison. Mais être obligée, quand on a raison, de comparaître devant les juges est une pénible épreuve. La justice pénalise toujours ceux qui ont raison, qu'il s'agisse de divorce, de rupture de contrat, de diffamation. Ceux qui ont tort partent pour le Midi de la France, ou s'ils comparaissent par hasard, c'est pour ensuite faire défaut et vous laisser les frais à payer. N'est-ce pas l'expérience qu'il avait faite avec Bosinney ? Et à l'époque de son divorce, Jolyon et Irène n'étaient-ils pas immédiatement partis pour l'Italie ? Mais ces souvenirs ne faisaient pas accepter à Soames l'idée de Fleur humiliée devant cette péronnelle aux cheveux roux. Dans les ténèbres croissantes, sa résolution s'affermit. Il fallait à tout prix rassembler des preuves accablantes, devant lesquelles l'adversaire effrayé abandonnerait la partie.

14

Autres considérations

Le gouvernement ayant été renversé à cause des journalistes – nul ne savait au juste pourquoi –, Michael se mit à élaborer sa nouvelle proclamation électorale. Comment en dire assez sans tout dire ? Après avoir écrit impérieusement : « Électeurs de Mid-Bucks », il resta stupide quelques instants comme un homme qui a trop bien dîné. Puis sa plume traça plus lentement les mots suivants : « Si vous renouvelez mon mandat, je travaillerai à servir le pays selon mes lumières. Le désarmement et à défaut la sécurité du pays par le développement de notre défense antiaérienne, l'extension de l'agriculture, la suppression du chômage par une émigration régulière vers les dominions, l'amélioration de l'hygiène publique par la démolition des taudis et la diminution des fumées industrielles, telles sont, à mon avis, les nécessités les plus urgentes de la vie nationale. Réélu, je soutiendrai cette politique avec persévérance et méthode, mais sans exclusivisme. Venez aux réunions où j'essaierai de vous expliquer mes idées et de répondre à vos questions. »

Pouvait-il s'en tenir là ? Il n'était pas d'usage de lancer une proclamation sans critique du parti adverse ni panégyrique personnel. Son comité l'accepterait-il ? Et que diraient les électeurs ? Le comité pouvait regimber et l'envoyer au diable – seulement il n'aurait peut-être pas le temps de trouver un autre candidat.

En effet, le comité fit la grimace, puis, se résignant, afficha la déclaration, ornée d'un portrait de Michael, qui lui donnait, dit-il, l'air d'un garçon coiffeur. Il ne restait plus à ce dernier qu'à se jeter dans la bagarre des discussions qui, selon l'usage, commençaient par des idées générales et finissaient par des faits particuliers.

Pendant son premier dimanche de repos à Lippinghall, Michael, voulant donner suite à ses projets d'aviculture philanthropique, choisit l'endroit propice et étudia l'adduction d'eau. Le régisseur, de fort mauvaise humeur, assurait que ce serait de l'argent perdu.

Des gaillards de cette espèce, qui leur enseignerait le métier ? Pas lui, qui n'en avait pas le temps. Cela coûterait des cents et des mille.

— L'homme des villes est inutilisable aux champs, monsieur Michael.

— On le dit. Mais comprenez-moi, Tutfield, il s'agit de trois pauvres diables sans ressources, dont deux sont d'anciens combattants. Il faut que vous m'aidiez à mettre cela sur pied. Vous convenez vous-même que le terrain est favorable et ne sert à rien. Bowman connaît à merveille l'élevage des poules ; qu'il reste avec mes protégés jusqu'à ce qu'ils sachent le métier à fond. Allons, un bon mouvement, vous n'aimeriez guère être dans la dèche vous-même.

Le régisseur avait un faible pour Michael qu'il avait connu depuis le berceau. Il savait d'avance le résultat, mais si le jeune Mr Michael avait envie de gaspiller l'argent de son père, cela ne le regardait pas. Il alla donc jusqu'à désigner quelqu'un qui avait une baraque en bois à vendre, non loin de Lippinghall, et il convint qu'il ne manquait pas de bois bon à couper dans le bosquet.

Le lundi qui suivit la chute du ministère, Michael convoqua chez lui, à Londres, les trois futurs aviculteurs. Il les installa autour de la table de la salle à manger et, debout sous le Goya, comme un général qui expose son plan d'attaque, il développa son projet. Les trois physionomies restèrent inexpressives car la conviction leur manquait ; le seul qui eût quelque connaissance du sujet, Bergfeld, fut le plus sceptique.

— Je ne sais pas ce que vous en pensez, conclut Michael. Mais vous cherchez tous du travail, deux d'entre vous ne peuvent travailler qu'en plein air et Boddick a dit qu'il accepterait n'importe quelle besogne.

— Très bien, dit Boddick, j'accepte.

Michael décida immédiatement qu'il était le meilleur des trois. Les deux autres ne disaient mot ; enfin Bergfeld s'écria :

— Si j'avais mes économies…

Michael se hâta de l'interrompre.

— Je me charge du capital ; vous trois, vous apporterez votre intelligence et vos bras. Cela rapportera probablement juste de quoi vivre, mais ce sera une vie saine. Qu'en pensez-vous, monsieur Swain ?

Le coiffeur, plus hâve que jamais dans le brillant décor espagnol de la salle à manger de Fleur, répondit en souriant :

— Vous êtes bien bon, je ne demande pas mieux que d'essayer, mais qui sera le patron ?

— Ce sera une coopération, monsieur Swain.

— Ah ! c'est ce que je pensais. Mais dans toutes les associations de ce genre un des associés finit par manger la part des autres. J'ai toujours vu ça.

— Soit, dit brusquement Michael, je serai le patron. Mais si l'un de vous répugne à ce métier, qu'il le dise tout de suite et finissons-en. Sinon, je fais venir la maison démontable et dans un mois vous serez installés.

Boddick se leva :

— C'est très bien. Et mes enfants ?

— Quel âge ont-ils ?

— Deux petites filles, quatre et cinq ans.

Michael avait oublié ce détail.

— Nous nous en occuperons, dit-il.

Boddick porta la main à son front en guise de salut, serra la main du « patron » et sortit. Les deux autres étaient restés immobiles.

— Au revoir, monsieur Bergfeld. Au revoir, monsieur Swain.

— Est-ce que je pourrais vous dire deux mots ?

— Quoi que vous ayez à dire, répondit diplomatiquement Michael, il vaut mieux le dire en présence l'un de l'autre.

— J'ai travaillé dans le cheveu toute ma vie…

« Dommage que la vie ne lui laisse pas un cheveu, se dit Michael avec pitié. Pauvre diable ! » Et tout haut, gaiement :

— Nous vous donnerons une race de volailles qui aient besoin d'être tondues.

Le coiffeur dit avec un sourire gêné :

— Les mendiants ne peuvent pas choisir.

— Moi, dit Bergfeld, je voulais vous demander quelle méthode d'élevage nous devrons adopter.

— Ce sera à décider plus tard. Voilà deux livres sur l'aviculture, lisez-en chacun un et puis vous les échangerez.

Mais Bergfeld prit les deux livres, sans que l'autre protestât. En reconduisant ses visiteurs jusqu'à la porte, Michael songeait : « Drôle d'équipe. Cela ne collera pas ; enfin, je leur donne une chance ! »

Un jeune homme qui attendait sur le trottoir s'avança en le voyant.

— Monsieur Michael Mont, député ?

— Oui.

— Mrs Michael Mont est-elle chez elle ?

— Je le crois. Que désirez-vous ?

— Je voudrais lui remettre une note en mains propres, je vous prie.

— De la part de qui ?

— MM. Settlewith et Stark.

— Maison de couture ?

Le jeune homme sourit.

— Entrez, lui dit Michael. Je vais voir si ma femme est chez elle.

Fleur était au salon.

— Un jeune homme, de la part d'une maison de couture, chérie.

— Mrs Michael Mont ? Procès Ferrar contre Mont – diffamation. Bonsoir, madame.

Jusqu'à l'arrivée de son beau-père, c'est-à-dire de quatre à huit heures, Michael souffrit plus que Fleur. Son imagination lui représentait sa femme torturée en public, avec toute l'habileté scientifique du barreau anglais, et la perspective de voir Marjory Ferrar sur la même table d'opération, nue et le ventre ouvert, ne lui apportait pas la moindre consolation. Il fut donc déconcerté par l'attitude de Fleur. « Tant mieux, avait-elle dit, puisqu'elle tient à sortir son linge sale en public. Elle a fait le voyage en avion jusqu'à Paris seule avec Walter Nazing, et j'ai toujours entendu dire qu'elle a été pendant un an la maîtresse de Bertie Curfew. »

Un procès entre gens du monde – une manne pour les salons potiniers, de la boue à remuer pour les curieux malveillants – et Fleur comme prétexte et comme cible !

Bien que le vieux Soames, par son accès d'indignation, eût été la cause première du drame, Michael l'attendait avec impatience, comme s'il représentait une dernière ancre de salut. Le « vieux » avait de l'expérience, du jugement, du caractère, il saurait faire autre chose que se croiser les bras et sourire. Fixant distraitement un carré de papier mural qui avait échappé à l'envahissement des caricatures encadrées, Michael rêva un instant à la cruauté latente de la vie. Ce soir il mangerait une langouste qui aurait été ébouillantée vivante. Cette pièce avait été balayée par une pauvre femme dont la mère était mourante d'un cancer, dont le fils avait perdu une jambe à la guerre et qui avait toujours l'air si lasse, si lasse ! Les Bergfeld, Swain, Boddick peuplaient la terre – les Camden Towns et Mile Ends formaient la plus grande partie des villes – et les régions dévastées par la guerre en France, et les misérables villages de troglodytes en Italie ?… Par-dessus ce gouffre s'étendait une mince croûte de civilisation. Et des membres du Parlement, et des femmes du monde laissaient tomber parfois leur cuillère d'argent pour se jeter les uns sur les autres, comme des chats en colère ?

Michael, revenant par ce détour à Fleur et à ses propos sur Marjory Ferrar, se creusa la tête pour découvrir quelle preuve elle pourrait apporter. Car le procès serait une bataille, à qui blufferait le plus audacieusement. La fugue à Paris avec Walter Nazing n'aurait aucune portée – un homme et une femme peuvent voler ensemble sans être soupçonnés, et quant au séjour à Paris, allez donc savoir ce qui se passe dans cette grande fourmilière ! L'affaire Bertie Curfew était plus sérieuse. On en avait parlé pendant plus d'une année et une si persistante fumée ne va pas sans feu. Il connaissait bien Bertie Curfew, l'entreprenant directeur de la société théâtrale le Nec-plus-Ultra, qui a pour emblème une cigogne avalant une grenouille. Curfew était un long garçon, aux longs cheveux plats rejetés en arrière, et qui avait un passé dont il serait trop long de discuter ; caractère bizarre qui passait de l'enthousiasme au dégoût avec une rapidité déconcertante. Sa sœur, « la pauvre Norah », comme il l'appelait, valait dix fois mieux que lui. Cette sœur, qui dirigeait un asile d'enfants à Bethnal Green, avait de bons yeux francs qui déconcertaient l'égoïsme et la méchanceté.

Big Ben sonna huit heures, Dandie aboya ; Soames venait d'entrer.

Très silencieux pendant le dîner, il entama la discussion devant une bouteille du madère de Lippinghall, en demandant à voir l'assignation. La vue du papier timbré le bouleversa.

« Pauvre vieux, se dit Michael, cela lui rappelle son jeune temps ; pourvu qu'il reprenne ses esprits… »

— Eh bien, papa ? dit enfin Fleur.

Revenant d'un procès imaginaire qu'il suivait devant une cour fantôme, Soames leva sur sa fille des yeux encore égarés.

— Tu ne retires pas les paroles que tu as dites ?

Fleur secoua une tête qui n'était plus tondue à ras.

— Vous ne le désirez pas, je suppose ?

— Mais peux-tu les justifier par des faits ? Ce que l'on a pu te dire ne compte pas, il faut des preuves.

— Amabel Nazing a dit, ici même, qu'il lui était indifférent que son mari parte avec Marjory, mais qu'elle aurait voulu être prévenue, afin de partir, elle aussi, pour Paris avec un ami.

— Nous pourrons faire citer cette jeune femme.

Fleur secoua la tête.

— Elle ne trahira jamais Walter devant la cour.

— Que sais-tu encore sur cette miss Ferrar ?

— Tout le monde est au courant de sa liaison avec Bertie Curfew.

— Oui, intervint Michael, mais entre « tout le monde est au courant » et « quelqu'un affirme », il y a loin.

Soames fit un signe d'assentiment.

— Elle veut simplement nous soutirer de l'argent, dit Fleur ; elle est toujours à court. Elle se moque bien de la façon dont on la juge ! Comme tous ses amis, elle méprise la moralité.

— Ah ! ses idées sur la moralité, prononça Soames gravement.

Il se représentait tout à coup un jury écoutant un avocat qui décrirait les mœurs modernes. « Inutile, peut-être, d'entrer dans des détails personnels. »

— Nous y voilà, monsieur, s'écria Michael. Ses idées sur la moralité.

— Si l'on peut lui faire avouer qu'elle a lu certains livres, vu ou joué certaines pièces, dansé certaines danses, porté certains costumes…

Il retomba sur son fauteuil sans achever. Si la partie adverse posait les mêmes questions à Fleur ? Les gens « dans le vent » ne faisaient-ils pas à peu près tous les mêmes choses, même quand leur conduite était restée irréprochable ?… Qui oserait aujourd'hui avouer qu'il en est choqué ?

— Eh bien ? demanda Soames.

— Je réfléchis que notre point de vue n'est pas tout à fait celui d'un jury anglais. Même votre point de vue et le mien ne concordent pas toujours.

Soames regarda sa fille. Il avait compris. Des conversations trop libres, la crainte de paraître vieux jeu, des fréquentations douteuses ont vite corrompu les plus purs… Cependant, aucun jury ne pourrait croire en voyant Fleur… Qui ne serait attendri par sa façon innocente de baisser les yeux ? Et puis elle était mère et l'autre ne l'était pas, ou si elle l'était…

Non, il s'en tenait à son idée. Un habile avocat saurait transformer toute l'affaire en un réquisitoire contre les mœurs actuelles et contre les gens qui s'amusent ; on éviterait ainsi cette odieuse discussion sur la vie privée d'une femme.

— Vous allez me donner les noms des amis de miss Ferrar, l'adresse de son club de danse, le titre des livres, des pièces en question, etc. Je confierai mes intérêts à un homme habile.

Michael était sorti de ce conciliabule un peu rassuré. Si l'affaire pouvait être transférée du particulier au général, si on attaquait les principes de Marjory Ferrar au lieu de discuter ses actes, ce serait moins abominable.

Mais Soames, le prenant à part dans le hall, lui dit :

— Tâchez de me donner tous les renseignements possibles sur la liaison de miss Ferrar avec ce jeune homme.

Michael eut l'air consterné.

— Je ne puis vous en donner aucun. Je ne sais rien de précis.

— Il s'agit de lui faire peur. Si je réussis, l'affaire s'arrangera peut-être à l'amiable, sans excuses.

— Je comprends, vous voulez vous servir des renseignements pour agir sur elle directement, sans passer par les tribunaux ?

Soames inclina la tête.

— Je leur laisserai entendre que nous sommes disposés à un arrangement… Donnez-moi l'adresse du jeune homme.

– Macbeth Chambers, Bloomsbury. À côté du British Museum. Mais rappelez-vous qu'un déballage de linge sale en pleine audience nous causera autant de préjudice qu'à Marjory Ferrar.

Soames acquiesça de nouveau.

Quand Soames et Fleur furent montés, Michael alluma une cigarette, entra au salon, s'assit devant le clavecin. L'instrument ne faisait pas grand bruit et il pouvait, sans crainte de réveiller le onzième baronet, tapoter une mélodie espagnole entendue pendant son voyage de noces, il y avait trois ans, et dont la sauvagerie le calmait toujours. Il pensa à un *negro spiritual* qui avait fait fureur : « J'ai une couronne… une couronne. Tous les enfants de Dieu ont une couronne, une couronne… » Les appliques de cristal scintillantes, suspendues aux murs, l'éblouissaient. Enfant, il avait admiré les candélabres de verre coloré de sa tante Pamela – on s'était moqué de lui, mais la mode des lustres en verre était revenue, tandis que tante Pamela était partie pour toujours. Agacé par le *spiritual*, il chercha du bout des doigts les notes de la vieille rengaine : « Auprès de ma blonde, il fait bon, fait bon, fait bon – Auprès de ma blonde, il fait bon dormir. » « Sa blonde », pas très blonde d'ailleurs, devait être couchée. C'était l'heure de monter. Mais il continuait à bercer, sur le clavecin, le tourbillon de ses idées qui montaient, l'envahissaient, comme les vagues submergent le nageur dont la tête seule sort de l'eau. L'agriculture, la politique, le vieux Forsyte, Fleur, le foggartisme, cette Ferrar défilaient tour à tour. Qui donc disait que pour sauver notre époque il faudrait changer les cœurs ? Trouver une foi nouvelle qui affirme que la vie vaut d'être vécue et peut devenir meilleure… Une vie meilleure ? N'est-ce pas ce que promet la religion ? Plus maintenant. Il faut maintenant que l'humanité fasse elle-même son salut. Son salut ? Qu'est-ce à dire, sinon retrouver la volonté de vivre ? Mais le goût de la vie est-il aussi profond aujourd'hui qu'autrefois ? Voilà la question. Michael cessa de jouer et écouta le silence. Pas même le tic-tac hospitalier d'une pendule – le cours des heures est intolérable dans les salons modernes; dehors, toute l'Angleterre dormait. La vitalité des Anglais était-elle aussi profonde que jadis, ou étaient-ils tous si gâtés, si douillets qu'ils n'avaient plus le goût de vivre ? Après avoir sucé si longtemps leur cuillère d'argent, allaient-ils se lever de table plutôt que de manger avec une cuillère de bois ?

« Je ne peux pas le croire, je ne peux pas le croire, se disait Michael. Mais où allons-nous ? Où vais-je moi-même… Où vont tous les enfants de Dieu ? »

Au lit, pour le moment.

Et Big Ben sonna une heure.

DEUXIÈME PARTIE

15

Les débuts de Michael au Parlement

La nouvelle Chambre siégeait.

À la fin de la discussion sur le discours du Trône, Michael se leva pour faire son premier discours. Il avait des notes plein les mains et pas une idée en tête; son cœur battait et ses genoux tremblaient. Le programme qu'il était chargé de présenter ne reposait pas sur des théories inconnues, mais conseillait des méthodes si nouvelles et pour un but si étranger aux préoccupations courantes qu'il s'attendait à être accueilli par un éclat de rire.

Sa parole jetterait le bon grain, comme un vent perdu ensemence une terre trop encombrée. Il existe une herbe chinoise, il est vrai, qui s'enracine quand même et finit par étouffer la végétation précédente. Michael désirait assurer au foggartisme la carrière de l'herbe chinoise; mais tout ce qu'il espérait, c'était l'équivalent de ce qu'il avait vu à Monterey en faisant le tour du monde après la guerre. Le hasard avait jadis apporté sur la côte californienne des graines d'ifs japonais. En rangs serrés, ces petits arbres de couleur sombre avaient pénétré de quelques milles à l'intérieur des terres. Ce bataillon ne parviendrait jamais plus loin maintenant que la végétation indigène avait été systématiquement soulevée contre lui; mais le boqueteau subsistait: envahisseur étrange et solide.

Michael avait si bien appris par cœur la première partie de son discours que ni le vide de son cerveau ni la sécheresse de sa langue ne furent capables de l'arrêter. Cambrant les reins et dressant la tête, il regretta que le gouvernement n'eût présenté aucun projet cohérent et substantiel de lutte contre le chômage et la surpopulation. Au point de vue économique, tout observateur un peu clairvoyant reconnaissait que la Grande-Bretagne devait se placer nettement aux côtés des pays d'outre-mer… («*Oh! oh!*») Des rires ironiques éclatant si brusquement, et si vite, aidèrent Michael à reprendre ses esprits, et c'est avec le sourire particulier qui donnait un certain charme à sa physionomie qu'il continua :

— Les orateurs de tous les partis, qui traitent cette grave question du chômage, commencent par faire un acte de foi dans le rétablissement de notre commerce avec l'Europe par une méthode ou une autre. Avec tout le respect qui leur est dû, puis-je leur rappeler qu'on ne peut pas avoir mangé son gâteau et le garder encore ? (*Rires.*) Ces messieurs proposent-ils de diminuer les salaires et d'augmenter les heures de travail en Angleterre, ou prétendent-ils faire monter les salaires et diminuer les heures de travail à l'étranger ? Non, ils n'ont pas cette témérité. L'Angleterre, qui doit se débarrasser du chômage selon les méthodes proposées, est le seul grand pays qui achète les sept dixièmes de sa nourriture au-dehors et dont les six septièmes des habitants sont massés dans les villes. Cette population citadine est employée à fabriquer des articles généralement trop chers pour le marché européen, pour payer les sept dixièmes des denrées alimentaires que cette même population consomme. Si c'est une bouffonnerie, elle est amère. (*Une voix : «Vous oubliez le fret!»*) J'accepte l'observation de mon honorable collègue en souhaitant que l'avenir du fret soit aussi brillant qu'il l'imagine. Mais je crois que c'est au contraire une ressource qui va en diminuant.

En prononçant ces derniers mots, Michael fut envahi par la conviction que lui aussi allait en diminuant, et il fut saisi par un désir immodéré de s'asseoir et d'abandonner le foggartisme à son destin. L'attention glaciale de ses collègues, leurs sourires contraints, la physionomie expressive d'un ancien Premier ministre l'incitaient à ne pas continuer. « Il est jeune ! Ah ! qu'il est jeune ! semblaient-ils dire tous à la fois. Nous siégions déjà quand il était encore au maillot. »

Michael se sentait tout à fait de leur avis, mais comment s'arrêter, avec Fleur dans la tribune des dames, Blythe dans celle des invités de marque et… au fond de lui-même cette obstination qui lui rendait si désagréable de devoir céder.

Les mains crispées sur ses notes, il poursuivit :

— Malgré ou à cause de la guerre, la population des îles Britanniques s'est accrue de deux millions d'habitants, tandis que l'émigration est tombée annuellement de deux cent mille à cent mille individus. Et cette situation n'aurait d'autre remède que la récupération du marché européen qui n'a pas la moindre intention de se laisser récupérer ? Quelle alternative pouvons-nous donc proposer ?… Quelques membres du Parlement, peu nombreux, je le crains, ont lu l'essai de sir James Foggart sur *L'État alarmant de l'Angleterre*. (*Applaudissements sur un banc travailliste.*) Une feuille de peu d'importance, disons une feuille de chou car elle manquait de finesse (*rires*), a écrit récemment que jamais politique aussi folle n'avait été offerte à ce pays. (*« Bravo ! bravo ! »*) Il est vrai que le foggartisme pousse la folie jusqu'à se préoccuper de l'avenir, étudier à fond les questions et conseiller de faire face au danger.

À ce point culminant de son discours – acculé à l'aveu public de sa conviction –, Michael se sentit déchiré par un doute. « Est-ce vrai ? Est-ce sûr ? Ou ne suis-je qu'un sacré imbécile ? » Il avala sa salive et, regardant droit devant lui, expliqua :

— Le foggartisme déconseille les palliatifs pour un pays qui est dans notre situation. Il demande au pays de se fixer une date, dans vingt ans par exemple – c'est comme une minute par rapport à la vie d'un peuple ! –, et jusqu'à cette date de travailler avec courage et confiance à son propre relèvement. Il lui prêche la nécessité de se suffire, avec l'aide des ressources immenses de son Empire. Les impérialistes ne verront rien de neuf dans ce programme. La nouveauté réside dans la méthode et la rigueur de son application. Familiariser le peuple anglais avec l'Empire par la propagande, organiser et surveiller l'émigration ont été insuffisants, comme le savent mes honorables collègues, parce que des citadins adultes, avec leurs habitudes invétérées et leur santé médiocre, n'ont guère de penchant pour la vie coloniale. Le foggartisme propose d'envoyer dans les dominions un grand nombre de jeunes gens, garçons et filles entre quinze ou peut-être seize et dix-huit ans. Une tentative semblable a déjà été faite, vous le savez, avec succès, mais de telles expériences ne sont qu'une goutte dans un seau d'eau. C'est une question qui ne peut être réglée qu'à la façon dont on réglait les choses pendant la guerre. Le développement de l'émigration enfantine est nécessaire, en réalité, sur la même échelle et avec autant d'énergie qu'on en a manifesté pour produire des munitions une fois qu'un certain très honorable député s'est attelé à cette tâche : en multipliant le rendement par cent. Le concours des dominions serait indispensable, cela va de soi, mais ne me semble pas impossible à obtenir ; leur mauvaise volonté actuelle ne tient qu'à la médiocre qualité des colons adultes qu'on leur a envoyés jusqu'à présent ; leur hostilité tombera quand ils auront affaire à une émigration jeune et malléable. Dans ces immenses pays neufs, le progrès chemine à la manière d'une boule de neige – chaque petit succès s'agglomère à un autre – et les possibilités sont illimitées si l'on commence par le bon bout – par un programme bien conçu, mis en œuvre par des gens compétents.

Quelqu'un derrière Michael dit : « Il parle à tort et à travers… »

Déconcerté une seconde, il s'accrocha au fil de son discours.

— Une opération de cette sorte ne doit pas être menée à demi. Pendant la guerre, quand une chose était déclarée nécessaire, on la faisait et il y avait toujours quelqu'un pour en prendre la responsabilité. La situation actuelle du pays réclame d'aussi grands efforts.

Encouragé par l'attention avec laquelle certains membres du Parlement l'écoutaient, il continua :

– Laissant de côté l'Irlande (*une voix : « Pourquoi ? »*) – je préfère ne pas m'occuper des gens trop susceptibles (*rires*) –, la proportion de la population blanche entre l'Angleterre et le reste de l'Empire est de deux à cinq. L'émigration des enfants égaliserait cette proportion en vingt ans, affirmerait le caractère britannique de l'Empire et activerait le commerce entre la métropole et les dominions. (*Une voix : « Dans vingt ans, les dominions se suffiront à eux-mêmes. »*) L'honorable député me permettra d'en douter, nous sommes en avance dans l'industrie pour longtemps encore. Évidemment, il s'écoulera cinq, sept, dix années avant que le chômage retombe aux chiffres d'avant-guerre, mais connaissez-vous un autre remède ? Je suis un partisan convaincu des salaires substantiels, des heures de travail réduites ; je trouve que le niveau de vie atteint en Angleterre et dans les pays neufs est un minimum tout juste décent, et même en certains cas insuffisant, bien qu'il soit très supérieur au niveau de la vie ouvrière sur le continent. Donc, salaires plus élevés et travail plus restreint (*« Bravo ! bravo ! »*), les ouvriers n'oublieront pas cette revendication, partout où flotte le drapeau anglais. Inutile de se faire des illusions là-dessus. (*« Bravo ! Écoutez ! écoutez ! »*) L'équilibre de l'offre et de la demande entre la métropole et les pays de l'Empire est le seul moyen de conserver et d'améliorer le niveau de vie reconnu indispensable. Le monde a tellement changé que le conseil : « Vendez sur le marché le plus cher, achetez où la marchandise est la moins chère » n'est plus possible pour l'Angleterre. Et le libre-échange n'a jamais été un principe. (*« Oh ! oh ! Bravo ! » Rires.*) Le libre-échange ressemble à l'opportunisme comme un jumeau, et les deux frères ont bien mauvaise mine. (*Rires.*) Mais laissons cela de côté. (*Une voix : « Cela vaudra mieux ! »*)

Michael vit remuer la bouche d'où étaient partis ces trois mots – une courte moustache barrant un visage très rouge, des cheveux noirs –, l'homme était sur les bancs du parti libéral ; impossible de se rappeler son nom ; sa physionomie brutale lui déplut. Où en était-il ? Ah ! oui…

— Il y a encore autre chose dans le programme du foggartisme : l'Angleterre, insuffisamment protégée contre les attaques aériennes, et incapable de se nourrir, est une tentation perpétuellement offerte aux instincts belliqueux de ses voisins. Et je demande à la Chambre la permission de rappeler l'existence de notre Cendrillon nationale – l'agriculture. Le discours du Trône n'y fait aucune allusion, si ce n'est en proposant une conférence où tous les intérêts seraient représentés. Eh bien ! cette conférence échouera, si l'on n'adopte pas une politique énergique et persévérante de protection agricole. Là encore, le foggartisme (« *Oh ! oh !* ») vous avertit : ayez une politique agraire et n'en changez plus ; qu'elle soit aussi sacrée que la loi de prohibition en Amérique. (*Une voix : « Et aussi damnable. »*) Sacrée et damnée – cela a l'air d'un roman de Dostoïevski. (*Rires.*) Mais nous n'irions pas loin sans cette idée damnable et sacrée. De notre politique agraire dépendent non seulement la prospérité des fermiers, tenanciers, propriétaires fonciers, mais l'existence même de l'Angleterre, en cas de guerre. Un programme de protection agricole est le seul espoir aussi de voir se conserver intacte sur le sol la race anglaise. Le foggartisme implique donc que nous produisions dans dix ans au moins 70 % de notre nourriture – 82 % même pourraient être obtenus sans peine, comme l'ont prouvé les mesures prises pendant la guerre. Pourquoi s'est-on arrêté dans cette voie, et pourquoi tant de terres cultivées sont-elles redevenues des landes et des pâturages ? Ce qui a manqué, c'est la confiance qu'inspire seule une politique de longue haleine.

Michael s'arrêta. À côté de lui un collègue bâillait, des pieds s'agitaient bruyamment, un ancien président du Conseil entrait, d'autres députés sortaient. La question agricole était trop vieille pour intéresser. Oserait-il parler de défense aérienne ? Pas neuf non plus. De plus, il serait obligé de l'amorcer par une protestation contre la guerre aérienne ou par la réduction des armements. Trop long ! Il continua précipitamment :

– L'émigration ! L'agriculture ! Le foggartisme vous demande pour l'une et l'autre cette attention sans défaillance que vous accordiez aux nécessités vitales de la guerre. Je suis très fier que vous m'ayez permis de vous entretenir de ce que j'appellerai, malgré les « Oh ! oh ! » de nos collègues, le grand programme de sir James Foggart ! Et je prie la Chambre de m'excuser d'avoir été si long.

Il s'assit. Il avait parlé pendant treize minutes. Quel poids en moins sur la conscience ! Un collègue se leva :

– Je félicite le député de Mid-Bucks de son discours, qui malgré des dispositions à se perdre dans les nuages et un plaidoyer à la Lewis Carroll pour le pain plus rare et les impôts plus élevés, est certainement un premier discours animé et bien dit. Le député de Tyne and Tees avait fait, au commencement de la séance, une allusion au parti auquel j'ai l'honneur d'appartenir, et qui est…

« Et voilà ! » se dit Michael.

Après avoir entendu une partie du discours de son collègue et s'être assuré qu'il n'y était pas fait la moindre allusion au sien, il quitta la salle.

16

Conséquences

Michael regagna son domicile à pied, tête libre et cœur léger. Léger ! c'était bien le mot de circonstance. On l'avait écouté avec une attention fort légère. Il se souvint du premier discours interminable d'un de ses collègues, le député de Cornmarket – lui au moins s'était arrêté au premier signe d'impatience. Échauffé et affamé, lorsqu'il fut chez lui, il courut prendre un bain.

Il était en train de se rhabiller lorsque Fleur entra :

— Tu as été épatant, Michael. Mais cette brute !

— Quelle brute ?

— Il s'appelle MacGown.

— Sir Alexander MacGown ? Qu'a-t-il fait ?

— Tu verras cela demain. Il a insinué que tu parlais de sir James Foggart pour faire vendre son livre, dont tu serais l'éditeur.

— Il ne manque pas de culot.

— Toute la fin de son discours a consisté à mettre le tien en pièces et sur un ton si désagréable… Le connais-tu ?

— MacGown ? Non. Il représente une circonscription quelconque en Écosse.

— Ne t'y trompe pas, c'est un ennemi. Blythe est très content de ton discours, mais furieux contre MacGown, et ton père aussi. Je ne l'ai jamais vu aussi irrité. Il va falloir écrire au *Times* que tu ne faisais plus partie de la maison

Danby et Winter dès avant ton élection. Bart et ta mère dînent avec nous. Savais-tu qu'elle était avec moi dans la tribune ?

— Ma mère ? Elle qui a horreur de la politique !

— Elle m'a dit pendant que tu parlais : « Michael devrait bien rejeter ses cheveux en arrière avant de parler, cela lui va mieux. » Et quand MacGown a eu fini : « Cet homme a une nuque complètement plate et de grosses oreilles charnues. Je ne voudrais pas être sa femme ! » Mère avait sa lorgnette de théâtre.

Sir Lawrence et lady Mont étaient déjà au salon, se faisant vis-à-vis, nets et distingués comme deux vieilles cigognes. Lady Mont accueillit son fils par un petit baiser sur le front et une caresse de la main pour rejeter ses cheveux en arrière. Elle était de type normand et un peu rondelette. Son accent lui-même adoucissait les angles. Elle avait la réputation d'être « charmante et un peu dans la lune ».

— Comment avez-vous supporté la séance, maman ?

— Mon cher enfant, c'était très intéressant, sauf quand le marchand de jute a parlé. Où as-tu pris tout ce que tu nous as dit ? C'était plein de bon sens.

Michael se tourna vers son père :

— Et vous, qu'en pensez-vous ?

Sir Lawrence fit la grimace.

— Tu as joué le rôle de l'enfant terrible. Une moitié de l'assemblée sera mécontente parce qu'elle n'avait pas réfléchi à ton programme, et l'autre moitié parce qu'elle y avait pensé avant toi.

— Mes collègues seraient donc foggartistes, dans le fond ?

— Bien sûr ; mais ils sont au pouvoir. On ne peut pas agir selon ses convictions, quand on est au pouvoir. Cela ne se fait pas.

— Quelle jolie pièce, murmura lady Mont. Elle était de style chinois, la dernière fois que j'y suis venue. Et je n'y vois plus le *Singe* ?

— Il est dans le bureau de Michael, mère. Nous en étions un peu fatigués. Voulez-vous venir voir Kit avant de dîner ?

Michael et le baronet restèrent seuls, les yeux fixés distraitement sur le même objet, une tabatière Louis XV trouvée par Soames.

— Seriez-vous d'avis de relever les propos de MacGown, papa ?

— C'est le nom de ce marchand de peaux de lapin velu ? Oui.

— Que feriez-vous ?

— Démentir.

— En particulier ? En public ? Dans la presse ?

— Partout à la fois. En tête à tête je le traiterais de menteur. Dans les journaux j'appellerais son discours une « audacieuse contre-vérité ». Et au Parlement j'exprimerais des regrets qu'un collègue ait pu être si mal informé. Pour terminer, tu pourras ajouter qu'on se fait parfois tirer les oreilles pour moins que cela.

— Mais, dit Michael, il est impossible que personne croie une chose pareille !

— Les gens croient toujours ce qui implique la corruption des mœurs parlementaires, mon cher. C'est un trait permanent de la nature humaine ; ce souci de l'intégrité des hommes politiques serait admirable, s'il n'était ordinairement l'apanage de gens qui n'ont aucune intégrité personnelle. Et à propos, pourquoi le vieux Forsyte n'assistait-il pas à la séance ?

— Je lui avais offert une place, mais il m'a répondu qu'il n'était pas entré au Parlement depuis la séance où Gladstone avait fait voter la loi du Home Rule, et encore n'y avait-il assisté que parce qu'il craignait que son père n'eût une attaque…

Sir Lawrence ajusta son monocle.

— Je ne saisis pas très bien…

— Son père avait une carte d'entrée et n'aurait pas supporté qu'elle fût perdue.

— Je comprends – très chic de la part du vieux Forsyte.

— Il a gardé l'impression que Gladstone avait été très verbeux.

— Ah ! dans ce temps-là les discours étaient interminables ! Tu as été très bref, Michael. Je crois qu'avec un peu d'habitude, tu arriveras. J'ai recueilli un petit bout de renseignement pour Forsyte. Shropshire ne parle plus à Charles Ferrar parce que, la troisième fois qu'il a payé ses dettes pour lui éviter d'être limogé, il lui a imposé cette condition afin d'éviter une quatrième demande. Ce n'est pas aussi inavouable que je l'avais espéré. Où en est le procès ?

— On prépare les interrogatoires, paraît-il.

— Je connais ça. On vous interroge de façon à ce que vous n'y puissiez rien comprendre. Et vous répondez des choses sans queue ni tête. Il paraît que cela aide les juges à y voir clair. Qu'y a-t-il pour dîner ?

— Fleur a parlé de tuer le veau gras en l'honneur de mon discours.

— Tant mieux, soupira sir Lawrence. Ta mère a une nouvelle fringale de vitamines, de sorte que nous ne mangeons plus que des carottes, crues généralement. Un peu de sang français, dans une famille, est un appoint excellent – cela évite ces fantaisies gastronomiques. Ah ! les voilà…

Les gens qui se disent les plus indifférents à l'opinion publique ont leur table qui croule sous les journaux quand ils supposent que la presse parlera d'eux. Dans le cas de Michael, le shilling qu'il dépensa fut presque de l'argent perdu. Quatre quotidiens seulement sur treize relataient son discours. Le *Times* le résumait avec une exactitude calculée, sans omettre les « rires ». Le *Morning Post* citait trois passages où il était parlé de l'Empire, sous ce titre : « Tiré d'un discours plein de promesses ». Le *Daily Telegraph* se contentait de noter : « Entre autres orateurs, Mr Michael Mont », et le *Manchester Guardian* disait : « Le député de Mid-Bucks, dans son premier discours, a préconisé l'envoi des enfants dans les dominions. »

Le discours de sir Alexander MacGown était traité avec la considération supérieure que lui valait son plus long passé parlementaire, mais on ne parlait pas de ses insinuations. Michael prit l'*Officiel*. Son discours lui parut, à la lecture, plus sensé qu'il ne l'espérait. Quand Fleur descendit le rejoindre, il relisait le discours de MacGown.

— Donne-moi une tasse de café, chérie.

Fleur servit le café et, s'appuyant sur l'épaule de son mari :

— Ce MacGown fait la cour à Marjory Ferrar, dit-elle, maintenant je m'en souviens.

Michael remuait la cuillère dans sa tasse.

— Au diable ces histoires ! Le Parlement n'a rien à voir avec ces petites saletés.

— Non ? Je me rappelle qu'Alison m'avait prévenue. Je n'ai pas fait le rapprochement tout de suite. Quel discours dégoûtant !

— Ça aurait pu être pire, dit Michael avec une grimace.

— Il a dit : « Comme associé de la maison qui édite ce singulier ouvrage, il a certainement intérêt à le recommander – cela discrédite un peu son enthousiasme. » Est-ce que cela ne te fait pas bondir ?

Michael haussa les épaules.

— Tu ne te mets donc jamais en colère ?

— J'ai fait la guerre, ma chérie. Et maintenant, la lettre au *Times*.

— « Monsieur, puis-je me permettre d'encombrer votre estimable journal (ceci est sans risque), dans l'intérêt de la vie parlementaire (il faut rester impersonnel), pour… pour… »

— « Pour dire que sir Alexander MacGown a menti hier, en insinuant que je suis intéressé à la vente du livre de sir James Foggart. »

— Exact, dit Michael, mais sous cette forme, ils ne le publieront pas. Écoutez ceci : « Pour attirer l'attention dc vos lecteurs sur une erreur de fait qui s'est glissée dans le discours prononcé hier par sir Alexander MacGown. La vérité est que j'avais cessé, longtemps avant d'entrer au Parlement, de faire partie de la maison d'édition qui a publié le livre de sir James Foggart; aucun intérêt personnel ne m'a donc incité, comme le suggère sir Alexander MacGown, à le recommander en public. J'hésite à croire que ce dernier ait voulu porter atteinte à mon honneur (je suis bien forcé d'employer le mot "honneur"), mais ses propos pourraient être interprétés dans ce sens. L'intérêt que je porte à cet ouvrage n'est autre que celui que m'inspire "l'état alarmant de l'Angleterre".» Cela convient?

— C'est beaucoup trop conciliant. De plus, je ne parlerais pas de l'état alarmant de l'Angleterre. Tu sais bien que c'est absurde. Je veux dire que c'est très exagéré.

— Très bien. Je dirai «l'état du pays» tout court, si vous préférez. Au Parlement, je ferai peut-être un rappel à l'ordre, et dans le hall un appel au désordre. Je suis curieux de savoir ce qu'en dira l'*Evening Sun*.

L'*Evening Sun* que Michael acheta en allant au Parlement intitulait son éditorial: «Encore le foggartisme», et l'article commençait comme suit:

La jeune Espérance, incarnée dans la personne du député de Mid-Bucks, a soulevé hier l'hilarité de la Chambre par sa présentation enthousiaste du foggartisme, cette doctrine politique insensée, à laquelle nous avons déjà fait allusion ici.

Suivaient vingt lignes d'acerbe critique. Michael laissa le journal au concierge. À la Chambre, après avoir remarqué que MacGown était à sa place, il guetta la première occasion de se lever et de demander la parole.

— Monsieur le président, je prends la parole pour protester contre une affirmation proférée hier, pendant la séance, et qui touche à mon honneur. L'honorable député de Greengow a dit: (il lut le paragraphe en question dans l'*Officiel*)... Il est exact que j'ai été un des associés de la maison d'édition qui a publié le livre de sir James Foggart en avril 1923, mais je m'étais retiré et je n'avais plus aucune relation d'affaires avec cette maison quand je me suis présenté au Parlement en octobre 1923. Je ne puis donc avoir aucun intérêt pécuniaire à parler de cet ouvrage, et ce sont ses principes que je recommande et voudrais voir adopter.

Il se rassit, encouragé par quelques applaudissements, et sir Alexander MacGown se leva. Michael remarqua de nouveau son expression brutale, qui l'avait frappé pendant la séance précédente.

– Je crois, dit MacGown, que l'honorable député de Mid-Bucks a été trop indifférent à l'effet produit par son premier discours pour s'astreindre à écouter lui-même ma réponse. Je n'admets pas son interprétation de mes paroles. J'ai dit et je répète qu'un des associés de la maison qui édite un livre doit forcément être intéressé à faire partager par le public sa prédilection pour ce livre. L'honorable député a pris pour lui un compliment qui ne lui était pas destiné.

L'orateur tourna du côté où était assis Michael un visage congestionné, ironique et agressif. Michael se leva pour la seconde fois.

– Je remercie l'honorable député de Greengow d'avoir écarté l'interprétation que je n'avais pas été le seul à donner à ses paroles.

Quelques minutes après, avec une certaine unanimité, les deux ennemis quittèrent la salle des séances.

Les journaux relatent assez souvent les démêlés de Mr Swash, l'honorable député de Topcliffe, et de Mr Buckler, l'honorable député de Footing, qui ont échangé des épithètes peu parlementaires ; et comment Mr Swash montra le poing à son collègue (*Tumulte. « À l'ordre ! à l'ordre ! »*) qui s'était jeté à l'assaut de la tribune ou lui avait lancé des papiers à la tête (*« À l'ordre ! à l'ordre ! »*) ; et le grand tumulte qui en était résulté, après quoi, Mr Swash ou Mr Buckler avait été suspendu et expulsé, vociférant, du sein de la Mère de tous les parlements par l'huissier d'armes, et autres détails édifiants.

La petite affaire pendante entre Michael et sir Alexander MacGown se termina d'une autre façon.

Avec un souci réciproque des bienséances, ils se dirigèrent tous deux vers les lavabos, sans avoir l'air de se prêter mutuellement attention. Mais quand il fut installé dans un des box dallés de marbre, devant un rouleau de linge éponge, Michael prit la parole :

— Maintenant, monsieur, vous allez m'expliquer pourquoi vous vous êtes conduit comme un saligaud. Vous saviez parfaitement comment on interpréterait vos propos.

Sir Alexander se retourna brutalement, une brosse à la main.

Et il envoya un coup de poing magistral en pleine figure à son interlocuteur. D'abord chancelant, Michael revint à lui pour riposter par un direct du droit qui atteignit l'adversaire au nez. L'action devint de plus en plus violente. Michael était plus adroit, sir Alexander plus solide, ni l'un ni l'autre très entraînés à la boxe. Le combat fut interrompu brusquement par l'honorable député de Wasbaston qui, sortant précipitamment d'un lieu de retraite très intime, reçut à la fois un coup de poing dans l'œil et un coup de coude dans le diaphragme qui l'étendirent sur les dalles.

Ce fut lui, en se relevant, qui prit la parole, et en des termes dont aucun de ceux qui le connaissaient n'aurait pu le croire capable.

— Je suis absolument désolé, monsieur, répétait Michael, ce sont toujours les innocents qui attrapent les plus mauvais coups.

— Nom de D…, je vous ferai suspendre tous les deux ! rugissait le député de Wasbaston.

Michael souriait avec embarras et sir Alexander s'exclama :

— Le diable vous emporte !

— Vous êtes une paire de voyous, cria le député. Comment Voulez-vous que je prenne la parole cet après-midi ?

— Si vous mettiez un bandeau, dit Michael en baignant d'eau fraîche l'œil poché de sa victime, et si vous expliquiez que vous avez eu un accident d'auto, la Chambre vous écouterait avec sympathie et cela vous ferait une bonne presse. Voulez-vous que j'arrache la doublure de soie de ma cravate pour faire le bandeau ?

— Laissez mon œil tranquille et sortez avant que je me mette en colère ! hurla le député.

Michael arrangea sa redingote déboutonnée par le combat, vit dans la glace que son œil gauche était contusionné et sa manchette tachée de sang, et s'en fut, non sans avoir remarqué que son adversaire saignait du nez avec abondance.

« Quelle aventure ! se disait-il en respirant avec soulagement l'air frais de Westminster Square. Quelle chance que cela se soit passé dans un endroit écarté ! Je crois que je n'en parlerai à personne. » Son oreille blessée bourdonnait et il avait un peu la nausée, physiquement et moralement. La beauté rédemptrice du foggartisme, déjà ramenée à une échauffourée dans un lavabo ! C'était à vous faire douter de tout. Mais comme personne n'était sorti de l'affaire avec dignité, pas même le député de Wasbaston, il était probable que l'affaire ne s'ébruiterait pas.

Au moment où il traversait la rue en direction de chez lui, il aperçut Francis Wilmot qui se dirigeait vers les quartiers de l'Ouest.

— Holà !

L'Américain parut hésiter.

— Comment va Mrs Mont ?

— Très bien, merci, et vous ?

— Admirablement. Voudriez-vous dire à Mrs Mont que j'ai une lettre de son cousin Jon. Ils vont très bien, et Jon a été très content d'apprendre que j'ai vu Fleur – il lui envoie ses pensées affectueuses.

— Merci, dit sèchement Michael. Venez-vous prendre le thé avec nous ?

Le jeune homme fit un geste de refus.

— Vous vous êtes blessé la main ?

Michael se mit à rire :

— Non, c'est le nez d'un autre.

Francis Wilmot eut un pâle sourire.

— Je grille sans cesse d'en faire autant. C'était le nez de qui ?

— D'un nommé MacGown.

Wilmot s'empara avec enthousiasme de la main de Michael.

— C'est justement ce nez-là que j'aurais voulu boxer !

Puis, déconcerté par sa propre franchise, il tourna les talons, laissant Michael faire les rapprochements nécessaires.

Les journaux du lendemain ne faisaient pas d'allusion au sang répandu ; deux lignes informaient le public que le député de Wasbaston était retenu chez lui par un gros rhume. L'organe conservateur gardait sur le foggartisme un silence prudent ; mais l'éditorial de deux journaux, un libéral et un socialiste, attirèrent l'attention de Michael. Le journal libéral disait : « La discussion du discours du Trône a eu un résultat qui mérite d'être mentionné. La politique préconisée par le député de Mid-Bucks, sous le nom de foggartisme, offre un certain attrait, à une époque troublée où chacun cherche une drogue efficace. Mais une doctrine aussi foncièrement antilibérale n'obtiendra aucun appui de notre parti. Le risque gît dans la faveur qu'un programme de retour à la terre peut rencontrer chez les conservateurs. Un pessimisme vague et éloquent a toujours du prestige sur certains esprits. La situation du pays n'est pas véritablement alarmante et ne justifie pas ce renoncement inconsidéré et impulsif à notre politique traditionnelle. Mais depuis quelque temps de prétendus "penseurs" sont tentés par un retour au "splendide isolement", ce qui signifie (qu'ils l'avouent ou non) l'abandon du libre-échange. Le jeune député de Mid-Bucks a soulevé un instant cette pierre angulaire du parti libéral, puis l'a laissée retomber, la trouvant sans doute trop lourde pour lui. Réduit à ses principes élémentaires, le foggartisme est une invitation à abandonner le libre-échange et un coup droit dirigé contre la Société des nations.»

Michael se rabattit en soupirant sur l'article du journal socialiste, qui était signé et se plaçait au point de vue humanitaire.

«Voilà donc nos enfants menacés d'être exilés aux antipodes pour écarter de la classe capitaliste le danger découlant du chômage. Je ne sais rien de sir James Foggart, mais s'il a été cité exactement par le député d'une circonscription agricole, il a une mentalité de caporal prussien. Quelle serait la réaction de l'ouvrier assis devant son déjeuner ? Probablement : "Que le diable les emporte !" Le travailleur anglais est maître chez soi et, malgré les inconvénients du pays natal, il préfère y rester, lui et ses enfants. Très peu pour nous, sir James Foggart ! »

«Voilà qui est net, se dit Michael. On n'aurait pas dû me confier ce programme. Blythe aurait dû le faire lancer par un député socialiste de Londres.»

Son imagination lui représentait le foggartisme fuyant à travers les corridors de la Chambre, poursuivi par les médisances de la presse, réduit par la jalousie et les haines de classe, par les interdits, les sections et l'esprit partisan à l'état de fantôme et de vapeur sans consistance !

Il se promit de s'y consacrer malgré tout : «Quand on fait une folie, il faut la faire à fond, n'est-ce pas, Dandie ? »

Dandie qui reposait, la tête appuyée sur ses pattes de devant, leva sur son maître des yeux vifs et brillants.

17

Marjory Ferrar chez elle

Quand Michael avait rencontré Francis Wilmot, c'est à Chelsea qu'il se rendait. Il avait un rendez-vous avec la vie. C'est-à-dire que, fou d'amour, il suivait aveuglément le sillage d'un jupon ou de ce qui, aujourd'hui, en tient lieu.

Sa ferveur naïve avait forcé Marjory Ferrar à lui avouer qu'elle était fiancée. Elle s'en était expliquée très crûment: «Des dettes criantes, pas de galette, impossibilité de vivre d'amour et d'eau claire.» Francis Wilmot lui avait immédiatement offert tous ses biens, qu'elle avait refusés en disant: «Mon pauvre vieux, je n'en suis pas encore là.» Bien des fois elle avait failli lui dire: «Prenez patience jusqu'à ce que je sois mariée.» Mais quelque chose dans les yeux de son amoureux l'avait toujours retenue. Il était trop simple pour comprendre ce qu'elle appelait son idéal: être en même temps une femme, une maîtresse et une mère parfaites. Pour garder Francis, elle lui laissait l'espoir d'une rupture avec MacGown et évitait avec soin une rencontre entre les deux hommes. Par deux fois, cependant, ils s'étaient trouvés ensemble chez elle, et ces pénibles confrontations avaient nécessité d'innombrables mensonges. Car Marjory était, elle aussi, sous le charme; l'amour de ce jeune homme avait la saveur inconnue d'un plat nouveau. Ses yeux noirs et veloutés, sa grâce lui plaisaient; elle aimait la façon dont ses cheveux lisses retombaient sur sa nuque mince, elle raffolait de sa voix et de ses phrases timides. Elle aimait, ô contradiction ! sa loyauté. Elle l'avait supplié plusieurs fois de tâcher de savoir si Fleur, une fois calmée, se résignerait à une transaction pécuniaire. Il avait toujours refusé.

— Ils ont été charmants pour moi, répondait-il, et même si je savais quelque chose, je ne vous le dirais pas.

Marjory faisait son portrait, de sorte qu'une petite toile frottée de peinture leur tenait lieu de chaperon et servait de prétexte à des rendez-vous presque quotidiens, entre trois et quatre, à la tombée du jour. C'était l'heure consacrée par MacGown à ses devoirs parlementaires. Francis Wilmot, pour poser, mettait un col rabattu, grand ouvert, ce qui lui allait bien. Marjory avait plaisir à le regarder, assis sans raideur sur son divan et ne la quittant pas des yeux. Elle aimait à venir tout près de lui, pour le voir trembler en effleurant du bout des doigts un pli de sa robe, et changer de visage lorsqu'elle s'éloignait. La confiance qu'il lui témoignait était gênante, car elle n'aimait guère se surveiller ; mais, pour lui, elle s'y résignait avec une sorte de plaisir et se sentait « sage » – il ne faut à aucun prix scandaliser les enfants.

Ce jour-là, MacGown s'étant annoncé pour cinq heures, elle était un peu nerveuse. Francis Wilmot lui raconta sa rencontre avec Michael.

— Je viens de rencontrer Michael Mont, il avait une manchette tachée de sang, devinez de quel sang ?

— Pas celui d'Alec, j'espère !

Francis Wilmot lâcha la main qu'il tenait :

— N'appelez pas cet homme Alec devant moi.

— Mon pauvre petit, vous êtes trop sensible ! Je prévoyais une querelle après ces discours... Michael n'avait pas un œil poché ? Non ? Alec... cet homme sera hors de lui. Le sang était tout frais ?

— Tout frais, dit Wilmot avec satisfaction.

— Alors il ne viendra pas. Asseyez-vous et pour une fois travaillons sérieusement.

Mais lui se jeta à ses genoux et, l'entourant de ses bras, supplia :

— Marjory, Marjory !

Épicurienne convaincue, et habituée en femme moderne à se moquer de tout, elle fut émue cependant, eut pitié de lui et d'elle-même. Quel dommage de ne pas pouvoir en finir en l'envoyant chercher tout de suite les bagatelles dont il ne saurait se passer – une licence de mariage, une bague ! Elle-même d'ailleurs reconnaissait l'utilité d'une bague et d'un contrat. Il ne faut jamais perdre la tête ! Elle avait déjà vu un amant se lasser d'elle et avait eu la présence d'esprit de le renvoyer avant qu'il ne la quittât ; aux courses, son favori étant resté en arrière, elle avait bien vite misé sur un autre cheval ; aux cartes elle avait su voir à temps que sa chance tournait et s'était levée de table avant d'avoir reperdu ses gains. C'est ainsi que l'on prend ses galons, dans la bataille d'aujourd'hui. Aussi dénoua-t-elle doucement l'étreinte de Francis et, le baisant sur les cheveux, elle lui dit d'être sage. Mais elle eut, en le faisant, l'impression mélancolique que sa prime jeunesse avait fui.

— Maintenant, amusez-moi, pendant que je peins, car j'ai le cafard.

Et Francis Wilmot, lugubrement, l'amusa.

Certains croient qu'un nez qui a saigné après avoir reçu un coup de poing est moins enflé tout de suite après l'accident que deux heures après. C'est pourquoi MacGown arriva à quatre heures et demie au lieu de cinq heures ; il venait droit du Parlement en voiture et s'était appliqué, tout le long du trajet, une petite vessie de glace sur le nez. Croyant le jeune Américain à Paris, il resta pétrifié de le voir installé là, col déboutonné et chemise ouverte. Francis Wilmot se leva, aussi démonté que lui.

Marjory Ferrar posa délicatement une touche de couleur sur sa toile.

— Approchez, Alec, et regardez. Nous venons juste de commencer.

— Non, merci.

Froissant d'une main sa cravate enfouie dans une poche de son veston, Francis Wilmot salua et se dirigea vers la porte.

— Ne restez-vous pas pour prendre une tasse de thé, monsieur Wilmot ?

— Merci, je ne peux pas.

Dès qu'il eut refermé la porte, Marjory regarda avec intérêt le nez de son fiancé. Large et proéminent, cet organe n'avait pas encore beaucoup changé d'aspect.

— Pourquoi m'avez-vous menti à propos de ce jeune imbécile ? commença MacGown. Vous m'avez dit qu'il était à Paris. Vous moquez-vous de moi, Marjory ?

— Bien sûr ! Pourquoi pas ?

MacGown se rapprocha de sa fiancée.

— Posez ce pinceau !

Marjory ne le posa pas et le pinceau vola en l'air, projeté contre le mur.

— Vous allez laisser ce portrait et je vous défends de revoir ce garçon ; il est amoureux de vous.

Il tenait Marjory par les poignets, et celle-ci, aussi furieuse que MacGown, se rejeta en arrière.

— Lâchez-moi ! Je me demande si vous êtes un gentleman !

— Non. Simplement un homme.

— Un homme « fort et silencieux » comme dans les mauvais romans. Asseyez-vous et ne soyez pas odieux.

Le duel de leurs regards, brun et brûlant d'un côté, bleu et glacial de l'autre, se prolongea une bonne minute. Puis il la relâcha.

— Ramassez ce pinceau et donnez-le-moi.

— Jamais de la vie !

— Alors nos fiançailles sont rompues. Si vous êtes vieux jeu, je ne le suis pas. Il vous faudrait une femme qui vous apporte en cadeau de noces des verges pour la battre.

MacGown leva les mains avec découragement.

— Je vous aime trop pour être raisonnable.

— Alors ramassez le pinceau.

MacGown le ramassa.

— Qu'avez-vous reçu sur le nez ?

MacGown le toucha.

— Heurté contre une porte.

— Pauvre porte ! dit-elle en riant.

MacGown la regarda avec une stupéfaction qui n'était pas feinte.

— Vous êtes la femme la plus dure que j'aie jamais rencontrée ; je me demande pourquoi je vous aime.

— Cela ne vous a pas embelli et n'a pas amélioré votre caractère, mon cher ; vous avez eu tort de venir ici aujourd'hui.

MacGown gémit.

— Je ne peux pas me passer de vous et vous le savez.

Marjory Ferrar tourna la toile contre le mur, s'y adossa et dit :

— Je ne sais pas si vous croyez que nous serons heureux ensemble, Alec, mais moi, je crois que nos chances sont médiocres. Voulez-vous un whisky-soda ? Le whisky est dans ce placard. Alors, du thé ? Non, rien ? Il faudrait nous entendre une fois pour toutes. Si je vous épouse, ce qui est très douteux, je ne serai pas cloîtrée. Je continuerai à voir les amis de mon choix. Et avant de vous épouser, bien entendu, je fais de même. Si cela ne vous plaît pas, vous êtes libre.

Elle le regarda, serrant convulsivement ses mains l'une contre l'autre, et ressentit des démangeaisons dans les poignets. Être « une épouse parfaite » pour un gaillard pareil, quelle entreprise ! Si seulement il y avait un autre moyen de s'en tirer… Si Francis Wilmot et son argent ne vivaient pas au pays du coton où les nègres chantent dans les champs, au pays des rivières rouges, des mousses tropicales qui font aux branches un revêtement festonné, du soleil qui mûrit – ou ne mûrit pas – les pamplemousses et où les oiseaux-mouches chantent mieux que des rossignols… La Caroline du Sud ! Francis lui en avait fait des descriptions enthousiastes et elle en rêvait. Mais ce Nouveau Monde n'était pas son monde. Vivre en Caroline du Sud ! C'était aussi impossible que de ne plus être de son temps.

MacGown se rapprocha :

— Je vous fais mes excuses, Marjory, pardonnez-moi.

Elle haussa les épaules. Il y appuya les deux mains, l'embrassa à pleines lèvres et sortit.

Assise dans son fauteuil habituel, troublée et inquiète, elle réfléchissait en balançant un pied élégamment chaussé. Son jouet était cassé, la vie devenait assommante ! Assommante comme de conduire un tandem dont le cheval de tête se retourne sans cesse, comme la partie de croquet dans *Alice au pays des merveilles* qu'elle avait lu vingt ans auparavant – vingt siècles !

Que voulait-elle donc à présent ? N'avoir plus d'hommes tournant autour d'elle ? Plus de notes à payer ? Ou bien désirait-elle vraiment cette vapeur inconsistante qu'on appelle un véritable amour ? Inconsistante peut-être, mais surtout elle ne le possédait pas. Il faudrait continuer à s'habiller, à danser, à sortir, à dîner – puis ressortir, redîner, danser encore, s'habiller toujours, et avec des robes qui ne seraient pas payées.

Allons, un bon cocktail contre le cafard !

Marjory sonna pour se faire apporter les ingrédients nécessaires, fit un cocktail avec beaucoup de brandy, le saupoudra de muscade et l'avala d'un trait.

18

Fons et Origo

Deux jours après sa querelle avec sir Alexander MacGown, Michael reçut deux lettres. La première, qui portait un timbre-poste australien, était ainsi libellée :

Cher monsieur,

J'espère que vous êtes en bonne santé, ainsi que madame. J'ai pensé que vous aimeriez savoir ce que nous sommes devenus. Pas grand-chose de bon au bout d'un an et demi, monsieur. Les réclames disent vraiment trop de blagues sur l'Australie ; le climat, passe encore, quand il n'y a pas de sécheresse ou qu'il ne pleut pas trop. Mais quand on parle d'y faire fortune, c'est une farce ! Les Australiens sont de drôles de types qui n'ont pas besoin de nous et, ma foi, je n'ai pas besoin d'eux non plus. Ils nous appellent des « pommies » et font les malins, comme si nous avions pris une grande liberté en venant dans leur sacré pays. Vous voudriez qu'on leur envoie encore des émigrants, mais ils ne sont pas de cet avis. Bien souvent je souhaite retourner au vieux pays. Ma femme trouve que nous vivons mieux ici, moi, je ne sais pas trop. En tout cas, on dit un tas de mensonges sur l'émigration. Je n'ai pas oublié votre bonté, monsieur, et ma femme me prie, s'il vous plaît, de vous saluer vous et votre dame.

Votre dévoué,

ANTHONY BICKET

Cette lettre entre les mains, Michael, réagissant comme un médium, vit se dresser devant lui l'homme qui l'avait écrite : une figure amaigrie, de gros yeux, de grandes oreilles, une silhouette falote de camelot londonien, derrière un lot de ballons rouges pour les enfants. Pauvre petit bougre – nulle part à sa place et de trop partout, comme des milliers et des milliers d'autres. Des « pommies » ! ma parole ! Aussi bien n'est-ce pas à eux qu'il faut conseiller d'émigrer, mais à ceux qui sont encore souples, adaptables. Les coloniaux ne feront sûrement pas les mêmes objections aux enfants ! Michael décacheta la seconde lettre :

Près Huntingdon

Mon cher monsieur,

La déception que m'a apportée l'accueil fait à mon livre depuis sa publication a été quelque peu atténuée par la bienveillante façon dont vous en avez parlé au Parlement et par votre courageuse campagne. Je suis vieux, je ne vais plus à Londres, mais je serais heureux de vous connaître. Si vous passez un jour dans mon voisinage, vous me ferez plaisir en venant déjeuner ou passer la soirée avec moi, à votre choix.

Croyez-moi votre très dévoué,

J. FOGGART

Il montra la lettre à Fleur.

— Si tu y vas, mon chéri, il t'ennuiera à pleurer.

— N'importe, dit Michael, il faut que j'y aille : *Fons et Origo.*

Il répondit donc à sir James Foggart qu'il acceptait son invitation à déjeuner pour le lundi suivant.

À la gare l'attendait une voiture d'un modèle inédit et inconnu. Il grimpa à côté du cocher en livrée verte, qui lui expliqua « que sir James avait envoyé la carriole en "T", pour que monsieur puisse mieux voir le paysage ».

C'était une de ces grises journées de fin d'automne, si calmes que les feuilles pendent inertes, en attendant un coup de vent vivifiant. La route défoncée avait une odeur de pluie, les corneilles s'envolaient des chaumes, surprises par le bruit des sabots du cheval, et dans les champs en labour, la terre retournée avait ce reflet brillant qui révèle l'argile. À ce pays plat, les peupliers donnaient une certaine spiritualité et les toits de tuiles des fermes un certain air patriarcal.

— Voici le manoir, dit l'homme en livrée verte, désignant du bout de son fouet une habitation.

Entre un verger et un bosquet d'ormes qui devait être depuis de longues années un refuge à corneilles, Michael aperçut un long bâtiment de brique, tout couvert de vigne vierge défeuillée, et, un peu en retrait, des écuries, des dépendances, les murs d'un jardin potager. La carriole en « T » avait enfilé une avenue de tilleuls et déboucha brusquement devant la maison qui n'était défendue par aucun portail. Michael tira la chaîne d'une vieille cloche de fer et son tintement prolongé attira un serviteur peu pressé, dont toute la figure se rida quand il dit :

— Monsieur Mont ? Sir James vous attend. Par ici, monsieur.

Après avoir traversé un antique hall bas de plafond qui sentait bon le feu de bois, Michael dut attendre devant une porte que le valet ridé lui avait fermée au nez.

Sir James Foggart… Un vieux gentleman campagnard aux favoris blancs, aux traits nets, bien tenu, bien guêtré, tanné par le grand air ? Ou bien le type persistant du John Bull, un cou de taureau, des épaules larges, un corps lourd, le crâne plat et, sur ce crâne, le feutre clair encore plus plat des gentlemen d'autrefois ?

— Veuillez entrer, monsieur, dit l'homme ridé en rouvrant la porte.

Sir James Foggart ne ressemblait pas aux imaginations de Michael ; il aurait plutôt figuré le vieux lion britannique mis à la retraite. Très grand, barbe grise et boucles grises, vêtu d'un velours râpé blanchi aux coutures, il était assis devant l'énorme cheminée d'une vaste pièce encombrée de livres.

Comme il faisait mine de se lever :

— Non, monsieur, je vous en prie, s'écria Michael.

— Veuillez donc m'excuser. Avez-vous fait bon voyage ?

— Excellent.

— Asseyez-vous. J'ai été très touché de votre discours. Le premier ?

Michael s'inclina.

— Mais pas le dernier, je l'espère bien.

La voix était profonde et sonore ; les yeux, observateurs sous des sourcils en broussaille rejoints par une barbe également touffue, avaient l'air cachés au fond d'un bois ; la chevelure épaisse et ondulée retombait sur le col du veston. « Un vieillard d'une autre époque et d'une culture raffinée », se dit Michael très impressionné.

— Je désirais avoir l'honneur de faire votre connaissance depuis que votre livre a paru, monsieur.

— Je suis un ermite, je ne sors plus jamais. À vous dire vrai, je n'en ai pas envie – trop de choses me déplaisent. J'écris et je fume ma pipe. Sonnez, nous allons déjeuner. Qui est ce sir Alexander MacGown ? Il a besoin d'une raclée.

— Plus maintenant, dit Michael.

Sir James Foggart se renversa en arrière sur son fauteuil et se mit à rire. Son rire était prolongé, lent, profond, comme s'il sortait d'un instrument de cuivre.

— Magnifique ! Et comment votre discours a-t-il été accueilli ? Autrefois, je connaissais la plupart de ces députés – je veux dire leurs pères ou peut-être leurs grands-pères.

— Comment connaissez-vous si bien les besoins de l'Angleterre, demanda Michael avec douceur, en ne sortant pas de chez vous ?

Une longue main maigre et poilue désigna la table surchargée de livres et de revues.

— Je lis, je lis tout ce qui paraît. Mes yeux sont aussi bons que dans ma jeunesse, et puis j'ai vu jadis bien des choses.

Il rêva un instant, comme s'il revoyait ces choses de son passé.

— Votre livre aura-t-il une suite ? demanda Michael.

— Hum ! pour leur donner quelque chose à lire quand je n'y serai plus ! À quatre-vingt-quatre ans, vous savez…

— Je m'étonne que les journalistes ne viennent pas vous relancer ici.

— Il en est venu trois hier, par des trains différents – des jeunes gens très polis. Mais j'ai vite vu qu'ils ne comprenaient rien au vieux bonhomme, trop excentrique pour eux.

La conversation fut interrompue par l'homme à la figure ridée qui entrait, suivi d'une servante et de trois chats. Un plateau fut posé sur les genoux de sir James, un autre sur une petite table devant Michael ; sur chaque plateau étaient servis un perdreau, des pommes de terre frites, des épinards et de la sauce à la mie de pain. Le maître d'hôtel remplit le verre de sir James de tisane d'orge, celui de Michael de bordeaux, puis se retira. Les trois chats, couleur écaille de tortue, vinrent se frotter en ronronnant contre les jambes de leur maître.

— Vous ne détestez pas les chats, j'espère ? Il n'y a pas de poisson aujourd'hui, minets !

Et pendant que Michael qui avait faim faisait disparaître son perdreau, sir James partageait le sien avec les chats. On leur servit ensuite une salade de fruits, du fromage, le café et les cigares, avant d'enlever les plateaux, et ils restèrent seuls avec les trois chats repus, qui faisaient un triangle de petits corps enroulés devant le feu.

Michael regardait à travers la fumée des cigares « la source et l'origine » de sa politique, se demandant si cette source n'était pas tarie – il était si vieux ! Il fallait néanmoins essayer…

— Vous connaissez Blythe, le directeur de l'*Outpost*, monsieur ? C'est votre principal partisan ; je ne suis que son porte-parole.

— Je connais son journal, le meilleur des hebdomadaires ; mais beaucoup trop habile.

— Puisque j'en ai l'occasion, me permettez-vous de vous poser une ou deux questions ?

Sir James examina le bout allumé de son cigare.

— Allez-y.

— Eh bien ! croyez-vous que l'Angleterre puisse se désolidariser d'avec l'Europe ?

— Peut-elle rester à la suite de l'Europe ? Des alliances fondées sur une promesse d'assistance qu'on n'aura pas à tenir, c'est au moins inutile.

— Supposez que la Belgique et la Hollande soient de nouveau envahies ?

— Dans ce seul cas, peut-être. Alors, il faut le dire clairement. Savoir d'avance ce que fera ou ne fera pas l'Angleterre est de la plus haute importance pour l'Europe. Et jamais on n'a pu le savoir. Perfide Albion ! Eh oui ! Nous attendons la dernière minute pour faire connaître notre décision. Grande erreur ! Cela fait croire que nous sommes des opportunistes. Ce qui d'ailleurs est généralement vrai avec le système démocratique.

— Voilà qui me plaît, dit Michael, qui en réalité ne partageait pas du tout cette opinion. Et le blé ? Comment vous proposez-vous de fixer les prix pour encourager sa production ?

— Ah ! ceci est mon idée favorite. Il nous faut un emprunt, monsieur Mont, et le contrôle du gouvernement. Chaque année le gouvernement achèterait d'avance le surplus que notre consommation exige et le mettrait en réserve ; puis il fixerait pour les producteurs anglais un prix de vente qui leur laisserait une marge de profit – il vendrait lui-même tout le blé au public à un prix moyen, calculé d'après le prix du blé anglais et celui du blé acheté à l'étranger. Vous verriez bien vite les cultures augmenter, ce serait une renaissance de l'agriculture.

— Mais le pain se vendrait plus cher ?

— Pas du tout.

— Et il faudrait une armée de fonctionnaires ?

— Non. Les rouages existants, judicieusement employés, suffiraient.

— Du commerce étatisé ? dit Michael avec inquiétude.

Sir James Foggart cria avec force :

— Cas exceptionnel, cas de force majeure, alors, pourquoi pas ?

— Je suis d'accord, se hâta de répondre Michael. Je n'y avais pas réfléchi, mais en effet, pourquoi pas ? Maintenant parlons de l'émigration des enfants, de l'opposition que cette idée soulève. Croyez-vous que c'est une question de sentiment, de tendresse des parents qui ne veulent pas se priver de leurs enfants ?

— Plutôt de leur répugnance à être privés des salaires des enfants.

— C'est pourtant naturel de protester contre l'idée d'être séparé de son enfant pour toujours, dès qu'il a quinze ans !

— C'est possible ; l'égoïsme est un sentiment naturel, jeune homme. Se cramponner à ses enfants pour les voir crever de misère ou vivre une vie de plus en plus misérable, c'est humain, vous l'avez dit.

Michael, qui n'avait rien dit de semblable, était quelque peu stupéfait.

— L'émigration des enfants demandera une organisation onéreuse et difficile.

Sir James taquinait les chats du bout de sa pantoufle.

— De l'argent ! Il y a encore bien des réserves – mal employées. Un autre emprunt de cent millions, quatre millions et demi par an au budget, et on enverrait aux colonies cent mille enfants par an, au moins. En cinq ans nous aurions rattrapé la dépense par la diminution des allocations de chômage.

Il secoua son cigare dont la cendre s'éparpilla sur le veston de velours.

« Je suis de cet avis », pensait Michael en secouant, lui aussi, la cendre de son cigare dans sa tasse de café.

— Mais des enfants, expédiés en gros, seront-ils suffisamment soignés, surveillés pour avoir des chances de réussir ?

— Il faut commencer sur une petite échelle. Vouloir, c'est pouvoir.

— N'iront-ils pas plutôt accroître la population des grandes villes ?

— Apprenez-leur à aimer la campagne et donnez-leur de la terre.

— Je ne sais si cela suffira, dit audacieusement Michael ; l'attrait des grandes villes est fantastique.

Sir James approuva d'un signe de tête.

— La ville ne devient un danger que lorsqu'elle est disproportionnée, comme chez nous. Ceux qui préféreront vivre dans les villes, aux colonies, feront augmenter nos exportations.

« J'en ai tout de même obtenu quelque chose. Que puis-je lui demander encore ? » se disait Michael en contemplant les chats qui s'agitaient. Un ronflement caractéristique lui fit lever les yeux : sir James Foggart dormait. Au repos, il paraissait plus formidable que jamais, et ses ronflements ébranlaient les vitres. Les chats se pelotonnèrent avec encore plus de soin, la tête cachée dans la fourrure. Une odeur de brûlé alerta Michael qui ramassa un bout de cigare sur le tapis. Que faire ? Attendre, ou s'en aller ? Pauvre vieux bonhomme ! Le foggartisme n'avait jamais paru une cause aussi désespérée qu'au foyer de sa naissance. Michael, se bouchant les oreilles, attendit en silence. Les chats se levèrent enfin, l'un après l'autre. Il regarda sa montre et, constatant que l'heure du train approchait, il gagna la porte sur la pointe des pieds, derrière la procession des chats qui s'en allaient. Les ronflements qui raccompagnaient semblaient les derniers soupirs du foggartisme.

— Adieu, monsieur ! dit-il doucement.

Il gagna la gare à pied, tout pensif. Ce vaste et simple programme du foggartisme supposait les hommes capables de voir un peu plus loin que le bout de leur nez. Sinon l'Angleterre irait au surpeuplement, aux villes monstres. Pour un homme compréhensif et prévoyant, il y en a neuf ou même quatre-vingt-dix-neuf qui ne voient que les détails au jour le jour de la politique. Une politique réaliste ! C'est leur réponse à toute idée raisonnable. « Ah ! le jeune Mont, pas pratique ! » Cette étiquette est la mort d'une carrière, au Parlement. Et Michael, dans le train qui le ramenait, regardant vaguement se dérouler la verte campagne, se sentait comme le foggartisme : au tombeau. Les pélicans qui criaient dans le désert avaient-ils le sens de l'ironie ? Sinon quel triste métier que le leur ! De l'herbe à perte de vue, de l'herbe, toujours de l'herbe, des prés, des villes… Le menton enfoncé dans son gros pardessus, Michael fut bientôt aussi profondément endormi que sir James Foggart.

19

Le procès se dessine

Soames avait été sincère en déclarant qu'il s'occuperait lui-même du procès en cours, mais cela ne l'empêchait pas de trouver injuste le rôle ingrat qui lui était départi, une fois de plus.

Pour examiner de plus près la situation, il s'était installé chez sa sœur Winifred Darde et, dès le premier soir, en dînant avec son neveu Val, il avait eu l'occasion de commencer son enquête concernant lord Charles Ferrar.

— Que voulez-vous que je vous dise, oncle Soames ?

— Tout ce que tu sais de défavorable. On me dit que son père ne lui adresse plus la parole.

— Eh bien !… on dit aussi qu'il gagnera le prix du Lincolnshire, avec un cheval qui a été battu au Cambridgeshire.

— Je ne vois pas quel rapport…

Val Darde regarda son oncle en dessous. Il ne tenait pas à gagner le prix de la médisance.

— Il faut que Ferrar réussisse un gros coup, ou qu'il disparaisse.

— C'est tout ?

— Ajoutons que lord Charles Ferrar est un charmant camarade aussi longtemps que vous êtes en mesure de lui rendre service ; après, il devient désagréable.

— Cela ne m'étonne pas. As-tu jamais fait des affaires avec lui ?

— Je lui ai vendu une pouliche d'un an, fille de Torpedo et de Banshee.

— T'a-t-il payé ?

— Oui, dit Val avec un grand sourire ; il s'est révélé que la bête ne valait rien.

— Et l'acheteur a été désagréable. C'est tout ce que tu sais ?

Val fit signe que oui. Il savait bien d'autres choses, mais les bavardages qui s'échangent sur le turf, entre deux cigarettes, ne sont pas destinés aux oreilles des gens de loi. Pour un vieillard rompu aux usages du monde, Soames était resté singulièrement naïf ; il ne comprenait pas ce petit jeu de massacre où chacun est blessé sans que personne reste jamais sur le terrain, où les médisants et leurs victimes continuent à se rencontrer, à dîner ensemble, à jouer au bridge avec la plus grande cordialité – et avec l'intention bien arrêtée de recommencer à se déchirer à la première occasion. Les calomnies, les potins venimeux ne dépassent guère le petit cercle qui les a vus naître, de sorte qu'il est très difficile de savoir sur quoi ils reposent et d'où ils sont partis.

Soames avait demandé à sa fille d'inviter à son thé Mr Curfew, l'ami de Marjory Ferrar.

— Pour quoi faire ? avait demandé Fleur.

— Pour essayer de lui soutirer des renseignements.

— Je croyais qu'il y avait des détectives pour ces besognes-là.

Soames avait rougi. Depuis l'époque lointaine où un certain Mr Polteed, chargé de surveiller sa première femme à Paris, l'avait surpris en train de rendre lui-même visite à la chambre d'Irène, le seul mot de « détective » le rendait malade. Il changea bien vite de sujet. Et cependant que faire, sans détective ?

Un soir que Winifred allait au théâtre, il resta seul avec un cigare, pour mieux réfléchir. Michael lui avait fourni toute une provision de livres et de pièces modernes, choisis parmi ceux que les cercles avancés de la société lisaient et discutaient en ce moment. Il lui avait même envoyé *Conthor*, de Perceval Calvin. Soames alla chercher *Conthor* et l'ouvrit. Après les premières pages, insignifiantes, il sauta aux dernières et parcourut le livre en remontant. Cela lui parut plus facile ainsi et il ne tarda pas à rencontrer les passages scandaleux qu'il cherchait, chacun le menant insensiblement au précédent. Arrivé à peu près au milieu du volume, l'étonnement où cette lecture le plongeait l'incita à examiner plus attentivement le titre et la couverture. Ah ! cela sortait des presses d'une maison étrangère. Soames respira plus librement. Malgré ses soixante-neuf ans et bien qu'il ne fût ni juge, ni juré, ni tenu par sa profession de défendre la morale, il était scandalisé. Si les femmes d'aujourd'hui lisaient des choses pareilles, il n'y avait vraiment plus de pudeur ! Il reprit le livre et se mit à lire consciencieusement en commençant par le commencement. Les passages érotiques seuls l'intéressaient – le reste était d'ailleurs du remplissage incohérent. Une seconde fois, il s'arrêta pour se demander quel était le but d'une pareille littérature. Faire de l'argent, mais encore ? L'auteur croit-il « faire vivant » avec tous ces détails de coucheries ? Est-ce vraiment ce qu'on appelle « l'art pour l'art » ou est-ce du « naturalisme » ? L'expérience personnelle de Soames, quoique assez restreinte, ne lui avait pas montré la vie sous ce jour, et il doutait fort que ce livre en fut une peinture fidèle.

— Calvin est un maboul, lui avait expliqué Michael en lui remettant le volume. Sa thèse est que l'homme ne peut atteindre à la chasteté que par l'incontinence – en conséquence il montre son héros et son héroïne parvenant par cette voie à la chasteté.

« Cinglé ! » s'était dit Soames.

Restait à savoir ce qu'en penserait un jury anglais – mais il faudrait faire avouer à miss Ferrar qu'elle et ses amis avaient lu et apprécié le livre de Calvin. Comment faire ?

Soames eut une inspiration, si brillante qu'il lui fallut méditer longuement avant de s'y fier. Ces jeunes gens aux idées « avancées » sont pétris de vanité et traitent d'hypocrites et de vieilles badernes tous ceux qui blâment leurs mœurs et leurs goûts. Si la presse éreintait leur auteur favori, ils riposteraient. Et si l'on pouvait les amener à publier leur riposte, ne pourrait-elle pas être utilisée ultérieurement comme preuve de leurs idées sur la morale ? Hum ! l'idée allait être très délicate à manier. Et en tout premier lieu, comment prouver que Marjory Ferrar avait lu ce livre ? En poursuivant ainsi son investigation, Soames en fut récompensé par une deuxième idée brillante : le jeune Butterfield – qui l'avait aidé à établir la culpabilité d'Elderson dans l'affaire de la S.P.R.P. et qui devait son emploi chez l'éditeur Danby et Winter à la recommandation de Soames ! Pourquoi ne pas se servir de lui ? Michael disait toujours que ce jeune homme était reconnaissant. Serrant le livre contre son flanc pour en cacher le titre, de crainte de rencontrer un domestique, Soames gagna sa chambre.

Sa dernière pensée ce soir-là eut presque valeur de diagnostic. « Dans mon jeune temps, se disait encore Soames, nous achetions ces sortes d'ouvrages en cachette ; aujourd'hui, les jeunes gens se vantent de les lire et prétendent que c'est pour leur bien ! »

Le lendemain matin, il téléphona de son club à la maison Danby et Winter, en demandant Mr Butterfield.

— Oui ?

— Ici Mr Forsyte. Vous souvenez-vous de moi ?

— Certainement, monsieur.

— Pourriez-vous venir aux Connoisseurs ce matin même, à n'importe quelle heure ?

— Avec plaisir, monsieur. Midi et demi si cela vous convient.

Soames, discret et pudibond à l'extrême, répugnait à entretenir un jeune homme d'un livre licencieux. Cependant, il voulait arriver à ses fins et, dès qu'il eut serré la main à son visiteur, il aborda le sujet.

— Il s'agit d'une affaire confidentielle, monsieur Butterfield.

Butterfield, dont les yeux de chien fidèle s'étaient éclairés au contact de la main tendue, répondit aussitôt :

— Très bien, monsieur, je n'oublie pas ce que vous avez fait pour moi.

Soames lui tendit le livre.

— Connaissez-vous ce roman ?

Butterfield esquissa un sourire.

— Oui. C'est imprimé à Bruxelles. Cela se vend cinq livres.

— L'avez-vous lu ?

— Je n'en ai pas eu l'occasion.

Soames se sentit soulagé.

— Eh bien ! ne le lisez pas. Mais écoutez-moi attentivement. Pouvez-vous en acheter dix exemplaires – à mes frais – et les expédier à dix personnes dont je vous donnerai l'adresse ? Toutes plus ou moins liées à la littérature. Vous pourrez mettre sur l'envoi « service de presse », ou quelque autre rubrique, mais pas de nom.

Le jeune Butterfield protesta :

— Le prix monte chaque jour, cela va vous coûter plus de soixante livres.

— N'importe.

— Vous désirez faire une réclame à ce livre ?

— Dieu, non ! J'ai mes raisons, mais il n'est pas nécessaire de vous les expliquer.

— Je vois, je vois. Et vous voudriez que les exemplaires arrivent comme tombés du ciel ?

— C'est cela même. Je sais que les éditeurs envoient souvent des livres équivoques aux personnes qui semblent susceptibles de les lancer. Autre chose : pourriez-vous, une semaine après l'expédition, vous présenter chez un des destinataires, comme si vous cherchiez à placer des exemplaires du même ouvrage ? C'est pour être sûr que la personne en question a bien reçu le livre et l'a lu. Vous ne donnerez pas votre nom. Voulez-vous me rendre ce service ?

— Oui, monsieur, répondit le jeune homme, dont les yeux brillaient de plaisir ; je vous dois beaucoup, monsieur.

Soames détourna les yeux ; il détestait toutes les expressions de gratitude.

— Voici donc la liste des noms, avec les adresses correspondantes. J'ai souligné celle de la personne que vous devrez aller voir. Je vais vous établir un chèque pour lancer l'opération ; vous pourrez me faire savoir plus tard s'il y a autre chose à payer.

Il se rassit, pendant que le jeune Butterfield examinait la liste.

— À ce que je vois, monsieur, c'est une dame que je devrai aller voir.

— Oui ; est-ce que cela fait une différence pour vous ?

— Pas du tout, monsieur. De nos jours la littérature avancée est écrite pour les dames.

— Hum ! dit Soames. J'espère que les choses vont bien pour vous.

— Magnifiquement, monsieur. J'ai été désolé que Mr Mont nous quitte ; les affaires se sont améliorées depuis son départ.

Soames haussa le sourcil. Cette affirmation confirmait plus d'un soupçon ancien. Quand le jeune homme fut sorti, il reprit *Canthar.* Serait-il capable d'écrire une attaque contre ce livre dans la presse, en la signant « Pater Familias » ? Non. La tâche exigeait quelqu'un qui fût habitué à ce genre de travail. D'ailleurs, pour attirer une riposte il fallait une vraie signature. Il ne fallait pas demander à Michael de suggérer un nom ; mais le vieux Mont connaîtrait peut-être une vieille baderne au Parthenaeum qui aurait du poids.

Soames enveloppa son livre d'un papier gris, le mit dans la poche de son manteau et partit à la recherche de sir Lawrence Mont.

Il le trouva au Snook's en train de déjeuner et s'assit à sa table. Après s'être assuré que le garçon ne regardait pas, il poussa devant lui le livre qu'il avait apporté.

— Avez-vous lu ceci ?

Sir Lawrence ricana.

— Mon cher Forsyte, quelle curiosité morbide ! *Canthar* est dans toutes les mains. Il paraît que c'est inqualifiable.

— Donc vous ne l'avez pas lu ? dit Soames le ramenant à la question.

— Pas encore, mais si vous me le prêtez, je le lirai. Je suis fatigué de m'entendre demander si je connais ce livre dégoûtant, par des gens qui l'ont lu avec délices. Ce n'est pas juste. Et vous, Forsyte, vous l'avez lu avec plaisir ?

— Je l'ai parcouru, dit Soames avec embarras. J'avais mes raisons que je vous soumettrai.

Sir Lawrence rapporta *Canthar* deux jours après, au club des Connoisseurs.

— Vous voilà, cher ami, dit-il. Je n'ai jamais été aussi pressé de me débarrasser d'un livre ! Je mourais de peur d'être surpris en train de le lire. Ce Perceval Calvin, *quel sale monsieur* !

— Exactement. Et maintenant, je veux essayer de monter une campagne contre lui.

— Vous ! Saül contre les prophètes. Pourquoi ce zèle intempestif ?

— Ce n'est qu'un moyen détourné, dit Soames qui expliqua alors son plan et termina en recommandant la discrétion vis-à-vis de Michael et de Fleur.

Sir Lawrence écoutait avec un sourire ambigu.

— Je comprends, je comprends. Très malin, Forsyte. Vous voudriez que je vous trouve un homme dont le nom servirait de drapeau rouge devant le nez du taureau. Pas un romancier, cela semblerait de la jalousie et vraisemblablement cela en serait, car le livre se vend comme des petits pains. Ah ! je crois que j'ai trouvé ! C'est une femme.

— Une femme ! cela ne portera pas.

Sir Lawrence cligna de l'œil.

— Vous avez raison. Les seules femmes qui comptent dans ce monde-là sont celles qui font pire que les hommes. Si j'écrivais l'article moi-même en signant : « Un père de famille indigné » ?

— Je crois qu'il faut que l'auteur signe de son vrai nom.

— Vous avez encore raison, Forsyte. Je vais faire un tour au Parthenaeum et je verrai si on peut trouver quelqu'un.

Le surlendemain, Soames reçut ce mot :

Le Parthenaeum, vendredi

Mon cher Forsyte,

J'ai trouvé ; le rédacteur en chef du Protagonist *se charge de l'affaire et il signera. Je lui ai fait la leçon. Nous avons eu une vive discussion. Il voulait traiter le livre avec mépris comme l'œuvre d'un polisson. Je lui ai dit non. Ce livre est un symptôme, critiquez-le avec sérieux ; montrez qu'il est représentatif d'une école, que son attitude est voulue – que, par conséquent, il relève de la censure. Si on ne réclame pas la censure, Forsyte, l'adversaire ne ripostera pas. Donc mon homme, qui va passer son dimanche tout seul à la campagne, emporte le livre avec lui.*

J'admire votre préparation de la défense, Forsyte, c'est très habile. Mais permettez-moi de vous dire qu'il serait plus important encore d'empêcher l'affaire de se plaider que d'obtenir un jugement favorable.

Votre dévoué,

LAWRENCE MONT

Soames était tellement du même avis qu'il retourna chez lui, à Mapledurham, et passa deux après-midi entiers à taper sur des balles de golf, avec un partenaire qui ne lui plaisait guère, pour essayer de calmer son inquiétude et son irritation.

20

Une visite à Bethnal Green

Le sentiment de découragement que Michael avait ramené de son voyage à la « source » du foggartisme fut atténué par les nombreuses lettres qui lui arrivaient d'un peu partout. Ces lettres étaient aimables et enthousiastes. Il en venait à se demander si les parlementaires réalistes n'étaient pas comme ces directeurs de music-halls qui donnent à leur public des spectacles bien inférieurs à son bon goût. Il y avait donc une opinion qui n'était pas représentée au Parlement et qui n'était pas exprimée par la presse !

Un des correspondants de Michael écrivait :

Cher monsieur Mont,

Votre discours, lu dans le Times, *m'a tant intéressé que je me suis immédiatement procuré le livre de sir James Foggart. Son programme est tout bonnement magnifique. Pour nous qui nous occupons de l'enfance, vous ne sauriez croire combien c'est décourageant de savoir que tous nos efforts sont perdus d'avance. Car nous connaissons les conditions de la vie des enfants dans les grandes villes, au sortir de l'école. Certes le dévouement et la tendresse des mères sont admirables tant que les enfants sont petits, mais passé douze ou treize ans, l'affection des parents pour leur progéniture se transforme. Ils pensent à sa valeur marchande. Quand l'argent entre par la porte, l'amour désintéressé a l'air de sortir par la fenêtre.*

C'est naturel et c'est fort triste, car la paye qu'un enfant peut rapporter à la maison est insignifiante, tandis que le mal qui résulte pour lui de son travail est irréparable. Je fais des vœux pour que votre intervention soit efficace – mais tout est si lent ! Je serais heureuse que vous veniez visiter notre asile ; nos enfants sont adorables et nous tâchons d'éclaircir leur vie d'un rayon de soleil.

Sentiments sympathiques,

NORAH CURFEW

La sœur de Bertie Curfew ! Un peu gênant – mais à coup sûr ce procès n'aurait pas lieu. Peut-être pourrait-elle se charger de ces petites Boddick ? C'est ainsi que Michael, reconnaissant, et sautant sur une occasion d'étudier le problème de l'enfance ouvrière, décida d'aller visiter l'asile de Norah Curfew. Il proposa à Fleur de l'accompagner, mais celle-ci refusa, sous le prétexte de ne pas rapporter de fâcheux microbes au onzième baronet, et il y alla donc tout seul.

L'asile, donnant sur l'esplanade désolée connue sous le nom de Bethnal Green, comprenait trois maisonnettes reliées entre elles, avec leurs trois petites cours grillagées, aménagées en jardins de récréation. Sur la porte on avait inscrit en grosses lettres dorées : « Au rayon de soleil. » Les murs étaient de teinte claire, la charpente foncée, les fenêtres ornées de cretonne fleurie. Michael fut accueilli dès l'antichambre par Norah Curfew en personne. C'était une grande et mince fille brune dont les yeux brillaient de franchise et dont la coiffure dégageait bien le visage.

« Bon sang ! pensait Michael en lui serrant la main. Elle est vraiment "balayée et ornée". Cette âme n'a pas de sous-sol. »

— C'est gentil de venir nous voir, monsieur Mont. Permettez-moi de vous faire visiter la maison. Voici la salle de récréation.

La salle de récréation, faite de plusieurs petites pièces réunies, était d'une propreté irréprochable. Six enfants vêtus de toile bleue, qui jouaient assis par terre, se précipitèrent sur Norah. Michael les trouva tous laids, à l'exception d'une petite fille.

— Ce sont nos pensionnaires. Les autres ne viennent qu'après les heures de classe. Nous sommes obligés de nous limiter à cinquante – encore est-ce un maximum. Nous aurions besoin d'argent pour nous agrandir.

— Combien êtes-vous à vous occuper de l'asile ?

— Six : deux à la cuisine, une à la comptabilité ; les autres s'occupent du lavage, du raccommodage, des jeux, des chants, etc. Deux d'entre nous habitent ici.

— Saintes, je ne vois pas vos auréoles…

Norah sourit.

— Nous les avons mises en gage.

— Que faites-vous, au point de vue de l'instruction religieuse ? dit Michael qui pensait à l'avenir du onzième baronet.

— Rien du tout. Car nous n'avons que des enfants au-dessous de douze ans ; et les préoccupations religieuses ne commencent guère – quand elles commencent – avant quatorze ans, l'âge de la puberté. Nous apprenons seulement aux enfants à être bons et à être gais. Mon frère, qui se moquait toujours de moi, est venu l'autre jour et il a promis de donner une matinée au profit de l'œuvre.

— Quelle pièce donnera-t-il ?

— Je crois que la pièce s'appelle : *L'Homme au franc-parler.* Il dit qu'il avait toujours désiré la faire jouer pour une bonne cause.

Michael ouvrit de grands yeux.

— Vous connaissez la pièce ?

— Non. Elle est d'un auteur du XVIIe, n'est-ce pas ?

— Wycherley.

— Ah ! oui.

Ses yeux restaient aussi purs que l'aurore, et Michael se dit : « À quoi bon lui gâter sa joie et donner des inquiétudes sur la provenance de cet argent ? Mais Mr Bertie aime la plaisanterie ! »

— Je vous amènerai ma femme, dit-il tout haut, elle sera ravie de vos peintures et de vos rideaux. Et puis-je vous demander si vous auriez la place de recevoir deux fillettes dont nous paierions la pension ? Le père est à bout de ressources et je lui ai trouvé une situation à la campagne – il n'y a pas de mère.

Norah fronça les sourcils et son visage mat prit cette expression que l'imagination de Michael associait à une auréole de sainte, celle qui traduit l'ardent désir de permettre à la bonne volonté de dépasser les limites des compétences et des ressources.

— Il le faut ! Je me débrouillerai. Comment s'appellent-elles ?

— Boddick. J'ignore leurs prénoms. Je sais seulement leur âge : quatre et cinq ans.

— Donnez-moi leur adresse. J'irai moi-même. Si elles n'ont aucune maladie contagieuse, nous les prendrons.

— Vous êtes un ange !

— Quelle sottise ! Voilà notre réfectoire, dit avec encore plus de simplicité Norah qui avait rougi.

Dans cette pièce très exiguë, une jeune fille qui tapait à la machine à écrire s'arrêta, les mains sur le clavier ; une autre, qui battait des œufs dans un bol tout en lisant un poème, leva les yeux ; une troisième, qui paraissait faire de la gymnastique, s'immobilisa, les bras tendus.

— Je vous présente Mr Mont qui a fait ce magnifique discours au Parlement. Miss Betts, miss La Fontaine, miss Beeston.

Les jeunes filles saluèrent et celle qui battait des œufs dit simplement :

— C'était épatant.

Michael dit en s'inclinant :

— Des paroles perdues, j'en ai peur.

— Oh ! monsieur Mont, cela aura sûrement un résultat. Vous avez dit ce que tant de gens pensent !

— Oui, mais leurs pensées sont enfouies si profond…

— Asseyez-vous, je vous en prie.

Michael dut s'asseoir sur le bout d'un divan bleu paon.

— Je suis née en Afrique du Sud, reprit la jeune personne aux œufs, et je sais qu'il ne faut pas être pressé.

— Mon père vous a entendu parler, dit la jeune gymnaste dont les bras étaient retombés le long de ses hanches superbes. Il a été très frappé par votre discours. Nous vous en sommes toutes très reconnaissantes.

Michael les regarda.

— Je suppose que vous ne feriez pas ce que vous faites si vous n'aviez pas confiance en l'avenir. Vous ne croyez pas la partie perdue pour l'Angleterre ?

— Miséricorde, non ! s'écria la dactylo ; quand on vit parmi les pauvres, on ne croit pas cela.

— Les pauvres n'ont pas toutes les vertus, ni les riches tous les vices.

— Ce serait idiot de le croire ! protesta la gymnaste.

Michael murmura des paroles conciliantes :

— Ce n'est pas la question. Je me demande seulement parfois si nous ne sommes pas trop menacés…

— Vous pensez aux gaz asphyxiants ?

— Et à cette plaie des villes trop grandes – il semble que le progrès soit un leurre.

— Je ne sais, répliqua la jolie fille brune qui battait les œufs. Je l'ai cru pendant la guerre. Mais après tout l'Europe n'est pas le monde, rien qu'une minime partie. Le soleil y brille à peine.

Michael approuva.

— Si le pire arrive et que l'Europe se détruise elle-même, cela ne fera qu'un désert de plus, de la dimension du Sahara, et cela n'impliquera que la disparition d'un tas de gens évidemment inadaptés à la vie moderne. Bonne leçon pour le reste de l'univers ! Heureusement les autres continents sont très séparés…

— Vous êtes gai ! s'exclama Norah.

— C'est l'ambiance qui m'impressionne, répondit Michael en souriant ; je vous admire d'avoir renoncé à tout pour venir travailler ici.

— Bah ! dit la dactylo, à quoi avons-nous renoncé ? À des fariboles. La guerre nous a habituées à nous donner de la peine.

— Si l'on parle de sacrifice, nous vous admirons aussi de rester au Parlement.

Michael eut un nouveau sourire.

— On demande miss La Fontaine à la cuisine.

Miss La Fontaine tendit à Michael son bol et sa fourchette.

— Savez-vous battre les œufs ? Je vais revenir tout de suite.

— C'est trop fort, dit Norah, donnez-moi le bol !

— Non, dit Michael. Je peux très bien battre vos œufs. Quelle est votre opinion sur l'envoi aux colonies des enfants de quinze ans ?

— Naturellement, dit la dactylo, l'opposition sera violente. On parlera de mesure inhumaine, etc., mais il est bien plus inhumain de garder les enfants ici.

— La vraie difficulté, dit Norah Curfew, sans parler de la question d'argent, est de faire accepter cette intervention d'une classe sociale dans la vie d'une autre. Et puis l'idée d'impérialisme n'est pas populaire.

— Je crois bien que ce n'est pas une idée populaire ! s'écria la gymnaste.

— Mais il ne s'agit pas d'impérialisme, expliqua la dactylo, n'est-ce pas, monsieur Mont ? Il s'agit d'égalité entre les dominions et la mère patrie.

Michael fit un signe d'assentiment :

— Une communauté de nations.

— N'empêche que les parents appelleront sentiment leur crainte de ne plus toucher les salaires de leurs enfants.

La discussion se poursuivit entre les trois jeunes filles sur le sujet des salaires des enfants et de leur importance par rapport au budget des familles ouvrières. Michael s'instruisait tout en battant les œufs. Le salaire d'un enfant, paraît-il, fait plus que couvrir la dépense qu'il occasionne – mais cette façon de voir les choses est « à courte vue en fin de compte », puisqu'elle encourage le surpeuplement et le chômage, et que c'est une « grande honte » de gâcher les chances des enfants à cause de leurs parents. Le retour de miss La Fontaine termina la discussion.

— Les enfants commencent à arriver, Norah.

Les jeunes filles s'éclipsèrent et Norah demanda à Michael :

— Voulez-vous les voir ?

« Je regrette que Fleur ne soit pas venue, pensait-il en la suivant. Ces jeunes filles ont vraiment l'air de croire à ce qu'elles font. » Il se mit à observer les enfants qui entraient peu à peu, arrivant de leur école. Bizarre mélange d'apathie et de vitalité, d'effervescence et de soumission. Ils paraissaient plus vieux que leur âge et cependant aussi parfaitement inconscients que de petits chiens, et aussi incapables de penser à autre chose qu'à la minute présente. Ils étaient brusques, ils étaient bavards, ils ne riaient pas. Leur accent parut à Michael abominable. Plusieurs d'entre eux portaient un peu de nourriture enveloppée dans un papier graisseux. Ils n'étaient pas beaux, cinq ou six tout au plus avaient de gentilles figures ; en revanche, ils avaient presque tous un air de bonne humeur et de bonne volonté. Tout de suite, ils entourèrent Norah Curfew et son aide, à qui ils semblaient obéir docilement, et se mirent à manger, sans appétit apparent, en jouant avec le chat de la maison. Michael était si intéressé qu'il ne les quittait pas des yeux. Quatre ou cinq mères de famille vinrent demander une chose ou l'autre, remplir des bouteilles ; elles étaient en très bons termes avec les jeunes assistantes ; les différences sociales n'existaient pas à l'asile, les individus seuls comptaient. Les enfants répondaient par un sourire au sourire de Michael, mais les femmes ne faisaient attention qu'à Norah et à ses aides. Que lui auraient-elles dit, si elles avaient entendu son discours ?

Norah Curfew reconduisit son visiteur jusqu'à la porte.

— Ce sont des amours, n'est-ce pas ?

— Si je les voyais de trop près, je crois que j'abandonnerais mon programme.

— Mais pourquoi ?

— Son but est d'en faire de petits propriétaires.

— Vous voulez dire que cela peut les corrompre ?

Michael fit la grimace.

— Toujours dangereux, les cuillères d'argent. Tenez, voici le prix de mon initiation à votre œuvre.

Et il lui tendit toute sa monnaie.

— Oh ! monsieur Mont, nous ne vous demandons pas…

— Eh bien ! rendez-moi six pence – sans quoi je serai obligé de rentrer à pied.

— Vous êtes trop bon. Revenez nous voir, et surtout n'abandonnez pas votre programme.

En regagnant son train, il rêvait aux yeux si francs de Norah Curfew ; et une fois chez lui, il dit à Fleur :

— Il faut absolument que tu viennes voir cet asile. C'est d'une propreté irréprochable et l'esprit qui y règne est parfait. J'en ai été tout réconforté. Norah Curfew est une femme admirable.

— Ah ! Eh bien ! j'irai, répondit Fleur en l'observant entre ses cils.

21
Contrastes

Le champ situé derrière le petit bois de Lippinghall n'était qu'un mauvais terrain, calcaire et caillouteux, où poussait un pauvre herbage et qu'on avait entouré d'une barrière uniquement parce qu'il faisait partie du domaine. Après avoir essayé de l'exploiter en y faisant paître des chèvres, dont personne n'avait voulu boire le lait car les Anglais sont trop fiers pour produire eux-mêmes de quoi se nourrir, on l'avait laissé en friche. Mais depuis le mois de décembre ce voisin pauvre du parc de Lippinghall était le siège d'une exploitation intense. Une maisonnette en planches s'adossait déjà au bosquet et un bon morceau du champ était transformé en lac de boue. Le petit bois était dévasté et écartelé, grâce au zèle de Boddick et de son aide, qui avaient coupé et accumulé quantité de matériaux, dont l'entrepreneur refusait d'ailleurs de se servir pour construire le poulailler et le grenier. La couveuse-éleveuse était encore à l'état de rêve. L'entreprise progressait lentement, il faut l'avouer ; cependant on espérait que les poules pourraient commencer leurs opérations après le nouvel an. Michael avait décidé que la colonie s'installerait sans attendre et, des dépouilles du manoir, il avait constitué un petit fonds de mobilier et envoyé des produits d'épicerie, des lampes à huile et du savon. Il avait réservé l'appartement central aux Bergfeld, celui de droite à Swain, celui de gauche à Boddick.

L'auto alla un beau jour les chercher à la gare. Le temps incertain commençait à se refroidir, les arbres ruisselaient, les roues projetaient de larges éclaboussures en traversant des flaques d'eau.

Du seuil de la maisonnette, Michael regardait descendre les trois insolites colons. Bergfeld venait en tête ; ne possédant qu'un seul costume, celui qu'il portait, il avait l'air de ce qu'il était : un acteur sans engagement. Mrs Bergfeld, qui le suivait, sans manteau, avait également l'air de ce qu'elle était : une femme transie. Swain fermait la marche avec découragement – trop veule pour oser « blaguer » l'entreprise, il n'en pensait pas moins.

Boddick avait eu le tact de disparaître.

« Cet homme est ma seule consolation », pensa Michael en introduisant les voyageurs dans la cuisine commune où il avait préparé une Thermos pleine de café bouillant, un gâteau et une bouteille de rhum.

— Je regrette que tout ait l'air si lamentable, dit-il à ses hôtes, mais la maison n'est pas humide et les couvertures sont chaudes. Les lampes à huile sentent un peu mauvais – mais vous avez fait la guerre, monsieur Swain, vous vous habituerez vite. Madame Bergfeld, vous êtes gelée, un peu de rhum dans votre café – c'est ce que nous faisions toujours avant de sortir des tranchées.

Chacun mit du rhum dans son café et l'effet fut immédiat. Un peu de rouge colora les joues de Mrs Bergfeld et ses yeux parurent plus noirs. Swain observa que la baraque n'était pas si mal ; Bergfeld commença un long discours, mais Michael l'arrêta.

— Boddick vous mettra au courant. J'ai juste le temps de vous faire faire un tour et d'attraper mon train.

En roulant vers Londres, il eut le sentiment d'avoir abandonné son escouade au moment de l'attaque. Ce soir-là il devait dîner en ville ; il y aurait de la lumière et de la chaleur, des bijoux et des tableaux, du vin et des conversations – le prix du repas coûterait plus cher que la vie de ses épaves pendant un trimestre, et personne ne penserait à eux ni à leurs semblables. Il réfléchit que s'il attirait l'attention de Fleur sur ces contrastes, elle se moquerait : « Mon cher petit, tu parles comme un livre de Gordon Minho ! Voilà que tu deviens sentimental ! » et il se trouverait idiot. Ou bien ? Ou bien, se dirait-il en regardant la petite tête élégante : « Argument trop facile et bon pour des cervelles d'oiseau. » Mais alors son imagination, errant de la gorge blanche aux épaules et aux délicates beautés cachées, un sang plus chaud courrait dans ses veines et sa raison, secrètement, lui conseillerait d'éviter les blasphèmes qui peuvent compromettre le bonheur. Avec une clairvoyance aiguisée par l'amour, Michael avait depuis longtemps compris que Fleur ne se souciait ni du foggartisme, ni de ses entreprises charitables, ni du reste – qu'elle n'avait en réalité aucune pensée sérieuse. Il le savait, il fallait en prendre son parti. Elle était ce qu'elle était et ne pouvait être changée qu'en rêve. Excellent sujet de roman que la conversion de l'héroïne sans cœur, qui se prend d'un intérêt passionné pour autrui, mais dans la vie… Fleur, au moins, parait son égoïsme de grâce. Et il y avait Kit ! Ah ! mais Kit, c'était un morceau d'elle-même.

Michael ne souffla mot de son expédition pendant le trajet de la maison à Eaton Square. Il trouva plus sage d'écouter Fleur lui faire la leçon au sujet du personnage royal que leur carte d'invitation mentionnait et de s'émerveiller de son information.

— Elle s'intéresse aux problèmes sociaux. Et surtout, Michael, n'oublie pas d'attendre, pour t'asseoir, qu'elle t'en prie, ne te lève pas le premier et appelle-la « madame ».

Michael sourit ironiquement.

— Je pense qu'il n'y aura que des gens titrés et des sno… hum ! Pourquoi diable sommes-nous invités ?

Mais Fleur ne l'écoutait pas, elle pensait à sa révérence.

L'Altesse royale se montra gracieuse, le dîner fut court et somptueux, servi dans de la vaisselle d'or avec une rapidité qui donnait l'impression qu'il n'y avait vraiment pas une minute à perdre. Fleur prit note de cette nouveauté. Elle ne connaissait personnellement que cinq personnes sur vingt-quatre ; les autres, elle les connaissait de vue, comme des vedettes dont on voit les photographies dans les journaux illustrés. Ils y avaient tous paru à une époque ou à une autre, avec leurs enfants ou leurs chiens, défigurés par l'objectif, en train de traverser un paddock ou « reluquant » les grouses d'un air ahuri, ou répondant à une interpellation au Parlement. Fleur saisit tout de suite la raison pour laquelle ils avaient été invités. Le discours de Michael ! Michael était un objet de curiosité, un phénomène, quelque chose comme un nouveau pensionnaire du jardin zoologique. Elle vit des gens qui le désignaient d'un geste discret, placé entre deux dames abondamment décolletées et emperlées. Excitée et très en beauté, elle flirtait à droite avec un amiral et défendait avec ardeur son mari contre le sous-secrétaire d'État assis à sa gauche. L'amiral s'échauffait à ce jeu, le sous-secrétaire d'État, trop jeune pour s'émouvoir, devenait glacial.

— Un peu de savoir est une chose dangereuse, madame Mont, dit-il à la fin de leur seconde escarmouche.

— Où donc ai-je déjà entendu cela ? dit Fleur. Est-ce dans la Bible ?

Le sous-secrétaire d'État leva un menton offensé.

— Nous qui travaillons dans les bureaux du gouvernement, nous sommes peut-être trop informés ; mais votre mari ne l'est pas assez. Le foggartisme est une thèse amusante, rien de plus.

— C'est ce que nous verrons ! Qu'en dites-vous, amiral ?

— Le foggartisme ? Qu'est-ce que c'est ? De nouveaux rayons qui tuent à distance ? J'ai vu hier un inventeur dont les rayons ont traversé trois bœufs, un mur de brique de neuf pouces d'épaisseur et ont encore secoué violemment un âne qui se trouvait derrière.

Fleur jeta un coup d'œil à son voisin et murmura à l'oreille de l'amiral :

— Je voudrais bien que vos rayons secouent un peu l'âne qui est à ma gauche. Il en a besoin, et je n'ai pas neuf pouces d'épaisseur.

Mais avant que l'amiral eût pu envoyer le moindre rayon. Son Altesse royale s'était levée et on passa dans les salons.

Fleur, un peu à l'écart et assez silencieuse, était tout yeux et tout oreilles lorsque la maîtresse de la maison s'approcha d'elle et lui dit :

— Chère madame, Son Altesse royale…

Fleur la suivit en rassemblant tous ses esprits.

Un geste simple et franc l'invita à s'asseoir sur le divan et une voix non moins simple et franche lui dit :

— Votre mari a prononcé un bien intéressant discours ! À mon avis, si réconfortant…

— Oui, madame. Mais on me laisse entendre qu'il n'en sortira rien.

Un léger sourire se dessina sur les lèvres vierges de tout fard de Son Altesse.

— Peut-être. Y a-t-il longtemps que votre mari est au Parlement ?

— Un an seulement.

— Ah ! sa proposition concernant les enfants m'a beaucoup plu.

— Il y a des gens qui y voient une nouvelle forme d'esclavage.

— Oh ! vraiment ! Avez-vous des enfants ?

— J'en ai un, dit Fleur.

Et elle ajouta honnêtement :

— Et j'avoue que je ne voudrais pas qu'il me quitte à quatorze ans.

— Êtes-vous mariée depuis longtemps ?

— Depuis quatre ans.

À ce moment, Son Altesse royale aperçut quelqu'un à qui elle désirait parler et mit fin à l'entretien très gracieusement, laissant Fleur se demander si elle ne l'avait pas désappointée en avouant un aussi faible taux de natalité.

Cependant, dans le taxi qui les ramenait en cherchant péniblement son chemin à travers le brouillard, elle était aussi vibrante et excitée que Michael était indifférent et froid.

— Qu'y a-t-il, Michael ? lui demanda-t-elle.

Il répondit immédiatement par un geste caressant :

— Pardon de mon humeur, chérie, mais vraiment, quand on réfléchit à tout cela…

— À quoi ? Tu as été le personnage intéressant de la soirée.

— C'est un jeu. N'importe qui, pourvu que cela soit nouveau.

— Son Altesse a parlé de toi très aimablement.

— La pauvre ! Mais je suppose qu'on s'habitue à tous les métiers !

Fleur riait. Michael continua :

— Chaque idée neuve discutée jusqu'à ce qu'il n'en reste plus rien, cela ne va jamais au-delà de la curiosité ; la curiosité est vite éteinte, et voilà l'idée à la mode devenue vieille rengaine.

— Sûrement non, Michael, ce n'est pas vrai. Vois le libre-échange et le suffrage des femmes.

Michael lui pressa le genou.

— Les femmes me disent : « Comme c'est intéressant, monsieur Mont », et les hommes pensent : « Il a trouvé un bon départ, Mont, mais ce n'est pas de la politique pratique. » Je ne leur ferai qu'une réponse : « On a réussi des entreprises plus extraordinaire pendant la guerre. » Bon Dieu, quel brouillard !

La voiture se traînait comme une limace et on n'apercevait, à travers les vitres, que le faible halo des réverbères qui émergeaient lentement, un par un.

Michael baissa la vitre et se pencha.

— Où sommes-nous ?

— Dieu le sait, monsieur !

Michael toussa, referma et enveloppa d'une main caressante le genou de Fleur.

— À propos, Wastwater m'a demandé si j'avais lu *Canthar.* Il paraît que le *Protagonist* l'éreinte dans un de ses articles. Cela aura le résultat habituel : accélérer la vente.

— On dit que c'est très fort.

— Sans aucun intérêt. Impossible pour les enfants et n'apprenant rien aux adultes. Je ne vois pas ce qui peut le rendre défendable.

— On parlera de génie, mon cher. Si les uns l'attaquent, d'autres le défendront.

— Sib Swan dit que c'est une ordure.

— Oui, mais Sib n'est plus à la page.

— Cela, c'est vrai, dit Michael d'un air pensif. Mon Dieu ! que les choses vont vite – excepté en politique et dans le brouillard.

Le taxi n'avançait plus. Michael baissa de nouveau la glace.

— Je suis complètement perdu, lui dit le chauffeur d'une voix enrouée. Nous devrions arriver au quai, mais impossible de découvrir le tournant.

Michael boutonna son manteau, ouvrit la portière et descendit du côté du trottoir. L'atmosphère immobile était déchirée par les klaxons et les cornes des voitures qui roulaient au ralenti. Le brouillard, noir, âcre, froid, était suffocant.

— Je vais marcher à côté de la voiture, nous longerons le trottoir. Allez doucement jusqu'à ce que nous trouvions la Tamise – ou un agent.

Le taxi se mit à rouler lentement et Michael à marcher à côté, en tâtant du pied le bord du trottoir. La voix distinguée d'un compagnon invisible dit :

— C'est em... poisonnant.

— Ma foi oui ! répondit Michael. Où sommes-nous ?

— Au XXe siècle, au cœur de la civilisation.

Michael rit et le regretta aussitôt – le brouillard avait un goût nauséabond.

— Pensez aux agents de police, reprit la voix, obligés de rester dehors toute la nuit, par ce temps !

— Splendide organisation que la police. Où êtes-vous, monsieur ?

— Ici. Et vous ?

Il n'y avait rien de plus à dire. La lueur ronde et brouillée d'une lampe brilla soudain par-dessus la tête de Michael – le taxi s'était arrêté.

— Si je pouvais seulement sentir l'odeur du Parlement, dit le chauffeur ; à cette heure, ils soupent là-dedans.

— Écoutez ! dit Michael…

Big Ben sonnait.

— C'est à notre gauche.

— C'est derrière nous, dit le chauffeur.

— Impossible, nous serions dans la Tamise, à moins que nous ayons fait demi-tour.

— Dieu sait où j'ai tourné, lança le chauffeur dans un éternuement. Jamais vu une nuit pareille.

— Il n'y a rien à faire qu'à avancer doucement jusqu'au prochain obstacle.

On avança et Michael, la main sur la portière, continua à tâter du pied le bord du trottoir.

— Arrêtez ! dit-il soudain, voiture devant nous !

Un léger choc.

— Alors ! dit une voix, où c'que vous allez ? Pouvez pas faire attention ?

Michael s'approcha de ce qui semblait un autre taxi.

— Avancer d'un train pareil, reprit la voix, et avec la pleine lune encore !

— Désolé, répliqua Michael. Mais il n'y a pas de mal. Avez-vous une idée de la direction où nous allons ?

— Non, les bistrots sont tous fermés, nom d'un chien ! Y a une voiture devant nous, j'y suis entré dedans trois fois, il a rien dit – doit être mort, pour sûr ! Voulez-vous y aller voir, patron ?

Michael avança en direction d'une forme vague. Mais au moment où il atteignait l'ombre noire du taxi, elle fut engloutie dans une ombre plus noire encore et disparut dans l'obscurité totale, universelle. Il fit quelques pas en courant pour appeler le chauffeur, glissa sur la chaussée, tomba, se ramassa, fit demi-tour. Après avoir suivi le trottoir à droite, il s'aperçut qu'il se trompait, cria : « Holà ! » Un très faible « holà ! » répondit, mais venant de quel côté ? Il retourna ou crut retourner sur ses pas, cria encore. Pas de réponse ! Fleur allait s'effrayer. Il appela. Une demi-douzaine de cris étouffés lui firent écho et quelqu'un murmura tout près :

— Savez-vous où vous êtes ?

— Non, et vous ?

— Que dites-vous de ça ? Vous avez perdu quelque chose ?

— Oui, mon taxi.

— Avec quoi dedans ?

— Ma femme.

— Bon Dieu ! C'est pas cette nuit que vous la retrouverez !

Et l'invisible inconnu éclata d'un rire grossier, plein de sous-entendus. Une masse sombre arriva sur eux, les domina un instant, s'effaça. Michael s'était immobilisé, s'efforçant de garder son sang-froid et de raisonner.

« Garde ton calme ! Voilà le trottoir – aurais-je tourné dans une rue sans m'en apercevoir ? La voiture ne peut être que devant moi ou derrière moi. »

Il marcha le long du trottoir. Rien ! Il revint sur ses pas. Rien non plus ! Malgré le froid, il était mouillé de sueur ; Fleur allait être bouleversée ! « Et surtout éliminons les fumées des villes. » Cette phrase de sa proclamation électorale le poursuivait.

La conversation reprit avec une autre ombre.

— Avez-vous une cigarette, patron ?

— Je vous donnerai toutes mes cigarettes et une demi-couronne par-dessus le marché, si vous trouvez un taxi avec une dame dedans. Il ne doit pas être loin. Dans quelle rue sommes-nous ?

— Faut pas me demander ça ! Les rues sont devenues folles.

— Écoutez ! dit vivement Michael.

— C'est vrai. Y a une petite voix qui appelle...

— Holà ! Fleur !

— Ici ! Par ici !

L'appel semblait venir de droite, de gauche, de partout. Puis ce fut le cri déchirant et continu d'une corne d'auto.

— Cette fois nous les tenons, dit la voix, par ici, patron ! Doucement et attention à mes cors !

Michael se sentit tiré par son vêtement et obéit.

— C'est comme sur le front dans un barrage de fumée ! dit son guide.

— Tout à fait, dit Michael. Holà ! J'arrive !

Une corne hurla à moins d'un mètre. Une voix s'exclama :

— Oh ! Michael !

Par la fenêtre du taxi leurs visages se pressèrent l'un contre l'autre.

— Une seconde, chérie. Voilà pour vous, mon ami, et merci mille fois. J'espère que vous rentrerez sans accident.

— J'ai passé des nuits pires que celle-là. Merci, capitaine. Bonne chance à vous et à votre dame.

Il y eut un bruit de pas qui s'éloignaient en traînant, et du brouillard sortit comme un soupir le mot : « Adieu. »

— Ça va, dit le chauffeur de plus en plus enroué, je sais où je suis, maintenant. Première rue à droite, seconde à gauche. Je ne lâcherai pas le trottoir jusqu'au tournant. Je vous ai cru perdu, monsieur.

Michael était monté dans la voiture et serrait Fleur contre lui en silence ; elle avait poussé un long soupir de soulagement.

— C'est effrayant, un brouillard pareil !

— Je t'ai cru écrasé.

Michael fut touché.

— Je suis absolument désolé, ma chérie. Et cette horrible brume que tu as avalée ! Il faudra boire un bon coup en rentrant. Ce pauvre diable est un ancien combattant. C'est admirable de voir comment les Anglais gardent leur bonne humeur et leur sang-froid.

— J'avais perdu le mien.

— Mais tu l'as retrouvé, dit Michael en pressant tendrement la tête de Fleur contre sa joue pour cacher son émotion. Le brouillard est une spécialité nationale. L'Angleterre restera l'Angleterre tant qu'elle aura son brouillard.

Il sentit les lèvres de Fleur sur les siennes. Il lui appartenait, et en conséquence elle ne pouvait pas supporter qu'il s'égarât dans le brouillard ou dans le foggartisme ! Était-ce pour cela ?... Mais il s'abandonna à la douceur de son baiser.

À ce moment le chauffeur ouvrit brusquement la portière.

— Nous sommes sur le square, monsieur. Peut-être que maintenant vous reconnaîtrez votre maison ?

Arraché à son extase, Michael bredouilla :

— Très bien !

Le brouillard était un peu moins dense et permettait d'entrevoir la silhouette des arbres.

— Plus loin, à votre droite, la troisième maison, dit-il.

C'était bien leur maison, si avenante avec ses baies en saillie ornées de plantes et son imposte en éventail qui laissait filtrer de la lumière. Il glissa la clé dans la serrure.

— Voulez-vous boire quelque chose ?

— Ce n'est pas de refus, monsieur.

Michael apporta la boisson désirée.

— Vous habitez loin ?

— Près de Putney Bridge. À votre santé, monsieur.

Michael regarda la figure contractée par le froid du buveur.

— Je suis fâché que vous ayez à replonger dans le brouillard.

Le chauffeur lui rendit son verre vide.

— Merci, monsieur. Ça ira tout seul, maintenant. J'ai qu'à suivre le fleuve et après, Fulham Road. Je ne croyais pas que je pouvais me perdre dans Londres ! Où je me suis mis dedans, c'est en voulant couper par les petites rues. Je pense que la jeune dame n'aura pas pris mal ? Elle avait une belle frousse quand vous étiez perdu dans le noir. Ces brouillards-là, c'est pas humain. Ils devraient faire quelque chose pour les empêcher, au Parlement !

— Oui, certainement, dit Michael en lui tendant un billet d'une livre. Bonsoir et bonne chance !

— À quelque chose malheur est bon, répondit le chauffeur en démarrant. Bonsoir, monsieur, et merci beaucoup.

— C'est moi qui vous remercie.

Le taxi s'éloigna lentement et eut bientôt disparu.

Dans le salon espagnol, Fleur, sous le Goya, faisait brûler des pastilles désinfectantes et surveillait une bouilloire d'argent. Quel contraste avec le monde extérieur, son obscurité malodorante, froide, empoisonnée, ses risques et ses terreurs. Dans cette jolie pièce illuminée, près de cette radieuse jeune femme, pourquoi penser à ces problèmes, à ces ombres perdues dans le brouillard, à ces cris de détresse ?

Michael alluma une cigarette, prit des mains de Fleur un gobelet à anse d'argent et le porta à ses lèvres.

— Je crois vraiment, Michael, que nous devrions avoir une auto.

22

La recherche des preuves

Le rédacteur du *Protagonist* s'était si visiblement diverti à écrire son article qu'il avait diverti aussi ses lecteurs.

— Il n'y a pas de plaisir plus recherché en Orient, avait dit à ce propos sir Lawrence à Soames Forsyte, que d'assister à une bastonnade ; et la seule différence entre l'Occident et l'Orient est qu'un Oriental bâtonné offre tout de suite à son bourreau de recommencer, à tant la séance. Je ne vois pas Mr Perceval Calvin dans ce rôle.

Il se défendra peut-être, dit Soames avec scepticisme, mais alors les autres ne bougeront pas.

En attendant arrivaient quotidiennement des lettres accusatrices signées : « Une mère de trois enfants » ; « Victorienne » ; « Roger-Northampton » ; « Sportsman, sinon gentleman » ; « Pro Patria », qui toutes auraient pu se résumer ainsi : « Je n'ai pas lu ce livre à fond, mais j'en ai lu assez cependant pour », etc.

Cinq jours s'écoulèrent avant la riposte de l'adversaire. Mais il était arrivé auparavant une lettre signée « père Fouettard » qui, après avoir commenté l'article plein de talent du *Protagonist*, flagellant toute une école soi-disant littéraire, remarquait avec satisfaction que ladite école avait gardé assez de pudeur pour recevoir les verges sans murmurer. Ses bons apôtres n'avaient même pas fait entendre une protestation anonyme.

— Forsyte, avait dit sir Lawrence en tendant le papier à Soames, ceci est mon obole personnelle. Si elle n'obtient aucun résultat, c'est vraiment qu'il n'y a rien à espérer.

Mais elle obtint un résultat. Le journal dans lequel avait paru toute cette correspondance imprima une réponse du grand romancier L. S. D. qui remettait chacun proprement à sa place. *Canthar* pouvait être ou ne pas être de la littérature – il ne l'avait même pas lu –, mais le rédacteur du *Protagonist* raisonnait comme un pion... Demander à la littérature de porter col montant et jupon de flanelle, c'était trop absurde.

Encouragée par cette voix autorisée, la partie adverse s'avança en force, à la grande satisfaction de Soames. Quatre des personnes choisies à qui le jeune Butterfield avait fourni des exemplaires de *Canthar* envoyèrent des lettres ouvertes et signées, affirmant que ce livre était une œuvre littéraire et protestant contre la confusion que l'on faisait de nos jours entre la littérature et la morale.

« L'art est l'art, et la moralité est tout autre chose. Ce sont deux personnages qui ne peuvent, ne veulent ni ne doivent se rencontrer. Il est monstrueux qu'un ouvrage de cette valeur soit contraint de se faire imprimer à l'étranger. Quand l'Angleterre saura-t-elle reconnaître le talent ? »

Soames découpa ces lettres une à une et les rangea soigneusement. Il avait obtenu ce qu'il voulait, et la discussion qui se poursuivait ne l'intéressait plus. Il avait, entretemps, reçu de Butterfield le billet suivant :

Monsieur,

Je me suis présenté lundi dernier chez la dame que vous m'avez désignée et j'ai eu la chance de la rencontrer. Elle a paru un peu ennuyée quand je lui ai offert le livre et m'a dit : « Je l'ai lu, il y a des semaines. – Cet ouvrage remporte un grand succès, lui ai-je répondu. – Je le sais. – Ne voulez-vous pas un exemplaire ? Les prix vont monter et cela finira par avoir beaucoup de valeur. » Mais elle m'a répété : « J'en ai déjà un exemplaire.» Et comme vous m'avez expliqué que c'était ce que vous vouliez savoir, je n'ai pas insisté. J'espère avoir agi selon vos instructions. Si je puis encore vous rendre service, je le ferai avec plaisir, car j'estime que je vous dois entièrement la situation que j'occupe.

Soames ne pensait guère à cette situation-là, mais à celle que le jeune homme occuperait peut-être sur le banc des témoins. Il consulta Michael sur un autre point qu'il n'avait pas encore abordé.

— Miss Marjory Ferrar joue-t-elle toujours dans ce théâtre d'avant-garde dont vous m'avez donné le nom ?

Michael hésita.

— Je ne sais pas, je peux m'informer.

Une rapide enquête révéla qu'elle devait jouer le rôle d'Olivia dans *L'Homme au franc-parler* à une matinée que donnait Bertie Curfew.

— Est-ce une pièce très avancée ?

— Oui, elle date de deux siècles et demi.

— Ah ! nous avons eu une veine bien grossière à cette époque-là. Comment se fait-il que miss Ferrar aille chez ce jeune homme après ce qui s'est passé entre eux ?

— Oh ! ils ne s'embarrassent guère de préjugés ! J'espère que vous arriverez à éviter le procès, monsieur ?

— Je n'en sais rien. Quand aura lieu cette représentation ?

— Le 7 janvier.

Soames se rendit à son club pour chercher à la bibliothèque les œuvres de Wycherley. Les premières pages de la pièce le désappointèrent, mais la suite se révéla de plus en plus satisfaisante, et il employa pas mal de temps à dresser la liste de ce que George Forsyte aurait appelé « les morceaux croustillants ». Il avait entendu dire que dans ce théâtre-là on ne supprimait pas les morceaux osés. Certains passages feraient dresser les cheveux sur la tête des juges. Entre *Canthar* et cette comédie, il y avait tout ce qu'il fallait pour prouver que Marjory Ferrar et ses amis n'avaient « aucun sens moral ».

Le vieil instinct professionnel se réveillait dans l'âme de Soames. Il avait choisi comme avocat sir James Foskisson, conseiller du roi, non par admiration pour son talent mais pour empêcher les autres de le prendre. Et comme second il se servirait du jeune Nicholas Forsyte qu'il ne croyait pas bon à grand-chose, mais qui était de la famille – les choses s'ébruiteraient moins ainsi, surtout si l'on réussissait à éviter le procès.

Une conversation avec Fleur ce soir-là le confirma dans son désir de l'éviter.

— Qu'est devenu ce jeune Américain ? avait-il demandé à sa fille.

Fleur avait souri et répondu avec aigreur :

— Francis Wilmot ? Il en pince pour Marjory Ferrar.

— Il en pince ? dit Soames. Quelle expression !

— C'est une expression américaine.

— Qui ne signifie rien, il me semble.

— Espérons-le pour Francis Wilmot. On dit qu'elle va épouser sir Alexander MacGown.

— Oh !

— Michael vous a-t-il raconté qu'il lui a envoyé un coup de poing sur le nez ?

— Qui ?... Quoi ? demanda Soames avec impatience. Quel nez ?

— Le nez de MacGown ; il a même beaucoup saigné.

— Pourquoi a-t-il fait une chose pareille ?

— Vous n'avez donc pas lu le discours de MacGown et ce qu'il a dit de Michael ?

— Querelle de politiciens, cela n'a aucune importance. Ce sont des enfants. Alors c'est vrai qu'elle épouse MacGown ? Est-ce lui qui la pousse au procès ?

— Non, c'est plutôt elle qui le fait marcher.

Soames se méfiait de cette appréciation car il y flairait une partialité féminine. Comment savoir d'ailleurs qui l'emportait, de la jalousie politique ou de la jalousie mondaine ? Ce qui importait, c'était ce mariage. Mais la nouvelle était-elle exacte ? Il y réfléchit quelques instants et décida d'aller aux informations chez Settlewith et Stark. C'est une démarche à laquelle il n'aurait même pas pensé vis-à-vis d'une firme de réputation mesquine ou douteuse, employée dans toutes les « causes célèbres », mais les Settlewith étaient des gens de bonne famille, alliés à l'aristocratie et de réputation irréprochable.

Au lieu d'écrire, il se rendit à pied de son club à leurs bureaux de King Street, St James. Que de souvenirs lui rappelait cette visite ! Que de négociations n'avait-il pas amorcées et conduites au cours de sa carrière, en s'efforçant toujours d'éviter la comparution devant le tribunal ! Et il avait, chaque fois, négocié avec une impartialité complète, sans passion, s'attendant à rencontrer la partie adverse dans le même état d'esprit – deux machines à calculer faisant leur métier sans considération de sentiment. Il était bien loin, aujourd'hui, d'une pareille sérénité – et tout en réfléchissant au désavantage de cette situation de partisan, il s'arrêta devant la vitrine du marchand de tableaux et de gravures de la maison voisine des Settlewith. Ah ! il y avait ces premières épreuves des gravures de Roussel pour l'exposition du prince consort en 1851, dont le vieux Mont lui avait parlé : il avait le coup d'œil pour les gravures, ce vieux Mont. Oui ! et il y avait un Fred Walker de très bonne facture ! Mason et Walker ne sont pas du tout dépréciés, loin de là ! Soames ressentait un pur et vif plaisir, comparable à celui que donne au promeneur le chant du merle perché dans un arbre en fleur. Que de temps écoulé depuis sa dernière acquisition ! Vite, débarrassons-nous de l'abominable corvée de ce procès, pour retourner aux chères occupations de l'amateur.

S'arrachant à sa contemplation, Soames franchit avec un soupir de regret le seuil de la maison. Le bureau du principal associé était au premier étage, et le principal associé s'y trouvait comme il se doit.

— Comment allez-vous, monsieur Forsyte ? Je n'ai pas eu le plaisir de vous rencontrer depuis cette affaire « Bobbin contre la compagnie L. & S. W. ». Cela devait être en 1900.

— En 1899, répondit Soames. Vous plaidiez pour la compagnie.

Il s'assit sur la chaise que lui désignait Mr Settlewith et regarda son hôte, resté debout devant la cheminée. Longue figure, longs cils, longues lèvres minces – un homme du même type que lui, de même éducation, de même profession. Il ne s'agissait pas de biaiser.

— Votre plainte est tout à fait mesquine, dit-il. Que pourrait-on faire pour l'arrêter ?

Mr Settlewith fronça les sourcils.

— Tout dépend de ce que vous proposerez, monsieur Forsyte. Ma cliente a été très gravement calomniée.

Soames sourit et dit avec aigreur :

— C'est elle qui a commencé. Et sur quoi s'appuie sa plainte ? Sur une correspondance privée, adressée à des amis personnels, sous l'empire d'une colère bien légitime. Je suis étonné qu'une firme de la réputation de la vôtre…

Mr Settlewith sourit.

— Ne prenez pas la peine de nous complimenter. Je suis étonné, pour ma part, que vous vous occupiez personnellement d'un procès où votre fille est impliquée. On ne peut être juge et partie. Seriez-vous venu pour nous proposer de clore l'affaire en acceptant de faire des excuses ?

— Des excuses ? C'est à votre cliente de faire des excuses.

— Si vous êtes de cet avis, inutile de continuer la discussion.

Soames regarda son interlocuteur dans les yeux.

— Croyez-vous pouvoir prouver que votre cliente a subi des torts ?

Elle vit dans un monde plus que libre.

Mr Settlewith souriait toujours.

— J'ai cru comprendre qu'elle va épouser sir Alexander MacGown, dit Soames.

Mr Settlewith pinça les lèvres.

— Pour parler franchement, monsieur Forsyte, si vous êtes venu pour nous proposer des excuses et une somme suffisante comme dédommagement, nous causerons. Sinon…

— Vous savez, comme tout homme raisonnable, que les procès entre gens du monde ne riment à rien. Ce ne sont que nids à potins, causes d'ennuis et frais inutiles. Je suis prêt à vous offrir mille livres pour en finir, mais je ne saurais consentir aux excuses. Peut-être pourrait-on envisager l'expression de regrets réciproques pour ce qui s'est passé ; mais des excuses, il n'en est pas question.

— J'accepterais peut-être quinze cents livres, car les insultes ont été publiques. Mais il me faut des excuses.

Soames ruminait silencieusement cette injustice. Quinze cents livres ! C'était monstrueux ! Cependant il les paierait pour éviter à Fleur de comparaître devant un jury. Mais l'humiliation ! Elle ne l'accepterait pas ; il se sentait incapable de l'en persuader et d'ailleurs il n'essaierait pas…

— Écoutez, monsieur Settlewith, dit-il en se levant, si vous allez jusqu'au procès, ce sera plus dur que vous ne pensez. Mais cette affaire m'est si désagréable que je suis disposé à vous suivre sur le chapitre de l'indemnité, même si en réalité aucun jury ne vous accorderait un penny. Quant aux excuses, on pourrait peut-être trouver une formule acceptable (pourquoi diable cet imbécile sourit-il ainsi ?), quelque chose comme : « Nous regrettons d'avoir dit des choses désagréables les uns des autres », et que les deux parties signeraient.

Mr Settlewith réfléchissait en se caressant le menton.

— Soit, je transmettrai votre proposition à ma cliente. Je suis d'accord avec vous pour souhaiter un arrangement, non pas que le procès m'effraie… (« Bien entendu ! » se dit Soames), mais parce que ces affaires, comme vous le dites, n'ont rien d'édifiant.

Il tendit la main à Soames qui la serra froidement.

— Sous toutes réserves de ma part, bien entendu.

« Elle acceptera, se disait-il en sortant. Quinze cents livres jetées à l'eau pour cette traînée, parce qu'on l'a traitée, pour une fois, comme elle le mérite ! et toute cette peine pour rassembler des preuves de sa vie dissolue rendue inutile ! » Pendant l'espace d'un instant, Soames maudit sa passion pour Fleur. Quelle sottise d'aimer ses enfants de la sorte… Enfin, cette affaire va s'arranger, Dieu merci !

Comme on était à la veille de Noël, il ne s'étonna pas de ne pas recevoir de réponse immédiate. Fleur et Michael étaient à Lippinghall avec le neuvième et le onzième baronet. Au Shelter ils avaient à demeure Winifred et les Cardigan. Ce ne fut que le 6 janvier qu'il reçut, de MM. Settlewith et Stark, la lettre suivante :

Cher monsieur,

Comme suite à votre visite du 17 du mois passé, nous avons transmis vos propositions à notre cliente et sommes autorisés à vous répondre qu'elle acceptera la somme de 1 500 livres – quinze cents livres – ainsi que les excuses signées par votre cliente, dont vous trouverez ci-joint la formule.

Nous sommes, monsieur, vos tout dévoués,

SETTLEWITH et STARK

La formule jointe était ainsi conçue :

Moi, Mrs Michael Mont, retire les phrases concernant miss Marjory Ferrar, contenues dans mes lettres à Mrs Ralph Ppynrryn et à Mrs Edward Maltese, datées du 4 octobre dernier, et en conséquence je présente de mon plein gré des excuses pour les avoir écrites.

(Signature)

Soames se leva en repoussant si violemment la table du petit déjeuner que le meuble en craqua.

— Qu'y a-t-il ? dit Annette. Vous avez encore cassé votre dentier ? Vous devriez faire attention…

— Lisez cela.

Annette lut.

— Vous donneriez quinze cents livres à cette femme ! Vous êtes fou, Soames ! Je ne lui donnerais pas quinze cents pence ! Si vous la payez, elle le dira à ses amis. Cela signifiera que Fleur a quinze cents fois tort. Vraiment, Soames, vous m'étonnez. Pour un homme d'affaires, un habile homme ! Je croyais que vous connaissiez mieux la vie. Chaque livre que vous donnerez sera comptée comme un désaveu de Fleur.

Soames rougit. Tout cela était si français, et cependant par quelque côté si juste. Il alla regarder machinalement par la fenêtre. Les Français… Ils n'ont pas le sens des compromis, des concessions, mais ils ont toujours le sentiment exact de la valeur de l'argent.

— Eh bien ! fit-il enfin, quoi qu'il en soit, j'ai échoué. Fleur ne signera pas. Et je retirerai mon offre.

— Je l'espère bien. Fleur est intelligente et sera très jolie, devant les juges. Je crois que cette femme regrettera d'en être venue là. Pourquoi ne l'avez-vous pas fait « filer » par un détective ? On a tort d'user de délicatesse avec les femmes de cette espèce.

Dans un moment de faiblesse, Soames avait raconté à Annette l'histoire du livre et de la comédie, car il ne pouvait s'en ouvrir ni à Fleur ni à Michael et étouffait de n'en pouvoir parler ; il lui avait même donné *Canthar* en disant : « Je ne vous conseille pas de le lire, c'est très français. » Annette le lui avait rendu deux jours après.

— Ce n'est pas français du tout, c'est dégoûtant. Vous autres Anglais, vous êtes si grossiers. Aucun esprit dans ce livre, simplement écœurant. Un livre sérieux et dégoûtant, c'est un comble. Vous êtes si vieux jeu, Soames. Pourquoi avez-vous dit que ce livre est français ?

Soames, qui ne savait réellement pas pourquoi il avait prononcé cette phrase, murmura :

— Vous voyez… on n'a pas trouvé à le faire imprimer en Angleterre.

Avec les mots : « Bruxelles, Bruxelles… est-ce que vous croyez que Bruxelles… France… », etc., bourdonnant à ses oreilles, il se hâta de battre en retraite. Que les Français sont susceptibles ! Cependant la remarque d'Annette, conseillant de faire « filer » miss Ferrar, continuait à lui trotter par la tête. Ce n'était pas le moment de faire le délicat, il fallait à tout prix intimider l'adversaire.

Aussi, dès qu'il se trouva en ville, sa première visite fut-elle pour un certain personnage, qui n'était pas cette fois Mr Polteed, mais qui se chargea de surveiller Marjory Ferrar et d'enquêter sur son passé, son présent et son avenir. Entre-temps, il avait répondu à MM. Settlewith et Stark, sur du papier à lettres de sa propre firme, une lettre courte et définitive.

Chers messieurs.

J'ai reçu votre lettre datée d'hier et prends note du rejet de ma proposition par votre cliente. Cette proposition, vous le savez, était faite sous toutes réserves et je la retire en totalité.

Votre dévoué,

SOAMES FORSYTE

Messieurs Settlewith et Stark allaient être ennuyés de cette réponse, ou il se trompait fort. Il regarda avec complaisance les mots « en totalité », survivants de son passé de juriste. Et maintenant, au tour de cette comédie !

Le Nec-plus-Ultra, théâtre mondain, était d'apparence sordide, dégageait une odeur suspecte et son hall était orné du masque mortuaire en plâtre de Congreve ; l'avant-scène mordait sur la salle ; il n'y avait ni place pour l'orchestre ni rampe. Le jour où Soames était venu assister à la représentation, la mise en scène était si bizarre qu'il n'en comprit le sens que pendant le premier entracte, par la conversation de deux spectateurs assis derrière lui.

— Ce qu'ils ont voulu par cette mise en scène, c'est que personne n'ait besoin de la regarder, comprenez-vous ? C'est ce qui a été osé de plus fort jusqu'à présent.

— Ils ont fait mieux encore à Moscou.

— Je ne crois pas. Curfew y est allé. Il en est revenu délirant d'enthousiasme sur leur manière de déclamer.

— Est-ce qu'il comprend le russe ?

— Non, mais ce n'est pas nécessaire, c'est l'inflexion qui compte. Il n'a pas mal réussi, avec cette représentation. Une pièce pareille ne serait pas jouable si on saisissait toutes les répliques.

Soames, qui justement essayait de saisir les répliques – il n'était même venu que pour cela –, se retourna et loucha du côté des commentateurs. Ils étaient jeunes, pâles et continuaient à discourir avec une parfaite désinvolture.

— Curfew fait du bon travail. Il secoue l'opinion.

— Je vois que Marjory Ferrar tient le rôle d'Olivia.

— Je me demande pourquoi Curfew supporte dans sa troupe un amateur comme miss Ferrar.

— C'est pour la recette, mon vieux ; elle attire les gens du monde.

— Mais à mon avis elle joue mal.

— Elle a été bonne une fois, dans le rôle de la Muette de la fameuse comédie russe. Mais elle ne sait pas parler ; on suit tout ce qu'elle dit ; elle ne donne pas de rythme.

— Elle est agréable à regarder.

— Pour cela, oui.

Le rideau se levait. Marjory Ferrar n'ayant pas encore paru, il fallait bien que Soames fît l'effort de ne pas s'endormir. Tant qu'elle fut sur la scène, par devoir ou parce qu'elle ne savait pas parler, il resta très éveillé et nota consciencieusement ses répliques les plus risquées ; le reste de la représentation fut reposant et il en sortit agréablement rafraîchi.

En rentrant, dans le taxi, il se donna le plaisir d'imaginer l'interrogatoire que pourrait diriger sir James Foskisson au cours du procès.

« Je crois, madame, que vous avez tenu le rôle d'Olivia dans une pièce, *L'Homme au franc-parler*, donnée par la société d'amateurs le Nec-plus-Ultra ? Serait-il possible d'affirmer que ce rôle convient à une femme de mœurs décentes ?… Exactement. Et comprend-il les lignes suivantes ? (Citations de passages scabreux.) Quelle opinion en avez-vous, madame ? Je pense que vous n'y trouvez rien d'immoral ? Non ? Rien de susceptible de scandaliser, de démoraliser d'honnêtes spectateurs ? Non… C'est que vous n'avez pas la même conception de la morale que moi – j'ose dire : que messieurs les jurés. Cette scène licencieuse, vous n'avez pas protesté auprès du directeur pour qu'il la fasse sauter ?… Bien. Le directeur est Mr Curfew, n'est-ce pas ? Étiez-vous en relations assez intimes avec lui pour vous permettre une protestation ? Non ? Je vous rappelle, madame, que pendant toute l'année 1923 vous aviez rendez-vous avec Mr Curfew à peu près tous les jours… Seulement trois ou quatre fois par semaine ? Et vous dites qu'il vous était impossible de lui faire comprendre qu'une honnête femme ne peut jouer la scène en question ? Vraiment ! Le jury appréciera votre réponse. Vous n'êtes pas une actrice, dont la vie dépend de son activité professionnelle et qui est obligée de jouer ce qu'on lui propose. Et vous avez l'aplomb de demander des dommages pour le tort que vous aurait causé une lettre privée, remarquant que vous n'avez pas de sens moral ? Mais, en vérité, en avez-vous ? »

Et ainsi de suite… Des dommages ! Non, non, pas un sou !

23

Volte-face

Occupée à jongler avec sir Alexander MacGown et avec Francis Wilmot, remplissant ses engagements mondains, allant de week-end en week-end, jouant au bridge avec persévérance dans l'espoir de gagner assez d'argent pour couvrir ses dépenses, chassant à courre à l'occasion, répétant le rôle d'Olivia, Marjory Ferrar avait presque oublié l'existence du procès, quand cette offre de quinze cents livres, moyennant une formule de conciliation, lui fut transmise par son avoué. Son premier mouvement fut de sauter dessus : cet argent allait la libérer des créanciers les plus pressants et lui permettre enfin de respirer et d'envisager autrement l'avenir.

La lettre lui était parvenue le vendredi précédant Noël, au moment où elle partait pour aller chez son père, aux environs de Newmarket, et elle avait répondu qu'elle passerait chez MM. Settlewith et Stark le lundi suivant, en rentrant à Londres. Mais, arrivée chez son père, elle le consulta. Lord Charles répondit que si ce robin offrait une aussi forte somme, cela prouvait combien il était anxieux d'en finir, et par conséquent, avec un peu d'insistance, on obtiendrait des excuses par-dessus le marché. De toute façon, il fallait le laisser cuire dans son jus… et d'ailleurs ce lundi justement il avait l'intention de montrer ses poulains à sa fille. C'est ainsi que cette dernière ne rentra à Londres que le 23 et trouva tous les bureaux fermés. Il ne lui était pas venu à l'esprit qu'un avoué pût prendre des vacances. La veille de Noël elle repartit pour une absence de dix jours, et sa visite fut donc remise au 4 janvier. Mr Settlewith étant encore dans le Midi de la France, elle fut reçue par Mr Stark. Mr Stark n'était pas très au courant de l'affaire, mais trouva l'avis de lord Charles assez judicieux ; il proposa d'accepter les quinze cents livres si l'adversaire offrait des excuses formelles. Sinon, il serait temps de se rabattre sur la formule de conciliation, car il est sage de toujours demander le maximum. Malgré quelques doutes sur cette sagesse, Marjory Ferrar acquiesça. Le 7 janvier, rentrant de la matinée où elle avait tenu le rôle d'Olivia, fatiguée, excitée par les applaudissements des spectateurs et par le compliment de Bertie Curfew qui avait eu presque son expression de jadis pour lui dire : « Vous avez été excellente, chérie ! », elle avait pris un bain chaud et allait sortir, quand sa femme de chambre lui annonça Francis Wilmot.

— Faites-le attendre, Fanny. Dites-lui que je le rejoins dans vingt minutes.

Fiévreuse et alanguie, comme à l'approche d'une aventure, elle s'habilla en hâte, se parfuma le cou et les mains de quelques gouttes d'essence d'oranger et entra sans bruit dans l'atelier. Le jeune homme, debout au milieu de la pièce, le dos à la porte, ne l'avait évidemment pas entendue. Elle s'approcha de lui et attendit d'être trahie par son parfum. Mais il ne bougeait pas, aussi immobile qu'un de ces ânes d'Orient qui attendent patiemment, oreilles basses, une nouvelle charge sur leur dos meurtri.

Tout à coup, il dit :

— Je suis éreinté.

— Francis !

Il se retourna.

— Marjory ! Je ne vous avais pas entendue.

Et s'emparant des mains de la jeune femme, il y cacha son visage. À cette minute elle était sans défense, passer de ce baiser sur les mains à un baiser plus ardent sur les lèvres aurait été bien facile à un jeune homme semblable à tant d'autres – bien facile, si cet amour suranné n'avait pas justement flatté si délicatement Marjory Ferrar et si elle n'avait pas eu pour son ami quelque chose de plus, ou de moins ? que de l'amour physique. Allait-elle savoir enfin ce que c'était que le sentiment dont parlent les simples ? l'amour qu'éprouve une jeune fille ? cette joie qu'elle n'avait pas connue ? Elle s'assit à côté de Francis sur le divan et le regarda dans les yeux. Douceur légendaire d'une aube de printemps – Francis et elle oubliant le monde, comme des enfants perdus au fond des bois ! Elle défaillait de ce bonheur innocent, buvait avidement ce breuvage nouveau, au goût délicieux. Pauvre petit ! Quelle joie de le voir enfin heureux – de lui promettre d'être sa femme avec l'intention de tenir sa promesse. Quand ? Ah ! quand il lui plairait. Vite, très vite, le plus tôt serait le mieux ! Presque sans s'apercevoir qu'elle jouait un rôle, le rôle de la « jeune fille », elle continuait la scène, entraînée par l'étonnement et la joie de son partenaire. Il délirait, il marchait sur les nues ; et cependant quelle délicatesse, quelle réserve – il était merveilleux !

Au bout d'une heure d'extase – souvenir embaumé à enregistrer pour demain –, elle se rappela qu'à huit heures et demie elle dînait en ville. Alors elle lui offrit ses lèvres en fermant les yeux, tandis que ses pensées couraient la poste. Fallait-il s'assurer de lui à la manière moderne, gâter cette pure idylle ? L'idée qu'il se faisait d'elle n'était, après tout, qu'une ombre, une illusion. Elle sentit tout à coup le jeune homme s'enfiévrer, se troubler. Il lui sembla assister à l'engloutissement d'une chose infiniment précieuse. Elle se leva.

— Maintenant, mon chéri, sauvez-vous !

Quand il se fut sauvé, elle se déshabilla pour brosser ses cheveux roux qui flambaient dans le miroir comme de l'or. Quelques enveloppes posées sur la coiffeuse attirèrent son attention. La première contenait une facture, la seconde une facture encore, la troisième une lettre ainsi conçue :

Madame,

Nous regrettons d'avoir à vous communiquer que MM. Cuthcott Kingston et Forsyte refusent les excuses demandées et retirent leur offre en totalité. Nous supposons donc que l'action suivra son cours. Cependant nous continuons à espérer qu'ils réfléchiront encore avant que le procès vienne devant la cour.

Vos très dévoués,

SETTLEWITH et STARK

Marjory laissa tomber la lettre et resta songeuse, les yeux fixés dans le miroir sur les deux petites lignes dures qui commençaient à marquer le coin de sa bouche… Au même instant Francis Wilmot rêvait, en s'enfuyant, de paquebot, de gares, de formalités de mariage et d'anneau nuptial. Une heure auparavant il désespérait, maintenant il lui semblait avoir toujours su que son idole renoncerait à cet homme qu'elle n'aimait pas. Lui, Francis, ferait de sa femme la reine de la Caroline du Sud ! Et si la vie là-bas ne lui plaisait pas, il vendrait la vieille maison pour aller vivre où elle voudrait – à Venise, puisqu'elle trouvait Venise merveilleuse ; ou à New York ou en Sicile ; avec elle peu lui importerait ! Londres, balayé par l'aride vent d'est, n'était plus ce gris labyrinthe peuplé d'ombres, mais un lieu de beauté, la ville où s'achète l'anneau de mariage et où l'on prend un billet pour un pays lointain. Le vent lui coupait le visage sans qu'il le sentît. Ce pauvre MacGown ! Il le haïssait, ne pouvait le voir en peinture, mais il lc plaignait de se voir arracher la coupe des lèvres. Et les longs jours, les semaines, les mois où lui-même, comme un papillon autour de la flamme, avait dansé, tourné en se brûlant, en se brisant les ailes, ne lui paraissaient plus que l'attente normale au seuil du paradis. Vingt-quatre ans, leur âge ! Une éternité de bonheur se déroulait devant eux. Il se représenta Marjory sous le porche de sa maison, si blanche, si aristocratique – les Noirs l'adoreraient ! Ils auraient des chevaux, une meilleure voiture que la vieille Ford. Ah ! se promener à ses côtés au printemps, parmi les azalées en fleur ! Leur odeur déjà… non, ce sont ses propres mains, parfumées par leur contact avec Marjory. Tremblant d'émotion, il continua sa course sous les arbres dépouillés, presque seul dehors, par le vent d'est, sous les étoiles brillantes d'une nuit glacée.

À son hôtel on lui remit une carte.

— Monsieur Wilmot, un gentleman vous attend.

Ce gentleman était sir Alexander, installé dans un coin du salon, son chapeau claque à la main. Il avança solide et sévère au-devant de Francis Wilmot.

— Voici quelque temps que je désire vous rencontrer, monsieur Wilmot.

— Très bien. Puis-je vous offrir un cocktail ou un verre de sherry ?

— Non, merci. Savez-vous que miss Ferrar et moi nous sommes fiancés ?

— Je l'ai su, monsieur.

Le visage coloré et brutal que Francis avait devant lui, cette petite moustache noire et ces yeux passionnés avaient ranimé son aversion ; il n'éprouvait plus aucune pitié.

— Je désapprouve complètement vos fréquentes visites chez cette jeune fille, reprit MacGown. En Angleterre, un homme d'honneur ne poursuit pas de ses assiduités une jeune fille qui est fiancée.

— C'est à miss Ferrar d'en juger, répondit froidement Francis Wilmot.

MacGown devint écarlate.

— Si vous n'étiez américain, il y a longtemps que je vous aurais enjoint de déguerpir.

Francis Wilmot s'inclina sans répondre.

— Eh bien ! est-ce entendu ?

— Permettez-moi de ne pas répondre.

MacGown avança une tête menaçante.

— Je vous ai prévenu. Si vous persistez, prenez garde à vous !

— Merci, je prendrai garde, répondit Francis nonchalamment.

MacGown hésita une minute, se balançant comme pour prendre son élan. Allait-il frapper ? Francis Wilmot attendait, les mains enfoncées dans ses poches.

— Vous êtes prévenu, répéta enfin MacGown en pirouettant sur ses talons.

— Bonsoir ! lança Francis Wilmot à cette silhouette carrée qui s'éloignait.

Il avait répondu avec douceur, il s'était conduit avec politesse, mais comme il haïssait cet homme !

Sans ce bonheur triomphant qui l'inondait, il aurait pu y avoir du grabuge !

24

Photographies

À Lippinghall, à l'occasion de la réunion de chasse traditionnelle de Noël, Michael rencontra deux hommes politiques rompus à la pratique des affaires et un membre du gouvernement.

Au fumoir éclairé de fenêtres à meneaux, où les hommes, et quelquefois les femmes, se retiraient pour se reposer dans de vieux fauteuils moelleux recouverts de cuir, la conversation rebondissait avec négligence, sans jamais aborder de sujets aussi dangereux que le foggartisme. Mais, par à-coups, au hasard d'une réplique ou d'un mot, Michael entrevoyait les réalités de la politique et sentait croître sa considération pour ces hommes pratiques. Même en ces jours de vacances ils se couchaient tard, se levaient tôt, écrivaient leurs lettres, lisaient les pétitions qui leur étaient adressées, se plongeaient dans des livres bleus, rouges ou jaunes. Ils étaient vigoureux, mangeaient solidement, buvaient ferme, ne semblaient jamais fatigués. Rasés de près, la mine florissante, ils chassaient avec enthousiasme et tiraient abominablement. Le membre du gouvernement, qui ne chassait pas, jouait au golf en compagnie de Fleur. Michael comprit la leçon que lui donnaient ses aînés : avoir tant de préoccupations qu'on ne puisse s'attacher à aucune, ne pas garder une minute pour mûrir une idée personnelle, nourrir une préférence, poursuivre un rêve ; aller de l'avant et surtout ne pas se demander où l'on va. Quant au foggartisme, ces hommes de bon sens ne le méprisaient pas à la manière de l'*Evening Sun* ; ils posaient la question que Michael avait si souvent débattue. Comment réaliser ce programme ? Ce serait très bien s'il n'y fallait pas tant d'argent. Tout ce qui peut augmenter encore le coût de la vie est hors de question – le pays est imposé à l'extrême. Le foggartisme serait coûteux. Vous pouvez expliquer à perdre haleine que cela paiera au quintuple dans dix ou vingt ans, personne ne vous écoutera. Vous dites que sans ce programme, nous courons au désastre ? Mais beaucoup de gens pensent que nous le subissons déjà et vous en voudront de le constater. Les industriels ne croient que ce qu'ils désirent et détestent qu'on les éclaire. Promettez d'intensifier le commerce, de réduire les taxes, de relever les salaires, de lever un impôt sur le capital ; suivant le parti auquel ils appartiennent, les gens trouveront que vous avez fait œuvre utile – jusqu'à ce qu'ils découvrent que cela n'est pas vrai. Au contraire, si vous parlez de diminuer l'importance du commerce et d'augmenter les taxes immédiatement pour améliorer l'avenir – quelle folie ! En politique on peut brouiller les cartes, mais non pas additionner ni soustraire. Le peuple ne réagit que pour un bénéfice instantané ou, comme à la guerre, devant un danger imminent. Il faut étouffer impitoyablement les idées sensationnelles.

En résumé, ces parlementaires étaient intelligents et sans illusions.

Après quelques tranquilles causeries, Michael avait compris, bien mieux qu'auparavant, ce qu'était le métier de politicien. Le membre du gouvernement surtout lui plaisait ; c'était un homme aux manières agréables, qui ne se mettait pas en avant, avait des idées particulières sur l'administration de son département et les appliquait de son mieux ; s'il avait des idées personnelles sur d'autres sujets, il les gardait pour lui. Il avait l'air d'admirer Fleur et écoutait ses interlocuteurs plus complaisamment que les deux autres. Il laissa échapper quelques remarques que ses collègues n'avaient pas exprimées.

— Ce que nous pouvons faire est tellement insuffisant que toute la presse poussera de grands cris – et à la faveur du tumulte nous pourrons peut-être alors prendre des mesures draconiennes avant que les gens aient le temps de protester…

— La presse ! répondit Michael, je ne la crois pas bonne à grand-chose.

— C'est néanmoins la seule voix qui se fasse entendre. Si vous étiez soutenu par les journaux les plus tapageurs, vous pourriez tout entreprendre, même le foggartisme. Le véritable obstacle est la lente croissance urbaine depuis cent cinquante ans, cet état d'esprit invétéré, qui ne peut se représenter qu'une Angleterre industrielle et commerçante. Et l'espoir des citadins est inébranlable ; ils ne veulent pas entendre prédire de catastrophes. Pour eux, on peut continuer indéfiniment dans la même voie et le pays doit redevenir de plus en plus prospère. Personnellement je n'en crois rien. Il se peut que la nécessité nous réduise à adopter une à une les mesures préconisées par Foggart, même l'émigration des enfants – mais cela ne s'appellera plus le foggartisme. L'inventeur ne bénéficiera pas de son invention, comme de juste. Et, ajouta mélancoliquement le ministre, lorsqu'on appliquera ses idées, il sera probablement trop tard.

Le jour où cette conversation eut lieu, Michael devait recevoir le représentant d'un groupe de presse qui l'avait sollicité à cet effet et il avait préparé soigneusement la profession de foi qu'il comptait lui exposer. Mais le représentant se transforma en photographe et le seul résultat de leur entrevue fut une photographe intitulée : « Le député de Mid-Bucks exposant la doctrine de Foggart à notre représentant. » L'artiste ne perdit pas son temps. Il prit un groupe familial sur le perron. « De gauche à droite : Mr Michael Mont, Mr P., lady Mont, Mrs Michael Mont, sir Lawrence Mont, Bt. » Il prit Fleur : « Mrs Michael Mont avec Kit et Dandie. » Il prit l'aile de la maison qui datait de l'époque jacobéenne. Il prit le ministre, une pipe à la bouche, « s'accordant des vacances de Noël ». Il prit un coin du jardin clos de murs : « Dans les jardins. » Après quoi il déjeuna. Et après le déjeuner, ce fut le tour de la maisonnée au complet : « À Lippinghall Manor, chez sir Lawrence Mont » ; le ministre était à la droite de lady Mont et la femme du ministre à la gauche de sir Lawrence. Cette photographie aurait été meilleure si Dandie, laissé par mégarde à son inspiration, n'avait pas attaqué brusquement les mollets de l'opérateur. Celui-ci prit ensuite une photographie de Fleur toute seule : « Mrs Michael Mont, une charmante jeune femme connue pour ses réceptions. » Ayant cru comprendre que Michael se livrait à quelque intéressante expérience, il lui demanda si on pouvait prendre une vue du foggartisme en action.

— Oui, répondit Michael en souriant, si le photographe ne craint pas une petite promenade…

Les voilà donc partis dans la direction du petit bois. La colonie était dans son état normal. Boddick, encouragé par la présence de deux ouvriers, travaillait à la construction d'un abri pour la couveuse, Swain lisait le *Daily Mail* en fumant une cigarette, Bergfeld était assis la tête dans les mains, et Mrs Bergfeld lavait.

À la troisième photographie, comme Bergfeld reprenait son tremblement nerveux, Michael suggéra à l'opérateur qu'il allait manquer son train. Celui-ci prit donc congé sur une vue finale de la maisonnette, avec Michael à l'entrée, et non sans avoir pris deux tasses de thé au manoir.

Au moment où Michael remontait dans son appartement, ce soir-là, le maître d'hôtel s'approcha de lui.

— Le dénommé Boddick est à l'office, monsieur Michael. J'ai peur qu'il ne soit arrivé quelque chose.

— Oh ! dit Michael alarmé.

À l'office, pièce où Michael avait passé tant d'heures agréables lorsqu'il était petit garçon, Boddick attendait, le front en sueur et les yeux écarquillés.

— L'Allemand nous a quittés, monsieur.

— Quittés ?

— Il s'est pendu. La femme est dans un état épouvantable ! C'est moi qui ai coupé la corde et j'ai envoyé Swain prévenir au village.

— Grand Dieu ! Pendu ! Mais pourquoi ?

— Ces derniers jours, il était très bizarre, et cette photographie a achevé de le bouleverser. Venez-vous, monsieur ?

Boddick acheva son récit en route, une lanterne à la main.

— Aussitôt que vous avez été parti, cet après-midi, Bergfeld a commencé à trembler et à répéter qu'on s'était moqué de lui. Je lui ai dit de ne pas faire l'idiot et je suis sorti sans plus l'écouter. Mais à l'heure du thé il déraisonnait toujours et parlait de son honneur et de ses économies ; Swain en avait assez et le blaguait ; Mrs Bergfeld, réfugiée dans un coin, était pâle comme la mort. J'ai fait taire Swain, et Fritz, calmé, s'est assis, replié sur lui-même, comme il faisait souvent pendant des heures. Mrs Bergfeld a servi le thé et après je suis sorti pour finir de raboter quelques planches. Quand je suis revenu, à sept heures, ils avaient recommencé à se disputer et Mrs Bergfeld pleurait à chaudes larmes. J'ai dit : « Vous voyez bien que vous rendez votre femme malade ! – Henry Boddick, m'a-t-il dit, je n'ai rien contre vous, mais ce Swain me fait suer ! » Il brandissait le couteau à pain. Je l'ai calmé. « Ah ! vous, vous n'êtes pas fier ! » me disait-il. Swain le regardait avec sa grimace habituelle : « Fier, espèce d'idiot ! de quoi pouvez-vous être fier ? » Alors, voyant que cela n'allait toujours pas, j'ai emmené Swain prendre un verre au café. En revenant à dix heures, Swain a été tout droit au lit, et moi je suis entré à la cuisine où j'ai trouvé Mrs Bergfeld. « Est-il couché ? – Non, il est sorti prendre le frais ; Boddick, je ne sais plus que faire de lui ! » Et elle m'a raconté ses accès et tout le reste – c'est une brave femme, vous savez. Tout à coup, elle a crié : « J'ai peur ! Pourquoi ne revient-il pas ? » Nous sommes sortis à sa recherche, et où croyez-vous que nous l'avons trouvé ? Vous connaissez le gros arbre que nous nous préparions à abattre ? Il y avait une échelle appuyée contre le tronc et une corde y était déjà attachée. Il a grimpé à l'échelle, au clair de lune, mis la corde autour de son cou et sauté... Pendu à six pieds du sol, raide mort ! J'ai réveillé Swain, nous avons rapporté le corps à la maison et... en avons-nous entendu ! Pauvre femme... je la plains, quoique vraiment il n'y ait pas à regretter sa disparition – il ne s'entendait avec personne.

Le photographe aurait payé cher pour ce dernier instantané au clair de lune !

« Foggartisme en action, pensait amèrement Michael. Ainsi finit la première leçon. »

La maisonnette avait un air d'abandon, sous la clarté incertaine de la lune et par un vent cinglant. Mrs Bergfeld était agenouillée devant le corps déposé sur la table commune et dont un mouchoir cachait le visage. Michael lui toucha l'épaule et elle le regarda avec égarement, puis, baissant la tête, se mit à murmurer tout bas. « Elle prie, pensa Michael. Catholique, bien sûr ! »

— Ne la laissez pas voir Swain, recommanda-t-il à Boddick en le prenant à part. Je vais lui parler.

Et quand la police et le docteur furent arrivés, il entraîna l'ancien coiffeur bouleversé, dont les traits falots paraissaient encore plus défaits sous la lumière blafarde.

— Il vaut mieux que vous rentriez avec moi pour cette nuit, Swain.

— Bien, monsieur. Je ne voulais aucun mal à ce pauvre diable. Mais il était tellement agaçant ! Et j'ai mes soucis, moi aussi. Je ne pouvais pas supporter de l'entendre se plaindre, comme si lui seul avait des malheurs. Quand l'enquête sera finie, je m'en irai. Et si les choses ne s'arrangent pas d'ici peu, ma peau ne vaudra pas plus cher que la sienne.

Cette résolution de départ soulagea Michael. Boddick serait bien débarrassé !

Quand il fut de retour à la maison, Fleur était couchée et endormie.

Il ne la réveilla pas et fut long à se réchauffer, tout en songeant au grand obstacle que rencontrent toujours les œuvres de salut public et qui est la nature humaine. Et la vision de cette pauvre femme qui veillait un froid cadavre se mêlait à son désir inassouvi de partager la chaleur du jeune corps étendu à ses côtés.

Les photographes arrivèrent à point. Pendant trois jours, il n'y eut pas un journal qui ne contînt quelques lignes, accompagnées d'illustrations, sur « Une tragédie dans une propriété du Buckinghamshire », ou : « Un acteur allemand se pend », « Le drame de Lippinghall », « Fin tragique d'une expérience », « De droite à gauche : Mr Michael Mont, député de Mid-Bucks ; Bergfeld, l'acteur allemand qui s'est pendu ; Mrs Bergfeld. »

L'*Evening Sun* raconta le drame avec plus de tristesse que d'indignation : « Le suicide d'un acteur allemand, chez sir Lawrence Mont à Lippinghall, contient une sorte de moralité grotesque. L'infortuné est un des trois chômeurs choisis par le jeune député de Mid-Bucks, qui s'est signalé par son discours sur le foggartisme, pour mettre sa doctrine en pratique. On ne s'explique pas très bien pourquoi il a choisi un Allemand pour amorcer le retour des Anglais au travail de la terre ; mais l'incident illustre parfaitement l'inefficacité absolue des initiatives privées et la futilité de toute lutte contre le chômage, tant que nous supporterons sur notre sol des étrangers venant ôter le pain de la bouche à nos concitoyens. » Dans le même numéro, un bref article s'intitulait : « Les étrangers chez nous. » Un nombreux public suivait l'enquête avec intérêt. Comme on savait que trois hommes et une seule femme vivaient dans la maisonnette de bois, on s'attendait à des révélations sensationnelles ; la déception fut grande quand les conclusions de la police firent disparaître tout espoir de découvrir une affaire de mœurs.

Fleur rentra à Londres avec son fils, mais Michael resta pour l'enterrement, qui se fit dans un cimetière catholique voisin. Il le suivit derrière Mrs Bergfeld, avec Boddick. Une petite pluie fine filtrait d'un ciel aussi gris que les pierres tombales, et les ifs se découpaient nettement sur ce fond couleur de cendre. La grosse couronne qu'il avait commandée était posée sur le tombeau comme une offrande. « D'abord des sacrifices humains, puis des béliers égorgés sur les tombes, puis des fleurs, est-ce cela le progrès ? » Il ramena Mrs Bergfeld à Londres, en auto, Norah Curfew ayant accepté de la prendre à l'asile comme cuisinière, et pendant le long trajet il se sentit envahi par les sentiments de pitié et de solidarité qu'il avait connus pendant la guerre. Les cœurs des hommes, masqués par les circonstances, les intérêts, l'éducation, l'accent, la race, la classe sociale, se ressemblent comme des frères, quand ils sont mis à nu par la douleur, l'amour, la haine, la joie. Mais la vie est une aventure secrète et les masques tombent rarement… Cela vaut peut-être mieux car la nudité est éprouvante.

Il fut réconforté, en arrivant, par l'accueil de Norah Curfew et ses paroles de bienvenue à Mrs Bergfeld. Elle était de celles qui consolent du premier coup, sans effort et sans humilier.

Rentré chez lui, Michael trouva Fleur au salon, encore enveloppée de fourrures et rose comme si elle venait d'affronter le froid.

— Tu viens de rentrer, mon petit ?

— Oui. Je…

Elle se tut et le regarda d'un air gêné.

— En as-tu terminé avec cette histoire ?

— Dieu merci ! j'ai confié cette pauvre créature à Norah Curfew.

Fleur sourit :

— Norah Curfew ! elle ne vit que pour les autres, celle-là, n'est-ce pas ?

— Certainement, répondit Michael d'un ton sec.

— La femme à la page. Comme on se sent démodée à côté d'elle.

Michael prit la tête de sa femme entre ses mains :

— Qu'y a-t-il, Fleur ?

— Rien.

— Mais si.

— Je suis seulement un peu lasse d'être laissée de côté comme si je n'étais bonne qu'à soigner Kit et à me faire belle.

Michael laissa retomber ses mains, blessé et surpris. Certes il n'avait pas consulté sa femme au sujet de ses entreprises philanthropiques ; elle n'aurait fait que se moquer ou bâiller : « Entreprises vaines. » En effet !...

— Chaque fois que tu veux participer à ce que je fais, tu n'as qu'un mot à dire, tu le sais.

— Oh ! je ne tiens pas à me mêler de tes affaires. J'ai les miennes. As-tu pris ton thé ?

— Je t'en prie, dis-moi ce que tu as...

— Mon cher, tu me l'as déjà demandé et je t'ai répondu : rien.

— Embrasse-moi...

— Certainement. Et puis, c'est l'heure du bain de Kit. Montes-tu avec moi ?

Chaque petite phrase atteignait Michael comme un coup d'épingle. Il ne savait comment dénouer cette crise inattendue. Est-ce que Fleur ne voulait plus être admirée par lui, être désirée ? Que voulait-elle ? Être considérée comme prenant le même intérêt que lui aux problèmes politiques de l'heure. Mais était-ce vrai ?

— Avec tout cela, dit-elle, j'ai envie de mon thé. À propos, la femme à la page est-elle spectaculaire ?

De la jalousie ? L'idée semblait absurde. Il répondit avec calme :

— Je ne comprends pas ce que tu veux dire.

Fleur le regarda en ouvrant de grands yeux innocents.

— Grand Dieu ! s'exclama Michael au comble de l'impatience.

Et quittant la pièce, il monta au bureau et alla s'asseoir devant *Le Singe blanc*. Du haut de cette position stratégique, il discerna plus exactement la cause de ses difficultés conjugales. Fleur d'abord ! elle voulait passer avant tout. Rien de ce qui lui appartenait, aucun objet de sa collection ne devait avoir d'existence personnelle ! Il fut consterné par cette amère observation. Non, non ! Elle succombait simplement à une mauvaise habitude – la cuillère d'argent de son enfance. Elle lui en voulait d'avoir d'autres intérêts dans la vie que ceux qui la concernaient – ou peut-être de ne pas savoir elle-même y prendre part. C'était plutôt à son honneur, d'ailleurs. Elle était mécontente de son propre égoïsme, la pauvre enfant. « Attention, se dit Michael, ou je vais me perdre dans des subtilités dignes d'un roman psychologique. » Son esprit s'égara en effet, à la recherche des symptômes et des causes. Il se rappela sa gouvernante qui l'enfermait à clé, dans son enfance, ce qui lui avait laissé une crainte maladive d'être retenu dans un endroit clos ; les psychanalystes auraient dit que l'acte de la gouvernante avait créé cette phobie. Mais beaucoup d'enfants n'y auraient attaché aucune importance – la tendance à la peur d'être enfermé était dans sa nature. Il prit la photographie de Fleur posée sur son bureau. Il l'aimait, il l'admirait toujours. Si elle avait des défauts, qu'importe, n'en avait-il pas lui-même ? Gardons-nous de transformer en drame cette comédie. Fleur a le sens de l'humour, elle aussi. Est-ce bien sûr ? Il scruta de nouveau attentivement l'image qu'il tenait… Mais, selon la coutume des maris, il avait arrêté son diagnostic sans connaître toutes les causes du mal : Fleur s'était ennuyée à mourir, à Lippinghall ; cette collection de parlementaires n'avait fait que lui donner sur les nerfs. Elle avait caché son déplaisir à Michael, mais une telle abnégation criait vengeance. Elle avait pris la politique en horreur ! Espérant trouver quelque consolation en achetant un ou deux chapeaux, dès son arrivée elle était partie dans la direction de Bond Street et s'était trouvée au coin de Burlington Street en face d'un jeune homme qui la saluait.

— Fleur.

C'était Wilfrid Desert, très maigri et bronzé.

— Vous !

— Moi-même. Je viens d'arriver. Comment va Michael ?

— Très bien. Seulement il est au Parlement.

— Miséricorde ! Et vous ? Comment cela va-t-il ?

— Vous le voyez. Avez-vous fait un voyage agréable ?

— Oui. Je ne suis ici qu'en passant. L'Orient me rappelle.

— Viendrez-vous nous voir ?

— Je ne crois pas. Chat échaudé, vous savez…

— Oui. Vous avez bruni.

— Adieu, Fleur. Vous n'avez pas changé, vous. Je verrai Michael ici ou là.

— Adieu.

Elle s'était éloignée sans se retourner, en regrettant de ne pas savoir si Wilfrid en avait fait autant.

Elle avait autrefois sacrifié Wilfrid à Michael qui l'avait oublié ! Vraiment, elle avait trop d'abnégation !

Vers trois heures on lui apporta une enveloppe portant le chiffre de l'hôtel Cosmopolis.

— Le porteur attend la réponse, madame.

Madame,

Nous nous excusons de vous faire part de notre embarras. Mr Francis Wilmot, qui était notre hôte depuis le mois d'octobre, est, à notre grand regret, atteint d'une pneumonie. Le docteur trouve son état grave. Nous avons cru de notre devoir de chercher dans ses papiers l'adresse de ses amis ; nous n'avons pas trouvé d'autre indication qu'une de vos cartes. Je me permets de vous demander si vous pouvez nous aider dans cette fâcheuse circonstance.

Croyez, madame, à nos sentiments respectueux,

pour la Direction

Fleur fixait distraitement l'illisible signature et ses réflexions étaient amères. Jon lui avait envoyé Francis en messager chargé d'annoncer son bonheur ; son ennemie le lui avait enlevé. Alors pourquoi cette chipie ne s'occuperait-elle pas de lui ? Tout de même, ce pauvre garçon seul, très malade, dans un grand hôtel…

— Coaker, allez me chercher un taxi.

En roulant dans la direction de l'hôtel, elle était légèrement excitée par ce rôle nouveau d'ange consolateur. Après avoir donné son nom au bureau de l'hôtel, elle fut conduite à la chambre 209. Une femme de chambre y veillait et lui expliqua que l'infirmière n'était pas encore arrivée. Francis Wilmot gisait, le buste très relevé par des oreillers, la figure rouge de fièvre, les yeux clos.

— Depuis combien de temps est-il malade ?

— J'avais remarqué qu'il avait une mine bizarre, madame, mais nous n'avons su qu'aujourd'hui qu'il était si malade. Je crois qu'il ne s'est pas soigné au début. Le docteur ordonne des enveloppements. Pauvre monsieur, c'est triste ! Vous voyez, il n'a plus bien sa tête.

Le malade remuait les lèvres ; il commençait à délirer.

— Allez préparer du thé au citron, aussi léger et aussi bouillant que possible, dépêchez-vous.

Fleur posa sa main fraîche sur le front du jeune homme.

— Ne vous inquiétez pas, Francis. Vous souffrez ?

Il cessa de remuer les lèvres et la fixa de ses prunelles fiévreuses.

— Si vous me guérissez, dit-il, je vous détesterai. Je veux m'en aller, et vite.

Elle changea de main sur le front brûlant. Il recommençait à parler tout bas, et ce monologue sans bruit, incohérent et significatif à la fois, la remplissait d'effroi. Elle resta cependant à son poste, en continuant à rafraîchir de ses mains froides le front fiévreux, jusqu'au retour de la femme de chambre apportant la boisson commandée.

— La garde est arrivée, miss ; elle monte.

— Versez le thé, maintenant. Francis, vous allez boire.

Les lèvres tremblantes, les mâchoires claquantes, il but. Fleur reposa la tasse et s'écarta. Le malade refermait les yeux.

— Oh ! madame, chuchota la femme de chambre, il est bien mal. Un si gentil jeune monsieur.

— Quelle température a-t-il ? Le savez-vous ?

— J'ai entendu le docteur dire « près de quarante ». Voici la garde.

Fleur sortit à sa rencontre sur le pas de la porte.

— Ce n'est pas un cas ordinaire, nurse. C'est un malade qui n'a pas envie de guérir. Un amour malheureux, je crois. Voulez-vous que je vous aide à lui faire un enveloppement ?

Quand ce fut fait, elle s'attarda à observer Francis. Les cils sombres et longs reposaient sur le visage aminci, lui donnant l'expression candide d'un visage d'enfant.

Au moment où elle partait, la femme de chambre la retint en lui touchant le bras.

— J'ai trouvé cette lettre, madame ; dois-je la montrer au docteur ?

Fleur lut :

Mon pauvre cher petit,

Hier nous étions fous. Ce que nous avions rêvé ne se peut pas. Mais je n'en aurai pas le cœur brisé, ni vous non plus, quoi que vous pensiez au moment où vous recevrez ceci. Retournez bien vite à votre soleil et à vos Noirs, et oubliez-moi. Je n'aurais pas tenu le coup. Je n'aurais pas pu me résigner à être pauvre. Il me reste à suivre tout bonnement la route commune avec mon Écossais. À quoi bon rêver d'une chaumière et de deux cœurs, quand l'un d'eux est celui de votre malheureuse (momentanément),

MARJORY

P.-S. – *Je parle sérieusement, lucidement. Ne cherchez pas à me revoir, ce qui ne serait que plus dur pour vous.*

M.

— Bien, dit Fleur. J'ai prévenu la garde. Conservez ce billet et vous le lui remettrez s'il guérit. Sinon brûlez-le. Je reviendrai demain. Je ne suis pas la personne dont il s'agit, ajouta-t-elle en regardant la femme de chambre avec un léger sourire.

— Oh ! non, madame, non, bien sûr ! Pauvre jeune monsieur ! Est-ce qu'on ne peut rien faire ?

— Je ne sais, je ne crois pas…

Par esprit de représailles, Fleur n'avait pas raconté l'histoire de Francis à Michael. Il ne pouvait s'attendre à tout accaparer, vie privée et vie publique.

Lorsqu'il l'eut quittée avec une exclamation d'impatience, elle s'approcha de la fenêtre en réfléchissant à sa rencontre de tantôt. Étrange expérience de se retrouver en face de Wilfrid ! Elle n'était pas émue, mais curieuse de savoir si elle avait encore le moyen de l'attirer. Dehors il faisait sombre, comme le dernier soir de tête-à-tête avant sa fuite – elle le voyait encore, le visage pressé contre cette vitre qu'elle effleurait des doigts.

« Chat échaudé. » Non ! Elle ne désirait pas le faire souffrir de nouveau – imiter Marjory, comme Marjory l'avait imitée elle-même. Si Wilfrid avait décidé d'attraper une pneumonie comme ce pauvre Francis, au lieu de partir pour l'Orient, qu'aurait-elle fait ? L'aurait-elle laissé mourir de désir ? Et que décider, maintenant, après avoir lu la lettre de Marjory ? En parler à Michael ? Jamais ; il jugeait sa femme frivole et vaine – eh bien, elle lui apprendrait ! Fallait-il câbler à cette sœur de Francis qui avait épousé Jon ? Mais la maladie atteignait son point critique, arriver à temps d'Amérique était impossible. Quelle femme était-elle, cette femme que Jon avait choisie ? Une autre Norah ?… ou une ces Américaines banales, décidées à bien s'amuser et à s'attribuer partout la meilleure part ? La mode des idées avancées devait sévir en Amérique comme ici, bien que ne venant pas de Paris. Anne Forsyte… Fleur frissonna devant l'âtre, malgré le feu vif.

Après avoir ôté son chapeau dans sa chambre, elle s'examina minutieusement dans la glace. Elle avait bonne mine, les yeux clairs, la peau lisse ; elle fit bouffer du bout des doigts ses cheveux un peu aplatis et se dirigea vers la nursery. Le onzième baronet, endormi, poursuivait le cours de sa vie privée, avec une expression très déterminée sur sa petite figure. Dandie était couché au pied du berceau, le museau dans les pattes, et la nurse cousait près de la table. Devant elle était ouvert un journal illustré étalant une photographie intitulée : « Mrs Michael Mont avec Kit et Dandie. »

— Comment la trouvez-vous, nurse ?

— Elle est affreuse, madame. Kit a l'air stupide là-dessus – lui donner cet air-là !

Fleur prit le journal ; ses yeux avaient eu tôt fait de remarquer que cette première feuille en dissimulait une seconde où son effigie s'étalait à la première page avec ces lignes explicatives : « Mrs Michael Mont, la jolie jeune hôtesse qui va bientôt comparaître, dit-on, comme défenderesse, dans un procès entre gens du monde. »

Et plus haut un portrait de son ennemie : « Miss Marjory Ferrar, la brillante petite-fille du marquis de Shropshire, dont les fiançailles avec sir Alexander MacGown sont annoncées. »

Fleur laissa retomber les journaux l'un sur l'autre.

25

Des ombres au paysage

Le dîner dont Marjory s'était brusquement souvenue lui était offert par MacGown et, lorsqu'elle arriva au restaurant, son hôte l'attendait dans le hall.

— Où sont les autres, Alec ?

— Il n'y a pas d'« autres ».

Marjory Ferrar recula :

— Je ne peux pas dîner seule avec vous dans un restaurant comme celui-ci.

— J'avais invité les Ppynrryn, mais ils se sont décommandés.

— Alors j'irai dîner à mon club.

— Je vous en prie, Marjory, restez. Nous dînerons dans un cabinet particulier. Entrez et attendez-moi, je vais arranger cela.

Elle passa dans le petit salon d'attente en haussant les épaules. Une jeune femme dont les traits ne lui étaient pas inconnus entra en flânant, la regarda et ressortit en silence ; la pendule de bronze doré sonna, les murs, tapissés d'un papier gris clair à rayures, étaient décolorés par l'éclairage brutal et Marjory les regardait sans les voir, hypnotisée par un souvenir – il lui semblait avoir encore devant les yeux le visage extasié de Francis.

Elle avait joué la comédie, elle venait de passer une heure remplie d'émotions et elle avait faim. Au moins, dîner avant la scène inévitable ! Et tout en buvant le meilleur champagne que MacGown eût pu se procurer, elle observait, en bavardant, son adorateur. Ce teint rouge brique, cette tête carrée aux cheveux raides, cette puissante carrure, quel contraste avec le visage fin et pâle, la silhouette élancée de Francis Wilmot. MacGown était un homme et qui savait se rendre agréable, quand il s'en donnait la peine. Avec lui elle aurait tout – excepté ce que Francis aurait pu lui donner. Il fallait choisir, avoir l'un ou l'autre – non pas les deux comme elle l'avait espéré. Un jour, en excursion sur l'Helvellyn, en franchissant une arête rocheuse entre deux précipices, elle s'était demandé de quel côté elle allait tomber… eh bien, elle n'était pas tombée, et cette fois-ci encore elle se tirerait d'affaire ! On se tire toujours d'affaire, quand on ne perd pas la tête.

On apporta le café. Marjory fumait, assise sur le canapé. Son expérience des cabinets particuliers lui faisait tenir pour certain qu'elle était aussi seule avec son fiancé qu'on le peut obtenir en payant. Comment allait-il se comporter ?

Il jeta son cigare et vint s'asseoir à côté d'elle. C'était le moment de se lever et de lui dire que leurs fiançailles étaient rompues. Mais déjà les bras de son fiancé l'enlaçaient et il cherchait ses lèvres.

— Faites attention à ma robe, c'est la seule que je possède.

Et tout à coup, non qu'elle eût entendu du bruit, mais parce que ses sens n'étaient pas absorbés comme ceux de l'homme, elle vit une silhouette se profiler dans l'embrasure de la porte ; une voix féminine dit : « Oh ! pardon, je croyais… », et la silhouette disparut.

Marjory se redressa.

— Avez-vous vu ?

— Oui, qu'elle aille au diable.

— C'est quelqu'un qui me file.

— Qu'est-ce que vous dites ?

— Je ne la connais pas et pourtant ses traits me sont familiers. Elle m'a regardée avec attention, en bas, pendant que je vous attendais.

MacGown bondit, ouvrit la porte d'un coup de poing. Personne ! Il la referma et revint sur ses pas.

— Sacrebleu ! Ces gens-là… je… je… Cette fois, il faut en finir. Marjory, je fais paraître l'annonce de nos fiançailles dans les journaux de demain.

Marjory, accoudée à la cheminée, se regardait dans la glace. « Aucun sens moral… » Eh ! qu'importe. Si seulement elle pouvait se décider à épouser Francis clandestinement, à fuir avec lui, loin des créanciers, des avocats, loin d'Alec ! Puis brusquement elle pensa à la surveillance dont elle était l'objet. Les insolents ! la faire filer ! Non, elle ne laisserait pas triompher cette petite snob de Fleur et le vieux au menton en galoche.

MacGown lui baisait la main et ce geste caressant la toucha.

— Eh bien ! lui dit-elle, je pense que vous avez raison.

— Dieu soit loué !

— Croyez-vous réellement qu'il y ait de quoi remercier Dieu ?

— Je risquerais l'enfer pour vous avoir.

— Et après ? Puisque nous n'avons rien à cacher, descendons danser.

Elle dansa pendant une heure et, en rentrant seule dans son cab, elle pleura. Arrivée à la maison, elle écrivit à Francis et ressortit pour mettre la lettre à la poste. Quelles froides étoiles, quel vent âpre, quelle nuit cruelle ! Le léger choc de l'enveloppe tombant au fond de la boîte la fit rire. Ils avaient joué aux enfants… cela avait été amusant ! Mais voilà qui était fini et le spectacle continuait.

Extraordinaire effet d'un petit paragraphe dans les journaux ! Le crédit de Marjory Ferrar, comme un feu sur lequel on a jeté de l'huile, s'étendit au loin. Son courrier ne se composait plus de notes à payer, mais de sollicitations de fournisseurs qui brûlaient d'envie de la vêtir, de la nourrir, de la coiffer, de la fleurir, de l'envelopper de fourrures, de la photographier. Londres s'offrait tout entier. Pour échapper à cette avalanche d'offres cyniques, elle emprunta cent livres et partit pour Paris. Là, elle changea sa coiffure, commanda des robes, mangea dans des restaurants connus des seuls gourmets, passa ses soirées au théâtre, bref, continua à se rendre digne du surnom que Michael lui avait donné – mais elle avait le cœur gros. Au bout d'une semaine elle revint et brûla l'avalanche postale, y compris les lettres de félicitations qui heureusement contenaient presque toutes la phrase habituelle : « Bien entendu, ceci ne demande pas de réponse. » Le temps était doux. Elle put monter au parc chaque jour, pour s'entraîner avant la saison de la chasse. Et la veille de son départ, elle reçut une brève communication anonyme : « Francis Wilmot est très malade d'une pneumonie à l'hôtel Cosmopolis, Il a peu de chances de s'en tirer. »

Elle eut des battements de cœur et un étourdissement, ses genoux se dérobaient sous elle ; la feuille de papier tremblait dans sa main, mais sa présence d'esprit ne l'abandonnait pas. C'était l'écriture de la « petite snob ». Était-ce Francis qui lui avait demandé de la prévenir ? Était-ce un appel ? Le pauvre garçon ! Et s'il était mourant, devait-elle aller le voir ? La mort lui faisait tellement horreur ! Ce billet voulait-il dire que sa présence le sauverait ? Ou quoi ? Mais l'indécision n'était pas dans le caractère de Marjory. Dix minutes après, elle sautait dans un taxi ; vingt minutes plus tard, elle tendait sa carte au directeur de l'hôtel.

— Vous avez ici Mr Wilmot, un de mes parents. Je viens d'apprendre sa grave maladie. Puis-je monter voir la garde ?

Le directeur regarda la carte et le visage de Marjory, et dit :

— Certainement, madame. Conduisez madame au numéro 209.

Elle suivit les boutons dorés du boy dans l'ascenseur, puis le long d'un tapis gris perle, encadré de murs du même ton, et franchit derrière lui maintes portes aux boiseries claires, tête basse sous le brutal éclairage électrique. Le boy frappa très fort au numéro 209.

La porte s'ouvrit et, dans son encadrement, apparut Fleur.

26

Les choses se compliquent

Francis Wilmot, bien qu'il eût l'air si peu américain, avait dû hériter du goût de ses compatriotes pour les solutions promptes.

En effet, deux jours après la visite de Fleur, il avait atteint le paroxysme de sa maladie, courant à la mort comme un amoureux poursuit sa bien-aimée. Mais la volonté humaine est trop faible pour combattre l'instinct vital et il ne parvint pas à mourir. Fleur, appelée à son chevet, avait été enfin rassurée par le diagnostic du médecin : « Il guérira, avait-il dit, si nous arrivons à lui rendre un peu de force. » Là était la difficulté. Pendant trois après-midi, elle avait vu l'épuisement et l'indifférence du malade aller en s'aggravant et elle avait été dévorée d'anxiété. Le quatrième jour, comme elle était assise auprès du lit, il avait ouvert les yeux.

— Eh bien ! Francis ?

— Il va falloir que je m'en aille, après tout.

— Ne dites pas cela, ce n'est pas digne d'un Américain. Vous ne vous en irez pas le moins du monde.

Il avait souri et fermé les yeux. C'est alors qu'elle avait pris le parti d'écrire à Marjory Ferrar.

Le jour suivant il était à peu près dans le même état, plus mort que vif. Mais Fleur était plus calme ; le porteur du billet anonyme lui avait assuré que miss Ferrar avait dû rentrer chez elle vers quatre heures. Viendrait-elle ? On connaît si peu les autres, amis ou ennemis.

Le malade somnolait, blême et sans forces, quand on frappa à la porte de la petite antichambre de son appartement. Fleur y passa en fermant doucement la porte et ouvrit celle du corridor. Ainsi donc, elle était venue ! Si cette rencontre des deux adversaires avait un caractère un peu dramatique, elles ne s'en avisèrent ni l'une ni l'autre, trouvant simplement la situation extrêmement désagréable. Elles se dévisagèrent en silence, puis Fleur prit la parole.

— Il est faible. Voulez-vous vous asseoir pendant que je le préviens ?

Après avoir installé la visiteuse dans la petite pièce où Francis rangeait ses vêtements – au temps où il portait des vêtements –, Fleur rentra dans la chambre en tirant la porte derrière elle.

— Francis, quelqu'un voudrait vous voir.

Francis ne fit pas un mouvement, mais ses yeux s'éclairèrent d'une vie nouvelle. Fleur reconnut ses yeux d'autrefois, comme si brusquement quelqu'un avait rallumé leur foyer éteint.

— Vous savez de qui je parle ?

La réponse vint, faible mais distincte.

— Je sais, mais si elle ne me jugeait pas digne d'elle auparavant, je ne le suis plus du tout aujourd'hui. Dites-lui que je suis guéri de ma stupidité.

Fleur écoutait, la gorge serrée. Il ajouta en refermant les yeux :

— Remerciez-la d'être venue.

Marjory Ferrar attendait debout, appuyée au mur, une cigarette éteinte aux lèvres.

— Il me charge de vous remercier, mais il préfère ne pas vous voir. Je regrette de vous avoir fait venir.

Marjory prit entre ses doigts la cigarette et Fleur vit ses lèvres trembler.

— Va-t-il guérir ?

— Je ne sais. Je l'espère, maintenant. Il dit qu'il est guéri de sa stupidité.

Marjory Ferrar serra les dents. Elle ouvrit la porte pour s'en aller, puis se retourna d'un mouvement brusque :

— Faisons-nous la paix ?

— Non, répondit Fleur.

Il y eut une seconde de silence et d'immobilité. Enfin Marjory Ferrar éclata d'un petit rire amer et s'éclipsa. Fleur rentra dans la chambre.

Francis dormait.

Le lendemain de cette entrevue entre les deux jeunes femmes, Francis se trouva mieux, la convalescence commençait. Fleur cessa ses visites. Mais elle s'était aperçue entretemps qu'une ombre l'escortait fidèlement partout. On la faisait suivre ! Amusant ! Quel dommage de ne pouvoir en parler avec Michael, car elle ne lui disait toujours rien de ses faits et gestes.

Le jour où elle avait cessé ses visites de garde-malade, Michael était entré pendant qu'elle s'habillait pour le dîner, un journal à la main.

— Écoute ceci :

Quant au caravansérail de Dieu
Viennent les ânes, les jeunes et les vieux,
Ânes d'Afrique, d'Asie, d'Espagne,
Le divin Maître éveillé par le bruit
Veille et songe pendant la nuit.

Comme ils reposent sur la molle litière.
Brisés, rompus de faix et de blessures,
Lui se souvient qu'ils sont ses créatures
Tirées par chance du sein de la matière.

Pour leur offrir une douce agonie,
Ânes de Grèce, d'Afrique et de Syrie,
Notre-Seigneur fait écrire en ce lieu :
« Étable de la Paix. – Enfants de Dieu. »

— De qui est-ce ? Cela fait penser à Wilfrid.

— C'est de Wilfrid, en effet, dit Michael en évitant de regarder sa femme ; je l'ai rencontré au Hotch Potch.

— Comment l'as-tu trouvé ?

— Très en forme.

— Tu l'as invité ?

— Non. Il repart très prochainement pour l'Orient.

Cherchait-il à savoir si elle avait revu Wilfrid ? Ou le savait-il déjà ? Elle dit :

— Je vais aller chez père, Michael, il m'a écrit deux fois.

Michael lui baisa la main.

— D'accord, chérie.

Fleur rougit ; ses secrets lui pesaient.

Elle alla donc s'installer chez son père avec Kit et Dandie. Peut-être « son ombre » ne la suivrait-elle pas jusque-là.

Annette étant allée passer un mois chez sa mère à Cannes, Soames était seul, en tête à tête avec l'hiver anglais. Il n'y pensait guère, absorbé par les soucis du procès qui devait venir devant le tribunal quelques semaines plus tard ; et, soustrait à l'influence française, il recommençait à rêver de transactions. L'annonce officielle des fiançailles de Marjory Ferrar et de MacGown avait bien changé la tournure des choses. Une jeune personne libre et lancée, qui vit seule, ou la fiancée d'un membre du Parlement pourvu de titres et d'argent ne se pèsent pas dans la même balance – le jury aurait devant lui la future lady MacGown… « Et rien n'est dangereux, se disait Soames, comme un homme sur le point de se marier : autant se mesurer avec un chien enragé que de s'attaquer à sa fiancée. »

Quand Fleur lui parla de « l'ombre », son visage s'assombrit. Exactement les représailles qu'il appréhendait ; et il n'avait même pas le soulagement de répondre à sa fille : « Je te l'avais bien dit », car il ne lui en avait pas soufflé mot. Il lui avait demandé de venir chez lui, mais sa discrétion habituelle l'avait empêché de lui dire pourquoi il le désirait. Autant qu'il pouvait savoir, il n'y avait rien eu de suspect dans les occupations de Fleur, depuis son retour de Lippinghall, rien que ces visites à l'hôtel Cosmopolis, mais elles étaient déjà bien gênantes... Qui croirait que c'étaient des visites de pure charité ? La charité n'est pas un mobile reconnu par les tribunaux. Il fut frappé de stupeur en apprenant que Michael les ignorait. Et pourquoi ?

— Je n'avais pas envie de lui en parler.

— Pas envie ! Ne vois-tu pas dans quelle fausse position tu t'es mise ? Courir au chevet d'un jeune homme sans que ton mari le sache !

— C'est vrai, papa chéri, mais un jeune homme terriblement malade.

— C'est possible, mais il n'est pas le seul.

— De plus, il était follement épris de Marjory Ferrar.

— Crois-tu qu'il l'avouera, si nous obtenons de le faire comparaître ?

Fleur ne répondit pas ; elle revoyait le visage de Francis Wilmot quand elle lui avait parlé de Marjory.

— Je ne sais pas, dit-elle enfin. Tout cela est horrible !

— Naturellement. Vous vous êtes querellés, Michael et toi ?

— Non, pas querellés. Seulement il ne me raconte pas certaines choses.

— Lesquelles ?

— Comment savoir, papa ?

Soames grogna.

— Se serait-il opposé à ces visites ?

— Bien sûr que non. Il aurait été fâché que je n'y aille pas. Il aime beaucoup ce pauvre garçon.

— Eh bien ! alors, ou toi, ou lui, ou tous les deux, il faut que vous mentiez, que vous disiez qu'il était au courant. J'irai à Londres le prévenir. Heureusement, nous avons les preuves de cette maladie. Et si je surprends quelqu'un en train de t'espionner chez moi...

Le lendemain il débarquait à Londres et, comme le Parlement était en vacances, il alla chercher Michael au Hotch

Potch. Il n'aimait pas ce club qui lui rappelait son défunt cousin Jolyon le jeune ; aussi dit-il tout de suite :

— Si nous allions ailleurs ?

— Très bien, monsieur ; où préférez-vous aller ?

— Chez vous, si vous pouvez m'héberger une nuit. J'ai à vous parler.

Après le dîner, Soames parla en effet.

— Maintenant, dites-moi ce qui se passe avec Fleur. Elle prétend que vous lui cachez certaines choses…

Michael regardait attentivement son verre de porto.

— Mais, dit-il lentement, je serais trop heureux de lui parler de tout. Seulement mes affaires ne l'intéressent pas. Elle trouve les questions d'intérêt public sans importance.

— D'intérêt public ! Je parlais d'affaires privées.

— Il n'y en a pas. Pensez-vous qu'elle croie qu'il y en ait ?

Soames baissa les yeux.

— Je ne sais pas. Elle a dit que vous lui cachiez certaines choses.

— Eh bien ! vous pouvez abandonner cette idée et lui dire d'en faire autant.

— Hum ! en tout cas, le résultat a été qu'elle a soigné ce jeune Américain malade d'une pneumonie à l'hôtel Cosmopolis sans vous le dire. C'est encore une chance qu'elle n'ait pas pris la contagion.

— Francis Wilmot ?

— Oui. Il est hors de danger. Ce n'est pas cela qui nous intéresse maintenant. Fleur a été filée.

— Grand Dieu !

— Oui. Voilà les conséquences de votre silence. Les femmes sont capricieuses – elles n'aiment pas cela.

Michael eut un sourire amer.

— Mettez-vous à ma place, monsieur. Par profession je m'inquiète de l'état du pays, et vous savez combien on finit par se passionner pour la politique. Fleur trouve tout ce qui s'y rapporte assommant. Je la comprends ; mais plus je suis intéressé, plus je redoute de l'ennuyer et moins je peux lui en parler. On peut presque dire qu'elle est jalouse de la politique.

Soames se frottait le menton avec embarras. La politique est une maîtresse d'un ordre un peu spécial. Lui, Soames, était souvent préoccupé par des questions politiques, mais en faire une cause de mésentente entre mari et femme lui semblait bien étrange ; de son temps on avait d'autres conflits !

— En tout cas, dit-il, il faut arranger cela, c'est absurde.

— Absurde ! Il me semble que ce n'est pas nouveau. Les hommes ont bien dû quitter leurs femmes pendant la guerre.

— Les femmes l'ont supporté parce que le pays était en danger.

— Il n'est pas en danger, maintenant ?

Avec sa méfiance instinctive pour les grandes phrases, Soames fut scandalisé d'entendre de pareilles réflexions. Michael était un homme politique, il est vrai ; mais les hommes politiques sont faits pour rassurer le pays et non pour souligner les sujets de crainte et parler à tort et à travers.

— Quand vous serez plus vieux, vous saurez que les sujets d'inquiétude existent toujours pour un esprit inquiet. Au fond, il n'y a rien de grave ; la livre monte. Et quant à ce que vous devez raconter à Fleur, peu importe, pourvu que vous lui racontiez quelque chose.

— Elle est intelligente.

Soames resta interloqué, ne pouvant nier l'intelligence de sa fille. Il répondit enfin :

— Les affaires publiques ne sont pas à sa portée ; on ne peut demander à une femme de s'y intéresser.

— Beaucoup de femmes s'y intéressent.

— Des bas-bleus.

— Non pas, d'ailleurs les bas ne se portent plus.

— Hum ! cette mode ! Quant à s'intéresser à la prospérité du pays, mettez donc une taxe sur les bas, pour voir ce qu'elles feront.

Michael eut un sourire ironique.

— Je le proposerai.

— Si vous vous imaginez que les gens – hommes ou femmes – vont se contraindre pour suivre une doctrine comme le foggartisme que vous prônez, vous aurez des déceptions.

— C'est ce que chacun me dit. C'est justement parce que je n'apprécie pas les douches froides à la maison que j'ai renoncé à parler de mon programme à Fleur.

— Si vous voulez un conseil, attelez-vous à quelque chose de plus pratique – la circulation, par exemple, ou le timbre à un penny. Renoncez au pessimisme : les gens qui expriment leur pessimisme tout haut ne sont jamais populaires dans ce pays. Pour revenir à nos moutons, il faudra dire que vous étiez averti des visites de votre femme à ce jeune homme.

— Certainement, monsieur. Mari et femme ne font qu'un. Mais vous n'avez cependant pas l'intention de nous laisser donner en spectacle devant un jury ?

Soames se taisait. Il n'avait évidemment pas cette intention, mais que faire si les adversaires l'avaient ?

— Je ne puis rien affirmer, finit-il par répondre. Cet homme est écossais. Pour quelle raison lui avez-vous donné un coup de poing sur le nez ?

— Il m'avait allongé une gifle le premier. Je reconnais que l'occasion était bonne de tendre l'autre joue, mais sur le moment je n'y ai pas pensé.

— Vous aviez dû lui dire quelque injure.

— Je l'avais seulement traité de sale bête. Car vous n'ignorez pas qu'il avait attribué à mon discours des motifs intéressés.

Soames regardait fixement son gendre. Ce jeune homme se prenait vraiment trop au sérieux !

— Votre discours ! Il faut cesser de vous figurer que ce que vous pouvez dire ou faire a la moindre importance.

— Alors à quoi bon être au Parlement ?

— Vous êtes dans la même galère que les autres. Le pays est un arbre que vous pouvez soigner ou tailler, vous ne pouvez pas l'arracher pour mieux examiner ses racines.

Michael leva les yeux sur son interlocuteur, impressionné par cette réflexion.

— Dans les affaires publiques, continuait Soames, il faut savoir garder la tête froide et ne pas vouloir faire plus qu'il n'est nécessaire.

— Et qui sera juge de cette nécessité ?

— Le bon sens. On ne peut tout avoir.

Et se levant, il alla examiner le Goya.

— Allez-vous acheter un autre Goya, monsieur ?

— Non ; si j'achète encore quelques toiles, je retournerai aux maîtres anglais.

— Par patriotisme ?

— S'agiter, s'inquiéter n'a rien à voir avec le patriotisme. Et une autre chose à vous rappeler, c'est que les étrangers sont très heureux de nous savoir dans l'embarras. Il est inutile de discuter tout haut notre situation.

Michael alla se coucher sur ces aphorismes. Il pensait à son retour de l'armée, lorsqu'il se disait, écœuré : « Rien au monde ne me persuadera de repartir s'il y a encore une guerre. » Mais il savait bien, maintenant, qu'il repartirait, s'il le fallait. Et le vieux Forsyte ne voyait dans ses inquiétudes qu'une vaine agitation. Était-il sincère ? Le foggartisme n'était-il qu'une plaisanterie ? Fallait-il vraiment se mettre au pas et s'occuper de la circulation dans les rues ? Il n'y avait donc rien de sincère en ce monde ? Si, il y avait son amour pour Fleur. Il avait soif de sa présence. Et Wilfrid qui était de retour ! Risquer son bonheur conjugal pour l'amour de quoi ? *Punch* l'avait caricaturé cette semaine, grimaçant et cherchant son chemin à tâtons dans le brouillard. La vieille Angleterre, comme le vieux Forsyte, rejette les théories. Une action réfléchie, un but national leur semblent une parole prétentieuse. Prétentieux, lui ? Quelle idée révoltante ! Michael, troublé, sortit du lit et alla regarder par la fenêtre.

Du brouillard ! Dans le brouillard il n'existe plus que des ombres. Et il est la plus inconsistante des ombres – un politicien chimérique qui prend son métier à cœur ! Un, deux ! Big Ben ! Que de cœurs cette horloge a glacés ! Que de rêves se sont évanouis sous ses coups mesurés ! Rangez-vous avec les heureux de ce monde et laissez l'Angleterre sucer sa cuillère d'argent !

TROISIÈME PARTIE

27

Jeux de cirque

Dans son enfance, Soames avait beaucoup aimé le cirque. Ce goût lui avait bien passé. Le cirque était pour lui une abomination et il haïssait également les commémorations, les processions, la fête du lord-maire, les spectacles d'Earl's Court, de Wembley, de l'Olympia, etc. Il ne pouvait souffrir la vue d'un rassemblement de badauds, bouche bée. Se déguiser lui semblait une preuve certaine de faiblesse intellectuelle, et l'excitation collective une extravagance qui choquait son individualisme et sa pudeur. Quoique assez ignorant de l'Histoire, il avait l'impression que les peuples adonnés aux parades sont des peuples en décadence. Il est vrai qu'il avait gardé un grand souvenir des funérailles de la reine Victoria – mais l'atmosphère morale avait été exceptionnelle ce jour-là. Et depuis, tout avait été de mal en pis. C'est que tout avait été transformé en spectacles et en jeux de cirque. Un homme ne commettait pas un meurtre sans provoquer un attroupement de lecteurs de journaux, y compris lui-même, se bousculant pour en lire plus vite les détails ; et quant aux matchs de football et aux rodéos, ils arrêtaient la circulation, monopolisaient la conversation – les gens en devenaient fous ! Bien entendu, les spectacles populaires ont leur utilité – ils occupent le peuple. La violence par procuration est un principe politique qui a son utilité. Il est difficile de faire le badaud et de se révolter en même temps. Les gens qui se pressent en rangs serrés pour regarder se battre les autres ne sont pas disposés à se battre eux-mêmes. Et les nuits de Soames n'en sont que plus tranquilles. Néanmoins cette recherche de l'émotion est une maladie – une maladie de notre époque, contre laquelle on n'a pas de vaccin.

Ainsi raisonnait Soames et, à mesure que les semaines passaient et que se jugeaient à la cour les affaires pendantes, il lui paraissait de plus en plus monstrueux de permettre que sa fille fût « livrée aux jeux du cirque ». Il nourrissait d'ailleurs une méfiance particulière envers les Écossais qui se font appeler *Scotsmen* au lieu de *Scotchmen*, comme si cela améliorait leur réputation ; leur obstination est proverbiale, et comment admirer chez autrui une vertu que l'on possède soi-même à un si haut degré ? De plus, les Écossais sont excessifs – trop moroses ou trop gais –, des déséquilibrés !

Vers le milieu de mars, une semaine avant la date fixée pour le procès, décidé à une dernière tentative de conciliation, Soames entrait dans la salle d'attente de la Chambre des communes. Il ne s'était confié à personne car il accusait tous les siens, Annette, Fleur, Michael, d'avoir augmenté, par leur attitude, la difficulté d'un arrangement à l'amiable.

Après avoir fait passer sa carte, il attendit longtemps dans cette antichambre solennelle. « Faire antichambre » est une expression bien connue, mais il ignorait ce qu'elle signifie de temps perdu. Les statues qui ornaient la salle lui apportaient quelque distraction : sir Stafford Northcote, un gaillard solide, à la réputation bien établie vers 1880 autour de la table des vieux Forsyte ; le bonhomme Gladstone, supportable en effigie, plâtre ou stuc – on peut ne pas l'aimer, non le mépriser comme certains hommes politiques d'aujourd'hui. Devant lord Granville, il commençait à bâiller quand une voix le fit sursauter.

— Sir Alexander MacGown.

Un homme robuste, aux traits durs, très brun, la moustache coupée au ras des lèvres, entrait, une carte à la main.

— Monsieur Forsyte ?

— Oui. Pourrions-nous aller causer dans un endroit plus tranquille ?

L'Écossais fit un signe d'assentiment et le précéda le long d'un corridor qui aboutissait à une petite pièce isolée.

— Eh bien ?

Soames lissait son chapeau.

— Cette affaire ne doit pas être plus agréable pour vous que pour nous ?

— Est-ce vous qui vous êtes permis d'appeler traîtresse la jeune fille à qui je suis fiancé ?

— C'est bien moi.

— Alors je me demande comment vous osez vous adresser à moi !

Soames se mordait les lèvres.

— Je venais d'entendre votre fiancée traiter ma fille de snob sous son propre toit. Tenez-vous à ébruiter cette mesquine querelle ?

— Si vous croyez en être quittes ainsi, vous et votre fille, après avoir traité ma future femme de « vipère », de « traîtresse », de personne « dépourvue de sens moral », vous vous trompez étrangement. Des excuses complètes que son avocat puisse proclamer devant le tribunal, voilà votre seul recours.

— Vous ne les aurez pas. Des regrets réciproques, si vous voulez. Quant aux dommages…

— Je me f… des dommages ! cria violemment MacGown.

Et Soames au fond de son cœur l'approuva.

— Alors je suis désolé pour vous et pour miss Ferrar.

— Que diable voulez-vous dire ?

— Vous le saurez à la fin de la semaine prochaine, à moins que vous ne changiez d'avis. Si le procès vient devant la cour, nous nous justifierons.

L'Écossais rougit si fort que Soames eut peur de lui voir prendre un coup de sang.

— Vous ferez bien de prendre garde à ce que vous direz à l'audience !

— À la cour, les menaces n'intimident personne.

MacGown serrait les poings.

— Oui, dit Soames, c'est dommage que je ne sois plus jeune. Bonsoir !

Il passa devant son adversaire, retrouva son chemin avec peine à travers cette « garenne » et il eut vite rejoint les statues qui lui avaient tenu sereinement compagnie.

C'en était fait. La dernière carte de la conciliation était jouée ; il ne restait plus qu'à faire regretter à l'Écossais et à son amie de s'être fourrés dans un guêpier. Soames sortit de Westminster dans le brouillard glacial. Orgueil et entêtement ! Plutôt que de reconnaître leurs torts, les gens préfèrent s'offrir en spectacle, à grands frais, à la malignité du monde. Pour défendre la réputation de sa fiancée, cet Écossais allait faire étaler en public sa vie privée. Fallait-il se servir de ce moyen ? Si on s'en abstenait, miss Ferrar pourrait avoir gain de cause. Si on l'employait, les dommages-intérêts, en cas d'échec, seraient démesurés – des milliers de livres sans doute. Il fallait se décider ; on s'était endormi dans l'espoir d'éviter le procès. Quatre heures ! Pas trop tard, peut-être, pour rencontrer sir James Foskisson. Il allait téléphoner au très jeune Nicholas Forsyte de prendre immédiatement un rendez-vous et, si Michael était chez lui, il l'y amènerait.

Dans son cabinet de travail, Michael contemsplait avec un amusement mélancolique sa propre effigie, signée Greene, en première page d'un journal mondain. Il était représenté perché sur une jambe comme Guy (ou était-ce Slingsby) dans le *Livre du non-sens* d'Edward Lear, criant dans le désert, tandis qu'à l'horizon se levait, comme un soleil, une figure souriant ironiquement. De sa bouche sortait en volutes le mot « foggartisme » et à quelque distance un suricate qui ressemblait à Mr Blythe applaudissait des pattes de devant. La chose n'était pas bien méchante, mais terriblement réussie et significative. Les traits de Michael exprimaient la béatitude – il avait l'air de se délecter du son de sa propre voix ! Ridicule !

Personne n'était donc capable de voir que ce désert, devant les avertissements, était au moins aussi ridicule que le prophète qui prêche dans le vide ? On aurait dû écrire en travers de ce dessin : « futilité ».

Michael se souvenait de la prédiction de Fleur : « Avant que les tories soient renversés, ta situation sera faite. » Fleur avait un sens pratique inné. Dès le commencement de sa carrière elle avait prévu qu'il tiendrait ce rôle d'excentrique, tapant tout seul sur son tambour. Quelle excellente caricature ! Il l'appréciait mieux que personne. Car pourquoi ce sourire moqueur à propos du foggartisme, sur le visage de M. Tout-le-monde ? Parce que le foggartisme courait sus aux difficultés, tandis qu'on avait l'habitude de marcher à tâtons dans le brouillard. Et lui, pour sa peine, faisait figure d'imbécile.

C'est à ce moment que Soames entra.

— Je suis allé voir cet Écossais ; il a l'intention de poursuivre.

— Oh ! vraiment ! Je pensais que vous éviteriez le procès, monsieur.

— On ne pourrait l'éviter qu'en offrant des excuses inconditionnelles. Fleur ne peut pas faire cela – elle est dans son droit. Pouvez-vous venir voir sir James Foskisson avec moi ?

Les deux hommes partirent en taxi pour les Paper Buildings dans le Temple, où se trouvaient les bureaux du très jeune Nicholas Forsyte.

Le jeune avoué, qui approchait de la quarantaine et était d'aspect conciliant, malgré un menton accusé, leur fit pendant dix bonnes minutes toutes les objections imaginables.

— Il a l'air de se frotter les mains à la pensée d'un échec possible, murmura Michael pendant qu'ils se rendaient chez sir James.

— Ce n'est pas un aigle, mais il est prudent, répondit Soames. Foskisson prendra l'affaire en main.

Après les quelques minutes indispensables pour que le très jeune Nicholas Forsyte rafraîchît la mémoire du célèbre avocat, Soames et Michael furent introduits et se trouvèrent en face d'un homme dont la tête puissante était encadrée de petits favoris gris ; sa physionomie brillait d'intelligence. Depuis qu'il l'avait choisi, Soames avait suivi avec attention les faits et gestes du grand avocat. Il l'avait vu couvrir ses plaidoiries d'une apparence de rigoureuse équité et s'était convaincu de son habileté manœuvrière. Il avait surtout remarqué les succès de sir James Foskisson dans les causes touchant aux questions morales ou à la nationalité ; personne mieux que lui ne faisait acquitter l'amant dans un procès en divorce, ou un étranger, un Allemand, un Russe, n'importe quel individu suspect.

Vu de près, sir James Foskisson avait un air éminemment respectable ; impossible de l'imaginer dansant, jouant ou simplement au lit, comme le commun des mortels. Malgré sa vaste clientèle, on le disait consciencieux ; il passait pour connaître au moins la moitié de son dossier avant le procès et il apprenait le reste pendant les audiences – tout au moins ne laissait-il pas deviner qu'il l'ignorait.

Le très jeune Nicholas Forsyte, qui connaissait tous les détails de l'affaire, avait été incapable de décider de la conduite à tenir. Sir James, qui n'en connaissait que les grandes lignes, dit tout de suite, après un regard rapide à Soames et à Michael :

— C'est tout à fait un cas à arranger à l'amiable.

— Vraiment ! s'écria Soames.

L'intonation de Soames attira l'attention de l'avocat.

— Avez-vous essayé ?

— J'ai été jusqu'à l'extrême limite des concessions.

— Je vous demande pardon, mais qu'appelez-vous l'extrême limite ?

— Quinze cents livres et des regrets réciproques. Ils acceptent la somme, mais exigent des excuses sans conditions.

Le grand homme appuya son menton sur sa main.

— Avez-vous proposé les excuses sans l'argent ?

— Non.

— J'aimerais assez essayer. MacGown est très riche. La proie et l'ombre, vous savez… Les expressions dont on a fait usage dans ces lettres sont sévères. Qu'en dites-vous, monsieur Mont ?

— Celles qui ont été employées en parlant de ma femme le sont encore davantage.

Sir James regarda le très jeune Nicholas.

— Rappelez-moi, dit-il, c'était…

— Arriviste et snob, dit sèchement Michael.

Sir James balança la tête comme pour imiter les plateaux d'une balance.

— Immorale, vipère, traîtresse, vous trouvez ces expressions plus faibles ?

— Elles ne vous ridiculisent pas comme les autres. Dans le monde, c'est le ridicule qui compte.

Sir James sourit.

— Le jury n'est pas composé de gens du monde, monsieur Mont.

— En tout cas, ma femme ne fera pas d'excuses, à moins que la partie adverse n'en fasse aussi ; et vraiment, je la comprends.

Sir James Foskisson parut plus à son aise.

— Dans ce cas, il reste à décider si nous nous servons, oui ou non, des rapports du détective. Si oui, il sera nécessaire de citer à comparaître le concierge et les domestiques de Mr… heu !… Curfew.

— C'est pour en discuter que nous sommes ici, dit Soames d'un ton qui signifiait : « Maintenant, la consultation commence. »

Sir James parcourut en silence pendant quelques minutes le rapport du détective.

— Si ces faits peuvent être prouvés, même partiellement, nous gagnerons.

Michael s'était approché de la croisée. Les arbres du jardin étaient couverts de minuscules bourgeons ; des pigeons roucoulaient en bas, sur la pelouse. La voix de Soames s'éleva :

— Il faut que je vous dise qu'ils ont fait suivre ma fille. Il n'y avait rien à relever, naturellement, sauf quelques visites à un jeune Américain dangereusement malade d'une pneumonie dans un hôtel.

— Visites que je connaissais et approuvais, dit Michael sans se retourner.

— Nous pourrions le faire citer ?

— Je crois qu'il est encore à Bournemouth. Mais il était très épris de miss Ferrar.

Sir James se retourna vers Soames.

— S'il n'est plus question de conciliation, mieux vaut y aller carrément. Un interrogatoire portant uniquement sur des lectures, des pièces de théâtre, des clubs est bien peu probant.

— Connaissez-vous la scène qui se passe dans l'obscurité dans la comédie *L'Homme au franc-parler*, et avez-vous lu *Canthar* ?

— Tout cela est très joli, monsieur Forsyte, mais que penseront les jurés d'une accusation aussi vague ?

Michael était revenu s'asseoir.

— Ce déballage de la vie privée de miss Ferrar me fait horreur.

— Sans doute. Mais vous désirez bien que je gagne ce procès ?

— Pas par ces moyens. Ne pourrait-on pas plaider sans se servir de renseignements privés, et payer les dommages ?

Sir James sourit en regardant Soames comme pour lui demander : « Pourquoi m'avoir amené ce jeune homme ? » Mais Soames, qui avait poursuivi ses réflexions, lui dit :

— Interrogez les domestiques de Mr Curfew est trop risqué. Si nous échouons, les dommages pourraient monter à quelque chose comme vingt mille livres. De plus, ma fille serait peut-être appelée à comparaître, ce que je tiens à éviter à tout prix. J'avais pensé que vous pourriez élargir le débat et vous tenir sur le terrain des mœurs actuelles, en général.

Sir James Foskisson s'agitait sur son siège, fermant les yeux à demi, si bien que leurs pupilles bleu clair paraissaient à peine aussi grosses que des grains de mil. Faisant soudain trois petits signes de tête comme si le Saint-Esprit était descendu l'éclairer, il dit au très jeune Nicholas :

— Quand venons-nous à l'audience ?

— Probablement jeudi prochain. Devant monsieur le juge Brane.

— Très bien. Je vous reverrai lundi. Bonsoir.

Il retomba dans une immobilité si complète que ni Soames ni Michael n'eurent le courage de le déranger.

Ils s'en allèrent en silence ; le très jeune Forsyte, qui les suivait, resta en arrière pour converser, peut-être, avec le démon familier de sir James.

Arrivé à la station du Temple, Michael murmura en descendant :

— Il avait l'air de trouver que c'était une drôle d'histoire, n'est-ce pas ? Je suis obligé de passer à l'*Outpost.* Si vous rentrez, voulez-vous mettre Fleur au courant ?

Soames fit un signe d'assentiment. Toutes les démarches pénibles ne lui revenaient-elles pas ?

28

« Inacceptable »

Dans son bureau de l'*Outpost*, Mr Blythe venait de s'entretenir avec un de ces puissants brasseurs d'affaires qui font une si profonde impression sur ceux à qui ils veulent bien confier leurs idées, sous le sceau du secret.

Sir Thomas Lockit ne contrôlait peut-être pas entièrement toute l'industrie britannique, comme il le laissait entendre, mais la précision de ses renseignements et la froide énergie de ses propos étaient irrésistibles.

Selon lui, l'Angleterre devait reprendre son rôle et sa situation d'avant la guerre. Tout reposait sur le charbon et sur cette journée de sept heures « qui était inacceptable ». On pourrait baisser les prix d'un shilling, peut-être de deux shillings. « Ils n'accepteraient pas » que l'Europe se passât de l'industrie britannique. Le petit nombre de privilégiés qui recevaient les confidences de sir Thomas étaient ordinairement très reconnaissants de cette faveur.

Mr Blythe cependant s'en mordait les doigts avec impatience et en contestait les conclusions, lorsque Michael entra et lui demanda :

— Qui est ce monsieur aux moustaches grises ?

— Lockit. « Il n'acceptera pas. »

— Oh ! fit Michael interloqué.

— Il est de plus en plus évident, Mont, que les gens les plus dangereux ne sont pas les hommes politiques, qui ne sont animés que par la passion des affaires publiques et ne poursuivent par conséquent que des fins modérées et progressives, mais les hommes d'affaires, poussés par l'intérêt personnel, qui désirent violemment une solution rapide. Ils savent ce qu'ils veulent et, si l'on n'y prend garde, ils ruineront le pays.

— Quels sont leurs projets au juste ?

— Rien de fixé pour le moment, mais cela se prépare. Lockit est un bel exemple de l'inutilité de la volonté. Il a beau vouloir, il n'empêchera pas ce qu'il est hors de son pouvoir d'empêcher. Il voudrait briser le parti travailliste et que la nécessité fasse travailler les ouvriers comme des nègres – mais nous aurions la guerre civile auparavant ! Certains travaillistes sont aussi violents de leur côté, il est vrai. Ils veulent tout casser. C'est fichtrement embêtant. Si nous retombons dans les conflits ouvriers, que deviendra le foggartisme !

— J'ai réfléchi à la situation générale. Ne nous faisons-nous pas des illusions, Blythe ? Quand un homme a perdu un poumon, est-ce utile de lui dire qu'il aurait besoin d'en avoir un neuf ?

Blythe gonfla une joue.

— Oui. L'Angleterre a eu cent ans de tranquillité – de Waterloo à 1914 – avant d'en arriver là. Et sa ligne de conduite est si routinière, ses habitudes si profondément ancrées que personne – pas plus les journalistes que les politiciens et les hommes d'affaires – n'admet un autre point de vue que celui de la grande industrie. Au cours de ces cinquante dernières années, le pays s'est déséquilibré. Il lui faudra cinquante ans pour recouvrer sa stabilité. Seulement nous n'aurons pas cinquante ans de tranquillité pour ce réajustement. Il surgira quelque grave événement – guerre contre la Russie ou la Turquie, révolte aux Indes, troubles intérieurs, sans parler d'une conflagration générale – qui viendra jeter par terre plans et projets. Nous avons hérité d'une époque troublée – nous le sentons jusque dans nos os – et par conséquent nous vivons au jour le jour…

— Et voilà, dit Michael d'un ton maussade.

Il se rappelait les propos de leur hôte le ministre, à Lippinghall. Mr Blythe gonfla l'autre joue.

— Mais pas de dérobade, jeune homme ! Le foggartisme reste notre meilleur espoir, poussons-le de notre mieux. Foin des vieilles rengaines !

— Avez-vous vu la caricature d'Aubrey Greene ?

— Je l'ai vue.

— C'est bon, n'est-ce pas ? Mais le but de ma visite est de vous prévenir que ce sacré procès commence la semaine prochaine.

Les oreilles de Blythe remuèrent nerveusement.

— J'en suis bien fâché ! Procès perdu ou gagné, il n'y a rien de pire pour une carrière politique que des histoires domestiques. Vous allez bien empêcher cela, je suppose ?

— Nous n'y pouvons rien. Mais notre système de défense sera de critiquer la moralité actuelle.

— On ne peut pas critiquer l'inexistant.

— Voulez-vous me faire croire que vous n'avez pas remarqué combien les mœurs ont changé ?

— Certainement non. Décrivez-les-moi, si vous le pouvez.

— « Ne faites pas la bête. Ne soyez pas ennuyeux. »

— La moralité d'autrefois, grommela Mr Blythe, c'était de se conduire en gentleman.

— Oui, mais cette espèce n'existe plus dans la pensée moderne.

— Il en reste encore des morceaux épars – on a bien reconstitué l'homme de Néandertal avec une moitié de crâne.

— Un mot qui prête à sourire ne sert plus à rien, Blythe.

— Ah ! dit Blythe, le grand défaut de votre génération, jeune Mont, est la crainte du ridicule et la terreur de ne pas être à la page. C'est une faiblesse d'esprit.

Michael eut un sourire sardonique.

— Je le sais. Venez au Parlement. On discute le projet d'électrification de Parsham. Nous aurons quelques nouveaux renseignements sur le chômage.

Au moment où il se séparait de Mr Blythe pour gagner la salle des séances, Michael se trouva, dans un corridor, nez à nez avec son père, qu'escortait un vieillard alerte, trapu et orné d'une barbe grise soignée.

— Ah ! Michael, nous te cherchions. Marquis, mon fils, espoir de mes vieux jours. Le marquis veut t'intéresser à une question d'électrification, Michael.

Michael enleva son chapeau.

— Voudriez-vous entrer au salon de lecture, monsieur ?

Ce vieillard, il le savait, était le grand-père de Marjory Ferrar, particularité qui pouvait être utile. Dans un coin retiré de la pièce, dont l'éclairage était réglé de façon que chacun pût lire sans être vu par le voisin, ils s'assirent en formation triangulaire.

— Êtes-vous au courant des questions d'électrification, monsieur Mont ? demanda le marquis.

— Non, monsieur, si ce n'est que je trouve cette pièce éclairée d'une manière bien insuffisante.

— L'éclairage est insuffisant partout, monsieur Mont. J'ai lu le programme de votre foggartisme. Si vous me permettez de dire ce que je pense, cela pourrait très bien être la politique de l'avenir. Mais il n'y aura rien de fait tant que vous n'aurez pas électrifié le pays. J'aimerais bien vous voir faire un premier pas en votant le projet de Parsham.

Et en articulant chaque mot avec une netteté admirable, le vieux pair se mit en devoir d'obscurcir à tout jamais les idées de Michael sur l'électrification.

— Je vois, monsieur, je vois, finit par dire Michael. Mais ce projet augmentera considérablement le nombre des chômeurs.

— Momentanément.

— Je me demande s'il est sage d'augmenter encore les sacrifices temporaires. Il est tellement difficile de persuader les gens de penser à l'avenir – le présent leur paraît si important !

Sir Lawrence fit entendre un rire semblable à un hennissement.

— Donnez-lui du temps et des brochures, marquis. Mais, mon cher enfant, puisque le foggartisme est remisé, cherche une autre monture.

— On m'a déjà conseillé d'étudier la question de la circulation dans les rues, ou celle du timbre à un penny. Et pendant que j'y pense, monsieur, le procès va avoir lieu la semaine prochaine.

Le sourcil sans monocle de sir Lawrence se leva avec vivacité.

— Oh ! vous rappelez-vous, marquis ? Votre petite-fille et ma belle-fille – j'étais venu vous en parler.

— Une querelle autour d'un mot – « arriviste », je crois ? C'est donc un procès en diffamation, dit le vieux pair. Ma tante…

Pendant que Michael se demandait si ces derniers mots annonçaient une anecdote ou n'étaient qu'une exclamation, son père reprenait :

— Oui, ce fut un cas bien intéressant, marquis ; il a été raconté tout au long dans les *Mémoires* de Betty Montecourt.

— La diffamation avait du piquant, à cette époque-là, remarqua le marquis. Les mots incriminés étaient : « Sa crinoline recouvre d'importantes irrégularités. »

— Si on peut faire quelque chose pour éviter le scandale, il faut le faire maintenant, monsieur, dit Michael en baissant la voix. Nous sommes dans une impasse.

— Ne pourriez-vous glisser un mot ? demanda sir Lawrence.

La barbe du vieil homme trembla.

— J'ai appris par les journaux que ma petite-fille épouse un certain MacGown, membre du Parlement. Est-il ici en ce moment ?

— Probablement, répondit Michael. Mais je me suis querellé avec lui. Je crois qu'il vaudrait mieux lui parler à elle.

Le marquis se leva.

— Je lui demanderai de venir déjeuner avec moi. Je déteste que l'on fasse parler de soi. Eh bien ! monsieur Mont, j'espère que vous allez voter pour le projet et réfléchir à l'électrification du pays. Il faut que les jeunes s'y intéressent. Je vais à la tribune de la Chambre des lords. Adieu !

Quand il fut parti d'un pas alerte, Michael dit à son père :

— S'il désire vraiment éviter le procès, il devrait aussi inviter Fleur à déjeuner avec lui. Il y a deux parties à convaincre.

29

Soames rentre chez lui

Pendant que Michael et sir Lawrence avaient cette entrevue avec le grand-père de Marjory Ferrar, Soames était en tête à tête avec sa fille, dans son petit salon particulier.

Elle l'écoutait en silence avec un air buté et plein de rancune. Que savait-il de l'impression d'isolement et de désappointement dont elle souffrait ? Pouvait-il comprendre que la pierre qu'on lui avait jetée avait brisé le miroir où elle se regardait avec complaisance, que ces épithètes de « snob » et d'« arriviste » l'avaient blessée au cœur ? Il ne mesurait pas le tort moral qui lui avait été infligé, la soudaine diminution de son importance sociale, l'écroulement de ses ambitions mondaines, qui tenaient une si grande place dans sa vie. Mais s'il ne comprenait pas tout cela, Soames n'en était pas moins très affecté du trouble qu'il lisait sur le visage de sa fille et si préoccupé des détails matériels du procès, des moyens à employer pour préserver Fleur le plus possible, qu'il trouvait difficilement ses mots.

— Tu seras assise à côté de moi, au premier rang. Ne mets pas une toilette trop voyante. Préfères-tu que ta mère soit là, elle aussi ?

Fleur haussa les épaules.

— C'est inutile en effet, dit-il ; mais si elle désire venir, il vaut peut-être mieux la laisser faire. Brane n'est pas un de ces juges qui aiment plaisanter, heureusement. Es-tu jamais entrée au Palais ?

— Jamais.

— L'essentiel est de rester calme, de n'attacher d'importance à rien. Tout le monde sera derrière toi, sauf les jurés. Si tu les regardes, ne souris pas.

— Pourquoi, papa ? Ces hommes sont-ils dangereux ?

Dédaignant la plaisanterie, Soames continua :

— À ta place, je choisirais un petit chapeau. Michael sera assis à ta gauche. En avez-vous fini avec ces… ces cachotteries entre vous ?

— Oui.

— Ne recommence pas. Il t'aime.

Fleur approuva de la tête.

— N'as-tu rien à me dire à moi ? Tu sais… tu sais pourtant combien je me tourmente.

Fleur alla se percher sur le bras du fauteuil de son père et celui-ci se sentit immédiatement un peu consolé.

— Vraiment, papa, j'en ai pris mon parti. Le mal est fait. Je souhaite seulement qu'elle en sorte bien étrillée.

Soames, qui nourrissait le même espoir, fut choqué de l'entendre exprimer.

Il ne tarda pas à quitter sa fille et monta dans sa voiture pour la longue course nocturne du retour à Mapledurham. La soirée de printemps était fraîche et il avait relevé les vitres. Ses pensées, vagues au départ, achevèrent de s'estomper, car la journée avait été fatigante ; il respirait avec plaisir le délicat parfum dont le passage d'Annette avait imprégné les coussins. La route lui était trop familière pour l'intéresser, à part l'étonnement, toujours renouvelé, de voir circuler tant de monde entre six et sept heures. Il somnolait quand la voiture s'engagea dans le nouveau chemin de traverse, se réveilla plus loin, s'endormit de nouveau… Où était-il donc ? À Slough, sa première école avant le collège de Marlborough – avec le jeune Nicholas, St John Hayman et ensuite quelques autres petits Forsyte… Retour de soixante ans en arrière ! Le voici qui arrive à Slough, tout petit garçon, coiffé d'un minuscule haut-de-forme flambant neuf et portant cette boîte à jeux remplie de friandises que sa mère lui avait préparée en disant : « Summy, mon chéri, voici de quoi te rendre populaire à l'école. » Mais ce moyen de corruption lui avait vite échappé car, dès qu'il avait montré son trésor, ses camarades s'en étaient emparés et avaient décidé de lui faire un sort immédiat. En moins de vingt-deux minutes, vingt-deux petits garçons avaient accru leur poids à ses dépens, sans qu'il eût touché lui-même la vingt-troisième part à laquelle il avait droit – il ne lui était resté que certains biscuits au cumin qu'il détestait. Après quoi trois autres nouveaux lui avaient reproché de s'être dépouillé comme un imbécile, au lieu de partager ses richesses avec eux, et il avait fallu les combattre l'un après l'autre par des arguments frappants. Sa popularité, qui avait duré vingt-deux minutes, avait disparu à tout jamais. Et depuis il avait toujours été l'adversaire du communisme.

Cahoté sur ses coussins, Soames revivait un autre petit épisode cuisant de sa vie d'écolier : son cousin St John Hayman le jetant et le maintenant dans un buisson de genêts épineux... Quelles affreuses petites brutes que les garçons de cet âge ! Pendant un instant, Soames se sentit tout reconnaissant envers Michael d'avoir l'idée de les expatrier. Pourtant, que de bons souvenirs de cette vie d'écolier ! Cette collection de papillons vendue à un camarade – un shilling trois pence pour trois « grands amiraux » en piteux état. Ah ! redevenir un enfant qui bombarde avec des pois les voyageurs du train qui passe, boire du cherry-brandy en cachette, gagner un prix en récitant deux cents vers de *La Dame du lac*, mieux que Burroughs surnommé « Tarte aux cerises ». Qu'était-il devenu, ce Burroughs qui disposait de tant d'argent de poche et dont le père avait fait faillite ? Burroughs « Tarte aux cerises » !

Mais Slough s'estompait à l'horizon. On était en rase campagne et Soames tourna la poignée qui commandait la glace pour laisser entrer un peu d'air. Une odeur d'arbres et de verdure pénétra jusqu'à lui. Envoyer les enfants anglais au loin... Ils ont un accent bizarre dans les grands pays d'outre-mer – dans la campagne anglaise aussi, d'ailleurs. À Slough, par contre, l'accent était irréprochable... car sans cela un élève se faisait étriller. La pensée de Soames recommença à vagabonder dans le passé. Première visite de ses parents à l'école – James et Emily Forsyte –, aspect distingué, favoris et crinoline... Mais ces petites brutes avaient fait des remarques qui l'avaient blessé. Qu'on les expédie ailleurs ! Dans ce temps-là il n'y avait pas de pays où expédier les enfants... Soames respira profondément l'air frais qui venait des champs. On prétend que l'Angleterre a changé, est pourrie, est finie. Quelle bêtise ! Elle a gardé la même odeur. Son grand-oncle Simon, l'un des frères de « Superior Dosset », était parti pour les îles Bermudes au commencement du siècle dernier, et on n'en avait jamais plus entendu parler. Ce jeune Jon Forsyte et sa mère – sa première femme à lui, sa femme infidèle et à qui il n'avait pas pardonné – étaient partis pour les États-Unis ; les reverrait-on ? Il fallait espérer que non. L'Angleterre ! Quelque jour, quand il aurait le temps et la voiture à sa disposition, il irait explorer ces confins du Dorset et du Devon, d'où les Forsyte étaient originaires. Il n'y trouverait aucun souvenir, il le savait, aussi ne dirait-il à personne le but de cette expédition. Mais la terre natale aurait une couleur à elle, et peut-être découvrirait-il un cimetière... Ah ! il arrivait à Maidenhead ! Ces villas envahissantes, ces hôtels, ces gramophones gâtent le bord du fleuve – curieux que Fleur n'ait jamais beaucoup aimé le fleuve – trop lent et trop humide, sans doute. Ce qu'on aime aujourd'hui, c'est la sécheresse et la rapidité, goût américain. Mais y a-t-il un fleuve quelque part qui vaille la Tamise ? Non pas. Une belle eau verte, claire, herbeuse, sur laquelle vous berce une barque, tandis que l'on admire les gros ormes, les peupliers et les vaches... Un fleuve tranquille et sûr, où rêver en paix de Constable, de Mason et de Walker...

La voiture heurta légèrement un obstacle et s'arrêta. Cet animal de Riggs accrochait toujours quelque chose !

Soames regarda par la portière. Le chauffeur était descendu et examinait une aile.

— Qu'y a-t-il ?

— Je crois que j'ai heurté un cochon, monsieur.

— Où cela ?

— Dois-je aller voir si je le trouve, ou continuer ?

Soames regarda autour de lui. Pas une habitation en vue.

— Vous feriez mieux d'aller voir.

Le chauffeur disparut. Soames resta assis dans la voiture. Il n'avait jamais possédé de cochons. Il paraît que c'est un animal très propre quand on le soigne convenablement. Quel calme à cette heure ! Plus d'autos sur les routes, un silence que trouble imperceptiblement le zéphyr susurrant dans les haies. Au ciel quelques étoiles.

— C'est bien un cochon, monsieur, il respire encore.

— Oh ! dit Soames.

Un chat a neuf vies, dit le proverbe ; combien de vies a le cochon ? Cela rappelait la vieille devinette de son père : si un hareng et demi coûte trois demi-pence, combien coûte le gril pour le faire cuire ? Il avait vite trouvé, malgré son jeune âge, qu'il n'y avait pas de solution.

— Où est la bête ? demanda-t-il au chauffeur.

— Dans le fossé, monsieur.

Un cochon a un propriétaire, mais si ce cochon est dans le fossé, personne ne le découvrira avant qu'ils soient loin.

— Partons… ! dit Soames.

Puis se ravisant :

— Non, attendez !

Il descendit. Après tout, ce cochon souffrait.

— Montrez-le-moi, dit-il en avançant dans la raie de lumière de son feu arrière, jusqu'à l'endroit que le chauffeur désignait.

En effet, dans le fossé sombre gisait un objet noirâtre d'où s'échappaient des grognements sourds comme le ronflement d'un homme endormi dans son fauteuil, au club.

— Il doit appartenir à une des fermes que nous avons dépassées.

Soames examina l'animal.

— Rien de cassé ?

— Non, monsieur. L'aile est intacte, mais je crois que cela a tapé dur !

— C'est du cochon que je parlais.

Le chauffeur toucha le cochon du bout de sa chaussure. L'animal cria et Soames frémit. On allait entendre ! C'est bien de cet imbécile d'attirer l'attention sur eux. Aucune présence d'esprit ! Mais comment savoir si un cochon est blessé sans le toucher ? Il s'avança et rencontrant les yeux de l'animal se sentit une sorte de sympathie pour lui. Il avait peut-être une patte cassée ? De nouveau le chauffeur le poussa du pied. Le cochon cria lamentablement et, se redressant tout gémissant et grognant, il partit au petit trot. Soames se dépêcha de remonter en voiture.

— Partons ! ordonna-t-il.

Ces cochons… quels égoïstes ! et les fermiers ne valent pas mieux – ils sont toujours très désagréables pour les automobilistes. Ils n'ont peut-être pas tort d'ailleurs ! Il lui semblait voir encore les yeux de ce cochon fixés sur lui. En élèverait-il quelques-uns, maintenant qu'il avait acheté les prés du bord de la rivière ? Manger son lard, préparer ses jambons !… Après tout, ce ne serait pas une mauvaise idée : des cochons propres, bien nourris ! Ce livre de Foggart dit qu'il faut que l'Angleterre produise toute sa nourriture pour être indépendante en cas de guerre. Soames renifla, cela sentait le pain chaud. Déjà Reading ! On fabrique encore des gâteaux secs en Angleterre ! Dépendre pour sa subsistance des pays étrangers, cela a quelque chose d'humiliant ! Après tout, il y a la viande anglaise, le blé anglais et des pommes de terre comme il n'y en a pas en Italie ou en France. Et voilà maintenant qu'on veut reprendre les relations commerciales avec la Russie, avec ces bolchevistes qui haïssent l'Angleterre.

Consommer leur blé et leurs œufs, se servir de leur suif et de leurs peaux ? C'est manquer de dignité.

L'auto vira et il fut projeté sur les coussins de côté. On contournait l'église du village. Ce Riggs trouvait toujours moyen de vous bousculer. Elle était charmante, cette vieille église, avec son clocher triangulaire et ses murs couverts de mousse – on n'en voit de pareilles qu'en Angleterre ; tout autour, des tombes avec des noms très anciens et des cyprès. Cela rappela à Soames qu'il faudrait bien un jour ou l'autre être enterré quelque part. Pourquoi pas ici ? Rien de somptueux. Un nom, simplement : « Soames Forsyte », gravé sur une pierre nue comme sur un tombeau de Highgate – inutile d'y mettre : « Ci-gît », cela va de soi. Quant à la croix, il hésitait. Il n'était pas décidé. D'ailleurs il est probable qu'on la mettrait, cette croix, sur sa tombe, qu'il le voulût ou non. Il aimerait être seul dans son coin, loin des autres, au pied d'un arbre, un pommier par exemple. Moins longtemps on penserait à lui, mieux cela vaudrait. Excepté Fleur, mais Fleur aurait tant d'autres choses dans la tête !

L'auto dévalait la pente de la dernière petite colline qui surplombait le fleuve. Soames aperçut une seconde l'eau qui coulait entre les peupliers, sombre et secrète comme l'âme profonde de l'Angleterre. Enfin la voiture roula le long de l'avenue et s'arrêta devant la porte. Il n'allait pas encore parler à Annette de ce procès car elle était incapable de partager son émotion – elle n'avait pas de nerfs !

30

Questionnaire

Le mariage de Marjory Ferrar devait avoir lieu le dimanche de Quasimodo, son voyage de noces devait se passer en Italie, son trousseau était l'œuvre de « Clotilde », sa demeure était choisie à Eaton Square, sa pension était fixée à deux mille livres par an – son cœur seul n'était pas fixé. Elle fut tout étonnée de recevoir un message téléphonique lui demandant de venir déjeuner à Shropshire House. Que lui voulait le vieux bonhomme ?

Néanmoins, elle entrait le lendemain matin à neuf heures cinq minutes dans la maison de ses ancêtres, ayant laissé presque toute sa poudre et ses fards sur sa table de toilette. Son grand-père se préparait-il à désapprouver ce mariage, ou à lui donner quelques-unes de ces dentelles qui avaient appartenu à sa grand-mère et n'étaient bonnes qu'à mettre sous vitrine dans un musée ?

Le marquis lisait son journal en se chauffant devant un poêle électrique. Il appuya sur sa petite-fille un regard vif et pénétrant.

— Eh bien ! Marjory. Veux-tu t'asseoir ou préfères-tu déjeuner debout ? Il y a du porridge, des œufs brouillés, du poisson… Oh ! des pamplemousses aussi, aimable attention ! Sers le café, veux-tu ?

— Que voulez-vous prendre, grand-père ?

— Merci, je prendrai un morceau de-ci de-là, en allant et venant. Ainsi donc, il paraît que tu vas te marier. Est-ce un heureux événement ?

— On le dit.

— Il est député. Crois-tu que tu pourrais l'intéresser à ce projet de loi de Parsham pour l'électrification ?

— Oui, certainement. Il s'intéresse beaucoup à ces questions-là.

— Alors, c'est un homme de bon sens. Il a sans doute des usines ; sont-elles électrifiées ?

— Je le suppose.

Le marquis la regarda avec attention.

— Tu n'en sais absolument rien, mais tu es charmante. Qu'est-ce que ce procès en diffamation dont on m'a parlé ?

Elle aurait dû s'en douter ! Grand-père était abominablement lucide. Rien ne lui échappait !

— Cela n'est pas intéressant, cher grand-père.

— Je ne suis pas de cet avis. Mon père et le vieux sir Lawrence Mont étaient des amis intimes. Pourquoi désires-tu laver ton linge sale devant la cour ?

— Je ne le désire pas.

— Est-ce toi qui portes plainte ?

— Oui.

— De quoi te plains-tu ?

— D'avoir été diffamée.

— Par qui ?

— Par Fleur Mont et par son père.

— Ah ! le parent de l'homme au thé… Qu'ont-ils dit ?

— Que je n'ai aucun sens moral.

— Et en as-tu ?

— Autant que beaucoup d'autres.

— Qu'ont-ils dit encore ?

— Ils m'ont traitée de vipère.

— Je n'aime pas beaucoup cela. Qu'est-ce qui leur a fait dire une chose pareille ?

— Ils m'ont entendue appeler Fleur une snob – ce qu'elle est.

Le marquis, repoussant sur l'assiette l'écorce vide de son pamplemousse, posa un pied sur une chaise et s'accouda, le menton dans la main, attitude qui lui était familière. Il prononça :

— Aucun privilège de droit divin ne protège plus notre ordre, Marjory. Mais nous représentons encore quelque chose. C'est une erreur de l'oublier.

Marjory resta impassible. Certes, tout le monde respectait grand-père, même son père à qui il ne parlait plus. Mais s'entendre dire qu'elle représentait un principe, c'était vraiment trop ! C'est parfait à l'âge de grand-père, quand on est à l'abri des tentations. De plus, elle, Marjory, n'avait droit à aucun titre, grâce à la glorieuse nature des institutions anglaises. Même si elle gardait le sentiment de sa race – fille de lord Charles et de lady Ursula –, elle ne s'en était jamais vantée, ayant toujours pris plaisir à passer pour une bohème. Oui, en effet, elle représentait un principe : l'horreur des gens empaillés, la haine de l'ennui !

— Mais, grand-père, dit-elle enfin, j'ai essayé de faire la paix, c'est elle qui n'a pas voulu. Un peu de café ?

— Oui, du café. Mais dis-moi : es-tu contente de toi ?

Marjory lui tendit sa tasse pleine.

— Non. Qui est content de soi ?

— C'est juste. Tu vas être très riche, m'a-t-on dit. L'argent, c'est la puissance. Cela vaut la peine de bien s'en servir, Marjory. Ton futur est un Écossais, paraît-il. Te plaît-il ?

De nouveau le marquis arrêta sur sa petite-fille un regard perspicace.

— Par moments.

— Je comprends. Mais quand on a des cheveux comme les tiens, il faut être prudente. Les cheveux roux ont leur valeur… aux rencontres entre Harrow et Eton par exemple – ou dans un discours d'après-dîner. Prends garde qu'ils ne te jouent quelque tour quand tu seras mariée… Où allez-vous vivre ?

— À Eaton Square. Et dans une propriété en Écosse.

— Fais installer tes cuisines à l'électricité. Je l'ai fait ici, cela adoucit le caractère de la cuisinière et fait une cuisine très acceptable. Mais retournons au procès. Ne peux-tu arriver à un arrangement à l'amiable ? Pourquoi faire entrer tant d'argent dans la poche des avocats ?

— Elle ne veut faire des excuses que si j'en fais, et je ne veux en faire que si elle en fait…

Le marquis buvait son café.

— Alors qu'est-ce qui t'arrête ? Je déteste le scandale, Marjory. Rappelle-toi le procès de l'autre jour. Tout scandale dans la société est un clou pour notre cercueil.

— J'en parlerai à Alec si cela vous fait plaisir.

— Fais-le, je t'en prie. Ton fiancé a-t-il des cheveux roux ?

— Non, noirs.

— Que désires-tu comme cadeau de noces ? Des dentelles ?

— Oh ! non, merci, grand-père. Personne ne porte plus de dentelles.

La tête penchée, le marquis la contemplait, avec l'air de penser : « Je n'arrive pas à placer ces dentelles. »

— Peut-être, dit-il, aimerais-tu mieux que je te donne une de mes mines de charbon. Une fois électrifiée, elle rapporterait vite.

Marjory Ferrar se mit à rire.

— Je sais que vous êtes très gêné, grand-père. Non, pas de mine, merci ! cela coûte trop cher ; simplement votre bénédiction.

— Je voudrais bien savoir la valeur de mes bénédictions… Ton oncle Dangerfield me ruine avec son agriculture. Si encore il employait l'électricité pour cultiver son blé ! C'est le seul moyen d'avoir quelque bénéfice, avec les prix actuels. Et maintenant, si tu as fini de déjeuner, adieu. Il faut que je travaille.

Marjory Ferrar qui, à vrai dire, commençait à peine son déjeuner, se leva pour lui serrer la main. C'était un vieux bonhomme, après tout, un peu vif seulement ! Ce même jour, au théâtre Saint Anthony, comme MacGown lui racontait la visite de Soames, elle put tenir la promesse faite à son grand-père.

— Mon Dieu ! Alec, s'écria-t-elle, pourquoi n'avez-vous pas saisi cette occasion d'en finir ? C'est une affaire assommante. Grand-père m'a entreprise là-dessus ce matin.

— S'ils font des excuses, répondit MacGown, ce sera fini demain ; mais il faut qu'ils présentent des excuses.

— Et moi dans tout cela ? Je n'ai aucune envie de servir de cible.

— Il y a des choses sur lesquelles on ne peut pas passer, Marjory. Leur attitude a été odieuse d'un bout à l'autre.

Impulsivement elle s'écria :

— Que croyez-vous donc que je suis, en réalité, Alec ?

MacGown posa une main sur son bras nu.

— Je ne crois pas, je sais.

— Eh bien ?

— Vous aimez à braver l'opinion.

Jugement sommaire ! Très vrai jusqu'à un certain point, mais... !

— Vous entendez que je me plais à exaspérer les gens et à leur donner une mauvaise opinion de moi. Mais supposons – ses yeux affrontèrent avec défi le regard de MacGown –, supposons que je la mérite.

MacGown resserra son étreinte.

— Vous ne la méritez pas et je ne veux pas qu'on se permette de le dire.

— Vous pensez que ce procès fera oublier ma réputation de... cynisme ?

— Je sais ce que sont les potins et je sais qu'ils bourdonnent autour de vous. J'apprendrai aux bavards, une fois pour toutes, à vous respecter.

Marjory fixait distraitement la nature morte peinte sur le rideau baissé. Elle rit et dit :

— Mon cher garçon, vous êtes dangereusement provincial !

— Quand je vois le droit chemin, je le suis.

— Oui, mais il n'y a pas de droit chemin à Londres. Vous feriez mieux de louvoyer, Alec, ou vous finirez par prendre une bûche à cause de moi.

MacGown répondit avec simplicité :

— J'ai plus de confiance en vous que vous n'en avez vous-même.

Le rideau se levait à cet instant et Marjory en fut bien aise car elle se sentait déconcertée et vaguement émue. Au lieu de renforcer son désir de renoncer au procès, ce court entretien le lui montrait sous un autre jour : il déciderait de leur mariage. Alec saurait à quoi s'en tenir – et elle aussi. Sa vie serait étalée au grand jour, à peu de chose près ; si elle se mariait, elle tenait au moins à ne pas être prise pour ce qu'elle n'était pas. Laissons donc faire ! Cela n'en restait pas moins un terrible ennui ; surtout l'interrogatoire à subir. Quel effet ces lettres avaient-elles produit sur ses amis et ses relations ? Pour l'issue du procès, ce détail n'était pas sans importance. Comment savoir ? Deux femmes, une comtesse un peu rigide et une millionnaire canadienne, épouse d'un baronet ruiné, avaient décommandé leurs invitations pour le week-end. Elle n'avait pas pensé d'abord que ce fût à cause du procès – mais c'était possible. À part cela, elle ignorait l'opinion des autres – les gens ne vous disent guère en face ce qu'ils pensent de vous. Les avocats allaient essayer de la travestir en innocente persécutée. Grand Dieu ! Qu'arriverait-il si elle faisait une profession de foi en pleine audience ? Sa profession de foi, quelle serait-elle ? Ne pas abandonner un ami ; ne pas trahir un homme ; ne pas avoir le trac ; ne pas faire comme tout le monde : être toujours dans le train ; ne pas être vieux jeu ni ennuyeuse ! Toute cette histoire était absurde ! En tout cas, elle tâcherait de ne pas perdre la tête.

31

Le grand jour

À Green Street, le jour fixé pour le procès, Soames se leva presque malade d'énervement. Il souhaitait être déjà au lendemain.

Il avait été convenu, après maintes entrevues avec le très jeune Nicholas et sir James Foskisson, que le thème de la défense serait un réquisitoire contre les mœurs actuelles. Foskisson le soutiendrait de tout son cœur, cela se sentait : peut-être avait-il eu à souffrir, lui aussi, de l'immoralité ambiante ? S'il avait autant de verdeur que le vieux Bobstay qui venait, à quatre-vingt-deux ans, de publier ses Mémoires, cette chipie y laisserait des plumes !

La veille au soir, Soames avait été contempler le juge Brane dans l'exercice de ses fonctions et en était revenu favorablement impressionné ; ce savant personnage, relativement jeune – quoiqu'il l'eût rencontré au Palais autrefois –, avait l'air aussi traditionaliste qu'on pouvait le souhaiter.

Après s'être brossé les cheveux, lavé les dents, avoir ajusté son râtelier, Soames passa dans la chambre adjacente pour dire à Annette qu'elle serait en retard.

Annette, au lit, paraissait toujours à son avantage et rajeunie, ce qui faisait plaisir à son mari et lui semblait, en même temps, impardonnable. Car lorsqu'il aurait quitté ce monde – dans une quinzaine d'années, peut-être –, elle n'atteindrait même pas la soixantaine, avec vingt ans encore à lui survivre. L'ayant suffisamment agacée pour s'attirer cette réplique : « Vous aurez tout le temps de vous énerver à l'audience, Soames », il battit en retraite et s'approcha de la fenêtre. Ô dérision ! l'air sentait le printemps. Il alla finir sa toilette, prendre son bain, se raser soigneusement pour ne pas témoigner avec une estafilade au menton et retourna s'assurer qu'Annette ne choisissait pas une toilette trop claire. Il la trouva en combinaison de soie rose.

— À votre place, je me mettrais en noir, dit-il.

Annette lui jeta un coup d'œil par-dessus son miroir à main.

— Qui voulez-vous que je séduise, Soames ?

— Ces gens-là vont probablement amener leurs amis… Une toilette trop voyante…

— N'ayez crainte ; je n'essaierai pas de paraître plus jeune que ma fille.

Soames la quitta. Ces Françaises ! Enfin, pour la toilette elles ont bon goût…

Après le déjeuner, il sortit pour aller chez Fleur. Winifred et Imogen devaient venir chercher Annette – car elles allaient à l'audience comme si c'était une partie de plaisir !

Élégant, en haut-de-forme, Soames traversa Green Park en récapitulant les preuves qu'il avait réunies contre l'adversaire. Point de bourgeons aux arbres ; le printemps était en retard. Et la famille royale n'était pas encore rentrée à Londres. Devant le palais il se dit, en pensant aux souverains : « Ils sont très populaires. » Peut-être apprécient-ils le grand bloc sculpté, dressé en face de leur demeure à la gloire de l'Empire, gigantesques animaux, tout chair et tout muscles. Ce groupe et l'Albert Memorial sont universellement dénigrés comme œuvres d'art, mais qu'importe ! Ils représentent une époque de paix et d'abondance – rien de moderne.

À Westminster, Soames prit le raccourci d'une ruelle empestée de friture qui débouchait dans le havre parlementaire de North Street, et par-dessus ses charmantes petites maisons il examina l'église de Wren. Il ne mettait jamais les pieds dans une autre église que Saint Paul, mais trouvait l'extérieur des édifices religieux rassurant; les églises sont généralement vieilles et solides, indifférentes à l'opinion que l'on a d'elles. Aussi se sentait-il plus réconforté en arrivant à South Square.

Dandie vint à sa rencontre dans le hall. Soames n'était pas spécialement amateur de chiens, mais la largeur et la solidité de celui-ci l'amusaient toujours – il était bien plus satisfaisant que le petit avorton chinois, son prédécesseur! Cet animal avait du caractère, il était personnel, entêté; s'il était interrogé au procès, on n'en tirerait rien!

Mais voilà que Michael et Fleur descendaient l'escalier.

Après une rapide inspection du veston brun et de la cravate mouchetée de Michael, les yeux de Soames s'arrêtèrent sur le visage de sa fille. Elle était pâle, d'une pâleur de pétale de rose, sans fard, sans poudre, Dieu merci! admirablement adaptée à son rôle. Sa robe bleue, d'un goût exquis, était choisie on ne peut mieux. Ne voulant pas lui communiquer sa nervosité, Soames fit un effort pour se calmer.

— Tout à fait une journée de printemps, dit-il. Partons-nous?

Et pendant qu'on allait chercher un taxi, il continua pour achever de la rassurer:

— Je suis allé voir Mr Brane hier soir, il a beaucoup changé depuis l'époque où je le fréquentais; j'avais été un des premiers à lui procurer des clients.

— Détail plutôt fâcheux, n'est-ce pas? dit Michael.

— Comment?

— Il aura peur de paraître reconnaissant.

Toujours cette légèreté de propos!

— Nos magistrats sont généralement des gens capables.

— Je n'en doute pas. Croyez-vous que celui-ci lise quelquefois?

— Que voulez-vous dire? Lise quoi?

— Des romans. Au Parlement, nous n'en lisons guère.

— Personne ne lit de romans, à part les femmes.

Et, touchant la robe de Fleur, Soames dit :

— Tu auras besoin d'une fourrure, cette robe est trop légère.

Pendant qu'elle montait chercher la fourrure, il demanda :

— A-t-elle dormi ?

— Mieux que moi, répondit Michael.

— Tant mieux. Voici le taxi. Évitez cet Écossais.

— Je le rencontre chaque jour à la Chambre, vous savez !

— Ah ! j'oubliais... Au Parlement, vous n'attachez aucune importance à ces choses-là.

Et prenant le bras de sa fille il sortit avec elle.

Quand ils passèrent devant les bureaux de l'*Outpost*, Michael dit :

— Je me demande si le vieux Blythe viendra.

Ce fut la première réflexion qu'il fit pendant le trajet, et comme personne ne répondit, ce fut la dernière.

Le Palais avait son aspect accoutumé et une foule en robe ou sans robe y affluait.

— La souricière... ! murmura Michael.

Mais Soames désapprouva la comparaison d'un haussement d'épaules ; familier de l'endroit, il reconnaissait les salles sonores, les couloirs étouffants, les escaliers dérobés et ces vastes pièces carrées où l'on n'entend jamais les voix humaines résonner que l'une après l'autre.

Ils étaient en avance et montèrent lentement. Vraiment, quelle absurdité ! Avoir abouti ici, eux et les autres – et dans quel but ? Soames était stupéfait de sa propre faiblesse, il aurait dû exiger que Fleur fît des excuses. Un procès lui avait paru naturel dans tant de cas qui ne le touchaient pas – mais pour sa fille cela lui semblait maintenant inconcevablement idiot ! Cependant il fallait avancer, se frayer un passage à travers les clercs, les greffiers, les témoins. Quelques mots tout bas à un huissier et les voilà installés. Le très jeune Nicholas était déjà à sa place et Soames manœuvra si bien qu'il ne serait séparé de lui que par l'épaisseur de sir James quand ce dernier arriverait. Comme il se tournait vers le jeune homme pour lui parler, il se sentit réconforté par l'atmosphère familière du passé, comme un vétéran du cricket qui serait redescendu sur le terrain.

Par-dessus la tête du jeune Nicholas il regarda le public. Oui, l'affaire avait attiré du monde. C'était inévitable, avec cette pimbêche, toujours prête à faire parler d'elle ; il y avait une masse de gens élégamment vêtus, là-bas, dans le fond, et il en arrivait d'autres. Brusquement il se rassit, les jurés faisaient leur entrée – des têtes bien vulgaires. Pourquoi les jurés sont-ils toujours des gens vulgaires ? Il n'avait jamais été juré, lui, Soames. Il regarda Fleur. Impossible de savoir ce qu'elle pensait. Quant à Michael, ses oreilles paraissaient encore plus pointues que de coutume. Et Annette qui arrivait ! Elle ferait aussi bien de ne pas venir les rejoindre ; plus on est nombreux, plus on attire l'attention. Il lui fit signe de ne pas avancer. Ah ! elle s'éloignait. Annette, Imogen et Winifred prenaient de la place, étant de formes avantageuses ; mais il y avait encore du vide dans les travées. Tout à coup, Soames aperçut la plaignante, escortée de son avoué et de MacGown ; ils avaient l'air très à leur aise et cette chipie souriait ! Tout en s'efforçant de ne pas regarder de leur côté, Soames les vit s'asseoir à six pieds de lui. Voilà qu'entraient les avocats, Foskisson et Bullfry, qui arrivaient ensemble comme larrons en foire. Ils vont bientôt se donner du « Cher ami » et se sauter à la gorge. N'aurait-il pas mieux valu laisser Foskisson à la partie adverse et choisir Bullfry ? Un vilain bonhomme épais et commun, mais compétent. Derrière Soames et Michael encadrant Fleur, Foskisson s'installait avec son secrétaire ; et derrière Settlewith et l'Écossais encadrant la chipie, il y avait Bullfry et le sicn. Le juge seul manquait au tableau. Il entra ! Soames saisit le bras de Fleur et la fit lever en même temps que lui. On salua, on se rassit. Brane a une joue plus grosse que l'autre, aurait-il une rage de dents, et dans ce cas quelle influence cela aurait-il sur les débats ?…

Suivirent les rites accoutumés, énumération des affaires, choix de tel ou tel procès pour la semaine suivante, etc.

C'était fini. Le juge tourna la tête de droite et de gauche, comme pour inspecter le champ de bataille.

Bullfry se leva.

— S'il plaît à Votre Seigneurie…

C'était l'exposé traditionnel, avec le portrait traditionnellement ampoulé de la plaignante – petite-fille d'un marquis, fiancée à un futur Premier ministre…, la reine des clubs les plus choisis, une créature ardente et brillante, trop brillante peut-être…

« Une coquine », pensa Soames.

Puis la non moins traditionnelle description de l'accusée, neutre et subtilement venimeuse : une jeune femme récemment mariée, riche et ambitieuse (« L'insolent ! »). Le jury voudra bien se souvenir que les deux parties adverses ont les idées avancées de la société à laquelle elles appartiennent ; mais que les mots usuels gardent la même portée et entraînent les mêmes conséquences dans tous les mondes. Hum ! Une allusion très sommaire à l'incident de la réception chez Fleur – incident qu'on minimise, bien entendu. Une allusion à lui-même – un homme qui a une situation considérable, grand merci ! Lecture des lettres diffamatoires, maintenant. Leur effet… très artificiel, tout cela. La plaignante a été obligée de venir devant les tribunaux. (« Hypocrite ! »)

— J'appelle à la barre Mrs Ralph Ppynrryn.

— Comment écrivez-vous ce nom, monsieur Bullfry ?

— Avec deux *p*, deux *y*, deux *n* et deux *r*, milord.

— J'y suis.

La personne qui répondait à ce nom était une femme agréable, d'apparence frivole. Soames écouta attentivement sa déposition. Sa relation du petit drame survenu chez Fleur fut suffisamment exacte. Elle dit avoir reçu la lettre incriminée deux jours après et jugé de son devoir d'en informer miss Ferrar. Car son expérience du monde lui faisait prévoir que cette querelle et les lettres pourraient nuire à son amie. Elle en avait discuté avec un grand nombre de personnes. L'incident avait été rendu public et avait soulevé une vive émotion. Elle avait montré sa lettre à Mrs Maltese, qui lui avait communiqué à son tour celle qu'elle avait reçue. L'histoire défrayait les conversations de tout le monde…

Bullfry s'assit et Foskisson se leva.

« Voyons un peu si cet homme va donner sa mesure – la façon de conduire un contre-interrogatoire est si importante ! » Soames concentra son attention sur lui. Il avait vu pire. Le regard froid comme un grain de lumière gelé fixe un point quelconque de l'espace pendant que la question est posée, puis tombe sur le témoin au moment où il répond, la bouche s'entrouvre comme pour l'avaler, laisse apercevoir un bout de langue effleurant la lèvre inférieure ; la main libre serre quelque chose sous les plis de la robe.

— Eh bien ! madame Ppynrryn, cet incident, comme l'a appelé mon confrère, s'est déroulé dans la maison de Mrs Mont ? À quel titre vous y trouviez-vous ? À titre d'amie ? Très bien. Et vous n'aviez rien à reprocher à Mrs Mont ? Non. Et vous avez cru judicieux et amical de montrer cette lettre à la plaignante, à d'autres personnes encore ? En d'autres termes de grossir de toutes vos forces ce petit incident ?

L'avocat regarda fixement le témoin.

— Si une de mes amies recevait une lettre semblable à mon sujet, je m'attendrais à ce qu'elle m'avertisse de ces insultes.

— Même si votre amie savait qu'il y avait eu provocation et était aussi une amie de sa correspondante ?

— Oui.

— N'était-ce pas plutôt que cette dispute vous amusait trop pour la laisser tomber ? C'eût été bien facile de déchirer cette lettre et de n'en pas parler ! Vous ne voulez pas dire que son contenu a diminué votre estime pour miss Ferrar… vous la connaissiez trop bien, n'est-il pas vrai ?

— Ou… i.

— Parfait. Étant liée avec les deux parties, vous saviez que ces allégations ne représentaient qu'une saute d'humeur et ne devaient pas être prises au sérieux ?

— Je ne dis pas cela.

— Oh ! vous les preniez au sérieux ? Dois-je en conclure que vous les trouviez trop véridiques ? En un mot que vous les saviez méritées ?

— Certainement non.

— Comment pourraient-elles nuire à miss Ferrar, si elles étaient manifestement fausses ?

— Je crois qu'elles pouvaient lui faire du tort.

— Pas à vos yeux, vous êtes son amie.

— Non, pas à mes yeux.

— Mais dans l'opinion d'autres personnes qui ne les auraient jamais connues sans vous ? En somme, madame, vous avez pris grand plaisir à cette affaire, n'est-ce pas ?

— Non.

— Vous avez montré cette lettre par devoir ? Vous n'avez donc pas plaisir à faire votre devoir ?

Soames étouffa un rire sec qui lui montait aux lèvres.

Au tour de Bullfry :

— En réalité, madame Ppynrryn, l'expérience vous a appris, comme à chacun de nous, moins heureux que mon éminent ami, que l'exercice d'un devoir est parfois pénible.

— Oui.

— Merci. Mrs Edward Maltese !

Pendant l'interrogatoire de Mrs Maltese, brune et robuste jeune femme, Soames essaya d'évaluer et de comparer l'impression produite par Fleur et par son ennemie sur les quatre jurés qui ne semblaient pas insensibles à leur beauté. Il était encore hésitant lorsque sir James Foskisson se leva pour reprendre le contre-interrogatoire.

— Voulez-vous me dire, madame Maltese, quelle est, parmi les expressions incriminées, celle que vous considérez comme la plus injurieuse ?

— Le mot « traîtresse » dans ma lettre, et l'expression de « vipère de la plus belle eau » dans la lettre adressée à Mrs Ppynrryn.

— Plus injurieuse que les autres ?

— Oui.

— C’est par là que vous pouvez me venir en aide. Le cercle de vos relations n’est peut-être pas exactement celui de la plaignante ?

— Pas tout à fait.

— Mais il est voisin ?

— Oui.

— Eh bien ! dans quel cercle, le vôtre ou celui de la plaignante, cette expression : « Elle n’a aucun sens moral », serait-elle considérée comme la plus injurieuse, ou faut-il dire la moins injurieuse ?

— Je n’en sais rien.

— Je vous demande seulement votre opinion. Votre milieu est-il aussi « lancé » que celui de miss Ferrar ?

— Peut-être pas tout à fait.

— Il est de notoriété publique que celui de miss Ferrar est d’allure très libre ?

— Je le suppose.

— Et cependant le milieu où vous vivez passe pour assez libre – je veux dire que vous n’êtes pas momifiés.

— Momifiés, sir James ?

— Momifiés, milord, c’est une expression courante parmi les jeunes gens.

— Je comprends. Madame Maltese, sir James demandait si vous étiez momifiée ?

— J’espère que non, milord.

— Vous l’espérez… Continuez, sir James.

— N’étant pas une momie, vous ne seriez pas trop émue de vous entendre dire : « Ma chère, vous n’avez aucun sens moral » ?

— Je n’en serais pas émue si on me le disait aussi gentiment.

— Allons, allons, madame Maltese, cette phrase, dite gentiment ou non, exprime-t-elle, à votre sens et à celui de vos amis, un blâme quelconque ?

— Oui, si elle est dite sans gentillesse.

— Dois-je entendre que la conception du bien et du mal dans votre milieu est la même que celle de… Sa Seigneurie ?

— Comment un témoin peut-il répondre à cette question, sir James ?

— Eh bien, dans votre milieu, le divorce est-il admis, ou encore êtes-vous scandalisée de voir un couple de vos amis faire une fugue à Paris ou ailleurs quand cela leur plaît ?

— Scandalisée ? On n'est pas obligé de se scandaliser d'une action qu'on n'accomplirait pas soi-même.

— Bref, cela ne vous scandalise pas ?

— Je ne crois pas être scandalisée par quoi que ce soit.

— C'est cela qui s'appellerait être momifiée ?

— Peut-être.

— Alors voulez-vous m'expliquer – si tel est le point de vue de votre milieu, qui est moins « libre », ne l'oublions pas, que le cercle dans lequel vit la plaignante –, voulez-vous m'expliquer comment le mot : « Elle n'a aucun sens moral » aurait pu causer le moindre préjudice à la plaignante ?

— Notre petit cercle n'englobe pas la société tout entière.

— Non. Je me permettrai même d'avancer qu'il ne comprend qu'une toute petite partie du monde. Mais prétendez-vous attacher, vous ou la plaignante, quelque importance à…

— Comment le témoin peut-il répondre pour la plaignante, sir James ?

— Alors prétendez-vous attacher quelque importance à ce que pensent les gens qui ne sont pas de votre petit monde ?

Soames hochait la tête. Le compère manœuvrait habilement. Et il surprit un sourire sur les lèvres de Fleur qui regardait le témoin.

— Personnellement, répondait Mrs Maltese, je ne prête guère attention à ce que l'on pense, même dans mon entourage.

— Auriez-vous plus d'indépendance d'esprit que la plaignante ?

— J'en ai au moins autant.

— A-t-elle la réputation d'être très indépendante ?
— Oui.
— Je vous remercie, madame Maltese.
Foskisson se rassit et Bullfry se leva.
— Je demande que la plaignante soit entendue, milord.
Soames décroisa les jambes.

32

À la barre

Marjory Ferrar s'avança à la barre, presque calme et à peine fardée. Elle était vêtue d'une robe noire ornée de chinchilla et d'un chapeau assorti. Après avoir jeté à la Bible un baiser qui se perdit dans l'air à quelques pouces au-dessus du livre sacré, elle respira profondément et regarda son avocat.

Les dernières journées avaient été pénibles ; elle supportait de plus en plus impatiemment les ennuis et les tracas inhérents au procès. C'est elle qui l'avait amorcé, mais depuis longtemps elle n'était plus maîtresse des choses ; elle s'apercevait, après tant d'autres, que les événements sont beaucoup plus difficiles à arrêter qu'à déclencher. « Vraiment, se disait-elle à ce moment, ce serait bien fait pour Alec et ses conseillers si l'affaire tournait à leur déconfiture. » La voix soigneusement posée de Mr Bullfry la tira de ses réflexions pessimistes. Toutes les questions posées lui étaient connues, aussi reprit-elle vite son aplomb, et ses propres paroles résonnèrent clairement et agréablement à ses oreilles.

Pleine de désinvolture et sentant que la façon dont elle tenait son rôle amusait le juge, les jurés, et le public qu'elle apercevait vaguement plus loin, elle affectait une allure gamine et juvénile.

Si seulement il n'y avait pas, assise entre elle et son avocat, cette petite snob au visage impassible !

Quand Mr Bullfry se rassit enfin et que se leva sir James Foskisson, elle faillit succomber à la tentation de se poudrer le nez ; mais elle résista en saisissant la barre à pleines mains et sentit pour la première fois un frisson lui courir le long du dos, pendant que sir James secouait sa robe et rassemblait ses papiers. Il aurait pu, au moins, lever les yeux sur elle en l'interrogeant !

— Avez-vous été partie dans un procès avant ce jour, miss Ferrar ?

— Non.

— Vous avez bien compris que vous parlez sous la foi du serment ?

— Parfaitement.

— Vous avez dit à mon ami, Mr Bullfry, que vous ne ressentiez aucune animosité envers Mrs Mont. Veuillez jeter les yeux sur ce passage de l'*Evening Star* du 3 courant. Est-ce vous qui l'avez écrit ?

Marjory éprouva exactement la même sensation que si elle venait de sortir d'une serre chaude par vent d'est. Est-ce que ces gens étaient donc au courant de tout ?

— Oui, c'est moi.

— Ce paragraphe se termine ainsi : « L'entreprenante jeune femme spécule, pour se créer un salon, sur la curiosité que suscite toujours une aventure politique. » Visiez-vous Mrs Mont ?

— Oui.

— Ce n'est pas très gentil, il me semble, de la part d'une amie.

— Je n'y vois pas grand mal.

— C'est donc une appréciation que vous auriez enregistrée avcc plaisir, si elle vous avait concernée ?

— C'est l'appréciation à laquelle je me serais attendue si j'avais agi comme Mrs Mont.

— Votre réponse n'en est pas une. Permettez-moi de poser la question autrement. Votre père aurait-il aimé que vous soyez jugée ainsi ?

— Mon père ne lit jamais ces choses-là dans les journaux.

— Et vous avez été étonnée que le père de Mrs Mont les lise ? Écrivez-vous souvent de ces charmantes bagatelles sur vos amies ?

— Pas souvent.

— De temps à autre ? Et les victimes restent vos amies ?

— Il n'est pas facile, dans le monde, de savoir qui est, ou n'est pas, de vos amies…

— C'est vrai, mademoiselle. Vous reconnaissez vous être livrée à quelques appréciations critiques – ce sont vos propres termes – sur Mrs Mont, et chez elle. Vous arrive-t-il souvent, reçue dans une maison amie, d'y parler péjorativement de votre hôtesse ?

— Non. En tout cas, je compte n'y être pas mouchardée.

— Je vois, je vois. Tant que vous n'êtes pas prise sur le fait, cela ne compte pas. Autre question : ce mercredi d'octobre, chez Mrs Mont, dans votre conversation avec Mr Philip… heu… Quinsey, avez-vous vraiment traité votre hôtesse de snob ?

— Je ne crois pas.

— Prenez garde ! Vous avez entendu les dépositions de mesdames Ppynrryn et Maltese, Vous vous en souvenez, Mrs Maltese a raconté que Mr Forsyte, le père de Mrs Mont, vous avait dit ce jour-là : « Vous avez traité ma fille de snob dans sa propre maison, madame. Veuillez vous retirer, vous êtes une traîtresse. » Est-ce exact ?

— Probablement.

— Prétendez-vous que Mr Forsyte a imaginé le terme de « snob » ?

— Je prétends qu'il a mal entendu.

— L'épithète de « snob » n'est pas flatteuse, n'est-ce pas ? Mr Forsyte aurait-il eu une autre raison de vous appeler « traîtresse » ?

— Mes remarques n'étaient pas destinées à ses oreilles. Je ne me souviens pas exactement de ce que j'ai dit.

— Bien. Nous demanderons à Mr Forsyte de venir à la barre pour vous rafraîchir la mémoire. Mais je tiens pour acquis que vous avez traité Mrs Mont de « snob », non pas une fois mais à deux reprises, au cours de cette conversation.

— Je vous répète que je ne m'en souviens pas ; il n'aurait pas dû écouter.

— Très bien ! Donc vous trouvez naturel d'avoir écrit cet article et tenu des propos déplaisants sur Mrs Mont, derrière son dos, dans son propre salon ?

Marjory Ferrar serra la barre entre ses mains jusqu'à se faire mal. Cette voix de l'avocat la rendait folle !

— Et cependant, mademoiselle, vous n'admettez pas qu'on tienne sur vous des propos semblables. Qui vous a conseillé d'entamer un procès ?

— D'abord mon père, puis mon fiancé.

— Sir Alexander MacGown. Fréquente-t-il les mêmes cercles que vous ?

— Non ; il fréquente les milieux parlementaires.

— C'est ce que je pensais ; il ignore les règles de conduite de votre milieu ?

— Les milieux ne sont pas aussi nettement séparés que vous le croyez.

— Je suis toujours heureux de m'instruire, mademoiselle. Mais dites-moi, savez-vous quelles sont les idées de sir Alexander MacGown et de ses amis, au point de vue moral ?

— À peu près. Je ne pense pas qu'elles soient si différentes…

— Croyez-vous que des hommes politiques, sur qui pèsent de graves responsabilités, prennent la vie aussi légèrement que vous ?

— N'allez-vous pas un peu loin, sir James, dit le juge, en alléguant que miss Ferrar prend la vie légèrement ?

— Il me semble prouvé, milord, qu'elle a montré une conception très légère des devoirs découlant d'une hospitalité que l'on a acceptée. Nous allons maintenant parler de ses principes.

— Cela vaudra mieux, avant de dégager des conclusions. Qu'est-ce que les hommes politiques ont à y voir ?

— Je voulais seulement faire remarquer, milord, que la plaignante fait grand bruit autour de quelques mots dont un homme politique, ou même un simple citoyen, aurait raison de se sentir offensé, mais qu'elle n'a pas le droit, vu ses principes, d'en prendre ombrage.

— Alors, il vous faut établir quels sont les principes de miss Ferrar. Continuez !

Marjory Ferrar, après cet instant de détente, dut se ressaisir. Ses principes !

— Dites-moi, mademoiselle, nous connaissons tous maintenant la signification de cette expression : « momifié » ! Les hommes politiques sont-ils plus momifiés que vous ?

— Peut-être, si on les en croit.

— Vous les croyez hypocrites ?

— Je ne crois rien du tout. Je ne pense pas à eux.

— Bien que vous soyez sur le point d'épouser l'un d'entre eux ? Vous avez protesté contre cette phrase : « Elle n'a aucun sens moral. » Avez-vous lu le roman intitulé *Canthar* ?

Sir James lui présentait le volume.

— Je crois que oui.

— Vous ne vous en souvenez pas ?

— Je l'ai parcouru.

— Parcouru – c'est-à-dire lu l'essentiel. C'est suffisant pour vous former une opinion ?

— Oui.

— Approuvez-vous cette opinion exprimée dans une lettre adressée à ce journal : « Ce livre rompt avec le conformisme britannique, qui condamne toute œuvre d'art un peu libre – c'est une chose excellente. » Est-ce votre avis ?

— Oui. J'ai horreur des « convenances ».

— « C'est incontestablement de l'Art. » Avec un grand « A ». Est-ce encore votre opinion ?

— De l'art – oui. Peut-être pas du grand art.

— Mais valant d'être publié ?

— Pourquoi pas ?

— Vous savez que *Canthar* n'a pas été édité en Angleterre ?

— Oui.

— Mais il méritait de l'être ?

— Ce n'est pas, naturellement, un livre de nature à plaire à tout le monde.

— N'éludez pas la question, s'il vous plaît. Pensez-vous que ce roman *Canthar* aurait dû paraître en Angleterre ? Ne vous pressez pas, miss Ferrar.

L'animal ! Rien ne lui échappait. Il profitait de la légère hésitation qu'elle avait trahie, cherchant à discerner où on la menait.

— Oui, dit-elle, je pense que la littérature doit être parfaitement libre.

— Vous n'approuveriez pas l'interdiction de ce livre ?

— Non.

— Vous n'approuveriez la censure d'aucun ouvrage, pour des considérations de simple moralité ?

— Je ne puis vous répondre sans connaître les livres incriminés. Le public n'est pas obligé de lire tous les livres !

— Et vous croyez que vos opinions sur ce sujet sont celles des hommes politiques et des simples citoyens ?

— Non, je ne le crois pas.

— Mais elles sont partagées par la plupart de vos amis ?

— Je l'espère.

— Des opinions contraires seraient « de la momification » ?

— Si vous voulez. Ce n'est pas le terme dont je me servirais.

— De quel terme vous serviriez-vous mademoiselle ?

— Je crois que je dirais en général que c'est « gaga ».

— Je crains que la cour ne demande encore une explication…

— Pas pour moi, sir James, je connais parfaitement l'expression ; elle signifie : « Tombé en enfance. »

— La cour sait tout, milord. Alors, mademoiselle, toute personne qui ne partage pas vos opinions et celles de vos amis sur cet ouvrage serait « gaga », c'est-à-dire tombée en enfance ?

— Oui, au point de vue esthétique.

— Ah ! j'attendais ce mot. Vous n'établissez aucun lien entre l'art et la vie ?

— Non.

— Vous ne pensez pas que l'art exerce une influence ?

— Il ne doit pas en exercer.

— Quand le sujet traité par un écrivain est une extrême licence de mœurs, décrite avec toute l'insistance voulue, vous ne pensez pas que cette lecture puisse entraîner des conséquences d'un ordre pratique – même quand il s'agit de très jeunes lecteurs ?

— Je ne peux rien affirmer pour les autres ; sur moi cela n'a aucun effet.

— Il est vrai que vous êtes une jeune fille émancipée.

— Je ne sais pas ce que vous voulez dire.

— Ce que vous venez de dire sur l'art et ses conséquences est pur verbiage, vous le savez ?

— Pas du tout.

— Présentons la question sous une autre forme. Les gens qui ont des idées ordinaires sur la morale et les bonnes mœurs peuvent-ils partager votre opinion sur l'indépendance de l'art et son innocuité ?

— Certainement, si ce sont des gens cultivés.

— Cultivés ! Acceptez-vous pour vous-même la morale courante ?

— Je ne sais pas ce que vous appelez la morale courante.

— Je vais vous le dire, mademoiselle. Par exemple, la morale courante n'admet pas qu'une femme ait des aventures, ni avant ni après le mariage.

— Et les hommes ?

— Je vous remercie, nous y arrivons. Elle ne les admet pour les hommes, à tout le moins, qu'avant le mariage.

— Je ne trouve pas du tout que ce soit la morale courante aujourd'hui.

En cédant à cette tentation de faire de l'esprit, elle vit tout de suite qu'elle avait gaffé. Le juge la regardait.

— Dois-je comprendre, dit-il, que vous êtes d'avis que les femmes peuvent se permettre des liaisons avant le mariage, et les hommes comme les femmes se les permettre après ?

— Je crois que telle est la morale courante aujourd'hui, milord.

— Je ne vous parle pas de morale courante. Je vous demande si vous admettez ces mœurs.

— Beaucoup de gens les admettent, mais n'osent encore le dire.

Elle remarqua que cette réponse avait suscité des réactions parmi les jurés et causé un petit saisissement sur les bans mêmes de la cour. Sir Alexander avait laissé choir son chapeau. Quelqu'un rompit le silence en se mouchant bruyamment ; le visage de Mr Bullfry disparaissait dans son mouchoir. Marjory se sentit rougir.

— Répondez-moi, je vous prie. Vous trouvez vous-même ces mœurs convenables ?

— Je... cela dépend.

— De quoi ?

— De... des circonstances, de l'entourage, du caractère, de toutes sortes de choses.

— Vous les trouveriez convenables pour vous ?

Marjory Ferrar resta un instant figée et silencieuse.

— Je ne puis répondre, milord.

— Cela signifie que vous ne voulez pas répondre ?

— Cela signifie que je ne sais pas...

Avec le soulagement d'un imprudent qui aurait retiré le pied d'une couche de glace trop mince, Marjory vit la figure de son avocat émerger du mouchoir.

— Très bien, disait Sa Seigneurie. Continuez, sir James.

— En tout cas nous pouvons conclure que ceux d'entre nous qui prétendent désapprouver les irrégularités de conduite sont, à vos yeux, des hypocrites ?

— Vous ne pouvez donc pas être équitable, sir James ?

Il la regardait et elle n'en fut pas plus satisfaite.

— Mon équité éclatera sous peu, mademoiselle.

— Votre siège est fait d'avance, n'est-ce pas ?

— Croyez-moi, madame, vous ne devriez pas faire de mots d'esprit. Vous ne voyez rien de mal dans un livre comme *Canthar* ?

— Personne n'y devrait voir aucun mal.

— Vous voulez dire, si nous étions tous aussi cultivés en matière d'art… que vous. (Ignoble sarcasme.) Mais est-ce le cas ?

— Non.

— Alors *Canthar* n'est pas inoffensif. Mais vous n'en avez cure. Je ne vous propose pas, milord, de lire quelques passages de ce très vilain roman. Grâce, sans doute, à sa louche réputation, le prix de cet ouvrage est de près de sept livres. Et c'est là une réponse à l'assertion de la plaignante, que l'art n'a aucune répercussion sur la vie. Nous avons fait la grosse dépense d'acheter plusieurs exemplaires de *Canthar* et je demanderai que les jurés lisent, pendant la suspension d'audience, une petite douzaine de passages soulignés.

— Avez-vous un exemplaire pour moi, sir James ?

— Oui, milord.

— Et un pour Mr Bullfry ?… Si on rit encore dans la salle, je la fais évacuer… Continuez.

— Vous connaissez la société d'acteurs mondains qui a pris le nom de Nec-plus-Ultra, miss Ferrar ? Elle a été créée pour jouer des pièces très osées, je crois ?

— Des pièces, oui. Osées, je ne sais pas.

— Des pièces russes, et les auteurs dramatiques du temps de la Restauration.

— Oui.

— Et vous avez joué dans cette troupe ?

— Quelquefois.

— Vous souvenez-vous d'une pièce appelée *L'Homme au franc-parler*, de Wycherley, qui a été donnée en matinée, le 7 janvier dernier – y teniez-vous le rôle d'Olivia ?

— Oui.

— Un beau rôle ?

— Un très bon rôle.

— J'ai dit : beau.

— Je n'aime pas ce mot.

— Il est trop encadré de pruderie, de conformisme, mademoiselle ? Est-ce un rôle de femme pudique ?

— Non.

— N'est-ce pas, surtout à la fin, un rôle extrêmement impudique ? Je fais allusion à la scène qui se passe dans l'obscurité.

— Je ne dirais pas « extrêmement ».

— Cependant vous n'avez pas hésité à accepter et à jouer ce rôle – un petit détail comme celui-là n'est pas pour vous gêner ?

— Pourquoi me gênerait-il ? S'il me gênait, je ne jouerais jamais.

— Vous ne jouez pas pour gagner votre vie ?

— Non, pour mon plaisir.

— Alors vous pouvez refuser les rôles qui vous déplaisent.

— Si je les refusais, on ne m'en proposerait plus aucun.

— Ne vous dérobez pas. Vous avez joué le rôle d'Olivia, non pas pour gagner de l'argent, mais parce qu'il vous plaisait. Vous avez pris plaisir à le jouer ?

— Assez.

— Je crains d'être obligé, milord, de demander à messieurs les jurés de jeter un coup d'œil sur cette scène qui se déroule dans l'obscurité.

— Prétendez-vous, sir James, qu'une femme qui tient le rôle d'un personnage immoral est elle-même sans moralité ? Ce serait attaquer beaucoup de réputations irréprochables.

— Non, milord. Je prétends que voici une jeune femme si jalouse de sa réputation qu'elle intente un procès en diffamation parce qu'une lettre strictement privée la déclarait « sans aucun sens moral ». D'autre part elle lit et apprécie des livres comme *Canthar*, joue le rôle d'Olivia et, comme je l'ai exposé, vit dans un monde où le mot de « morale » n'a pas de signification, qui regarde, en un mot, la moralité comme une maladie dans le genre de la rougeole. À mon avis, milord, l'expression incriminée de la lettre de ma cliente : « Elle n'a aucun sens moral » constitue plutôt un hommage à la plaignante qu'un mauvais compliment.

— Voulez-vous dire que cette phrase a été écrite dans cette intention ?

— Non, non, milord.

— Eh bien ! vous désirez que les jurés lisent cette scène... Vous aurez de quoi vous occuper, messieurs, pendant cette suspension de séance, à l'heure du déjeuner. Continuez, sir James !

— Et maintenant, miss Ferrar, mon collègue a insisté sur un détail de votre vie privée : vous êtes fiancée à un membre du Parlement jouissant d'une grosse fortune et entouré de la considération générale. Depuis combien de temps êtes-vous fiancée ?

— Six mois.

— Vous n'avez pas de secrets pour votre fiancé, je pense ?

— Suis-je obligée de répondre à cette question ?

— Sir James, pourquoi répondrait-elle, en effet ?

— Je me garderai bien d'insister si miss Ferrar refuse de répondre, milord.

L'insolente brute ! Comme si chacun n'avait pas ses secrets ?

— Vos fiançailles n'ont été annoncées qu'en janvier, n'est-ce pas ?

— Oui.

— Puis-je en déduire que votre décision n'a été prise qu'à cette époque ?

— Si vous voulez.

— Miss Ferrar, est-ce pour défendre votre réputation que vous avez intenté le procès ? Ne serait-ce pas pour sortir de vos embarras d'argent ?

Elle se sentit de nouveau rougir.

— Non.

— Étiez-vous à court d'argent, lorsque vous vous êtes décidée à poursuivre ?

— Oui.

— Très ?

— Pas plus que bien d'autres fois.

— Je puis donc avancer que vous aviez de lourdes dettes et que vous n'aviez plus de crédit.

— Comme il vous plaira.

— Je suis heureux que vous vouliez bien l'admettre, mademoiselle, faute de quoi j'aurais dû en fournir la preuve. Et vous n'avez pas engagé le procès dans l'espoir de payer quelques-unes de vos dettes ?

— Non.

— N'avez-vous pas été avertie, au début de janvier, que vous n'obtiendriez pas un sou à l'issue de cette poursuite judiciaire ?

— On m'a dit, je crois, qu'une offre de compromis était annulée.

— Vous savez pourquoi ?

— Oui ; parce que Mrs Mont refusait de faire des excuses, comme je le demandais.

— Exactement. Est-ce une coïncidence que votre décision d'épouser sir Alexander MacGown ait été prise à cette époque-là ?

— Une coïncidence ?

— J'entends, l'annonce officielle de vos fiançailles ? (Le monstre !)

— Cela n'a rien à voir avec le procès.

— Vraiment ! Et quand vous avez porté plainte, est-ce réellement parce que vous vous inquiétiez de ce que les gens penseraient de vous ?

— J'ai porté plainte surtout parce que j'ai été traitée de vipère.

— Répondez à ma question, s'il vous plaît.

— Si je ne m'en inquiétais guère, mes amis s'en inquiétaient.

— Mais leurs principes sont les vôtres – très accommodants.

— Pas ceux de mon fiancé.

— Ah ! non. Il n'appartient pas à la même coterie, vous nous l'avez dit. Mais vos autres amis… Vous n'avez pas honte d'avoir des principes accommodants, mademoiselle ?

— Non.

— Alors pourquoi en rougiriez-vous devant vos amis ?

— Comment puis-je savoir quelles sont les idées de mes amis ?

— En effet, sir James, comment peut-elle le savoir ?

— Comme il plaira à Votre Seigneurie. Allons, mademoiselle, vous avez le courage de vos opinions, j'espère. Je vais résumer votre philosophie. Vous croyez avoir le droit d'affirmer votre personnalité ; il vous semble un devoir de vous refuser à toute convention, de transgresser toute loi… non seulement les lois, mais les usages moraux qui vous entraveraient.

— Je n'ai jamais eu la prétention d'avoir une philosophie…

— Ne vous dérobez pas.

— Je n'ai pas l'habitude de me dérober.

— J'en suis bien aise. Vous prétendez être seul juge de vos actes ?

— Oui.

— Vous n'êtes pas seule à penser ainsi.

— Je ne le crois pas.

— C'est la manière de voir de ce qu'on appelle l'avant-garde – à laquelle vous appartenez et êtes fière d'appartenir, n'est-ce pas ? Et dans cette coterie mondaine, pourvu que l'on ne tombe pas sous le coup de la loi, chacun pense et agit selon son bon plaisir ?

— On n'agit pas toujours exactement en appliquant ses principes.

— Naturellement. Mais si vous et vos amis n'agissez pas toujours conformément à vos idées, il est de règle, parmi vous, de juger de toutes choses d'un point de vue individuel et de n'attacher aucune importance aux conventions sociales.

— Plus ou moins.

— Et vivant dans un pareil milieu, avec ce credo, vous avez l'audace de penser que les mots : « Elle n'a aucun sens moral » vous autorisent à réclamer des dommages et intérêts ?

La voix de Marjory Ferrar vibra de colère en répondant :

— J'ai mes principes. Ce ne sont pas les vôtres ; ils peuvent être tout aussi bons, ou peut-être meilleurs. En tout cas, je ne suis pas une hypocrite.

Elle s'aperçut, à la flamme malicieuse qui s'allumait dans les yeux de sir James, qu'elle avait de nouveau commis une maladresse.

— Laissons de côté mes principes, mademoiselle. Mais approfondissons un peu ce que vous appelez les vôtres. D'après vous, le tempérament, les circonstances, l'entourage décident si votre conduite sera conforme, ou non, à la morale ?

Elle se mordit les lèvres sans répondre.

— Répondez, s'il vous plaît.

Elle inclina la tête et répondit :

— Oui.

— Très bien.

Sir James s'étant mis à feuilleter son dossier, Marjory recula au fond du box et réfléchit : elle s'était mise en colère, elle avait défié dangereusement l'adversaire ; à tout prix désormais, il lui faudrait garder son sang-froid. Et malgré elle, en faisant effort pour le recouvrer, elle embrassa tous les détails de la scène — les expressions des visages, les gestes, l'atmosphère spéciale de la salle, et cette curieuse impression de drame qui émanait de la présence silencieuse de centaines de spectateurs ; elle nota qu'il y avait une femme parmi les jurés ; elle vit que le juge, qui fixait distraitement le vide, avait cassé sa plume. Elle aperçut Mr Settlewith, le nez plus long que de coutume, Michael, le front soucieux, Fleur, les joues fiévreuses, Alec qui serrait les poings et ne quittait pas sa fiancée des yeux.

Une sorte de gravité comique planait sur l'assistance. Marjory aurait voulu, telle *Alice au pays des merveilles*, prendre tous les personnages comme un paquet de cartes et les secouer, les mêler, tout brouiller de ce jeu dont elle faisait les frais.

La « brute ironique » ayant fini de remuer ses papiers, elle se prépara donc et revint à la barre.

— Maintenant, mademoiselle, je reprends une question posée par Sa Seigneurie et à laquelle vous n'aviez pas voulu répondre. Je vais la poser d'une façon plus simple, pour vous faciliter la réponse. Laissant de côté toute discussion de principes (ici Michael se cacha la figure entre les mains), avez-vous eu ou n'avez-vous pas eu une liaison ?

D'après le ton, le jeu de physionomie de sir James, il était évident qu'il savait…

Marjory était le dos au mur – elle n'avait même pas le moindre mur contre lequel s'adosser. Dix, vingt, trente secondes – le juge, les jurés, ce vieux renard qui retenait les plis de sa robe dans sa main et détournait hypocritement les yeux… Pourquoi ne pas jeter avec indignation ce « non » qu'elle s'était si souvent entraînée à prononcer ? C'est qu'il était peut-être en état de fournir des preuves – comme il l'avait dit pour les dettes !

— Prenez votre temps, mademoiselle. Vous savez naturellement ce que c'est qu'une liaison ?

Au moment précis où elle allait nier, elle vit Michael se pencher en chuchotant : « Pas cela ! » et cette petite snob lever les yeux vers elle – son regard était assuré et méprisant, elle pensait évidemment : « Nous allons l'entendre mentir. »

Marjory s'écria d'un trait :

— Je regarde cette question comme une insulte !

— Ah ! voyons, mademoiselle, après vos déclarations de principes, après…

— Je ne répondrai pas.

Il y eut un mouvement, puis un murmure sur les bancs de la cour.

— Vous refusez de répondre ?

— Oui.

— Merci, miss Ferrar.

Après ces mots infiniment sarcastiques, la « brute » s'était assise.

Marjory Ferrar, debout, dans une attitude de défi, sentait le sol se dérober sous ses pieds ; son avocat l'appela d'un geste. Elle quitta le box, passa devant ses adversaires et regagna sa place à côté de son fiancé. Comme celui-ci était rouge et silencieux !

Le juge prit la parole :

— L'audience est levée, monsieur Bullfry, pour le temps du déjeuner.

Il se leva, sortit, et les jurés l'imitèrent.

Le murmure étouffé des voix changea de ton, devint un bourdonnement qui remplit la salle.

Marjory se leva à son tour : Mr Settlewith lui parlait.

33

« Excédée »

Marjory Ferrar suivit son avoué dans la pièce réservée aux témoins et le regarda interrogativement.

— Eh bien ?

— Votre refus de répondre, miss Ferrar, a été très malencontreux. J'ai peur que l'impression du jury n'ait été désastreuse. S'il est possible encore d'arriver à un arrangement à l'amiable, je vous le conseille avec insistance.

— Cela m'est absolument égal.

— Alors je m'en charge. Je vais voir tout de suite sir Alexander et Mr Bullfry.

— Par où peut-on sortir sans attirer l'attention ?

— Par cet escalier. Vous trouverez des voitures dans Lincoln's Inn Fields. Excusez-moi.

Il fit un petit salut cérémonieux à sa cliente et s'éloigna. Marjory Ferrar ne prit pas de taxi car elle avait envie de marcher. Après tout, se disait-elle, si cette dernière réponse avait été désastreuse, tant pis ! Elle n'avait pas dit de trop gros mensonges, elle avait tenu tête à l'adversaire, lui avait même parfois rendu la monnaie de sa pièce. Quant à Alec, eh bien, elle n'y pouvait rien, c'est lui qui avait exigé qu'elle engageât ce procès, il n'avait qu'à s'en prendre à lui-même ! Elle acheta un journal, entra dans un restaurant et se mit à lire une description du procès, illustrée d'une photo de sa propre personne. Après avoir fait honneur au déjeuner, elle continua sa promenade le long de Piccadilly, puis dans le parc, où elle s'assit sous un arbre qui commençait à bourgeonner et aspira la fumée d'une cigarette. L'allée de Rotten Row était presque déserte. Des gens sans importance occupaient quelques chaises ; une dame professeur d'équitation enseignait le trot à un petit garçon ; des moineaux et un pigeon paraissaient seuls s'apercevoir vaguement de sa présence. L'air sentait le printemps. Marjory savoura un instant l'apaisante impression de n'être connue de personne. Il était étrange de penser que des millions d'êtres, chaque jour, quand ils avaient quitté leurs maisons, leurs bureaux, leurs magasins, en route pour leur destination prochaine, étaient aussi perdus pour leur entourage qu'une pierre tombée dans un étang ! Serait-il agréable de disparaître et de recommencer la vie « incognito » ? Bertie Curfew allait repartir pour Moscou. L'emmènerait-il comme secrétaire et... comme bonne amie ? Au fond, Marjory ne se sentait pas aussi fatiguée de cette liaison qu'elle l'avait prétendu. Cette idée la ramena brusquement à la proche réalité. Alec ! des explications à lui donner – peut-on même parler d'explications ! Alec devait payer ses dettes, dont il avait la liste, en guise de cadeau de noces. Mais si le mariage n'avait pas lieu ? Dieu merci, elle avait encore un peu d'argent liquide. Le cheval de quatre ans que son père avait si soigneusement caché au public venait de gagner une course ; elle avait misé sur lui une jolie somme.

Réfléchissant de la sorte, Marjory reprit sa flânerie en respirant, poitrine gonflée, l'air printanier ; cette attitude était bien contraire à la vogue moderne de l'allure garçonne – mais n'était-ce pas justement une mode à son déclin ? À la sortie du parc, arrivée à la gare de South Kensington, elle acheta un second journal qui donnait un récit circonstancié de l'audience de la cour, sous ce titre : « Procès des mœurs modernes. Déposition de miss Ferrar. » C'était amusant de le lire en même temps que tous ces inconnus qui la coudoyaient en l'ignorant et n'auraient pu la reconnaître, peut-être, que par la description que l'on donnait de sa toilette.

Tout en lisant, elle arriva à Wren Street, ouvrit la porte du petit appartement avec son passe-partout et aperçut, dès l'entrée, un chapeau d'homme. Déjà ! Elle prit son temps ; et c'est pâlie par une forte couche de poudre qui pouvait faire croire à une violente émotion qu'elle pénétra dans l'atelier.

MacGown était assis, la tête entre les mains. Marjory remarqua avec une pitié sincère l'attitude effondrée de ce gros homme, si fort, si résolu.

Il releva la tête.

— Eh bien, Alec !

— Dites-moi la vérité, Marjory. Je suis au supplice !

Elle envia presque l'intensité des sentiments qu'il trahissait, bien déraisonnablement d'ailleurs, après tant d'avertissements. Elle se contenta de répondre avec ironie :

— Qui donc avait la prétention de me connaître mieux que moi-même ?

De la même voix sombre, il répéta :

— La vérité, Marjory, la vérité !

Mais elle ne se reconnaissait aucune obligation de dire la vérité. Alec n'avait pas de droits sur son passé ; tout au plus en aurait-il eu sur sa vie future. C'est la vieille histoire – les hommes exigent des femmes ce qu'eux-mêmes ne peuvent leur donner. Inégalité des sexes. Système excusable au temps jadis, quand les femmes, et non les hommes, avaient des enfants, mais maintenant que les femmes, plus averties, ne mettent des enfants au monde que lorsqu'il leur plaît de le faire, pourquoi ne seraient-elles pas aussi libres que les hommes ? En conséquence, Marjory répondit posément :

— En échange de vos aventures, je vous conterai les miennes.

— Pour l'amour de Dieu, ne vous moquez pas. Ces dernières heures ont été un enfer !

Il avait l'air si bouleversé qu'elle dit, non sans émotion :

— Je vous avais prévenu qu'avec moi vous couriez des risques, Alec. Pourquoi m'avez-vous forcée à engager ce procès ? Vous l'avez voulu et aujourd'hui vous le regrettez.

— C'est donc vrai ?

— Mais oui ; pourquoi pas ?

Il poussa un grognement inarticulé et recula jusqu'au mur, comme s'il craignait sa propre violence.

— Qui est-ce ?

— Cela, non, je ne vous le dirai pas ! Et vous ? Combien de maîtresses ?

Il n'eut pas l'air d'entendre. Cela n'avait plus d'importance d'ailleurs ; il savait qu'elle ne l'aimait pas. Marjory, voyant sa douleur, se consolait en pensant que c'était encore un hommage. Allumant une cigarette, elle dit assez tristement :

— Vous avez de la chance d'être débarrassé de moi !

Elle se demandait s'il ferait une scène. Horrible perspective ! Pourquoi ne s'en allait-il pas ? Une explosion violente serait moins pénible que ce morne silence.

— Ce n'est pas cet Américain ? dit-il enfin.

Elle ne put s'empêcher de rire.

— Oh ! non, le pauvre type !

— Combien de temps cela a-t-il duré ?

— Près d'un an.

— Grand Dieu !

Il se précipita vers la porte. Si seulement il pouvait l'ouvrir et disparaître ! Il paraissait à moitié fou. Ah ! ces passions des gens momifiés ! Enfin, le voilà parti !

Marjory se jeta de tout son long sur le divan, pas précisément par lassitude, ni par désespoir, mais avec un sentiment d'indifférence totale à toutes choses. C'était stupide, c'était suranné ! Alec ne pouvait-il être comme elle-même, sans préjugés, accommodant, prêt à accepter la vie comme elle vient ? Passions, principes, préjugés, pitié, notions aussi démodées que les robes de sa petite enfance. Bon débarras ! Comment imaginer la vie commune, même maison, même lit, avec un homme assez primitif pour perdre la tête sous l'empire de la jalousie ? Avec un homme qui envisage la vie si sérieusement qu'il ne s'aperçoit pas lui-même de ce trait de sa nature ? La vie ? Ce n'est qu'une cigarette vite fumée, vite jetée, une danse unique que l'on ne répète pas. Eh bien ! dansons. Oui, mais il y avait cette question de dettes qu'on ne pouvait tout de même plus lui faire payer, à lui, même s'il y consentait. Mariée, elle eût payé en nature. Dans les circonstances présentes, impossible ! Personne n'aurait donc l'idée de mourir et de lui léguer quelque argent ? Que d'ennuis !

Marjory, étendue, immobile, écoutait les rumeurs habituelles de la rue paisible, vers cinq heures du soir – des taxis tournaient le coin du quai, le chien de la maison voisine aboyait au passage du facteur, le mutilé de guerre faisait grimper les cordes de son mauvais violon et attendait, sans doute, le shilling accoutumé ; mais pour le lui jeter il fallait faire l'effort de se lever… Elle se pencha à la petite fenêtre et se rejeta brusquement en arrière. Francis Wilmot, sur le seuil, en train de sonner ! Encore une scène ! Non, vraiment, c'était trop ! Voilà le coup de sonnette. Pas le temps de faire répondre qu'elle « est sortie ». Tant pis ! Qu'ils viennent tous, qu'ils viennent tournoyer autour d'elle, autour de son passé, comme des mouches autour d'un pot de miel !…

— Mr Francis Wilmot.

Francis était là, réel comme la vie qu'il avait été à deux doigts de quitter, un peu amaigri seulement.

— Eh bien, Francis ! je croyais que vous étiez guéri de votre sottise ? Le jeune homme s'approchait d'un air grave ; il lui prit la main.

— Je m'embarque demain.

Il s'embarquait. Voilà qui rendait cette dernière entrevue plus supportable. Marjory le regarda avec d'autres yeux. Il n'était plus qu'un pâle et svelte garçon aux cheveux noirs, qui avait bien peu de sang dans les veines.

— J'ai lu les journaux du soir. J'ai pensé que vous désireriez peut-être me voir ?

Se moquait-il ? Mais il ne souriait pas, son accent était sans amertume, il la regardait sans doute avec une attention intense, mais sans rien trahir de son impression ou de ses sentiments.

— Vous pensez que je vous dois quelque excuse ? Je reconnais que j'ai eu des torts envers vous.

Il eut l'air aussi blessé que si elle lui avait jeté une pierre.

— Pour Dieu, Francis, n'allez pas me dire que vous êtes venu me voir par pur sentiment chevaleresque. Ce serait bouffon !

— Je ne vous comprends pas. Je suis venu, pensant que c'était à cause de moi que vous n'aviez pas voulu répondre à cette question au sujet d'une liaison.

Marjory éclata d'un rire convulsif.

— *Señor don Puntillo !* À cause de vous ? Non, non, mon ami…

Francis Wilmot avait reculé d'un pas. Il fit un petit salut.

— J'ai eu tort de venir.

Marjory eut un dernier élan de tendresse pour cet être mince et rare, avec sa grâce et ses yeux sombres.

— Je suis de nouveau libre, Francis !

Un assez long moment s'écoula en silence ; puis il ébaucha un second petit salut.

C'était l'adieu définitif.

— Alors, partez, s'écria-t-elle, partez, je suis excédée !

Elle tourna le dos au jeune étranger, et, lorsque quelques secondes après elle regarda autour d'elle, elle s'étonna de constater qu'il était bien réellement parti. Il appartenait décidément à une espèce inconnue, nouvelle, ou très ancienne et qui avait ressuscité. Il ne savait pas ce que c'est que la vie, il était risible et suranné.

De nouveau allongée sur son divan, Marjory recommença à songer. Son courage n'était cependant pas abattu. Demain, réception chez Bella Magussie pour rencontrer je ne sais qui…, un idiot quelconque. Tout Londres serait là. Donc elle y serait aussi !

34

Marionnettes

Quand Michael, penché pour mieux suivre l'interrogatoire de sir James Foskisson qu'il ne voyait que de profil, eut entendu la dernière réplique de Marjory : « Je ne répondrai pas », il détourna la tête avec gêne. C'était exactement comme si elle avait avoué.

Le juge, la salle entière les regardaient.

Et Bullfry, au lieu de venir à son secours, lui faisait signe de quitter la barre ! Lorsqu'elle passa devant lui, Michael se leva à demi. Par Dieu ! comme il plaignait ce pauvre diable de MacGown, assis, immobile et rouge comme braise, au milieu de la foule qui se bousculait autour de lui ! Fleur, le teint animé, les mains gantées, jointes et posées sur ses genoux, baissait les yeux. Lui en voulait-elle de cette exclamation de protestation qui lui avait échappé, de ce salut qu'il avait esquissé ? Mais comment ne pas plaindre « l'enfant gâtée des Panjoys » dans une passe pareille ? Fleur devrait comprendre !

La salle se vidait – de beaux types imposants pour la plupart –, puis Michael reconnut la mère de Fleur, sa tante, sa cousine ; le vieux Forsyte, qui était resté en conversation avec Foskisson, leur dit enfin :

— Maintenant, nous pouvons sortir.

Ils le suivirent le long du corridor, dans l'escalier, puis dans la rue.

— Entrons là, nous avons le temps d'avaler quelque chose.

C'était un de ces restaurants où les tables sont placées dans des espèces de stalles, comme dans autant de petits cabinets particuliers, à ciel ouvert.

— Trois côtelettes de gigot, rapidement, commanda Soames en regardant l'huilier.

Et il ajouta :

— Elle s'est coulée elle-même. Ils vont lâcher leur dossier comme s'il leur brûlait les doigts. J'ai dit à Foskisson d'accepter le partage des frais, chacun la moitié, c'est plus qu'ils ne méritent.

— Sir James n'aurait pas dû lui poser cette question, monsieur.

Fleur jeta à son mari un regard agressif.

— Vraiment, Michael ?

— Nous étions convenus que cela vaudrait mieux, chérie. Pourquoi Bullfry n'est-il pas venu à son secours, monsieur ?

— Il a été trop heureux de lui faire quitter la barre ; une minute de plus et le juge lui posait lui-même la question. Elle a fait un fiasco complet, Dieu soit loué !

— Alors, nous avons gagné ? demanda Fleur.

— Oui, à moins que je n'aie la berlue ! répondit Soames.

— Je n'en suis pas si sûr, dit Michael entre ses dents.

— Mais puisque je vous répète que c'est fini, Bullfry va être forcé d'abandonner.

— Ce n'est pas ce que je voulais dire, monsieur.

— Alors, qu'est-ce que tu voulais dire ? demanda aigrement Fleur.

— Seulement qu'on ne nous pardonnera pas facilement.

— Nous pardonner quoi ?

— Bien, bien. J'ai probablement tort. Un peu de sauce, monsieur ?

— Worcester ? Volontiers. C'est le seul restaurant de Londres où l'on puisse manger une pomme de terre bouillie cuite à point. Garçon, trois verres de porto, rapidement !

Après quinze minutes de mastication assidue, le petit groupe retourna au palais.

— Attendez-moi ici, dit Soames en traversant le hall. Je vais aux renseignements.

Sous les hautes voûtes qui réduisaient à rien la stature humaine, Fleur et Michael restèrent d'abord immobiles et muets. Michael dit enfin :

— Marjory Ferrar ne pouvait savoir que Foskisson avait l'ordre de ne pas pousser l'interrogatoire dans ce sens. Cependant elle devait s'attendre à cette dernière question. Elle aurait dû mentir une fois pour toutes. J'en étais vraiment navré pour elle.

— Tu plaindrais la puce qui vient de te piquer, Michael. Qu'est-ce que tu as voulu dire, en prétendant que l'on ne nous pardonnera pas ?

— C'est elle qui a été dans une position terrible, et pour le public c'est la seule chose qui compte. De plus, elle était fiancée et…

— Les fiançailles seront rompues.

— Justement. La sympathie générale sera pour elle ; et si les fiançailles ne sont pas rompues, c'est MacGown qui en bénéficiera. De toute façon, nous aurons le vilain rôle. Enfin n'oublie pas que les idées dont elle s'est prévalue, en réalité, ce sont les nôtres.

— Parle pour toi !

— Ne nous vantons-nous pas toujours d'être « libres » ?

— Oui. Mais y a-t-il un rapport quelconque entre ce que nous disons et ce que nous faisons ?

— Aucun.

À ce moment, Soames revint.

— Comme je le prévoyais, Bullfry a sauté sur mes propositions. Nous sommes d'accord. C'est une victoire morale.

— Pas trop morale…

— Joliment coûteuse, en tout cas. Ta mère en était indignée, dit-il à Fleur ; elle exagère tout. Très habile, la façon dont Foskisson lui a fait perdre son sang-froid.

— Il avait aussi perdu le sien, c'est son excuse.

— N'importe. C'est une affaire finie. Ta mère a pris l'auto. Cherchons un taxi.

Le retour à South Square, par le même itinéraire, fut aussi silencieux que l'aller.

Quand Michael, un peu plus tard, se rendit au Parlement, il fut édifié par des affiches de journaux annonçant les titres :

UN PROCÈS MONDAIN EN DIFFAMATION.
LA PETITE-FILLE D'UN MARQUIS ET LE K. C.
TÉMOIGNAGE DRAMATIQUE.
LA MORALITÉ MODERNE.

C'était fini… mais de l'avis de Michael, avec la publicité cela ne faisait que commencer. La moralité ! comment la définir ? Qui oserait se donner en exemple ? Qui voudrait aujourd'hui affirmer ses principes et afficher ses habitudes ? Comment Fleur et lui, Michael, auraient-ils répondu aux questions de l'avocat ? En tout cas, ils étaient dans une fausse position, fausse et odieuse, identifiés à cette sorte d'inquisition… Au Parlement, malgré tous ses efforts, Michael n'arriva pas à suivre la discussion sur la surveillance des denrées alimentaires. Il ressortit, poussé par un désir instinctif de voir son père, descendit successivement au Snook's et à l'Aéroplane, puis entra au Parthenaeum, son dernier espoir. Sir Lawrence, réfugié dans un salon réservé, était en train de lire une *Vie de lord Palmerston.*

— Ah ! Michael, dit-il en voyant entrer son fils, on ne rend pas justice au vieux Pam ! C'était un homme tout d'une pièce, mais qui travaillait comme un nègre. Nous ne pouvons pas causer ici, ajouta-t-il en désignant discrètement un membre du club qui n'avait pas l'air de somnoler. Sortons un instant pour ne pas faire prendre une attaque à ce vieux gentleman. Les livres sont un décor, dans cette pièce ; en réalité c'est un dortoir.

Il se leva et Michael le suivit en commençant le récit des événements de la matinée.

— Foskisson ? dit sir Lawrence au moment de franchir la grille de Hyde Park. C'était un charmant petit garçon l'année où je sortais de Winchester. Mais avoir toujours raison est mauvais pour le caractère : les avocats, les pasteurs, les sergents de ville sont tous gâtés par l'exercice de leur profession. Naturellement, dans les hauts grades ça s'atténue : juges, évêques, préfets de police sont moins déformés ; ils sont tellement habitués à avoir le droit pour eux qu'ils n'y pensent plus.

— La salle était bondée, dit Michael d'un ton lugubre, et les journaux se sont emparés de l'affaire.

— C'était inévitable. Ces oiseaux, dit sir Lawrence en regardant le lac artificiel, me rappellent la Chine. À propos de Chine, j'ai rencontré hier à l'Aéroplane ton ami Desert ; il devient intéressant, depuis qu'il a lâché la poésie pour l'Orient. Chacun de nous passe par quelque avatar dont il doit sortir à la longue. Je suis trop vieux, mais si j'avais lâché mon titre à temps, je serais peut-être devenu un bon acrobate.

— Quel programme conseillez-vous aux députés ? demanda Michael avec un sourire.

— Le programme des facteurs. Expédier les affaires courantes. C'est un bon métier, tu sais : porter de gros sacs avec les chiens qui vous aboient aux talons, pas d'initiative et un peu de bavardage à chaque porte… Mais as-tu vu Desert ?

— Je l'ai vu.

— Il ne faut pas compter deux fois sur le hasard bienveillant.

Michael rougit ; il n'avait pas soupçonné tant de pénétration chez son père. Sir Lawrence continua en balançant sa canne :

— Ton Boddick a persuadé quelques-unes de ses poules de pondre ; il nous donne de très bons œufs.

Michael admira la discrétion paternelle. Mais cette allusion inopinée à une précédente crise conjugale réveilla la crainte, qu'il se dissimulait à lui-même depuis longtemps, d'une nouvelle crise menaçante.

— Venez-vous à la maison prendre une tasse de thé, monsieur ? Kit avait la colique ce matin. Comment votre dernier livre se vend-il ? Le vieux Danby a-t-il fait assez de publicité ?

— Non, non ; Danby a été admirablement prudent. Le livre est presque enterré.

— Et moi je me félicite d'avoir laissé tomber Danby, dit Michael en appuyant sur les mots. Je voudrais savoir quel conseil vous avez à nous donner, monsieur, maintenant que le procès est fini ?

Sir Lawrence regardait attentivement un oiseau à longue queue rouge.

— Quand on est victorieux, il faut faire le mort. Le triomphe de la morale retombera forcément sur le nez de ceux qui l'ont obtenu.

— C'est exactement mon sentiment. Dieu sait, cependant, que je n'ai visé de triomphe d'aucune sorte. Mon beau-père dit que c'est mon pugilat dans les lavabos avec MacGown qui les a décidés à porter plainte.

Sir Lawrence fit entendre son hennissement coutumier.

— Taxe sur les produits de luxe. On n'y échappe jamais. Je préfère ne pas entrer, Michael ; le vieux Forsyte est probablement là. Ta mère a un excellent remède contre la colique des bébés ; tu ne te nourrissais que de cela à un certain moment. Je te téléphonerai la formule. Bonsoir !

Michael suivit des yeux l'alerte et droite silhouette qui s'éloignait. Son père avait-il ses soucis personnels, lui aussi ? Dans ce cas, il les cachait bien ! Cher vieux Bart !

Quand Michael arriva chez lui, Soames allait partir.

— Fleur est agitée, dit-il à son gendre sur le pas de la porte. C'est la réaction ; donnez-lui un calmant ce soir. Et soyez prudent. À votre place, je n'essaierais pas de parler de politique.

Michael entra. Fleur était assise devant la fenêtre du salon.

— Te voilà ! Kit est tout à fait guéri. J'ai envie d'aller au Café Royal ce soir, Michael. S'il y a quelque chose d'amusant quelque part, je t'en prie, allons-y. Je suis excédée de ces airs solennels que j'ai été obligée de prendre. Et, pendant que j'y pense, Francis Wilmot doit venir faire ses adieux. Il m'a envoyé un mot. Il dit qu'il est complètement remis.

Par la fenêtre ouverte, au côté de sa femme, Michael respira avec plaisir les effluves qui sentaient d'une façon inexplicable l'herbe fraîche. Le vent soufflait du sud-est ; le soleil glissait ses rais obliques par-dessus les toits, éclaboussant le sol, les branches, les bourgeons ; un orgue de Barbarie jouait un air de *Rigoletto*. L'épaule de Fleur était douce et sa joue chaude et satinée sous les lèvres…

Francis Wilmot vint faire ses adieux, accompagna ses amis au restaurant, et quand il les quitta après le dîner au Café Royal, Fleur dit à Michael :

— Ce pauvre Francis ! Je n'ai jamais vu quelqu'un d'aussi changé ! Il a l'air d'avoir au moins trente ans. Je suis contente qu'il retourne à sa rivière et à ses nègres. Qu'est-ce que ces chênes rouges dont il parlait ? Où allons-nous maintenant ?

Michael lui mettait son manteau.

— À Great Itch, je pense. C'est le seul endroit où l'on soit sûr de s'amuser.

Après cette dernière distraction, ils rentrèrent, par une nuit tiède. Les brillantes affiches lumineuses, vertes et rouges, avaient l'air de flotter bien haut, de voler dans les airs : « Pneus Tomber – Vitesse et sécurité », ou : « Milkoh fait la joie des mères. » Trafalgar Square et Whitehall, tout en calcaire de Portland, éclataient de blancheur sous les rayons lunaires.

— C'est une nuit de rêve, dit Fleur, et un peuple de marionnettes.

Michael lui passa le bras autour de la taille.

— Non, non ! Si un de tes collègues te voyait !

— Il me comprendrait. Comme tu es ferme et souple !

— Mais non. Les marionnettes sont irréelles.

— Alors je préfère le réel.

— La femme réelle est à Bethnal Green.

Le bras de Michael retomba.

— Quelles étranges idées tu as !

— J'ai certaines intuitions, Michael.

— Parce que j'admire une femme pour sa bonté, je ne t'aimerais plus ?

— Je ne serai jamais bonne, moi ; je n'ai pas cela en moi.

— Tu me suffis telle que tu es.

— Gentiment tourné ! Le square est délicieux, ce soir ! Ouvre la maison de poupée.

Le hall était sombre, éclairé seulement par la raie lumineuse tombant de l'imposte. Michael débarrassa sa femme de son manteau et s'agenouilla devant elle. Il sentit les doigts de Fleur qui lui caressaient les cheveux, non pas des doigts de rêve, mais de vrais doigts de chair, réels et solides comme le corps féminin qu'il tenait dans ses bras. L'âme seule était insaisissable. L'âme !...

— Marionnettes ! dit la douce voix moqueuse. Au lit !

35

Un raout chez Mrs Magussie

Il y a des réceptions mondaines, des réceptions politiques, il y en a qui sont données dans un but intéressé ; enfin il y a des réceptions comme celles de Mrs Magussie.

Cette veuve anglo-américaine, riche à millions, d'irréprochable réputation, qui avait des goûts éclectiques, était l'hôtesse par excellence. Les gens pouvaient naître, mourir, se marier, cela n'avait pas grande importance, pourvu qu'ils trouvent la possibilité de se rencontrer, de préférence dans sa maison, une des plus spacieuses de Mayfair. Quand elle invitait un médecin à venir la voir, c'était pour qu'il rencontrât un autre médecin ; si elle allait à l'église, c'était pour engager un chanoine à déjeuner avec un doyen. Elle avait fait imprimer sur ses cartons d'invitation les mots : « Pour rencontrer... », qui n'étaient pas suivis de son propre nom, car ce n'était pas pour la rencontrer elle-même qu'elle invitait tant de monde : socialement parlant, elle était désintéressée. De loin en loin elle donnait une grande réception, ayant pu s'assurer de la présence d'une célébrité que toute la société se ferait un devoir de rencontrer. Elle était, en effet, convaincue intimement qu'un personnage connu est toujours une attraction, et comme c'est vrai pour les trois quarts des humains, le succès de ses réceptions était assuré. Les deux maris de Mrs Magussie avaient quitté cette terre après y avoir rencontré à peu près tout le monde. Ils s'étaient connus dans sa maison ; l'un et l'autre avaient été des hommes distingués. Et elle n'avait pas voulu choisir un troisième mari, non seulement parce qu'elle était trop occupée, mais parce qu'elle jugeait que le ton de la société était en décadence. On souriait parfois, en parlant de Bella Magussie, et cependant comment se serait-on passé d'un agent de liaison aussi utile ? Sans elle, les hauts dignitaires de l'Église n'auraient jamais l'occasion de s'asseoir à côté des étoiles de la danse, ni les ministres de s'instruire au feu de la conversation des dramaturges bohèmes. Sans sa maison, les explorateurs des vieilles civilisations du Baloutchistan ne rencontreraient jamais à Londres les niveleurs des civilisations modernes. Il n'y avait d'ailleurs aucune chance que les notabilités du palais royal rencontrent celles des grandes salles : Mrs Nemesia et Top Nobby. Nulle part ailleurs un danseur russe ne pourrait souper avec sir Walter Peddel, M. D., F. R. S. T. R., P. M. V. S. et « R. I. P. », comme ajoutait Michael ; le plus grand collectionneur de trophées de cricket lui-même pouvait espérer y serrer la main du grand économiste indien sir Banergee Bath Babore. En un mot, la maison de Mrs Magussie était de toute première importance ; et le visage sérieux de cette gardienne d'un principe vital s'était ridé et fané au service d'une grande cause. Se rencontrer ou ne pas se rencontrer ? Elle avait résolu la question, une fois pour toutes.

La célébrité « à rencontrer » à son raout de 1925 était le grand violoniste italien Luigi Sporza, qui venait d'achever un merveilleux tour du monde, pendant lequel il avait donné en deux fois moins de temps deux fois plus de concerts que deux autres musiciens quelconques… Cet étonnant record avait été proclamé par la presse internationale, avec tous les détails, la description des cinq violons qu'il avait usés, la proposition qui lui avait été faite de devenir président d'une république sud-américaine, la location d'un paquebot pour son usage personnel, afin de ne pas manquer un engagement aux États-Unis, enfin l'évanouissement du grand artiste, à

Moscou, après l'exécution de quatre concertos de Beethoven et de Brahms, de la chaconne de Bach, et de dix-sept *bis*.

Cette année de prodigieux efforts avait assuré la réputation du violoniste. Comme artiste, il était auparavant connu d'une élite ; comme athlète, il était devenu célèbre.

Michael et Fleur, en gravissant l'escalier d'honneur, aperçurent « l'homme au cou de taureau », selon le mot de Michael, dont on se disputait, en passant, la poignée de main douloureuse.

— Il n'y a que l'Italie pour produire des types pareils. Esquivons-nous. Il t'écraserait les doigts !

Mais Fleur n'était pas femme à éviter la poignée de main d'une célébrité, si rude fût-elle. Elle continua à avancer. Son charmant visage resta impassible quand la forte patte de l'athlète musicien se referma sur sa main ; l'homme perdit une seconde son expression de minotaure fatigué et une lueur d'intérêt brilla dans ses yeux.

« Brute épaisse », maugréa Michael en se dégageant et en entraînant Fleur dans les salons étincelants de lumière.

Depuis la veille, Michael gardait pour lui bien des arrière-pensées impossibles à partager et à cette heure même il se demandait si sa femme, en désirant assister à cette réunion, avait simplement obéi à son goût d'être dans le mouvement, ou si elle avait voulu mettre à l'épreuve leur situation mondaine. Et quelle réunion ! Dans le grand salon à colonnes, des parlementaires, des poètes, des musiciens, la mine sévère et l'air désapprobateur, coudoyaient des physiciens, des romanciers, des sportsmen, des femmes à la mode, et aussi des femmes qui ne l'étaient pas. Tout ce que Michael pouvait connaître, et aussi tout ce qu'il ne connaissait pas de la société londonienne, semblait être là. Il observa Fleur, occupée à classifier chaque espèce d'un coup d'œil aussi vif que le vol d'une abeille, sous les paupières pâles qu'il avait baisées la veille. Il lui envia cette curiosité mondaine, car aller dans le monde à Londres sans l'éprouver, c'est aller à la mer sans se baigner.

Fleur, il en était sûr, était en train de choisir avec soin, parmi les gens qu'elle connaissait, ceux à qui elle irait parler, et parmi ceux qu'elle ne connaissait pas, ceux à qui elle se ferait présenter. « Pourvu qu'elle n'essuie pas quelque rebuffade ! » se disait-il. Et la voyant engagée dans une conversation, il attendit, abrité par une colonne.

— Eh bien ! jeune Mont ? dit une petite voix derrière lui.

Mr Blythe, aussi dépaysé qu'une sole en amont du pont de Kew, était, comme lui, écrasé par la foule contre la colonne et écarquillait des yeux impuissants.

— Ne me lâchez pas, dit-il. Ces insectes sont par trop pressés !

— Est-ce que vous avez assisté à l'audience d'hier ?

— Non. J'ai lu le compte rendu. Vous vous en êtes bien tirés.

— Et miss Ferrar mieux encore.

— Hum ! l'*Evening Sun* nous attaque de nouveau ce soir. Il nous compare à des chatons qui jouent avec leur queue. C'est le moment de faire une seconde offensive, Mont.

— Je pensais la faire à propos des estimations agricoles.

— Parfait. Achats gouvernementaux et réglementation du commerce du blé. Conseillez-leur de se servir des rouages qui existent, en employant le strict minimum de fonctionnaires.

— Blythe, dit Michael tout à coup, où êtes-vous né ?

— En Lincolnshire.

— Vous êtes anglais pur sang ?

— Pur-sang anglais.

— Moi aussi, le vieux Foggart également. Je l'ai vérifié. C'est heureux, car on va certainement nous accuser de ne pas être patriotes.

— C'est déjà fait. « Des gens qui ne voient rien de bien dans leur propre pays… des oiseaux qui souillent leur nid… des bourgeois toujours prêts à dénigrer l'Angleterre… des prêcheurs de catastrophes… des pessimistes… » Cela ne vous émeut pas, je suppose ?

— Malheureusement si, j'en souffre. C'est tellement injuste. Mais je ne peux pas me résigner à voir l'Angleterre en mauvaise posture.

Mr Blythe roulait de gros yeux.

— Nous l'en tirerons si on nous laisse faire.

— Si seulement je me sentais plus important, dit Michael, J'ai l'impression de n'être qu'un moucheron.

— Un peu de toupet, Mont, vous manquez de culot. Et à propos de culot, regardez votre adversaire d'hier ! En voilà une qui n'en manque pas !

Marjory Ferrar venait de saluer l'artiste italien et traversait les salons, vêtue ou plutôt dévêtue, dans une robe vert Nil, portant haut sa petite tête casquée d'or roux. Elle s'arrêta à peu de distance de Fleur et son regard embrassa la pièce. Elle choisissait évidemment le poste le plus en vue, par bravade.

— Il faut que je rejoigne Fleur, dit Michael.

— Je vous suis, dit Blythe, que Michael remercia d'un coup d'œil.

La scène aurait été très intéressante à observer pour quelqu'un de moins directement intéressé que Michael. Le monde humait, flairait une odeur alléchante de scandale, comme un éléphant sauvage qui explore les environs de sa trompe et croit sentir « l'homme ». Des lèvres souriaient et se rapprochaient des oreilles, les regards allaient de l'une à l'autre des deux jeunes femmes, de petits plis barraient les fronts, comme si le cerveau, sous la peau parfumée, était occupé à faire un choix. Marjory Ferrar restait souriante et calme ; Fleur causait en jouant avec la rose qu'elle tenait entre ses doigts ; elles étaient l'une et l'autre très en beauté. C'est ainsi que commença la bataille, sans déclaration de guerre, sans avoir l'air de se reconnaître. Mr Blythe, solidement campé entre elles deux, faisait écran de son mieux. Mais Michael, de l'autre côté de Fleur, pouvait tout voir et suivait la scène sans plaisir. Le nez de la foule prenait le temps de savourer tous les effluves du scandale, le cerveau ne se pressait pas de choisir. Les chances paraissaient égales. Puis peu à peu, avec lenteur, ce fut comme une marée qui se retire ; l'eau se mit à baisser autour de Fleur, à monter et à refluer aux pieds de sa rivale. Michael bavardait toujours, Blythe roulait les yeux et jouait du pronom impersonnel avec une sorte de fureur, Fleur continuait à sourire et à tourner sa fleur entre ses doigts. Mais là-bas, Marjory Ferrar, très entourée, était le centre d'une petite cour. L'admirait-on ? la plaignait-on ? l'approuvait-on ? Sympathie pour elle, ou désapprobation pour les autres ? Peut-être était-ce, une fois de plus, sa personnalité plus accusée qui triomphait. Fleur avait pâli, son sourire se crispait et ses doigts se fermaient nerveusement sur la rose. Michael n'osait pas lui proposer de partir, c'eût été souligner la défaite. Mais la curiosité s'accentuait sur les visages tournés vers eux. Décidément sir James Foskisson avait été trop habile ; il avait écrasé ses clients sous sa vertueuse indignation. On préférait la pécheresse à ceux qui l'avaient fait condamner.

« C'est naturel, se disait Michael. Que n'a-t-on suivi mon avis ! Si nous avions été condamnés aux dommages, nous serions beaucoup mieux vus. »

Il aperçut tout à coup, aux côtés du musicien génial, un grand jeune homme à la chevelure rejetée en arrière, qui regardait ses doigts avec intérêt. Parbleu ! c'était Bertie Curfew ! Et derrière lui, attendant son tour, venait MacGown en personne !

Ironie exagérée du sort ! Le nez en l'air, frottant ses doigts meurtris, Bertie Curfew passa près des Mont et s'arrêta dans le petit groupe qui entourait son ancienne amie. L'accueil de cette dernière fut d'une banalité bien calculée. Mais la trompe de l'éléphant recommença à flairer, à humer, car MacGown approchait, après avoir offert à l'Italien une poigne digne de la sienne. Il était visiblement changé, l'air cynique et amer. Lui aussi s'arrêta dans le clan ennemi. Le silence gêné qui tomba fut bientôt couvert par une explosion de bavardages, puis l'assemblée se dispersa, par groupes de deux ou trois, et MacGown fut laissé seul avec sa fiancée.

Michael se tourna vers Fleur.

— Partons, veux-tu ?

Dans la voiture qui les ramenait, le silence régna. Michael avait épuisé ses facultés de conversation sur le champ de bataille et avait besoin de reprendre des forces avant de tenter une diversion. Cependant sa main glissa à la recherche de la main de Fleur qui lui rendit sa tendre pression. La carte qu'il jouait comme suprême ressource aux heures difficiles – les faits et gestes du onzième baronet – avait été inutilisable ces derniers mois, car Fleur semblait garder rancune à son fils du rôle thérapeutique qu'on lui faisait jouer. Il la suivit donc en silence, le cœur lourd et désemparé. Fleur ne lui avait jamais paru aussi jolie que ce soir, dans cette simple toilette gris perle toute droite, avec un rien d'ampleur au-dessus des chevilles. Elle s'assit devant l'étroite table de salle à manger et il prit place vis-à-vis d'elle, torturé par le désir de trouver les mots qu'il fallait. Car un échec mondain le laissait, pour sa part, totalement indifférent.

Tout à coup elle dit :

— Cela t'est bien égal ?

— Pour moi personnellement, tout à fait.

— Oui. Tu as toujours ton foggartisme et Bethnal Green.

— Si tu en souffres, Fleur, j'en souffrirai aussi.

— Si j'en souffre !

— Dis-moi exactement pourquoi.

— Je préfère ne pas achever de te convaincre de mon snobisme.

— Je n'ai jamais pensé que tu étais snob.

— Michael !

— Précise ce que tu entends par là.

— Tu le sais très bien.

— Je sais que tu aimes à être entourée et que tu tiens à l'opinion du monde. Ce n'est pas être snob.

— Tu es très gentil ; mais tu n'admires pas mon attitude.

— C'est toi que j'admire.

— Tu veux dire que tu me désires. Tu admires Norah Curfew.

— Norah Curfew ! elle peut disparaître demain ! je m'en moque !

Il eut l'impression, à la voir, qu'elle le croyait.

— Ce n'est pas elle peut-être que tu admires, c'est tout ce qu'elle représente, tout ce que je ne suis pas.

— Il y a beaucoup de choses que j'admire en toi, dit Michael avec force, ton intelligence, ta finesse, ton cran ; j'admire ton dévouement pour Kit, pour ton père… et la patience avec laquelle tu me supportes.

— Non. Je t'admire beaucoup plus que tu ne m'admires. Tu le sais, je ne suis pas capable de me sacrifier aux autres.

— Et Kit, alors ?

— Je m'intéresse à ce qui m'appartient, voilà tout.

— Tu as des idées morbides, ma chérie.

— Non, je raisonne juste, je n'ai pas d'idées morbides.

Fleur, appuyée au dossier de sa chaise avec lassitude, paraissait secouée de petits frissons nerveux ; sa gorge ronde et nacrée luisait sous l'éclairage adouci de la lampe à abat-jour d'albâtre.

— Michael, emmène-moi faire le tour du monde.

— En laissant Kit ?

— Il est trop petit pour en souffrir. Et ma mère s'en chargerait.

C'était donc un projet déjà mûri dans son esprit.

— Mais ton père ? objecta encore Michael.

— Il n'est pas si vieux qu'on ne puisse le quitter. Et puis il aurait Kit.

— Alors, après la session, en août…

— Non, tout de suite.

— Cela ne ferait que cinq mois à attendre. Pendant les vacances, nous aurions le temps de voir beaucoup de pays.

Fleur le regarda en face.

— Je savais bien que le foggartisme passait avant moi…

— Sois raisonnable, Fleur.

— Cinq mois ! Vivre cinq mois avec ce poids sur le cœur ! Cela dure déjà depuis six mois. Tu ne te rends sans doute pas compte que je suis à bout ?

— Mais Fleur, c'est tellement…

— Oui, c'est mesquin de souffrir d'un échec mondain, n'est-ce pas ?

— Mais, mon enfant…

— Oh ! si tu ne te rends pas compte…

— Je me rends compte. Ce soir, j'avais de la peine à me contenir. Mais la meilleure ligne de conduite est de ne pas avoir l'air de nous apercevoir qu'il y a quelque chose de changé ; tu verras tous ces gens revenir autour de toi comme des mouches. Il ne faut pas fuir.

— Non, dit Fleur, tu ne me comprends pas. Je ne recommence pas une bataille perdue. Très bien donc, nous resterons et je serai la risée publique.

Michael se leva.

— Je sais que tu ne portes aucun intérêt à la tâche que j'ai entreprise. Elle existe cependant, je te l'affirme. Et je suis tenu de la poursuivre. Oh ! ne fais pas cette figure, Fleur, je t'en supplie ! C'est terrible !

— Je pourrais peut-être partir seule. Ce serait moins banal.

— Ce serait absurde. Non ! tu ne peux pas ! Tu vois tout en noir ce soir, ma petite chérie. Demain tout t'apparaîtra sous un autre jour.

— Demain, toujours demain ! Non, Michael, c'est le commencement de la fin pour moi, tu peux commander mon enterrement.

Michael leva des mains désespérées. Elle parlait sérieusement ! Pour la comprendre il fallait se souvenir de l'importance qu'elle attachait à son rôle d'hôtesse, de la peine qu'elle s'était donnée pour réunir ses invités, briller dans ses réceptions. Son château de cartes était par terre ! C'était dur. Mais voyager autour du monde serait-il un remède ?

Oui, son instinct ne la trompait pas. Michael savait par expérience que rien ne change aussi complètement les idées ; rien non plus ne favoriserait mieux l'oubli, chez elle et chez les autres. Ni un séjour à Lippinghall avec les parents Mont, ni la mer jusqu'aux vacances, dans cinq mois, ne donneraient les mêmes résultats. Fleur avait besoin d'une absence qui lui rendît le sentiment de son importance. Mais comment partir avant les vacances parlementaires ? Le foggartisme, cette chétive plante, abandonnée, sans eau, privée de son seul jardinier, sécherait jusqu'aux racines – qu'elle n'avait peut-être pas ! Il commençait à peine à susciter quelque intérêt, à créer quelque agitation autour de son programme, on en parlait de temps à autre ; les efforts de Michael lui faisaient gagner un peu de terrain. Et le temps passait. À Westminster, Big Ben n'avait sonné l'heure d'aucun armistice ; le chômage augmentait, le commerce déclinait, des difficultés industrielles montaient à l'horizon. Que dirait Blythe d'une désertion à l'heure actuelle ?

— Donne-moi une semaine, murmura enfin Michael, ce n'est pas facile. Il faut que je réfléchisse.

36

La nouvelle page

En voyant MacGown venir à elle, Marjory Ferrar se demanda : « Que sait-il au juste ? » Cette intrusion inopinée du passé dans le présent, après sa victoire sur « la petite snob », la troublait et lui faisait un peu perdre la tête. Dans un petit salon adjacent, seule avec son fiancé, elle osa prendre l'initiative d'une explication.

— En somme, Alec, rien n'est changé. Mon passé n'est pas plus lourd aujourd'hui qu'hier. Je regrette infiniment de vous l'avoir caché. Mais j'avais essayé à plusieurs reprises de vous avertir, vous n'avez pas voulu comprendre.

— Parce que j'en souffrais trop. Avouez-moi tout, Marjory.

— Pour mieux vous complaire dans la souffrance ?

— Dites-moi tout et je vous épouserai quand même.

Elle secoua la tête.

— Vous épouser ? Ah ! non ! Je ne veux plus risquer le coup. De toute façon, c'était un mariage idiot. Je ne vous ai jamais aimé, Alec.

— Vous aimiez ce… vous aimez encore…

— Allez, assez, mon cher Alec !

Il se prit la tête entre les mains et chancela. Marjory se sentit pleine d'une sincère compassion.

— Je suis très peinée, croyez-le ! Il faut me rayer de votre vie, voilà tout ; il le faut.

Elle allait partir, mais la détresse peinte sur le visage de MacGown l'arrêta. Elle n'avait pas cru le faire tant souffrir. Il était vraiment anéanti. Impulsivement, elle lui dit :

— Je ne veux pas vous épouser. Mais j'aimerais payer le mal que je vous ai fait. Si vous voulez…

Il lui jeta un regard si chargé de mépris qu'elle frissonna ; puis elle le quitta en haussant les épaules. Ces hommes d'un autre âge ! Elle avait eu grand tort de quitter le cercle enchanté de ses semblables, de ceux qui ne prennent rien au sérieux. Glissant sur le parquet poli comme un miroir, suivie par les yeux curieux, elle s'approcha de la maîtresse de maison, prit congé et fut bientôt dans un taxi.

Chez elle, elle resta longtemps éveillée, dans son lit, à réfléchir. Même sans rupture officielle de ses fiançailles, le renvoi des cadeaux allait déchaîner les langues et une avalanche de notes impayées s'ensuivrait. Cinq mille livres ! Elle se leva pour rechercher cette liste de ses dettes, dont Alec possédait le double. Il offrirait peut-être encore de les payer ; après tout, c'est lui qui avait tout cassé, en exigeant le procès… Mais ce dernier regard qu'il lui avait jeté… non, impossible ! Un peu énervée, elle regagna son lit. Il lui viendrait peut-être une bonne idée le lendemain. Elle en eut de si nombreuses pendant la nuit qu'elle ne put dormir. Moscou avec Bertie Curfew ? Le théâtre ? L'Amérique et le cinéma ? Les trois à la fois ? Elle s'endormit enfin et se réveilla au matin, pâle et fatiguée. Dans son courrier il y avait une lettre de Shropshire House.

Chère Marjory,
Si tu n'as rien de mieux à faire, viens me voir ce matin.
Affectueusement,

SHROPSHIRE

Que se passait-il à présent ? Elle se regarda dans la glace et décida qu'elle avait absolument besoin d'un peu de rouge.

À onze heures elle arrivait à Shropshire House. Le marquis était au troisième étage, dans une petite forêt d'appareils. En bras de chemise, il regardait avec une loupe quelque chose d'imperceptible.

— Assieds-toi, Marjory, je vais avoir fini.

Il n'y avait pas un endroit pour le faire, à moins de s'asseoir sur le plancher, aussi Marjory resta-t-elle debout.

— J'en étais sûr, murmurait le marquis, les Italiens se sont trompés.

Il posa sa lunette, passa la main dans sa chevelure d'argent, effila sa barbe en pointe. Puis il pinça un de ses sourcils entre les doigts, le tortilla en le relevant, enfin, il se gratta légèrement derrière l'oreille.

— Ils se trompent, répéta-t-il, il n'y a aucune réaction.

Se tournant alors vers sa petite-fille, il l'examina en fermant à demi les paupières, si bien que ses yeux n'étaient plus que des têtes d'épingles incroyablement brillantes.

— Tu n'étais jamais montée ici. Assieds-toi sur le rebord de la fenêtre.

Elle s'assit dans l'embrasure, sur un large saillant qui devait dissimuler une quelconque batterie électrique, le dos à la lumière.

— Ainsi donc, Marjory, tu as engagé ce procès ?

— J'y ai été obligée.

— Et pour quelle raison ?

Il attendait, la tête un peu penchée, les joues très colorées, l'œil vif. « Après tout, se dit-elle, je suis sa petite-fille. Je vais avouer. »

— Simple question d'honnêteté, si vous tenez à le savoir.

Le marquis fit la moue et eut l'air de réfléchir.

— J'ai lu ta déposition. Est-ce à cela que tu fais allusion ?

— Non. Je veux dire qu'il fallait que j'éclaircisse ma situation.

— Tu as réussi ?

— Certes.

— Et ton mariage doit toujours avoir lieu ?

Le vieil homme avait l'esprit vif !

— Non.

— Qui a rompu ? Toi ou lui ?

— Il dit qu'il est toujours prêt à m'épouser si je lui avoue tout. Mais j'ai décidé de me taire.

Le marquis fit deux pas en avant, posa le pied sur un escabeau et s'immobilisa dans son attitude favorite. Sa cravate de soie rouge flottait mollement sur une chemise gris bleuté, assortie à son costume de tweed. Il avait l'air incroyablement éveillé.

— La confession est-elle lourde ?

— Passablement.

— Te souviens-tu, Marjory, de ce que je t'ai déjà dit ?

— Oui, grand-père, mais je ne comprends pas les choses comme vous. Je ne désire rien représenter du tout…

— Oh ! tu es une exception dans notre classe – heureusement ! Mais ce sont les exceptions qui font le mal.

— Si les gens attendent de moi plus que je ne puis donner, peut-être. Mais de nos jours, ce n'est pas le cas.

— Tu n'es pas tout à fait sincère avec toi-même, dit le marquis. Tu as bien ton amour-propre ?

Elle sourit.

— Il est bon de se mortifier, grand-père.

— En t'amusant tant que tu peux et plus que tu ne dois ? Donc, ton mariage est rompu ?

— Tout à fait.

— As-tu des dettes ?

— Oui.

— Combien dois-tu ?

Marjory hésita. Fallait-il atténuer ou tout dire ?

— Pas de faux-fuyants, Marjory.

— À peu près cinq mille livres.

Le vieux pair sifflota mélancoliquement.

— Pour une large part, ce sont des dépenses occasionnées par mes fiançailles.

— Ton père a gagné dernièrement aux courses, m'a-t-on dit.

Le vieillard était au courant de tout !

— Oui, mais je crois qu'il a déjà tout dépensé.

— Naturellement. Que vas-tu faire ?

Marjory avait grande envie de répliquer : « Qu'allez-vous faire vous-même ? » Mais elle se contint et répondit :

— Je pense au théâtre.

— Ce n'est pas une mauvaise idée. Es-tu bonne actrice ?

— Je ne suis pas la Duse.

— La Duse ?...

Le marquis hocha la tête.

— Il faut remonter à Ristori pour trouver de grands acteurs. La Duse ! Elle a du talent, bien sûr, mais elle est monotone. Alors tu es décidée à ne pas épouser MacGown ?

Il regarda sa petite-fille avec un intérêt soutenu.

— Je crois que tu as raison. As-tu la liste de tes créanciers ?

Marjory Ferrar fouilla dans son sac à main.

— La voici.

Elle vit le vieil homme froncer les narines au-dessus du papier, mais était-ce à cause de son parfum ou de son contenu ?

— Ta grand-mère dépensait un cinquième de ce qu'il te faut aujourd'hui, et elle avait cinq fois plus d'étoffe sur sa personne. Tu n'as rien sur le corps et cela coûte une fortune.

— Moins il y a d'étoffe et plus la coupe est importante, grand-père.

— As-tu renvoyé tes cadeaux ?

— Ils sont empaquetés.

— Tu les rendras tous. Ne garde absolument rien qui vienne de ton fiancé ni de personne.

— Naturellement, je ne garderai rien.

— Pour te libérer, dit-il brusquement, je serai obligé de vendre le Gainsborough.

— Oh ! non !

Le portrait de sa grand-mère enfant, par Gainsborough ! Ce chef-d'œuvre ! Elle tendit la main pour reprendre la liste.

Mais tenant le papier entre ses doigts et se redressant, le vieillard fixa sur sa petite-fille des yeux perçants.

— Le tout est de savoir jusqu'à quel point on peut se fier à toi, Marjory. As-tu une parole d'honneur ?

Le sang lui monta aux joues.

— Je le crois. Cela dépend de la promesse que l'on me demande. Mais, grand-père, je ne veux pas que vous vendiez le Gainsborough !

— Malheureusement, à moins de déshériter ton oncle Dangerfield, il ne me reste plus autre chose. Mon seul tort est d'avoir mis au monde des enfants si dépensiers. Les autres n'en sont pas affligés au même degré, il me semble.

Marjory réprima un sourire.

— Les temps sont durs, continua le marquis. Les propriétés coûtent cher, les mines aussi, Shropshire House est lourd à entretenir ; où prendre l'argent ? J'ai là une invention qui devrait me faire gagner une fortune, mais personne ne veut l'examiner.

Le pauvre vieux bonhomme, à son âge ! Elle soupira :

— Je ne veux pas vous ennuyer avec mes affaires, grand-père, je m'arrangerai.

Le vieillard fit quelques pas incertains à travers la pièce et Marjory remarqua que ses pantoufles rouges avaient des talons usés. Il s'arrêta, faisant une étonnante tache de couleur au milieu des appareils.

— Pour en revenir à ce que je te disais, Marjory, comment peux-tu tenir une promesse quelconque, si ton idéal est uniquement de t'amuser ?

— Que voulez-vous me faire promettre ?

Il s'approcha et se pencha vers elle.

— Tu as l'air capable… avec tes cheveux roux… Tu crois réellement pouvoir gagner ta vie ?

— Je le crois. Je connais des tas de gens.

— Si je paye tes dettes, me donneras-tu ta parole d'honneur de ne plus recommencer ? Ne va pas répondre : « Oui » et puis courir te commander des falbalas. Je veux la parole d'une « lady », si tu comprends encore ce que cela veut dire.

Marjory se leva.

— Je vous ai donné le droit de me parler ainsi. Mais je ne veux pas que vous payiez mes dettes, s'il vous faut vendre le Gainsborough.

— Cela me regarde. Peut-être trouverai-je un expédient en raclant les fonds de tiroirs. Cette parole d'honneur ?

— Je vous la donne.

— Avec l'intention de la tenir ?

— Avec l'intention de la tenir.

— Bon. C'est quelque chose.

— Vous n'avez plus rien à me demander, grand-père ?

— Je te demanderais bien encore de ne plus discréditer notre nom, mais ce serait sans doute une recommandation surannée. Ce serait nager contre le courant.

Marjory se détourna pour regarder distraitement par la fenêtre. Le courant ! Savait-il où le courant l'entraînait ? Discréditer son nom ? Elle l'avait remis en valeur, elle l'avait sorti d'un placard poussiéreux, pour en refaire de la monnaie courante. Les gens dressaient l'oreille quand on parlait d'elle. En faisaient-ils autant quand on parlait de son grand-père ? Mais il ne comprendrait jamais ce point de vue ! Elle dit enfin :

— Très bien, cher grand-père, je serai prudente. Je crois que je vais partir pour l'Amérique.

Il cligna de l'œil.

— Et lancer la mode d'épouser un Américain ? Cela ne se fait pas encore beaucoup, je crois. Choisis-en un que l'électricité intéresse et ramène-le en Angleterre. Il y a de grandes choses à faire ici, pour un Américain. Je garde cette liste et je réglerai les notes, d'une manière ou d'une autre. Encore un mot, Marjory. J'ai quatre-vingts ans et tu en as… est-ce vingt-cinq ? Ne brûle pas ta vie. Tu seras revenue de tout avant la cinquantaine et rien n'est ennuyeux comme une personne qui s'ennuie. Adieu !

Il lui tendit la main, elle la prit avec un soupir de soulagement et la porta à ses lèvres. Libre enfin ! Pourquoi la regardait-il si singulièrement ? Le rouge de ses lèvres aurait-il déteint ? Sans approfondir, précipitamment, elle s'en fut.

Le cher vieil homme ! Il était vraiment chic d'avoir gardé cette liste. Maintenant il fallait tourner la page. Elle irait tout de suite demander à Bertie Curfew de l'aider. Mais ce dernier regard d'Alec, hier soir !

37

Par-dessus bord

Pendant sa période d'indécision, Michael fut silencieux et préoccupé ; la chose était trop sérieuse pour qu'il essayât de dissimuler.

Il espérait encore un peu que Fleur changerait d'avis, à cause de Kit ou de son père, ou parce qu'elle découvrirait quelque empêchement à son voyage.

Mais l'abandon qu'elle fit de toutes ses occupations mondaines pendant cette terrible semaine – invitations lancées ou acceptées, réunions – prouvait combien sa blessure avait été profonde. Elle ne boudait pas, elle restait passive et silencieuse. Et sans cesse elle épiait la physionomie de son mari, avec un air d'anxiété, parfois avec un air de rancune, comme si elle prévoyait son refus.

Michael ne pouvait demander conseil à personne car l'attitude de Fleur eût paru incompréhensible et ridicule à quiconque n'avait pas suivi, jour après jour, ce long épisode de leur vie. Et puis il ne pouvait trahir sa femme, même pas parler à Blythe avant d'avoir pris une décision. Pour compliquer encore ses scrupules, son doute habituel le hantait : était-il essentiel au foggartisme ? Si seulement il avait pu se trouver épatant !

D'autre part, il n'avait même pas la certitude d'impressionner Fleur par un refus énergique : elle avait toujours traité ses travaux politiques comme une fantaisie propre à le mettre en vedette, mais sans aucune importance. Elle partageait, en somme, la cynique indifférence des femmes du peuple pour la politique ; une atteinte de ses biens personnels, ou à Kit, aurait seule été capable de la toucher. Michael se rendait compte du ridicule de ce dilemme dans lequel il se débattait : défendre un programme d'où dépendait l'avenir de l'Angleterre, ou satisfaire le caprice d'une jeune femme que la société boudait ! Mais qui donc croyait que l'avenir de l'Angleterre dépendait du foggartisme, à part sir James Foggart et le vieux Blythe ? Si lui, Michael, partait pour longtemps, ces deux personnages eux-mêmes cesseraient d'y croire.

Le dernier jour de cette semaine, au matin, Michael, encore indécis, traversa Westminster Bridge et plongea au cœur des quartiers de la rive droite. Cette partie de la ville lui étant peu familière, le spectacle de la rue l'intéressait. C'était ici qu'avaient vécu les Bicket – les Bicket qui n'avaient réussi nulle part et ne réussissaient probablement pas mieux en Australie. Les rues sales succédaient aux rues sordides – terrain propre à faire éclore la race des Bicket. Il faudrait les prendre très jeunes, les prendre par centaines avant qu'ils soient devenus « Bicket », en peupler la campagne, leur donner de l'air, du soleil, des terres… Ainsi seulement ils auraient une chance de vivre dignement, comme de braves gens. Et toujours se succédaient les repoussantes maisons, les laides boutiques, les affreux bistrots. Mais ce ne sont pas ces arguments-là dont il se servirait. « Beauté », « sentiment » ne sont pas des mots parlementaires ; il faut parler de « produits nationaux », de « patriotisme », d'« Empire », de « fibre morale », de « maintien des forces de production », enfin se cramponner aux vieux clichés. Michael s'arrêta un moment devant une école, à écouter le bourdonnement monotone de la classe. Ô race anglaise, avec ton courage, ton sens de l'humour, ta patience, toutes tes qualités broyées, anéanties, dans ces quartiers misérables !

Il eut la soudaine nostalgie de la campagne – sa motocyclette ! Depuis son entrée au Parlement il n'avait plus usé d'un mode de locomotion si incompatible avec sa dignité. Mais il allait enfourcher sa machine, s'offrir une promenade. Cela l'aiderait peut-être à prendre une décision.

À la maison, Fleur n'était pas rentrée, aucun lunch n'avait été prévu. Michael avala une tranche de jambon, et à deux heures il était parti.

Fumant et pétaradant, il brûla Chiswick, Slough, Maidenhead, franchit la Tamise, prit la direction de Reading, retraversa l'eau à Caversham et roula dans la direction de Pangbourne. Sur le chemin de halage il s'arrêta, accota sa machine à une touffe d'arbustes et s'assit pour fumer sa pipe. Pas un souffle ! Le fleuve gris coulait avec indifférence entre les peupliers dépouillés ; les chatons des saules commençaient à se former. Il en arracha une brindille pour nettoyer le fourneau de sa pipe avant de la bourrer. La trépidation lui avait fait du bien, il réfléchissait avec un peu plus de calme. Au temps de la guerre, ces hésitations n'existaient pas… mais c'est qu'alors il n'y avait pas de Fleur ! Le problème de la vie était simple et clair. Tandis que cette décision à prendre aurait des conséquences qui pèseraient sur toute sa vie conjugale – sur cinquante années à venir, peut-être.

Donc, après avoir mis la main à la charrue, on le sommait de tout abandonner ! Le sillon commencé sans y voir trop clair était médiocrement tracé, sans doute ; mieux vaut cependant labourer dans le demi-jour que dans l'obscurité, mieux vaut un sillon médiocre que pas de labour ! Le foggartisme lui semblait le moins mauvais programme ? Il lui fallait donc s'attacher au foggartisme. L'avenir de l'Angleterre… Un merle gloussa à côté de Michael. Naturellement ! Mais comme l'avait dit Blythe, il fallait faire fi de la dérision. Assurément Fleur comprendrait à la longue qu'un homme ne peut agir comme une girouette, que pour cette carrière politique – qu'elle-même avait approuvée – il lui fallait poursuivre ce qu'il avait entrepris, quitte à amuser les merles ! Après tout, la considération obtenue par le mari rejaillit sur la femme… Michael suivait des yeux la fumée de sa pipe, puis regardait les grands nuages gris, le bétail aux mufles blancs qui paissait sur la rive, un pêcheur qui jetait sa ligne, appâtée de vers de terre. Il ramassa le petit rameau brisé, le tourna entre ses doigts et admira le velours gris mordoré de ses chatons naissants. Son inquiétude s'apaisait, remplacée par un sentiment de tristesse. Quel dédommagement pourrait-il offrir à Fleur ? C'était là-bas, sur cette autre rive, non loin d'ici, qu'il l'avait courtisée, sinon conquise. Maintenant ils étaient arrivés à une crise ; en sortiraient-ils sans dommage ? Cela dépendait d'elle. Et tout à coup, il résolut d'aller en parler au vieux Forsyte.

Quand le bruit de la motocyclette de Michael se fit entendre, Soames était en train de mettre en place le Fred Walker qu'il venait d'acquérir dans une boutique proche des bureaux de MM. Settlewith et Stark, pour fêter sa tranquillité retrouvée après le procès et satisfaire son caprice actuel pour l'école anglaise. Fred Walker ! Un artiste passé de mode, assurément ; lui et Mason avaient été dépassés par une douzaine d'écoles. Mais tels ces vieux instruments à cordes qui gardent un joli son, on continue à les aimer et ils auront toujours une certaine valeur. Après avoir décroché un Courbet première manière, Soames, en manches de chemise, tenait à la main un rouleau de fil métallique quand Michael fit irruption dans la pièce.

— D'où sortez-vous ? s'exclama-t-il avec surprise.

— Je passais par hasard sur ma vieille moto. Je vois que vous tenez parole, monsieur, en achetant de l'école anglaise.

Soames fixa son fil de métal.

— Je ne serai content que lorsque j'aurai un Crome le Vieux – le meilleur des paysagistes anglais.

— Très rare, n'est-ce pas, le vieux Crome ?

— Oui, c'est pour cela que j'en ai envie.

Le sourire de Michael signifiait : « C'est pour cela, en tout cas, que vous l'estimez le meilleur. » Mais ce sourire fut perdu pour Soames, occupé à tordre derrière le tableau son fil d'acier.

— Voilà un siècle que je n'ai pas vu vos toiles. Puis-je faire le tour de la galerie ?

L'observant du coin de l'œil, Soames pensait à la première visite du jeune homme, un dimanche d'été, après sa rencontre avec Fleur, à l'exposition de Cork Street. Il n'y avait pas plus de quatre ans, et cela semblait un siècle ! L'expérience avait mieux tourné qu'il n'aurait cru. Michael avait l'air plus mûr qu'il y a quatre ans et il était moins léger qu'il ne le paraissait. C'était un gentil garçon, en somme, malgré les circonstances défavorables de sa jeunesse, de son éducation, de cette guerre. Soames s'aperçut que Michael l'observait de son côté. Il avait quelque chose à demander, naturellement ; il ne serait pas venu sans cela. Soames chercha à se rappeler depuis combien de temps il ne lui était pas arrivé de recevoir une visite désintéressée – il ne s'en souvenait pas. Naturellement !

— Cherchez-vous une toile pour faire pendant à votre Fragonard ? Il y a un Chardin dans ce coin.

— Non, non, monsieur. Vous avez été mille fois trop généreux déjà.

— Généreux ? On n'est pas généreux en faisant des cadeaux à sa fille unique. Comment va Fleur ?

— Je venais vous parler d'elle. Je la trouve très nerveuse.

Soames regardait pensivement par la croisée. Le printemps n'était pas en avance cette année.

— Elle ne devrait plus être nerveuse, maintenant que nous sommes débarrassés de ce procès.

— C'est cependant du procès qu'il s'agit, monsieur.

Soames scruta attentivement la physionomie de son interlocuteur.

— Je ne vous suis pas.

— On nous bat froid.

— Comment ! Nous avons gagné le procès.

— Oui, mais les gens n'aiment pas qu'on se pose en champions de la morale.

— Qu'est-ce que vous dites ? Qui… ? Champions de la morale…

Soames, lui-même, se cabrait devant cette définition.

— C'est la faute de Foskisson, vous savez. Il nous a badigeonnés à ses couleurs. Je vous avais dit que je redoutais l'effet de sa plaidoirie. Ce qui blesse si cruellement Fleur, c'est la pensée que l'on se moque d'elle.

— Se moquer d'elle ? Qui a l'impudence…

— S'en prendre aux mœurs actuelles a été une habile manœuvre, en ce qui regarde la justice, les jurés, et tout ce qui est pompeux et professionnel, mais rien n'est plus ridicule aux yeux du monde, dans un temps où chacun se vante de ne pas avoir de préjugés.

— Le monde !

— Eh oui ! monsieur, mais nous y vivons. Cela m'est égal pour moi ; je suis habitué à ce qu'on me prenne pour cible avec mon foggartisme. Mais cela met Fleur au désespoir. C'est naturel, en y réfléchissant – le monde est son sport.

— Elle devrait avoir plus de force de caractère, dit Soames.

Mais il était profondément troublé. Sa fille avait été traitée de snob, et maintenant on lui faisait ce nouvel affront !

— Avec ce suicide de l'acteur allemand à Lippinghall, mon foggartisme, cette histoire Ferrar, nous sommes dans une mauvaise passe. Cette semaine a été odieuse. Fleur est si désorientée qu'elle me demande de lui faire faire le tour du monde.

Une bombe éclatant sur le pigeonnier du jardin n'aurait pas causé plus d'émoi. Le tour du monde ! Soames entendit comme dans un rêve la voix de Michael qui poursuivait :

— Elle n'a pas tort, d'ailleurs. Ce serait probablement pour elle la meilleure solution. Mais je ne peux absolument pas m'en aller avant les vacances parlementaires. J'ai entrepris cette campagne, il faut que je la poursuive tant que dure la session.

« La session ! songeait irrévérencieusement Soames. Il siège comme une poule qui couve ses œufs… Le tour du monde ! »

— C'est aujourd'hui seulement, continuait Michael, que j'ai décidé ce que je devais faire. Si je m'en allais, je déserterais mon poste. Ce ne serait bon ni pour elle ni pour moi. Mais elle ignore encore ma décision.

Soames reprenait ses esprits, La bombe n'avait pas fait trop de dégâts, puisque Michael n'emmenait pas Fleur pour un temps indéfini.

— Le tour du monde, répéta-t-il. Pourquoi pas... Pontresina ?

— Je crois, dit Michael en pesant ses mots comme un médecin qui énonce un diagnostic, je crois qu'elle a besoin de quelque chose de sensationnel. De là cette idée de faire le tour du monde à vingt-trois ans. Elle a l'impression d'avoir perdu la face.

— Comment peut-elle songer à se séparer de son fils !

— Oui, c'est ce qui prouve que le cas est sérieux. Je paierais cher pour pouvoir partir avec elle !

Soames ouvrit de grands yeux. Est-ce que, par hasard, le jeune homme comptait sur lui pour le remplacer ? Faire le tour du monde ! Quelle folie !

— Il faut que je voie Fleur, dit-il. Pouvez-vous laisser cette mécanique au garage et rentrer à Londres en auto avec moi ? Je serai prêt dans vingt minutes. Vous trouverez le thé servi en bas.

Resté seul avec le Fred Walker qui n'avait pas été accroché, Soames parcourut des yeux la galerie. Il voyait ses tableaux avec une netteté accrue, une compréhension aiguisée, une sorte de regret anticipé, comme si... C'était une belle collection, meilleure qu'il ne l'avait cru ces derniers temps. Fleur, elle, avait voulu collectionner des êtres humains ! Et elle avait perdu le fruit de ses efforts, la pauvre petite ! Cela avait été absurde de sa part, d'ailleurs, d'en attendre quelque chose de bon. S'il lui portait ce Chardin ? C'était un bon Chardin sur lequel Dumetrius l'avait un peu volé, pas trop cependant. Et avant qu'on en eût fini avec Chardin, il roulerait Dumetrius. Cette toile ferait-elle plaisir à Fleur ? Il décrocha le tableau et descendit l'escalier en le portant sous son bras.

Sauf quelques allusions aux faits et gestes du onzième baronet et à cette regrettable tendance de la police à ralentir l'allure des autos, le voyage de retour à Londres s'effectua en silence. Ils arrivèrent à six heures. Fleur n'était pas encore rentrée et ils s'assirent pour l'attendre. Le dandie, descendu dans l'espoir d'attaquer des mollets inconnus, était remonté aussitôt. Michael regardait fréquemment sa montre.

— Où pensez-vous qu'elle soit allée ? dit enfin Soames.

— Je n'en ai aucune idée, monsieur ; c'est ce qu'il y a de terrible à Londres, on y disparaît comme une aiguille dans une botte de foin.

Il commençait à s'inquiéter ; Soames, qui s'inquiétait aussi, ouvrait la bouche pour dire un mot rassurant, lorsque Michael s'écria de la fenêtre : « La voici ! » et courut ouvrir la porte.

Soames attendait, le Chardin appuyé à son fauteuil. Ils tardaient à venir ! Les minutes succédaient aux minutes, et toujours personne. Enfin Michael réapparut, l'air très grave.

— Fleur est en haut dans son boudoir, monsieur. Elle est très bouleversée. Auriez-vous la bonté de monter ?

Soames ramassa son Chardin.

— C'est la première porte à droite, n'est-ce pas ?

Il monta avec lenteur, frappa un coup timide et entra sans attendre d'y être invité.

Fleur était assise devant son bureau en bois de rose, la tête enfouie entre ses bras. Ses cheveux en désordre se crispaient en boucles naturelles, sur lesquelles jouait la lumière. Elle ne parut pas s'apercevoir de la présence de son père. Celui-ci, très affecté par une attitude tragique si contraire à ses habitudes personnelles de discrétion, s'arrêta, hésitant. Avait-il le droit de la surprendre ainsi dans le désarroi de son émotion ? Il aurait bien aimé ressortir et rentrer ensuite, mais il était trop préoccupé. Enfin, il s'approcha, lui posa un doigt sur l'épaule et dit :

— Tu es lasse, mon enfant ?

Le petit visage réapparut, fripé, changé, étrange, et Soames prononça machinalement la phrase qui lui avait servi si souvent autrefois :

— Vois ce que je t'apporte !

Il souleva le Chardin. Elle y jeta à peine les yeux et cette indifférence le blessa. Le tableau valait une fortune, après tout ! Fleur, très pâle, se croisait les bras comme pour se défendre contre toute intrusion. Soames reconnaissait les symptômes de cette chose absurde : une crise morale – aussi absurde à son avis qu'une crise d'appendicite qui refuse d'attendre calmement l'opération à froid.

— Michael me dit que tu lui demandes de te faire faire le tour du monde ?

— Eh bien ! il ne peut pas. Donc n'en parlons plus.

Si elle avait dit : « Pourquoi ne veut-il pas ? », Soames se serait rangé immédiatement dans l'opposition. Mais la réponse de Fleur avait excité son esprit de contradiction.

Comment ! sa fille demandait une chose à laquelle elle tenait passionnément, et on la lui refusait ! Il posa le Chardin et fit quelques pas sur le tapis moelleux.

— Dis-moi exactement ce que tu éprouves, dit-il en s'arrêtant.

Fleur dit :

— J'ai mal partout, à la tête, aux yeux, au cœur…

— Qu'est-ce qui leur a pris de te battre froid ? murmura Soames. De quel droit lèvent-ils leurs sacrés nez ?…

Et il recommença à marcher de-ci de-là. Tous ces pantins de gens du monde, qu'il n'avait pu éviter de rencontrer de temps à autre, semblaient tourner autour de lui, sourires ironiques et sourcils dédaigneux. Un immense désir l'envahit de les remettre à leur place insignifiante.

— Je ne vois pas comment je pourrais t'emmener, moi, dit-il en s'arrêtant net.

Qu'avait-il dit ? Personne ne l'avait prié d'emmener Fleur. Elle le regardait curieusement.

— Bien sûr que non, papa.

Bien sûr ? Ce n'était pas si sûr…

— Je m'habituerai à être tournée en ridicule.

— Je n'en vois pas la nécessité. Je pense que nous ne serions pas les seuls à faire le tour du monde.

Fleur avait repris ses couleurs.

— Mais ce n'est pas possible pour vous, papa. Vous vous ennuieriez à mourir. C'est très gentil d'y penser, mais naturellement je n'accepterai pas… à votre âge !

— À mon âge… Je ne suis pas tellement vieux…

— Non, non, papa. Je me résignerai à mon sort, voilà tout.

Soames recommença à piétiner à travers la chambre, sans répondre. Se résigner à son sort ! Elle !

— Je ne le supporterai pas, jeta-t-il avec colère. Si les gens ne sont pas polis avec toi, je leur apprendrai…

Fleur s'était levée, un peu haletante, le teint animé ; elle était émue comme au jour de son premier bal, quand elle était venue faire admirer à son père sa toilette neuve.

— Ne te mets pas dans cet état, dit-il d'un ton bourru. Nous partirons, c'est entendu.

Elle était déjà dans ses bras ; il sentit quelque chose de tiède qui lui mouillait le nez. Absurde !

Ce soir-là, en déboutonnant ses bretelles, Soames était bien désorienté. Il allait faire le tour du monde ! Lui ! Incroyable… Michael en était resté pantois. Il était convenu que ce dernier les rejoindrait en août. Où seraient-ils à cette époque, peut-être en Chine ? En Chine !

C'était fantastique. Et Fleur s'était vraiment conduite comme une chatte ! Un refrain drolatique entendu dans son enfance s'obstinait à bourdonner au fond de sa mémoire :

J'ai vu Jérusalem et Madagascar,
J'ai vu la Chine et puis Dakar.

Oui ! en vérité ! Ses affaires étaient dans un ordre parfait, heureusement ! Il n'y avait rien à faire pour l'administration de la fortune de Timothy ou de celle de Winifred – les deux seules dont il eût encore la charge ; mais il ne savait pas comment les choses se passeraient sans lui. Quant à Annette ! Elle allait regretter son absence, imaginait-il. Il n'y aurait personne d'autre pour s'en soucier, sauf, un peu, Winifred. C'était plutôt la présence intangible de l'Angleterre qui le troublait, au moment de la quitter pour des mois ! Enfin, les falaises de Douvres seraient toujours à leur place, imaginait-il, et le fleuve continuerait à couler au bas de sa pelouse quand il rentrerait, s'il rentrait un jour ! On ramassait toutes sortes de saletés là-bas, des microbes, des insectes, des serpents, pas moyen de savoir à quoi on allait s'exposer ! Ce serait un drôle de boulot, de protéger Fleur contre tout cela. Et que de visites touristiques il allait être obligé de faire ! Car sa fille ne voudrait absolument rien manquer ! On pouvait lui faire confiance ! Il serait obligé d'aller partout au milieu d'un tas de gens bouche bée – il avait horreur de cela ; mais il n'y couperait pas ! Hum ! ce serait un soulagement quand le jeune gaillard les rejoindrait. En même temps, avoir Fleur pour lui tout seul, cela ne lui était pas arrivé depuis très longtemps. Mais elle allait se lier avec tout le monde, naturellement. Il allait être obligé de faire l'aimable avec tout un chacun.

Le tour du monde… c'est-à-dire un coup d'œil sur l'Égypte, puis l'Inde, la Chine, le Japon, et la traversée de cette monstrueuse Amérique que ses habitants ont le toupet d'appeler « le pays du bon Dieu ». Fleur doit avoir son itinéraire déjà tout tracé. Heureusement, il n'a pas été question de la Russie – un pays qui s'effondre –, le communisme… Qui sait dans quel état sera l'Angleterre, à leur retour ? Soames avait cette idée vague que l'Angleterre pourrait bien s'effondrer, elle aussi, s'il la quittait. Mais quoi ! Il avait promis. Et Fleur avait pleuré de joie ! Soames enfila sa robe de chambre Jaeger, préposée aux circonstances exceptionnelles, et se pencha à la fenêtre grande ouverte pour jouir de la douceur de l'air nocturne. Mais ce n'était pas l'espace confiné de Westminster Square qu'il regardait ; il voyait sa rivière, ses peupliers derrière lesquels la lune, brillant témoin, montait la garde ; il rêvait à la calme beauté, à la paix bucolique du paysage dont il jouissait silencieusement et secrètement depuis trente ans, sans en rien laisser paraître. Parfums, murmure du vent sur la rivière, bouillonnement des eaux devant le barrage, étoiles… il allait être sevré de tout cela. Les étoiles qui brillent là-bas ne sont pas celles du ciel anglais ; les pelouses… ce vaste continent américain n'a pas même de prairies. Et il n'assisterait pas avant de partir, puisque le printemps était si tardif, au commencement de la floraison. Enfin ! rien ne sert de pleurer sur le lait répandu. À propos de lait, le vacher, en son absence, laisserait certainement les vaches perdre leur lait – ce garçon était un « débile ».

Et Annette croit, comme toutes les femmes, que les vaches donnent éternellement du lait sans qu'on s'en occupe. Il faudrait avoir à la campagne un homme de confiance, le pendant de Gradman à Londres. Quelle tête il ferait, Gradman, en apprenant le départ ! Ce vieux Gradman, un des derniers représentants de la vieille tradition anglaise, et qui n'en a plus pour longtemps, sans doute. Ce serait étrange de revenir et de ne plus trouver Gradman !

Un… deux… trois… Big Ben sonnait onze heures. Que de fois Soames avait été éveillé par ses coups ; il admirait cette horloge, malgré tant d'insomnies ! Et pendant son absence, ce jeune homme, son gendre, continuerait à siéger au pied de cette tour. Les idées qu'il défendait au Parlement étaient-elles justes ? Justes ou fausses, il avait raison de vouloir rester pour les défendre. Cinq mois séparé de sa jeune femme, évidemment cela comportait un risque. « La jeunesse est une étoffe fragile », Shakespeare l'a dit. Il connaissait le monde. Quoi qu'il en soit, le sort en était jeté. Fleur avait la tête solide et Michael un cœur excellent. Fleur avait du cœur aussi, à sa manière, Soames n'aurait pas voulu qu'on en doutât ! Elle souffrirait de se séparer du bébé, le jour venu – à l'avance elle ne s'en rendait pas compte.

Soames ratiocinait, l'esprit plein de contradictions, tantôt espérant que Fleur renoncerait au voyage, tantôt le redoutant. Ses habitudes, son confort, ses biens, il allait jeter tout cela par-dessus bord… Absurde ! Et cependant…

38

Envoi

L'initiative inattendue du vieux Forsyte avait plongé Michael dans une véritable stupéfaction.

Il allait donc être séparé de sa femme pendant cinq mois ! Mais il se rendait compte que cette crise à laquelle il se heurtait était sérieuse, d'autant plus sérieuse qu'elle avait pour cause des sentiments élémentaires et irréductibles. Peut-être Fleur acquerrait-elle, en voyageant, cette maladie des idées générales dont il était lui-même affligé ? Peut-être cesserait-elle de croire le monde composé de cinq à six mille individus, dont on connaît un dixième ? C'était elle, après tout, qui l'avait encouragé à entrer au Parlement, et à moins d'un échec total de sa part, la perspective était belle, qui s'ouvrait devant eux.

Pendant la quinzaine qui précéda le voyage, Michael continua à sourire, soulagé bien que déçu de voir Fleur continuer à se conduire, selon le mot de son père, « comme une chatte ». C'était sans doute une réaction bien naturelle après l'énervement causé par les événements de l'automne. En tout cas, Fleur était assez émue par la perspective d'une séparation pour se montrer prodigue de caresses : consolation efficace tant que cela durait ! Une ou deux fois Michael l'avait surprise en pleurs devant le berceau du onzième baronet ; un matin, même, il l'avait trouvée, au réveil, le visage humide de larmes. Ces menus indices lui étaient une preuve infiniment précieuse de son attachement à son foyer – car à certaines heures il craignait le pire. Pourtant elle partait avec son père, l'incarnation de la prudence et de la vigilance ! Qui aurait cru le vieux Forsyte capable de s'arracher à ses habitudes ? Lui aussi quittait sa femme, mais il ne donnait aucun signe d'émotion. On ne savait pas grand-chose d'ailleurs des sentiments intimes du vieux Forsyte, à part sa passion pour sa fille ; dans les circonstances présentes tout son intérêt paraissait concentré sur les étiquettes des colis, sur les insectes à redouter dans les pays chauds, et il avait choisi deux gilets de sauvetage pour lui et pour Fleur. Michael n'avait pu avoir avec lui qu'une seule conversation sérieuse.

— Je vous demanderai, avait dit Soames, de vous occuper un peu de votre belle-mère et de veiller à ce qu'elle n'ait pas d'ennuis avec les vaches. Elle aura sa mère auprès d'elle, mais on ne peut pas se fier aux femmes. Par contre, elle soignera admirablement le bébé. Où en êtes-vous comme argent ?

— Je n'ai absolument besoin de rien, monsieur.

— Si vous êtes à court, pour une raison ou une autre, vous irez trouver le vieux Gradman. Vous vous souvenez peut-être de lui ?

— Oui, et je crains qu'il ne se souvienne aussi de moi.

— N'importe, c'est un fidèle serviteur, répondit Soames avec un soupir de regret. J'aimerais bien aussi que vous passiez de temps en temps à Green Street. Votre tante par alliance se sentira peut-être un peu seule, pendant mon absence. Je vous donnerai des nouvelles de Fleur, et elle voudra sûrement en recevoir du bébé par TSF puisque ce machin existe. J'emporte une forte provision de quinine. Fleur dit qu'elle n'est pas malade en bateau… je crois que rien ne vaut le champagne en cas de mal de mer. Ah ! pendant que j'y pense, à votre place je n'insisterais pas trop sur votre programme, au Parlement : ils sont si vite lassés ! Nous nous retrouverons donc à Vancouver, fin août ; Fleur sera fatiguée de voyager à ce moment-là. Elle parle beaucoup de l'Égypte, du Japon… mais je ne sais pas trop… J'ai l'impression qu'on sera tout le temps en route.

— Avez-vous pensé aux vêtements de toile, monsieur ? En cette saison, vous en aurez besoin, dans la mer Rouge ; et à un casque ?

— J'en ai choisi un, c'est lourd et encombrant.

Puis, regardant Michael dans les yeux, il ajouta :

— Je veillerai sur elle. Vous en ferez autant pour vous-même, j'espère ?

Michael répondit vivement :

— Oui, monsieur. Et je vous suis infiniment reconnaissant. Ce que vous faites est très chic.

— Il faut espérer que cela fera du bien à Fleur et que le petit bonhomme n'en souffrira pas.

— Je ferai de mon mieux pour qu'il n'en souffre pas.

Soames, assis devant *Le Singe blanc*, semblait tombé dans une profonde méditation. Au bout d'un long moment il se secoua et dit :

— La guerre a tout mis sens dessus dessous. Je suppose que les gens croient encore à quelque chose, mais à quoi ? Je n'en sais rien.

Michael sauta sur ce sujet brûlant d'intérêt.

— Serais-je indiscret en vous demandant à quoi vous croyez vous-même, monsieur ?

— Je crois que ce qui était bon pour mes prédécesseurs est encore assez bon pour moi. La génération actuelle est trop exigeante et n'a plus le goût de vivre.

Le « goût de vivre », c'était la juste condamnation des inquiétudes de l'esprit moderne.

Enfin s'écoula la dernière nuit, vint le dernier baiser, s'effectua le morne trajet de la maison aux docks, dans la voiture de Soames. Michael accompagnait seul les voyageurs. Le port malpropre, le fleuve lugubre, la bousculade des bagages, le canot bondé de passagers… quelle triste affaire ! Peut-être, pour Fleur aussi, quel triste moment !

Il y eut ensuite les interminables dernières minutes sur le paquebot, l'initiation de Soames aux étranges, luisants, odorants, baroques mystères de la vie du bord ; il y eut le sourire stéréotypé qu'il faut garder, les idiotes plaisanteries qu'il faut faire. Et puis Fleur dans ses bras lui donnant un long baiser.

— Adieu, Michael. Cela sera vite passé.

— Adieu, chérie. Soigne-toi bien. Ne t'inquiète pas de Kit, je t'enverrai souvent des nouvelles.

Il serrait les dents, elle avait les yeux humides.

— Adieu.

— Adieu.

Michael, redescendu sur le canot, voyait s'élargir la ligne d'eau grise qui le séparait du grand navire et de cette rangée de faces humaines pressée à son bord. Il regardait Fleur coiffée de son petit feutre roux, agitant la main en signe d'adieu, et, plus loin à gauche, à peine visible, le vieux Forsyte, à l'écart pour ne pas les gêner ; maigre, long, le menton proéminent, le poil gris, il restait immobile, absorbé et solitaire, comme un oiseau venu de loin, qui se serait posé sur un rivage inconnu et penserait au pays perdu. Les silhouettes diminuaient, s'estompaient, s'effaçaient ; bientôt elles eurent disparu.

Tout le long de son trajet de retour, Michael fuma cigarette sur cigarette, en lisant et relisant la même phrase d'un journal sans la comprendre : « Un vol à Highgate, le cambrioleur en fuite. » Au lieu de rentrer chez lui, il alla directement au Parlement et y resta tout l'après-midi, attrapant de-ci, de-là, quelques bribes d'une discussion sur l'enseignement public. Quelle chance avait-il d'intéresser à ses projets enthousiastes et idéalistes une Chambre capable d'ergoter aussi tranquillement que si l'Angleterre d'aujourd'hui était encore l'Angleterre de 1906 ? On le traiterait d'aimable garçon, mais bien sot, c'est tout ! Unité nationale… un mouvement national… Pas de danger. Le pays n'en voulait pas. On cherchait simplement à enfoncer une porte que chacun voudrait tenir ouverte, mais où personne ne passerait. Et tout à coup, un long canal d'eau grise s'étendit entre Michael et les orateurs – le visage de Fleur se substitua à celui du député de Wasbaston, le vieux Forsyte surgit entre deux dirigeants travaillistes, et toutes les figures alignées s'évanouirent dans un paysage brouillé, dans une eau grise survolée de mouettes.

En sortant du Parlement, Michael se heurta à un personnage moins irréel. MacGown passait, la mine plus renfrognée qu'on ne saurait le dire. Personne n'avait gagné à ce procès. *Multum ex parvo ! Parvus ex multo !* C'est cela, la comédie moderne.

Se hâtant pour voir Kit et envoyer son premier sans-fil à Fleur, Michael croisa un peu plus loin quatre musiciens qui jouaient avec une espèce de frénésie. Ils étaient d'apparence robuste, sous leurs vêtements râpés. « Quelqu'un de mon régiment », se dit-il instantanément. Il attendit que le musicien eût cessé de souffler dans son instrument. « Oui, c'est bien cela. Un brave type, d'ailleurs. » Mais n'étaient-ils pas tous de braves gens ? Que de prouesses ils avaient accomplies avant d'en arriver là ! Et lui, Michael, avait été sur le point d'abandonner leur cause… Chacun vante son remède et tous peuvent avoir du bon, mais il faut au moins préconiser celui qu'on juge le meilleur. L'avenir est indéchiffrable, c'est entendu, et le Destin sévère. N'importe !

La maison semblait vide. Demain Kit et Dandie partiraient pour la campagne, elle serait plus vide encore. De pièce en pièce Michael errait, cherchant quelque trace de Fleur, un objet, un parfum. Que c'était triste ! Son cabinet de toilette et son bureau lui parurent les seules pièces tolérables ; c'est là qu'il allait vivre désormais.

Il monta et ouvrit doucement la porte de la nursery. Blancheur et innocentes mousselines, le chien au poil argenté étendu sur son flanc grassouillet, le poêle rougeoyant, des gravures coloriées soigneusement choisies pour des yeux d'enfant, mais un peu humoristiques pour éviter les sujets édifiants, le garde-feu resplendissant pour que le poêle lui-même n'ait pas l'air sérieux, la lumière tamisée par des rideaux de cretonne claire. C'était vraiment une pièce charmante. La nurse, de bleu vêtue, tournait le dos à la porte et ne vit pas Michael. Le onzième baronet, juché sur une haute chaise de bébé, était à table ; il fronçait le sourcil sous ses soyeuses boucles brunes et sa menotte brandissait, au-dessus d'un bol, une cuillère d'argent.

— Maintenant que maman est partie, disait la nurse, il faut vous tenir comme un homme, Kit, et apprendre à manger tout seul.

Le bébé plongea la cuillère dans le bol et jeta son contenu en l'air.

— Ce n'est pas du tout comme cela…

Le onzième baronet recommença la manœuvre et attendit, avec un sourire de triomphe, des applaudissements.

— Méchant garçon !

— Ah !… ah ! cria le onzième baronet en tapotant avec sa cuillère le contenu du bol et en éclaboussant copieusement autour de lui.

— Quel enfant gâté !

Et Michael songeait : « Comme l'Angleterre ! Ô Angleterre, mon pays ! Ainsi que dit le poète. »

Interlude

LES PASSANTS

Traduit de l'anglais par
Mme Fritsch-Estrangin

1

À Washington, district de Columbia, le soleil d'automne brillait, et dans le cimetière de Rock Creek, à part les feuillages verts et les pierres, tout resplendissait de lumière. Devant la statue de Saint-Gaudens, Soames Forsyte, assis sur son pardessus et adossé au rebord de marbre, savourait à la fois son isolement et un rayon de soleil qui traversait les cyprès.

Il était déjà venu la veille, avec sa fille et son gendre, et le site l'avait séduit. En dehors de l'attrait qu'exerçaient en général sur lui les cimetières, le monument avait éveillé ses instincts de connaisseur. Bien qu'il ne fût pas question de l'acheter, c'était sans contredit une œuvre d'art qui faisait grand effet. Aucune statue ne lui avait jamais donné une telle impression de paix. La vue de cette grande femme en bronze verdâtre, assise dans les plis enveloppants de son vaste manteau, le faisait rentrer en lui-même, jusqu'au tréfonds de son âme. Hier, en présence de Fleur, de Michael et d'autres voyageurs, tous bouche bée comme lui, il n'avait pas tellement remarqué le caractère de l'œuvre que sa perfection technique, mais maintenant, tout seul, il pouvait mieux s'abandonner au charme de ses impressions.

Les uns disaient que c'était le *Nirvana*, d'autres un mausolée à la mémoire des présidents Adams ; Soames n'était pas fixé, mais de toute façon, il sentait bien qu'il n'avait rien rencontré de plus beau en Amérique et que c'était la chose qui lui avait procuré le plus de plaisir, malgré les ruissellements d'eau du Niagara et les gratte-ciel de New York. Trois fois il avait changé de place sur le banc de marbre circulaire, et chaque fois son impression avait varié. De cette dernière place, la femme semblait avoir touché le fond de la douleur. Elle restait figée dans une résignation glacée, plus absolue que la mort elle-même. Admirable ! Quel mystère pourtant dans cet au-delà ! Il se souvenait du visage de son père James un moment après sa mort : il avait paru connaître alors le fin mot de l'énigme !

Une feuille tomba d'un chêne rouge sur le revers de son veston, une autre sur ses genoux. Soames ne les chassa pas. Il était facile de rester immobile devant cette statue. On devrait y faire arrêter toute l'Amérique une fois par semaine.

Il se leva, alla jusqu'au monument et effleura timidement un des plis de bronze, comme s'il mettait en doute la possibilité d'un éternel néant. « J'ai une sœur qui habite Dallas, mariée toute jeune à un cheminot. Comment donc ! Le Texas est un pays admirable : ma sœur rirait bien à l'idée que l'on puisse ne pas trouver le climat parfait là-bas. »

Soames retira sa main de la statue et reprit son poste d'observation. Deux personnes âgées, longues silhouettes minces, entrèrent dans le sanctuaire. Elles s'arrêtèrent au centre et restèrent silencieuses. Bientôt l'une d'elles dit : « Quelle beauté ! » et elles ressortirent de l'autre côté. Un vent léger agita quelques feuilles tombées au pied du monument. Soames changea de place, se mit à l'extrême gauche. De là, la statue redevenait une femme d'une grande noblesse. Il resta immobile dans l'attitude du penseur, le bas du visage enfoui dans ses mains.

Il avait beaucoup bruni et sa mine était excellente, bien qu'il se crût épuisé par son long voyage qui l'avait conduit autour du monde et qui allait se terminer le surlendemain par le départ à bord de l'*Adelphic*. Ces trois journées bousculées à Washington étaient sa dernière étape et il la supportait vaillamment. La ville était avenante, avec quelques beaux monuments et tant d'arbres, déjà teintés par l'automne. Pas d'agitation comme à New York et une quantité de maisons qui paraissaient à Soames très habitables.

Bien sûr la ville était bondée d'Américains, chose inévitable. Il était tranquillisé au sujet de Fleur ; elle avait complètement surmonté les ennuis de l'affaire Ferrar, elle paraissait au mieux avec Michael et semblait se réjouir de rentrer chez elle et de retrouver son bébé.

Soames éprouvait véritablement une sensation de réussite et de calme, comme si les mérites recevaient leur juste récompense ; et par-dessus tout la pensée de respirer de nouveau, bientôt, l'odeur de l'herbe d'Angleterre et de revoir couler la rivière derrière ses vaches le remplissait de joie. Annette elle-même serait peut-être heureuse de son retour – ne lui rapportait-il pas de New York un très beau bracelet en émeraudes ? Et la contemplation de la statue de *Nirvana* semblait porter la joie de Soames à son comble.

— Nous voici, Anne.

Il entendit un accent anglais, et deux jeunes gens apparurent à l'autre extrémité du monument. Des bavards, sans doute !

Soames se disposait à se lever lorsqu'il entendit la jeune femme dire, avec un accent américain certes, mais d'une voix très douce et étrangement confidentielle :

— John, c'est absolument grandiose. Ça me coupe la respiration, là.

En observant le geste de sa main, Soames vit qu'il avait lui-même éprouvé un malaise semblable.

— Le calme éternel, ça me rend triste, John.

Tandis qu'il glissait son bras sous celui de sa compagne, le visage du jeune homme apparut. Prompt comme l'éclair, Soames cacha le sien à demi dans ses mains. John ? Jon, avait-elle sans doute voulu dire. Le jeune Jon Forsyte, sans aucun doute possible ! Et cette personne, sa femme, la sœur (il l'avait entendu dire) du jeune Américain Francis Wilmot. Quelle malchance ! Il se rappelait parfaitement le visage du jeune homme, bien qu'il ne l'eût vu que dans la galerie de tableaux près de Cork Street, ensuite dans la pâtisserie et une autre fois, le sombre après-midi où il était allé à Robin Hill supplier sa première femme divorcée de permettre à son fils Jon d'épouser sa fille à lui, Fleur ! Aucun refus ne lui avait jamais fait autant de plaisir ! Jamais les événements ne s'étaient déroulés plus à propos. Et pourtant le chagrin d'annoncer ce refus à Fleur demeurait dans sa mémoire comme un tison encore ardent, rouge et brûlant sous les cendres du temps. À l'abri de son chapeau qui l'ombrageait et à travers l'écran de ses mains, Soames s'assura qu'il ne se trompait pas. Le jeune homme se tenait debout, nu-tête, comme s'il rendait hommage au monument. Il avait un air de famille avec les Forsyte, malgré sa trop abondante chevelure. Soames avait entendu dire qu'il était poète ! Son visage n'était pas déplaisant, il avait ce qu'il est convenu d'appeler du charme ; les yeux enfoncés comme ceux de son grand-père, le vieux Jolyon, et de la même couleur, gris foncé ; la teinte claire des cheveux lui venait de sa mère, sans doute, mais le menton, c'était bien celui des Forsyte. Soames regarda la jeune femme. Elle avait une belle taille, le teint hâlé mais clair, les cheveux châtains, les yeux bruns, une jolie façon d'incliner le cou et aussi un joli maintien, très droite, et une tournure charmante. Mais comment le jeune homme avait-il pu s'attacher à elle, après Fleur ? Cependant pour une Américaine elle paraissait assez simple, un peu à la façon d'une nymphe, avec un certain air de réserve.

Soames avait surtout été frappé en Amérique par l'impression de ne jamais se sentir chez soi. Si on voulait un peu d'intimité, il fallait couper le téléphone et se mettre dans son bain, sans cela on vous appelait juste au moment où vous alliez vous endormir pour vous demander si vous étiez Mr et Mrs Newberg. Les maisons elles-mêmes n'étaient pas séparées les unes des autres ni même isolées de la rue. Dans les hôtels, les chambres communiquaient toutes entre elles et dans le hall on pouvait s'attendre à trouver une troupe de banquiers. Les repas aussi semblaient faits en série ; même si on était invité à dîner, c'était toujours pareil : des cocktails au homard, de l'alose, de la dinde, des asperges, de la salade et de la glace – de bons plats, certes, et qui vous faisaient prendre de l'embonpoint, mais jamais une note personnelle.

Les deux jeunes gens causaient, il se rappelait bien la voix de l'adolescent.

— C'est la plus grande œuvre des hommes en Amérique, Anne. Nous n'avons rien d'aussi beau en Angleterre. Ça me donne de l'appétit… Il faudra que nous allions en Égypte.

— Ta mère en serait ravie, Jon, et moi aussi. Viens voir le monument de l'autre côté.

Soames se leva brusquement et quitta l'enceinte. Bien qu'on ne l'eût pas reconnu, il était troublé. Une rencontre ridicule, dangereuse même. Il avait voyagé six mois pour rendre à Fleur son équilibre et, maintenant qu'elle était calmée, il ne voulait pour rien au monde la sentir bouleversée de nouveau par la rencontre de son premier amour. Il ne se rappelait que trop bien comment la vue d'Irène le bouleversait lui-même. Et il était bien probable qu'Irène se trouvait là, elle aussi. Enfin, Washington était une grande ville ! Pas beaucoup de danger ! Ils allaient à Mount Vernon l'après-midi, et le lendemain matin de bonne heure, en route ! Sur les hauteurs du cimetière, son taxi l'attendait. Une des autres autos devait appartenir au jeune couple, et Soames les regarda de côté. Sentit-il naître en lui la crainte ou l'espoir de voir dans l'une de ces voitures la femme que, dans une autre existence, il avait vue jour après jour, nuit après nuit, attendre ce qu'apparemment il était incapable de lui donner ? Non, il n'aperçut que les chauffeurs, n'entendit que leurs voix, leur accent nasillard. Il monta dans son taxi et donna l'adresse : « Hôtel Potomac. » Le chauffeur sourit, corrigea l'accent que Soames avait mal placé et ferma la portière sur lui. L'asile des vétérans ! Les vétérans du reste étaient presque tous morts, mais il en viendrait beaucoup de nouveaux après la Grande Guerre. D'ailleurs, en Amérique, l'argent et l'espace importaient peu. Ils en avaient tant qu'ils ne savaient qu'en faire. Ça lui était en somme bien égal, puisqu'il allait partir. Tout lui devenait indifférent. Pourtant il avait invité bon nombre d'Américains à venir voir ses tableaux, s'ils faisaient un voyage en Angleterre. Ils avaient été aimables et hospitaliers envers lui; et il avait même vu bien des tableaux de valeur, y compris quelques peintures chinoises. Il avait vu beaucoup de gratte-ciel et le climat américain était vivifiant. Cela ne lui aurait pas convenu d'y vivre toujours, mais il reconnaissait que la vie y était intense et qu'elle avait agi sur lui comme un bon stimulant pendant quelque temps. « Je ne la vois pas, elle, vivant ici, pensa-t-il tout d'un coup. Aucun être ne fut jamais plus secret. » Les autos le dépassaient en flots, ou bien elles étaient à l'arrêt, parquées en rangs. L'Amérique semblait faite uniquement d'automobiles et de journaux. Une pensée soudaine l'agita. On mettait tout dans les journaux; pourvu que leur nom ne fût pas cité parmi les arrivants !

En débarquant à l'hôtel, il se dirigea immédiatement vers le kiosque du hall où on vendait des journaux, de la pâte dentifrice, des caramels mous pour vous faire tomber les dents, et les dents de rechange avec, pourquoi pas ! La liste des étrangers. Bon ! Voilà ! Hôtel Potomac : Mr et Mrs Cyrus K. McGunn, les demoiselles Errick, Mr H. Yellam Roof, Mr Semmes Forsyth, Mr et Mrs Munt. C'étaient bien eux, mais heureusement un peu camouflés. Forsyth, Munt. Toujours des inexactitudes dans les journaux ! « Semmes. » Le nom était impossible à reconnaître, et il y comptait bien. Il alla au bureau et tira le registre vers lui. Il avait pourtant écrit les noms bien lisiblement. Tant mieux ! sans quoi ils auraient pu les citer exactement par mégarde ! Puis, tournant la page, il lut : « Mr et Mrs Jolyon Forsyte... » Là, précisément, au même hôtel... le jeune ménage ! La veille de leur arrivée, en haut de la page, à une date plus ancienne de quelques jours : « Mrs Irène Forsyte. » Mille pensées assaillirent l'esprit de Soames avec une incroyable promptitude. Il fallait agir sans retard. Où étaient Michael et Fleur ? Ils avaient visité la veille avec lui la galerie Freer (une bien jolie galerie, il ne lui semblait pas en avoir vu de meilleure), le monument Lincoln et cette espèce de grande tour où il avait, lui, refusé de monter. Le matin, ils avaient annoncé qu'ils iraient à la galerie Corcoran où se trouvait une exposition rétrospective. Il ne savait que trop ce que cela signifiait. Dans son temps, il en avait vu des rétrospectives, en Angleterre. Une réunion de tous les peintres à la mode cent ans plus tôt… et le résultat était d'une inexprimable mélancolie. Il demanda à l'employé du bureau : « Connaîtriez-vous un restaurant où je puisse faire un bon déjeuner ? »

— Pour sûr, monsieur. Chez Filler on cuisine bien.

— Bon ! Si ma fille et son mari rentrent, ayez l'obligeance de leur dire de me rejoindre chez Filler à une heure.

Puis, retournant au kiosque, il acheta des billets pour l'Opéra dans l'intention de les faire sortir le soir. Dix minutes après, il se dirigeait vers la galerie Corcoran. Après le déjeuner, ils iraient directement à Mount Vernon ; ils dîneraient dans un autre restaurant avant l'Opéra, et le lendemain ils partiraient par le premier train. Il ne fallait courir aucun risque ! Si au moins il pouvait les rattraper à la galerie de tableaux !

En y arrivant, il acheta machinalement un catalogue et monta au premier. Les salles donnaient toutes sur la galerie et il commença par la dernière. Quelle chance ! devant le tableau d'un soleil couchant, il les aperçut tous les deux ! Sûr maintenant de les rejoindre, mais moins sûr de ne pas se trahir (Fleur était si fine), il se mit à examiner les tableaux. Du moderne, des pastiches de l'école française la plus avancée. Dumetrius, son marchand, lui avait montré les mêmes six mois auparavant à Londres. Ainsi que Soames le prévoyait, tous les tableaux semblaient faits à la douzaine et donnaient l'impression d'avoir été peints par la même personne. Il vit Fleur prendre le bras de Michael en riant ! Comme elle était jolie ! Ce serait vraiment trop dommage de troubler de nouveau sa quiétude. Il approcha derrière eux. Tiens ! Le soleil couchant était un portrait d'homme ! De nos jours, il faut s'attendre à tout ! Il leur dit :

— J'ai voulu jeter un coup d'œil aux tableaux. Nous déjeunons chez Filler, il paraît qu'on y mange mieux qu'à l'hôtel ; de là nous pourrons aller tout droit à Mount Vernon, et j'ai pris des places pour l'Opéra ce soir.

Soames sentit le regard scrutateur de Fleur et fixa obstinément le tableau. Il n'était guère à son aise.

— Les tableaux anciens valent-ils mieux ? demanda-t-il.

Fleur venait justement de dire :

— Comment trouve-t-on encore des gens de notre temps pour continuer à peindre !

— Comment ça ?

— Si vous traversez les salles, vous serez du même avis. Voilà cent années de peinture.

— Les meilleures toiles ne font jamais partie de ces expositions, remarqua Soames ; c'est un ramassis de tout ce qu'on a pu trouver. Ryder, Innes, Whistler, Sargent… les Américains ont eu de grands peintres.

— Naturellement, répondit Fleur, mais vous tenez absolument à en faire le tour, papa ? Je meurs de faim.

— Non, dit Soames. Après le monument de Saint-Gaudens, plus rien ne me tente. Allons déjeuner.

2

Mount Vernon ! Le site était admirable avec toutes les teintes dorées des arbres, les falaises couvertes d'herbe surplombant le Potomac large et bleu. Même Soames était obligé de convenir qu'il avait plus de majesté que la Tamise. Et la maison blanche et basse, bâtie là, d'un style sobre, et qui aurait fait l'effet d'une maison particulière (sans l'invasion des touristes à l'air presque anglais), produisit à Soames une impression qu'il n'avait pas éprouvée depuis son départ d'Angleterre. Il imaginait sans peine que ce bonhomme George Washington s'y fût tellement plu. On s'y serait volontiers installé soi-même. La vieille maison de lord John Russell, sur la colline de Richmond, lui ressemblait un peu, en exceptant naturellement l'étendue du fleuve et ce sentiment que l'on avait toujours en Amérique et au Canada, d'après lui, que ces gens s'efforçaient partout de peupler le pays sans y parvenir. Il y avait tellement d'espace et probablement le temps manquait toujours. Fleur était aux anges et le jeune Michael avait dit que c'était « absolument épatant ». Un rayon de soleil réchauffa le visage de Soames tandis qu'il jetait un dernier regard au-dehors, debout sous le vaste porche, avant d'entrer à l'intérieur de la maison. Il se souviendrait de cette visite… L'Amérique ne datait donc pas de la veille ! Il entra dans le hall et s'avança furtivement dans les pièces du rez-de-chaussée. Vraiment, c'était parfaitement arrangé. Rien que de bons vieux objets, datant d'un siècle et demi, qui rappelaient à Soames les heures passées chez les antiquaires de Taunton et de Tunbridge Wells. On avait un peu trop appuyé sur la corde « George Washington », évidemment ! La timbale de George Washington, le bain de pieds de George Washington, et sa lettre à Mr Untel, et la dentelle de son col, et son sabre, et son fusil, et tout ce qui lui avait appartenu. Enfin, c'était inévitable ! Isolé de la foule et éloigné même de sa fille Fleur, Soames marchait, enveloppé comme dans un manteau par les habitudes d'évaluation silencieuses d'un collectionneur ; il craignait tellement que ses appréciations ne fussent faussées par des jugements sots et sans nuances. Il était arrivé au premier, à la chambre mortuaire de George Washington, et la regardait à travers la grille, lorsqu'il entendit des voix qui lui glacèrent à demi le sang, les voix déjà entendues ce matin-là devant le Saint-Gaudens et auxquelles se mêlait la voix de Michael. Fleur y était-elle aussi ? Un regard en arrière le rassura. Non, les trois jeunes gens se tenaient sur le palier du grand escalier, échangeant des réflexions de voyageurs fortuitement rapprochés par un intérêt commun. Il entendit Michael qui disait : « Ils avaient rudement bon goût dans ce temps-là. » Et Jon Forsyte qui répondait : « Vous voyez, c'est fait entièrement à la main. » Soames se rua vers un petit escalier, bouscula une grosse dame, recula en marmottant des excuses et continua sa descente précipitée. Si Fleur n'était pas avec Michael, cela prouvait qu'elle s'était emparée du conservateur. Il fallait l'emmener tant que le trio se trouvait encore au premier ! Cette idée s'imposa à Soames. Deux jeunes Anglais ne songeraient sans doute pas à échanger leurs noms ou quoi que ce fût et, s'ils en arrivaient là, il fallait qu'il se saisît de Michael au plus vite. Mais comment enlever Fleur ? Il la revit en effet causant avec le conservateur devant la flûte de George Washington, posée sur le clavecin de George Washington dans le salon de musique. Soames souffrait. C'était vexant de paraître malade, et plus vexant encore de faire semblant de l'être. Et cependant, comment agir autrement ?

Il ne pouvait pourtant pas aller trouver Fleur et lui dire : « J'en ai assez, retournons à la voiture. » Il avala sa salive avec effort, appuya sa main contre son front et se dirigea vers le clavecin.

— Fleur, appela-t-il.

Et, sans lui donner le temps de le scruter, il poursuivit :

— Je ne me sens pas en forme, il faut que je retourne à l'auto.

Ces paroles étaient surprenantes, émanant d'un homme si peu porté à faire des embarras.

— Papa, qu'est-ce qu'il y a ?

— Je ne sais pas, répondit Soames, la tête me tourne. Donne-moi ton bras.

Toute cette petite comédie lui déplaisait souverainement. Tandis qu'ils regagnaient la voiture, parquée à l'entrée, l'inquiétude de Fleur le gêna tellement qu'il faillit renoncer à sa ruse. Mais il s'arrangea pour murmurer :

— Je pense tout bonnement que j'en aurai trop fait, ou bien ça vient de leur cuisine. Je vais rester tranquillement dans l'auto.

À son grand soulagement, elle s'assit avec lui, sortit son flacon de sels et envoya le chauffeur prévenir Michael. Soames était touché, quoique incommodé de devoir respirer les sels qui étaient très forts.

— Beaucoup de bruit pour rien, marmonna-t-il.

— Il vaut mieux que nous rentrions immédiatement, papa chéri, pour que vous puissiez vous étendre.

Michael arriva en courant quelques minutes après. Soames eut l'impression que lui aussi ressentait une sincère inquiétude, et l'auto démarra. Soames se cala bien au fond de la voiture, la main dans celle de Fleur, les lèvres serrées, les yeux fermés, éprouvant plus de bien-être qu'il n'en avait jamais connu. Avant d'atteindre Alexandria, il ouvrit la bouche pour leur dire qu'il leur avait gâté l'excursion ; il voulait rentrer par Arlington où il resterait dans la voiture, tandis qu'ils iraient, eux, jeter un coup d'œil. Fleur était d'avis de rentrer directement, mais Soames insista. Arrivé à cette autre maison blanche, bâtie dans un site aussi agréable, sur une falaise, au-dessus de la rivière, il se sentit à demi mort de peur, pendant qu'il attendait Michael et Fleur dans la voiture. Qu'adviendrait-il si Jon Forsyte avait eu la même idée et si son auto stoppait là tout d'un coup ? Il éprouva un intense soulagement en les voyant revenir. Ils lui racontèrent que la maison était jolie mais ne pouvait se comparer à Mount Vernon ; les colonnes de l'entrée étaient trop lourdes.

Quand l'auto se mit à rouler à travers la forêt aux belles teintes rousses, Soames ouvrit les yeux pour de bon.

— Je suis remis. C'était mon foie, sans doute ?

— Vous devriez prendre de l'eau-de-vie, papa. Nous pourrions nous en procurer avec l'ordonnance d'un docteur.

— Un docteur ! Quelle bêtise ! Nous dînerons dans notre appartement et je circonviendrai le garçon. Ils ont sûrement quelque alcool dans l'hôtel.

Dîner chez eux ! Bonne idée vraiment !

Dans leur petit salon, il s'étendit sur la chaise longue, touché et reconnaissant car Fleur lui arrangea ses coussins, abaissa l'abat-jour de la lampe, s'interrompant dans sa lecture pour voir comment il allait. Il ne se souvenait pas d'avoir senti aussi nettement combien elle tenait vraiment à lui. Il pensa même : « Je devrais bien être un peu malade de temps en temps. » D'un autre côté, si, chez lui, il se plaignait d'un malaise, Annette immédiatement s'en découvrait un pire !

Tout près d'eux, dans un petit salon en face de l'escalier, on entendit un piano.

— Cette musique ne vous fatigue pas ?

Une pensée subite traversa l'esprit de Soames : « Irène. » Si c'était elle et que Fleur aille la faire cesser, c'est ça qui mettrait de l'huile sur le feu !

— Non, elle m'est plutôt agréable, répondit-il hâtivement. Un joli toucher.

Le toucher d'Irène ! Il se rappelait combien June le vantait jadis ; il se rappelait le jour où il avait surpris ce diable de Bosinney dans le petit salon de Montpellier Square. « Quel regard farouche il avait dans les yeux, le malheureux ! » Il se souvenait aussi de cette façon qu'elle avait de s'arrêter de jouer quand il rentrait… Par égard pour lui, ou parce qu'il n'y comprenait rien ? Lequel des deux ? Il n'avait jamais pu le savoir. Du reste, il n'avait jamais rien su ! Enfin, c'était une autre vie ! Il ferma les yeux et instantanément il revit Irène vêtue de sa robe du soir vert émeraude, debout dans le hall de Park Lane, attendant son manteau, à cette première fête, au retour de leur voyage de noces. Pourquoi ces visions repassaient-elles devant ses yeux fermés, sans rime ni raison ? Irène brossant ses cheveux, qui devaient sans doute être gris à présent, car s'il avait, lui, soixante-dix ans, elle devait bien approcher, elle, de soixante-deux ans ! Comme le temps passait ! Cheveux couleur de feuille morte, la vieille tante Juley les appelait ainsi, avec une certaine fierté d'avoir inventé cette expression, et les yeux d'un si sombre velours. Ah ! mais pour être vraiment belle, il faut encore être bonne ! Cependant, comment être sûr ? Peut-être que s'il avait su, lui, exprimer ses sentiments ! S'il avait senti la musique ! Si elle n'avait pas tellement agité ses sens ! Peut-être… mais aussi avec des *si* et des *mais* ! Impossible de résoudre l'énigme. Ici moins qu'ailleurs. Une affaire si embrouillée ! L'oubli ne viendrait-il donc jamais ?

Fleur s'en alla pour faire ses malles et s'habiller. On servit le dîner. Michael parla de sa rencontre avec un jeune ménage sympathique à Mount Vernon, un jeune homme anglais ; il disait que Mount Vernon lui donnait horriblement le mal du pays.

— Comment s'appelait-il, Michael ?

— Je ne lui ai pas demandé son nom. Pourquoi ?

— Oh ! comme ça. Je pensais que tu le lui aurais peut-être demandé.

Soames soupira encore. Il avait vu Fleur dresser l'oreille. Qu'on lui en donne l'occasion et sa passion pour le fils d'Irène se rallumerait. Elle avait ça dans le sang !

— Bright Markland, dit Michael, a fait des pronostics sur l'avenir de l'Amérique, il en est enchanté, parce qu'il y a encore tant de fermiers et que les campagnes sont si peuplées, mais il a aussi pronostiqué l'avenir de l'Angleterre, il en est également enchanté et les campagnes pourtant sont presque désertes.

— Qui est ce Bright Markland ? murmura Soames.

— C'est l'éditeur de notre *Scrutator.* Il n'y a jamais eu de personne plus optimiste ni plus talentueuse pour voir les deux côtés d'une question.

— J'espérais, dit Soames sentencieusement, que de voyager dans ces pays neufs vous aurait fait sentir qu'après tout les vieux ont du bon.

Michael se mit à rire :

— Aucun besoin de me persuader de ça. Mais vous comprenez, j'appartiens à ce qu'il est convenu d'appeler les classes fortunées, et vous en êtes aussi, si je ne me trompe !

Soames écarquilla les yeux. Le jeune homme devenait sarcastique.

— Moi, dit-il, je serai ravi d'être rentré chez moi. Vos bagages sont-ils prêts ?

Ils l'étaient et un moment après Soames demanda un taxi par téléphone pour les mener à l'Opéra. Afin de les empêcher de flâner dans le hall, il descendit lui-même les mettre en voiture. Le parcours se déroula sans anicroche ou accroc et, en poussant un profond soupir de soulagement, Soames regagna sa place dans l'ascenseur qui le remonta jusqu'à sa chambre.

3

Il était là, planté devant la fenêtre, regardant au-dehors les hautes maisons, les lumières, les autos qui roulaient dans la rue et le ciel étoilé et clair. Il se sentait vraiment fatigué à présent ; encore une journée pareille à celle-ci et il n'aurait plus besoin de simuler une indisposition. On l'avait échappé belle, vraiment ! et plusieurs fois même ! Il aurait voulu être déjà en sûreté chez lui. Se trouver sous le même toit que cette femme… quelle étrange chose ! Il n'avait pas passé la nuit sous le même toit qu'elle depuis l'affreuse journée de novembre 1887, quand il avait arpenté Montpellier Square dans tous les sens, en proie à une angoisse mortelle, et qu'il était arrivé à sa porte pour y trouver Jolyon le jeune. Un amant mort, et l'autre déjà sur son seuil ! Cette nuit-là elle s'était enfuie de sa maison, et jamais plus, jusqu'à ce jour, le même toit ne les avait abrités. Ah ! encore cette musique… douce, irritante. Comment savoir si c'était elle qui jouait ? Pour échapper à cette obsession, il alla dans sa chambre et rassembla ses vêtements. Cela ne lui prit pas longtemps car il n'avait gardé qu'une valise dans sa chambre. Allait-il se coucher ? Se mettre au lit et rester éveillé ? Cette affaire l'avait bouleversé. Si c'était elle, tout de même, assise au piano, à quelques pas de là, comment la trouverait-il maintenant ? Depuis la nuit lointaine de novembre, il l'avait revue sept fois… non, huit fois. Deux fois dans son petit appartement de Chelsea, ensuite auprès d'une fontaine au bois de Boulogne, puis à Robin Hill, quand il leur avait posé son ultimatum à elle et à Jolyon le jeune, une autre fois à l'enterrement de la reine Victoria, puis sur le terrain de cricket de Lord's, et encore à Robin Hill lorsqu'il était allé la supplier au nom de Fleur ; et la dernière fois dans la galerie Goupenor, à la veille même de son départ pour l'Amérique. Chacune de ces rencontres lui revenait à l'esprit dans le moindre détail, et il revoyait tout, jusqu'au signe d'adieu de sa main gantée, jusqu'au fugitif sourire de ses lèvres.

Soames frissonna. Ces appartements américains étaient surchauffés ! Il retourna dans le salon, le dîner était desservi et on avait monté le journal du soir. Rien d'intéressant à lire. Il ne découvrirait d'ailleurs jamais rien dans leurs pages.

À cette distance du passé, après tout ce temps et toutes ces années, qu'éprouvait-il au sujet d'Irène ? Il se le demandait.

De la haine ? Le mot était trop fort. On ne hait pas ceux dont on est séparé. De plus, il ne l'avait jamais détestée, pas même au début quand il avait appris son infidélité. Du mépris ? Non, car elle l'avait trop fait souffrir pour cela. Il ne savait plus ce qu'il sentait au fond. Il se mit à marcher de long en large et une ou deux fois il s'arrêta à la porte pour écouter le piano, comme le ferait un prisonnier dans sa cellule. Manquait-il de dignité ? Il se décida à s'étendre de tout son long sur le divan. Il voulait repenser à ses voyages. Lui avaient-ils plu ? Un grand tourbillon d'événements, une vaste étendue d'eau. Et pourtant tout s'était déroulé suivant le programme, sauf pour la Chine, qu'ils avaient évitée à cause de la situation politique. Le Sphinx et le Taj Mahal, le port de Vancouver et les montagnes Rocheuses, tout semblait jouer à cache-cache en lui… et par là-dessus, cette musique ! Qui sait si c'était Irène ? Bien étrange ! On ne vivait en somme qu'une seule saison d'ardeur véritable. Tout ce qui suivait après avait une sorte de tiédeur, et cela valait peut-être mieux, sans quoi la chaudière éclaterait. Pour rien au monde Soames n'aurait voulu revivre ses émotions éprouvées pendant les premières années où il avait connu Irène. Et pourtant ! Il se releva. On entendait le piano, encore, toujours, et quand la musique cesserait – elle, ou une autre, ne serait plus visible. Pourquoi n'irait-il pas jusqu'au petit salon ?... passer devant, jeter un bref coup d'œil tout simplement. Si c'était elle, sans doute serait-elle tellement changée, dépouillée de cette beauté qui avait tant ravagé le cœur de Soames. Il avait remarqué dans quel coin du salon se trouvait le piano ; la pianiste serait ainsi vue de profil. Il ouvrit sa porte, la musique redoubla et il s'avança furtivement.

La largeur de la chambre de Fleur le séparait seule de ce petit salon dont la porte s'ouvrait en face de l'escalier. Personne dans le couloir, pas même un chasseur. Sans doute, après tout, la musicienne était-elle quelque Américaine, peut-être même la jeune femme de Jon. Pourtant non, dans ces sons, dans ce toucher, il y avait un je-ne-sais-quoi ! Et, se dissimulant derrière son journal, il continua d'avancer. Trois colonnes, à égale distance les unes des autres, séparaient le salon du couloir, supprimant la quatrième cloison qui avait toujours tant manqué à Soames en Amérique. Contre la première colonne, il s'arrêta. Une lampe à pied, avec un abat-jour orange, était placée près du clavier, et la lumière tombait sur le cahier, sur les touches, sur le visage et les cheveux de la musicienne. Elle ! Irène ! Il s'était bien figuré que ses cheveux seraient gris, mais de les revoir maintenant ainsi, sans un fil de leur or d'antan, le remuait étrangement. Ondulés, souples, brillants, ils la couronnaient comme un casque d'argent. Elle était en robe décolletée, et il pouvait voir que les contours arrondis de ses épaules, de son cou, de ses bras avaient conservé leur beauté. Tout son buste ondoyait légèrement au rythme de la musique. Sa robe était d'un gris héliotrope. Soames s'arrêta derrière la colonne ; il la contemplait, abritant son visage d'une main, pour le cas où elle se retournerait. Il ne sentait rien, pour ainsi dire..., la théorie des souvenirs se déroulait trop rapidement.

Depuis le jour où il l'avait aperçue pour la première fois dans un salon de Bournemouth, jusqu'à cette dernière vision d'elle à la galerie Goupenor, le long enchaînement des jours repassait en lui, jours d'ardeur, de glace et d'amertume. L'interminable lutte des sens, le profond échec du cœur, et cette longue passion douloureuse, réduite peu à peu à l'engourdissement et à l'indifférence. Soames ne désirait en aucune façon parler à Irène tandis qu'il restait là, et pourtant il n'arrivait pas à détacher ses yeux d'elle. Tout à coup elle cessa de jouer, se pencha en avant, ferma le cahier et étendit le bras pour éteindre la lampe. Son visage apparut vivement éclairé, et Soames, qui s'effaça, le revit, encore beau, peut-être plus beau, légèrement amaigri, de sorte que les yeux paraissaient encore plus sombres qu'autrefois, plus grands, plus doux, sous les sourcils demeurés noirs. Et une fois encore il se dit: «Voilà cette femme que je n'ai jamais comprise.» Avec une espèce de colère, il s'éloigna à reculons jusqu'à ce qu'il l'eût perdue de vue. Ah ! certes elle avait bien des défauts, mais le pire avait toujours été, et devait être encore, ce mystère infernal ! Silencieusement, à pas de loup, il regagna son appartement.

Il se sentait fatigué à mourir et, rentrant dans sa chambre, il se déshabilla en hâte et se mit au lit. Il souhaitait de tout son cœur être déjà à bord du bateau, à l'abri du pavillon britannique. Il pensa soudain: «Je suis vieux, vieux.» Cette Amérique était trop jeune pour lui, si remplie d'énergies, se bousculant pour des buts qu'il ne saisissait pas. En Orient, c'était autre chose. Et après tout il n'avait que soixante-dix ans. Son père avait vécu jusqu'à quatre-vingt-dix ans, le vieux Jolyon jusqu'à quatre-vingt-cinq, Timothy jusqu'à cent, et il en avait été de même pour tous les vieux Forsyte. À soixante-dix ans, eux, ils ne jouaient pas au golf; et pourtant ils étaient plus jeunes qu'il ne se sentait ce soir. La vue de cette femme l'avait… l'avait… ! Très vieux, décidément !

«Je ne rentre pas pour devenir un vieillard, pensa-t-il. Si je me sens encore comme ce soir, je consulterai un docteur quelconque.» Il avait entendu parler de glandes de singe qu'on vous injectait à présent. Il ne voulait pas en essayer.

Des singes, quelle idée ! Pourquoi pas des porcs ou des tigres ! Enfin, s'il pouvait s'arranger pour tenir bon dix ou quinze ans ! D'ici là, on aurait découvert en Angleterre où on en était, on aurait liquidé ce fameux impôt sur le capital. Il saurait ce qu'il pouvait laisser à Fleur, il verrait le bébé devenir un grand garçon et aller en classe, peut-être même au collège. Eton ? Non, c'était celui de Jolyon le jeune. Winchester ? Le collège des Mont. Non, pas là non plus s'il pouvait l'empêcher. Harrow était commode, ou bien son vieux collège à lui : Marlborough. Peut-être le verrait-il jouer au cricket sur le terrain de Lord's. Encore au moins quinze ans avant que Kit pût y jouer. Enfin... ce serait toujours quelque chose à attendre de l'avenir, une raison pour durer. Si on n'avait pas un but, on se sentait vieux, et en somme si on se sentait vieux, on l'était vraiment et la fin venait vite. Comme cette femme s'était bien conservée ! Irène !... Il pensait aussi à ses tableaux, il s'en occuperait plus sérieusement. Cette galerie Freer ! En les laissant à l'État, votre nom demeurait... petite consolation en somme ! Elle ! elle ne mourrait jamais !

Il aperçut la lumière par une fente sur le mur près de la porte.

— Vous dormez, papa ?

Ainsi Fleur avait pensé à venir lui jeter un coup d'œil.

— Comment ça va, maintenant ?

— Très bien, mais fatigué. Comment était l'opéra ?

— Quelconque.

— Je leur ai dit de nous éveiller à sept heures. Nous déjeunerons dans le train.

Les lèvres de Fleur se posèrent sur son front. Si... si cette femme... mais jamais... jamais une fois... jamais de son plein gré...

— Bonne nuit, dit-il, dors bien.

La raie lumineuse sur le mur diminua et disparut ! Bon ! Il avait sommeil à présent. Mais dans cette maison... Des ombres, des ombres !

Le passé… le présent… au piano… à son chevet… elles passaient… elles passaient… et là, derrière elles, la grande femme drapée dans le bronze, les yeux fermés, profondément enfoncée dans une éternelle… profonde… pro…

Et Soames laissa échapper un léger ronflement.

Table

Troisième partie

LA CUILLÈRE D'ARGENT

Première partie

Deuxième partie

Troisième partie

DU MÊME AUTEUR
CHEZ LE MÊME ÉDITEUR

La Dynastie des Forsyte
*** Le Propriétaire**
Traduit de l'anglais par René Pruvost

Le 15 juillet 1886, à l'occasion des fiançailles de sa petite-fille June avec l'architecte Philip Bosinney, le doyen de la famille Forsyte réunit, dans sa maison londonienne, tous ses proches. Soames, un Forsyte de la seconde génération, se rend à la réception accompagné d'Irène, sa très belle épouse.

D'emblée, Irène et Bosinney se plaisent. Soames charge le jeune architecte de lui construire une belle demeure à proximité de Londres. Irène, qui ne s'est jamais vraiment éprise de Soames, finit par lui avouer l'amour qu'elle porte à Bosinney ; de son côté, l'architecte rompt ses fiançailles avec June.

Ivre de jalousie et blessé dans son orgueil, Soames va intenter un procès à Bosinney, compromettant ainsi sa situation financière, et exercer de façon impitoyable ses droits conjugaux.

Premier tome d'une fresque courant de l'ère victorienne à l'entre-deux-guerres, ce roman met en vedette le caractère familial essentiel des Forsyte, ce « quelque chose d'indestructible » qu'est l'instinct de propriété.

ISBN 978-2-37735-194-7 / 480 pages / 8,80 €

La Dynastie des Forsyte
** **Aux aguets**
Traduit de l'anglais par René Pruvost

Près de dix ans ont passé depuis la mort du vieux Jolyon Forsyte, le fondateur de la dynastie. Mais la relève est assurée. Soames, notamment, a su faire de sa charge d'avoué l'une des premières de Londres. La fortune familiale paraît assise désormais sur des bases inébranlables, tout comme cet Empire britannique qui, en cette fin de siècle, atteint l'apogée de sa puissance et de sa prospérité.

Mais l'envers de cette brillante façade est moins éclatant. Irène, persécutée par Soames, s'est réfugiée à Paris et trouve auprès de Jolyon le Jeune un tendre appui.

Soames a fait la connaissance d'une jeune Française, Annette. Pour la garder et l'épouser, il va s'engager dans une épreuve de force et faire scandale en cherchant les preuves de l'adultère d'Irène, puis en la traînant devant les tribunaux afin d'obtenir le divorce.

C'est ce conflit de conventions et de passions qui forme la trame du deuxième tome de la saga des *Forsyte*.

ISBN 978-2-37735-195-4 / 408 pages / 8,95 €

La Dynastie des Forsyte

***** À louer**

Traduit de l'anglais par Camille Mayran

Deux décennies se sont écoulées depuis le divorce de Soames et d'Irène. L'un et l'autre se sont remariés. Une troisième génération de Forsyte s'apprête à occuper le devant de la scène, dans cette Angleterre des années 1920 dont les habitudes, les idées et les mœurs ont évolué.

Signe des temps : c'est dans une galerie d'art moderne que Fleur, la fille de Soames, fait la connaissance de Jon, le fils d'Irène. Tandis que son père, amateur éclairé mais traditionaliste, parcourt l'exposition sans dissimuler son dédain pour la peinture d'avant-garde. Un avis que ne partage pas Michael Mont, le jeune prétendant de Fleur…

Si les mœurs nouvelles facilitent le rapprochement de Fleur et de Jon, les anciennes divisions familiales risquent de compromettre à jamais leurs projets d'union…

Troisième et dernier volet de la saga des Forsyte, *À louer* met en scène un monde en voie de disparition : celui de la haute société anglaise, avec son chic et ses travers. John Galsworthy y met à nu les sentiments et les préjugés, avec une ironie mâtinée de tendresse.

ISBN 978-2-37735-196-1 / 336 pages / 7,95 €

Cet ouvrage a été composé
par Atlant'Communication au Bernard (Vendée)

Impression réalisée par
CPI France
en octobre 2022
pour le compte des Éditions Archipoche

IMPRIM'VERT
Votre imprimeur agit pour l'environnement

Imprimé en France
N° d'édition : 756
N° d'impression : 3049252
Dépôt légal : octobre 2022